John Steinbeck

Les raisins de la colère

Traduit de l'anglais
par Marcel Duhamel
et M.-E. Coindreau

Gallimard

Titre original :

THE GRAPES OF WRATH

CHAPITRE PREMIER

Sur les terres rouges et sur une partie des terres grises de l'Oklahoma, les dernières pluies tombèrent doucement et n'entamèrent point la terre crevassée. Les charrues croisèrent et recroisèrent les empreintes des ruisselets. Les dernières pluies firent lever le maïs très vite et répandirent l'herbe et une variété de plantes folles le long des routes, si bien que les terres grises et les sombres terres rouges disparurent peu à peu sous un manteau vert. A la fin de mai, le ciel pâlit et les nuages dont les flocons avaient flotté très haut pendant si longtemps au printemps se dissipèrent. Jour après jour le soleil embrasa le maïs naissant jusqu'à ce qu'un liséré brun s'allongeât sur chaque baïonnette verte. Les nuages apparaissaient puis s'éloignaient. Bientôt ils n'essayèrent même plus. Les herbes, pour se protéger, s'habillèrent d'un vert plus foncé et cessèrent de se propager. La surface de la terre durcit, se recouvrit d'une croûte mince et dure, et de même que le ciel avait pâli, de même la terre prit une teinte rose dans la région rouge, et blanche dans la grise.

Dans les ornières creusées par l'eau, la terre s'éboulait en poussière et coulait en petits ruisseaux secs. Mulots et fourmis-lions déclenchaient de minuscules avalanches. Et comme le soleil ardent frappait sans relâche, les feuilles du jeune maïs perdirent de leur rigidité de flèches ; elles commencèrent par s'incurver puis, comme les nervures centrales fléchissaient, chaque feuille retomba toute flasque. Puis ce fut juin et le soleil brilla plus férocement. Sur les feuilles de maïs le liséré brun s'élargit et gagna les nervures centrales. Les herbes folles se déchiquetèrent et se recroquevillèrent vers leurs racines. L'air était léger et le ciel plus pâle ; et chaque jour, la terre pâlissait aussi.

Sur les routes où passaient les attelages, où les roues usaient le sol battu par les sabots des chevaux, la croûte se brisait et la terre devenait poudreuse. Tout ce qui bougeait sur la route soulevait de la poussière : un piéton en soulevait une mince couche à la hauteur de sa taille, une charrette faisait voler la poussière à la hauteur des haies, une automobile en tirait de grosses volutes après elle. Et la poussière était longue à se recoucher.

A la mi-juin les gros nuages montèrent du Texas et du Golfe, de gros nuages lourds, des pointes d'orage. Dans les champs, les hommes regardèrent les nuages, les reniflèrent, et mouillèrent leur doigt pour prendre la direction du vent. Et tant que les nuages furent dans le ciel les chevaux se montrèrent nerveux. Les pointes d'orage laissèrent tomber quelques gouttelettes et se hâtèrent de fuir vers d'autres régions. Derrière elles, le ciel redevenait pâle et le soleil torride. Dans la poussière, les gouttes formèrent de petits cratères ; il resta des traces nettes de taches sur le maïs, et ce fut tout.

Une brise légère suivit les nuages d'orage, les poussant vers le nord, une brise qui fit doucement bruire le maïs en train de sécher. Un jour passa et le vent augmenta, continu, sans que nulle rafale vînt l'abattre. La poussière des routes s'éleva, s'étendit, retomba sur les herbes au bord des champs et un peu dans les champs. C'est alors que le vent se fit dur et violent et qu'il attaqua la croûte formée par la pluie dans les champs de maïs. Peu à peu le ciel s'assombrit derrière le mélange de poussières et le vent frôla la terre, fit lever la poussière et l'emporta. Le vent augmenta. La croûte se brisa et la poussière monta au-dessus des champs, traçant dans l'air des plumets gris semblables à des fumées paresseuses. Le maïs brassait le vent avec un froissement sec. Maintenant, la poussière la plus fine ne se déposait plus sur la terre, mais disparaissait dans le ciel assombri.

Le vent augmenta, glissa sous les pierres, emporta des

brins de paille et des feuilles mortes et même de petites mottes de terre, marquant son passage à travers les champs. A travers l'air et le ciel obscurcis le soleil apparaissait tout rouge et il y avait dans l'air une mordante âcreté. Une nuit, le vent accéléra sa course à travers la campagne, creusa sournoisement autour des petites racines de maïs et le maïs résista au vent avec ses feuilles affaiblies jusqu'au moment où, libérées par le vent coulis, les racines lâchèrent prise. Alors chaque pied s'affaissa de côté, épuisé, pointant dans la direction du vent.

L'aube se leva, mais non le jour. Dans le ciel gris, un soleil rouge apparut, un disque rouge et flou qui donnait une lueur faible de crépuscule ; et à mesure que le jour avançait, le crépuscule redevenait ténèbres et le vent hurlait et gémissait sur le maïs couché.

Hommes et femmes se réfugièrent chez eux, et quand ils sortaient ils se nouaient un mouchoir sur le nez et portaient des lunettes hermétiques pour se protéger les yeux.

Quand la nuit revint, ce fut une nuit d'encre, car les étoiles ne pouvaient pas percer la poussière et les lumières des fenêtres n'éclairaient guère que les cours. A présent, la poussière et l'air, mêlés en proportions égales, formaient un amalgame poudreux. Les maisons étaient hermétiquement closes, des bourrelets d'étoffe calfeutraient portes et fenêtres, mais la poussière entrait, si fine qu'elle était imperceptible ; elle se déposait comme du pollen sur les chaises, les tables, les plats. Les gens l'époussetaient de leurs épaules. De petites raies de poussière soulignaient le bas des portes.

Au milieu de cette nuit-là le vent tomba et le silence s'écrasa sur la terre. L'air saturé de poussière assourdit les sons plus complètement encore que la brume. Les gens couchés dans leur lit entendirent le vent s'arrêter. Ils s'éveillèrent lorsque le vent hurleur se tut. Retenant leur souffle, ils écoutaient attentivement le silence. Puis les coqs chantèrent, et leur chant n'arrivait qu'assourdi, alors les gens se tournèrent et se retournèrent dans leurs lits, attendant l'aube avec impatience. Ils savaient qu'il faudrait longtemps à la poussière pour se déposer sur le sol. Le lendemain matin, la poussière restait suspendue en l'air

9

comme de la brume et le soleil était rouge comme du sang frais caillé. Toute la journée la poussière descendit du ciel comme au travers d'un tamis et le jour suivant elle continua de descendre, recouvrant la terre d'un manteau uniforme. Elle se déposait sur le maïs, s'amoncelait au sommet des pieux de clôtures, s'amoncelait sur les fils de fer ; elle s'étendait sur les toits, ensevelissait les herbes et les arbres.

Les gens sortirent des maisons, humèrent l'air chaud et corrosif et se protégèrent le nez. Les enfants sortirent eux aussi des maisons, mais ils ne criaient pas, ils ne couraient pas comme ils l'eussent fait après la pluie. Les hommes se tenaient près de leurs clôtures et regardaient leur maïs dévasté qui se desséchait vite maintenant, ne montrant plus qu'un tout petit peu de vert sous la mince couche de poussière. Les hommes se taisaient et ne bougeaient guère. Et les femmes sortirent des maisons pour venir se placer près de leurs hommes — pour voir si cette fois les hommes allaient flancher.

A la dérobée, elles scrutaient le visage des hommes, car le maïs pouvait disparaître, pourvu qu'il restât autre chose. Les enfants étaient là tout près, traçant de leurs orteils nus des dessins dans la poussière, et avec leurs sens en éveil ainsi que des antennes, les enfants cherchaient à deviner si les hommes et les femmes allaient flancher. Les enfants guignaient les visages des hommes et des femmes, puis avec application ils se remettaient à tracer du bout de leurs orteils des lignes dans la poussière. Des chevaux venaient aux abreuvoirs et soufflaient des naseaux sur la surface de l'eau pour en chasser la poussière. Au bout d'un moment, les visages des hommes qui observaient perdirent leur expression de perplexité stupéfaite et devinrent durs, colères, et résolus. Alors les femmes comprirent que le danger était passé et qu'il n'y aurait pas d'effondrement. Elles demandèrent alors :

— Qu'est-ce qu'on va faire ?

Et les hommes répondirent :

— Je ne sais pas.

Mais tout allait bien. Les femmes savaient que tout allait bien et les enfants, sagaces, savaient que tout allait bien.

Femmes et enfants savaient au fond d'eux-mêmes que nulle infortune n'est trop lourde à supporter du moment que les hommes tiennent le coup. Les femmes rentrèrent chez elles et retournèrent à leurs besognes et les enfants se mirent à jouer, mais timidement, au début. A mesure que le jour avançait le soleil devenait moins rouge. Il lardait ses rayons sur la campagne emmitouflée sous la poussière. Les hommes s'assirent sur le seuil de leurs maisons, tripotant des bâtons et des petits cailloux. Assis devant les portes, immobiles, les hommes réfléchissaient... calculaient.

CHAPITRE II

Un immense camion de transport était arrêté devant la petite auberge en bordure de la route. Le tuyau d'échappement vertical ronronnait doucement, et un halo presque invisible de fumée bleu acier planait au-dessus de son extrémité. C'était un camion neuf, d'un rouge étincelant, avec sur les côtés une inscription en lettres de douze pouces : *Oklahoma City Transport Company*. Les pneus jumelés étaient neufs et un cadenas de cuivre saillait hors des ferrures sur les grandes portes, à l'arrière. A l'intérieur du restaurant, aux ouvertures protégées par un grillage métallique, un poste de T. S. F. jouait de la musique de danse, en sourdine, comme lorsque personne n'écoute. Un petit ventilateur tournait silencieusement dans l'œil-de-bœuf qui surmontait l'entrée et des mouches bourdonnaient fiévreusement autour des portes et des fenêtres, se heurtant aux grillages. A l'intérieur, l'unique client, le chauffeur du camion, juché sur un tabouret, s'accoudait au comptoir et par-dessus sa tasse de café regardait la serveuse maigrichonne et solitaire. Il lui parlait la langue alerte et impersonnelle des routiers :

— J' l'ai vu il y a à peu près trois mois. Venait d'être opéré. On lui avait enlevé quéq' chose. J' sais pas quoi.

Et elle :

— Il m' semble qu'il n'y a pas une semaine que je l'ai vu. L'avait l'air d'aller très bien. C'est pas un mauvais bougre quand il est pas rond.

De temps à autre les mouches venaient bourdonner doucement contre le grillage de la porte. Le percolateur laissa échapper un jet de vapeur et la serveuse, sans se retourner, tendit la main et ferma la manette.

Dehors, un homme qui marchait sur le bord de la route traversa et s'approcha du camion. Il s'avança lentement devant le capot, mit sa main sur le pare-chocs brillant et regarda l'étiquette : *No Riders* [1]. Un moment il eut l'air de vouloir continuer sa route, mais, se ravisant, il s'assit sur le marchepied du côté opposé au restaurant. Il n'avait pas plus de trente ans. Ses yeux étaient d'un brun sombre et ses pupilles étaient vaguement teintées de brun. Il avait de fortes pommettes et des rides profondes sillonnaient ses joues et s'incurvaient autour de la bouche. Sa lèvre supérieure était longue et comme ses dents avançaient, les lèvres se tendaient pour les couvrir, car l'homme tenait ses lèvres fermées. Ses mains étaient dures, aux doigts larges, avec des ongles épais et striés comme des petits coquillages. L'espace compris entre le pouce, l'index et la paume de ses mains était couvert de callosités luisantes.

L'homme avait des vêtements neufs — tout ce qu'il portait était bon marché et neuf. Sa casquette grise était neuve au point que la visière en était encore toute raide et que le bouton à pression y adhérait encore. Elle n'était pas informe et bosselée comme elle le serait après avoir rempli quelque temps les divers usages réservés aux casquettes : balluchon, serviette, mouchoir. Son complet était en tissu gris bon marché et si neuf que le pantalon avait encore son pli. L'apprêt donnait à sa chemise de cambrai bleu un aspect raide et lisse. Son veston était trop large, son pantalon trop court, car l'homme était grand. La couture à l'emmanchure du veston se rabattait sur les bras et même ainsi les manches étaient trop courtes et le devant du veston lui ballait sur le ventre. Il portait une paire de souliers jaune clair, neufs, du genre brodequins de l'armée, cloutés et munis de fers pour empêcher l'usure des talons. L'homme s'assit sur le marche-

---

1. *No Riders :* Interdiction de transporter des voyageurs.

pied, enleva sa casquette et s'en servit pour s'éponger le visage. Puis il se recoiffa et, tirant sur la visière, il en commença la destruction. Son attention se porta sur ses pieds. Il se pencha, desserra ses lacets et ne les renoua pas. Au-dessus de sa tête, le tuyau d'échappement du Diesel chuchotait de petites bouffées rapides de fumée bleue.

Dans le restaurant, la musique s'arrêta et une voix d'homme jaillit du haut-parleur, mais la serveuse ne l'interrompit pas ; elle ne s'était pas aperçue que la musique avait cessé. Ses doigts fureteurs avaient découvert une grosseur derrière son oreille. Elle essayait de l'apercevoir dans la glace du comptoir sans attirer l'attention du camionneur, aussi faisait-elle semblant de rajuster quelques mèches folles. Le camionneur dit :

— Il y a eu un grand bal à Shawnee. Paraît qu'y a eu quelqu'un de tué ou quéq' chose comme ça. N'êtes pas au courant ?

— Non, dit la serveuse en caressant tendrement la grosseur derrière son oreille.

Dehors, l'homme assis se leva, regarda par-dessus le capot du camion et observa le restaurant pendant un moment. Puis il se réinstalla sur le marchepied, tira un paquet de tabac et du papier à cigarette de sa poche de derrière. Il roula lentement, artistement sa cigarette, l'examina, la lissa... Finalement il l'alluma et jeta l'allumette enflammée à ses pieds dans la poussière. Comme midi approchait, le soleil entama l'ombre du camion.

Dans le restaurant, le chauffeur paya sa note et mit les deux pièces de cinq *cents* qu'on lui avait rendues dans la fente d'une machine à sous. Les cylindres tournoyants ne s'arrêtèrent sur aucun chiffre.

— On les truque de façon à ce qu'on ne gagne jamais, dit-il à la serveuse.

Et elle répondit :

— Y a un type qu'a emporté le jackpot, y a pas deux heures. Trois dollars quatre-vingts, qu'il s'est fait. Dans combien de temps que vous repasserez ?

Il laissa entrouvert le grillage métallique.

— D'ici huit dix jours, fit-il. Faut que j' pousse jusqu'à Tulsa, et j' reviens jamais aussi vite que je le crois.

Elle grogna :

— Ne laissez pas entrer les mouches. Sortez ou entrez, l'un ou l'autre.

— Au revoir, dit-il en s'éloignant.

Le châssis en toile métallique claqua derrière lui. Debout au soleil, il sortit un morceau de chewing-gum de son enveloppe de papier. C'était un homme corpulent, aux épaules larges et au ventre lourd. Il avait le visage sanguin et ses yeux bleus étaient longs et étroits d'avoir cligné à la vive lumière des routes. Il portait un pantalon militaire et de grandes bottes lacées. Tout en tenant le morceau de chewing-gum à la hauteur de sa bouche, il cria à travers le grillage de la porte :

— Et tâchez d'être sage pendant que j' serai parti !

La serveuse, tournée vers un miroir sur le mur du fond, grogna une réponse. Lentement, le camionneur mâchonna le bout de chewing-gum, ouvrant toutes grandes les mâchoires et les lèvres à chaque coup de dents. Il modela la gomme dans sa bouche, la roula sous sa langue tout en se dirigeant vers le grand camion rouge.

Le chemineau se leva et regarda à travers les portières.

— Vous pourriez pas m'emmener un bout de route, m'sieu ?

Le chauffeur lança un regard furtif vers le restaurant :

— Vous n'avez pas vu l'étiquette sur le pare-brise ?

— Si, j' l'ai vue. Mais des fois il y en a qui sont de chics types, même si un salaud de richard les force à porter une étiquette.

Le chauffeur, s'installant lentement dans le camion, médita là-dessus. S'il refusait maintenant, non seulement il n'était pas un chic type, mais encore il était obligé de porter une étiquette, il n'avait pas le droit d'avoir de la compagnie. S'il emmenait le chemineau, il devenait automatiquement un chic type et, en plus, il n'était pas de ces gars qu'un salaud de richard pouvait faire marcher à sa fantaisie. Il sentait bien qu'il était possédé, mais il ne voyait pas le

15

moyen de s'en tirer. Et il voulait être un chic type. Il regarda de nouveau le restaurant.

— Planque-toi sur le marchepied jusqu'à ce qu'on ait passé le tournant, dit-il.

Le chemineau s'affala hors de vue, cramponné à la poignée de la portière. Le moteur rugit un moment, le levier de changement de vitesse cliqueta et le grand camion démarra, première vitesse, deuxième vitesse, troisième vitesse, puis une longue reprise stridente et enfin quatrième vitesse. Sous l'homme cramponné la grand-route filait, confuse, vertigineuse. Le premier tournant se trouvait à un mille de là ; passé le virage, le camion ralentit. Le chemineau se leva, ouvrit la portière et se glissa sur le siège. Le chauffeur l'examinait entre ses paupières mi-closes et il mâchait comme si ses pensées et ses impressions étaient striées et ordonnées par ses mâchoires avant d'être définitivement classées dans sa cervelle. Ses yeux se fixèrent d'abord sur la casquette neuve, puis descendirent aux vêtements neufs pour s'arrêter aux souliers neufs. Le chemineau se tortilla contre le dossier pour trouver une position confortable, enleva sa casquette et s'en servit pour essuyer la sueur qui couvrait son front et son menton.

— Merci, vieux, dit-il, j'avais les arpions en compote.

— Des souliers neufs, dit le chauffeur. (Sa voix avait le même caractère secret et insinuant qu'avaient ses yeux.) Pas indiqué de se balader avec des souliers neufs... cette chaleur.

Le chemineau abaissa son regard vers ses souliers jaunes et poussiéreux.

— J'en avais pas d'autres, dit-il. Faut bien les porter quand on en a pas d'autres.

D'un air entendu, le chauffeur regarda devant lui à travers ses paupières plissées, et peu à peu il accéléra.

— Tu vas loin ?

— Oh ! j'aurais pu faire la route à pied si ç'avait pas été que mes arpions n'en voulaient plus.

Les questions du chauffeur avaient le ton d'un interrogatoire subtil. Il semblait tendre des filets, monter des pièges avec ses questions.

— Tu cherches du travail ?

— Non, mon vieux a une ferme, quarante arpents. Il est cultivateur, mais il y a longtemps qu'on habite là-bas.

Le chauffeur jeta un regard entendu sur les champs en bordure de la route où le maïs était couché, enfoui sous la poussière. Des petites pierres sortaient du sol poudreux. Le chauffeur dit, comme en lui-même :

— Une ferme de quarante arpents et il a tenu avec la poussière ?... Et les tracteurs ne sont pas encore venus le chasser ?

— Faut dire qu'il y a quéq' temps que j' n'ai pas de nouvelles, fit le chemineau.

— Longtemps, dit le chauffeur.

Une abeille pénétra dans la cabine et vint bourdonner derrière le pare-brise. Le chauffeur avança la main et prudemment amena l'abeille dans un courant d'air qui la chassa par la fenêtre.

— Les cultivateurs disparaissent vite par le temps qui court, dit-il. S'amènent avec une chenille et flanquent dix familles dehors. Le pays en est infesté de leurs sacrées chenilles. Ils arrachent tout et foutent les cultivateurs à la rue. Comment ton père a-t-il pu tenir ?

Sa langue et ses mâchoires se mirent à triturer le chewing-gum négligé, le roulèrent, le mastiquèrent. Chaque fois qu'il ouvrait la bouche on pouvait voir sa langue retourner le chewing-gum.

— Ben, j'ai pas eu de ses nouvelles, ces temps. J'ai jamais été très fort pour ce qui est d'écrire et mon père non plus. (Et il ajouta rapidement :) Mais si on le voulait, on le pourrait, lui aussi bien que moi.

— T'avais du travail quelque part ?

De nouveau cette curiosité secrète, derrière l'apparente indifférence. Il laissa ses regards se perdre sur la campagne, sur l'air vibrant, et, calant son chewing-gum dans sa joue, pour n'être pas gêné, il cracha par la portière.

— Et comment, dit le chemineau.

— J' m'en doutais. Y a qu'à voir tes mains. T'as manié la pioche, la hache ou le marteau. Ça fait reluire les mains. C'est des petits trucs que j' remarque tout de suite. J' m'en fais fort.

Le chemineau le dévisagea. Les pneus du camion chantaient sur la route.

— Tu veux savoir autre chose ? Je peux te le dire, tu sais. Pas besoin de chercher à deviner.

— Faut pas te fâcher. J' cherchais point à mettre mon nez dans tes affaires.

— J' te dirai ce que tu voudras. J'ai rien à cacher.

— Allons, te fâche pas. C'est simplement que j'aime bien remarquer les choses. Ça fait passer le temps.

— J' te dirai ce que tu voudras. Je m'appelle Joad, Tom Joad. Mon père c'est le vieux Tom Joad.

Il posa sur le chauffeur un regard lourd.

— Faut pas te fâcher. J'avais rien derrière la tête.

— J'ai rien derrière la tête non plus, dit Joad. J' tâche simplement de me débrouiller sans embêter personne.

Il s'interrompit et regarda la campagne desséchée, les bouquets d'arbres affamés, misérables, dans le lointain brûlant. De sa poche de côté, il tira son tabac et son papier. Il roula sa cigarette entre ses genoux, à l'abri du vent.

Le camionneur ruminait rythmiquement, pensivement, exactement comme une vache. Il attendit, pour laisser toute l'importance de l'intermède précédent se diluer dans l'oubli. Enfin, quand l'atmosphère lui sembla redevenue neutre, il dit :

— Un type qu'a jamais conduit de camion n' peut pas savoir c' que c'est. Les patrons ne veulent pas qu'on embarque des passagers. Alors, faut qu'on reste là assis au volant à moins qu'on veuille courir le risque de se faire foutre à la porte, comme je viens de le faire avec toi.

— J' t'en suis obligé, dit Joad.

— J'ai connu des types qui faisaient des drôles de trucs tout en conduisant. J'en ai connu un qui fabriquait de la poésie. Ça l'aidait à passer le temps.

Il regarda furtivement pour voir si Joad était intéressé ou étonné. Joad restait silencieux, les yeux perdus dans le lointain, sur la route, la route blanche qui ondulait doucement comme une houle de fond. Le chauffeur continua enfin :

— J' me rappelle une poésie que ce gars-là avait écrite. Ça

parlait de lui et de deux ou trois autres types qui faisaient le tour du monde en buvant, en faisant les quatre cents coups et en baisant à droite et à gauche. Dommage que j' me rappelle plus comment qu' c'était, c'te poésie. Il t'avait de ces mots, le type, que Dieu le Père, le Fils et le Saint-Esprit n'auraient pas su ce qu'ils voulaient dire. Y avait un morceau où ça disait comme ça : « Là j'ai vu un moricaud, qu'avait un braquemart gros comme un appendice de proboscidien ou une verge de cachalot. » Un appendice de proboscidien c'est un truc genre nez. Chez l'éléphant, c'est sa trompe. Le type m'a montré ça dans un dictionnaire. Il le traînait partout avec lui, ce foutu bouquin. Pas plus tôt arrêté pour prendre un café avec un morceau de tarte qu'y regardait dedans.

Il se tut, se sentant seul pendant ce long discours. A la dérobée, ses yeux se tournèrent vers son passager. Joad resta silencieux. Mal à l'aise, le chauffeur tenta de l'entraîner dans la conversation :

— T'as jamais connu des types comme ça qu'emploient des grands mots ronflants ?

— Les pasteurs, dit Joad.

— Enfin, moi ça me fout en rogne d'entendre un type employer des grands mots. Turellement un pasteur c'est pas pareil, vu qu'il viendrait à l'idée de personne de frayer avec un pasteur, de toute façon. Mais ce type-là, c'était un marrant. C'était pas gênant quand il disait un de ces grands mots, parce qu'il disait ça comme il aurait dit autre chose. Il essayait pas de vous en coller plein la vue.

Le chauffeur fut rassuré. Il savait du moins que Joad écoutait. D'un coup de volant brutal il lança l'énorme masse du camion dans un virage et les pneus hurlèrent.

— Comme je te disais t' à l'heure, reprit-il, les gars qui conduisent des camions font de drôles de trucs. C'est forcé. Sans ça on deviendrait dingue à rester là assis avec la route qui se débine par-dessous. Y a une fois un type qui a dit que les camionneurs ça bouffe tout le temps... tout le temps dans les caboulots le long de la route.

— Pour ça, ils ont bien l'air d'y passer leur existence, approuva Joad.

— Bien sûr ils s'y arrêtent, mais c'est pas pour manger. Ils ont pour ainsi dire jamais faim. C'est tout simplement qu'ils en ont marre de rouler, bon Dieu..., ... marre, qu'ils ont. Les bistrots, y a que là qu'on peut stopper, et quand on stoppe faut bien commander quelque chose, histoire de discuter le bout de gras avec la poule du comptoir. Alors, on prend une tasse de café avec un bout de tarte. Ça nous repose un peu, comme qui dirait.

Il mastiqua lentement son chewing-gum et le retourna avec sa langue.

— La sale vie, quoi, dit Joad, sans y mettre beaucoup de conviction.

Le chauffeur lui lança un bref coup d'œil, guettant le sarcasme.

— Oui, ben c'est pas drôle tous les jours, moi je te le dis, fit-il d'un ton piqué. Ça a l'air facile, de rester là assis jusqu'à ce qu'on ait tiré ses huit heures quand ce n'est pas dix ou quatorze. Mais la route finit par vous posséder. Faut qu'on fasse quelque chose. Y en a qui chantent et y en a qui sifflent. La compagnie ne veut pas qu'on ait de T. S. F. Y en a quelques-uns qu'emportent un litre avec eux, mais ceux-là ils ne durent jamais bien longtemps.

Il ajouta d'un air suffisant :

— Moi, j' bois un coup que quand j'ai fini.

— Ah oui ? dit Joad.

— Ouais ! Faut faire son chemin, dans la vie. Moi, par exemple, j'ai dans l'idée de suivre des cours par correspondance, pour devenir ingénieur-mécanicien. Pas compliqué. Suffit d'étudier chez soi, quelques leçons faciles. Ça me trotte dans la tête. Après j'aurai plus besoin de conduire de camion. C'est moi qui enverrai les autres les conduire.

Joad tira de sa poche une bouteille de whisky.

— Vrai, t'en veux pas un petit coup ?

Son ton avait quelque chose de railleur.

— Non. Il n' sera pas dit qu' j'y aurai touché, bon Dieu ! On n' peut pas passer son temps à boire quand on veut étudier comme j'ai l'intention de le faire.

Joad déboucha la bouteille, avala coup sur coup deux

rapides lampées et la remit dans sa poche. L'odeur chaude et forte du whisky remplit la cabine.

— Tu m'as l'air bien remonté, dit Joad. Qu'est-ce qu'il y a... t'as une poule ?

— Oui, bien sûr. Mais c'est pas pour ça que je veux arriver. Ça fait un sacré bout de temps que je m'exerce la mémoire.

Le whisky semblait donner de l'assurance à Joad. Il roula une nouvelle cigarette et l'alluma.

— J'ai plus bien loin à aller maintenant, dit-il.

Le chauffeur poursuivit rapidement :

— J'ai pas besoin de gnôle. Je passe mon temps à m'exercer la mémoire. J'ai suivi un cours là-dessus, il y a deux ans.

Il tapota le volant de sa main droite.

— Mettons que je croise un type sur la route. Je le regarde, et après qu'il est passé, j'essaie de me rappeler comment il était, le genre de vêtements, de chaussures, de chapeau qu'il portait, et comment il marchait, et des fois sa taille et son poids, et s'il avait une cicatrice. J' suis pas mauvais. J'arrive à refaire tout un portrait dans ma tête. Des fois j' me dis que j' devrais suivre un cours pour devenir expert en empreintes digitales. T'as pas idée de ce qu'on peut arriver à se rappeler.

Joad avala rapidement une nouvelle gorgée de whisky. Il tira une dernière bouffée de sa cigarette à demi défaite, puis, entre les callosités de son pouce et de son index, il en écrasa le bout ardent. Il tritura le mégot, le réduisit en pulpe et le passa par la portière où le vent le lui aspira des doigts. Sur le macadam les pneus chantaient une note aiguë. Tout en contemplant la route, les yeux noirs et paisibles de Joad prirent une expression amusée. Le chauffeur attendit, mal à l'aise, et lui jeta un coup d'œil de biais. Finalement, la longue lèvre supérieure de Joad découvrit ses dents et il eut un petit rire silencieux qui lui secoua la poitrine.

— T'as mis un sacré bout de temps à y arriver, mon petit pote.

Le chauffeur ne le regarda pas.

21

— A arriver à quoi ? Qu'est-ce que tu veux dire ?

Pendant un moment, Joad serra les lèvres sur ses longues dents, puis il se les lécha comme un chien, un coup de langue à droite et un autre à gauche, en partant du milieu. Sa voix devint âpre.

— Tu sais très bien ce que je veux dire. Tu m'as passé l'inspection quand je suis monté. Je t'ai bien vu.

Le chauffeur regardait droit devant lui, tellement crispé sur son volant que les muscles de ses paumes se gonflaient et que le dos de ses mains pâlissait. Joad continua :

— Tu sais d'où je viens.

Le chauffeur se taisait.

— Pas vrai ? insista Joad.

— Ben... si. Enfin, je veux dire... peut-être bien. Mais ça ne me regarde pas. J' m'occupe de mes oignons. Ça me touche en rien. (Les mots maintenant se précipitaient.) J' fourre pas mon nez dans les affaires des autres.

Et brusquement il se tut et attendit. Et ses mains étaient toujours blanches sur le volant. Une sauterelle entra par la fenêtre et se posa sur le tableau de bord où elle se gratta les ailes avec ses longues pattes anguleuses. Joad avança la main et lui écrasa sa petite tête dure semblable à une tête de mort. Puis il la lâcha dans le courant d'air de la portière. Joad se remit à rire doucement tout en essuyant sur ses doigts les restes de l'insecte écrasé.

— Tu t'es gourré sur mon compte, mon vieux, dit-il. J' m'en cache pas. Parfaitement, j'ai été à Mac-Alester. Quatre ans, que j'y ai été. Parfaitement, c'est les affaires qu'on m'a données quand je suis sorti. J' me fous bien qu'on le sache. Et j' m'en retourne chez mon père pour pas être obligé de mentir si je veux trouver de l'ouvrage.

Le chauffeur dit :

— Oh... ça ne me regarde pas. J' suis pas curieux.

— Non, pas beaucoup, fit Joad. A part que ton gros pif est à deux jours de marche en avant de ta figure. Tu l'as promené sur moi, ton gros pif, comme une vache dans un carré de choux.

Le visage du chauffeur se tendit :

— Tu m'as mal compris... commença-t-il faiblement.

Joad lui rit au nez.

— T'as été chic type. Tu m'as pris avec toi. Ben oui, quoi, nom de Dieu, j'ai fait de la taule. Et après ? T'as envie de savoir pourquoi j'ai fait de la taule, hein ?

— Ça ne me regarde pas.

— Rien ne te regarde, sauf de conduire c'te putain de bagnole, et c'est justement de ça que tu te fous. Ben écoute... Tu vois cette route là-bas ?

— Oui.

— C'est là que je descends. Oui, j' sais qu' t'en pisses dans ta culotte, de l'envie de savoir ce que j'ai fait. T'en fais pas, t'en seras pas pour tes frais avec moi.

Le ronflement aigu du moteur tomba dans le grave et la chanson des pneus descendit dans le même ton. Joad sortit sa bouteille et but une gorgée. Le camion vint s'arrêter à l'endroit où un chemin de terre coupait la route à angle droit. Joad descendit et resta debout près de la portière. Le tuyau d'échappement vertical soufflait en l'air son imperceptible fumée bleue. Joad se pencha vers le chauffeur :

— Homicide, dit-il rapidement. En voilà un, de grand mot... ça veut dire que j'ai descendu quelqu'un. Sept ans. On m'a lâché au bout de quatre parce que je me suis tenu peinard.

Le chauffeur parcourait des yeux le visage de Joad pour bien se le mettre en mémoire.

— J' t'ai rien demandé, dit-il. J' m'occupe de mes affaires.

— Tu peux le raconter dans tous les bistrots d'ici à Texola. (Il sourit :) Au revoir, vieux. T'as été chic. Seulement écoute, quand t'as fait de la taule un bout de temps, tu les sens venir d'une paye, les questions, tu comprends ? Toi t'as télégraphié les tiennes dès la minute que t'as ouvert le bec.

Il tapota la portière de métal avec la paume de sa main :
— Merci pour la balade, dit-il. Au revoir.

Il fit demi-tour et s'engagea sur le chemin.

Le chauffeur le suivit un moment des yeux puis il cria :

— Bonne chance !

Joad agita la main sans se retourner. Alors le moteur se mit à ronfler plus fort, le levier de changement de vitesse cliqueta et le gros camion rouge s'éloigna pesamment.

CHAPITRE III

Un fouillis d'herbes sèches et brisées bordait la route cimentée, et les pointes des herbes étaient lourdes de barbes d'avoine à accrocher aux poils des chiens, de lupins à emmêler dans les fanons des chevaux et de graines de trèfle à ancrer à la laine des moutons ; vie dormante qui n'attendait qu'à être dispersée, disséminée, chaque graine armée d'un appareil de dispersion, fléchettes tournantes et parachutes pour le vent, petites lances et balles de menues épines, le tout attendant l'animal ou le vent, le revers d'un pantalon d'homme ou l'ourlet d'une jupe de femme, le tout passif mais équipé pour l'activité, inerte, mais possesseur d'éléments de mouvement.

Le soleil s'étendait sur l'herbe et la réchauffait, et dans l'ombre protectrice, les insectes s'agitaient, fourmis, fourmis-lions pour leur tendre des pièges, sauterelles pour bondir dans l'air et faire palpiter une seconde leurs ailes jaunes, cloportes semblables à de minuscules tatous, sans cesse en mouvement sur leurs pattes nombreuses et fragiles. Et sur l'herbe, au bord de la route, une tortue rampait, se détournant sans raison, traînant sur l'herbe le dôme de sa carapace. Ses pattes dures, ses pieds armés d'ongles jaunes peinaient à travers les herbes. Elle ne marchait pas vraiment, elle halait, hissait sa carapace. Les barbes d'orge glissaient sur son écaille et les graines de trèfle tombaient sur elle et roulaient par terre. Son bec corné était entrouvert et ses yeux cruels et ironiques sous leurs sourcils en forme d'ongles regardaient droit devant eux. Elle avançait dans l'herbe, laissant un sillage foulé derrière elle, et la colline que constituait le talus de la route dressait sa croupe devant elle. Elle s'arrêta un moment, la tête levée. Elle cligna des yeux, regarda de haut en bas. Enfin elle entreprit de gravir le talus. Les pattes antérieures, armées de griffes, se tendirent en avant mais sans trouver d'appui. Les pattes de derrière poussèrent la carapace qui racla l'herbe et le gravier. A mesure que la pente se faisait plus abrupte, la tortue redoublait d'efforts. Les pattes de derrière se tendaient, poussaient, dérapaient, hissaient la carapace, et la tête cornée s'avançait aussi loin que le cou pouvait s'étirer. Petit à petit, la carapace gravit le talus, jusqu'à ce que l'épaulement de la route, un mur de ciment haut de quatre pouces, vînt lui barrer le chemin. Comme si elles travaillaient indépendamment, les pattes de derrière poussèrent la carapace tout contre le mur. La tête se dressa et regarda par-dessus le mur la vaste plaine de ciment uni. Maintenant, les mains agrippées au sommet du mur peinaient et hissaient, et la carapace s'éleva lentement et reposa sa partie antérieure sur le mur. La tortue prit un temps d'arrêt. Une fourmi rouge se faufila sous l'écaille, jusque dans les replis de la peau tendre interne et soudain, la tête et les pattes se rétractèrent, et la queue blindée se glissa obliquement sous l'armure. La fourmi rouge fut écrasée entre le corps et les pattes. Et une tête de folle avoine fut coincée dans la carapace par une des pattes antérieures. La tortue resta un long moment tranquille, puis le cou ressortit, les yeux vieillots ironiques et ridés regardèrent alentour et les pattes et la queue réapparurent. Les pattes de derrière se remirent au travail, peinant comme des pattes d'éléphant, et la carapace bascula de côté, empêchant ainsi les pattes de devant d'atteindre la surface plane du ciment. Mais les pattes de derrière la hissèrent, plus haut, encore plus haut, jusqu'au moment où l'équilibre fut obtenu ; l'avant s'inclina, les pattes de devant égratignèrent le ciment, la position fut rétablie. Mais, prise par sa tige, la tête de folle avoine était toujours autour des pattes de devant.

Maintenant la marche était aisée ; les quatre pattes se

mirent à l'œuvre et la carapace avançait en se dandinant de droite et de gauche. Vint une conduite intérieure menée par une femme d'une quarantaine d'années. La femme vit la tortue et fit une embardée à droite, hors de la route ; les roues hurlèrent, un nuage de poussière s'éleva. L'espace d'une seconde, l'auto resta sur deux roues, puis elle retomba. Elle dérapa, reprit la route et s'éloigna, mais plus lentement. La tortue s'était brusquement réfugiée sous sa carapace mais à présent elle se hâtait, car la chaussée était brûlante.

Et maintenant une camionnette approchait et quand il fut tout près, le chauffeur aperçut la tortue et donna un coup de volant pour l'écraser. Une des roues de devant frappa le bord de la carapace, projeta la tortue comme un jeton de jeu de puce, la fit tournoyer comme un sou et l'envoya rouler en dehors de la route. La camionnette reprit sa droite. Couchée sur le dos, la tortue resta un long moment recroquevillée sous son toit. Mais finalement ses pattes s'agitèrent en l'air, cherchant quelque chose qui pût l'aider à se retourner. Sa patte de devant s'agrippa à un caillou et petit à petit la carapace se redressa et retomba à l'endroit. Le brin de folle avoine se détacha et trois des graines en fer de lance se fixèrent dans le sol. Et comme la tortue descendait le talus, avec sa carapace elle recouvrit les graines en terre. Les vieillots yeux ironiques regardaient droit devant eux et le bec corné était légèrement entrouvert. Les ongles jaunes dérapaient un rien dans la poussière.

CHAPITRE IV

Quand Joad entendit le camion s'éloigner dans un bruit de changements de vitesse successifs et le sol haleter sous la pression des roues caoutchoutées, il s'arrêta, se retourna et le suivit des yeux jusqu'à ce qu'il eût disparu. Quand il fut hors de vue, il continua à regarder l'horizon et la vibration bleue de l'air. Pensif, il sortit sa bouteille de sa poche, en dévissa la capsule d'acier et sirota délicatement le whisky, passant sa langue dans le goulot, puis autour de ses lèvres pour ne rien perdre de la saveur qui pouvait y adhérer. Il dit, pour voir ce que cela donnerait : « Là, j'ai vu un moricaud... » mais c'était tout ce qu'il pouvait se rappeler. Finalement il se retourna face au chemin poudreux qui coupait à angle droit, à travers champs. Le soleil était brûlant et nulle brise ne venait déranger la poussière tamisée. La route était coupée d'ornières où la poussière avait glissé et s'était entassée dans les traces laissées par les roues des charrettes. Joad fit quelques pas et une poussière fine comme de la farine jaillit sous le bout de ses souliers neufs, dont le jaune disparaissait sous la couche grise.

Il se courba et détacha ses lacets, puis il enleva ses souliers l'un après l'autre. Et il enfouit avec délices ses pieds humides dans la chaude poussière sèche jusqu'à ce qu'elle giclât en petits geysers et que la peau de ses pieds se rétrécît sous l'effet de la sécheresse. Il enleva son veston, y enveloppa ses souliers et glissa le paquet sous son bras. Et finalement il se mit en marche, lançant la poussière devant lui, laissant derrière lui un nuage qui planait à ras du sol.

Le côté droit de la route était clôturé, deux rangs de fil de fer barbelé sur des pieux faits de branches de saule. Les pieux étaient tordus et grossièrement élagués. Quand une fourche se trouvait à bonne hauteur, le fil y reposait et quand il n'y avait pas de fourche, le fil barbelé était assujetti au pieu par des fils de fer rouillés. Au-delà de la clôture, le maïs gisait, abattu par le vent, la chaleur et la sécheresse, et à la jonction des feuilles et des tiges, les cornets étaient remplis de poussière.

Joad cheminait, traînant derrière lui son nuage poudreux. A quelques pas devant lui il aperçut la carapace bombée d'une tortue qui rampait lentement dans la poussière, de ses pattes raides et saccadées. Joad s'arrêta à la regarder, et son ombre tomba sur la tortue. Instantanément tête et pattes se rétractèrent et la petite queue épaisse se cala obliquement sous l'écaille. Joad la ramassa et la retourna. Elle avait le dos brun-gris, comme la poussière, mais le dessous de la carapace était d'un jaune crémeux, propre et doux. Joad remonta d'une secousse son balluchon sous son bras, caressa du doigt le dessous lisse de la carapace et appuya. C'était plus doux que le dos. La vieille tête dure apparut et s'efforça de voir le doigt qui appuyait, tandis que les pattes s'agitaient follement. La tortue pissa sur la main de Joad et se débattit en vain dans le vide. Joad la remit à l'endroit et la roula dans son veston avec ses souliers. Il la sentit qui poussait, luttait, se démenait sous son bras. Il marchait plus vite maintenant, en traînant un peu ses pieds dans la poussière fine.

Un peu plus bas, sur le bord du chemin, un saule rachitique et poussiéreux projetait sur le sol des mouche-tures d'ombre. Joad le voyait devant lui, avec ses pauvres branches en arceau au-dessus du chemin, feuillage déchi-queté et minable, pareil à un poulet en train de muer. Maintenant, Joad était en sueur. Sa chemise bleue fonçait sur son dos et aux aisselles. Il tira sur la visière de sa casquette et la craqua au milieu, brisant le carton qui la doublait si radicalement qu'elle ne pourrait jamais plus passer pour neuve. Et d'un pas plus rapide et plus déterminé il se dirigea vers l'ombre éloignée du saule. Près du saule il savait qu'il y aurait de l'ombre, tout au moins une raie bien marquée d'ombre compacte projetée par le tronc, maintenant que le soleil avait dépassé le zénith. A présent le soleil lui frappait la nuque et lui occasionnait un léger bourdonnement dans les oreilles. Il ne pouvait pas voir le pied de l'arbre, car il sortait d'un petit creux où l'eau séjournait plus longtemps que sur les surfaces plates. Joad hâta le pas dans sa course contre le soleil et s'engagea dans la descente. Il ralentit prudemment, car la raie d'ombre épaisse était occupée. Un homme était assis par terre, adossé à l'arbre. Il avait les jambes croisées et levait un de ses pieds nus presque à la hauteur de sa tête. Il n'avait pas entendu Joad arriver, car il sifflait avec application l'air de *Yes, Sir, That's My Baby*[1]. Son pied tendu battait lentement la mesure. Ce n'était pas un rythme de danse. Il cessa de siffler et d'une voix de ténor léger il entonna :

> *Yes, sir, that's my Saviour*[2],
> *Je — sus is my Saviour,*
> *Je — sus is my Saviour now.*
> *On the level*
> *S'not the devil*
> *Jesus is my Saviour now.*

Joad était entré dans l'ombre imparfaite des feuilles en mue avant que l'homme se fût aperçu de sa présence. Il s'arrêta de chanter et tourna la tête. C'était une longue tête osseuse à la peau tendue et placée sur un cou aussi tendineux et musclé qu'un pied de céleri. Il avait de gros yeux saillants sur lesquels la peau des paupières se tendait, et les paupières

---

1. *Yes, sir, that's my Baby :* Parfaitement, c'est ma petite gosse.
2.　　　　　　　Parfaitement, c'est mon Sauveur,
　　　　　　　　Jé — sus est mon Sauveur,
　　　　　　　　Maintenant, c'est lui mon Sauveur.
　　　　　　　　C'est pas de blague,
　　　　　　　　C'est pas le diable
　　　　　　　　C'est Jésus qui est mon Sauveur.

étaient à vif et rouges. Ses joues imberbes étaient brunes et luisantes et sa bouche charnue était ironique et sensuelle. Le nez, busqué et dur, tirait la peau si étroitement que l'arête en était toute blanche. Il n'y avait pas trace de sueur sur son visage, pas même sur le grand front pâle. C'était un front extraordinairement haut, strié de fines veines bleues sur les tempes. Une bonne moitié de sa figure était au-dessus des yeux. Ses cheveux gris et raides étaient rejetés en arrière en désordre comme s'il les avait simplement peignés avec ses doigts. Ses vêtements consistaient en un bleu de mécano et une chemise bleue. Un veston de toile à boutons de cuivre et un chapeau brun tout taché et plus ridé qu'un accordéon se trouvaient par terre auprès de lui. Des espadrilles grises de poussière reposaient là où elles étaient tombées quand il les avait fait sauter d'un coup de pied.

L'homme regarda longuement Joad. La lumière semblait pénétrer profondément dans ses yeux bruns et faire jaillir des étincelles d'or tout au fond des iris. Le paquet de muscles et de tendons faisait saillie sur son cou.

Joad se tenait immobile dans l'ombre mouchetée. Il enleva sa casquette, s'épongea le visage avec, puis il laissa tomber sur le sol sa casquette et son veston roulé.

L'homme allongé dans l'ombre compacte décroisa ses jambes et creusa la terre du bout de ses orteils.

Joad dit :

— Salut. Il fait une sacrée chaleur sur la route.

L'homme assis lui jeta un regard interrogateur :

— Vous seriez pas le jeune Tom Joad, des fois, le gars au vieux Tom ?

— Tout juste, répondit Joad. J' m'en retourne à la maison.

— J' pense pas que vous vous souveniez de moi, dit l'homme. (Il sourit et ses lèvres pleines découvrirent de grandes dents de cheval.) Oh ! non, vous n' pouvez pas vous rappeler. Vous étiez bien trop occupé à tirer les petites filles par leurs nattes pendant que j' vous apportais le Saint-Esprit. Vous n'aviez qu'une idée en tête, tirer sur cette natte jusqu'à ce qu'elle vous reste dans les mains. Peut-êt' bien que ça ne vous revient pas, mais moi j'ai pas oublié. Vous êtes venus à Jésus tous les deux ensemble, à cause de c't' affaire de tirage de tresses. J' vous ai baptisé tous les deux en même temps dans le canal d'irrigation. Fallait vous voir vous débattre et brailler comme deux chats sauvages…

Joad le regarda, les yeux baissés, puis il éclata de rire.

— Comment donc, mais vous êtes le pasteur ! Vous êtes le pasteur. J' parlais justement de vous à un type, il n'y a pas une heure.

— *J'étais* le pasteur, dit l'homme avec gravité. Le Révérend Jim Casy — de la secte du Buisson Ardent. J' gueulais de toutes mes forces le nom de Jésus et de Sa gloire. Et il m'arrivait d'avoir un canal d'irrigation si plein de pécheurs repentants que ça grouillait fallait voir comme, et que la moitié a bien manqué se noyer. Mais plus maintenant, soupira-t-il. Jim Casy tout court, maintenant, j' me sens plus la vocation. Il m' vient un tas de pensées coupables… mais qui m'ont l'air pourtant assez sensées.

Joad dit :

— C'est forcé qu'il vous vienne des idées du moment qu'on se met à réfléchir à un tas de trucs. Pour sûr que je me souviens de vous. Vos prêches étaient rudement bien. J'ai souvenance qu'une fois vous avez prêché tout votre sermon en marchant sur les mains et en gueulant comme un possédé. Man vous aimait mieux que tout le monde. Et grand-mère prétendait que l'esprit du Seigneur vous dégoulinait de partout.

Joad fouilla dans son veston roulé, trouva la poche et sortit sa bouteille. La tortue remua une patte, mais il l'enveloppa bien serré. Il dévissa la capsule et tendit la bouteille.

— Buvez un petit coup.

Casy prit la bouteille et la regarda pensivement.

— Je prêche plus guère. Les gens n'ont plus guère l'esprit du Seigneur en eux, et le pire, c'est que l'esprit du Seigneur n'est plus en moi non plus. Bien sûr, il arrive des fois que l'esprit se remet à me travailler, alors je m'arrange encore pour monter un meeting, ou bien quand les gens m'offrent à manger je récite une prière, mais le cœur n'y est plus. Si je le fais, c'est simplement parce qu'ils l'attendent de moi.

De nouveau Joad s'essuya la figure avec sa casquette.

— Vous n'êtes tout de même pas trop saint pour boire un coup, je pense ?

Casy parut remarquer la bouteille pour la première fois. Il la renversa en l'air et en avala trois bonnes lampées.

— Ça se laisse boire, fit-il.

— J' comprends, dit Joad. C'est de la gnôle manufacturée. Un dollar, qu'elle m'a coûté.

Casy but encore une gorgée avant de rendre la bouteille.

— Pour sûr, dit-il, pour sûr !

Joad lui reprit la bouteille et par politesse, il se dispensa d'en essuyer le goulot sur sa manche, avant de boire. Il s'accroupit sur les talons et posa la bouteille debout contre son veston roulé. Ses doigts trouvèrent une brindille de bois pour tracer ses pensées par terre. Il déblaya un carré, balaya les feuilles et aplanit la poussière. Et il dessina des angles et traça de petits cercles.

— Ça fait longtemps que j' vous ai pas vu, fit-il.

— Personne ne m'a vu, dit le pasteur. J' suis parti tout seul et j' suis resté à méditer. L'esprit est fort en moi, seulement c'est plus le même. J' suis plus très sûr, pour ce qui est d'un tas de choses.

Il se redressa contre l'arbre. Tel un écureuil, sa main osseuse se fraya un chemin dans la poche de son bleu et en tira une chique noire et déjà entamée. Soigneusement, il enleva des brins de paille et la bourre grise de sa poche qui s'y étaient collés, puis il mordit un coin de la chique et se la cala dans la joue. Joad agita son bâton en signe de refus quand il lui offrit ce qui restait de tabac. La tortue se débattait dans le veston roulé. Casy tourna son regard vers le vêtement animé.

— Qu'est-ce vous que avez là... un poulet ? Vous allez l'étouffer.

Joad roula son veston plus serré.

— Une vieille tortue, dit-il. J' l'ai ramassée sur la route. Un vieux tank. Une idée qui m'a pris comme ça de l'apporter à mon petit frère. Les gosses, ça aime les tortues.

Le pasteur opina lentement.

— Tous les gosses ont eu une tortue à un certain moment. Pourtant personne ne peut garder une tortue. Elles s'acharnent, elles s'acharnent, et puis un beau jour, hop, les voilà parties… quelque part, on ne sait pas. C'est comme moi. J' pouvais pas m'en tenir au bon vieil évangile qu'était là à portée de ma main. Fallait que je le pioche et que je l'épluche jusqu'à ce qu'il s'en aille en morceaux. Maintenant y a des fois que l'esprit souffle en moi et j'ai rien à prêcher. J'ai la vocation de guider les hommes, mais j' sais pas où les guider.

— Vous avez qu'à les faire tourner en rond sans arrêt, dit Joad. Flanquez-les dans le canal. Dites-leur qu'ils brûleront en enfer s'ils ne pensent pas comme vous. Pourquoi foutre voulez-vous les guider quelque part ? Contentez-vous de les guider.

L'ombre droite du tronc s'était allongée sur le sol. Joad y pénétra avec plaisir, s'assit sur ses talons et aplanit un nouveau carré pour y inscrire ses pensées du bout de son bâton. Un chien de berger jaune à longs poils s'amena en trottinant sur la route, tête basse, langue pendante et baveuse. Sa queue pendait, légèrement recourbée, et il haletait bruyamment. Joad le siffla, mais il se contenta de baisser un peu plus le museau et d'accélérer son trot vers un but bien déterminé.

— Il va quelque part, expliqua Joad, un peu vexé. Chez lui, peut-être bien.

Le pasteur ne se laissait pas écarter de son sujet.

— Il va quelque part, répéta-t-il, c'est ça, il va quelque part. Moi… j' sais pas où je vais. J' vais vous dire… J'arrivais à faire bondir les gens, à les faire parler en charabia et gueuler la gloire du Seigneur jusqu'à en tomber par terre et tourner de l'œil. Et il y en avait que je baptisais pour les faire revenir à eux. Et puis… vous savez ce que je faisais ? J'emmenais une des filles dans les herbes et je couchais avec. A chaque coup, j' faisais ça. Et après, ça me tracassait et je priais, je priais, mais ça ne servait à rien. A la première occasion que l'esprit se remettait à souffler en elles et en moi, je recommençais. J'ai compris qu'il n'y avait vraiment

34

pas d'espoir et que je n'étais qu'un sacré sale hypocrite. Mais c'était malgré moi.

Joad sourit, ses longues dents s'entrouvrirent et il se lécha les lèvres.

— Y a rien de tel qu'un bon meeting, quand tout le monde est bien échauffé, pour les culbuter, dit-il. Moi aussi j' l'ai fait.

Casy, très agité, se pencha en avant :

— Vous voyez, s'écria-t-il, j' me suis rendu compte que c'était comme ça, alors ça m'a donné à réfléchir.

Il agita sa main noueuse aux grosses articulations, de haut en bas, dans un geste caressant.

— J' me suis dit comme ça : « Me voilà en train de prêcher la grâce de Dieu, et voilà ces gens qui sont tellement pénétrés de la grâce qu'ils sautent et braillent à n'en plus pouvoir. Or il paraît que coucher avec les femmes c'est l'œuvre du démon, mais plus la femme est en état de grâce, plus elle est pressée de s'en aller dans l'herbe. Et je m' suis demandé, sacré bon Dieu, faites excuse, comment le diable peut-il entrer quand une femme est tellement possédée par le Saint-Esprit qu'il lui ressort par le nez et les oreilles. On croirait que ça serait justement là le moment où le diable n'aurait pas plus de chances qu'une boule de neige en enfer. » Et pourtant c'était comme ça.

Ses yeux brillaient d'excitation. Il malaxa ses joues un moment puis il cracha par terre, et le crachat roula sur lui-même et s'agglutina à la poussière jusqu'à ressembler à une boulette de terre séchée. Le pasteur étendit la main et en regarda la paume comme s'il lisait un livre.

— Et me v'là, continua-t-il doucement, me v'là avec l'âme de tous ces gens dans ma main — responsable et conscient de ma responsabilité — et à chaque fois j' couchais avec une des filles.

Il leva les yeux vers Joad, montrant un visage accablé. Il semblait implorer du secours.

Avec application, Joad dessina un torse de femme dans la poussière, seins, hanches, bassin.

— J'ai jamais été pasteur, dit-il, et j'ai jamais raté une occasion quand elle s'est présentée. Et j'ai jamais eu d'idées là-dessus, sauf que j'étais bougrement content chaque fois que j'avais pu m'en envoyer une.

— Oui, mais vous n'étiez pas pasteur, insista Casy. Pour vous, une fille c'était une fille et pas aut' chose. Elles ne comptaient pas pour vous. Mais pour moi c'étaient des vases sacrés. Je devais sauver leurs âmes. Et dire qu'avec toute cette responsabilité sur mes épaules, je leur communiquais le Saint-Esprit au point qu'elles en avaient l'écume aux lèvres et après je les attirais dans l'herbe.

— Peut-être que j'aurais dû me faire pasteur, dit Joad.

Il sortit son tabac et son papier et roula une cigarette. Il l'alluma et regarda le pasteur en clignant les yeux à travers la fumée.

— Y a longtemps que j'ai pas eu de femme, dit-il. J' vais avoir du travail pour me rattraper.

Casy poursuivit :

— Ça me tracassait tellement que j' pouvais pas dormir. Par exemple, il m'arrivait de partir en tournée et de me dire : « Cette fois, nom de Dieu, j' le ferai pas. » Et au moment même que je le disais j' savais que je le ferais.

— Vous auriez dû vous marier, dit Joad. Une fois y a un pasteur et sa femme qu'ont logé chez nous. Ils étaient de la secte de Jéhovah. Couchaient au premier. Prêchaient dans notre cour. Nous, les gosses, on écoutait. Ben, j' vous prie de croire que la bonne femme au pasteur, elle en prenait un sacré coup après chaque meeting.

— J' suis content que vous me disiez ça, fit Casy. Il m'arrivait de penser que j'étais le seul. A la fin ça me faisait tellement souffrir que j'ai tout plaqué et que je me suis en allé tout seul pour y réfléchir une bonne fois. (Il plia les jambes et se mit à éplucher ses orteils secs et poussiéreux.) Je m' suis dit : « Qu'est-ce qui te turlupine ? C'est-il d'avoir baisé ? » et je m' disais : « Non, c'est le péché. » Et je m' disais : « Pourquoi c'est-il que lorsqu'on devrait être dur comme fer à l'abri du péché, quand on est tout plein de Jésus-Christ, pourquoi que c'est justement le moment qu'on se met à tripoter les boutons de sa culotte ? » (Il plaça deux doigts dans la paume de sa main, en mesure, comme s'il déposait chaque mot doucement côte à côte. (Je m' dis :

36

« Peut-être que c'est pas un péché. C'est peut-être simplement que les gens sont comme ils sont. Peut-être bien qu'on se crée des emmerdements pour rien. » Et je me suis mis à penser à celles qu'allaient jusqu'à se fouetter avec des lanières plombées de trois pieds de long. Et j'ai pensé que c'est peut-être bien parce qu'elles aimaient à se faire du mal, et que moi aussi peut-être bien que j'aimais à me faire du mal. Toujours est-il que j'étais couché sous un arbre quand j'ai réfléchi à tout ça, et que je me suis endormi. Et v'là que la nuit est venue et quand je me suis réveillé il faisait noir. Y avait un coyote qui jappait pas loin. Et v'là qu'avant d'avoir eu le temps de me rendre compte, je me mets à crier tout haut : « Au diable toutes ces conneries ! Y a pas de péché, y a pas de vertu. Y a que ce que les gens font. Tout ça fait partie d'un tout. Et il y a des choses que les gens font qui sont belles et y en a d'autres qui n'sont pas belles. C'est tout ce que les gens ont le droit d'en dire... »

Il s'arrêta et leva les yeux de dessus la paume de sa main où il avait aligné ses mots.

Joad le regardait en souriant, mais son regard était éveillé et intéressé aussi.

— Pour ça, vous avez bien vu la question, dit-il, vous avez trouvé le joint.

Casy reprit d'une voix où résonnaient la douleur et la confusion :

— Je m'dis : « Qu'est-ce que cette vocation, ce Saint-Esprit ? » et je m'dis : « C'est l'amour. J'aime tellement les gens que des fois j'suis prêt à éclater. » Et je m'dis : « Et Jésus, c'est-il donc que tu ne l'aimes pas ? » Alors là, j'ai tourné et retourné ça dans ma tête et finalement j'ai dit : « Non, j'connais personne du nom de Jésus. J'connais des histoires, ça oui, mais il n'y a que les gens que j'aime. Et des fois j'les aime à en éclater et j'voudrais les rendre heureux, c'est pourquoi je leur ai prêché des choses que je pensais qu'elles pouvaient les rendre heureux. » Et alors... V'là bougrement longtemps que je parle. Vous vous étonnez peut-être de m'entendre employer des vilains mots. Ben, c'est que pour moi ils ne sont plus vilains. C'est tout simplement des mots que les gens emploient, et pour eux ils n'ont pas un vilain sens. Enfin j' vais vous dire encore une chose que j'ai pensée, et pour un pasteur, y a rien de plus irréligieux, et je ne peux plus jamais être pasteur parce que je l'ai pensée et que j' crois que c'est vrai.

— Qu'est-ce que c'est ? demanda Joad.

Casy lui jeta un regard embarrassé.

— Si ça n' vous plaît pas, n'en prenez pas offense, hein ?

— J' m'offense de rien sauf d'un coup de poing sur le nez, dit Joad. Qu'est-ce que c'est que vous avez pensé ?

— C'est à propos du Saint-Esprit et du chemin de Jésus. Je m' suis dit : « Pourquoi faut-il qu'on mette ça au compte de Dieu ou de Jésus ? Des fois, j' me suis dit, c'est peut-être bien tous les hommes et toutes les femmes que nous aimons, c'est peut-être bien ça, le Saint-Esprit — l'esprit humain — tout le bazar. Peut-être bien que les hommes n'ont qu'une grande âme et que chacun en a un petit morceau. » Et comme j'étais en train de penser ça, tout d'un coup, j'en ai été sûr. J'en étais tellement sûr tout au fond de moi, que c'était vrai. Et je le suis toujours.

Joad baissa les yeux vers le sol comme s'il ne pouvait affronter l'honnêteté toute simple dans les yeux du pasteur.

— Vous ne pouvez pas avoir d'église avec des idées pareilles, dit-il. Les gens vous forceraient à quitter le pays avec des idées pareilles. Sauter et gueuler c'est ça qui plaît aux gens. Ils se sentent bien après. Quand ma grand-mère entrait en transe et se mettait à parler charabia, y avait pas moyen de la tenir. Elle vous aurait estourbi un diacre dans la fleur de l'âge d'un seul coup de poing.

Casy le regarda, l'air tourmenté :

— Y a quelque chose que je voudrais vous demander, dit-il, quelque chose qui me trotte dans la tête.

— Allez-y. Des fois, je parle.

— Ben voilà, dit le pasteur lentement, vous voilà, vous que j'ai baptisé du temps que j'étais plongé dans la grâce et la gloire de Dieu. J'avais des petits morceaux de Jésus qui me tombaient de la bouche, ce jour-là. Vous n' pouvez pas vous rappeler parce que vous étiez trop occupé à tirer sur cette tresse.

— Je me rappelle, dit Joad. C'était Suzy Little. Elle m'a cassé un doigt l'année d'après.

— Alors... en avez-vous retiré du bien de ce baptême?. Étiez-vous meilleur après?

Joad réfléchit.

— N...n...non, j' peux pas dire que ça m'ait rien fait.

— Alors... ça vous aurait-il fait du mal? Pensez-y bien.

Joad prit la bouteille et but un coup.

— Ça n' m'a rien fait, ni bien, ni mal. Je trouvais ça comique, c'est tout.

Il tendit la bouteille au pasteur.

Il soupira et but, regarda le niveau bas du whisky et avala une autre petite gorgée.

— Tant mieux, dit-il. Parce que ça m'a souvent inquiété, l'idée qu'avec tous ces trucs-là, j'aurais pu des fois faire du tort à quelqu'un.

Joad tourna les yeux vers son veston et vit la tortue, qui s'était débarrassée de l'étoffe et qui se hâtait dans la direction qu'elle suivait lorsque Joad l'avait trouvée. Joad l'observa un moment puis lentement il se leva, la reprit et la renveloppa dans son veston.

— J'ai pas de cadeau pour les gosses, dit-il. Rien que cette vieille tortue.

— C'est drôle, dit le pasteur, je pensais au vieux Tom Joad, quand vous êtes arrivé. Je m' disais que j'irais lui faire visite. Autrefois je pensais que c'était un homme sans Dieu. Comment va-t-il, Tom?

— J' sais pas comment il va. Y a quatre ans que j'ai pas été à la maison.

— Il ne vous a jamais écrit?

Joad fut embarrassé.

— Oh! Pa n'a jamais été très fort pour ce qui est d'écrire, que ça soit par fantaisie ou pour dire d'écrire. Il peut signer son nom aussi bien qu'un autre, et lécher son crayon. Mais Pa n'a jamais écrit de lettres. Il dit toujours que ce qu'il ne peut pas dire aux gens avec sa bouche ne vaut pas la peine de se décarcasser avec un crayon.

— Vous étiez parti en voyage? demanda Casy.

Joad le considéra d'un œil méfiant.

39

— Comment, vous n'avez pas entendu parler de moi ?
C'était dans tous les journaux.

— Non... jamais... quoi ?

Il passa une jambe par-dessous l'autre et se laissa glisser
un peu contre l'arbre. L'après-midi avançait rapidement, et
le soleil prenait un ton plus chaud.

Joad dit d'un ton affable :

— Autant vous le dire tout de suite et qu'on n'en parle
plus. Mais si vous prêchiez encore, j' vous le dirais pas, des
fois que vous vous mettiez à prier pour moi.

Il siffla ce qui restait de la bouteille et la jeta au loin, et la
bouteille brune et plate ricocha légèrement dans la poussière.

— Je viens de passer quatre ans à Mac-Alester.

Casy se tourna vivement vers lui et ses sourcils s'abaissèrent de telle façon que son grand front parut encore plus
haut.

— Vous tenez pas à en parler, hein ? J' vous poserai pas
de questions, si vous avez fait quéqu' chose de mal...

— Si c'était à refaire je le referais, dit Joad. J'ai tué un
gars dans une bagarre. On était saouls, dans un bal. Il m'a
foutu un coup de couteau et j' l'ai assommé avec une pelle
qui se trouvait là. J' lui ai mis la tête en bouillie.

Les sourcils de Casy reprirent leur position normale.

— Comme ça, vous n'avez pas de honte ?

— Non, dit Joad. Pas du tout. J'ai écopé de sept ans, vu
qu'il y avait le coup de couteau. On m'a relâché au bout de
quatre, sur parole.

— Alors, ça fait quatre ans que vous n'avez pas eu de
nouvelles de chez vous ?

— Oh ! si, j'en ai eu. Man m'a envoyé une carte postale il
y a deux ans, et l'an dernier, à Noël, Grand-mère m'a envoyé
une carte avec une vue. Bon Dieu, ce que les types ont pu
rigoler dans la cellule. Il y avait dessus un arbre et des trucs
brillants qui faisaient comme de la neige. Et puis il y avait
une poésie qui disait :

Merry Christmas, purty child,
Jesus meek an' Jesus mild,

J' parie que Grand-mère l'avait jamais lue. Elle l'avait sans doute achetée à un commis voyageur et choisi celle qui avait le plus de brillant dessus. Les types dans ma cellule ont failli en crever de rire. Doux Jésus, ils m'avaient surnommé, après ça. Grand-mère avait pas fait ça pour être drôle ; elle l'avait trouvée si jolie qu'elle s'était pas donné la peine de lire. Elle avait perdu ses lunettes l'année que j'ai été coffré. Peut-être bien qu'elle ne les a jamais retrouvées, après tout.

— Comment qu'on vous traitait, à Mac-Alester ? demanda Casy.

— Oh ! pas mal. On est sûr d'avoir à bouffer, on vous donne des vêtements propres et y a des endroits où qu'on peut prendre des bains. C'est pas déplaisant, d'un côté. Ce qui est dur c'est d' pas avoir de femmes. (Brusquement il se mit à rire :) Y a un gars qu'on avait libéré sur parole, dit-il. Au bout d'un mois il était de retour comme récidiviste. Y en a un qui lui a demandé pourquoi il avait fait ça. « Eh merde, qu'il dit, y a pas de confort chez mes vieux, y a pas l'électricité, pas de douches. Y a pas de livres et la nourriture est dégueulasse. » Il a dit qu'il était revenu là où il y avait du confort et où la croûte était correcte. Il disait qu'il se sentait tout perdu là-bas, en pleine campagne, obligé de penser à ce qu'il faudrait qu'il fasse. Alors il a volé une auto et il est revenu. (Joad sortit son tabac et, soufflant sur une feuille de papier, il la tira du paquet et roula une cigarette.) Sans compter qu'il avait raison, le type, dit-il. La nuit dernière rien que de penser où j'allais roupiller, j'en avais la trouille. Et je me suis mis à penser à ma couchette et à me demander c' que devenait le cheval de retour que j'avais comme copain de cellule. Avec d'autres types j'avais monté un orchestre. Un bon. Y en avait un qui disait qu'on devrait jouer à la

1.   Joyeux Noël, enfant joli.
                               Doux Jésus, Jésus gentil,
                               Sous l'arbre de Noël je vois
                               Un cadeau de moi à toi.

T. S. F. Et ce matin je savais pas à quelle heure me lever. J' restais là couché à attendre que la cloche sonne.

Casy gloussa :

— On peut en arriver au point de regretter le bruit d'une scierie.

Le poudroiement jaunâtre de la lumière d'après-midi mettait une teinte d'or sur toute la campagne. Les tiges de maïs paraissaient dorées. Un vol d'hirondelles cingla l'espace, en route vers quelque mare. Dans le veston de Joad la tortue tenta une nouvelle évasion. Joad plia la visière de sa casquette. Elle avait acquis maintenant la longue courbe en saillie d'un bec de corbeau.

— Ah ! il est temps que je me mette en route, dit-il. L'idée de me remettre au soleil ne me dit rien, mais il ne tape plus si dur, maintenant.

Casy se redressa :

— Y a bougrement longtemps que j'ai pas vu le vieux Tom, dit-il. J' m'apprêtais à aller le voir, du reste. Pendant longtemps j'ai apporté Jésus à votre famille et jamais une fois j'ai fait la quête... jamais rien demandé qu'un morceau à manger de temps en temps.

— Venez, dit Joad. Pa sera content de vous voir. Il disait toujours que vous aviez la bite trop longue pour un pasteur.

Il ramassa son veston roulé et le serra commodément autour des souliers et de la tortue.

Casy reprit ses espadrilles et y glissa ses pieds nus.

— J' suis point si confiant que vous, dit-il. J'ai toujours peur qu'il y ait des fils de fer ou du verre dans le sable. Y a rien que je crains autant qu'une coupure au pied.

Ils hésitèrent au bord de l'ombre, puis ils plongèrent dans la lumière jaune comme deux nageurs pressés de regagner la rive. Après quelques pas rapides ils adoptèrent une allure paisible et réfléchie. Maintenant les tiges de maïs projetaient une ombre latérale et l'air était saturé de l'odeur âpre de sable chaud. Le champ de maïs se termina et fut remplacé par du coton vert foncé, des feuilles d'un vert sombre sous leur pellicule de poussière, et des cocons en formation. Le coton était irrégulier, épais dans les dépressions, là où l'eau avait séjourné, clairsemé sur les hauteurs. Les plants luttaient contre le soleil. A l'horizon, tout se noyait dans une teinte marron. Le chemin s'allongeait devant eux avec des montées et des descentes. Les saules d'une rivière traçaient une ligne à l'ouest, et au nord-ouest les terres en jachère se recouvraient déjà de broussailles. Mais l'odeur de sable brûlé était dans l'air, et l'air était sec, si bien que les mucosités du nez se desséchaient en croûtes et que les yeux pleuraient pour préserver l'humidité des pupilles.

Casy dit :

— Vous voyez comme le maïs promettait avant la pluie de sable. C'était une fameuse récolte.

— Tous les ans, dit Joad, d'aussi loin que je peux me rappeler, notre récolte promettait d'être fameuse, et ça n'a jamais rien donné. Grand-père vous dira qu'elle était bonne pendant les cinq premiers labours, tant que les herbes sauvages y poussaient encore.

La route descendit une petite côte et remonta sur un autre vallonnement. Casy dit :

— La maison au vieux Tom ne doit pas être à plus d'un mille. Est-ce qu'elle n'est pas derrière cette troisième hauteur ?

— Oui, dit Joad, à moins qu'on ne l'ait volé comme l'a fait Pa.

— Votre papa l'a volée ?

— Bien sûr. Il l'a trouvée à un mille et demi à l'est et il l'a traînée jusqu'ici. Y avait une famille qui y habitait puis ils sont partis. Grand-père et Pa et mon frère Noah auraient bien pris la maison entière en une fois mais elle n'a rien voulu savoir. Ils n'en ont pris qu'un morceau. C'est pour ça qu'elle est si bizarre à un bout. Ils l'ont coupée en deux et ils l'ont traînée avec douze chevaux et deux mules. Ils s'apprêtaient à retourner chercher l'autre moitié pour les recoller ensemble, mais avant qu'ils aient pu arriver, Wink Manley s'était amené avec ses garçons et avait volé l'autre moitié. Pa et Grand-père n'étaient pas contents, mais quelque temps après ils ont pris une cuite avec Wink et ils en ont ri à en crever. Wink, il disait que sa maison était un étalon et que si on lui amenait la nôtre pour la faire couvrir, on aurait peut-être bien toute une portée de goguenots. Parlez d'un type,

Wink, quand il était seul. Après ça, lui, Pa et Grand-père étaient bons amis. Ils ne perdaient pas une occasion de se saouler la gueule ensemble.

— Tom est un fameux gaillard, acquiesça Casy.

Ils avancèrent péniblement dans la poussière jusqu'au fond de la dépression et ralentirent le pas pour remonter. Casy s'essuya le front avec sa manche et remit son chapeau à fond plat.

— Oui, répéta-t-il. Tom était fameux gaillard. Pour un homme sans Dieu, c'était un fameux gaillard. J' l'ai vu parfois à des meetings quand l'esprit commençait juste à souffler un peu sur lui, je l'ai vu faire des sauts de douze pieds. Je vous prie de croire que quand le vieux Tom tenait une bonne dose de Saint-Esprit, fallait se cavaler en vitesse de crainte d'être renversé et piétiné. Y se cabrait comme un étalon dans son box.

Ils arrivèrent au haut de la côte et la route descendit dans une vieille ravine, laide et défoncée. Un lit raboteux, avec des creux de ruisselets qui l'entamaient des deux côtés. Quelques pierres servaient de gué. Joad le passa pieds nus.

— Vous parlez de Pa, dit-il. Vous avez sans doute jamais vu l'oncle John, la fois qu'on l'a baptisé là-bas, chez Polk. Il en faisait des sauts et des plongées. Il sautait par-dessus un buisson qu'était aussi haut qu'un piano. Et il sautait d'un côté et il sautait de l'autre, en hurlant comme un loup pendant la pleine lune. Bref, v'là-t-il pas que Pa le voit et Pa se figure être le meilleur sauteur de Dieu dans tout le pays. Alors, comme ça, il choisit un buisson qu'était bien deux fois plus haut que le buisson à l'oncle John, et Pa pousse un cri comme une truie en train d'accoucher de tessons de bouteilles, prend son élan, saute le buisson et se pète la jambe droite en retombant. Ça lui a enlevé le Saint-Esprit, à Pa. Le pasteur voulait lui remettre sa jambe avec des prières, mais Pa a dit non, bon Dieu, il lui fallait un docteur. Seulement comme y avait pas de docteur, c'est un dentiste ambulant qui lui a arrangé ça. Le pasteur a prié pour lui de toute façon.

Ils gravirent la pente de l'autre côté de la ravine. Maintenant que le soleil déclinait, sa force diminuait et bien

44

que l'air fût brûlant, les rayons dardaient moins férocement. Le fil sur les pieux tordus bordait toujours la route. A droite, une clôture en fil de fer divisait le champ de coton et des deux côtés, le coton vert était pareil, poussiéreux, sec, d'un vert sombre.

Joad montra la clôture.

— C'est là que commence notre terre. A vrai dire, on n'avait pas besoin de clôture, mais on avait le fil de fer et puis ça lui plaisait, à Pa, l'idée d'avoir une clôture. Il disait que ça lui donnait le sentiment que quarante arpents, ça faisait bien quarante arpents. On n'aurait pas eu cette clôture si l'oncle John ne s'était pas amené un soir avec six rouleaux de fil de fer dans sa charrette. Il les a donnés à Pa contre un goret. Jamais on n'a su où il avait trouvé le fil de fer.

Ils ralentirent à la montée, avançant dans le sable épais, tâtant la terre de leurs pieds. Joad avait les yeux perdus dans ses souvenirs. Il semblait rire en dedans de lui-même.

— L'oncle John était un drôle de bougre, dit-il. Quand je pense à ce qu'il a fait de ce goret.

Il eut un petit rire.

Casy attendait, impatient. L'histoire ne vint pas. Casy lui donna tout le temps de poursuivre, puis n'y tenant plus :

— Alors, qu'est-ce qu'il a fait de son goret ? demanda-t-il enfin.

— Hein ? Oh ! eh ben, il l'a tué sur place, son goret, et il n'a eu de cesse que Man ait allumé le fourneau. Il a tranché les côtelettes et il les a mises dans la poêle, et il a mis des côtes et une patte dans le four. Il a mangé les côtelettes en attendant que les côtes soient cuites, puis il a mangé les côtes en attendant que la patte soit cuite. Et puis il s'est attaqué à c'te patte. Il en coupait des tranches énormes et se les fourrait dans la bouche. Nous les gosses, on en bavait en le regardant, et il nous en donnait un petit peu mais il a pas voulu en donner à Pa. En fin de compte il a tellement mangé qu'il en a dégueulé et puis il est allé se coucher. Pendant qu'il dormait, nous, les gosses, avec Pa on a fini la patte. Et v'là que quand l'oncle John se réveille le lendemain matin, il colle une autre patte dans le four. Pa dit : « John, tu vas manger tout ce sacré cochon ? » Et il répond : « J'en ai bien l'intention, Tom, mais j'ai peur qu'il ne s'en perde avant que j'aie fini, malgré que j'aie bougrement faim de porc. Tu ferais peut-être aussi bien de t'en prendre une assiettée et de me rendre deux rouleaux de fil de fer. » Seulement, Pa n'est pas un idiot. Il a tout bonnement laissé l'oncle se bourrer de cochon à s'en rendre malade et quand il est reparti dans sa charrette il en avait à peine mangé la moitié. Alors Pa lui dit : « Pourquoi que tu le sales pas ? » Mais c'était pas du goût de l'oncle John. Quand il veut du cochon il veut tout un cochon et quand il a fini il n' veut plus en entendre parler. Alors il est parti et Pa a salé le restant.

Casy dit :

— Quand j'étais encore dans l'esprit de prêcher, j'en aurais tiré une morale et je vous l'aurais expliquée, mais je ne fais plus ça. Pourquoi pensez-vous qu'il s'est conduit de cette façon ?

— J' sais pas, dit Joad. Une envie de cochon qui lui a pris. Ça me donne faim rien que d'y penser. J'ai eu tout juste quatre tranches de rôti de porc en quatre ans... une tranche à chaque Noël.

Casy suggéra, avec une certaine emphase :

— Peut-être bien que Tom va tuer le veau gras, comme pour le fils prodigue, dans l'Écriture.

Joad rit dédaigneusement :

— Vous l' connaissez pas. Quand il tue un poulet c'est pas le poulet qui piaille, c'est Pa. Il se corrigera jamais. Il est toujours en train de garder un cochon pour Noël et puis il meurt toujours en septembre, d'enflure ou de quelque autre maladie qui fait qu'il n'est pas mangeable. Quand l'oncle John voulait du cochon il bouffait du cochon. Il s'en payait.

Ils franchirent le monticule et virent à leurs pieds la ferme des Joad. Et Joad s'arrêta.

— C'est plus pareil, dit-il. Regardez-moi cette maison. Il s'est passé quelque chose. Y a plus personne.

Ils étaient là debout tous les deux, les yeux fixés sur le petit groupe de bâtiments.

CHAPITRE V

Les propriétaires terriens s'en venaient sur leurs terres, ou le plus souvent, c'étaient les représentants des propriétaires qui venaient. Ils arrivaient dans des voitures fermées, tâtaient la terre sèche avec leurs doigts et parfois ils enfonçaient des tarières de sondage dans le sol pour en étudier la nature. Les fermiers, du seuil de leurs cours brûlées de soleil, regardaient, mal à l'aise, quand les autos fermées longeaient les champs. Et les propriétaires finissaient par entrer dans les cours, et de l'intérieur des voitures, ils parlaient par les portières. Les fermiers restaient un moment debout près des autos, puis ils s'asseyaient sur leurs talons et trouvaient des bouts de bois pour tracer des lignes dans la poussière.

Par les portes ouvertes les femmes regardaient, et derrière elles, les enfants — les enfants blonds comme le maïs, avec de grands yeux, un pied nu sur l'autre pied nu, les orteils frétillants. Les femmes et les enfants regardaient leurs hommes parler aux propriétaires. Ils se taisaient.

Certains représentants étaient compatissants parce qu'ils s'en voulaient de ce qu'ils allaient faire, d'autres étaient furieux parce qu'ils n'aimaient pas être cruels, et d'autres étaient durs parce qu'il y avait longtemps qu'ils avaient compris qu'on ne peut être propriétaire sans être dur. Et tous étaient pris dans quelque chose qui les dépassait. Il y en avait qui haïssaient les mathématiques qui les poussaient à agir ainsi ; certains avaient peur, et d'autres vénéraient les

47

mathématiques qui leur offraient un refuge contre leurs pensées et leurs sentiments. Si c'était une banque ou une compagnie foncière qui possédait la terre, le représentant disait : « La banque ou la compagnie... a besoin... veut... insiste... exige... » comme si la banque ou la compagnie étaient des monstres doués de pensée et de sentiment qui les avaient eux-mêmes subjugués. Ceux-là se défendaient de prendre des responsabilités pour les banques ou les compagnies parce qu'ils étaient des hommes et des esclaves, tandis que les banques étaient à la fois des machines et des maîtres. Il y avait des agents qui ressentaient quelque fierté d'être les esclaves de maîtres si froids et si puissants. Les agents assis dans leurs voitures expliquaient : « Vous savez que la terre est pauvre. Dieu sait qu'il y a assez longtemps que vous vous échinez dessus. »

Les fermiers accroupis opinaient, réfléchissaient, faisaient des dessins dans le sable. Eh oui, Dieu sait qu'ils le savaient. Si seulement la poussière ne s'envolait pas. Si elle avait voulu rester par terre, les choses n'auraient peut-être pas été si mal.

Les agents poursuivaient leur raisonnement :

— Vous savez bien que la terre devient de plus en plus pauvre. Vous savez ce que le coton fait à la terre ; il la vole, il lui suce le sang.

Les fermiers opinaient... Dieu sait qu'ils s'en rendaient compte. S'ils pouvaient seulement faire alterner les cultures, ils pourraient peut-être redonner du sang à la terre.

Oui, mais c'est trop tard. Et le représentant expliquait comment travaillait, comment pensait le monstre qui était plus puissant qu'eux-mêmes. Un homme peut garder sa terre tant qu'il a de quoi manger et payer ses impôts ; c'est une chose qui peut se faire.

Oui, il peut le faire jusqu'au jour où sa récolte lui fait défaut, alors il lui faut emprunter de l'argent à la banque.

Bien sûr... seulement, vous comprenez, une banque ou une compagnie ne peut pas faire ça, parce que ce ne sont pas des créatures qui respirent de l'air, qui mangent de la viande. Elles respirent des bénéfices ; elles mangent l'intérêt de l'argent. Si elles n'en ont pas, elles meurent, tout comme vous mourriez sans air, sans viande. C'est très triste, mais c'est comme ça. On n'y peut rien.

Les hommes accroupis levaient les yeux pour comprendre.

— Est-ce qu'on ne pourrait pas nous laisser continuer ? L'année prochaine sera peut-être une bonne année. Dieu sait combien on pourra faire de coton l'année prochaine. Et avec toutes ces guerres... Dieu sait à quel prix le coton va monter. Est-ce qu'on ne fait pas des explosifs avec le coton ? Et des uniformes ? Qu'il y ait seulement assez de guerres et le coton fera des prix fous. L'année prochaine, peut-être.

Ils levaient des regards interrogateurs.

— Nous ne pouvons pas compter là-dessus. La banque... le monstre, a besoin de bénéfices constants. Il ne peut pas attendre. Il mourrait. Non, il faut que les impôts continuent. Quand le monstre s'arrête de grossir, il meurt. Il ne peut pas s'arrêter et rester où il est.

Des doigts aux chairs molles commençaient à tapoter le bord des portières, et des doigts rugueux à se crisper sur les bâtons qui dessinaient avec nervosité. Sur le seuil des fermes brûlées de soleil, les femmes soupiraient puis changeaient de pied, de sorte que celui qui avait été dessous se trouvait dessus, les orteils toujours en mouvement. Les chiens venaient renifler les voitures des agents et pissaient sur les quatre roues, successivement. Et les poulets étaient couchés dans la poussière ensoleillée et ils ébouriffaient leurs plumes pour que le sable purificateur leur pénétrât jusqu'à la peau. Dans leurs petites étables, les cochons grognaient, perplexes, sur les restes boueux des eaux de vaisselle.

Les hommes accroupis rabaissèrent les yeux.

— Qu'est-ce que vous voulez qu'on fasse ? Nous ne pouvons pas diminuer notre part des récoltes... nous crevons déjà à moitié de faim. Nos gosses n'arrivent pas à se rassasier. Nous n'avons pas de vêtements, tout est en pièces. Si nos voisins n'étaient pas tout pareils, nous aurions honte de nous montrer aux services.

Et finalement les représentants en vinrent au fait.

— Le système de métayage a fait son temps. Un homme avec un tracteur peut prendre la place de douze à quinze familles. On lui paie un salaire et on prend toute la récolte. Nous sommes obligés de le faire. Ce n'est pas que ça nous fasse plaisir. Mais le monstre est malade. Il lui est arrivé quelque chose, au monstre.

— Mais vous allez tuer la terre avec tout ce coton.

— Nous le savons. A nous de nous dépêcher de récolter du coton avant que la terre ne meure. Après on vendra la terre. Il y a bien des familles dans l'Est qui aimeraient avoir un lopin de terre.

Les métayers levèrent les yeux, alarmés.

— Mais qu'est-ce que nous allons devenir ? Comment allons-nous manger ?

— Faut que vous vous en alliez. Les charrues vont labourer vos cours.

Là-dessus les hommes accroupis se levèrent, en colère.

— C'est mon grand-père qui a pris cette terre, et il a fallu qu'il tue les Indiens, qu'il les chasse. Et mon père est né sur cette terre, et il a brûlé les mauvaises herbes et tué les serpents. Et puis y a eu une mauvaise année, et il lui a fallu emprunter une petite somme. Et nous on est nés ici. Là, sur la porte... nos enfants aussi sont nés ici. Et mon père a été forcé d'emprunter de l'argent. La banque était propriétaire à ce moment-là, mais on nous y laissait et avec ce qu'on cultivait on faisait un petit profit.

— Nous savons ça... Nous savons tout ça. Ce n'est pas nous, c'est la banque. Une banque n'est pas comme un homme. Pas plus qu'un propriétaire de cinquante mille arpents, ce n'est pas comme un homme non plus. C'est ça le monstre.

— D'accord, s'écriaient les métayers, mais c'est notre terre. C'est nous qui l'avons mesurée, qui l'avons défrichée. Nous y sommes nés, nous nous y sommes fait tuer, nous y sommes morts. Quand même elle ne serait plus bonne à rien, elle est toujours à nous. C'est ça qui fait qu'elle est à nous... d'y être nés, d'y avoir travaillé, d'y être enterrés. C'est ça qui donne le droit de propriété, non pas un papier avec des chiffres dessus.

— Nous sommes désolés. Ce n'est pas nous. C'est le monstre. Une banque n'est pas comme un homme.

— Oui, mais la banque n'est faite que d'hommes.

— Non, c'est là que vous faites erreur... complètement. La banque ce n'est pas la même chose que les hommes. Il se trouve que chaque homme dans une banque hait ce que la banque fait, et cependant la banque le fait. La banque est plus que les hommes, je vous le dis. C'est le monstre. C'est les hommes qui l'ont créé, mais ils sont incapables de le diriger.

Les métayers criaient :

— Grand-père a tué les Indiens, Pa a tué les serpents pour le bien de cette terre. Peut-être qu'on pourrait tuer les banques. Elles sont pires que les Indiens, que les serpents. Peut-être qu'il faudrait qu'on se batte pour sauver nos terres comme l'ont fait Grand-père et Pa.

Et maintenant les représentants se fâchaient :

— Il faudra que vous partiez.

— Mais c'est à nous, criaient les métayers. Nous...

— Non. C'est la banque, le monstre, qui est le propriétaire. Il faut partir.

— Nous prendrons nos fusils comme Grand-père quand les Indiens arrivaient. Et alors ?

— Alors... d'abord le shérif, puis la troupe. Vous serez des voleurs si vous essayez de rester et vous serez des assassins si vous tuez pour rester. Le monstre n'est pas un homme mais il peut faire faire aux hommes ce qu'il veut.

— Mais si nous partons, où irons-nous ? Comment irons-nous ? Nous n'avons pas d'argent.

— Nous regrettons, disaient les représentants. La banque, le propriétaire de cinquante mille arpents ne peuvent pas être considérés comme responsables. Vous êtes sur une terre qui ne vous appartient pas. Une fois partis vous trouverez peut-être à cueillir du coton à l'automne. Vous pourrez peut-être recevoir des secours du fonds de chômage. Pourquoi n'allez-vous pas dans l'Ouest, en Californie ? Il y a du travail là-bas, et il n'y fait jamais froid. Mais voyons, vous avez des oranges partout, il suffit d'étendre la main pour les cueillir. Mais voyons, il y a toujours quelque récolte en train là-bas. Pourquoi n'y allez-vous pas ?

51

Et les agents mettaient leurs voitures en marche et disparaissaient.

Les métayers de nouveau s'asseyaient sur leurs talons et recommençaient à dessiner par terre avec leurs bâtons, réfléchissant, indécis. Leurs visages hâlés étaient sombres et leurs yeux brûlés de soleil étaient clairs. Les femmes, prudemment, quittaient les seuils, s'approchaient de leurs hommes, et les enfants avançaient derrière les femmes, prudemment, prêts à s'enfuir. Les garçons les plus âgés s'accroupissaient près de leur père, parce que cela faisait d'eux des hommes. Au bout d'un moment, les femmes demandaient :

— Qu'est-ce qu'il voulait ?

Et les hommes levaient les yeux une seconde, et il y avait de la douleur au fond de leurs yeux.

— Faut nous en aller. Un tracteur et un surveillant. Comme dans les usines.

— Où irons-nous ? demandaient les femmes.

— Nous ne savons pas. Nous ne savons pas.

Et les femmes s'en retournaient, rapidement, sans bruit, dans les maisons, en poussant les enfants devant elles. Elles savaient qu'un homme blessé et perplexe à ce point peut tourner sa colère contre ceux qu'il aime. Elles laissaient les hommes seuls à réfléchir et à tracer des raies dans le sable.

Il arrivait qu'au bout d'un moment le métayer regardait autour de lui... la pompe qu'il avait installée dix ans auparavant, avec un manche en col de cygne et des fleurs en métal à l'orifice, le billot où un millier de poulets avaient été décapités, la charrue sous son hangar, et le coffre suspendu aux poutres au-dessus d'elle.

Les enfants se groupaient autour des femmes dans les maisons.

— Qu'est-ce qu'on va faire, Man ? Où va-t-on aller ?

Les femmes disaient :

— Nous ne savons pas encore. Allez jouer. Mais ne vous approchez pas de votre père. Il pourrait vous corriger si vous vous approchez trop près.

Et les femmes se remettaient à leur ouvrage, mais sans

perdre de vue les hommes accroupis dans la poussière, perplexes, méditatifs.

Les tracteurs arrivaient sur les routes, pénétraient dans les champs, grands reptiles qui se mouvaient comme des insectes, avec la force incroyable des insectes. Ils rampaient sur le sol, traçaient la piste sur laquelle ils roulaient et qu'ils reprenaient. Tracteurs Diesel, qui crachotaient au repos, s'ébranlaient dans un bruit de tonnerre qui peu à peu se transformait en un lourd bourdonnement. Monstres camus qui soulevaient la terre, y enfonçant le groin, qui descendaient les champs, les coupaient en tous sens, repassaient à travers les clôtures, à travers les cours, pénétraient en droite ligne dans les ravines. Ils ne roulaient pas sur le sol, mais sur leur chemin à eux. Ils ignoraient les côtes et les ravins, les cours d'eau, les haies, les maisons.

L'homme assis sur son siège de fer n'avait pas l'apparence humaine ; gants, lunettes, masque en caoutchouc sur le nez et la bouche, il faisait partie du monstre, un robot sur son siège. Le tonnerre des cylindres faisait trembler la campagne, ne faisait plus qu'un avec l'air et la terre, si bien que terre et air frémissaient des mêmes vibrations. Le conducteur était incapable de le maîtriser... il fonçait droit dans la campagne, coupait à travers une douzaine de fermes puis rebroussait chemin. Un coup de volant aurait pu faire dévier la chenille, mais les mains du conducteur ne pouvaient pas tourner parce que le monstre qui avait construit le tracteur, le monstre qui avait lâché le tracteur en liberté avait trouvé le moyen de pénétrer dans les mains du conducteur, dans son cerveau, dans ses muscles, lui avait bouché les yeux avec des lunettes, l'avait muselé... avait paralysé son esprit, avait muselé sa langue, avait paralysé ses perceptions, avait muselé ses protestations. Il ne pouvait pas voir la terre telle qu'elle était, il ne pouvait pas sentir ce que sentait la terre ; ses pieds ne pouvaient pas fouler les mottes ni sentir la chaleur, la puissance de la terre. Il était assis sur un siège de fer, les pieds sur des pédales de fer. Il ne pouvait pas célébrer, abattre, maudire ou encourager l'étendue de son pouvoir, et à cause de cela, il ne pouvait pas se célébrer, se fustiger, se maudire ni s'encourager lui-même. Il ne connaissait pas, ne possédait pas, n'implorait pas la terre. Il n'avait pas foi en elle. Si une graine semée ne germait pas cela ne faisait rien. Si les jeunes plants se fanaient par suite de la sécheresse ou s'ils étaient noyés par des pluies diluviennes le conducteur ne s'en inquiétait pas plus que le tracteur.

Il n'aimait pas plus la terre que la banque n'aimait la terre. Il pouvait admirer le tracteur... ses surfaces polies, la puissance de son élan, le grondement de ses cylindres détonants ; mais ce n'était pas son tracteur. Derrière le tracteur tournaient les disques luisants qui coupaient la terre avec des lames — de la chirurgie, non du labour — qui repoussaient la terre coupée à droite où la seconde rangée de disques la coupait et la rejetait à gauche ; lames tranchantes qui brillaient, polies par la terre coupée. Et, tirées derrière les disques, les herses qui ratissaient avec leurs dents de fer, si bien que les plus petites mottes s'émiettaient et que la terre s'aplanissait. Derrière les herses, les longs semoirs... douze verges en fer incurvées, érigées à la fonderie, aux orgasmes déclenchés par des leviers, au viol méthodique, au viol sans passion. Le conducteur était assis sur son siège de fer et il était fier des lignes droites qu'il avait tracées sans que sa volonté fût intervenue, fier du tracteur qu'il ne possédait ni n'aimait, fier de cette puissance qu'il ne pouvait pas contrôler. Et quand cette récolte poussait et était moissonnée, nul homme n'avait écrasé entre ses paumes les mottes chaudes et n'en avait laissé couler la terre entre ses doigts. Personne n'avait touché la graine, ni imploré ardemment sa croissance. Les hommes mangeaient ce qu'ils n'avaient pas produit, rien ne les liait à leur pain. La terre accouchait avec les fers et mourait peu à peu sous le fer ; car elle n'était ni aimée, ni haïe, elle n'était l'objet ni de prières ni de malédictions.

Parfois, vers midi, le conducteur du tracteur s'arrêtait devant une métairie et s'apprêtait à déjeuner : sandwiches enveloppés dans du papier glacé, pain blanc, cornichons, fromage, *spam* [1], morceau de tarte estampillé comme une pièce de machine. Il mangeait sans goût. Et les métayers qui n'étaient pas encore partis venaient le voir, le regardaient curieusement tandis qu'il enlevait ses lunettes et son masque de caoutchouc, laissant des cercles blancs autour de ses yeux et un grand cercle blanc autour de son nez et de sa bouche. Le tuyau d'échappement du tracteur crachotait, car l'essence est si bon marché qu'il est préférable de laisser le moteur marcher plutôt que d'avoir à réchauffer le Diesel pour un nouveau départ. Des enfants curieux faisaient cercle, des enfants déguenillés qui mangeaient leur pâte frite tout en regardant. Ils regardaient avec des yeux affamés le déballage de sandwiches, et leurs nez aiguisés par la faim reniflaient les pickles, le fromage et le Spam. Ils ne parlaient pas au conducteur. Ils regardaient sa main porter la nourriture à sa bouche. Ils ne le regardaient pas mâcher, leurs yeux suivaient la main qui tenait le sandwich. Au bout d'un moment le métayer qui ne pouvait pas partir venait s'accroupir dans l'ombre du tracteur :

— Tiens, mais t'es le fils à Joe Davis !

— Mais oui, disait le conducteur.

— Pourquoi que tu fais ça, pourquoi tu travailles contre les tiens ?

— Trois dollars par jour. J'en avais plein le dos de faire des bassesses pour ma croûte — sans l'obtenir. J'ai une femme et des gosses. Faut bien qu'on mange. Trois dollars par jour et ils rappliquent tous les jours.

— C'est vrai, disait le métayer, mais pour tes trois dollars par jour, y a quinze ou vingt familles qu'ont plus rien à manger. Ça fait près de cent personnes qui sont obligées de s'en aller courir les routes pour tes trois dollars par jour. C'est-il juste ?

Et le conducteur répondait :

— J'peux pas m'arrêter à penser à ça. Faut que je pense à mes gosses. Trois dollars par jour, et qui rappliquent tous les jours. Les temps ont changé, mon vieux, vous ne savez

1. *Spam :* sorte de jambon de conserve.

55

pas ça ? On ne peut plus vivre de sa terre maintenant, à moins qu'on ait deux, cinq, dix mille arpents et un tracteur. La culture, c'est plus pour des petits fermiers comme nous. Il ne vous viendrait pas à l'idée de rouspéter parce que vous n'êtes pas un Ford ou la Compagnie des Téléphones. Eh ben, la culture, c'est comme ça maintenant. On n'y peut rien. Essayez un peu de gagner trois dollars ailleurs. C'est le seul moyen.

Le métayer réfléchissait :

— C'est drôle tout de même comme sont les choses. Si un homme a un peu de terre, cette terre est à lui, elle fait partie de lui, elle est pareille à lui. S'il a juste assez de terre pour pouvoir s'y promener, pour pouvoir s'en occuper et être triste quand ça ne rend pas, et se réjouir quand la pluie se met à tomber dessus, cette terre c'est lui-même et dans un sens il en est grandi parce qu'il en est le propriétaire. Même s'il ne réussit pas, sa terre lui donne de l'importance. C'est comme ça.

Et le métayer allait plus loin.

— Mais qu'un homme possède des terres qu'il ne voit pas, ou qu'il n'a pas le temps de passer à travers ses doigts, ou qu'il ne peut pas aller s'y promener... alors, c'est la propriété qui devient l'homme. Il ne peut pas faire ce qu'il veut, il ne peut pas penser ce qu'il veut. C'est la propriété qu'est l'homme, elle est plus forte que lui. Et il est petit au lieu d'être grand. Il n'y a que sa propriété qui est grande... et il en est le serviteur. C'est comme ça aussi.

Le conducteur mâchait la tarte estampillée et jetait la croûte.

— Les temps sont changés, vous devriez le savoir. C'est pas en pensant à des idées pareilles que vous donnerez à manger à vos gosses. Touchez vos trois dollars par jour et nourrissez vos gosses. Vous avez pas de raison de vous préoccuper des gosses des autres, occupez-vous des vôtres. Vous vous attirerez des ennuis si vous tenez ce genre de discours, et vous ne gagnerez jamais trois dollars par jour. Les patrons n' vous donneront jamais trois dollars par jour si vous vous préoccupez d'autre chose que de ces trois dollars.

56

— Près de cent personnes sur les routes à cause de tes trois dollars. Où irons-nous ?

— A propos, disait le conducteur, vaudrait autant pas tarder à partir. J' vais passer à travers votre cour, après dîner.

— T'as comblé le puits, ce matin.

— Je sais. Fallait que j'aille en ligne droite. Mais je vais passer par votre cour après dîner. Faut que j'aille en ligne droite. Et... oh ! puisque vous connaissez mon père, Joe Davis, je peux bien vous le dire. J'ai des ordres au cas où les familles ne sont pas parties... si j'ai un accident... vous savez si je passe un peu trop près de la maison et que je l'accroche un peu... eh bien, j' peux me faire un ou deux dollars. Et mon petit dernier a encore jamais eu de souliers.

— J' l'ai bâtie de mes propres mains. J'ai redressé des vieux clous pour faire tenir la toiture. Les chevrons sont fixés aux entraits avec du fil de fer. Elle est à moi. C'est moi qui l'ai faite. Essaie de la renverser et tu me trouveras à la fenêtre avec un fusil. Essaie seulement de t'approcher trop près et je te descends comme un lapin.

— Ce n'est pas moi. J'y peux rien. Je me ferai renvoyer si je ne le fais pas. Et puis après, mettons que vous me tiriez un coup de fusil et que je sois tué. On vous pendra et bien avant de vous pendre y aura un autre type qui s'amènera sur le tracteur et il foutra votre maison par terre. Vous ne tuez pas le type qu'il faut.

— C'est juste, disait le métayer. Qui te donne tes ordres ? J'irai le trouver. C'est lui qu'est à tuer.

— Pas du tout. Il reçoit ses ordres de la banque. C'est la banque qui lui dit : « Foutez ces gens dehors, sans quoi c'est vous qui partez. »

— Elle a bien un président cette banque, et un conseil d'administration. J' remplirai mon barillet et j'irai à la banque.

Le conducteur répondait :

— Un type me disait que la banque reçoit ses consignes de l'Est. Les consignes étaient : « Faites produire la terre, sans quoi nous vous faisons fermer. »

— Mais où ça s'arrête-t-il ? Qui pouvons-nous tuer ? J'ai

pas envie de mourir de faim avant d'avoir tué celui qui m'affame.

— J' sais pas. Peut-être bien qu'il n'y a personne à tuer. Il ne s'agit peut-être pas d'hommes. Comme vous dites, c'est peut-être la propriété qui en est cause. En tout cas je vous ai dit ce que je devais faire.

— Faut que je réfléchisse, disait le métayer. Faut qu'on réfléchisse tous. Y a sûrement moyen d'arrêter ça. C'est pas comme le tonnerre ou les tremblements de terre. Y a là quelque chose de mauvais qu'a été fait par les hommes et faudra bien que ça change, nom de Dieu !

Le métayer était assis sur le seuil de sa porte et le conducteur mettait en marche et s'éloignait, traçait son sillage et tournait, et les herses ratissaient et les phallus du semoir pénétraient dans la terre. Le tracteur passait à travers la cour et le sol durci par les pieds devenait champ ensemencé, et le tracteur revenait la traverser encore. L'espace non labouré n'avait plus que dix pieds de large. Et il revenait. Le garde-boue de fer mordait le coin de la maison, démolissait le mur, arrachait la petite maison de ses fondations et la renversait sur le côté, écrasée comme un hanneton. Et le conducteur avait des lunettes, et un masque de caoutchouc lui couvrait le nez et la bouche. Le tracteur continuait en droite ligne et l'air et le sol frémissaient au bruit de tonnerre. Le métayer le suivit des yeux, le fusil à la main. Sa femme était près de lui, et les enfants muets derrière. Et tous les yeux étaient rivés sur le tracteur.

CHAPITRE VI

Le révérend Casy et le jeune Tom, debout sur la hauteur, regardaient la ferme des Joad. La petite maison de bois brut était écrasée d'un côté, et elle avait été arrachée à ses fondations de sorte qu'elle avait basculé et les trous des fenêtres de devant fixaient un point du ciel bien au-dessus de l'horizon. Les clôtures avaient disparu et le coton poussait dans la cour et contre la maison, et le coton entourait l'écurie. La guérite des cabinets gisait sur le côté et le coton poussait tout contre elle. Là où la cour avait été tassée solidement par les pieds nus des enfants, par les sabots des chevaux et par les larges roues des charrettes, ce n'était plus que culture et le coton y poussait, le coton vert foncé et poussiéreux. Le jeune Tom regarda longuement le saule échevelé près de l'abreuvoir sec, le carré de ciment où la pompe se trouvait autrefois.

— Nom de Dieu, dit-il enfin. Tous les diables ont dû passer par là. Y a plus âme qui vive.

Puis il se remit à descendre rapidement la colline et Casy le suivit. Il regarda dans l'écurie abandonnée un peu de litière par terre, et le box de la mule dans le coin. Et tandis qu'il regardait il entendit un froissement précipité par terre, et toute une famille de souris disparut sous la paille. Joad s'arrêta à l'entrée de l'appentis où l'on gardait les outils, et il n'y vit pas d'outils... une pointe de soc de charrue brisée, un fouillis de fil de fer dans le coin, la roue de fer d'un fauchet, un collier de mule rongé par les rats, un bidon d'huile plat encrassé de terre et d'huile, et une paire de bleus tout déchirés pendus à un clou.

— Il n' reste plus rien, dit Joad. On avait d'assez bons outils. Il n' reste plus rien.

Casy dit :

— Si je prêchais encore, je dirais que le bras du Seigneur a frappé. Mais maintenant j' sais pas ce qui s'est passé. J'étais parti. J'ai rien entendu dire.

Ils se dirigèrent vers le soubassement en ciment du puits, et pour s'y rendre ils durent traverser les plants de coton et partout les cocons étaient en formation et la terre était cultivée.

— On n'avait jamais planté ici, dit Joad. On avait toujours gardé ce coin-là libre. Non mais, rendez-vous compte, on n' pourrait pas y faire passer un cheval sans abîmer le coton.

Ils s'arrêtèrent près de l'abreuvoir desséché et les herbes qui normalement poussent sous un abreuvoir avaient disparu et le vieux bois épais de l'abreuvoir était sec et craquelé. Sur le soubassement du puits, les boulons qui avaient autrefois retenu la pompe, saillaient des orifices. Les pas de vis étaient rouillés et les écrous avaient disparu. Joad regarda dans le puits, cracha et écouta. Il y fit tomber une motte de terre et tendit l'oreille.

— C'était un bon puits, dit-il. J'entends pas d'eau.

On eût dit qu'il évitait de s'approcher de la maison. Il lança motte après motte dans le puits.

— Ils sont peut-être tous morts, dit-il. Mais on me l'aurait dit. On m'aurait envoyé un mot, quelqu'un.

— Ils ont peut-être laissé une lettre ou quelque chose dans la maison pour vous dire. Est-ce qu'y savaient que vous deviez revenir ?

— J' sais pas, dit Joad. Non, j' pense pas. J' le savais pas moi-même il y a huit jours.

— Allons voir dans la maison. Elle est toute de travers. Y a quéq' chose qui a dû lui en foutre un sacré coup.

Ils se dirigèrent lentement vers la maison renversée. Deux des poteaux qui soutenaient la véranda avaient été décalés et le toit s'était affaissé à un bout. Et le coin de la maison avait été défoncé. A travers un fouillis de planches brisées on pouvait apercevoir la chambre du coin. La porte d'entrée pendait à l'intérieur et un solide portillon qui fermait le bas de la porte pendait au-dehors, soutenu par ses charnières de cuir.

— Là c'était le pas de la porte, dit-il. Mais ils sont partis... ou bien Man est morte. (Il montra le portillon.) Si Man était dans les parages, ce portillon serait fermé et le crochet mis. C'était une chose qu'elle n'oubliait jamais... de fermer ce portillon. (Ses yeux s'attendrirent.) Depuis le jour où un cochon était entré chez les Jacobs et avait mangé le bébé. Milly Jacobs venait juste d'aller à la grange. Elle est revenue quand le cochon était en train de le manger. Alors, Milly Jacobs qu'en attendait un autre en est devenue folle à lier. Elle ne s'en est jamais remise. La tête dérangée, depuis. Mais ça a servi de leçon à Man. Elle ne laissait jamais ce portillon ouvert sauf quand elle était dans la maison. Jamais oublié. Non, ils sont partis... ou morts.

Il grimpa sous la véranda délabrée et regarda dans la cuisine. Les fenêtres étaient brisées, des cailloux gisaient sur le plancher, le plancher et les murs s'enfonçaient profondément au-dessous du niveau de la porte et la fine poussière recouvrait toutes les planches. Joad montra le verre brisé et les pierres.

— Les gamins, dit-il, ils feraient vingt milles pour casser un carreau. Je le sais, je l'ai fait. Ils savent quand une maison est vide, ils le sentent. C'est la première chose que font les gosses quand les gens sont partis.

Il n'y avait plus de meubles dans la cuisine, le fourneau avait disparu, et dans le mur, le trou rond du tuyau laissait passer la lumière. Sur la planche de l'évier il y avait une vieille clef à ouvrir les bouteilles de bière et une fourchette cassée qui avait perdu son manche de bois. Joad se faufila prudemment dans la pièce et le plancher gémit sous son poids. Un vieux numéro du *Philadelphia Ledger* était par terre contre le mur. Les pages en étaient jaunes et fripées. Joad regarda dans la chambre à coucher... plus de lits, plus de chaises, rien. Au mur, une image en couleurs d'une jeune Indienne, intitulée Aile Rouge. Une traverse de lit était appuyée au mur et dans un coin gisait une haute bottine à boutons, éculée et retournée du bout. Joad la ramassa et la regarda.

— J' me souviens de ça, dit-il. C'était à Man. Elle est tout usée, maintenant. Man aimait beaucoup ces bottines. Des années qu'elle les portait. Non, ils sont partis... et ils ont tout emporté.

Le soleil avait tellement baissé qu'il pénétrait maintenant par les fenêtres obliques et scintillait sur les arêtes des morceaux de verre. Joad se retourna enfin, sortit et franchit le seuil. Il s'assit sur le bord de la véranda et posa ses pieds nus sur la marche de bois. La lumière du soir baignait les champs, les plants de coton projetaient de longues ombres sur le sol et le saule en mue projetait loin une ombre oblique.

Casy s'assit auprès de Joad :

— Ils ne vous ont jamais écrit ? demanda-t-il.

— Non. Comme je l' disais ils étaient point écrivassiers. Pa savait écrire mais il ne le faisait pas. Il aimait pas ça. Ça le crispait d'écrire. Il était tout aussi capable qu'un autre pour ce qui était de commander les choses sur catalogue, mais il n'aurait pas écrit une lettre pour un empire.

Ils étaient assis côte à côte, les yeux perdus dans le lointain. Joad posa son veston roulé près de lui sous la véranda. Ses mains libres roulèrent une cigarette, la lissèrent et l'allumèrent et il aspira profondément et rejeta la fumée par le nez.

— Y a sûrement quelque chose qui cloche, dit-il. J' peux pas m'imaginer quoi. Mais c' qu'est sûr, c'est que c'est du vilain. Cette maison sens dessus dessous et tous les miens partis...

Casy dit :

— C'est juste là-bas qu'était le canal où j'ai fait le baptême. C'est pas que vous étiez méchant mais vous étiez pas commode à mener. Fallait vous voir vous cramponner à la tresse de cette petite fille comme un bouledogue. On vous avait déjà baptisés tous les deux au nom du Saint-Esprit que vous tiriez encore. Le vieux Tom dit : « Foutez-le sous l'eau. » Et je vous ai poussé la tête sous l'eau jusqu'à ce que vous ayez commencé à faire des bulles. Y a qu'à ce moment-

62

là que vous avez lâché c'te tresse. C'est pas que vous étiez méchant, mais vous étiez pas commode à mener. Les gosses difficiles, en grandissant, y en a des fois qu'il leur vient une fameuse dose d'Esprit-Saint.

Un chat gris, efflanqué, se faufila hors de l'écurie et à travers les pieds de coton, arriva jusqu'à l'extrémité de la véranda. D'un bond silencieux, il sauta sous le porche et rampa sur le ventre vers les hommes. Arrivé derrière et entre eux deux, il s'assit, et sa queue s'étendit toute droite, à plat sur le plancher ; seul le bout effilé remuait. Et le chat se mit lui aussi à regarder au loin du côté où regardaient les hommes.

Joad l'aperçut en se retournant.

— Ça par exemple, dit-il, regardez donc qui nous arrive. Il est resté quelqu'un.

Il allongea la main, mais le chat s'éloigna d'un bond, se rassit, et lécha le dessous de sa patte levée. Joad le regarda d'un air intrigué.

— J' comprends maintenant, s'écria-t-il. Ce chat m'a fait comprendre ce qu'il y a qu'est pas normal.

— Il me semble qu'il y a des tas de choses qui n' sont pas normales, dit Casy.

— Non, c'est qu'il n'y a pas que cette maison. Pourquoi que ce chat n'est pas allé chez des voisins... les Rance, par exemple ? Comment que ça se fait que personne n'est venu arracher des planches dans cette maison. Y a plus de trois ou quatre mois qu'il n'y a plus personne et personne n'a volé de bois. Des belles planches dans l'écurie, un tas de bonnes planches dans la maison, des châssis de fenêtres... et personne ne les a pris. C'est ça qu'est pas normal. C'est ça qui me chiffonnait et j' pouvais pas mettre le doigt dessus.

— Alors, comment que vous interprétez ça ?

Casy se pencha, enleva ses espadrilles et agita ses longs orteils sur la marche.

— J' sais pas. On dirait qu'il n'y a plus de voisins. S'il y en avait, est-ce que toutes ces belles planches seraient ici ? Mais vingt nom de Dieu, un jour, à la Noël, Albert Rance avait emmené toute sa famille à Oklahoma City, y compris les gosses et les chiens. Ils étaient allés voir le cousin à

Albert. Eh ben, les gens d'ici ont pensé qu'Albert était parti sans piper mot... ils ont pensé que peut-être bien il avait des dettes ou quéq' bonne femme qui lui faisait des histoires. Huit jours après, quand Albert est revenu, y restait plus rien dans la maison... le fourneau avait foutu le camp, les lits avaient foutu le camp, les châssis de fenêtres avaient foutu le camp et huit pieds de planches sur le côté sud de la maison, au point qu'on pouvait voir le jour à travers. Il est arrivé juste comme Muley Graves s'en allait avec les portes et la pompe du puits. Le pauvre Albert a mis quinze jours à faire le tour de tous les voisins pour se faire rendre ce qui était à lui.

Casy se grattait les pieds voluptueusement.

— Et personne n'a protesté ? On lui a rendu toutes ses affaires comme ça ?

— Bien sûr. On ne voulait point le voler. On croyait qu'il avait tout laissé et on l'avait pris. On lui a tout rendu, sauf un coussin de canapé, en velours, avec un Indien dessus. Albert a prétendu que c'était Grand-père qui l'avait. Il prétendait que Grand-père avait du sang indien, et que c'est pour ça qu'il voulait avoir ce portrait-là. En fait, c'est Grand-père qui l'avait mais il se foutait pas mal de l'Indien. Ça lui plaisait, comme ça. Il l'emportait toujours avec lui et il le posait partout où il voulait s'asseoir. Il n'a jamais voulu le rendre à Albert. Il disait : « Si Albert en a tant envie de son coussin, qu'il vienne le chercher. Mais je lui conseille de prendre son fusil, parce que je lui ferai sauter sa sacrée sale gueule, s'il vient m'embêter avec mon coussin ! » Finalement Albert a renoncé et il a fait cadeau du coussin à Grand-père. Seulement, ça lui a donné des idées, à Grand-père. Il s'est mis à garder les plumes de poulets. Il disait qu'il voulait se faire tout un lit de plumes. Mais il ne l'a jamais eu, son lit de plumes. Un jour Pa s'est foutu en rogne contre un putois qu'était sous la maison. Pa lui a foutu un coup de planche et l'a fallu que Man brûle toutes les plumes de Grand-père pour qu'on ne soit pas tous asphyxiés. (Il se mit à rire.) Grand-père est un sacré vieux bougre. Il était là assis sur son Indien et il disait : « Qu'il vienne donc le chercher, Albert, son coussin. Pfft, qu'il faisait, j' le prendrai, cet avorton et je le tordrai comme un vieux caleçon. »

Le chat se rapprocha de nouveau des deux hommes. Sa queue était allongée bien à plat et ses moustaches frissonnaient par instants. Le soleil touchait le bord de l'horizon et l'air poussiéreux était rouge et doré. Le chat allongea timidement une patte grise et toucha la manche de Joad. Il se retourna.

— Nom de Dieu, j'ai oublié la tortue. J'ai pas envie de la traîner jusqu'à perpète avec moi.

Il dégagea la tortue et la poussa sous la maison. Mais un moment plus tard elle était ressortie et se dirigeait vers le sud-ouest comme elle l'avait fait tout d'abord. Le chat bondit sur elle et frappa la tête tendue et les pattes en mouvement. La vieille tête dure et ironique se rétracta, et la queue épaisse disparut brusquement sous la carapace, et quand le chat, fatigué d'attendre, se fut éloigné, la tortue reprit sa route vers le sud-ouest.

Le jeune Tom et le pasteur regardèrent la tortue s'en aller... agitant ses pattes, propulsant droit devant elle sa lourde écaille bombée. Le chat rampa derrière elle pendant un moment, mais au bout d'une douzaine de mètres, il fit le gros dos, bâilla et revint furtivement vers les deux hommes assis.

— Où diable croyez-vous qu'elle s'en va ? dit Joad. J'en ai vu des tortues dans ma vie. Elles ont toujours un but. Elles ont toujours l'air d'avoir envie d'arriver quelque part.

Le chat gris se rassit entre les deux hommes et un peu en arrière. Il cligna lentement les yeux. La peau sur ses épaules frissonna brusquement sous la piqûre d'une puce, puis reprit lentement son immobilité. Le chat leva une patte et l'examina, sortit ses griffes et les rentra comme pour les essayer, puis se lécha le dessous des pattes avec une langue rose de coquillage. Le soleil rouge touchait l'horizon et s'étalait comme une méduse, et au-dessus de lui le ciel semblait plus brillant et plus vibrant que jamais. Joad sortit ses souliers jaunes neufs de son veston et brossa avec sa main ses pieds couverts de poussière avant de les enfiler.

Le pasteur, les yeux perdus sur la campagne, dit :

— Voilà quelqu'un qui s'approche. Regardez ! Là, en bas, tout droit dans le champ de coton.

Joad suivit la direction qu'indiquait le doigt de Casy :

— Il vient à pied, dit-il. J' peux pas le voir à cause de la poussière qu'il soulève. Qui diable ça peut-il être ?

Ils regardèrent la silhouette s'approcher dans la lumière du soir, et la poussière soulevée rougeoyait dans le soleil couchant.

— Un homme, dit Joad.

L'homme approchait et comme il passait devant la grange, Joad fit :

— Tiens, mais je le connais. Vous le connaissez aussi... c'est Muley Graves. (Et il appela :) Hé, Muley ! Ça va ?

L'homme qui s'approchait s'arrêta, sidéré, puis il hâta le pas. Il était mince, plutôt petit. Ses mouvements étaient saccadés, prestes. Il portait un sac en serpillière à la main. Les genoux et le fond de son pantalon de treillis bleu étaient déteints, et il portait un vieux veston noir, taché et gras, les manches déchirées derrière les épaules et aux coudes. Son chapeau noir était aussi taché que son veston, et le ruban à moitié détaché flottait au vent à mesure qu'il marchait. Muley avait le visage lisse et sans rides, mais il avait l'expression pétulante d'un méchant gosse, la bouche petite et pincée et des petits yeux vifs et rageurs.

— Vous vous souvenez de Muley ? demanda à mi-voix Joad au pasteur.

— Qui est là ? cria l'homme qui avançait.

Joad ne répondit pas. Muley ne reconnut les visages que lorsqu'il fut tout proche.

— Ça par exemple, le diable m'emporte, dit-il. C'est Tommy Joad. Quand c'est que t'es sorti, Tommy ?

— Y a deux jours, répondit Joad. A pied, ça fait une trotte pour rentrer chez soi. Et pour trouver quoi ? Regarde-moi ça. Où est ma famille, Muley ? Pourquoi c'est-il que la maison est toute démolie, et que le coton pousse dans la cour ?

— Nom de Dieu, c'est de la veine que je sois passé par ici, dit Muley, parce que le vieux Tom se faisait un mauvais sang du diable. Quand ils se sont décidés à partir, j'étais assis là, dans la cuisine. Je venais de dire à Tom que moi je m'en irais jamais, sacré bon sang ! Je lui ai dit ça, et Tom me fait : « Ce qui m'embête, c'est à cause de Tommy. Des fois qu'il s'amènerait et n' trouverait plus personne. Qu'est-ce qu'il penserait ? » Alors, moi j' lui dis : « Pourquoi que tu lui écris pas ? » Et Tom me répond : « Peut-être que j' m'y mettrai tout de même. J' m'en vas y réfléchir. Mais si je le fais pas, tâche de le guetter des fois qu'y viendrait, si t'es encore dans le pays. — Oh ! j'y serai, que j'y dis, j'y serai jusqu'à ce qu'il gèle en enfer, cré bon Dieu ! Personne ne forcera un Graves à quitter le pays. Personne ne l'a encore fait et personne n'est prêt de le faire. »

Joad dit impatiemment :

— Où qu'ils sont partis ? Tu me raconteras ce que tu leur as dit plus tard, mais où qu'ils sont mes parents ?

— Ben, ils voulaient rester là et tenir tête quand la banque a envoyé son tracteur labourer la ferme. Ton Grand-père était planté là avec son fusil, et il a bousillé les phares de leur sacrée chenille, mais ça ne l'a pas empêchée de s'amener. Ton Grand-père ne voulait pas tuer le gars qui la conduisait. C'était Willy Feeley, et Willy le savait, alors il s'est amené tout simplement et il a foutu un gnon à la maison et l'a secouée comme un chien secoue un rat. Ben, ça lui a fait quelque chose à Tom. Ça le ronge par en dedans, comme qui dirait. C'est plus le même homme, depuis.

— Où qu'ils sont ? demanda Joad, furieux.

— J' te le dis. Il a fallu trois voyages dans la charrette de ton oncle John. Ils ont emporté le fourneau et la pompe et les lits. T'aurais dû les voir ces lits qui s'en allaient avec les gosses, et ta Grand-mère et ton Grand-père assis contre la planche de chevet, et ton frère Noah qui fumait sa cigarette et crachait par-dessus la ridelle.

Joad ouvrit la bouche pour parler. « Sont tous chez ton oncle John », dit rapidement Muley.

— Ah ? Tous chez John ? Mais qu'est-ce qu'ils foutent là-bas ? Attends, attends, Muley, ne t'embarque pas dans tes histoires. Dans une minute tu pourras laisser tourner ton phonographe. Qu'est-ce qu'ils foutent là-bas ?

— Ben, ils ont tous décortiqué du coton, même les gosses

et le Grand-père. Pour ramasser de quoi s'en aller dans l'Ouest. Ils vont acheter une bagnole et s'en aller dans l'Ouest où on se la coule douce. Y a plus rien à faire ici. Cinquante *cents* l'arpent pour décortiquer du coton, et tout le monde à supplier pour un peu de travail.

— Et ils n' sont pas encore partis ?

— Non, répondit Muley, pas que je sache. La dernière fois que j'ai eu de leurs nouvelles, c'est il y a quatre jours quand j'ai rencontré ton frère Noah en train de tirer des lapins et il m'a dit qu'ils ont dans l'idée de partir dans une quinzaine. John a reçu l'avis qu'il fallait qu'il foute le camp. T'as qu'à continuer tout droit, à huit milles d'ici, tu tomberas chez John. T'y trouveras les tiens entassés dans la maison de John comme des mulots en train d'hiverner dans leur trou.

— Ça va, dit Joad. Maintenant t'es libre d'aller où que tu veux. T'as pas changé un brin, Muley. Si tu veux parler de quelque chose qu'est au nord tu commences par le sud.

Muley dit vertement :

— T'as pas changé non plus. T'étais un petit dessalé quand t'étais gosse et t'es resté un dessalé. Tu n' voudrais pas m'apprendre à vivre, des fois ?

— Non, dit Joad avec un sourire. Si t'as envie de te foutre la tête la première dans un tas de verre cassé, y a personne pour t'en empêcher. Tu connais le pasteur, dis donc, Muley ? Le révérend Casy.

— Pour sûr, pour sûr. J' l'avais pas regardé. Je me le rappelle bien.

Casy se leva et ils se serrèrent la main.

— Ça fait plaisir de vous revoir, dit Muley. Y a bougrement longtemps qu'on n' vous a pas vu par ici.

— J' m'étais retiré pour chercher à savoir le pourquoi de certaines choses, dit Casy. Qu'est-ce qui se passe par ici ? Comment que ça se fait qu'on fout les gens à la porte ?

Muley ferma la bouche et la tint si serrée qu'un petit bec de perroquet, au milieu de sa lèvre supérieure, vint s'appuyer sur la lèvre inférieure. Il gronda :

— Les enfants de garce, les salauds d'enfants de garce ! Moi, je vous le dis, les gars, je reste. Ils n' se débarrasseront pas de moi. S'ils me foutent dehors, je reviendrai, et s'ils se figurent que je resterai plus tranquille une fois sous terre, ben j'en emmènerai deux ou trois avec moi de ces enfants de putain, pour me tenir compagnie. (Il caressa un objet lourd dans la poche de côté de son veston.) J' partirai pas. Mon père est venu ici il y a cinquante ans, et j' m'en irais pas.

Joad dit :

— Qu'est-ce qu'il leur prend de foutre les gens dehors ?

— Oh ! ils ont bien enjolivé la chose. Vous savez les années qu'on vient d'avoir. Les pluies de sable qui viennent tout gâter au point qu'un homme n' peut même pas récolter de quoi remplir le cul d'une fourmi. Et tout le monde a des dettes chez le marchand. Vous savez ce que c'est. Alors, les gens qui possèdent la terre, ils disent : « Nous ne pouvons plus garder nos métayers. » « La part du métayer est juste la part de bénéfice que nous ne pouvons pas nous permettre de perdre », qu'ils disent : « Même en mettant toutes nos terres en une seule, c'est tout juste si on pourra la faire rapporter », qu'ils disent. Alors avec leurs tracteurs ils ont chassé tout le monde. Tout le monde sauf moi, et j' partirai pas, nom de Dieu ! Tu me connais, Tommy. Tu me connais d'puis qu' t'es au monde.

— Foutre oui, dit Joad, depuis que j' suis au monde.

— Ben tu sais que j' suis pas un con. J' sais bien que cette terre ne vaut pas grand-chose. Elle n'a jamais été bien bonne sauf comme pâturage. Jamais on n'aurait dû la cultiver. Et maintenant ils l'ont bourrée de coton de quoi la faire crever. Si seulement ils n'avaient pas voulu me forcer à partir, ben sans doute que je serais en Californie à l'heure qu'il est, à manger du raisin et à cueillir des oranges quand ça me chanterait. Mais ces enfants de putain qui viennent me dire de foutre le camp ! Ça, nom de Dieu, c'est une chose qu'un homme n' peut pas admettre !

— J' comprends, dit Joad. Ça m'étonne que Pa soit parti si facilement. Ça m'étonne que Grand-père n'ait tué personne. Personne ne s'est jamais permis de dire à Grand-père ce qu'il avait à faire. Man n'est pas quelqu'un à se laisser chahuter comme ça non plus. Une fois j' lui ai vu foutre une de ces tripotées à un colporteur, avec un poulet vivant, parce qu'il prétendait discuter. Elle tenait le poulet d'une main et la hache de l'autre, prête à lui couper le cou. Elle avait idée de se jeter sur le type avec la hache mais elle s'est trompée de main et la v'là qui lui saute dessus à coups de poulet. On n'a même pas pu le manger, ce poulet, quand ça a été fini. Lui restait plus qu'une paire de pattes dans la main. Grand-père s'en est déboîté la hanche à force de rigoler. Comment ont-ils pu partir si facilement ?

— Ben le type qu'est venu était tout miel, il leur a fait des belles phrases. « Faut que vous partiez. C'est pas de ma faute. — Ben, que j'ai dit, c'est la faute de qui ? Que j'aille lui dire un mot, au copain. — C'est la *Société d'Exploitation Agricole et d'Élevage de Shawnee*. Je ne fais que transmettre ses ordres. — Et qui c'est la *Société d'Exploitation Agricole et d'Élevage de Shawnee ?* — C'est personne. C'est une société. » Y a de quoi vous rendre marteau. Y avait personne sur qui tomber. Y a un tas de gens qu'en ont eu assez de chercher sur qui passer leur colère... mais pas moi. J' peux pas digérer ça. Je reste.

Une large goutte de soleil rouge s'attardait à l'horizon, puis elle tomba et disparut ; le ciel restait brillant au-dessus de l'endroit où elle s'était évaporée, et un nuage déchiqueté pendait comme une guenille sanglante au-dessus du point de la disparition. Et du fond de l'est, le crépuscule peu à peu envahit le ciel, tandis que sur la terre les ténèbres s'avançaient, venant de l'est. L'étoile du Berger apparut scintillante dans le crépuscule. Le chat gris se coula vers la grange ouverte et y disparut comme une ombre.

Joad dit :

— En tout cas, pas question qu'on se tape huit milles à pied ce soir pour aller chez l'oncle John. J'ai les arpions en feu. Si on allait chez vous, Muley ? C'est pas à plus d'un mille.

— Ça ne rimerait à rien, dit Muley légèrement embarrassé. Ma femme et les gosses avec mon beau-frère ont tout pris et y sont partis en Californie. Y avait plus rien à manger. Ils étaient pas si en rogne que moi, alors ils sont partis. Y avait plus rien à manger ici.

Le pasteur s'agita.

— Vous auriez dû partir aussi. Fallait pas disperser la famille comme ça.

— Mais j'ai pas pu, dit Muley Graves. Y avait là quéqu' chose qui m'en empêchait.

— Ben moi, j'ai faim, nom de Dieu, dit Joad. V'là quatre ans que je mange à heures fixes. J'ai les boyaux qui gueulent au secours. Qu'est-ce que tu vas manger, Muley ? D'où c'est que tu tires ta croûte ?

— Pendant un temps, avoua Muley un peu confus, j'ai mangé des grenouilles et des écureuils et des fois des chiens de prairie[1]. Fallait bien. Mais maintenant je pose des lacets dans les broussailles du ruisseau à sec. J' prends des lapins et des fois une poule sauvage. Des putois se font prendre, des ratons-laveurs aussi.

Il se pencha pour saisir son sac qu'il vida sous la véranda. Deux petits lapins de garenne et un gros mâle en tombèrent et roulèrent, flasques, doux et fourrés.

— Dieu tout-puissant, fit Joad. Y a plus de quatre ans que j'ai pas vu de viande fraîche.

Casy ramassa un des lapins et le soupesa.

— Tu partages avec nous, Muley Graves ? demanda-t-il. Muley s'agita, embarrassé.

— J' vois pas comment j' pourrais faire autrement. (Il s'interrompit, étonné lui-même de son manque d'aménité.) Ce n'est pas ce que je veux dire. C'est-à-dire... C'est pas... (Il s'embrouillait.) Ce que je veux dire c'est que quand un gars a quelque chose à manger, et qu'un autre gars crève de faim, ben, le premier n'a pas le choix. J' veux dire, supposons que j' ramasse mes lapins et que j' m'en aille les manger ailleurs. Voyez c' que j' veux dire ?

— Je vois, dit Casy. Je vois ça. Y a quelque chose dans le raisonnement de Muley, Tom. Muley a mis le doigt sur quelque chose, seulement c'est trop compliqué pour lui : pour moi aussi, du reste.

Tom, le jeune, se frottait les mains :

1. *Prairie-dogs* : mammifères ravageurs, assez semblables aux marmottes. Leur nom scientifique est *cynomis*.

— Qui c'est qu'a un couteau ? Qu'on s'occupe un peu de ces pauvres petits rongeurs. Qu'on s'en occupe, bon sang !

Muley chercha dans la poche de son pantalon et en tira un grand couteau à manche de corne. Tom Joad le lui prit des mains, l'ouvrit et le flaira. A plusieurs reprises il plongea la lame dans la terre et de nouveau il la renifla, puis il l'essuya à sa jambe de pantalon et en vérifia le fil avec le pouce.

Muley sortit un litre d'eau de sa poche-revolver et le posa sous la véranda.

— Allez-y doucement avec cette eau, dit-il. C'est tout c' qu'il y a. Le puits qu'est là est comblé.

Tom se saisit d'un des lapins.

— Que l'un de vous deux aille chercher du fil de fer dans l'écurie. On va faire du feu avec ces bouts de planche. (Il regarda le lapin mort.) Y a rien de plus facile à préparer qu'un lapin, dit-il.

Il souleva la peau du dos, la fendit, mit ses doigts dans la fente et le dépiauta. La peau glissa comme un bas, glissa du corps jusqu'au cou, puis découvrit les pattes jusqu'aux ongles. Joad reprit son couteau et trancha la tête et les pieds. Il posa la peau par terre, fendit le lapin le long des côtes, secoua les entrailles pour les faire tomber dans la peau et jeta le paquet de déchets dans le champ de coton. Et le petit corps aux muscles propres fut prêt. Joad coupa les pattes et sépara le dos charnu en deux morceaux. Il ramassait le second lapin quand Casy revint avec un écheveau embrouillé de fil de fer.

— Maintenant préparez le feu et plantez des fourches, dit Joad. Nom de Dieu, ce que ça me donne faim, ces bestioles !

Il nettoya et découpa les autres lapins et les suspendit le long du fil de fer. Muley et Casy arrachèrent des planches fendues de l'angle écroulé de la maison et allumèrent le feu. Puis ils plantèrent un piquet de chaque côté pour soutenir le fil de fer.

Muley revint vers Joad.

— Regarde voir s'il n'avait pas des abcès, ce mâle, dit-il. J' veux point manger de lapin avec des abcès.

Il tira de sa poche un petit sac d'étoffe et le posa sous la véranda.

Joad dit :

— Il était propre comme un sou. Nom de Dieu, t'as du sel aussi ? T'aurais pas des assiettes et une tente dans ta poche, par hasard ?

Il versa du sel dans sa main et en saupoudra les morceaux de lapin pendus au fil de fer.

Les flammes bondirent et projetèrent des ombres sur la maison et le bois sec péta et craqua. Maintenant, le ciel était presque noir et les étoiles brillaient, très nettes. Le chat gris sortit de la grange et s'approcha du feu en miaulant, mais quand il fut tout près, il se détourna et alla droit à un des petits tas d'entrailles par terre. Il mâchait et avalait et les entrailles lui pendaient de la gueule.

Casy s'assit par terre, près du feu qu'il alimentait de morceaux de planches, poussant les longues planches à mesure que les flammes en dévoraient les bouts. Les chauves-souris zigzaguaient dans la lumière. Le chat se coucha, se lécha les babines et se lava la figure et les moustaches.

Joad prit le fil de fer d'où pendaient les lapins et, le tenant à deux mains, il le porta vers le feu.

— Tiens, prends l'autre bout, Muley. Entortille-le autour de ce piquet. Bon, c'est ça. Maintenant il faut le tendre. On devrait attendre que le feu ait baissé, mais tant pis, j'ai pas la patience.

Il tendit le fil de fer, puis avec un bâton il fit glisser les morceaux de viande le long du fil jusqu'au-dessus du feu. Et les flammes léchèrent la viande, la durcirent et en croustillè- rent la surface. Joad était assis près du feu, mais avec son bâton il remuait et retournait les morceaux de lapin pour les empêcher de coller au fil de fer.

— Vous parlez d'un gueuleton, dit-il ; Muley a du sel, et de l'eau et du lapin. Si seulement il avait une bonne soupe au maïs dans sa poche, j'en demanderais pas plus.

Muley dit, par-dessus le feu :

— Vous devez me trouver dingo, de vivre de cette façon, hein ?

— Dingo ? pas du tout, fit Joad. Si t'es dingo, alors je souhaiterais que tout le monde le soit.

Muley poursuivit :

— Eh ben, voyez-vous, il m'est arrivé quelque chose de curieux. Il s'est passé quelque chose en moi quand on m'a dit qu'il fallait que je m'en aille. D'abord l'envie m'a pris de zigouiller toute une tripotée de gens. Et puis tous les miens sont partis dans l'Ouest. Alors j'ai commencé à vadrouiller. A marcher, comme ça. J'allais jamais bien loin. J' dormais où que je me trouvais. J'allais dormir ici cette nuit. C'est pour ça que j'étais venu. J' me disais : « Je surveille les choses, comme ça quand les gens reviendront ils retrouveront tout comme il faut. » Mais je savais que c'était pas vrai. Y a rien à surveiller. Les gens n' reviendront jamais. Je me balade comme ça, tout comme un sacré vieux fantôme de cimetière.

— On s'habitue aux endroits et c'est difficile de s'en aller, dit Casy. On s'habitue à certaines façons de penser et c'est difficile de changer. J' suis plus pasteur et je me surprends tout le temps à prier, sans même penser à ce que je fais.

Joad retourna les morceaux de viande sur le fil. A présent, le jus en dégouttait et chaque goutte, tombant sur le feu, faisait jaillir une flamme. La surface lisse de la viande se craquelait et prenait une teinte brunâtre.

— Sentez-moi ça, fit Joad. Nom de Dieu, regardez-moi ça et sentez un peu.

Muley reprit :

— Comme un sacré vieux fantôme de cimetière. Je m' suis baladé partout là où il s'est passé des choses. Par exemple, y a un coin là-bas tout près de notre terre... où y a un buisson dans un ravin. C'est là que j'ai couché pour la première fois avec une fille. J'avais quatorze ans, et je te piétinais, et j' te sautais et j' te reniflais comme un bouc, tout excité que j'étais. J' suis donc retourné là-bas, et je me suis couché par terre et tout m'est revenu comme ça s'était passé. Et il y a aussi cet endroit, près de l'étable où Pa a été éventré par un taureau. Et son sang est encore sur cette terre. Il doit y être. Personne ne l'a jamais lavé. Et j'ai posé ma main sur le sol là où que le sang de mon père s'y est mêlé.

Il s'arrêta, embarrassé :

— Vous me trouvez un peu dingo, hein ?

Joad retournait la viande, et son regard semblait tourné vers l'intérieur. Casy, les pieds ramenés vers lui, contemplait le feu. A quinze pieds derrière les hommes, le chat maintenant rassasié était assis, sa longue queue grise soigneusement enroulée autour de ses pattes de devant. Un gros hibou ulula en passant au-dessus de leurs têtes et la lueur du foyer révéla la blancheur de son ventre et l'envergure de ses ailes.

— Non, dit Casy, vous vous sentez seul... mais vous n'êtes pas dingo.

La petite figure tirée de Muley était rigide.

— J'ai posé ma main juste à la place où qu'y a encore son sang. Et j'ai revu mon père avec un trou dans la poitrine, et je l'ai senti frissonner contre moi de la façon qu'il l'a fait, et je l'ai vu se renverser en étirant les mains et les pieds. Et j'ai revu ses yeux tout vitreux de souffrance, et puis tout d'un coup il est resté tranquille, les yeux tout clairs... tournés vers le ciel. Et moi, tout gosse, j'étais là assis, sans pleurer, ni rien, juste assis.

Il secoua la tête rudement. Joad tournait et retournait la viande.

— Et j'ai été dans la chambre où Joe est venu au monde. Le lit n'y était plus, mais c'était bien la chambre. Et tout ça c'est vrai, et ça se trouve exactement à la place où que ça s'est passé. Joe est venu au monde juste là. Il a ouvert la bouche toute grande, il a fait une espèce de couac, s'est mit à gueuler qu'on l'entendait bien à un mille à la ronde, et sa Grand-mère qu'était là à répéter sans arrêt : « Guili guili guili, guili, guili guili... » Tellement fière qu'elle en a cassé trois tasses, ce soir-là.

Joad s'éclaircit la gorge :

— J' crois qu'on peut s'y mettre.

— Laisse-lui le temps de bien cuire, qu'elle soit bien à point, presque noire, dit Muley mécontent. J' veux parler. J' n'ai parlé à personne. Si je suis dingo, j' suis dingo, voilà tout. Comme un vieux fantôme de cimetière qui va chez les voisins la nuit. Chez les Peter, les Rance, les Jacob, les Joad ; et les maisons toutes noires qui sont là comme des pauvres petites cahutes à rats, là où il y avait des fêtes et de la danse.

Et des services divins et des cris à la gloire du Seigneur. Y avait des mariages dans toutes ces maisons. Et alors il me prend des envies d'aller à la ville tuer des gens. Parce que qu'est-ce que ça leur rapportera de nous avoir chassés avec leurs tracteurs ? Leur « marge de bénéfices » comme ils disent, avec quoi ils se la procureront. Qu'est-ce qu'ils ont pris, en fin de compte ? Ils ont pris Pa mourant sur la terre et Joe donnant son premier coup de gueule, et moi caracolant comme un bouc, la nuit sous le buisson. Qu'est-ce qu'ils y gagnent ? Dieu sait que la terre n'est pas bonne. Y a des années qu'on ne peut plus y faire rien pousser. Mais ces enfants de putain derrière leurs bureaux, ils coupent les gens en deux pour avoir leur marge de bénéfices. Ils les coupent en deux tout bonnement. L'endroit où qu'on vit c'est ça qui est la famille. On n'est pas soi-même quand on est empilé dans une auto tout seul sur une route. On n'est plus vivant. On a été tué par ces enfants de putain.

Et il se tut. Ses minces lèvres remuaient encore et sa poitrine haletait. Il s'assit et regarda ses mains à la lueur du foyer.

— Y a... y a longtemps que j'avais pas parlé à personne, dit-il doucement pour s'excuser. Je vadrouillais comme un vieux fantôme de cimetière.

Casy poussait les longues planches dans le feu et les flammes les léchaient et bondissaient de nouveau vers la viande. La maison craquait fortement à mesure que l'air frais de la nuit faisait se contracter le bois. Casy dit tranquillement :

— Faut que j'aille voir ces gens qui sont partis sur les routes. J'ai le sentiment qu'il faut que j'aille les voir. Ils ont besoin de secours que les sermons ne pourraient pas leur donner. Espérer le ciel quand on n'a pas encore vécu sa vie ? Le Saint-Esprit, quand leur propre esprit est abattu et triste ? Ils vont avoir besoin d'aide. Il faut qu'ils vivent avant de pouvoir mourir.

Joad, énervé, s'écria :

— Sacré nom de Dieu, on la mange cette viande ? Si ça continue, il n'en restera pas gros comme un rôti de souris. Regardez-la... Sentez-moi ça.

Il se releva d'un bond et fit glisser les morceaux de viande sur le fil de fer, hors de l'atteinte du feu. Il prit le couteau de Muley et scia dans un morceau de viande jusqu'à ce qu'il l'eût détaché du fil.

— V' là pour le pasteur, dit-il.

— J' vous ai dit que j'étais plus pasteur.

— Bon, alors, v'là pour l'homme. (Il détacha un autre morceau.) Tiens, Muley, si tu n'es pas trop retourné pour manger. C'est un morceau de mâle. Plus coriace que du vieux chien.

Il se rassit et incrusta ses longues dents dans la viande dont il détacha une grosse bouchée qu'il se mit à mastiquer.

— Nom de Dieu ! Écoutez-moi ça comme ça croque ! Et voracement il en déchira un autre morceau.

Muley, assis, continuait à contempler sa viande.

— J'aurais peut-être pas dû parler comme ça, dit-il. Des choses comme ça on ferait peut-être bien de les garder dans sa tête.

Casy le regarda, la bouche pleine. Il mâchait et sa gorge musculeuse se contracta pour avaler.

— Si, faut parler, dit-il. Des fois, un homme triste peut se débarrasser de sa tristesse rien qu'en parlant. Des fois, un homme prêt à tuer peut se débarrasser de l'idée de tuer par la bouche et ne pas tuer du tout. Vous avez eu raison. Il ne faut tuer personne quand on peut s'en dispenser.

Et il mordit dans un autre morceau de lapin. Joad lança les os dans le feu, se leva vivement et coupa un morceau de plus à même le fil. Maintenant Muley mangeait lentement, et ses petits yeux inquiets allaient de l'un à l'autre de ses compagnons. Joad mangeait en grondant comme un animal et un cercle de graisse s'arrondissait autour de sa bouche.

Muley le considéra longuement, presque timidement. Il abaissa la main qui tenait la viande.

— Tommy, fit-il.

Joad leva les yeux sans cesser de ronger sa viande :

— Ouais ? dit-il la bouche pleine.

— Tommy, ça t'a pas fâché que je parle de tuer des gens ? Tu m'en veux pas, Tom ?

— Non, dit Tom, je ne t'en veux pas. C'est de ces choses qu'arrivent.

— Tout le monde sait que c'était pas de ta faute, dit Muley. Le vieux Turnbull a dit qu'il aurait ta peau quand tu serais libéré. Il disait que personne ne peut tuer un de ses garçons et s'en tirer comme ça. Seulement tout le monde ici lui a ôté cette idée de la tête.

— On était saouls, fit à mi-voix Joad. Saouls, à un bal. J' sais pas comment que ça a commencé. Et puis j'ai senti ce couteau qui me rentrait dedans et ça m'a dessaoulé d'un coup. Et v'là que je vois Herb qui se ramène encore une fois avec son couteau. Y avait cette pelle qu'était là contre le mur de l'école, alors je l'ai attrapée et je lui en ai foutu un coup sur la tête. J'avais jamais rien eu à reprocher à Herb. C'était un brave type. Il courait tout le temps après ma sœur Rosasharn [1] quand il était tout gosse. Non, je l'aimais bien, Herb.

— C'est bien ce que tout le monde a dit à son père, et finalement ça l'a calmé. Quelqu'un a dit que le vieux Turnbull avait du sang des Hatfield, du côté de sa mère, et qu'il fallait qu'il lui fasse honneur. Ça, j' sais pas trop. Lui et les siens, ils sont partis en Californie il y a d' ça six mois.

Joad détacha le dernier morceau de lapin du fil de fer et le passa à la ronde. Il se rassit et se remit à manger, mais plus lentement, maintenant. Il mâchait régulièrement et du revers de sa manche essuyait la graisse autour de sa bouche. Et ses yeux, sombres et mi-clos, regardaient pensivement dans le feu mourant.

— Tout le monde s'en va dans l'Ouest, dit-il. J'ai ma parole à tenir. J' peux pas passer la frontière de l'État.

— Ta parole ? demanda Muley. J'ai entendu parler de ça. Comment que ça fonctionne ?

— Ben, on m'a libéré plus tôt, trois ans plus tôt. Y a des choses qu'il faut que je fasse, sans quoi on me renverra là-bas. Faut que je me présente de temps en temps.

— Comment qu'on est traité là-bas, à Mac-Alester ? Y a

1. Rosasharn : contraction de « Rose of Sharon » = Rose de Saron. Tiré du *Cantique des Cantiques*.

le cousin à ma femme qu'a été à Marc-Alester et on lui a fait un tas d'emmerdements.

— C'est pas mal, dit Joad. Comme partout ailleurs. On vous emmerde si vous créez des emmerdements. On est pas mal, à moins qu'un des gardes ne vous prenne en grippe. Dans ce cas-là on est drôlement mal parti. Moi j'ai pas à me plaindre. J' m'occupais de ce qui me regardait, comme tout un chacun. J'ai appris à écrire, et bougrement bien. Des oiseaux et des trucs dans ce goût-là ; pas seulement de l'écriture de mots. Mon père serait pas content s'il me voyait sortir un oiseau comme ça d'un seul coup de crayon. Pa va faire une sale gueule quand il me verra faire des choses pareilles. Les fantaisies de ce genre-là, ça lui plaît pas. Déjà l'écriture, il aime pas ça. J'ai idée qu' ça lui fait un peu peur. A chaque fois que Pa a vu de l'écriture, y a toujours eu quelqu'un qui lui a pris quelque chose.

— On ne t'a pas battu, ni rien fait de ce genre-là ?

— Non, j' m'occupais de mes affaires. Évidemment, on finit par en avoir plein le dos de faire la même chose jour après jour pendant quatre ans. Ceux qu'ont fait quéqu' chose qu'il y ait pas de quoi être fiers, ils ont tout le temps d'y réfléchir ; mais, moi, nom de Dieu, si je voyais Herb Turnbull s'amener vers moi avec un couteau, sûr que je lui foutrais encore un coup de pelle sur la tête.

— N'importe qui le ferait, dit Muley.

Le pasteur regardait le feu et son grand front était blanc dans la nuit tombante. Le reflet des petites flammes faisait ressortir les muscles de son cou. Ses mains jointes autour de ses genoux s'occupaient à faire craquer ses phalanges.

Joad jeta les derniers os dans le feu et se lécha les doigts avant de les essuyer à son pantalon. Il se leva et alla chercher la bouteille d'eau sous la véranda. Il en but un petit coup et passa la bouteille avant de se rasseoir. Il continua :

— Ce qui m'embêtait le plus c'était que tout ça ne rimait à rien. On ne cherche pas c' que ça veut dire quand le tonnerre vous tue une vache ou quand il y a une inondation. Tout ça, c'est comme ça doit être. Mais quand une bande de types vous prennent et vous coffrent pour quatre ans, ça devrait avoir un sens. Un homme, c'est censé penser. Eux ils me prennent, ils m'enferment et me nourrissent pendant quatre ans. Admettons... mais alors ou bien ça aurait dû me changer de façon que je ne le refasse plus, ou bien ç'aurait dû me punir de façon que j'aie peur de le refaire. (Il s'interrompit.) Mais si Herb ou un autre s'amenait, je le referais. Je le referais avant même d'avoir pu réfléchir. Surtout si j'étais saoul. Ce manque de raison, c'est ça qui vous embrouille.

Muley remarqua :

— Le juge a dit qu'il te donnait une condamnation légère parce que c'était pas entièrement de ta faute.

Joad dit :

— Y a un type, à Mac-Alester... un à perpète. Il passe son temps à étudier. Il est secrétaire du directeur. Il lui écrit ses lettres et des trucs comme ça. Bref, il est tout ce qu'il y a de plus calé, il connaît le droit et un tas de machins dans ce genre-là. Ben, j' lui en ai causé un jour, vu qu'il lit tellement de livres. Et il m'a dit que ça n'avançait à rien de lire des livres. Il m'a dit qu'il avait lu tout ce qu'on a écrit sur les prisons, aujourd'hui et dans l'ancien temps ; et il m'a dit qu'il comprenait encore moins maintenant qu'il avait lu tout ça qu'avant de commencer à lire. Il dit que c'est quelque chose qui remonte au diable sait quand et que personne semble capable de l'arrêter, et que personne n'a l'air d'avoir assez de jugeote pour le changer. « Ne va surtout pas te mettre à lire là-dessus, qu'il disait, parce que ça ne fera que t'embrouiller davantage et en plus tu perdras tout respect pour les types qui sont dans le gouvernement. »

— J'ai déjà pas grand respect pour eux, dit Muley. Le seul genre de gouvernement qu'on ait qui s'appuie sur nous, c'est la « marge de bénéfices ». Y a une chose qui me hérisse le poil, c'est ce Willy Feeley avec son tracteur, qui devient une espèce de patron à la manque sur les terres que ses parents cultivaient. C'est ça qui me chiffonne. Je comprendrais si c'était un type qui vienne d'ailleurs, sans savoir, mais Willy est d'ici. Ça me chiffonnait tellement que j' suis allé lui demander. Ça l'a mis en rogne tout de suite : « J'ai deux petits gosses, qu'il m'a dit. J'ai une femme et la mère de ma femme. Faut bien qu'ils mangent, non ? (Il était dans une colère bleue.) La première et la seule chose qu'il faut que je pense, c'est les miens, qu'il dit. Ce qui arrive aux autres, ça les regarde. »

On aurait dit qu'il avait honte et que c'était ça qui le foutait en rogne.

Jim Casy contemplait depuis un moment le feu mourant et ses yeux s'étaient agrandis et les muscles de son cou s'étaient raidis. Soudain il s'écria :

— J'y suis ! Si jamais un homme a senti le souffle en lui, c'est bien moi. J'y suis ! Ça m'est venu comme un éclair.

Il sauta sur ses pieds et se mit à marcher de long en large en balançant la tête.

— A une époque, j'avais une tente. J'attirais des cinq cents personnes chaque soir. C'était avant que vous me connaissiez, vous deux. (Il s'arrêta et les dévisagea.) Avez-vous remarqué que je ne faisais jamais la quête quand je venais prêcher aux paysans, par ici, dans les granges et en plein air ?

— Ça jamais, nom de Dieu, dit Muley. Les gens par ici avaient tellement pris l'habitude de ne pas vous donner d'argent que quand un autre pasteur s'amenait et passait le chapeau, ils le regardaient de travers. C'est un fait.

— J'acceptais quelque chose à manger, dit Casy. Je prenais un pantalon quand le mien était usé ou une vieille paire de souliers quand mes pieds passaient par les trous, mais ce n'était pas comme quand j'avais ma tente. Il m'arrivait de me faire dix à vingt dollars. Seulement j'étais pas heureux, de cette façon-là, alors j'ai renoncé et pendant un temps je me suis senti plus heureux. J' crois que j'ai compris, maintenant. J' sais pas si je vais pouvoir m'expliquer. J' crois que j'essaierai pas... mais peut-être bien qu'il y a là une place à prendre pour un pasteur. J' vais peut-être pouvoir recommencer à prêcher. Les gens tout seuls sur les routes, les gens sans foyer, qui n'ont nulle part où aller. Ils devraient avoir un foyer, quelque chose. Peut-être...

Il se dressait au-dessus du feu. Les cent muscles de son cou se détachaient en plein relief, et la lueur du feu lui entrait profondément dans les yeux et allumait des points rouges. Debout, il regardait le feu, le visage tendu comme s'il écoutait, et ses mains qui avaient été activement occupées à ramasser, à manier et à lancer des idées, se calmèrent et bientôt disparurent dans ses poches. Les chauves-souris passaient et repassaient dans la lueur moribonde du feu et le murmure doux et larmoyant de l'engoulevent arrivait de l'autre côté des champs.

Tom chercha silencieusement dans sa poche, en sortit son tabac et roula lentement une cigarette, tout en contemplant la braise. Il ignora tout le discours du pasteur comme si c'était quelque affaire privée qu'on n'avait pas à examiner. Il dit :

— Je ne sais combien de fois, la nuit, dans ma couchette, je me représentais comment ça serait quand je reviendrais à la maison. Je pensais que Grand-père et Grand-mère seraient peut-être morts et qu'il y aurait peut-être quelques nouveaux gosses. Pa serait peut-être un peu moins dur. Man prendrait peut-être un peu de repos et laisserait l'ouvrage à Rosasharn. Je savais que ça ne serait plus pareil qu'avant. Enfin, va falloir dormir ici, j'imagine, et au petit jour on ira trouver l'oncle John. Du moins, c'est ce que je ferai. Vous venez avec moi, Casy ?

Le pasteur, debout, continuait à fixer la braise. Il répondit lentement :

— Oui, j'irai avec vous. Et quand votre famille se mettra en route, j'irai avec eux. Et là où il y aura des gens sur la route, je serai avec eux.

— Vous serez le bienvenu, dit Joad. Man a toujours eu un faible pour vous. Elle disait que comme pasteur on pouvait avoir confiance en vous. Rosasharn était encore toute petite. (Il tourna la tête.) Muley, tu viendras avec nous ? (Muley regardait dans la direction de la route par laquelle ils étaient venus.) Alors, tu es des nôtres, Muley ? répéta Joad.

— Hein ? Non. J' vais nulle part ; je reste où je suis. Vous voyez cette lueur, là-bas, qui monte et qui descend ? Probab' que c'est le surveillant de ce champ de coton. On a dû voir notre feu, p'têt' bien.

Tom regarda. La lueur approchait du sommet de la colline.

— On ne fait pas de mal, dit-il. Restons donc tranquillement assis. On ne fait rien.

Muley ricana :

— Que tu dis ! Rien que le fait d'être ici, c'est faire quelque chose. C'est empiéter sur la propriété d'autrui.

Nous ne pouvons pas rester ici. V'là deux mois qu'ils essaient de m'attraper. Écoutez bien. Si c'est une auto qui s'amène, nous irons nous cacher au milieu du coton. Pas besoin d'aller bien loin. Et après ça, nom de Dieu, ils pourront toujours nous chercher. Faudra qu'ils regardent dans chaque sillon. Y aura qu'à baisser la tête.

Joad demanda :

— Qu'est-ce qui te prend, Muley ? Tu n'étais pas un type à te cacher, dans le temps. T'étais mauvais ?

Muley regardait approcher les lumières :

— Ouais, fit-il, j'étais mauvais comme un loup. Maintenant, j' suis mauvais comme une belette. Quand on chasse quelque chose, on est le chasseur et on est fort. Personne ne peut avoir raison d'un chasseur. Mais quand c'est vous qu'êtes chassé... c'est pas la même chose. Il se passe quelque chose en vous. Vous n'êtes pas fort ; vous avez beau montrer les dents, vous n'êtes pas fort. Ça fait longtemps qu'on me chasse. Je ne suis plus chasseur. J' tirerais peut-être bien sur quelqu'un dans le noir, mais je n'assomme plus les gens à coups de bâton. Ça n'avancerait à rien d'essayer de vous raconter des histoires. C'est comme ça que sont les choses.

— Bon, eh bien va te cacher, dit Joad, Casy et moi on va leur dire leur fait, à ces salauds-là.

Le faisceau lumineux s'était rapproché. Il bondissait au ciel, disparaissait, rebondissait. Les trois hommes l'observaient.

Muley reprit :

— Y a encore autre chose. Quand on est chassé, on se met à penser à tout ce qui peut être dangereux. Quand on chasse on n' pense pas et on n'a pas peur. Comme c' que tu me disais là, tout à l'heure, s'il t'arrive une sale histoire ils te renverront à Mac-Alester finir ton temps.

— C'est vrai, dit Joad. C'est ce qu'on m'a dit, mais être là assis, à se reposer ou bien dormir par terre c'est pas s'attirer des histoires. Y a pas de mal à ça. C'est pas comme de se saouler la gueule et de faire des blagues.

Muley se mit à rire :

— Vous verrez. Restez ici et laissez s'amener cette auto. C'est peut-être bien Willy Feeley ; Willy est adjoint au shérif, maintenant. « Qu'est-ce que vous faites ici, sur la propriété des autres ? » dit Willy. Évidemment tout le monde sait que Willy est le type qui vous le fait à l'esbroufe, alors on répond : « Qu'est-ce que ça peut te foutre ? » Là-dessus Willy se met en rogne et dit : « Foutez le camp ou bien je vous coffre. » Tout de même vous n'allez pas vous laisser bousculer par un Feeley, sous prétexte qu'il est en colère et qu'il a la frousse. Il a commencé à bluffer et il faut bien qu'il continue et d'un autre côté y a vous qu'avez commencé à vous fâcher et qui ne pouvez pas vous dégonfler... oh ! eh puis merde, c'est bien plus facile de se cacher dans le coton et de les laisser chercher. C'est plus rigolo aussi, parce qu'ils ragent et ils ne peuvent rien faire et vous pendant ce temps-là vous vous foutez de leur gueule. Tandis que si vous vous avisez de discuter avec Willy ou avec un patron, vous finissez par leur tomber sur le paletot et ils vous embarquent et vous renvoient pour trois ans à Mac-Alester.

— C'est bien la vérité, dit Joad. Chaque mot que tu dis est la vérité. Mais, nom de Dieu, j'aime pas qu'on me bouscule. J'aimerais cent fois mieux coller un gnon à Willy.

— Il a un revolver, dit Muley, et il s'en servira parce qu'il est de la police. Et alors, ou bien c'est lui qui vous tue ou bien c'est vous qui lui chipez son revolver et qui le tuez. Viens, Tommy, t'auras pas de mal à te convaincre que c'est toi qui te fous d'eux, couché comme ça dans le coton. Et tout revient à ce qu'on se dit à soi-même, après tout.

Le faisceau lumineux remonta dans le ciel et le ronflement égal du moteur devint perceptible.

— Viens, Tommy. On n'a pas à aller loin, quatorze ou quinze sillons, et on pourra les regarder faire.

Tom se leva :

— Tu as raison, nom de Dieu ! dit-il. De toute manière, j'ai rien à y gagner.

— Alors, venez par ici.

Muley tourna le coin de la maison et fit environ cinquante mètres dans le champ de coton.

— On sera bien là, dit-il. Couchez-vous. Vous n'avez qu'à baisser la tête s'ils promènent leurs projecteurs par là. Dans un sens, c'est amusant.

Les trois hommes s'étendirent de tout leur long et se soulevèrent sur leurs coudes. Muley se leva d'un bond et courut vers la maison. Il revint au bout d'un instant avec un paquet de vêtements et de souliers.

— Ils les auraient emportés pour se venger, dit-il.

Les lumières apparurent au sommet de la montée et plongèrent sur la maison.

Joad demanda :

— Ils ne vont pas descendre avec des lampes de poche nous chercher ? Si seulement j'avais un bâton !

Muley gloussa :

— Pas question. J' vous ai dit que j'étais mauvais comme une belette. Willy l'a fait une nuit et je lui en ai foutu un coup par-derrière avec un pieu. J' l'ai étendu raide par terre. Plus tard il a été raconter comme quoi il avait été attaqué par cinq types.

L'auto arriva devant la maison et un rayon de lumière jaillit :

— Baissez-vous, dit Muley.

Le faisceau de lumière blanche et froide passa au-dessus d'eux et balaya le champ. Les hommes cachés ne pouvaient voir aucun mouvement, mais ils entendirent un claquement de portière et des voix.

— Ils ont peur de se mettre devant la lumière, murmura Muley, une ou deux fois j'ai visé les phares. Ça rend Willy prudent. Il a amené quelqu'un avec lui ce soir.

Ils entendirent des pas résonner sur le bois, puis à l'intérieur de la maison ils virent la lueur d'une lampe de poche.

— Faut-il que je tire dans la maison ? souffla Muley. Ils ne verraient pas d'où ça vient. Ça les ferait réfléchir.

— Vas-y, dit Joad.

— Non, murmura Casy, ça ne rimerait à rien. Ça serait

autant de perdu. Il serait temps de réfléchir à ce qu'on fait et de n'agir vraiment que quand ça sert à quelque chose.

Une sorte de grattement se fit entendre près de la maison.

— Ils éteignent le feu, murmura Muley. Foutent de la poussière dessus à coups de pied.

Les portières claquèrent, les phares décrivirent une courbe et firent de nouveau face à la route.

— Attention, planquez-vous ! dit Muley.

Ils courbèrent la tête et le faisceau de lumière passa au-dessus d'eux et balaya à plusieurs reprises le champ de coton. Ensuite l'auto se mit en marche, elle s'éloigna, monta la côte et disparut.

Muley se mit sur son séant :

— Willy le fait chaque fois, le coup du projecteur, pour finir. Il l'a fait si souvent que j'en sais exactement le moment. Et il croit toujours que c'est le fin du fin.

— Ils ont peut-être laissé des types dans la maison, dit Casy. Pour nous pincer quand on y retournera.

— Peut-être. Attendez-moi ici. J' connais la musique.

Il s'éloigna silencieusement, seul un léger écrasement de mottes trahissait son passage. Les deux hommes qui l'attendaient s'efforçaient de l'entendre, mais il s'était évanoui dans le noir. Au bout d'un moment il les appela de la maison.

— Ils n'ont laissé personne. Revenez.

Casy et Joad se relevèrent et se dirigèrent vers la masse sombre de la maison. Muley les attendait près du petit tas de poussière fumante qui avait été leur feu.

— J' pensais bien qu'ils ne laisseraient personne, dit-il fièrement. Le gnon que j'ai foutu à Willy et les phares que je leur ai bousillés, ça les a rendus prudents. Ils ne savent pas trop qui c'est, et je me laisserai pas prendre. Je ne dors pas près des maisons. Si vous voulez me suivre, je vous montrerai où je dors, un coin où qu'y a pas de danger qu'on vienne vous buter dedans.

— Va devant, dit Joad. On te suit. J'aurais jamais pensé qu'il faudrait que je me cache sur les terres de mon père.

Muley prit à travers champs, et Joad et Casy le suivirent. Tout en marchant ils butaient dans les pieds de coton.

— T'auras à te cacher de plus d'un truc, dit Muley.

Ils marchaient en file indienne à travers les champs. Ils arrivèrent à une ravine et se laissèrent glisser facilement au fond.

— Nom de Dieu, j' parie que je sais, s'écria Joad. C'est une caverne dans la berge.

— Tout juste. D'où que tu sais ça ?

— C'est moi qui l'ai creusée, dit Joad. Moi et mon frère Noah. On cherchait de l'or, soi-disant, mais en fait, on creusait juste une caverne comme font les gosses.

Les parois de la ravine s'élevaient maintenant au-dessus de leur tête.

— On devrait pas être loin, dit Joad. Il me semble me rappeler que c'était par là.

Muley dit :

— Je l'ai recouverte de branchages. Personne ne pourrait la trouver.

Le lit du ravin s'aplanit, leurs pieds foulaient le sable. Joad s'installa sur le sable propre.

— J' vais pas dormir dans une caverne, dit-il. J' vais dormir là où je suis. Il fit un rouleau de son veston et le plaça sous sa tête.

Muley tira les broussailles qui recouvraient l'orifice de la caverne et se coula à l'intérieur.

— Moi, je me plais là-dedans, cria-t-il. J'ai l'impression que personne ne viendra me chercher ici.

Jim Casy s'assit sur le sable près de Joad.

— Dormez, dit Joad. Au petit jour on ira chez l'oncle John.

— J' dormirai pas, dit Casy. J'ai trop de choses dans la tête.

Il releva ses genoux et croisa ses bras autour de ses jambes. Il renversa la tête et regarda scintiller les étoiles. Joad bâilla et ramena une main sous sa tête. Ils se taisaient, et peu à peu la vie furtive du sol, la vie des trous et des terriers, la vie des broussailles reprit. Les mulots s'agitaient, les lapins se glissaient vers les choses vertes, les souris gravissaient les mottes de terre et les chasseurs ailés passaient en silence au-dessus d'eux.

CHAPITRE VII

Dans les villes, aux abords des villes, dans les champs, dans les terrains vagues, les dépôts d'autos d'occasion, les dépôts d'épaves, les garages aux annonces alléchantes — *Voitures d'occasion. Belles occasions. Transports à bon marché. Trois roulottes Ford 27, bon état. Voitures vérifiées. Voitures garanties. T.S.F. gratuite. Voiture avec trois cents litres d'essence gratuite. Entrez. Rendez-vous compte. Voitures d'occasion. Pas de frais supplémentaires.*

Un terrain vague, une maison assez grande pour contenir un bureau, une chaise et un cahier bleu. Piles de contrats aux coins cornés, retenus par des agrafes, et tas bien propre de contrats encore vierges. Stylo... Ayez toujours votre stylo plein, toujours prêt à fonctionner. On a vu rater des ventes parce qu'un stylo ne marchait pas.

Ces salauds là-bas n'achètent rien. Ils vont d'un dépôt à l'autre. Des badauds. Passent tout leur temps à regarder. Ils ne veulent pas acheter de voiture et ils vous font perdre votre temps. Ils s'en foutent pas mal de votre temps. Là-bas, ces deux-là... non, avec les gosses. Collez-les dans une bagnole. Commencez à deux cents et rabattez un peu. Ils ont l'air bons pour cent vingt-cinq. Chauffez-les. Faites-leur faire un tour dans une chignole. Collez-leur-en une de force. Ils nous ont pris assez de temps.

Propriétaires, aux manches retroussées. Vendeurs, soignés, précis, mortels, petits yeux aigus à l'affût des instants de faiblesse.

— Surveillez la figure de la femme. Si ça plaît à la femme on pourra baiser le mari. Lancez-les sur cette Cadillac.

Après ça, descendez jusqu'à la Buick 26. Si vous commencez par la Buick, ils se rabattront sur une Ford. Relevez vos manches et au boulot. Ça ne durera pas toujours. Montrez-leur la Nash pendant que je regonfle à bloc la Dodge 25 qui a un pneu qui perd. J' vous ferai signe quand elle sera prête.

— Ce que vous voulez, c'est un moyen de transport, pas vrai ? Les bobards ça ne prend pas avec vous. Évidemment les coussins sont usés. Mais ce n'est pas les coussins qui font tourner les roues.

Voitures alignées, radiateurs pointant en avant, radiateurs rouillés, pneus à plat. Serrées les unes contre les autres.

— Voulez monter essayer celle-là ? Mais certainement, c'est très facile. Je vais la sortir de la file.

— Créez-leur des obligations. Arrangez-vous pour qu'ils vous prennent votre temps. Ne leur laissez jamais oublier qu'ils vous prennent votre temps. Les gens sont gentils, en général. Ils n'aiment pas vous déranger. Arrangez-vous pour qu'ils vous dérangent, et après ça collez-leur la bagnole dans les pattes.

Alignements de voitures. Antiques Ford, hautes sur pattes, minables, roues grinçantes, bandages usés. Buick, Nash, De Soto...

— Parfaitement, monsieur, une Dodge 22, et une sacrée voiture, je vous prie de croire. Dodge n'a jamais fait mieux. Increvable. Basse compression. La haute compression ça donne du nerf pendant quelque temps, mais y a pas de métal qui tienne le coup, à la longue. Plymouth, Rockne, Star.

— Nom de Dieu, d'où sort cette Apperson, de l'Arche de Noé ? Et une Chalmers et une Chandler... y a des années qu'on n'en fait plus. C'est pas des autos que nous vendons... de la ferraille. Faudrait tout de même dégotter quelques tacots. Je ne veux rien au-dessus de vingt-cinq ou trente dollars. On revend ça cinquante, soixante-quinze dollars. Ça fait un joli bénéfice. Bon Dieu, quoi, qu'est-ce que ça laisse comme commission, une voiture neuve ? Trouvez-moi des clous. Ça part aussi vite que ça arrive. Rien au-dessus de deux cent cinquante. Jim, attrape-moi ce bougre-là sur le trottoir. Il ne serait pas foutu de reconnaître son cul d'un trou dans la terre. Essaie de lui refiler l'Apperson. Mais où est-elle passée cette Apperson ? Vendue ? Faut se grouiller de trouver des tacots sinon on n'aura plus rien à vendre.

Fanions rouges et blancs, blancs et bleus... tout le long du trottoir. Voitures d'occasion. Voitures d'occasion. État neuf.

L'occasion du jour... sur l'estrade. Jamais à vendre. Mais ça attire les gens. S'il nous fallait la bazarder à ce prix-là, cette occasion, on ne ferait pas un rond dessus. Dites-leur qu'on vient de la vendre. Enlève les accus avant de la livrer, et colle-lui l'autre batterie, qui est morte. Merde alors, qu'est-ce qu'ils voudraient qu'on leur donne pour leurs quatre sous ? Retroussez vos manches, et en avant ! Ça ne durera pas toujours. Si j'avais assez de bagnoles je me retirerais des affaires dans six mois.

— Dis donc, Jim, j'ai entendu l'arrière de cette Chevrolet. On dirait qu'elle brasse des tessons de bouteilles. Colles-y deux ou trois livres de sciure. Colles-en aussi dans la boîte de vitesses. Faudra me bazarder cette tinette pour trente-cinq dollars. L'enfant de garce, il m'a eu avec celle-là. Je lui en ai offert dix dollars et il m'a poussé à quinze, et puis le bougre de salaud a sorti tous les outils. Nom de Dieu de bon Dieu, si j'avais seulement cinq cents bagnoles. Ça ne va pas durer. Quoi ? les pneus ne lui plaisent pas ? Dis-lui qu'ils ont dix mille milles dans le ventre et rabats un dollar et demi.

Morceaux de débris rouillés contre la palissade, rangées d'épaves lamentables dans le fond, pare-chocs, pièces noires de graisse, blocs-moteurs gisant par terre avec un pied d'angélique poussant au milieu des cylindres. Tiges de freins, tuyaux d'échappement lovés comme des serpents. Graisse, essence.

— Regarde si tu ne peux pas trouver une bougie qui serait pas fendue. Nom de Dieu, dire que si j'avais cinquante roulottes à moins de cent dollars pièce je ferais fortune. Qu'est-ce qu'il a à rouscailler ? On vend des bagnoles, on ne les pousse pas à domicile. Pas mauvais, comme slogan ! On ne les pousse pas à domicile. Je te parle que je le passe dans la *Gazette de l'Auto*. Tu n' crois pas que ce soit un client en perspective ? Alors, fous-le dehors. Nous avons autre chose à faire qu'à perdre notre temps avec un type qui ne sait pas ce qu'il veut. Enlève le pneu avant droit à cette Graham-Paige. Mets le côté réparé dessous. Le reste a de l'allure. Il y a de la toile et tout ce qu'y faut. Cinquante mille milles dans le ventre, ce vieux clou. Pour sûr! Veillez à ce qu'elle ait toujours de l'huile. Au revoir. Bonne chance.

— Cherchez une voiture? Qu'est-ce que vous aviez dans l'idée? Voyez-vous quelque chose qui vous plaise? Je crève de soif. Pas envie d'un petit coup, du bon? Allez, venez, pendant que votre femme regarde cette La Salle. C'est pas une La Salle, qu'il vous faut. Les coussinets sont foutus. Ça consomme trop d'huile. J'ai là une Lincoln 24. Ça c'est une voiture. On en a pour toute sa vie. Pouvez la transformer en camionnette.

Soleil brûlant sur le métal rouillé. Huile sur le sol. Les gens errent, étourdis, en quête d'une automobile.

— Essuyez vos pieds. Ne vous appuyez pas sur cette voiture, elle est sale. Comment s'y prend-on pour acheter une voiture? Combien ça coûte-t-il? Attention, surveille les enfants. Je me demande combien vaut celle-ci. Y a qu'à demander. Ça ne coûte rien de demander. On peut toujours demander pas vrai? Nous ne pouvons pas mettre un sou de plus que soixante-quinze dollars, sans ça il ne nous resterait pas assez pour aller jusqu'en Californie.

— Nom de Dieu, si seulement je pouvais me procurer une centaine de bagnoles. J' me foutrais pas mal qu'elles marchent ou non.

Pneus usés, pneus endommagés, entassés en hauts cylindres. Chambres à air rouges, grises, pendues comme des boudins.

— Rustines? Lessive de radiateur? Amplificateurs? Mettez cette petite pilule dans votre réservoir à essence et vous ferez dix milles de plus par bidon. Une simple couche, et pour cinquante *cents*, vous aurez une carrosserie neuve. Essuie-glace? Courroies de ventilateur, joints de culasse? C'est peut-être le pointeau. Changez donc votre tige de soupape. Pour cinq *cents* qu'est-ce que vous risquez?

— C'est bon, Joe. Tu les amadoues et tu me les envoies.

J' m'en charge. J' ferai affaire ou j'en tue un. Ne m'envoie pas de mendigots. C'est des clients, qu'il me faut.

— Parfaitement, entrez donc. Vous faites une affaire, je vous le promets. Sans blague. Pour quatre-vingts dollars, c'est donné !

— J' peux pas mettre plus de cinquante. L'homme, là dehors, m'avait dit cinquante.

— *Cinquante, cinquante ?* Il est cinglé. J'ai allongé soixante-dix-huit dollars et demi pour l'avoir ce petit bijou. Joe, bougre d'idiot, tu veux que je fasse faillite ? Va falloir que je le balance, ce gars-là. Encore, à soixante, j' dis pas. Ah ! et puis écoutez, l'ami, j' n'ai pas toute ma journée à perdre. Je suis un homme d'affaires, mais ce n'est pas mon genre d'estamper les clients. Vous avez quelque chose à troquer ?

— J'ai un couple de mulets que j'échangerais bien.

— *Des mulets !* Eh Joe, t'entends ça ? Ce gars-là veut échanger des mulets. On ne vous a jamais dit que nous vivions à l'âge de la machine ? On ne se sert plus de mulets, aujourd'hui, sauf pour faire de la colle [1].

— Cinq belles mules… cinq et sept ans. On ferait peut-être aussi bien de regarder ailleurs.

— Regarder ailleurs ! Vous venez là quand nous ne savons déjà plus où donner de la tête, vous nous faites perdre notre temps et puis vous décampez ! Joe, tu savais, toi, qu'on avait affaire à des foireux ?

— J' suis pas un foireux. Il m' faut une auto. Nous allons en Californie. Il me faut une auto.

— Je suis une poire, si vous voulez le savoir. Joe n'arrête pas de me le dire que je suis une poire. Il me dit que si je ne perds pas cette habitude de donner jusqu'à ma dernière chemise, je finirai à l'hospice. Tenez, je vais vous dire ce que je vais faire… Je peux tirer cinq dollars pièce de ces mules, en les vendant comme viande de chien.

— J' veux pas les donner pour qu'on en fasse de la viande de chien.

---

1. A l'équarrissage, les déchets sont utilisés pour la fabrication de produits chimiques, entre autres, de la colle.

— Enfin, mettons que j'en tire sept ou huit dollars... Voilà ce qu'on va faire : Nous vous prendrons vos mules pour vingt dollars. La charrette va avec, c'est d'accord ? Vous me versez cinquante dollars et vous me signez l'engagement de me payer le reste à raison de dix dollars par mois.

— Mais vous aviez dit quatre-vingts.

— Vous n'avez jamais entendu parler des taxes et de l'assurance ? Ça, ça augmente toujours un petit peu. Vous vous serez libéré dans quatre ou cinq mois. Signez ici. Nous nous occuperons de tout.

— Oui, mais c'est que j' sais pas...

— Ah ! écoutez. J' vous donne ma chemise et vous nous prenez tout notre temps. Depuis le temps que je suis là à user ma salive j'aurais pu faire trois affaires. Y a de quoi vous dégoûter. C'est ça, signez ici. Ça va. Joe, remplis le réservoir de Monsieur. Nous lui ferons cadeau de l'essence.

— Nom de Dieu, Joe, ça pour une affaire, c'en est une. Qu'est-ce qu'on avait donné pour cette bagnole ? Trente dollars... trente-cinq si j'ai bonne mémoire ? J'ai cet attelage de mules et si je ne peux pas en tirer soixante-quinze dollars, je veux bien être pendu. Et j'ai cinquante dollars comptant et une créance pour quarante autres. Oh ! je sais bien qu'ils ne sont pas tous honnêtes, mais tu ne croirais pas combien il y en a qui crachent le reste. Il y a un type qui m'a envoyé cent dollars deux ans après que je les avais passés au compte profits et pertes. J' te parie que ce gars-là m'enverra l'argent. Bon Dieu si je pouvais seulement dégoter cinq cents bagnoles ! Retrousse tes manches, Joe. Va les travailler un peu, et envoie-les-moi. T'auras vingt dollars sur cette affaire-là. Tu te fais pas de mauvaises journées.

Fanions flasques au soleil de l'après-midi. Occasion du jour : Ford 29. Bon fonctionnement.

— Qu'est-ce que vous voulez pour cinquante dollars... une Zéphyr ?

Rembourrage sortant en boucles des coussins, ailes cabossées, retapées à coups de marteau, pare-chocs arrachés, tout de guingois. Roadster Ford de fantaisie, avec de petites lumières de couleur sur les ailes, sur le bouchon de radiateur, et trois derrière. Des garde-boue, et un gros dé sur la poignée du levier des vitesses. Sur la housse du pneu, une jolie fille en couleurs, prénommée Cora. Soleil de l'après-midi sur les pare-brise poussiéreux.

— Nom de Dieu je n'ai pas le temps d'aller bouffer ! Joe, envoie un gosse me chercher une saucisse.

Rugissement crachotant de vieux moteurs.

— Pige-moi cette tête d'emplâtre, là-bas en train de regarder la Chrysler. Tâche un peu de voir s'il a du pèze dans sa culotte. Ces bougres de garçons de ferme sont pas francs des fois. Chauffe-les et envoie-les par ici, Joe. Tu fais du bon travail.

— Parfaitement, c'est nous qui l'avons vendue. Garantie ? Nous avons garanti que c'était une automobile. Nous n'avons pas garanti de vous la soigner comme un bébé de deux jours. Ah ! et puis dites donc, vous... vous avez acheté une voiture et maintenant vous venez rouspéter. J' m'en fous que vous payiez ou non vos traites. C'est la Société de Crédit qui les a. C'est eux qui vous poursuivront, pas nous. Nous, on ne garde pas de papiers. Ah c'est comme ça ! Ben essayez seulement de faire le méchant et j'appelle un flic. Non Monsieur, nous n'avons pas changé les pneus. Fous-le dehors, Joe. Il a acheté une voiture et maintenant il n'est pas content. Qu'est-ce que vous diriez si je commandais un bifteck et que je le rende après en avoir mangé la moitié ? Nous tenons un commerce d'autos, pas un bureau de bienfaisance. Non mais, t'as entendu ça, Joe ? Eh, regarde là-bas... Il a une dent d'Élan[1]. Cours vite, mets-les sur la Pontiac 36. Ouais.

Capots carrés, capots ronds, capots rouillés, capots en forme de pelles, longues courbes des carrosseries et surfaces plates d'avant les lignes fuselées. Aujourd'hui, soldes. Vieux monstres aux capitonnages profonds... vous pourriez facilement la transformer en camion. Roulottes à deux roues, essieux rouillés sous le dur soleil de l'après-midi. Voitures

1. Insigne de membre du Cercle des « Élans ». Une des nombreuses ramifications des « Clubs Rotariens » aux U. S. A.

d'occasion. Voitures d'occasion en bon état. Propres, état impeccable. Ne consomme pas d'huile.

— Bon Dieu, regarde-moi celle-là ! C'est ce que j'appelle bien entretenue.

Cadillac, La Salle, Buick, Plymouth, Packard, Chevrolet, Ford, Pontiac. Rangées après rangées, phares scintillants au soleil de l'après-midi. Bonnes voitures d'occasion.

— Chauffe-les, Joe. Nom de Dieu, si j'avais seulement un millier de bagnoles ! Assouplis-les et amène-les-moi, je me charge du reste.

— Vous allez en Californie ? Voilà exactement ce qu'il vous faut. Elle a l'air fatiguée, mais elle a encore des milliers de milles dans le ventre.

Alignées côte à côte. Bonnes voitures d'occasion. Réclames. Propres. État neuf.

CHAPITRE VIII

Le ciel, parmi les étoiles, devenait gris et le mince croissant de la lune était pâle et semblait irréel. Tom Joad et le pasteur marchaient rapidement sur un chemin qui n'était que traces de roues, traces d'autochenilles, à travers le coton. Seul le ciel incertain marquait l'approche de l'aube, pas d'horizon à l'ouest et une ligne à l'est. Les deux hommes marchaient en silence et reniflaient la poussière que leurs pieds soulevaient.

— J'espère que vous savez où vous allez, dit Jim Casy. J'aimerais pas qu'on se retrouve au sacré diable, Dieu sait où, quand le jour sera levé.

Le champ de coton grouillait de vie furtive, battements d'ailes précipités d'oiseaux picorant par terre, fuite précipitée de lapins effrayés. Le piétinement sourd dans la poussière, le crissement des mottes écrasées sous les souliers étouffaient les bruits secrets de l'aurore.

Tom dit :

— J'irais les yeux fermés. Le meilleur moyen de me tromper serait justement d'y réfléchir. J'ai qu'à pas y penser et j'irai tout droit. C'est ici que je suis né, bon Dieu. Fallait me voir cavaler dans tout ce coin-là, quand j'étais gosse. Il y a un arbre là-bas... vous voyez, on le distingue à peine. Ben, un jour, mon père y a accroché un coyote mort dans c't arbre. Il est resté pendu jusqu'à ce qu'il ait fondu, comme qui dirait, et puis il est tombé. Tout desséché, on aurait dit.

96

Nom de Dieu, j'espère que Man a mis quéqu' chose à cuire. J'ai le ventre en creux.

— Moi aussi, dit Casy. Vous voulez pas une petite chique ? Ça empêche d'avoir trop faim. On aurait mieux fait de pas partir si tôt. Vaudrait mieux qu'il fasse clair. (Il s'interrompit pour mordre une chique.) J' dormais bien.

— C'est de la faute à ce piqué de Muley, fit Tom. Il m'a rendu nerveux. Il me réveille et il fait : « Au revoir, Tom, je m'en vais. J'ai des coins à aller voir. » Et il fait : « Vous feriez bien de partir aussi tous les deux, comme ça vous aurez quitté les terres quand le jour viendra. » Il devient complètement marteau, à vivre comme une taupe. On aurait dit qu'il avait des Indiens à ses trousses. Croyez pas qu'il déménage ?

— Ben, j' sais pas trop. Vous avez vu cette auto s'amener hier soir quand on avait notre petit feu. Vous avez vu comme la maison était amochée ? Il se passe du vilain par ici. Évidemment, Muley est fou, pas de doute. A rôder comme ça, comme un coyote, c'est forcé qu'on devienne fou. Un de ces jours il va tuer quelqu'un et on lancera les chiens à ses trousses. J' peux voir ça comme si c'était une prophétie. Il ne fera qu'empirer. Alors comme ça, il n'a pas voulu venir avec nous ?

— Non, dit Joad. Je crois qu'il a peur de voir des gens, maintenant. Curieux qu'il soit venu jusqu'à nous. On sera chez l'oncle John quand le soleil se lèvera.

Ils marchèrent quelque temps silencieusement et les hiboux attardés s'envolèrent vers les granges, les arbres creux, les citernes, pour échapper à la lumière du jour. Le ciel d'Orient pâlissait toujours, et l'on pouvait distinguer les pieds de coton et la terre qui prenait une teinte grisâtre.

— Du diable, si je peux m'imaginer comment ils se casent tous chez l'oncle John. Il n'a qu'une chambre et un appentis qui lui sert de cuisine et un petit rien du tout de grange. Ça doit être bourré, là-dedans.

— Autant que je me rappelle, John n'avait pas de famille. Il vivait tout seul, pas vrai ? Je me le rappelle pas très bien.

— Y avait pas de bougre plus seul au monde, dit Joad. Et puis il était un peu timbré aussi, dans son genre... un peu comme Muley, mais pire par certains côtés. On risquait de le trouver partout, saoul, ou en visite chez une veuve, à vingt milles de distance, ou bien à travailler sa terre à la lanterne. Complètement piqué. On s'accordait pour ne pas lui donner longtemps à vivre. Mais l'oncle John est plus vieux que Pa. Il devient seulement plus sec et plus sauvage tous les ans. Plus sauvage que Grand-père.

— Regardez la lumière qui vient, dit le pasteur. On dirait de l'argent. Et John n'a jamais eu de famille ?

— Si, justement il en a eu une, et ça vous montrera le genre de type que c'est... comment qu'il se conduit. C'est Pa qui me l'a raconté. L'oncle John a eu une jeune femme. Y avait quatre mois qu'il était marié. Enceinte, avec ça. Et v'là qu'une nuit il lui prend une douleur dans le ventre, et elle dit : « Tu ferais bien d'aller chercher le médecin. » Mais John était là assis bien tranquillement et il dit : « T'as mal au ventre, tout simplement. T'as trop mangé. T'as qu'à prendre une cuillerée de potion contre les douleurs. Tu te bourres l'estomac et puis après tu y as mal », qu'il dit. Le lendemain à midi elle ne savait plus ce qu'elle disait et elle est morte vers quatre heures de l'après-midi.

— Qu'est-ce que c'était ? demanda Casy. Empoisonnement par quelque chose qu'elle avait mangé ?

— Non, simplement quéqu' chose qu'avait crevé dedans. L'ap... appendiste ou un truc comme ça. Alors, l'oncle John qu'a toujours été un peu j' m'en foutiste, ça lui a fait quelque chose. Il a pris ça comme un péché. Pendant longtemps il n'a plus voulu parler à personne. Il se contentait de se balader d'un côté et de l'autre comme s'il ne voyait rien, et puis il priait un peu. Il lui a fallu deux ans pour s'en remettre, et encore c'est plus le même homme. Un peu braque. Il finissait par devenir insupportable. Quand on était gosses à chaque fois qu'on avait des vers ou mal aux tripes, fallait que l'oncle John aille chercher le médecin. Un beau jour Pa lui a dit d'en finir. Les gosses, ça n'arrête pas d'avoir la colique. Lui, il se figure que c'est sa faute si sa femme est morte. Drôle de type. Il passe son temps à faire des faveurs aux gens, comme pour se racheter... il donne des choses aux gosses, dépose un sac de farine à la porte de quelqu'un. Il donne presque tout ce qu'il a, et malgré ça il n'est pas très heureux. Des fois il va se promener tout seul la nuit. Mais c'est un bon fermier quand même. Ses terres sont bien tenues.

— Pauvre type, dit le pasteur. Pauvre type solitaire. Est-ce qu'il est allé beaucoup à l'église quand sa femme est morte ?

— Non, pas du tout. Il ne voulait pas approcher des gens. Il voulait être seul. Y avait pas un seul gosse qu'était pas fou de lui. Des fois il venait à la maison la nuit, et nous on savait qu'il était venu, parce que pas plus tôt entré, il y avait un paquet de chewing-gum dans le lit, à côté de chacun de nous. On le prenait pour le Bon Dieu en personne.

Le pasteur cheminait, tête basse. Il ne répondit pas. Et le jour qui se levait mettait un semblant de lueur sur son front, et ses mains qui oscillaient à ses côtés brillaient à la lumière puis s'éteignaient.

Tom se taisait également, comme s'il avait dit des choses trop intimes et qu'il en eût honte. Il pressa le pas et le pasteur se maintint à sa hauteur. A présent ils commençaient à distinguer les choses dans le lointain grisâtre. Un serpent se coula lentement hors du champ de coton, et traversa le chemin. Tom s'arrêta net et regarda :

— Un serpent qui mange les mulots, dit-il. Laissons-le.

Ils passèrent à côté du serpent et continuèrent leur route. Une teinte colorée apparut à l'est et presque aussitôt la lueur solitaire de l'aube se déploya sur la campagne. Du vert apparut sur les plants de coton et la terre devint gris-brun. Les visages des hommes perdirent leur teinte grisâtre. A mesure que la lumière augmentait, le visage de Joad semblait foncer.

— C'est le meilleur moment, dit Joad doucement. Quand j'étais gosse, je me levais pour aller me promener tout seul quand le jour était comme ça. Qu'est-ce qu'il y a là, devant nous ?

Un congrès de chiens s'était rassemblé sur la route en l'honneur d'une chienne. Cinq mâles, bâtards de bergers et de colleys, chiens dont la race s'était estompée, conséquence d'une vie sociale débarrassée de préjugés, courtisaient la chienne. Chaque chien reniflait délicatement, puis s'arrêtait les pattes raides devant un plant de coton, levait gravement la patte de derrière et urinait, puis revenait flairer. Joad et le pasteur s'arrêtèrent pour regarder et Joad soudain éclata d'un rire joyeux :

— Bon Dieu, dit-il. Bon Dieu !

Maintenant tous les chiens s'étaient rassemblés, le poil hérissé et ils grondaient et s'observaient, rigides, chacun attendant que l'autre commence la bagarre. Un des chiens couvrit la chienne et maintenant que c'était fait, les autres s'écartèrent et observèrent la chose avec intérêt, et leurs langues pendaient, et leurs langues dégouttaient. Les deux hommes continuèrent leur route :

— Bon Dieu, dit Joad, je crois que celui qu'était dessus c'est notre chien Flash. Je le croyais mort. Ici, Flash ! Il se remit à rire : après tout, si on m'appelait, je n'entendrais pas non plus. Ça me rappelle une histoire qu'on racontait de Willy Feeley quand il était jeune. Willy était timide, horriblement timide. Bref, v'là-t-il pas qu'un jour, il conduit sa génisse au taureau de Graves. Tout le monde était sorti, sauf Elsie Graves et Elsie n'était pas timide du tout. Willy restait là, tout rouge, et il ne pouvait même pas parler. Elsie lui fait : « J' sais pourquoi t'es venu ! le taureau est là-bas derrière l'étable. » Alors ils y conduisent la génisse et Willy et Elsie s'assoient sur la barrière pour regarder. Il n'a pas fallu longtemps à Willy pour s'émoustiller. Elsie le regarde et dit comme si elle savait pas de quoi il retournait : « Qu'est-ce que t'as, Willy ? » Willy était en chaleur et pouvait à peine se tenir tranquille. « Bon Dieu, qu'il dit, bon Dieu, j' voudrais bien en faire autant. » Et Elsie lui dit : « Qu'est-ce qui t'en empêche, Willy, elle est à toi, cette génisse. »

Le pasteur rit doucement :

— Vous savez, dit-il, c'est agréable de n'être plus pasteur. On ne me racontait pas d'histoires comme ça, avant, ou bien si on le faisait je ne pouvais pas rire. Et je ne pouvais pas jurer. Maintenant je jure tant que ça me plaît, chaque fois que ça me plaît, et ça fait du bien de jurer quand on en a envie.

A l'est, l'horizon rougeoyait et sur le sol les oiseaux se mirent à pousser des pépiements aigus.

— Regardez, dit Joad. Droit devant nous. C'est le réservoir à l'oncle John. J' peux pas voir l'aéromoteur, mais c'est son réservoir. Vous le voyez contre le ciel ? (Il hâta le pas.) Je me demande s'ils sont tous là.

La masse du réservoir se dressait sur une hauteur. Dans sa hâte Joad souleva un nuage de poussière autour de ses genoux.

— J' me demande si Man...

Ils apercevaient maintenant les supports du réservoir et la maison, une petite boîte carrée de bois brut, nue, et la grange ratatinée sous son toit bas. De la fumée sortait par la cheminée de zinc de la maison. Dans la cour il y avait tout un fouillis, meubles empilés, ailes et moteur du moulin à eau, bois de lits, chaises et tables.

— Nom de Dieu, ils sont prêts à partir ! dit Joad.

Il y avait un camion dans la cour, un camion très haut, mais un étrange camion, car si le devant rappelait la conduite intérieure, le haut avait été coupé par la moitié et le corps du camion ajusté à la place. En s'approchant, les deux hommes entendirent des coups de marteau venant de la cour et juste comme le bord du soleil aveuglant surgissait au-dessus de l'horizon, la lumière tomba sur le camion et leur montra un homme et l'éclair d'un marteau qui se levait et s'abaissait. Et le soleil fit miroiter les fenêtres de la maison. Les planches dégradées par le temps étaient luisantes. Sur le sol, deux poulets roux étincelaient aux reflets du soleil.

— Ne criez pas, dit Tom, allons doucement les surprendre, et il marchait si vite que la poussière lui montait jusqu'à la taille.

Et il arriva à l'orée du champ de coton. Ils se trouvaient maintenant dans la cour proprement dite, avec son sol de terre battue, luisant, avec çà et là quelques herbes rampantes, grises de poussière. Et Joad ralentit, comme s'il avait peur d'aller plus avant. Le pasteur, qui l'observait, ralentit pour se mettre à son pas. Tom s'avança nonchalamment, tourna d'un air gêné autour du camion. C'était une conduite intérieure Hudson Super-Six, dont le toit avait été sectionné

101

en deux au ciseau à froid. Le vieux Tom Joad, debout dans le camion, en clouait les dernières lattes, des deux côtés. Sa face grise et barbue était penchée sur son travail et des clous lui sortaient de la bouche. Il plaça un clou et l'enfonça d'un grand coup de marteau. Dans la maison une rondelle de fourneau cliqueta et un enfant se mit à pleurer. Joad s'appuya contre le camion. Et son père le regarda et ne le vit pas. Son père plaça un autre clou et l'enfonça. Un vol de pigeons s'éleva du bord du réservoir, décrivit un grand cercle et se posa de nouveau. Tout rengorgés, ils s'approchèrent du bord pour regarder ; pigeons blancs, bleus et gris, aux ailes irisées.

Joad crispa ses doigts sur la ridelle inférieure du camion. Il leva les yeux vers le vieil homme grisonnant et dit doucement :

— Pa !

— Qu'est-ce que tu veux ? grommela le vieux Tom à travers sa bouchée de clous.

Il était coiffé d'un vieux feutre sale. Sur sa chemise de travail bleue, il portait un gilet sans boutons. Son pantalon était retenu par une large courroie de harnais avec une grande boucle de cuivre, cuir et métal polis par des années d'usage ; ses souliers étaient craquelés et les semelles en étaient gonflées, recourbées du bout en forme de sabot après des années de soleil, d'humidité et de poussière. Les manches de sa chemise, retenues par les muscles puissamment gonflés, lui serraient les bras. Il avait les hanches minces, le ventre plat, les jambes courtes, lourdes et fortes. Son visage, encadré par une barbe dure, poivre et sel, semblait tiré vers son menton, un menton énergique, proéminent, modelé par la barbe qui était plus sombre à cet endroit, alourdissant et renforçant la saillie de la mâchoire. Sur les pommettes du vieux Tom, où la barbe n'avait pas accès, la peau était aussi brune que de l'écume de pipe, et une patte-d'oie la ridait au coin de ses yeux constamment clignés. Il avait les yeux bruns, bruns comme des grains de café, et quand il regardait quelque chose il tendait la tête en avant, car ses yeux sombres et brillants avaient faibli. Ses lèvres d'où sortaient les gros clous étaient minces et rouges.

Il garda son marteau en l'air, prêt à frapper sur le clou et par-dessus le bord du camion il regarda Tom, l'air mécontent d'avoir été interrompu. Puis il avança le menton et il regarda Tom bien en face, et puis graduellement, la lumière se fit dans son cerveau. Le marteau s'abaissa lentement, et de sa main gauche il retira les clous de sa bouche. Et il dit, étonné, comme pour se l'annoncer à lui-même : « C'est Tommy... » Puis, se renseignant toujours lui-même : « C'est Tommy qui est revenu. » Sa bouche s'ouvrit de nouveau et une lueur d'effroi passa dans ses yeux.

— Tommy, dit-il doucement, tu t'es pas échappé ? Va pas falloir que tu te caches ?

Il attendit anxieusement.

— Non, dit Tom. On m'a libéré sur parole. J' suis libre. J'ai tous mes papiers.

Il se cramponna aux barreaux inférieurs du camion et leva les yeux.

Le vieux Tom posa doucement son marteau par terre et mit les clous dans sa poche. Il enjamba la ridelle et se laissa glisser mollement jusqu'à terre, mais une fois debout près de son fils, il sembla embarrassé et bizarre.

— Tommy, dit-il, nous allons en Californie. Mais on allait t'écrire pour te le dire. (Et il dit, comme sans y croire) Mais te v'là de retour. Tu peux venir avec nous. Tu peux venir ! (Le couvercle d'une cafetière retomba avec bruit dans la maison. Le vieux Tom regarda par-dessus son épaule.) Allons les surprendre, dit-il, et ses yeux brillaient d'excitation. Ta maman avait comme une sale impression qu'elle ne te reverrait plus jamais. Elle avait cet air tranquille comme quand quelqu'un est mort. Pour un peu elle n'aurait pas voulu aller en Californie par crainte de ne plus te revoir. (De nouveau une rondelle de fourneau cliqueta dans la maison.) Allons les surprendre, répéta le vieux Joad. Entrons comme si tu n'étais jamais parti. On verra ce que va dire ta mère.

Il finit par toucher Tom, mais seulement à l'épaule, timidement, et il retira sa main aussitôt. Il regarda Jim Casy. Tom dit :

— Tu te rappelles le pasteur, Pa. Il viendra avec nous.

— Est-ce qu'il était en prison, lui aussi ?

— Non, j' l'ai rencontré sur la route. Il était en voyage.

Pa lui serra la main gravement :

— Vous êtes le bienvenu, monsieur.

Casy fit :

— Enchanté d'être ici. C'est une chose qui vaut la peine d'être vue, un garçon qui rentre au foyer. C'est une chose qui vaut la peine.

— Au foyer, dit Pa.

— Dans sa famille, corrigea rapidement Casy. Nous avons passé la nuit dans votre ancienne maison.

Pa avança le menton et il se retourna pour regarder la route un moment. Puis il se tourna vers Tom.

— Comment qu'on va faire ça ? dit-il très agité. Si j'entrais et que je dise : Y a deux gars ici qui voudraient déjeuner ; ou bien vaudrait-il peut-être mieux que tu entres et que t'attendes qu'elle te voie ? Qu'est-ce que t'en penses ?

Son visage frémissait d'agitation.

— Faut pas lui donner de secousse, dit Tom. Faut pas lui faire peur.

Deux jeunes chiens de berger efflanqués s'approchèrent allégrement, jusqu'au moment où ils sentirent les étrangers. Ils reculèrent alors prudemment, attentifs, la queue remuant doucement, mais les yeux et le museau prêts à l'hostilité ou à la défense. L'un d'eux, tendant le cou, s'avança de côté, prêt à s'enfuir, et peu à peu s'approcha des jambes de Tom qu'il renifla ostensiblement. Puis il recula et attendit que Pa fît un signe quelconque. L'autre chien n'était pas si brave. Il chercha quelque chose qui pût honorablement détourner son attention et voyant un poulet roux se dandiner près de lui, il lui courut dessus. Il y eut un piaillement de poule indignée, un envol de plumes rousses et le poulet s'enfuit dans un battement d'ailes affolé. Le chien regarda les hommes avec une fierté, puis tout content de lui, il se laissa tomber dans la poussière et battit le sol de sa queue.

— Viens, dit Pa. Viens maintenant. Faut qu'elle te voie. Faut que je voie sa figure quand elle te verra. Viens. Elle va crier à la soupe dans une minute. Y a un moment que je lui ai entendu jeter le porc salé dans la poêle.

Il les conduisit à travers la poussière fine de la cour. La

maison n'avait pas de véranda, rien qu'une marche, puis la porte ; près de la porte, un billot, avec sa surface tassée et polie par les années de hachage. La poussière ayant creusé le bois plus tendre, les veines extérieures saillaient à vif. Une odeur de saule brûlé flottait dans l'air, et, comme les trois hommes approchaient de la porte, l'odeur de porc, l'odeur de pain chaud et l'odeur pénétrante de café bouillant dans le pot les accueillirent. Pa s'avança sur le pas de la porte ouverte, et s'y arrêta, bloquant l'entrée de son corps trapu. Il dit :

— Man, y a deux gars qui viennent d'arriver par la route et ils se demandent si on pourrait leur donner un morceau.

Tom entendit la voix de sa mère, la voix traînante, fraîche, calme, amicale et humble.

— Fais-les entrer, dit-elle. Nous avons plus qu'il nous faut. Dis-leur qu'il faut qu'ils se lavent les mains. Le pain est cuit. Je retire juste le porc en ce moment.

Et le grésillement rageur de la graisse monta du fourneau.

Pa entra, dégageant la porte, et Tom regarda sa mère. Elle enlevait les tranches de lard de la poêle à frire. La porte du four était ouverte, et des petits pains chauds étaient alignés sur une grande plaque de tôle. Elle regarda par la porte mais le soleil était derrière Tom et elle ne vit qu'une silhouette noire qui se dessinait dans la brillante lumière jaune. Elle fit un aimable signe de tête :

— Entrez, dit-elle. C'est de la chance que j'aie fait beaucoup de pains ce matin.

Tom, debout, regardait dans la maison. Man était forte, alourdie par les grossesses et le travail mais pas grosse. Elle portait une robe-sarrau très lâche faite d'un drap gris où il y avait eu autrefois des fleurs en couleur, mais la couleur avait déteint, de sorte que les motifs de fleurs n'étaient plus que d'un gris un peu plus pâle que le fond. La robe lui descendait aux chevilles, et ses grands pieds forts et nus se mouvaient rapidement et adroitement sur le plancher. Ses cheveux clairsemés, gris acier, étaient noués en un maigre chignon derrière la tête. Ses bras vigoureux, marqués de taches de son, étaient nus jusqu'aux coudes et ses mains courtes et délicates ressemblaient aux mains d'une petite fille grassouillette. Elle regardait dans le soleil. Nulle mollesse dans sa figure pleine, mais de la fermeté et de la bonté. Ses yeux noisette semblaient avoir connu toutes les tragédies possibles et avoir gravi, comme autant de marches, la peine et la souffrance jusqu'aux régions élevées du calme et de la compréhension surhumaine. Elle semblait connaître, accepter, accueillir avec joie son rôle de citadelle de sa famille, de refuge inexpugnable. Et comme le vieux Tom et les enfants ne pouvaient connaître la souffrance ou la peur que si elle-même admettait cette souffrance et cette peur, elle s'était accoutumée à refuser de les admettre. Et comme, lorsqu'il arrivait quelque chose d'heureux ils la regardaient pour voir si la joie entrait en elle, elle avait pris l'habitude de rire même sans motifs suffisants. Mais, préférable à la joie, était le calme. Le sang-froid est chose sur laquelle on peut compter. Et de sa grande et humble position dans la famille, elle avait pris de la dignité et une beauté pure et calme. Guérisseuse, ses mains avaient acquis la sûreté, la fraîcheur et la tranquillité ; arbitre, elle était devenue aussi distante, aussi infaillible qu'une déesse. Elle semblait avoir conscience que si elle vacillait, la famille entière tremblerait, et que si un jour elle défaillait ou désespérait sérieusement, toute la famille s'écroulerait, toute sa volonté de fonctionner disparaîtrait.

Elle regarda dans la cour ensoleillée la sombre silhouette de l'homme. Pa se tenait tout près, frémissant d'impatience.

— Entrez, dit-elle. Entrez, monsieur.

Et Tom, un peu embarrassé, franchit le seuil.

Elle leva aimablement les yeux de sa poêle et la fourchette tomba sur le plancher. Ses yeux s'ouvrirent tout grands, montrant des pupilles dilatées. Elle respira fortement, la bouche ouverte. Elle ferma les yeux.

— Merci, mon Dieu, fit-elle ! Oh ! merci, mon Dieu ! (Et soudain son visage prit une expression inquiète.) Tommy, on ne te recherche pas ? Tu ne t'es pas échappé ?

— Non, Man. Liberté provisoire. J'ai tous mes papiers ici, et il se toucha la poitrine.

Elle s'approcha de lui, souple, silencieuse sur ses pieds nus, et son visage était émerveillé. De sa petite main, elle lui toucha le bras, tâta la fermeté des muscles. Puis ses doigts montèrent jusqu'à sa joue, comme l'eussent fait des doigts d'aveugle. Et sa joie tenait presque de la douleur. Tom saisit sa lèvre inférieure entre ses dents et la mordit. Les yeux de sa mère se portèrent étonnés vers cette lèvre mordue et elle vit contre les dents un filet de sang et sur la lèvre une goutte de sang qui perlait. Alors elle comprit, reprit son calme, et laissa retomber sa main. Elle dit dans un souffle :

— Eh ben, pour un peu on s'en allait sans toi. Et on se demandait comment que t'arriverais à nous retrouver.

Elle ramassa la fourchette, peigna la graisse bouillante et y pêcha une volute croustillante de porc. Puis elle repoussa la cafetière bouillante vers le fond du fourneau.

Le vieux Tom se trémoussait :

— Hein, on t'a bien attrapée, Man ? On voulait te monter un bateau et on t'a eue. T'étais là comme un mouton assommé. J'aurais voulu que Grand-père soit là. On aurait dit que quelqu'un t'avait flanqué un coup de marteau entre les deux yeux. Grand-père s'en serait tapé sur les cuisses à s'en déboîter la hanche... comme le jour qu'il a vu Al tirer un coup de fusil sur ce grand dirigeable militaire. T'entends ça, Tommy, il est passé au-dessus de nous, un jour, il avait bien cinq cents mètres de long, et v'là Al qui prend son flingot et qui se met à lui tirer dessus. Grand-père y gueule : « Tire pas sur les petits oiseaux, Al. Laisse-leur le temps de grossir », et là-dessus il se fout une telle claque sur la cuisse qu'il s'en déboîte la hanche.

Man s'esclaffa et prit une pile d'assiettes en fer-blanc sur une étagère.

Tom demanda :

— Où qu'est Grand-père ? J' l'ai pas encore vu, le vieux démon.

Man empila les assiettes sur la table de la cuisine et rassembla des tasses à côté. Elle dit en confidence :

— Oh, ils couchent dans la grange, lui et Grand-mère. Ils se lèvent si souvent la nuit. Ils trébuchaient tout le temps sur les enfants.

— Oui, toutes les nuits Grand-père se mettait en colère. Il butait contre Winfield et Winfield se mettait à gueuler, alors Grand-père se mettait en colère et pissait dans son caleçon, ce qui l'enrageait encore plus et en rien de temps toute la maisonnée se mettait à gueuler à tue-tête. (Les mots tombaient entre les secousses du rire.) « Oh ! on ne s'ennuyait pas. Une nuit que tout le monde braillait et jurait, ton frère Al, qu'est un dégourdi maintenant, il fait : « Nom de Dieu, pourquoi tu t'en vas pas vivre en pirate quelque part, Grand-père ? » Eh ben figure-toi que ça a mis Grand-père dans une telle rogne qu'il est allé chercher son fusil. Al a été obligé de dormir à la belle étoile, cette nuit-là. Mais maintenant Grand-père et Grand-mère couchent dans la grange.

Man poursuivit :

— Comme ça ils sont tout de suite dehors quand l'envie leur prend de sortir. Pa, cours-y leur dire que Tommy est revenu. Grand-père est son préféré.

— C'est vrai, dit Pa. J'aurais déjà dû le faire.

Il sortit et traversa la cour en balançant énergiquement les bras.

Tom le regarda s'éloigner, puis la voix de sa mère attira son attention. Elle versait le café. Elle ne le regardait pas.

— Tommy, dit-elle, hésitante, timide.

— Oui ?

Par contagion, lui aussi se sentait intimidé, curieusement embarrassé. Ils savaient tous les deux qu'ils étaient timides, et le fait qu'ils en étaient conscients les rendait plus timides encore.

— Tommy, faut que je te demande... t'as pas de colère ?

— De colère, Man ?

— Oui, t'es pas empoisonné de colère ? T'as pas de haine en toi ? On ne t'a rien fait dans cette prison pour te pourrir, te rendre fou de rage ?

Il la regarda du coin de l'œil, l'étudia, et ses yeux semblaient lui demander comment elle pouvait être au courant de choses pareilles.

— N... n... non, dit-il. J' l'ai été pendant quelque temps. Mais je suis pas tant fier comme il y en a. Ça glisse sur moi. Qu'est-ce t'as, Man ?

Elle le regardait maintenant, la bouche ouverte, comme

pour mieux entendre, les yeux rétrécis pour mieux comprendre. Son visage cherchait la réponse qui se cache toujours sous les mots. Elle dit, troublée :

— J'ai connu Pretty Boy Floyd[1]. J' connais sa mère. C'étaient de braves gens. Il avait le diable dans le corps, comme tout bon garçon. (Elle s'interrompit, puis reprit, précipitamment :) Y a des choses là-dedans que je sais pas, bien sûr, mais ça je le sais. Il avait fait une petite chose qu'était pas bien, et ils l'ont maltraité ; ils l'ont pris et ils l'ont tellement maltraité que ça l'a rendu furieux et la fois d'après qu'il a fait quelque chose de mal c'était plus grave, et eux ont recommencé à le maltraiter. Alors la rage l'a rendu mauvais. Ils lui ont tiré dessus comme sur une sale bête, et il a riposté, alors ils l'ont pourchassé comme un coyote, et lui leur tirait dessus en montrant les dents, mauvais comme un loup. Fou de rage... c'était plus un garçon, c'était plus un homme, c'était un vrai chien, enragé. Mais les gens qui le connaissaient ne lui faisaient pas de mal. C'était pas à eux qu'il en avait. Finalement ils l'ont cerné et ils l'ont tué. Peu importe ce qu'ont dit les journaux comme quoi il était méchant et tout... C'est comme ça que ça s'est passé. (Elle s'arrêta et lécha ses lèvres sèches, et tout son visage était tendu d'inquiétude.) Il faut que je sache, Tommy. Est-ce qu'ils t'ont fait beaucoup de mal ? Est-ce qu'ils t'ont rendu fou de rage comme ça ?

Les fortes lèvres de Tom étaient serrées sur ses dents. Il abaissa ses regards sur ses grosses mains plates.

— Non, dit-il. Je ne suis pas comme ça.

Il s'interrompit et examina ses ongles brisés qui étaient striés comme des coquillages.

— Tout le temps que j'étais en taule, j'ai tâché à éviter les histoires comme ça. J'ai pas tellement de colère.

Elle soupira, très bas :

— Dieu soit loué.

Il leva rapidement les yeux :

1. Pretty Boy Floyd, dit « Beau Gosse » ou « Floyd Bonne Bouille » : célèbre hors-la-loi américain.

— Man, quand j'ai vu ce qu'ils avaient fait à notre maison...

Elle s'approcha alors, et se tint tout contre lui, et d'une voix passionnée, elle lui dit :

— Tommy, ne t'avise pas de leur résister tout seul. Ils te feraient la chasse comme à un coyote. Tommy, j'ai réfléchi, j'ai rêvé, je me suis demandé bien des choses. Il paraît qu'il y en a cent mille qu'on a chassés comme nous. Si on était tous aussi montés contre eux, Tommy... ils n'oseraient pas nous pourchasser.

Elle s'arrêta.

Tommy, qui la regardait, abaissa lentement ses paupières et bientôt on ne vit plus qu'une petite lueur entre ses cils.

— Y en a beaucoup qui pensent comme ça ? demanda-t-il.

— J' sais pas. Ils sont comme assommés. Ils vont, ils viennent, l'air à moitié endormis.

Du fond de la cour, un bêlement chevrotant, grinçant et fêlé, retentit :

— Béni soit le Dieu des Victoires ! Béni soit le Dieu des Victoires !

Tom tourna la tête et sourit :

— Grand-mère a fini par apprendre que j'étais rentré. Man, dit-il, t'étais pas comme ça autrefois.

Les traits de Man se durcirent et ses yeux eurent une lueur froide.

— On ne m'avait jamais démoli ma maison, dit-elle, on n'avait jamais jeté ma famille sur les routes. Je n'avais jamais été obligée de vendre toutes mes affaires... Tiens, les voilà.

Elle revint à son fourneau et plaça les petits pains gonflés sur deux assiettes en fer. Elle fit tomber de la farine dans la graisse pour faire une sauce et sa main était blanche de farine. Tom la regarda un moment, puis il se dirigea vers la porte.

Quatre personnes traversaient la cour. Grand-père marchait le premier. C'était un vieillard décharné, en haillons, encore vif. Il sautait à petits pas, soigneux de sa jambe droite... celle qui se déboîtait. Il boutonnait sa braguette tout en marchant et ses vieilles mains éprouvaient quelque difficulté à trouver les boutons, car il avait boutonné le bouton du haut dans la seconde boutonnière, ce qui décalait le tout. Il portait un pantalon noir en loques, une chemise bleue toute déchirée, ouverte du haut en bas et laissant apparaître un long sous-vêtement gris, également déboutonné. Par l'ouverture de son gilet de flanelle, on apercevait sa poitrine maigre, couverte de poils blancs. Il renonça à sa braguette, la laissa béante et se mit à tripoter les boutons de son gilet, puis abandonna le tout et remonta une paire de bretelles brunes. Son visage était maigre, nerveux, avec les petits yeux brillants et malfaisants d'un gosse déchaîné. Visage renfrogné, geignard, espiègle et souriant. Il luttait, discutait, racontait des histoires obscènes. Il était toujours aussi lubrique. Mauvais comme une gale, cruel et impatient comme un enfant insupportable, tout cela sous un extérieur amusé. Il buvait trop chaque fois qu'il en avait l'occasion, il mangeait trop quand il le pouvait et il parlait trop tout le temps.

Grand-mère trottinait derrière lui. Elle n'avait survécu que parce qu'elle était aussi coriace, aussi acharnée que lui. Elle avait maintenu ses positions avec une piété criarde et féroce, aussi lubrique, aussi sauvage que tout ce que Grand-père avait à offrir. Un jour, après un meeting alors qu'elle était encore en transe et baragouinait une langue incompréhensible, elle avait tiré deux coups de fusil sur son mari, lui arrachant la moitié d'une fesse. Après cela il l'admira grandement et cessa de la torturer, comme les enfants torturent les insectes. Tout en marchant elle relevait sa jupe jusqu'à ses genoux et elle bêlait d'une voix perçante son terrible cri de guerre :

— Béni soit le Dieu des Victoires !

Grand-mère et Grand-père faisaient la course à travers la cour. Ils luttaient à tout propos ; ils adoraient se disputer, cela leur était nécessaire.

Derrière eux, lentement, mais régulièrement et sans se laisser distancer, venaient Pa et Noah. Noah, le premier-né, grand et bizarre, marchant toujours avec un visage étonné, calme, intrigué. Il ne s'était jamais mis en colère de sa vie. Lorsqu'il voyait des gens en colère, il leur jetait un regard étonné, étonné et mal à l'aise, comme les gens normaux devant les fous. Noah marchait lentement, parlait rarement et si lentement que les gens qui ne le connaissaient pas croyaient souvent qu'il était idiot. Il n'était pas idiot, mais il était étrange. Il n'avait pas d'amour-propre ni le moindre désir sexuel. Il travaillait et dormait sur un rythme curieux, qui cependant semblait lui suffire. Il aimait les siens, mais ne leur en donnait jamais aucune preuve. Bien qu'on n'eût su dire pourquoi, on avait l'impression qu'il était difforme, de tête, de corps, de jambes ou de cervelle ; mais on ne pouvait discerner aucune difformité réelle. Pa croyait savoir pourquoi Noah était étrange, mais Pa avait honte et ne le disait jamais. En effet, la nuit de la naissance de Noah, Pa, seul dans la maison, effrayé par les cuisses écartées, horrifié par ce pauvre débris hurlant qu'était sa femme, était devenu fou de peur. Employant ses mains, ses doigts vigoureux en guise de forceps, il avait tiré et tordu le bébé. Quand, plus tard, la sage-femme arriva, elle vit que la tête du bébé avait été déplacée par la traction, que le cou était allongé et le corps tordu ; et elle avait remis la tête en place et remodelé le corps avec ses mains. Mais Pa s'était toujours rappelé et il avait honte. Et il était plus tendre avec Noah qu'avec les autres. Dans le visage de Noah, yeux trop écartés et longue mâchoire fragile, Pa croyait voir le crâne tordu et déformé du bébé. Noah pouvait faire tout ce qu'on lui demandait. Il pouvait lire et écrire, il pouvait travailler et compter, mais rien ne semblait l'intéresser ; il avait l'air insensible aux désirs ou aux besoins des autres. Il vivait dans une maison étrange et silencieuse et regardait au-dehors avec des yeux calmes. Il était étranger au monde extérieur, mais il n'était pas solitaire.

Tous les quatre traversèrent la cour et Grand-père n'arrêtait pas de demander :

— Où qu'il est, nom de Dieu, où qu'il est ?

Et ses doigts tripotaient les boutons de sa culotte, les oubliaient et s'égaraient dans sa poche. C'est alors qu'il vit Tom debout sur le seuil. Grand-père s'arrêta et il arrêta les autres. Ses petits yeux brillaient de malice.

— Regardez-le, dit-il. Du vrai gibier de potence. Y a

bougrement longtemps qu'il n'y a pas eu de Joad en prison. Il a fait tout juste ce que j'aurais fait. Ils n'avaient pas le droit, ces enfants de putain.

Son esprit sauta de nouveau.

— Et le vieux Turnbull, cette espèce de bête puante, qui s'est vanté de te tirer dessus quand il sortirait. Il dit qu'il a du sang des Hatfield. Ben, je lui ai fait dire un mot. J'ai dit : « Vous frottez pas à un Joad ; des fois, je pourrais bien avoir du sang des McCoy, que j'y ai dit. Essayez simplement de porter les yeux du côté de Tommy et vous verrez si je les empoigne et si je vous les fous dans le cul », que j'y ai dit. Et que ça lui a foutu la frousse, même.

Grand-mère, qui ne suivait pas la conversation, bêla :

— Béni soit le Dieu des Victoires !

Grand-père s'approcha, frappa Tom sur la poitrine et ses yeux se plissèrent d'affection et d'orgueil.

— Comment que tu vas, Tommy ?

— Ça va, dit Tom, et toi, Grand-père, comment que tu te sens ?

— Plein de pisse et de vinaigre, répondit Grand-père.

Son esprit sauta à une autre idée.

— Comme je le disais, les Joad, on les garde pas en prison. Je disais : « Vous allez voir, Tommy il va foncer hors de cette prison comme un taureau à travers une clôture. » Ça n'a pas raté. Laisse-moi passer, j'ai faim.

Il se fraya un passage, s'assit, se servit une platée de porc et deux gros pains et arrosa le tout de sauce épaisse. Les autres n'étaient pas encore entrés qu'il avait la bouche pleine.

Tom lui fit une grimace affectueuse :

— Parlez d'un vieux démon, tout de même, dit-il.

Et Grand-père avait la bouche si pleine qu'il ne pouvait même pas bredouiller, mais ses petits yeux mauvais souriaient et il approuva énergiquement du chef.

Grand-mère dit orgueilleusement :

— Y a personne pour être aussi méchant et pour jurer comme il fait. Il ira en enfer à cheval sur un tisonnier, Dieu merci ! Il veut conduire le camion ! dit-elle dédaigneusement. Ben ça, il peut toujours courir.

Grand-père s'étrangla et tout ce qu'il avait dans la bouche se répandit sur ses genoux, puis il fut secoué par un faible accès de toux.

Grand-mère regarda Tom en souriant :

— Dégoûtant, tu ne trouves pas ? observa-t-elle, rayonnante.

Noah était debout sur la marche et il fixait Tom, et ses yeux trop espacés semblaient regarder autour de lui. Son visage était presque dénué d'expression. Tom lui dit :

— Comment ça va, Noah ?

— Bien, dit Noah. Et toi ?

Ce fut tout, mais c'était réconfortant.

Man chassa les mouches de la saucière :

— Nous n'avons pas de place pour nous asseoir, dit-elle. Servez-vous et allez vous installer où vous pourrez. Dehors, dans la cour ou quelque part.

Tom dit soudain :

— Eh ! Où est donc le pasteur ? Il était ici. Où est-il passé ?

Pa dit :

— J' l'ai vu mais il est parti.

Et Grand-mère cria d'une voix aiguë :

— Un pasteur ? Vous avez un pasteur ? Allez le chercher. Il nous dira les grâces. (Elle montra Grand-père :) C'est trop tard pour lui. Il a fini. Allez chercher le pasteur.

Tom sortit devant la porte :

— Hé ! Jim ! Jim Casy ! appela-t-il. (Il s'avança dans la cour :) Hé Casy !

Le pasteur apparut sous le réservoir, se mit sur son séant puis se leva et s'approcha de la maison. Tom lui demanda :

— Qu'est-ce que vous faisiez ? Vous vous cachiez ?

— Hum, non. Mais les affaires de famille, c'est des affaires qui regardent personne. Je m'étais assis pour réfléchir.

— Venez manger, dit Tom. Grand-mère veut les grâces.

— Mais je ne suis plus pasteur, protesta Casy.

— Oh ! allons, dites-lui les grâces. Ça ne vous fera pas de mal et ça lui fera plaisir.

Ils entrèrent ensemble dans la cuisine.

Man dit tranquillement :

— Vous êtes le bienvenu. Servez-vous à manger.

— Les grâces d'abord ! cria Grand-mère. Les grâces d'abord.

Grand-père concentra sur le pasteur le regard de ses yeux féroces jusqu'à ce qu'il l'eût reconnu :

— Oh ! c'est ce pasteur-là, dit-il. Ça va. Il m'a toujours plu depuis le jour que je l'ai vu...

Il eut un clin d'œil si lubrique que Grand-mère crut qu'il avait parlé et riposta :

— Tais-toi, vieux bouc, mécréant !

Casy se passait nerveusement la main dans les cheveux.

— Faut que je vous dise, j' suis plus pasteur. Si le fait d'être heureux d'être ici et d'être reconnaissant aux gens qui sont bons et qui sont généreux c'est suffisant, eh bien, je dirai ça comme grâces. Mais j' suis plus pasteur.

— Dites-les, dit Grand-mère, et mettez-y un mot pour notre voyage en Californie.

Le pasteur inclina la tête et tous les autres inclinèrent la tête. Man croisa les mains sur son ventre et inclina la tête. Grand-mère s'inclina si bas que son nez touchait presque son assiette de pain et de sauce. Tom, adossé au mur, une assiette à la main, s'inclina, un peu raide, et Grand-père inclina la tête de côté, afin de pouvoir garder un œil rusé et joyeux sur le pasteur. Et sur le visage du pasteur il y avait un air non de prière, mais de méditation ; et dans sa voix il y avait un ton de conjecture, non de supplication.

— J'ai réfléchi, dit-il. Je me suis retiré dans les collines pour réfléchir comme Jésus, pourrait-on dire, quand Il s'en est allé dans le désert pour chercher à se tirer de Ses ennuis.

— Béni soit le Seigneur ! s'écria Grand-mère, et le pasteur la regarda d'un air surpris.

— A ce qu'il me semble, Jésus avait des tas d'ennuis et Il ne savait plus où donner de la tête, et Il s'est pris à penser : « A quoi foutre tout ça sert-il, pourquoi toutes ces discussions, toutes ces réflexions ? » Il était fatigué, fatigué pour de bon et Son esprit était épuisé. Tout près d'en arriver à la conclusion : « Au diable tout ça. » Alors, il s'est retiré dans le désert.

— A...men, bêla Grand-mère.

Il y avait tant d'années qu'elle attendait les silences pour placer ses répons. Et il y avait tant d'années qu'elle entendait les mots sans les écouter qu'ils n'avaient plus de sens pour elle.

— J' veux pas dire que je suis comme Jésus, continua le pasteur, mais je me suis fatigué comme Lui, et j'ai eu mes difficultés comme Lui, et je me suis retiré dans le désert comme Lui, sans matériel de campement. La nuit je restais couché sur le dos à regarder les étoiles ; le matin, je m'asseyais et je regardais se lever le soleil ; à midi, du haut d'une colline je regardais la campagne ondulée et sèche ; le soir je suivais le soleil couchant. Des fois je priais comme je le faisais toujours. Seulement je ne savais plus très bien qui je priais ni pour quoi. Y avait les collines et y avait moi, et on n'était plus séparés. On n'était plus qu'une seule chose et cette chose était sainte.

— Alléluia ! fit Grand-mère, et elle se balançait un peu, d'avant en arrière, pour tâcher de se mettre en transe.

— Et je me suis mis à réfléchir, seulement ce n'était pas réfléchir, c'était bien plus profond que ça. Je me suis mis à réfléchir comme quoi on n'était saint que lorsqu'on faisait partie d'un tout, et l'humanité était sainte quand elle n'était qu'une seule et même chose. Et on perdait la sainteté seulement quand un misérable petit gars prenait le mors aux dents et partait où ça lui chantait, en ruant, tirant, luttant. C'est les gars comme ça qui foutent la sainteté en l'air. Mais quand ils travaillent tous ensemble, pas un gars pour un autre gars, mais un gars comme qui dirait attelé à tout le bazar... ça c'est bien, c'est saint. Et puis je me suis mis à penser que je ne savais même pas ce que je voulais dire par le mot saint.

Il fit une pause, mais les têtes baissées ne se relevèrent pas, car elles avaient été dressées comme les chiens à ne se relever qu'au signal d'amen.

— J' peux pas dire les grâces comme je le faisais autrefois. Je suis heureux de la sainteté de ce déjeuner. Je suis heureux que l'amour règne ici. C'est tout. (Les têtes restaient baissées. Le pasteur regarda autour de lui :) Par ma faute

116

votre déjeuner devient tout froid, dit-il, puis il se rappela. Amen, dit-il, et toutes les têtes se relevèrent.

— A...men, dit Grand-mère, et elle se remit à manger, écrasant le pain détrempé entre ses vieilles gencives édentées.

Tom mangeait vite et Pa se bourrait. On ne parla que lorsque tout eut disparu et que le café fut entièrement bu. On n'entendait qu'un bruit de mastication et le sirotement du café rafraîchi dans son trajet des lèvres à la langue. Man regardait le pasteur manger, et ses yeux avaient quelque chose de perplexe, de sondeur et de compréhensif. Elle l'observait comme s'il eût cessé brusquement d'être un homme, comme s'il était une voix sortie de la terre.

Les hommes terminèrent, posèrent leur assiette et achevèrent de boire leur café ; ensuite ils sortirent, Pa et le pasteur, Noah et Grand-père, et Tom, et ils se dirigèrent vers le camion, évitant le tas de meubles, les bois de lit, les pièces de l'aéromoteur, la vieille charrue. Ils allèrent jusqu'au camion et s'arrêtèrent à côté. Ils touchèrent les nouvelles parois de sapin.

Tom ouvrit le capot et regarda le gros moteur graisseux. Et Pa s'approcha de lui. Il dit :

— Ton frère Al l'a bien examiné avant qu'on l'achète. Il dit qu'il est bon.

— Qu'est-ce qu'il en sait ? C'est un gamin, dit Tom.

— Il a travaillé pour une compagnie. Il a conduit un camion l'année dernière. Il s'y connaît un peu. Dégourdi comme il est. Il s'y entend. Il sait rafistoler un moteur, Al, c'est un fait.

Tom demanda :

— Où qu'il est maintenant ?

— Oh ! dit Pa, en train de courir les filles comme un bouc en chaleur. Il s'en ferait crever. Un petit dégourdi de seize ans, et les roupettes commencent à le démanger. Y a que deux choses qui l'intéressent, les filles et les machines. Un dégourdi, pour sûr. Ça fait huit jours qu'il découche.

Grand-père, se tripotant la poitrine, avait réussi à mettre un des boutons de sa chemise bleue dans une des boutonnières de son gilet de flanelle. Ses doigts sentaient bien qu'il y avait quelque chose qui n'allait pas, mais il ne cherchait pas à comprendre. Ses doigts descendirent et tâchèrent de débrouiller les complications de la braguette.

— J'étais pire, dit-il d'un air heureux. J'étais bien pire. J'avais le diable dans le corps, comme qui dirait. Un jour, y avait un meeting en plein air à Sallisaw, du temps que j'étais jeune, un peu plus vieux qu'Al. C'est qu'un gamin, un foutriquet. Mais j'étais plus vieux. On y était allés à ce meeting. Y avait bien cinq cents personnes avec juste ce qu'il fallait de petites génisses.

— Tu me fais l'effet d'être encore un sacré lascar, Grand-père, dit Tom.

— Eh, ma foi, d'un côté. Mais c'est rien, comparé à ce que j'étais. Mais laissez-moi seulement arriver en Californie où que je pourrai me cueillir une orange quand ça me plaira. Ou du raisin. Ça c'est une chose que j'en aurai jamais assez. Je me cueillerai une belle grosse grappe à un buisson, ou n'importe où que ça pousse, et je me les écraserai sur la figure pour que le jus m'en dégouline sur le menton.

Tom demanda :

— Où est l'oncle John ? Où est Rosasharn, et Ruthie et Winfield ? On ne m'en a pas encore parlé.

Pa dit :

— Personne ne s'en est informé. John est parti à Sallisaw avec un chargement de choses à vendre : pompes, outils, poulets et tout ce que nous avons apporté ici. Il a emmené Ruthie et Winfield avec lui. Ils sont partis avant le jour.

— C'est drôle que j' l'aie pas vu, dit Tom.

— Ben, c'est que t'es venu par la grand-route. Lui il a pris par-derrière, par Cowlington. Et Rosasharn, elle niche chez les parents de Connie. Bon Dieu mais tu ne sais même pas que Rosasharn est mariée avec Connie Rivers. Tu te rappelles, Connie. Un gentil garçon. Et Rosasharn est enceinte de quatre ou cinq mois. Elle commence à s'arrondir. Elle a bon air.

— Nom de Dieu, dit Tom. Rosasharn était toute gosse, et maintenant la v'là qui va avoir un bébé. Il en arrive des choses en quatre ans, quand on est absent. Quand c'est-il que vous pensez partir dans l'Ouest, Pa ?

— Ben, faut qu'on emporte tout ce bazar pour le vendre. Si Al s' décide à laisser ses filles, j'imagine qu'il pourrait faire un chargement et tout emporter, dans ce cas on pourrait peut-être partir demain ou après-demain. Nous n'avons pas beaucoup d'argent, et y a un type qui nous a dit qu'il y a près de deux mille milles d'ici en Californie. Plus tôt on partira plus on sera sûr d'arriver. L'argent n'arrête pas de filer entre les doigts. T'en as, toi, de l'argent ?

— Deux ou trois dollars seulement. Comment que t'as trouvé de l'argent ?

— Ben voilà, dit Pa. On a vendu tout ce qu'on avait chez nous, et on s'est tous mis à décortiquer du coton, même Grand-père.

— Ben alors ! fit Grand-père.

— On a mis tout ensemble, deux cents dollars. On a payé soixante-quinze dollars pour le camion qu'est là, et Al et moi on l'a coupé en deux pour y coller cet arrière. Al devait roder les soupapes, mais il est trop occupé à courir pour s'y mettre. On aura dans les cent cinquante dollars en partant. Ces sacrés vieux pneus qu' sont sur le camion ne tiendront pas longtemps, je crains bien. On en a deux de rechange qui ne valent pas grand-chose. On ramassera des choses le long de la route, j'imagine.

Le soleil dardait ses rayons brûlants. Les ombres du camion affectaient la forme de raies noires sur le sol et le camion sentait l'huile chaude, la toile cirée et la peinture. Les quelques poulets avaient quitté la cour pour se cacher dans l'appentis aux outils, à l'abri du soleil. Dans leur étable, les cochons haletaient, collés à la palissade où un peu d'ombre se dessinait, et de temps en temps, ils poussaient des plaintes aiguës. Les deux chiens étaient étendus dans la poussière rouge, sous le camion, haletants, leur langue humide couverte de poussière. Pa rabattit son chapeau sur ses yeux et s'accroupit. Et comme si c'eût été sa position normale pour réfléchir et observer, il examina Tom, sa casquette neuve qui déjà semblait vieille, ses vêtements, et ses souliers neufs.

— C'est-il avec ton argent qu' tu t'es payé ces habits ?

demanda-t-il. Ils ne feront pas autre chose que te gêner, tu sais.

— On me les a donnés, dit Tom. On me les a donnés quand j'ai été libéré.

Il ôta sa casquette et la regarda avec une sorte d'admiration, puis il s'en servit pour s'éponger le front, se la remit cavalièrement sur l'oreille et tira sur la visière.

Pa remarqua :

— C'est une belle paire de souliers qu'on t'a donnée là.

— Oui, acquiesça Joad. Comme fantaisie, ils sont jolis à voir, mais c'est pas des souliers pour se balader quand il fait chaud.

Il s'accroupit auprès de son père.

Noah dit lentement :

— Si on finit de poser les côtés, Tom pourrait peut-être faire le chargement. Comme ça si Al revient...

— J' peux conduire, si c'est ça que vous voulez, dit Tom. J'ai conduit des camions à Mac-Alester.

— Bon, dit Pa. (Ses yeux se fixèrent sur la route.) Si je me trompe pas, voilà notre loustic qui se ramène la queue basse, dit-il. Sans compter qu'il a l'air plutôt vanné.

Tom et le pasteur levèrent les yeux vers la route. Et Al, le trousseur de jupons, voyant qu'on l'observait, carra les épaules et entra dans la cour en se pavanant, la poitrine bombée comme un coq qui s'apprête à chanter. Crâneur, il ne reconnut Tom que lorsqu'il fut tout près, alors son visage hâbleur changea d'expression et l'admiration, la vénération, brillèrent dans ses yeux et il cessa de faire la roue. Ses pantalons raides relevés du bas pour montrer ses bottes à talons, sa ceinture de trois pouces à incrustations de cuivre, même les élastiques rouges qui retenaient les manches de sa chemise bleue et l'angle arrogant de son chapeau de feutre, n'arrivaient pas à le hausser au niveau de son frère ; car son frère avait tué un homme, et cela on ne l'oublierait jamais. Al savait qu'il avait lui-même excité quelque admiration parmi les jeunes gens de son âge parce que son frère avait tué un homme. Il savait qu'à Sallisaw on le montrait du doigt. « C'est Al Joad. Son frère a tué un type d'un coup de pelle. » Et maintenant, Al, tout en s'approchant humblement, voyait que son frère n'était pas le matamore qu'il imaginait. Al vit les yeux sombres et rêveurs de son frère, le calme des prisons, le visage dur et lisse entraîné à ne rien laisser voir aux gardiens, ni résistance, ni servilité. Et immédiatement Al se transforma. Inconsciemment il devint comme son frère, et son visage séduisant devint pensif et ses épaules se détendirent. Il ne se rappelait pas l'aspect qu'avait Tom.

Tom dit :

— Bonjour. Nom de Dieu, ce que t'as grandi ! J' t'aurais jamais reconnu.

Al, la main prête au cas où Tom voudrait la prendre, sourit, embarrassé. Tom tendit la main et d'un geste brusque Al la lui saisit. Et l'affection s'affirma entre les deux hommes.

— On me dit que tu t'y connais en camions, dit Tom. Et Al, sentant que son frère n'aimerait pas un vantard, dit :

— J' n'y connais pas grand-chose.

Pa dit :

— T'as été faire le zigoto dans le pays. T'as l'air éreinté. Faut pourtant que t'ailles vendre un chargement à Sallisaw.

Al regarda son frère Tom :

— Ça te dirait de venir ? fit-il d'un air aussi détaché que possible.

— Non, j' peux pas, dit Tom. J'aiderai ici. Nous serons ensemble pendant le voyage.

Al tenta de réprimer sa question.

— Est-ce que... est-ce que tu t'es échappé... échappé de prison ?

— Non, dit Tom. On m'a libéré sur parole.

— Ah ! Et Al fut un peu désappointé.

CHAPITRE IX

Dans leurs petites maisons, les métayers triaient leurs affaires et les affaires de leurs pères et de leurs grands-pères. Ils choisissaient ce qu'ils emporteraient avec eux dans l'Ouest. Les hommes étaient impitoyables parce qu'ils savaient que le passé avait été souillé, mais les femmes savaient que le passé se rappellerait à eux à grands cris, dans les jours à venir. Les hommes allaient dans les granges, sous les hangars.

Cette charrue, cette herse, tu te rappelles pendant la guerre qu'on plantait de la moutarde ? Tu te rappelles le type qui voulait qu'on plante cette espèce de caoutchouc qu'on appelle guayule ? « Faites fortune », qu'il disait. Sors ces outils... on pourra en tirer quelques dollars. Dix-huit dollars pour cette charrue, plus le port. Une Sears-Roebuck.

Harnais, charrettes, semoirs, petits paquets de houes. Sors-les, mets-les en tas. Charge-les sur la charrette. Porte-les à la ville. Vends-les pour ce qu'on t'en donnera. Vends l'attelage et la charrette aussi. Nous n'avons plus besoin de rien.

Cinquante *cents* ce n'est pas assez pour une bonne charrue. Ce semoir m'a coûté trente-huit dollars, ce n'est pas assez. Je peux pas remporter tout ça... Eh bien prenez-le, avec ma rancœur par-dessus le marché. Prenez la pompe du puits et le harnais. Prenez les longes, les colliers, les attelles, les traits. Prenez les petites verroteries, les petites roses rouges sous le verre. J' les avais achetées pour mon hongre bai. Tu te rappelles comme il levait les pattes en trottant ?

Bric-à-brac entassé dans une cour.

Plus moyen de vendre une charrue à notre époque. Cinquante *cents*, au poids du métal. Disques et tracteurs, voilà ce qui a cours maintenant.

Eh bien, prenez... c'est plus que du déchet... et donnez-moi cinq dollars. Mais c'est pas seulement des objets de rebut que vous achetez, vous achetez aussi des vies de rebut. Et en plus... vous verrez... vous achetez de la rancœur. Ce que vous faites là, c'est acheter une charrue pour ensevelir vos propres enfants, acheter des bras et du courage qui auraient pu vous sauver. Cinq dollars, pas quatre. J' peux pas les remporter... Eh bien prenez-les pour quatre. Mais je vous avertis, vous achetez ce qui enfouira vos propres enfants. Et vous ne le voyez pas, vous ne pouvez pas le voir. Prenez-les pour quatre. Et pour l'attelage et la charrette, qu'est-ce que vous allez me donner ? Ces deux beaux bais, appareillés quant à la couleur, quant à la marche, foulée par foulée. Quand il fallait tirer dur... muscles et fesses bandés... pas un poil d'écart. Et le matin, la lumière sur eux, la lumière baie. Ils regardent par-dessus la clôture et tout de suite nous reniflent, et leurs oreilles dressées pivotent pour nous entendre, et les toupets noirs ! J'ai une petite fille. Elle aime tresser leurs crinières et leurs toupets ; elle leur met des petits nœuds rouges. Elle aime ça. Plus maintenant. Je pourrais vous raconter une bonne histoire à propos de cette petite fille et du cheval bai, le second. Ça vous ferait rire. Le second cheval a huit ans, le premier en a dix, mais à les voir travailler ensemble on croirait qu'ils sont nés jumeaux. Vous voyez ? Les dents, toutes saines. Les poumons puissants. Les sabots propres et en bon état. Combien ? Dix dollars ? Pour les deux ? Et la charrette... Oh ! nom de Dieu, j'aimerais mieux leur foutre un coup de fusil et en donner la viande à mes chiens. Oh ! prenez-les ! Prenez-les vite, allez. Vous achetez une petite fille qui tresse les mèches, enlève le ruban de ses cheveux pour en faire un nœud, se recule, la tête penchée, et frotte les doux naseaux avec sa joue. Vous achetez des années de travail, de labeur sous le soleil, vous achetez un chagrin qui ne peut s'exprimer. Mais attention, mon brave monsieur. Il y a une prime qui va avec ce tas de ferraille, et les chevaux bais... si beaux..., un paquet de rancœur qui poussera dans votre maison et qui y fleurira un jour. Nous aurions pu vous sauver, mais vous nous avez ruinés, et bientôt ce sera votre tour et il ne restera pas un de nous pour vous tirer de là.

Et les métayers s'en revenaient les mains dans les poches, le chapeau sur les yeux. Il y en avait qui achetaient une pinte de whisky et la buvaient vite pour que l'effet en fût dur et foudroyant. Mais ils ne riaient pas, ils ne dansaient pas. Ils ne chantaient pas, ils ne jouaient pas de la guitare. Ils retournaient dans leurs fermes, les mains dans les poches, tête basse, les souliers soulevant la poussière rouge.

Peut-être pourrons-nous recommencer sur une terre nouvelle, riche... en Californie, où poussent les fruits. Nous recommencerons.

Mais nous ne pouvons pas recommencer. Seul un bébé peut commencer. Voyons, toi et moi, nous sommes ce qui a été. Un instant de colère, des milliers d'images, c'est nous. Cette terre, cette terre rouge, c'est nous; et les années d'inondations et les années de pluies de sable et les années de sécheresse, c'est nous. Nous ne pouvons pas recommencer. La rancœur que nous avons vendue au brocanteur... il l'a empochée, sans doute, mais nous l'avons toujours. Et quand les propriétaires nous ont dit de partir, c'est nous; et quand le tracteur a frappé notre maison, c'est nous, jusqu'à notre mort. En route pour la Californie, ou ailleurs... Chacun de nous, tambour-major à la tête d'un régiment de peines, de douleurs, marchant le cœur plein d'amertume. Et un jour, toutes les armées des cœurs amers marcheront toutes dans le même sens. Et elles iront toutes ensemble et répandront une terreur mortelle.

Les métayers rentrent chez eux, traînant des pieds dans la poussière rouge.

Quand tout ce qui était vendable avait été vendu, fourneaux, lits, chaises et tables, petites armoires encastrées, baignoires et réservoirs, il restait encore des masses d'objets, et les femmes s'asseyaient au milieu, les tournaient dans leurs mains, le regard perdu au loin, dans le passé, images, carreaux de verre ; tiens voilà un vase.

Voyons, tu sais bien ce que nous pouvons emporter et ce que nous ne pouvons pas emporter. Nous camperons à la belle étoile... quelques pots pour faire la cuisine et pour nous laver, et des matelas et des couvre-pieds, lanternes et seaux, et une pièce de toile. On s'en servira pour faire une tente. Ce bidon de pétrole. Vous savez ce que c'est, ça ? C'est le fourneau. Et les vêtements... prends tous les vêtements. Et... le fusil ? On n' pourrait pas partir sans un fusil. Quand les souliers, les vêtements, les vivres, quand l'espoir même auront disparu, il nous restera toujours le fusil. Quand Grand-père est venu... est-ce que je vous l'ai dit ?... Il avait du sel, du poivre et un fusil. Rien d'autre. Ça, on le prend. Et une bouteille d'eau. J' crois ben qu'on a plus de place maintenant. Plein jusqu'aux bords, et les gosses peuvent s'asseoir dans la roulotte et Grand-mère sur un matelas. Des outils, pelle, scie, clé anglaise, tenailles. Une hache aussi. Y a quarante ans qu'on l'a, cette hache. Voyez comme elle est usée. Et des cordes naturellement. Le reste ? Faut le laisser... ou le brûler.

Et les enfants arrivaient.

Si Mary emporte cette poupée, cette vieille poupée de chiffon, moi j' veux emporter mon arc indien. Ça, je le veux. Et ce bâton rond, qu'est aussi gros que moi. J' pourrais bien en avoir besoin. Y a si longtemps que je l'ai ce bâton... un mois, ou un an, peut-être bien. Faut que je l'emporte. Et la Californie, à quoi que ça ressemble ?

Les femmes étaient assises parmi les objets condamnés, les retournant, les yeux perdus au loin, vers le passé.

Ce livre. Il appartenait à mon père. Il aimait bien les livres. *Pilgrim's Progress*. Il le lisait. Y a son nom dedans. Et sa pipe... elle sent encore le rance. Et cette image... un ange. Je l'ai tant regardé cet ange, avant d'avoir eu mes trois premiers... ça n'a pas servi à grand-chose, faut bien le dire. Penses-tu qu'on pourrait emporter ce chien de porcelaine ? C'est tante Sadie qui l'avait rapporté de l'Exposition de Saint-Louis. Tu vois. Y a quelque chose d'écrit dessus. Non, vaut mieux pas. Voilà une lettre que mon frère a écrite la veille de sa mort. Voilà un chapeau démodé. Ces plumes... elles n'ont jamais servi. Non, il n'y a pas de place.

Comment vivre sans nos vies ? Comment pourrons-nous savoir que c'est nous, sans notre passé ? Non faut le laisser. Brûle-le.

Assis, ils le regardaient et le brûlaient dans leur souvenir.

Je me demande quel effet ça nous fera de ne pas connaître la terre qu'on aura devant notre porte ? Et si on s'éveillait la nuit et qu'on se dise... qu'on sache que le saule n'est plus là. Peux-tu vivre sans le saule ? Non, tu ne peux pas. Le saule c'est toi. La douleur sur ce matelas... cette horrible douleur... c'est toi.

Et les enfants... si Sam emporte son arc indien et son long bâton, moi j' veux emporter deux choses. Je choisis le coussin en duvet. Il est à moi.

Et brusquement ils s'énervent. Faut se dépêcher de partir. On ne peut pas attendre. Nous ne pouvons pas attendre. Et ils empilent les objets dans la cour et ils y mettent le feu. Debout, ils les regardent brûler et puis, pris d'une hâte désespérée, ils chargent les voitures et s'en vont, s'en vont dans la poussière. Et les camions partis, la poussière flotte encore dans l'air un long moment.

CHAPITRE X

Quand le camion fut parti, chargé de matériel, de lourds outils, lits et sommiers, tous objets mobiliers qui pouvaient être vendus, Tom resta à errer dans la propriété. Il alla rêvasser dans la grange, dans les stalles vides, et il alla sous l'appentis où l'on gardait les outils, fouilla machinalement du pied les débris qui restaient, poussa du pied une dent de faucheuse brisée. Il alla revoir les endroits qu'il connaissait... le petit tertre rouge où nichaient les hirondelles, le saule au-dessus du toit à cochons. Deux gorets grognèrent et s'en vinrent en fouinant à travers la palissade, des gorets noirs qui se prélassaient au soleil. Et son pèlerinage fut achevé ; alors il alla s'asseoir sur la marche devant la porte où l'ombre venait de s'étendre. Derrière lui, Man s'affairait dans la cuisine, occupée à laver des vêtements d'enfants dans un baquet, et sur ses gros bras marqués de taches de son, des gouttes d'eau de lessive coulaient à partir du coude. Elle cessa de frotter quand il s'assit. Elle le considéra longuement et lorsqu'il eut tourné la tête pour regarder dans la chaude lumière du soleil, le regard de sa mère continua de fixer sa nuque. Puis elle se remit à frotter.

Elle dit :

— Tom, pourvu que tout se passe bien en Californie.

Il se retourna et la regarda :

— Qu'est-ce qui te fait penser le contraire ? demanda-t-il.

— Oh..., rien. Mais ça me semble trop beau. J'ai vu les prospectus que les gens distribuaient et tout le travail qu'il y

127

a là-bas, et les gros salaires, tout ça ; et j'ai lu dans le journal qu'on demande du monde pour cueillir les raisins et les oranges et les pêches. Ça serait agréable, ça, Tom, de cueillir des pêches. Même si on ne nous laissait pas en manger, on pourrait peut-être bien en chiper une, une petite un peu abîmée. Et ça serait agréable, sous les arbres, de travailler à l'ombre. Tout ça me paraît trop beau. Ça me fait peur. J'ai pas confiance. Je crains qu'il n'y ait une attrape quelque part.

Tom dit :

— Ne laisse pas s'envoler trop haut tes espérances, pour n'avoir pas à ramper comme un ver de terre.

— Oui, tu as raison. C'est dans l'Écriture, pas vrai ?

— J' crois que oui, dit Tom. J'ai jamais pu me rappeler bien l'Écriture depuis que j'ai lu un livre intitulé *The Winning of Barbara Worth* [1].

Man rit doucement et plongea le linge à plusieurs reprises dans le baquet. Et elle tordit bleus et chemises et les muscles de ses bras se durcirent comme des cordes.

— Le papa de ton père, il passait son temps à citer l'Écriture. Lui aussi il l'embrouillait. Il l'emmêlait avec l'*Almanach du Docteur Miles*. Il lisait l'almanach à haute voix, de la première à la dernière page... des lettres de gens qui ne pouvaient pas dormir ou qui avaient mal aux reins. Et plus tard il les récitait aux gens comme enseignement, et il disait : « C'est une parabole de l'Écriture. » Ton père et l'oncle John l'inquiétaient un peu quand ils riaient.

Elle empila sur la table le linge tordu comme des câbles. Il paraît que ça fait un voyage de deux mille milles, pour aller là où on va. A ton idée, Tom, c'est loin comme quoi, deux mille milles ? J'ai regardé sur une carte, il y a des grandes montagnes comme sur les cartes postales, et faut passer tout droit à travers. Combien de temps penses-tu qu'il nous faudra pour aller si loin, Tommy ?

— J' sais pas, dit-il. Quinze jours... peut-être dix jours si nous avons de la chance. Écoute, Man, faut pas te tourmen-

1. *La Conquête de Barbara Worth.*

ter. J' vais te dire quéq' chose que je sais, d'avoir été au pénitencier. Faut jamais penser au jour qu'on sera libéré. C'est ça qui vous rend dingo. Faut penser au jour qu'on est, et puis au lendemain, et au match de football du samedi. Voilà ce qu'il faut faire. C'est ça que font les vieux habitués. Les nouveaux, ils se cognent la tête contre les murs. Ils se demandent combien de temps qu'ils vont rester. Pourquoi que tu ne prends pas chaque jour comme il vient ?

— C'est un bon moyen, fit-elle, et elle emplit son baquet d'eau chaude qu'elle prit au fourneau, y mit du linge sale et commença à l'enfoncer dans l'eau savonneuse. Oui, c'est un bon moyen. Mais j'aime m'imaginer comme ça sera agréable, là-bas en Californie, peut-être bien. Jamais froid. Et des fruits partout, et les gens qui vivent là dans des coins si jolis, dans des petites maisons blanches au milieu des orangers. Je me demandais… moyennant qu'on trouve tous de l'ouvrage, c'est-à-dire… si on ne pourrait peut-être pas en avoir une de ces petites maisons blanches. Et les enfants iraient cueillir les oranges à l'arbre. Ils deviendraient insupportables à force de brailler, tellement ça les rendrait fous.

Tom la regarda travailler et ses yeux sourirent.

— Rien que d'y penser, ça t'a fait du bien. J'ai connu un type qui venait de la Californie. Il n' parlait pas comme nous. On pouvait voir, rien qu'à sa façon de parler, qu'il venait de loin. Mais il disait que les gens qui cueillent les fruits vivent dans des campements très sales et qu'ils ont à peine de quoi manger. Il disait que les salaires sont bas, quand on a la chance d'en toucher.

Une ombre passa sur son visage :

— Oh ! ce n'est pas vrai, dit-elle. Ton père a reçu un prospectus sur papier jaune, où ça disait qu'on avait besoin de gens pour travailler. Ils ne se seraient donné tant de peine s'il n'y avait pas du travail en masse. Ça leur coûte de l'argent de faire imprimer ces prospectus. Pourquoi qu'ils mentiraient, et qu'ils dépenseraient de l'argent pour mentir.

Tom secoua la tête.

— J' sais pas, Man. C'est pas commode de comprendre pourquoi ils font ça. Peut-être…

Il regarda au-dehors le soleil brûlant, étincelant sur la terre rouge.

— Peut-être que quoi?

— Peut-être que c'est aussi beau que tu le dis. Où est Grand-père? Et le pasteur, où est-il allé?

Man sortait de la maison, les bras chargés d'une grosse pile de linge. Tom s'écarta pour la laisser passer.

— Le pasteur a dit qu'il allait faire un tour. Grand-père dort dans la maison. Il vient des fois comme ça dans l'après-midi faire un somme.

Elle alla accrocher sur la corde à linge les pantalons bleus, les chemises bleues et de longs sous-vêtements gris.

Tom entendit des pas traînants derrière lui, et il se retourna. Grand-père sortait de la chambre et, comme le matin, il tripotait les boutons de sa braguette.

— J'ai entendu parler, fit-il. Ces bougres de salauds ne peuvent pas laisser un pauvre vieux dormir tranquille. Tas de cochons que vous êtes, quand vous commencerez à décrépir vous apprendrez peut-être à laisser un pauvre vieux dormir tranquille.

Ses doigts furieux réussirent à déboutonner les deux seuls boutons de sa braguette qui étaient boutonnés. Et sa main oublia ce qu'elle était en train de faire. Elle plongea dans l'ouverture et se mit à gratter complaisamment le dessous des testicules. Man arriva, les mains mouillées, les paumes boursouflées par l'eau chaude et le savon.

— Je croyais que tu dormais. Viens ici que je te boutonne.

Et malgré sa résistance, elle le fit tenir tranquille et lui boutonna son caleçon de flanelle, sa chemise et sa braguette.

— Tu as vraiment une allure insensée, dit-elle en le relâchant.

Il bredouilla, furieux :

— C'est une jolie... une jolie... quand un homme est obligé de se faire boutonner. J' veux qu'on me laisse boutonner mon pantalon moi-même.

Man dit en plaisantant :

— On ne laisse pas les gens se promener avec leur braguette ouverte, en Californie.

— Ah tu crois ça ? Eh ben ils verront. Ils se figurent qu'ils vont m'apprendre comment faut m' tenir, là-bas ? Eh ben je la sortirai si ça me plaît et je la laisserai pendre si ça me plaît.

— On dirait que chaque année il devient plus grossier, dit Man. Pour faire de l'épate, sans doute.

Le vieux avança son menton hérissé et il regarda Man de ses petits yeux réjouis, rusés et mauvais.

— Alors, comme ça, dit-il, on ne va pas tarder à partir. Cré bon Dieu, y a là-bas des raisins qui pendent par-dessus les routes. Savez pas ce que je ferai ? J' m'en remplirai toute une bassine, de raisins, et j' m'assoirai au beau milieu et je me tortillerai pour que le jus dégouline le long de mes culottes.

Tom se mit à rire :

— Bon Dieu, il vivrait deux cents ans qu'on n'arriverait pas à le réduire, dit-il. Alors, comme ça t'es tout prêt à partir, Grand-père ?

Le vieux tira une caisse et s'y assit lourdement.

— Parfaitement, dit-il. Et qu'il serait bougrement temps, même. Y a quarante ans que mon frère est parti là-bas. Jamais plus entendu parler. Un sournois s'il y en avait un, cet enfant d' salaud. Personne pouvait le sentir. Il a foutu le camp avec mon Colt à un coup. Si jamais je le rencontre, lui ou ses gosses, s'il en a en Californie, je lui redemanderai mon Colt. Mais tel que je le connais, s'il a des gosses, il les aura faits chez les autres et il les aura laissés à élever. Sûr que je serai content d'être là-bas. J'ai dans l'idée que ça va faire de moi un autre homme. J'irai tout de suite travailler aux fruits.

Man approuva :

— C'est comme il le dit, dit-elle. Il travaillait encore il y a trois mois, la dernière fois qu'il s'est déboîté la hanche.

— Eh bougre, je crois bien ! fit Grand-père.

De la marche où il était assis, Tom regarda au-dehors.

— Voilà le pasteur qui revient. Il arrive par-derrière la grange.

Man dit :

— Les grâces qu'il nous a données ce matin étaient bien les plus bizarres que j'aie jamais entendues. On ne peut

131

même pas dire que c'étaient des grâces. Rien que des mots, mais à entendre ça faisait bien comme des grâces.

— C'est un drôle de type, dit Tom. Des fois il parle tout drôle. On dirait qu'il se parle à lui-même. Il n'essaie pas de vous faire marcher.

— Regarde l'expression dans ses yeux, dit Man. Il a l'air baptisé. Il a ce genre de regard qui voit à travers, comme on dit. Sûr qu'il a l'air baptisé. Et cette façon de marcher la tête basse, les yeux fixés par terre sur rien du tout. S'il y a un homme baptisé, c'est bien celui-là. Et elle se tut parce que Casy se trouvait près de la porte.

— Vous allez attraper un coup de soleil, à vous promener comme ça, dit Tom.

Casy dit :

— Oui, ma foi... ça s' peut bien. — Il s'adressa à eux brusquement, à Man, à Grand-père et à Tom. — Il faut que j'aille dans l'Ouest. Il le faut. Je me demande si je pourrais partir avec vous ? Et il resta debout, gêné d'en avoir tant dit.

Man regarda Tom pour l'inviter à parler en tant qu'homme, mais Tom ne parla pas. Elle lui laissa le temps d'user de son droit, puis elle dit :

— Mais voyons, ça serait un honneur de vous avoir avec nous. Naturellement je ne peux pas vous donner de réponse ferme maintenant ; Pa dit que tous les hommes se réuniront ce soir et discuteront le départ. Je crois qu'il vaut mieux ne rien décider avant que tous les hommes soient revenus. John, Pa, Noah, Tom, Grand-père, Al et Connie. Ils feront les plans aussitôt qu'ils seront de retour. Mais s'il y a de la place je suis à peu près sûre qu'on sera très contents de vous avoir.

Le pasteur soupira.

— J'irai de toute façon, dit-il. Il se passe des choses. Je suis allé voir. Les maisons sont toutes vides, cette terre est vide, et tout ce pays est vide. Je ne peux plus rester ici. Il faut que j'aille où sont partis les gens. Je travaillerai dans les champs et je serai peut-être heureux.

— Et vous ne prêcherez pas ? demanda Tom.

— Je ne prêcherai pas.

— Et vous ne baptiserez pas ? demanda Man.

— Je ne baptiserai pas. Je travaillerai dans les champs, dans les champs verts, et je resterai près des gens. Je n'essaierai plus de rien leur enseigner, rien. Je vais essayer d'apprendre. J'apprendrai pourquoi les gens marchent dans l'herbe ; je les entendrai parler, je les entendrai chanter. J'écouterai les enfants manger leur bouillie. J'écouterai les maris et les femmes faire gémir les matelas la nuit. Je mangerai avec eux et j'apprendrai. (Ses yeux étaient humides et brillants.) Je me coucherai dans l'herbe, ouvertement et honnêtement, avec toutes celles qui voudront de moi. Je veux sacrer et jurer et entendre la poésie des gens qui parlent. C'est tout cela qui est saint, tout cela que je ne comprenais pas. Toutes ces choses-là sont de bonnes choses.

— Amen, dit Man.

Le pasteur s'assit humblement sur le billot près de la porte.

— Je me demande ce que la vie peut bien avoir en réserve pour un homme si seul.

Tom toussa discrètement :

— Pour un homme qui ne prêche plus… commença-t-il.

— Oh ! pour ce qui est de parler, je ne donne ma langue à personne, fit Casy. J' peux pas le nier. Mais je ne prêche pas. Prêcher c'est raconter des boniments aux gens. J' les interroge. C'est pas prêcher, ça ?

— J' sais pas, dit Tom. Prêcher c'est un certain ton de voix, et prêcher c'est une certaine manière de voir les choses. Prêcher c'est être bon pour les gens justement quand ça leur donne envie de vous assassiner. L'an dernier, à Noël, à Mac-Alester, l'Armée du Salut est venue nous voir, pour nous faire du bien. Trois heures de rang de cornet à pistons, et nous qu'étaient là assis. Ils étaient bons pour nous. Mais si un de nous avait essayé de se défiler, on n'aurait eu de cesse qu'on en ait tous fait autant. C'est ça prêcher. Faire du bien à un type qu'est mal en point et qui ne peut pas vous foutre une baffe. Non, vous n'êtes pas prédicateur. Mais ne vous amusez pas à venir jouer de la trompette par ici.

Man jeta quelques bouts de bois dans le fourneau.

— J' vas vous préparer un morceau, mais j' n'ai pas grand-chose.

Grand-père sortit sa caisse dehors, s'assit dessus et s'adossa au mur ; Tom et Casy s'adossèrent au mur eux aussi. Et l'ombre de l'après-midi s'éloigna de la maison.

A la fin de l'après-midi, le camion revint, secoué et brimbalant dans la poussière ; le fond était recouvert d'une couche de poussière, le capot disparaissait sous la poussière et les phares étaient ternis par une poudre rouge. Le soleil se couchait quand le camion revint et la terre, sous la lumière mourante, était couleur de sang. Al était courbé sur le volant, fier, sérieux, pénétré de son rôle et Pa et l'oncle John, ainsi qu'il sied aux chefs de tribus, occupaient les places d'honneur à côté du chauffeur. Les autres étaient debout dans le camion, cramponnés aux ridelles : Ruthie, douze ans, et Winfield, dix ans, barbouillés et sauvages, les yeux fatigués mais excités, les doigts et les coins de la bouche noirs de jus de réglisse qu'à force de pleurnicheries ils avaient obtenu de leur père à la ville. Ruthie, vêtue d'une vraie robe de mousseline rose qui lui descendait au-dessous des genoux, prenait un peu au sérieux son rôle de jeune fille. Mais Winfield faisait encore un tantinet petit morveux, boudeur et ronchon de derrière l'écurie, collectionneur et fumeur impénitent de vieux mégots. Et tandis que Ruthie était consciente de la puissance, la responsabilité et la dignité que lui conférait sa poitrine naissante, Winfield n'était encore qu'un sauvageon et un galopin. Près d'eux, se retenant délicatement aux barreaux, Rose de Saron oscillait, se balançait sur la plante des pieds, recevait les chocs de la route dans les genoux et les cuisses. Car Rose de Saron était enceinte et faisait attention. Ses cheveux tressés et enroulés autour de sa tête lui faisaient une couronne d'un blond cendré. Sa figure douce et ronde, encore voluptueuse et attirante quelques mois plus tôt, portait la barrière de la grossesse, le sourire satisfait, le regard de perfection avertie ; et son corps dodu — seins doux et gonflés, ventre, hanches et fesses dont la fermeté ondulait, libre et provocante au point d'inspirer le désir des claques et des caresses — tout son corps était devenu réservé et grave. Toutes ses pensées, toutes ses actions, étaient dirigées vers l'intérieur, vers le bébé. La terre entière, pour elle, était enceinte ; elle ne pensait plus qu'en termes de reproduction et de maternité. Connie, son mari de dix-neuf ans, qui avait épousé une fille garçonnière, grassouillette et sensuelle, était encore effrayé, émerveillé de ce changement ; car il n'y avait plus de corps à corps au lit, plus de morsures, d'égratignures parmi les rires étouffés et pour finir les larmes. Il n'y avait maintenant qu'une créature bien équilibrée, prudente et sage, qui souriait timidement, mais fermement à son approche. Connie était fier et avait un peu peur de Rose de Saron. Chaque fois qu'il le pouvait, il posait la main sur elle ou se tenait tout près, de manière que leurs deux corps se touchassent à la hanche et à l'épaule. Par là, il avait conscience d'entretenir un contact qui autrement aurait pu se relâcher. C'était un jeune homme maigre, aux traits anguleux, avec quelque chose des hommes du Texas, et ses pâles yeux bleus étaient parfois dangereux et parfois affectueux, parfois aussi effrayés. C'était un travailleur et il ferait un bon mari. Il buvait suffisamment, mais jamais trop. Il se battait quand c'était nécessaire mais n'était pas provocant. Il ne disait pas grand-chose en société, mais il s'arrangeait pour qu'on sût qu'il était là et pour affirmer sa personnalité.

S'il n'avait pas eu cinquante ans, ce qui faisait de lui un des chefs naturels de la famille, l'oncle John aurait préféré ne pas occuper la place d'honneur près du chauffeur. Il aurait voulu que Rose de Saron s'y assît. C'était chose impossible parce qu'elle était femme, et jeune. Mais l'oncle John n'était pas à son aise, ses yeux hantés par la solitude n'étaient pas à leur aise et son corps mince et vigoureux restait crispé. Presque constamment, la solitude mettait une barrière entre l'oncle John et les gens, entre l'oncle John et les passions. Il mangeait peu, ne buvait rien et était célibataire. Mais en dessous, ses appétits s'enflaient jusqu'à en éclater. Il mangeait alors de tout ce qui lui faisait envie jusqu'à l'indigestion ; ou bien il buvait du calvados ou du whisky jusqu'à n'être plus qu'un paralytique tremblotant aux yeux rouges et larmoyants ; ou bien il se vautrait dans la débauche avec quelque putain de Sallisaw. On racontait qu'un jour il était allé jusqu'à Shawnee, qu'il avait mis trois putains dans un lit et que dans une folie de rut, une heure durant, il s'était rué en renâclant sur leurs corps indifférents. Mais quand un de ses désirs était rassasié, il redevenait triste, honteux et solitaire. Il évitait les gens, et tâchait de se faire pardonner par des cadeaux. C'est alors qu'il s'introduisait dans les maisons et déposait du chewing-gum sous les oreillers des enfants ; c'est alors qu'il coupait du bois en refusant de se faire payer. C'est alors qu'il donnait tout ce qu'il se trouvait posséder : une selle, un cheval, une paire de souliers neufs. Dans ces périodes-là on ne pouvait lui parler, car il s'enfuyait, ou si cela lui était impossible, il rentrait dans sa coquille en ne risquant qu'un œil effrayé. La mort de sa femme, suivie de longs mois de solitude, lui avait donné un complexe de culpabilité et de honte et l'avait envahi d'un sentiment de solitude impénétrable.

Mais il y avait des choses auxquelles il ne pouvait pas se soustraire. Étant un des chefs de la famille, il lui fallait gouverner, et maintenant il lui fallait occuper la place d'honneur à l'avant.

Les trois hommes qui avaient pris place sur le siège avant étaient moroses en retournant chez eux par la route poudreuse. Al, penché sur son volant, regardait alternativement la route et le tableau de bord, surveillant l'aiguille de l'ampèremètre qui tressautait de manière inquiétante, surveillant le niveau d'huile et le thermomètre. Et son esprit enregistrait les points faibles ou les détails suspects de l'automobile. Il écoutait le bruit plaintif qui pouvait venir du manque de graissage du pont arrière et il écoutait le va-et-vient des pistons. Il laissait sa main sur le levier des vitesses, sentant ainsi le jeu des pivots, et il avait débrayé le frein pour vérifier le décalage des tambours. Peut-être lui arrivait-il par moments d'être un bouc en chaleur, mais cette fois sa responsabilité était engagée avec ce camion, son roulement, son entretien. S'il arrivait une panne ce serait sa faute, et même si personne n'y faisait allusion, tout le monde, et surtout Al, saurait que c'était sa faute. C'est pourquoi il éprouvait sa machine, la surveillait, l'écoutait. Et son visage témoignait d'une grave responsabilité. Et tout le monde le respectait, lui et cette responsabilité qu'il avait assumée.

Même Pa, qui était le chef, prenait une clé anglaise quand Al la lui tendait, et lui obéissait.

Tous étaient fatigués dans le camion. Ruthie et Winfield étaient fatigués d'avoir vu trop de mouvement, trop de visages, de s'être trop démenés pour avoir des lanières de réglisse, fatigués par l'énervement que leur causait l'oncle John en glissant furtivement du chewing-gum dans leurs poches.

Et les hommes à l'avant étaient las, furieux et tristes parce qu'ils n'avaient obtenu que dix-huit dollars pour tout le mobilier de la ferme. Dix-huit dollars. Ils avaient harcelé l'acheteur, s'étaient épuisés à discuter, mais ils avaient été vaincus quand l'acheteur avait paru se désintéresser de toute l'affaire, quand il leur avait dit qu'il n'en voulait à aucun prix. C'est là qu'ils avaient été battus. En le croyant et en acceptant deux dollars de moins qu'il ne leur avait offert au début. Et maintenant ils étaient las et effrayés parce qu'ils avaient affronté un système qu'ils ne comprenaient pas et qui les avait vaincus. Ils savaient que les chevaux et la charrette valaient beaucoup plus que cela. Ils savaient que l'acheteur en tirerait bien davantage, mais ils ne savaient pas comment s'y prendre. Ils ignoraient les secrets du marchandage.

Al, les yeux alternativement sur la route et sur le tableau de bord, dit :

— Ce gars, c'est pas un gars de chez nous. Il ne parlait pas comme un gars de chez nous. Et il était pas habillé comme quelqu'un de par ici.

Et Pa expliqua :

— Quand j'étais chez le quincaillier, j'ai parlé à des gens que je connais. Ils m'ont dit qu'il y avait des gars comme ça qui s'amenaient tout exprès pour racheter tout ce que les fermiers comme nous sont forcés de vendre pour pouvoir partir. Paraît que c'est des types qui ne sont pas du pays et qu'ils gagnent un argent fou sur not' dos. Mais nous on n'y peut rien. Tommy aurait peut-être dû venir. Il aurait peut-être pu mieux faire.

John dit :

— Mais puisque le type ça ne l'intéressait plus du tout. On ne pouvait pas rapporter tout ça.

— Ces hommes que je connais m'ont parlé de ça aussi, dit Pa. Ils m'ont dit que ces acheteurs font toujours ce coup-là. C'est leur façon de foutre la frousse aux gens. Ce qu'il y a, c'est que nous ne savons pas nous y prendre. Man va être déçue. Déçue et pas contente.

Al dit :

— Quand penses-tu qu'on va s'en aller, Pa ?

— J' sais pas. On en parlera ce soir, et on décidera. Pour sûr que je suis content que Tommy soit revenu. C'est une vraie consolation. Tom est un brave garçon.

Al dit :

— Pa, y a des types qui parlaient de Tom et ils disaient qu'il avait été libéré sur parole, et ils disaient que ça voulait dire qu'il ne pouvait pas sortir de l'État ; que s'il s'en allait, on le rattraperait et qu'on le renverrait là-bas pour trois ans.

Pa eut l'air sidéré.

— Ils disaient ça ? Ils avaient vraiment l'air au courant ? ou bien c'était-il de la frime ?

— J' sais pas, dit Al. Ils causaient simplement, et je leur ai pas dit que c'était mon frère. Je suis resté là juste pour écouter.

— Nom de Dieu ! fit Pa. J'espère que ça n'est pas vrai. Nous avons besoin de Tom. Je lui demanderai ce qui en est. On a déjà assez d'embêtements comme ça sans avoir encore le diable et son train à nos trousses. J'espère que c'est pas vrai. Faudra qu'on en discute.

L'oncle John dit :

— Tom saura ce qui en est.

Ils se turent, tandis que l'invraisemblable guimbarde poursuivait sa route. Le moteur menait grand tapage. Il était plein de grincements et de cliquetis et les tiges des freins claquaient sans arrêt. Les roues gémissaient et un jet de vapeur giclait par un trou du bouchon de radiateur. Le camion soulevait un gros nuage de poussière rouge derrière lui. Ils gravirent la dernière petite côte tandis que la moitié du soleil était encore au-dessus de l'horizon et ils dégringolèrent sur la maison au moment où il disparut. Les freins grincèrent quand ils stoppèrent et dans le cerveau de Al, le son immédiatement imprima : Les garnitures sont foutues.

Ruthie et Winfield escaladèrent les ridelles en hurlant et se laissèrent tomber à terre. Ils se mirent à crier :

— Où qu'il est ? Où qu'il est, Tom ?

Puis ils le virent debout près de la porte, alors ils restèrent là, embarrassés ; puis ils s'approchèrent lentement de lui, en le regardant timidement.

Et à son : « Bonjour, les gosses, comment ça va ? » ils répondirent doucement :

— Bonjour ; ça va.

Et ils se tinrent écartés, considérant à la dérobée le grand frère qui avait tué un homme et qui avait été mis en prison. Ils se rappelèrent comment ils avaient joué à la prison dans le poulailler, et comment ils s'étaient battus pour savoir qui serait le prisonnier.

Connie Rivers leva la grande planche arrière du camion et descendit pour aider Rose de Saron. Et elle l'accepta avec noblesse, comme un égard qui lui était dû, en souriant d'un air entendu, satisfait, la bouche relevée aux commissures des lèvres, avec un soupçon de fatuité.

Tom dit :

— Tiens, mais c'est Rosasharn. Je ne savais pas que tu arriverais avec eux.

— On était à pied, dit-elle. Le camion nous a ramassés. (Puis elle ajouta :) Je te présente Connie, mon mari.

Et elle était magnifique en disant cela.

Les deux hommes se serrèrent la main, en se toisant, et en se scrutant profondément l'un l'autre ; au bout d'un moment ils s'estimèrent satisfaits et Tom dit :

— Je vois que vous n'avez pas perdu votre temps.

Elle baissa les yeux.

— Ça ne se voit pas, pas encore.

— C'est Man qui me l'a dit. C'est pour quand ?

— Oh ! pas tout de suite. Pas avant l'hiver.

Tom se mit à rire :

— Tu veux qu'il naisse sous les orangers, pas vrai ? Dans une de ces petites maisons blanches avec des oranges tout autour.

Rose de Saron se prit le ventre à deux mains.

— Ça ne se voit pas, dit-elle.

Et elle sourit d'un air satisfait et entra dans la maison. La soirée était chaude, et la lumière jaillissait encore à l'occident. Et comme à un signal donné, toute la famille se groupa autour du camion, et le parlement, le gouvernement familial ouvrit la session.

La lumière du crépuscule donnait à la terre rouge une sorte de transparence qui accentuait sa profondeur, ses dimensions, et le contour des objets. Une pierre, un poteau, un bâtiment prenaient plus de profondeur, plus de relief qu'à la lumière du jour ; et ces objets devenaient étrangement individuels — un poteau était plus essentiellement un poteau, se détachant de la terre où il était planté et du champ de maïs sur lequel il se profilait. Et les plantes s'individualisaient aussi, cessaient d'être une récolte ; et le saule échevelé était lui-même, se dégageait librement des autres saules. La terre contribuait à la lumière du soir. La façade en bois brut de la maison grise avait la luminosité de la lune. Le camion gris sous sa poussière, devant la porte de la cour, se détachait dans ce bain magique comme dans la perspective exagérée d'un stéréoscope.

Le soir changeait également les gens, les calmait. Ils semblaient faire partie d'une organisation de l'inconscient. Ils obéissaient à des impulsions que leurs cerveaux n'enregistraient qu'à peine. Leurs yeux étaient tournés vers l'intérieur, paisiblement, et leurs yeux aussi étaient lumineux dans l'air du soir, lumineux dans les faces poussiéreuses.

La famille s'était réunie à l'endroit le plus important, près du camion. La maison était morte et les champs étaient morts ; mais ce camion était la chose active, le principe vivant. L'antique Hudson avec l'écran de son radiateur tout faussé et bosselé, avec des globules de graisse saupoudrés de poussière sur les bords usés de tous ses rouages, avec ses chapeaux de roues remplacés par des chapeaux de poussière rouge, c'était, elle, le foyer nouveau, le centre vivant de la famille ; mi-voiture de tourisme, mi-camion, toute gauche avec ses côtés surélevés.

Pa fit le tour du camion, le regarda, puis s'accroupit dans la poussière et trouva un bout de bois pour dessiner dans le sable. Un de ses pieds reposait à plat par terre, l'autre légèrement en retrait s'appuyait presque sur la pointe, de sorte qu'un des genoux était plus haut que l'autre. L'avant-bras gauche s'appuyait sur le genou le plus bas, le gauche ; le coude droit sur le genou droit, et le poing droit sous le menton. Pa était accroupi, les yeux fixés sur le camion, le menton sur son poing. Et l'oncle John s'approcha de lui et s'accroupit à côté de lui. Leurs yeux étaient pensifs. Grand-père sortit de la maison et les vit tous deux accroupis. De son pas saccadé il s'approcha et s'assit sur le marchepied de la voiture, en face d'eux. C'était là le noyau. Tom, Connie et Noah arrivèrent et s'accroupirent, formant ainsi un demi-cercle avec Grand-père au centre de l'ouverture. Puis Man sortit de la maison, accompagnée de Grand-mère et suivie de Rose de Saron qui marchait avec précaution. Elles prirent place derrière les hommes accroupis. Elles restèrent debout, les poings sur les hanches. Et les enfants, Ruthie et Winfield, sautaient d'un pied sur l'autre à côté des femmes ; les enfants fouillaient la terre rouge de leurs orteils, mais ils ne faisaient aucun bruit. Seul le pasteur manquait. Par discrétion il s'était assis derrière la maison. C'était un bon pasteur. Il connaissait son monde.

La lumière du soir s'adoucit et la famille resta un moment silencieuse. Ensuite, Pa, s'adressant à l'ensemble du groupe, fit son rapport.

— Nous nous sommes fait empiler en vendant nos affaires. Le gars savait qu'on était pressés. On n'a pu en tirer que dix-huit dollars.

Man s'agita, nerveuse, mais conserva son calme.

Noah, le fils aîné, dit :

— Tout compris combien que ça nous fait ?

Pa dessina des chiffres dans le sable et marmonna un moment à part lui :

— Cent cinquante-quatre dollars, déclara-t-il. Mais Al dit

qu'il nous faudrait des meilleurs pneus. Il dit que ceux qu'on a là ne dureront pas.

Ce fut la première participation d'Al à la conférence. Jusqu'alors il s'était toujours tenu derrière, avec les femmes. A présent, il avait à rendre des comptes. Il le fit avec sérieux et gravité :

— Elle est vieille et moche, dit-il. J' l'ai bien examinée de partout avant de l'acheter. J'ai point écouté le type qui me racontait que c'était une bonne affaire. J'ai fourré mon doigt dans le différentiel et y avait point de sciure. J'ai ouvert la boîte des vitesses et y avait point de sciure. J'ai passé les vitesses et j'ai essayé la direction. Je me suis couché dessous et le châssis n'est point chanfreiné. Elle n'a jamais été accidentée. J'ai vu qu'il y avait un élément de fendu dans la batterie et j'ai dit au type de m'en remettre un neuf. Les pneus sont quasiment foutus mais ils sont d'une taille courante. Faciles à se procurer. Le moulin a ses lubies, mais il ne perd pas d'huile. La raison pour laquelle je l'ai achetée c'est parce que c'est une voiture populaire. Les cimetières d'autos sont pleins de Hudson Super-Six, et les pièces de rechange ne sont pas chères. J'aurais pu avoir une voiture plus grande et qu'ait plus d'allure pour le même prix, mais les pièces sont trop difficiles à trouver et puis elles sont chères. Enfin c'est comme ça que j'ai raisonné, voilà.

Par cette conclusion il se soumettait au jugement de la famille. Il se tut et attendit l'opinion générale.

Grand-père était toujours le chef en titre, mais il ne gouvernait plus. Sa position était tout honoraire, une affaire d'habitude. Mais il avait le droit de donner son avis le premier, aussi sotte que fût sa vieille cervelle. Et les hommes accroupis et les femmes debout attendaient qu'il parlât.

— T'es un bon petit gars, Al, dit Grand-père. De mon temps j'étais comme toi, un foutriquet qui ne pensait qu'à courir comme un bouc en chaleur et à faire des conneries, mais quand y avait du travail, j'étais toujours là. T'as bien tourné en grandissant.

Il termina sur un ton de bénédiction et Al rougit de plaisir.

Pa dit :

— Ça me paraît bien raisonné. Si c'étaient des chevaux, faudrait pas s'en prendre à Al. Mais Al est le seul à s'y connaître en autos.

— Je m'y connais un peu aussi, dit Tom. J'en ai conduit quéq' z'unes à Mac-Alester. Al a raison. Il a fait c' qui fallait.

Et maintenant Al s'empourprait sous le compliment. Tom continua :

— J' voudrais dire... enfin voilà, le pasteur... il voudrait venir avec nous.

Il se tut. Ses mots étaient tombés sur le groupe et le groupe restait silencieux.

— C'est un brave garçon, continua Tom. Y a longtemps que nous le connaissons. Des fois il parle un peu drôle, mais il dit des choses qu'ont de la raison.

Et il abandonna la proposition à la famille.

La lumière baissait graduellement. Man quitta le groupe et rentra dans la maison et l'on entendit tinter les ronds de fer sur le fourneau. Peu après elle vint reprendre sa place dans le conseil qui continuait à méditer gravement.

Grand-père dit :

— Y a deux façons de penser. Y a des gens qui croient que les pasteurs ça porte la guigne.

Tom dit :

— Celui-là dit qu'il n'est plus pasteur.

Grand-père agita la main :

— Quand on a été pasteur on reste toujours pasteur. C'est quéq' chose qu'on ne peut pas se débarrasser. Y a des gens qu'à leur idée c'est une bonne chose d'emmener un pasteur. Trouvent que c'est convenable. Quelqu'un meurt, le pasteur est là pour l'enterrer. Vienne le temps des noces ou qu'il soit passé, vous avez votre pasteur. S'il vient un bébé, vous avez quelqu'un pour le baptiser sous la main. Moi, j'ai toujours dit qu'il y avait pasteurs et pasteurs. S'agit de les choisir. Il me plaît, moi, ce gars-là. Il n'est pas guindé.

Pa enfonça son bâton dans la poussière et le fit tourner entre ses doigts jusqu'à ce qu'il eût creusé un trou.

— C'est pas tant la question de savoir s'il porte bonheur ou si c'est un brave type, dit Pa. Faut y regarder de près. C'est pas drôle d'avoir à regarder les choses de près. Voyons un peu. Grand-père et Grand-mère, ça fait deux. John, Man et moi, ça fait cinq. Noah, Tommy et Al... ça fait huit. Rosasharn et Connie ça fait dix et Ruthie et Winfield, douze. Faut qu'on emmène les chiens, sans quoi qu'est-ce qu'on en ferait ? On n' peut pas tuer des bons chiens et y a personne à qui les donner. Ce qui fait quatorze.

— Sans compter les poulets qui nous restent et les deux cochons, dit Noah.

Pa dit :

— J'ai idée de faire saler ces cochons pour qu'on ait quelque chose à manger en cours de route. Il nous faudra de la viande. On emportera les barils à saler avec nous. Mais j' me demande si on pourra tous tenir dans le camion avec le pasteur en surplus. Et si on pourra nourrir une bouche de plus ? (Sans tourner la tête il demanda :) Pourrons-nous, Man ?

Man s'éclaircit la voix :

— C'est pas pourrons-nous, c'est voudrons-nous, dit-elle fermement. Pour ce qui est de pouvoir, nous ne pouvons rien, même pas ne pas aller en Californie, rien ; mais pour ce qui est de vouloir, ben nous ferons ce que nous voulons. Et pour ce qui est de vouloir... y a longtemps que nos familles habitent ici et dans l'Est, et j'ai jamais entendu dire que les Joad pas plus que les Hazlett aient jamais refusé la nourriture ou le gîte ou le transport à personne. Y a eu des Joad qu'étaient mauvais, mais pas mauvais à ce point.

Pa intervint :

— Mais tout de même, s'il n'y avait pas de place ? (Il avait tordu le cou pour la regarder et il avait honte. Le ton de Man lui avait fait honte.) Une supposition qu'on ne puisse pas tous tenir dans la voiture ?

— On ne peut déjà pas tenir à l'heure qu'il est, dit-elle. Y a pas de place pour plus de six et c'est sûr qu'il en partira douze. Un de plus ça ne fera pas grand mal, et un homme qu'est fort et en bonne santé, c'est jamais de l'embarras. Et quand on a deux cochons et plus de cent dollars, se demander si on peut nourrir une bouche de plus...

Elle s'interrompit et Pa se retourna, l'esprit ulcéré après cette dure leçon.

Grand-mère dit :

— C'est une bonne chose d'avoir un pasteur avec soi. Il nous a bien dit les grâces ce matin.

Pa regarda chacun des visages pour voir si quelqu'un élevait une objection, puis il dit :

— Va le chercher, Tommy. S'il doit venir avec nous, faut qu'il soit ici.

Tommy se leva et se dirigea vers la maison en criant.

— Casy... Hé, Casy !

Une voix étouffée répondit de derrière la maison. Tom tourna le coin du mur et vit le pasteur, assis le dos au mur, les yeux fixés sur l'étoile du soir qui scintillait dans le ciel pâle.

— Vous m'appelez ? dit Casy.

— Oui. On a pensé que puisque vous allez nous accompagner, faut que vous soyez avec nous pour voir ce qu'on va faire.

Casy se mit debout. Il connaissait le gouvernement des familles et il savait qu'il venait d'être admis dans la famille. Et même sa position était éminente, car l'oncle John se poussa de côté, lui laissant une place entre lui et Pa. Casy s'accroupit comme les autres, face à Grand-père, assis sur son marchepied comme un roi sur son trône.

Man rentra de nouveau dans la maison. On entendit le grincement d'un chapeau de lanterne et la lumière jaune jaillit dans la cuisine. Quand elle souleva le couvercle du grand pot, l'odeur de porc bouilli et de feuilles de betteraves sortit en bouffées par la porte. Ils attendirent qu'elle revînt à travers la cour sombre, car Man était une puissance dans le groupe.

Pa dit :

— Faut décider quand on se mettra en route. Le plus tôt sera le mieux. Ce qui faut faire avant de partir, c'est tuer ces cochons et les saler, et puis emballer nos affaires et filer. Le plus tôt sera le mieux.

Noah approuva :

— Si on en met un coup, on pourra être prêts demain, et partir recta le jour d'après.

L'oncle John objecta :

— La viande se refroidit pas dans la chaleur du jour. C'est le mauvais moment de l'année pour tuer le cochon. La viande sera molle si elle refroidit pas.

— Ben on a qu'à le faire ce soir. Elle refroidira un tant soit peu c'te nuit. Elle pourra jamais refroidir davantage. Quand on aura mangé, on a qu'à s'y mettre. T'as du sel ?

Man répondit :

— Oh ! du sel y en a. J'ai deux beaux saloirs aussi.

— Bon, alors on a qu'à s'y mettre, dit Tom.

Grand-père commença à s'agiter, tâtonnant à la recherche d'un appui pour se relever.

— Il commence à faire noir, dit-il, et j' commence à avoir faim. Attendez qu'on soit en Californie, j'aurai tout le temps une grosse grappe de raisin dans la main et je passerai mon temps à mordre dedans, nom de Dieu !

Il se leva et les hommes se mirent debout.

Ruthie et Winfield, très excités, sautaient comme des petits fous dans la poussière. Ruthie soufflait à Winfield d'une voix rauque :

— On tue le cochon *et* on va en Californie. On tue le cochon *et* on va en Californie... tout ensemble.

Et Winfield tomba dans un complet état de folie. Il mit son doigt sur sa gorge, fit une horrible grimace et se mit à courir en titubant et en poussant des petits cris perçants.

— J' suis un vieux cochon. Regarde ! J' suis un vieux cochon. Regarde le sang, Ruthie !

Et il trébucha et se laissa tomber par terre en agitant faiblement bras et jambes.

Mais Ruthie était plus âgée, et elle se rendait compte de l'extraordinaire importance de cette minute.

— *Et* on va en Californie ! répéta-t-elle, et elle savait que c'était le moment le plus important de sa vie.

Les adultes s'éloignèrent dans l'ombre vers la cuisine éclairée, et Man leur servit des légumes verts et de la viande dans des plats d'étain. Mais avant de manger, Man plaça le grand baquet sur le fourneau et fit ronfler le feu. Elle porta des seaux pleins d'eau tout autour du baquet. La cuisine devint un vrai bain turc et la famille se hâta de manger et alla s'asseoir sur le seuil en attendant que l'eau fût chaude.

Installés là, ils regardaient dans les ténèbres, contemplant le carré de lumière que la lanterne de la cuisine projetait sur le sol par la porte ouverte, avec l'ombre voûtée de Grand-père au milieu. Noah se curait soigneusement les dents avec un brin de balai. Man et Rose de Saron lavèrent la vaisselle et l'empilèrent sur la table.

Puis, tout d'un coup, la famille se mit à fonctionner. Pa se leva et alluma une autre lanterne. Noah tira d'une caisse dans la cuisine le couteau de boucher à lame courbe et l'aiguisa sur une vieille pierre à affûter. Et il posa le grattoir sur le billot à côté du couteau. Pa apporta deux solides bouts de bois de trois pieds chacun et en épointa le bout avec la hache, puis il attacha deux cordes avec des doubles nœuds au milieu des bâtons.

Il grommela :

— J'aurais pas dû vendre ces palonniers... pas tous.

L'eau dans les pots fumait et bouillonnait.

Noah demanda :

— Est-ce qu'on descend l'eau là-bas ou est-ce qu'on monte les cochons ici ?

— On va monter les cochons, dit Pa. On peut pas s'ébouillanter avec un cochon comme avec de l'eau. L'eau est bientôt prête ?

— Quasiment, répondit Man.

— Bon. Noah, amène-toi avec Tom et Al. J' porterai la lanterne. On va les tuer là-bas et puis on les montera ici.

Noah prit son couteau, se saisit de la hache et les quatre hommes se dirigèrent vers le toit à cochons. La lueur de la lanterne papillotait sur leurs jambes. Ruthie et Winfield suivirent en sautillant. Arrivés à la porcherie, Pa se pencha sur la clôture en tenant la lanterne. Les jeunes pourceaux tout endormis se levèrent avec des grognements méfiants. L'oncle John et le pasteur descendirent donner un coup de main.

— Bon, dit Pa, tuez-les. Nous monterons les saigner et les échauder à la maison.

Noah et Tom sautèrent par-dessus la barrière. Ils abattaient rapidement et adroitement. Tom frappa deux fois du talon de la hache et Noah, se penchant sur les porcs abattus, fouilla avec son grand couteau pour trouver la grosse artère et fit jaillir le sang en saccades. Puis ils franchirent la barrière avec les cochons qui hurlaient. Le pasteur et l'oncle John en traînèrent un par les pattes de derrière et Tom et Noah se chargèrent de l'autre. Pa suivait avec la lanterne et le sang traçait dans la poussière deux traînées noires.

Quand ils furent arrivés à la maison, Noah glissa son couteau entre les muscles et l'os des pattes de derrière. Les bâtons pointus maintinrent les pattes écartées et les deux corps furent pendus aux poutres qui dépassaient de la toiture. Puis les hommes apportèrent l'eau bouillante et en aspergèrent les corps noirs. Noah les ouvrit d'un bout à l'autre et laissa glisser les entrailles à terre. Pa épointa deux autres bâtons pour maintenir les corps ouverts à l'air, tandis que Tom avec le grattoir et Man avec un couteau émoussé, raclaient les peaux pour en enlever les soies. Al s'en fut chercher un baquet et y entassa les entrailles qu'il alla jeter assez loin de la maison; les deux chats le suivirent en miaulant bruyamment et les chiens le suivirent en grondant légèrement après les chats.

Pa s'assit sur le seuil et regarda les cochons qui pendaient à la lueur de la lanterne. Le raclage était fini et seules quelques gouttes de sang tombaient encore des carcasses dans la flaque noire, par terre. Pa se leva, s'approcha des cochons et les tâta, puis il se rassit. Grand-père et Grand-mère se dirigèrent vers la grange pour y dormir, Grand-père tenant à la main une lanterne à bougie. Le reste de la famille s'assit tranquillement devant la porte, Connie, Al et Tom, par terre, le dos appuyé contre la maison. L'oncle John prit place sur une caisse et Pa se tint dans l'embrasure de la porte. Il n'y avait que Man et Rose de Saron qui continuaient à s'agiter. Ruthie et Winfield luttaient contre l'envie de dormir qui les gagnait. Ils se disputaient mollement dans l'obscurité. Noah et le pasteur, accroupis côte à côte, regardaient la maison. Pa se gratta nerveusement, enleva son chapeau et se passa la main dans les cheveux.

— Demain, de bonne heure, on salera ce porc et puis on chargera le camion, tout sauf les lits, et après-demain, hop !

on part. Ça ne nous demandera même pas une journée pour faire tout ça, dit-il d'un air légèrement ennuyé.

Tom intervint :

— On se tournera les pouces toute la journée sans savoir quoi faire.

Le groupe s'agita, gêné.

— On pourrait être prêt à l'aube et filer, suggéra Tom. Pa se frotta le genou. Et sa nervosité les gagna tous.

Noah dit :

— Probab' que ça ne lui ferait pas de mal à c'te viande si on la salait tout de suite. Y a qu'à la couper en morceaux, elle refroidira plus vite.

Ce fut l'oncle John qui, incapable de se contenir plus longtemps, prit le taureau par les cornes.

— A quoi bon lanterner ? Autant en finir. Du moment qu'il faut partir, pourquoi ne pas partir tout de suite ?

Et le revirement devint contagieux :

— Pourquoi qu'on ne partirait pas ? On pourrait dormir en route.

Et la hâte s'empara de tous.

Pa dit :

— Paraît qu'il y a deux mille milles. Ça fait un sacré bout de route. Vaudrait mieux partir. Noah, on pourrait couper cette viande tous les deux et tout charger dans le camion.

Man passa sa tête par la porte.

— Et si des fois on oubliait quéqu' chose, sans rien voir, comme ça dans le noir ?

— Y aura qu'à bien regarder partout quand le jour sera levé, dit Noah.

Et tous se turent et restèrent assis, à réfléchir. Mais au bout d'un moment Noah se leva et se mit à aiguiser son couteau à lame courbe sur la vieille pierre à affûter.

— Man, fit-il, débarrasse-moi c'te table.

Et il s'approcha d'un des cochons, coupa une ligne le long de l'épaule dorsale et commença à détacher la viande des côtes.

Pa était debout, très agité.

— Faut tout ramasser, dit-il. Venez, les enfants.

Maintenant qu'ils s'étaient engagés à partir, ils ne tenaient plus en place. Noah porta les morceaux de viande dans la cuisine et les coupa en petits carrés pour les saler, et Man, les recouvrant de gros sel, les entassait les uns sur les autres dans les barils, prenant bien soin d'isoler chaque morceau. Elle posait les tranches comme des briques et comblait les interstices avec du sel. Et Noah découpa les côtes et trancha les pattes. Man entretenait le feu à mesure que Noah nettoyait les côtes, l'épine dorsale et les os des pattes de toute leur chair, après quoi elle les mettait dans le four à rôtir pour en faire des os à ronger.

Dans la cour et dans la grange, les halos ronds des lanternes se déplaçaient çà et là. Les hommes mirent en tas ce qu'il fallait emporter et chargèrent le tout sur le camion. Rose de Saron apporta tous les vêtements que possédait la famille : les bleus, les souliers à grosse semelle, les bottes en caoutchouc, les meilleurs des vêtements usagés, les chandails et les vestes en peau de mouton. Et elle les emballa bien serrés dans une caisse, grimpa dedans et les tassa avec ses pieds. Puis elle apporta les robes de toile à ramages et les châles, les bas de coton noir et les costumes des enfants — petites salopettes et robes en cotonnade bon marché et elle les mit dans la caisse et piétina le tout.

Tom se rendit au fournil et en rapporta tous les outils qui restaient à emporter, une scie à main, un lot de clés anglaises, un marteau et une boîte de clous assortis, une paire de tenailles, une lime plate et des limes en queue de rat.

Et Rose de Saron apporta un grand morceau de toile goudronnée et l'étala par terre derrière le camion. Elle se démenait furieusement pour faire passer les matelas par la porte, trois grands et un petit. Elle les déposa sur la toile et apporta des brassées de vieilles couvertures pliées qu'elle mit par-dessus.

Man et Noah s'affairaient autour des carcasses et l'odeur d'os de porc grillés sortait du fourneau. Les enfants avaient fini par succomber à l'heure tardive. Winfield était couché dans la poussière devant la porte et Ruthie, assise sur une caisse dans la cuisine où elle était allée surveiller le découpage de la viande, avait laissé retomber sa tête en arrière contre le mur. Elle respirait paisiblement et ses lèvres s'entrouvraient sur ses dents.

Tom en finit avec les outils et entra dans la cuisine avec sa lanterne, et le pasteur le suivit.

— Nom d'un chien, dit-il, sentez-moi cette viande ! Écoutez-moi ça si ça grésille.

Man posait les carrés de viande dans le baril, les saupoudrait de sel de tous côtés, recouvrait la couche entière de sel et tassait le tout. Elle leva les yeux vers Tom et lui sourit un peu, mais son regard était grave et las.

— Ça sera bon d'avoir des os de porc au petit déjeuner.

Le pasteur s'approcha d'elle.

— Laissez-moi saler cette viande, dit-il. J' peux faire ça. Vous avez de quoi vous occuper ailleurs.

Elle interrompit son travail et le regarda d'un drôle d'air, comme s'il lui avait proposé quelque chose d'étrange. Et ses mains étaient recouvertes d'une croûte de sel et toutes roses de sang frais.

— C'est du travail de femme, finit-elle par dire.

— Travail de femme ou autre, c'est tout un, répliqua le pasteur. Y a trop à faire pour s'occuper de savoir ce qui est du travail de femme ou du travail d'homme. Vous avez de quoi faire ailleurs. Laissez-moi saler cette viande.

Elle le dévisagea encore un moment, puis elle versa de l'eau d'un seau dans la cuvette en fer et elle se lava les mains. Le pasteur prit les morceaux de porc et les saupoudra de sel tandis qu'elle l'observait. Et il les déposa dans les saloirs comme elle l'avait fait. Elle ne s'estima satisfaite que lorsqu'il eut fini une couche et l'eut recouverte de sel. Elle essuya ses mains décolorées et gonflées.

Tom dit :

— Man, qu'est-ce qu'on va emporter d'ici ?

Elle lui jeta un coup d'œil tranquille sur la cuisine :

— Le seau, répondit-elle. Tout ce qu'il faut pour manger : les assiettes et les tasses, les cuillers, les couteaux et les fourchettes. Mets tout dans ce tiroir et emporte le tiroir. La grande poêle et la grande marmite, la cafetière. Quand il sera refroidi prends le gril qui est dans le four. C'est commode sur le feu. J' voudrais bien prendre le baquet, mais j'ai peur qu'il n'y ait pas de place. Je ferai la lessive dans le seau. Les petites affaires ne nous serviraient à rien. On peut faire cuire les petites choses dans les grandes casseroles, mais les grandes choses dans les petites casseroles, ça ne va pas. Prends les moules à pain, tous. Ils rentrent les uns dans les autres.

Debout, elle inspectait la cuisine.

— Prends simplement ce que je te dis de prendre, Tom. J' m'occuperai du reste, la grande boîte à poivre, le sel, la muscade et la râpe. J' prendrai tout ça à la fin.

Le pasteur remarqua :

— Elle a l'air fatiguée.

— Les femmes, c'est toujours fatigué, dit Tom. Les femmes sont comme ça, sauf une fois de temps en temps, quand il y a meeting.

— Oui, mais plus fatiguée que ça. Fatiguée pour de vrai. Rendue.

Man franchissait juste la porte et elle entendit ces mots. Son visage affaissé se raidit et les rides disparurent de sa figure musclée. Ses yeux reprirent de l'éclat et elle redressa les épaules. Elle regarda tout autour de la chambre vidée. Il ne restait plus que des choses sans valeur. Les matelas qui gisaient par terre avaient disparu. Les commodes avaient été vendues. Sur le sol il y avait un peigne cassé, une boîte de talc vide, et quelques crottes de souris. Man posa sa lanterne par terre. Elle prit derrière une des caisses qui avaient servi de chaise une boîte de papier à lettres, une vieille boîte abîmée dans les coins. Elle s'assit et ouvrit la boîte. A l'intérieur il y avait des lettres, des coupures de journaux, des photographies, une paire de boucles d'oreilles, une petite chevalière en or, et une chaîne de montre en cheveux tressés terminée par des émerillons d'or. Elle toucha les lettres du bout des doigts, très légèrement, et elle lissa une coupure de journal contenant un compte rendu du procès de Tom. Longtemps, elle regarda la boîte qu'elle tenait entre ses mains et ses doigts dérangèrent les lettres, puis les remirent en ordre. Elle mordait sa lèvre inférieure, songeait, remuait des souvenirs. Et finalement elle prit une résolution. Elle prit la bague, la breloque, les boucles d'oreilles, fouilla dans le fond de la boîte et trouva un bouton de manchette en or. Elle sortit une des lettres de son enveloppe et mit les bijoux dans l'enveloppe. Elle plia l'enveloppe et la glissa dans la boîte et en aplanit le couvercle soigneusement avec ses doigts. Ses lèvres s'entrouvrirent. Puis elle se leva, prit sa lanterne, et retourna dans la cuisine. Elle souleva le rond du fourneau et posa doucement la boîte sur les charbons. La chaleur carbonisa rapidement le papier. Une flamme surgit, lécha la boîte. Elle replaça la rondelle du fourneau et instantanément le feu ronfla et absorba la boîte dans son souffle.

Dehors, dans le noir de la cour, Pa et Al chargeaient le camion à la lueur de la lanterne. Les outils dans le fond, mais à portée de la main en cas de panne. Ensuite les caisses de vêtements, et les ustensiles de cuisine dans un sac en grosse toile. Les couverts et les plats dans leur tiroir. Puis le seau attaché derrière. Ils firent le fond du camion aussi uni que possible et remplirent les interstices entre les caisses avec des couvertures roulées. Puis au sommet, ils posèrent les matelas, et le camion rempli offrit une surface bien plane. Enfin, ils étendirent la grande bâche goudronnée sur le chargement et sur les bords, Al fit des trous espacés de deux pieds et il y fit passer de petites cordes qu'il attacha sous les deux côtés du camion.

— Maintenant, s'il pleut on l'attachera à la barre du dessus et on pourra se mettre à l'abri dessous. Devant, nous ne serons jamais bien mouillés.

Et Pa approuva.

— Ça c'est une bonne idée.

— C'est pas tout, dit Al. A la première occasion je vais me procurer une longue planche et faire un mât pour tendre la bâche dessus. Ça fera une espèce de tente, comme ça tout le monde sera à l'abri du soleil.

Et Pa fut de cet avis.

— C'est une bonne idée. Pourquoi que t'y as pas pensé plus tôt ?

— J'ai pas eu le temps, dit Al.

— Pas eu le temps ? Voyons, Al, t'as bien eu le temps de

courir par tout le pays. Dieu sait où que t'as été, ces deux dernières semaines.

— On a des tas de choses à faire quand on quitte un pays, dit Al. (Puis il perdit un peu de son assurance.) Pa, demanda-t-il. T'es content de partir, Pa ?

— Hein ? Mais oui, bien sûr... Enfin, oui. On a eu la vie dure ici. Là-bas, naturellement, ça n' sera pas pareil... y a de l'ouvrage tant qu'on en veut, et tout est joli et vert, avec des petites maisons blanches et des orangers tout autour.

— Y a rien que des orangers partout ?

— Ben, peut-être pas partout, mais dans beaucoup de coins.

La première grisaille de l'aube apparut au ciel. Et l'ouvrage était fini... les barils de porc prêts, la cage à poules prête à être hissée tout en haut. Man ouvrit le four et prit le tas d'os croustillants, encore bien fournis de chair à ronger. Ruthie s'éveilla à demi, se laissa glisser de dessus sa caisse et se rendormit. Mais les adultes restèrent près de la porte, frissonnant un peu et rongeant le porc croustillant.

— M'est avis qu'il faudrait réveiller Grand-père et Grand-mère, dit Tom. Il va pas tarder à faire jour.

Man dit :

— J'aime pas bien... avant la dernière minute. Ils ont besoin de sommeil. Ruthie et Winfield ne se sont presque pas reposés non plus.

— Oh ! ils pourront tous dormir en haut du chargement, dit Pa. Ils y seront bien confortables.

Soudain les chiens se levèrent dans la poussière et dressèrent les oreilles. Puis dans un aboi furieux ils s'élancèrent dans l'obscurité.

— Qui diable ça peut-il bien être ? demanda Pa.

Au bout d'un moment ils entendirent une voix qui s'efforçait de calmer les chiens et les aboiements perdirent de leur férocité. Puis ce furent des pas et un homme approcha. C'était Muley Graves, le chapeau rabattu sur les yeux.

Il s'approcha timidement.

— Bonjour, la compagnie, dit-il.

— Tiens, mais c'est Muley! (Pa agita l'os qu'il tenait à la main.) Entre prendre ta part de cochon, Muley.

— Oh! non, non, dit Muley, j'ai pas faim, c' qui s'appelle.

— Allons, allons, sers-toi, Muley! Tiens!

Et Pa entra dans la maison et lui apporta des côtes.

— C'était pas dans mon idée de manger vos provisions, fit-il. J' faisais que passer et j' m'étais dit que vu que vous étiez sur l' départ j' pourrais peut-être vous dire adieu.

— On part dans un petit moment, dit Pa. Si t'étais venu une heure plus tard tu nous aurais manqués. Tout est emballé, tu vois.

— Tout emballé.

Muley regarda le camion chargé.

— Des fois, j'ai comme un regret d'être pas parti chercher les miens.

— Vous avez eu des nouvelles de Californie? demanda Man.

— Non, répondit Muley. J'ai pas entendu parler d'eux. Mais j'ai pas été à la poste. J' devrais y aller faire un tour un de ces jours.

— Al, dit Pa, va réveiller Grand-mère et Grand-père. Dis-leur de venir manger. On va bientôt partir. (Et comme Al se dirigeait vers la grange :) Muley, tu veux qu'on se serre pour t'emmener? On tâchera voir à te faire un peu de place.

Muley mordit un bout de sa côte de porc et se mit à mâcher.

— Des fois j' me dis q' j'irais bien. Mais dans le fond je sais que je le ferai pas, dit-il. J' sais trop bien qu'à la dernière minute j' foutrai le camp et que j'irai me cacher comme un sacré fantôme de cimetière.

Noah dit :

— Vous mourrez dans les champs un de ces jours, Muley.

— J' sais bien. J'y ai pensé. Des fois on se sent bien seul, mais des fois ça va, et des fois c'est même plaisant. Ça n'a pas d'importance. Mais si vous tombez sur ma famille, là-bas, en Californie — c'est même ça que j' suis venu vous dire — faites-leur part que j' vais bien. Dites-leur que je m'

155

débrouille. Surtout qu'ils n' sachent pas que je vis comme ça. Dites-leur que j'irai les retrouver bientôt, dès que j'aurai assez d'argent.

Man demanda :

— Et vous le feriez vraiment ?

— Non, répondit doucement Muley. Non, j' le ferai pas. J' peux pas m'en aller. Faut que je reste. Ç' aurait été y a quéq' temps, j' dis pas. Mais pas maintenant. A force de réfléchir on finit par apprendre. J' m'en irai jamais.

La lueur de l'aube était plus claire maintenant. Elle faisait légèrement pâlir les lanternes. Al revint avec Grand-père qui avançait péniblement en boitillant.

— Il n' dormait pas, dit Al. Il était assis là-bas derrière la grange. Y a quelque chose qui ne va pas.

Le regard de Grand-père s'était voilé et la vieille lueur maligne n'y luisait plus.

— Y a rien du tout, fit-il. Y a seulement que j' veux pas m'en aller.

— Pas vous en aller ? demanda Pa. Qu'est-ce que ça veut dire ? Voyons, tout est emballé, on est prêts. Il faut partir. Nous n'avons plus de domicile ici.

— J' vous dis pas de rester, fit Grand-père. Allez-vous-en. Moi... je reste. J'y ai bien réfléchi, toute la nuit, quasiment. C'est mon pays, ici. C'est ici ma place. Et j' me fous des oranges et des raisins quand bien même ça pousserait jusque dans mon lit. J' pars pas. Ce pays-ci n'est plus bon à rien, mais c'est mon pays. Non, partez, vous autres. Moi j' resterai ici où qu'est ma place.

Tous se pressèrent autour de lui.

— C'est pas possible, Grand-père, dit Pa. Cette terre va être défoncée par les tracteurs. Qui c'est qui vous fera à manger ? Comment que vous vivrez ? Vous n' pouvez pas rester ici. Voyons, sans personne pour s'occuper de vous, vous mourrez de faim.

Grand-père s'écria :

— Sacré nom d'une pipe ! je suis vieux mais j' suis encore capab' de me débrouiller. Comment qu'il fait Muley ? J' peux m' débrouiller aussi bien que lui. J' pars pas. Vous pouvez mett' ça dans vot' poche et vot' mouchoir par-

156

dessus. Emmenez Grand-mère si vous voulez, mais moi, vous m'emmènerez pas, un point c'est tout.

Pa était désemparé.

— Voyons, écoutez-moi, Grand-père, fit-il. Écoutez-moi une minute.

— J'écouterai pas. J' vous ai dit ce que j'allais faire.

Tom mit la main sur l'épaule de son père :

— Pa, viens dans la maison, j'ai quelque chose à te dire. (Et comme ils se dirigeaient vers la maison, il appela :) Man, viens ici une minute, veux-tu ?

Dans la cuisine une lanterne brûlait et les os de porc s'amoncelaient encore sur le plat. Tom dit :

— Écoutez, j' sais bien que Grand-père a le droit de dire qu'il ne veut pas s'en aller, mais il ne peut pas rester. Ça, nous le savons.

— Bien sûr, qu'il n' peut pas rester, dit Pa.

— Alors, voilà. Si faut qu'on l'attrape et qu'on le ligote on pourrait lui faire mal, et ça l' mettra dans une telle colère qu'il est capable de se démolir quéq' chose. D'un autre côté on ne peut pas discuter avec lui. Si on pouvait le saouler, ça irait. Vous avez du whisky ?

— Non, dit Pa. Il n'y en a pas une goutte dans la maison. Et John n'a pas de whisky non plus. Il n'en a jamais quand il n'est pas d'humeur à boire.

Man intervint :

— J'ai une demi-bouteille du sirop calmant que j'avais acheté pour Winfield quand il avait mal aux oreilles. Tu crois que ça pourrait faire l'affaire ? Ça faisait dormir Winfield quand il avait trop mal.

— Possible, dit Tom. Va le chercher, Man. On peut toujours essayer.

— Je l'ai jeté sur le tas de détritus, dit Man.

Elle prit la lanterne et sortit, et un instant après elle revint avec une bouteille à moitié pleine d'un liquide noir.

Tom la lui prit et goûta.

— C'est pas mauvais, dit-il. Prépare-lui une tasse de café noir bien fort. Voyons voir... ça dit une cuillerée à café. Vaut mieux en mettre beaucoup, deux ou trois cuillers à soupe.

Man découvrit le poêle, posa la cafetière directement sur la braise et y mit de l'eau et du café.

— Faudra le lui donner dans une boîte à conserve, dit-elle, les tasses sont emballées.

Tom et son père ressortirent.

— On est bien libre de dire ce qu'on veut faire, il m'semble. Eh, qui c'est qui mange des côtes de porc ? dit Grand-père.

— On a tous mangé, dit Tom. Man te prépare du café et un peu de cochon.

Il pénétra dans la maison, but son café et mangea son cochon. Dehors, dans la clarté naissante le groupe l'observait en silence par l'embrasure de la porte. Ils le virent bâiller, chanceler, mettre ses coudes sur la table, poser la tête sur ses bras et tomber endormi.

— Du reste, il était fatigué, dit Tom. Laissons-le tranquille.

Maintenant ils étaient prêts. Grand-mère, tout ahurie, complètement dans le vague, disait :

— Qu'est-ce qui se passe ? Qu'est-ce que vous faites de si bonne heure ?

Mais elle était habillée et de bonne humeur. Et Ruthie et Winfield étaient habillés, encore à moitié endormis, très sages sous l'effet de la fatigue. La lumière s'infiltrait rapidement sur la campagne. Et l'activité de la famille cessa. Ils restaient plantés là, hésitant à faire les premiers gestes du départ. Maintenant que les temps étaient venus, ils avaient peur... ils avaient peur tout comme Grand-père avait peur. Ils virent le hangar se profiler dans la lumière et ils virent les lanternes pâlir et s'éteindre les halos de lumière jaune. Les étoiles peu à peu s'éteignirent, vers l'ouest. Et la famille restait toujours debout, comme un groupe de somnambules, les yeux embrassant tout, ne percevant aucun détail, mais l'aube tout entière, la terre entière, toute la structure du pays d'un seul coup.

Seul Muley errait de-ci de-là, inlassablement, regardant à travers les barreaux du camion, tâtant du pouce les pneus de rechange accrochés à l'arrière. Et finalement Muley vint trouver Tom :

— Tu vas franchir la limite de l'État ? demanda-t-il. Tu vas manquer à ta parole ?

Et Tom secoua sa torpeur :

— Nom de Dieu, le soleil va bientôt se lever, dit-il à haute voix. Faut se mettre en route.

Et tous sortirent de leur torpeur et se dirigèrent vers le camion.

— Allons-y, dit Tom, chargeons Grand-père dans le camion.

Pa et l'oncle John, Al et Tom allèrent dans la cuisine où Grand-père dormait, accoudé sur la table, à côté d'une traînée de café en train de sécher. Ils le prirent sous les coudes et le mirent sur ses pieds, et il grommela et sacra d'une voix épaisse, comme un ivrogne. Une fois dehors ils le poussèrent, et quand ils eurent atteint le camion, Tom et Al y grimpèrent et, se penchant, passèrent leurs mains sous ses bras, le soulevèrent avec précaution et l'étendirent au sommet du chargement. Al détacha la bâche et ils le firent rouler par-dessous, puis ils placèrent une caisse sous la bâche près de lui afin d'empêcher que la lourde toile ne pesât sur lui.

— Faudra que j'arrange cette perche, dit Al. J' le ferai ce soir quand on s'arrêtera.

Grand-père grognait et luttait mollement contre le réveil, et quand il fut bien installé il se rendormit profondément.

Pa dit :

— Man, toi et Grand-mère vous allez vous asseoir avec Al un moment. On changera à tour de rôle, de cette façon, ça sera plus facile ; vous allez commencer vous deux.

Elles s'installèrent sur le siège et les autres s'empilèrent en haut des caisses. Connie et Rose de Saron, Pa et l'oncle John, Ruthie et Winfield, Tom et le pasteur. Noah resté par terre regardait tout ce tas de gens perché sur le camion.

Al faisait le tour, vérifiait les ressorts.

— Nom de Dieu, dit-il, ces ressorts sont complètement à plat. Heureusement que j'ai rajouté une lame de soutien.

— Et les chiens, Pa ? fit Noah.

— J'ai oublié les chiens, dit Pa.

Il siffla de toutes ses forces et un des chiens arriva en

bondissant, mais un seul. Noah l'attrapa et le lança au haut du camion où il s'assit, figé et tremblant de vertige.

— Faut laisser les deux autres.

Pa cria :

— Muley, tu voudras t'occuper d'eux ? Veiller à ce qu'ils ne meurent pas de faim ?

— Oui, dit Muley, j' serai content d'avoir deux chiens. Oui ! J' les prends.

— Prends les poulets aussi, dit Pa.

Al s'installa au volant. Le démarreur vrombit, s'enclencha et s'arrêta, puis se remit à vrombir. Ensuite ce fut le ronflement des six cylindres et un nuage de fumée bleue s'éleva de l'arrière.

— Salut, Muley, cria-t-il.

Et la famille cria :

— Adieu, Muley.

Al passa en première et embraya. Le camion tressaillit et péniblement traversa la cour. Al passa sa seconde vitesse. Ils gravirent la petite côte et la poussière rouge s'éleva derrière eux.

— Bon Dieu, quel chargement ! dit Al. Ça ne va pas être brillant, comme moyenne.

Man essaya de regarder derrière elle, mais la masse du camion lui bouchait la vue. Elle redressa la tête et fixa ses regards droit devant elle sur le chemin de terre. Et une grande lassitude lui emplit les yeux.

Tous ceux qui étaient au sommet du camion se retournèrent. Ils virent la maison et la grange et une petite fumée qui s'élevait encore de la cheminée. Ils virent les fenêtres qui s'embrasaient aux premiers rayons du soleil. Ils virent dans la cour Muley debout, solitaire, qui les suivait des yeux. Puis la colline leur barra la vue. Les champs de coton bordaient la route. Et le camion avançait lentement dans la poussière vers la grand-route, vers l'Ouest.

CHAPITRE XI

Les maisons étaient abandonnées sur les terres et à cause de cela, les terres étaient abandonnées. Seuls les hangars à tracteurs, les hangars de tôle ondulée, argentés et étincelants, vivaient dans ce désert. Et c'était une vie de métal, d'essence et d'huile parmi le scintillement des socs d'acier. Les tracteurs avaient leurs phares allumés, car il n'y a ni jour ni nuit pour un tracteur, et les socs retournent la terre dans les ténèbres et scintillent à la lumière du jour. Et quand un cheval a fini son travail et rentre dans son écurie il reste encore de la vie, de la vitalité. Il reste une respiration et une chaleur, des froissements de sabots dans la paille, des mâchoires broyant le foin, et les oreilles et les yeux sont vivants. Il y a la chaleur de la vie dans l'écurie, l'ardeur et l'odeur de la vie. Mais quand le moteur d'un tracteur cesse de tourner, il est aussi mort que le minerai dont il sort. La chaleur le quitte comme la chaleur animale quitte un cadavre. Alors les portes de tôle ondulée se referment et le chauffeur rentre chez lui, à vingt milles de là parfois, et il peut rester des semaines ou des mois sans rentrer, car le tracteur est mort. Et cela est simple et de bon rendement. Si simple que le travail perd tout caractère merveilleux, si effectif que le merveilleux quitte la terre et la culture de la terre, et avec le merveilleux la compréhension profonde et le lien. Et chez l'homme au tracteur grandit le mépris qui s'empare de l'étranger, lequel n'a qu'une faible compréhension et pas de lien. Car les nitrates ne sont pas la terre, pas

161

plus que les phosphates, et la longueur des fibres de coton n'est pas la terre. Le carbone n'est pas un homme, pas plus que le sel ou l'eau, ou le calcium. Il est tout cela mais il est beaucoup plus ; et la terre est beaucoup plus que son analyse. L'homme qui est plus que sa nature chimique, qui marche dans sa terre, qui tourne le soc de sa charrue pour éviter une pierre, qui abaisse les mancherons pour glisser sur un affleurement, qui s'agenouille par terre pour déjeuner ; cet homme qui est plus que les éléments dont il est formé connaît la terre qui est plus que son analyse. Mais l'homme-machine qui conduit un tracteur mort sur une terre qu'il ne connaît pas, qu'il n'aime pas, ne comprend que la chimie, et il méprise la terre et se méprise lui-même. Quand les portes de tôle sont refermées il rentre chez lui, et son chez-lui n'est pas la terre.

Les portes des maisons vides battaient et claquaient dans le vent. Des troupes de gamins arrivaient des villages voisins pour briser les carreaux et fouiller les détritus, en quête de trésors.

Tiens, v'là un couteau qui n'a plus que la moitié de sa lame. C'est bon à avoir. Sentez... ça pue le rat crevé par ici. Et regarde ce que Whitey a écrit sur le mur. Il l'a écrit sur le mur des cabinets à l'école et l'instituteur le lui a fait effacer.

Sitôt le départ des habitants, le premier soir, les chats revinrent de leur chasse dans les champs et miaulèrent sous la véranda. Et comme personne ne sortait, les chats se faufilèrent par les portes ouvertes et parcoururent les chambres vides en miaulant. Puis ils retournèrent dans les champs et vécurent désormais en chats sauvages, chassant les mulots et les musaraignes et dormant dans les fossés pendant le jour. La nuit, les chauves-souris qui restaient d'ordinaire dehors par crainte de la lumière, s'engouffrèrent dans les maisons et voltigèrent à travers les chambres vides ; bientôt elles s'installèrent dans les coins obscurs des chambres pendant le jour, replièrent leurs ailes et se suspendirent la tête en bas aux poutres, et l'odeur de leurs crottes emplit les maisons vides.

Et les souris arrivèrent et emmagasinèrent des graines

dans les coins, dans les boîtes, au fond des tiroirs des cuisines. Et les belettes vinrent pour chasser les souris, et les chouettes brunes entrèrent et sortirent en ululant.

Puis une petite averse tomba. L'herbe poussa sur les marches devant les portes, où elle n'avait jamais accès, et l'herbe poussa entre les planches des vérandas. Les maisons étaient abandonnées et une maison abandonnée se détériore rapidement. Sur les revêtements de bois, des échardes se détachèrent autour des clous rouillés. Les planchers se couvrirent d'une poussière où seuls la souris, la belette ou le chat imprimaient leurs traces.

Une nuit, le vent détacha un rondin du toit et le projeta par terre. Le coup de vent suivant s'insinua par le trou laissé par le rondin et en souleva trois. La troisième rafale en fit envoler une douzaine. Le soleil brûlant de midi passant par le trou traça sur le plancher un cercle aveuglant. Les chats sauvages, venant des champs, entraient la nuit en rampant et ne miaulaient plus sur le seuil. Ils glissaient comme les ombres des nuages sur la lune et allaient chasser les souris dans les chambres. Et par les nuits d'orage, les portes claquaient et les rideaux déchirés palpitaient aux fenêtres sans carreaux.

CHAPITRE XII

La Nationale 66 est la grande route des migrations. 66...
le long ruban de ciment qui traverse tout le pays, ondule
doucement sur la carte, du Mississippi jusqu'à Bakersfield...
à travers les terres rouges et les terres grises, serpente dans
les montagnes, traverse la ligne de partage des eaux, descend
dans le désert terrible et lumineux d'où il ressort pour de
nouveau gravir les montagnes avant de pénétrer dans les
riches vallées de la Californie.

La 66 est la route des réfugiés, de ceux qui fuient le sable
et les terres réduites, le tonnerre des tracteurs, les propriétés
rognées, la lente invasion du désert vers le nord, les tornades
qui hurlent à travers le Texas, les inondations qui ne
fertilisent pas la terre et détruisent le peu de richesses qu'on
y pourrait trouver. C'est tout cela qui fait fuir les gens, et par
le canal des routes adjacentes, les chemins tracés par les
charrettes et les chemins vicinaux creusés d'ornières les
déversent sur la 66. La 66 est la route-mère, la route de la
fuite.

Sur la 62 : Clarksville, Ozark, Van Buren et Fort Smith,
et c'est la fin de l'Arkansas. Et toutes les routes qui mènent à
Oklahoma City : la 66, qui descend de Tulsa, la 270, qui
monte de Mac-Alester, la 81, de Wichita Falls, au sud, de
Enid au nord. Edmond, Mac-Loud, Purcell. La 66 à la
sortie de Oklahoma City ; El Reno et Clinton sur la 66, en
allant vers l'ouest. Hydro, Elk City et Texola ; et c'est la fin
de l'Oklahoma. La 66 à travers l'enclave du Texas. Sham-

rock, Mac-Lean, Conway, et Amarillo la jaune. Wildorado, Vega et Boise, et c'est la fin du Texas. Tucumcari, Santa Rosa et l'arrivée dans les montagnes du New Mexico jusqu'à Albuquerque où aboutit la route qui descend de Santa Fe. Puis la descente du Rio Grande jusqu'à Los Lunas et de nouveau vers l'ouest, sur la 66, jusqu'à Gallup. Et c'est la frontière du New Mexico.

Et maintenant les hautes montagnes. Holbrook, Winslow et Flagstaff sous les hautes cimes de l'Arizona. Puis le grand plateau qui ondule comme une lame de fond. Ashfork et Kingman et de nouveau des montagnes rocheuses où il faut charrier l'eau pour la vendre. Puis, à la sortie des montagnes tourmentées et rongées de soleil de l'Arizona, le Colorado avec les roseaux verts de ses berges. Et c'est la fin de l'Arizona. La Californie est là, juste de l'autre côté du fleuve, et une jolie petite ville pour commencer, Needles, sur le fleuve. Mais le fleuve ne s'y sent pas chez lui. De Needles on gravit une chaîne calcinée et de l'autre côté, c'est le désert. Et la route 66 traverse le désert effroyable où la distance vibre et miroite et où les montagnes sombres hantent insupportablement l'horizon. Enfin on arrive à Barstow, et c'est encore le désert jusqu'à ce qu'enfin les montagnes s'élèvent, les bonnes montagnes, entre lesquelles serpente la 66. Puis, brusquement, un col, et, tout en bas, la belle vallée, les vergers, les vignobles et les petites maisons et dans le lointain une ville. Oh ! mon Dieu, c'est enfin terminé.

Les fugitifs se pressaient sur la 66, parfois en voitures isolées, parfois en petites caravanes. Tout le jour ils roulaient lentement sur la route, et la nuit ils s'arrêtaient à proximité de l'eau. Pendant la journée, des colonnes de vapeur giclaient des vieux radiateurs percés, les bielles cognaient avec entrain. Et les hommes qui conduisaient les camions et les voitures trop chargés écoutaient, inquiets.

Quelle distance sépare les villes ? La terreur règne entre les villes. Si on casse quelque chose... eh bien, si on casse quelque chose, on campera où on se trouvera et Jim ira à pied jusqu'à la ville et en rapportera une pièce de rechange et... qu'est-ce qu'on a comme provisions ?

Écoute le moteur. Écoute les roues. Écoute avec tes oreilles, avec tes mains sur le volant. Écoute avec la paume de tes mains sur le levier des vitesses, écoute avec tes pieds sur les pédales. Écoute la vieille bagnole asthmatique avec tous tes sens; car un changement de bruit, une variation de rythme peut vouloir dire... une semaine en panne ici. Ce bruit... c'est les clapets. Pas à se frapper. Les clapets peuvent cliqueter jusqu'au Jugement dernier, ça n'a pas d'importance. Mais ce bruit sourd quand elle roule... ça ne s'entend pas, ça se sent, pour ainsi dire. C'est peut-être un coussinet qui fout le camp. Nom de Dieu, si c'est un coussinet qui fout le camp, qu'est-ce qu'on va faire? L'argent file vite.

Et qu'est-ce qu'elle a à chauffer comme ça aujourd'hui, la garce. On n'est pas en côte. Faudrait voir. Dieu de Dieu, la courroie de ventilateur s'est débinée! Tiens, fabrique-moi une courroie avec ce bout de corde. Vérifions la longueur... là. J' vais épisser les bouts. Maintenant va doucement, hé, doucement jusqu'à ce qu'on trouve une ville. Cette corde ne durera pas longtemps.

Si seulement on pouvait arriver en Californie, arriver au pays des oranges avant que ce vieux clou ne fasse explosion. Si on pouvait!

Et les pneus... Déjà deux toiles de foutues. Ils n'ont que quatre revêtements, ces pneus. On pourra encore en tirer une centaine de milles si on n'éclate pas sur une pierre quelconque. Qu'est-ce qu'on choisit?... cent milles — peut-être — ou le risque d'esquinter les chambres à air, peut-être. Quoi? Cent milles. Ça c'est une chose qui mérite réflexion. Nous avons des pièces pour les chambres à air, on se contentera peut-être de crever. Si on fabriquait des pare-clous? Ça nous permettrait peut-être de faire cinq cents milles de plus. Marchons jusqu'à ce qu'on crève.

Il nous faudrait un pneu, seulement, bon Dieu, ils demandent des prix fous pour un pneu usagé. Ils vous repèrent tout de suite. Ils voient que vous ne pouvez pas attendre, que vous êtes forcé de repartir. Et les prix montent.

C'est à prendre ou à laisser. C'est pas pour mon plaisir que je suis dans les affaires. Mon métier c'est de vendre des pneus, c'est pas d'en faire cadeau. C'est pas de ma faute, ce qui vous arrive. Faut que je pense à ce qui m'arrive à moi.

La prochaine ville est à combien d'ici ?

Hier, j'en ai vu passer quarante-deux, des bagnoles dans votre genre. Quarante-deux pleines voiturées. D'où c'est-il que vous venez ? Où c'est-il que vous allez ?

Oh ! c'est grand, la Californie.

Pas grand à ce point-là. Les États-Unis tout entiers c'est pas tellement grand. C'est pas assez grand. Y a pas assez de place pour vous et moi, pour les gens de votre espèce et pour ceux de la mienne, pour les riches et pour les pauvres ensemble dans un seul pays, pour les voleurs et pour les honnêtes gens. Pour ceux qui ont faim et pour ceux qui sont trop gras. Pourquoi que vous retournez pas là d'où qu' vous venez ?

On est dans un pays libre, tout de même. On peut bien aller où on veut.

Ah vous croyez ça ! Vous avez jamais entendu des inspecteurs aux frontières de la Californie ? La police de Los Angeles... elle vous arrête, bougre de couillons, elle vous fait faire demi-tour. Ils vous disent : « Si vous ne pouvez pas acheter des terrains on n'a pas besoin de vous. Vous avez un permis de conduire ? Faites-le un peu voir », qu'ils vous disent. Et hop, le v'là déchiré. « Vous ne passerez pas sans permis de conduire », qu'ils vous disent.

On est bien dans un pays libre, tout de même.

Eh bien tâchez d'en trouver, de la liberté. Comme dit l'autre, ta liberté dépend du fric que t'as pour la payer.

En Californie les salaires sont élevés. J'ai là un prospectus qui l'explique.

Foutaises ! J'ai vu revenir des gens. On se paie votre fiole. Alors, vous le voulez, ce pneu, oui ou non ?

Faut bien que je le prenne, mais bon Dieu, ça nous fait un trou terrible. Il ne nous reste plus beaucoup d'argent.

J' suis pas là pour faire la charité. Allez, enlevez.

J' sais bien qu'il faut en passer par là. Faites-le voir, un peu. Défaites-le que je voie l'enveloppe... s'pèce d'enfant de

167

salaud, vous m'avez dit que l'enveloppe était bonne. Elle est presque traversée.

Allons donc ! Tiens... ça, par exemple ! Comment ça se fait que j'aie pas vu ça !

Vous l'avez bel et bien vu, s'pèce de crapule ! Vous vouliez nous faire payer quatre dollars pour une enveloppe percée. Pour un peu je vous foutrais mon poing sur la gueule.

Allons... vous énervez pas. Je vous dis que je ne l'avais pas vu. Tenez... Voilà ce que je vais faire. Je vous laisse le pneu pour trois dollars et demi.

Allez vous faire foutre. On va essayer d'arriver jusqu'à la prochaine ville.

Tu crois que ce pneu tiendra jusque-là ?

Faudra bien. J'aimerais mieux rouler sur jante que de donner dix *cents* à c't enfant de putain.

Pourquoi veux-tu qu'un gars se mette dans les affaires ? Comme il l'a dit, c'est pas pour son plaisir. Les affaires c'est comme ça. Qu'est-ce que tu te figurais que c'était ? Faut bien qu'on... Tiens, tu vois ces réclames, là-bas sur le bord de la route ? *Service Club*. Déjeuner, mardi, Hôtel Colmado. Bienvenue aux amis. C'est un *Service Club*. Je m' rappelle une histoire qu'un type racontait. Il était allé à une de leurs réunions et il l'avait racontée à tous ces hommes d'affaires, qu'étaient là. Quand j'étais gosse, qu'il a dit, mon père m'a donné une génisse à tenir au licou et m'a dit d'aller la faire couvrir [1] : C'est ce que j'ai fait, que dit le type, et depuis ce temps-là, chaque fois que j'entends un homme d'affaires parler de « service » je me demande toujours qui c'est qui se fait baiser. Quand on est dans les affaires faut toujours mentir et tricher, mais on appelle ça autrement. Y a que ça qui compte. Si tu barbotes ce pneu on te traite de voleur, mais si lui essaie de te refaire de quatre dollars sur un pneu percé, on appelle ça une bonne affaire.

Danny, derrière, voudrait de l'eau.

Faudra qu'il attende. Y a pas d'eau ici.

---

1. En anglais, saillie = *service*. Faire couvrir = *get serviced*.

Écoute… ça vient de l'arrière, tu crois ?

J' sais pas.

Message télégraphié par la carrosserie.

Ça y est, un joint qui fout le camp. Faut continuer. Écoute-moi ça si ça siffle. Si j' trouve un bon coin pour camper, j' démonte la culasse. Bon Dieu de bon Dieu, les vivres commencent à baisser et l'argent aussi. Quand on n'aura plus de quoi acheter de l'essence, qu'est-ce qu'on deviendra ?

Danny, derrière, voudrait de l'eau. Il a soif, c't enfant.

Écoute-moi ce joint, s'il siffle.

Merde ! Ça y est ! Éclaté, chambre à air et tout. Faut réparer. Garde l'enveloppe pour en faire des pare-clous. Taille-les et glisse-les là où ça flanche.

Autos garées sur le bord de la route, moteurs ventre à l'air, pneus réparés. Pauvres éclopées qui peinent, haletantes, tout au long de la 66. Moteurs surchauffés, joints desserrés, du jeu dans les coussinets, carrosseries brimbalantes.

Danny voudrait de l'eau.

Fugitifs sur la 66. Et la route cimentée brille au soleil comme un miroir, et au loin, des flaques d'eau sur la route, mirages dus à la chaleur.

Danny voudrait de l'eau.

Faudra qu'il attende, le pauvre petit gars. Il a chaud. Au prochain dépôt d'essence. Station *Service*, comme disait le type.

Deux cent cinquante mille personnes sur la route. Cinquante mille vieux tacots… blessés, fumants. Épaves abandonnées tout au long de la route. Tiens, qu'est-ce qui leur est arrivé ? Qu'est-ce qui est arrivé aux gens qui étaient dedans ? Sont-ils partis à pied ? Où sont-ils ? D'où leur vient ce courage ? D'où leur vient cette foi effrayante ?

Et voici une histoire qui est à peine croyable, et pourtant elle est vraie. Elle est drôle et elle est très belle. Il y avait une famille de douze personnes qui avait été chassée de chez elle. Ces gens-là n'avaient pas d'auto. Ils ont fabriqué une roulotte avec de la vieille ferraille et ils y ont entassé tout ce qu'ils possédaient. Ils l'ont poussée sur le bord de la route 66 et ils ont attendu. Et bientôt voilà que s'amène une conduite intérieure qui les prend en remorque. Cinq d'entre eux montent dans l'auto, sept autres dans la roulotte, et un chien aussi dans la roulotte. Ils arrivent en Californie en un rien de temps. L'homme qui les avait conduits les a nourris durant tout le trajet. Et c'est une histoire vraie. Mais comment peut-on avoir un tel courage, une telle foi dans son prochain ? Il y a bien peu de choses qui pourraient enseigner une telle foi.

Les gens qui fuient l'épouvante qu'ils ont laissée derrière eux... il leur arrive de drôles de choses, des choses amèrement cruelles et d'autres si belles que la foi en est ravivée pour toujours.

CHAPITRE XIII

A Sallisaw, la vieille Hudson surchargée, craquante et geignante, atteignit la grand-route et prit la direction de l'ouest. Il faisait un soleil aveuglant. Mais une fois sur la route cimentée, Al prit de la vitesse car il n'y avait plus de danger pour les ressorts aplatis. De Sallisaw à Gore il y a vingt et un milles et l'Hudson faisait du trente-cinq à l'heure. De Gore à Warner, trente milles ; de Warner à Checotah, quatorze milles. De Checotah, l'étape est longue jusqu'à Henrietta... trente milles, mais on trouve une vraie ville au bout. De Henrietta à Castle, dix-neuf milles, et le soleil était au zénith et sous ses rayons verticaux, l'air vibrait au-dessus des champs rouges.

Al, au volant, le visage absorbé, écoutait sa voiture avec tout son corps, et ses yeux inquiets allaient de la route à la planche de bord. Al ne faisait qu'un avec son moteur ; chaque nerf cherchait à dépister les faiblesses, martèlements ou grincements, ronflements ou crépitements, ces signes avant-coureurs de pannes. Il était devenu l'âme de la voiture.

Près de lui à l'avant, Grand-mère somnolait avec des gémissements de petit chien, ouvrait les yeux pour regarder devant elle puis se remettait à dormir. Et Man était assise à côté de Grand-mère, un coude dépassant de la portière, sa peau cuisant sous le soleil féroce. Man regardait aussi devant elle, mais ses yeux étaient vides et ne voyaient ni la route ni les champs, ni les postes d'essence, ni les petites buvettes en

171

plein air. Elle n'avait pas un regard pour toutes ces choses quand l'Hudson passait devant.

Al changea de position sur le siège défoncé et tint son volant différemment. Et il soupira :

— Elle fait du boucan, mais je crois que ça va. Dieu sait ce qui arrivera s'il nous faut monter des côtes avec tout ce chargement. Y a-t-il des collines d'ici en Californie, Man ?

Man tourna lentement la tête et ses yeux s'animèrent.

— Il me semble qu'il y a des collines, dit-elle. J' suis pas bien sûre, mais il me semble avoir entendu dire qu'il y avait des collines et même des montagnes. Des grandes montagnes.

Grand-mère poussa un long soupir plaintif dans son sommeil.

Al dit :

— Ça va chauffer à bloc s'il faut monter. Faudra jeter un peu de tout ce bazar. On n'aurait peut-être pas dû emmener ce pasteur.

— Tu seras bien content de l'avoir, ce pasteur avant qu'on soit arrivé, dit Man. Le pasteur nous aidera.

Et de nouveau son regard se porta devant elle, sur la route étincelante.

Al, conduisant d'une main, mit l'autre sur la tige vibrante du levier des vitesses. Il éprouvait de la difficulté à parler. Sa bouche formait les mots lentement avant de les proférer.

— Man.

Elle se tourna lentement vers lui et sa tête oscillait un peu aux secousses de la voiture.

— Man, tu as peur ? Tu as peur de t'en aller dans un pays nouveau ?

Ses yeux devinrent pensifs et doux :

— Un petit peu, répondit-elle. C'est pas exactement de la peur. J' suis là à attendre. Quand il arrivera quelque chose et qu'il faudra que j'agisse… je le ferai.

— Tu ne penses pas à ce qu'on va trouver en arrivant là-bas ? T'as pas peur que ça ne soit pas si beau qu'on se le figure ?

— Non, fit-elle vivement. Non, non. C'est pas une chose à faire. Je ne veux pas faire ça. C'est trop… ce serait vouloir vivre trop de vies. Devant nous il y a des milliers de vies qu'on pourrait vivre, mais quand le moment sera venu il n'y en aura plus qu'une. Si je me mets à suivre toutes les routes possibles, y en aurait trop. Toi tu peux vivre dans l'avenir, parce que tu es si jeune, mais nous, moi, il y a la route qui défile, et on est dessus, et c'est tout. Et la seule chose qui compte, c'est à quel moment au juste ils vont me demander des os de porc à manger. (Sa figure se durcit.) C'est tout ce que je peux faire. J' peux pas faire plus. Si j' faisais plus que ça, les autres en seraient tout retournés. Ils se fient tous à moi pour que justement je ne pense pas plus loin que ça.

Grand-mère bâilla bruyamment et ouvrit les yeux. Elle regarda autour d'elle d'un air affolé :

— Jésus Marie Joseph ! Faut que je descende, fit-elle.

— Au premier buisson, dit Al. Y en a un là-bas, devant.

— Buisson ou pas, j' veux descendre, j' te dis. (Et elle se lamenta :) J' veux descendre. J' veux descendre...

Al accéléra, et quand il arriva au petit buisson il stoppa net. Man ouvrit la portière, tira la vieille femme qui se débattait jusque sur le bord de la route et dut presque la traîner derrière les buissons. Et Man soutint Grand-mère sous les bras pour qu'elle ne tombe point en s'accroupissant.

Au sommet du camion, tous les autres revinrent à la vie. Leurs visages luisaient sous les coups de soleil qu'ils ne pouvaient éviter. Tom, Casy, Noah et l'oncle John se laissèrent glisser lourdement à terre. Ruthie et Winfield dégringolèrent des deux côtés du camion et disparurent dans les fourrés. Connie, avec précaution, aida Rose de Saron à descendre. Sous la bâche, Grand-père, qui s'était réveillé, sortait la tête ; mais ses yeux étaient vagues et embués et encore inconscients. Il regarda les autres mais sans vraiment les reconnaître.

Tom l'appela :

— Tu veux descendre, Grand-père ?

Les vieilles prunelles se tournèrent lentement vers lui :

— Non, répondit Grand-père. (L'espace d'un moment la méchanceté reparut dans ses yeux :) J' m'en irai pas, j' te dis. J' veux rester avec Muley.

Puis il retomba dans son état de stupeur.

Man revint, aidant Grand-Mère à remonter le talus.

— Tom, dit-elle, va chercher cette casserole d'os, sous la bâche, à l'arrière. Faut que nous mangions quelque chose.

Tom alla prendre la casserole et la fit circuler à la ronde et toute la famille resta sur le bord de la route, grignotant les bouts de viande croustillants qui adhéraient encore aux os.

— Pour sûr que c'est de la chance qu'on ait apporté ça avec nous, dit Pa. J'étais si ankylosé là-haut que je peux à peine me remuer. Où est l'eau ?

— Elle n'est pas là-haut avec vous ? demanda Man. J'avais mis la bonbonne d'un gallon.

Pa grimpa sur un côté et regarda sous la bâche.

— Elle n'est point là. On a dû l'oublier.

La soif apparut subitement. Winfield gémit :

— J' veux boire. J' veux boire.

Les hommes se passaient la langue sur les lèvres, conscients soudain de leur soif. Et un peu d'affolement s'ensuivit.

Al sentit que la peur grandissait :

— Nous trouverons de l'eau au premier poste d'essence. Il nous faut de l'essence, aussi.

La famille s'empressa d'escalader les flancs du camion. Man aida Grand-mère à monter et monta après elle. Al mit le moteur en marche et ils repartirent.

De Castle à Paden, vingt-cinq milles, et le soleil franchissant le zénith commença à descendre. Et le bouchon du radiateur se mit à tressauter et la vapeur à gicler. Près de Paden il y avait une cabane sur le bord de la route avec deux pompes à essence devant ; près d'une palissade un robinet avec un tuyau. Al approcha sa voiture et lui mit l'avant tout contre le tuyau. Comme ils stoppaient, un gros homme au visage et aux bras rouges, se leva de sa chaise sur laquelle il était assis derrière les pompes et s'approcha d'eux. Il portait un pantalon de velours à côtes marron, des bretelles, et une chemise à manches courtes ; et il était coiffé d'un casque colonial en carton argenté. La sueur perlait sur son nez et sous ses yeux et coulait en petits ruisseaux dans les rides de son cou. Il s'approcha nonchalamment du camion, l'air brutal et avantageux.

— Vous avez l'intention d'acheter quelque chose, de l'essence ou autre ? s'enquit-il.

Al était déjà descendu et du bout des doigts il dévissait le bouchon brûlant du radiateur, tâchant d'éviter le jet de vapeur quand le bouchon sauterait.

— Il nous faut de l'essence, mon vieux.

— Vous avez de l'argent ?

— Naturellement. Vous nous prenez pour des mendigots ?

La grosse face de l'homme perdit son air revêche.

— C'est parfait, messieurs-dames. Prenez de l'eau. (Et il se hâta d'expliquer :) La route est encombrée de gens qui s'amènent ici, prennent de l'eau, salissent les cabinets, et en plus de ça, bon Dieu, ils voleraient bien quelque chose s'ils le pouvaient, mais ils n'achètent rien. Ils n'ont pas d'argent. Ils viennent mendier un gallon d'essence pour pouvoir continuer.

Tom, furieux, se laissa glisser à terre et s'approcha du gros homme.

— Nous avons l'habitude de payer nos dépenses, dit-il en colère. En voilà des façons de nous passer en revue. On ne vous a rien demandé.

— Sans offense, fit rapidement le gros homme. (La sueur commençait à couler à travers sa chemise à manches courtes.) Prenez de l'eau, et servez-vous des cabinets si vous voulez.

Winfield s'était emparé du tuyau. Il but à même le jet, puis s'aspergea la tête et la figure.

— Elle est pas fraîche, dit-il, tout dégouttant.

— Je ne sais pas où nous allons, continua le gros homme. (Ses plaintes avaient changé d'objet et il ne parlait plus aux Joad ni des Joad.) Y a bien cinquante à soixante voitures qui passent par ici tous les jours, des gens qui vont dans l'Ouest, avec les gosses et le mobilier. Où vont-ils ? Qu'est-ce qu'ils vont faire ?

— Ils font comme nous, dit Tom. Ils vont chercher un endroit pour y vivre. Ils essaient de se débrouiller, voilà tout.

— Enfin, j' sais pas c' qui va sortir de tout ça. Mais alors, pas du tout. Moi qui vous parle, tenez, ben j'essaie de m'en tirer, moi aussi. Vous croyez qu'il s'en arrêterait ici de ces grosses voitures qu'on voit passer? Jamais de la vie. Elles vont plus loin jusqu'aux postes d'essence jaunes des compagnies, en ville. Elles ne s'arrêtent pas dans des endroits comme ici. La plupart des gens qui s'arrêtent ici n'ont rien.

Al finit de dévisser le bouchon du radiateur qui sauta en l'air; la vapeur fusa par l'orifice, avec un sourd gargouillis. Au sommet du camion, le chien altéré rampa timidement jusqu'au bord du chargement et regarda l'eau en geignant. L'oncle John se hissa et le descendit par la peau du cou. Le chien chancela un instant sur ses pattes raides, puis il alla laper la boue sous le robinet. Sur la route les voitures filaient, glissaient dans la chaleur, et le vent chaud que soulevait leur course éventait la cour du poste d'essence. Al remplit son radiateur avec le tuyau.

— C'est pas que je recherche la clientèle riche, continua le gros homme. Je cherche des clients, c'est tout. Si je vous disais... les gens qui s'arrêtent ici viennent mendier de l'essence ou bien me proposent des trucs en échange pour que je leur en donne. J' pourrais vous montrer, dans mon débarras, tout ce qu'on me donne en échange d'essence ou d'huile : des lits, des voitures d'enfants, de la batterie de cuisine. Y a une famille qui m'a donné une poupée de leur gosse en échange d'un bidon d'essence. Qu'est-ce que vous voulez que je fasse de tous ces trucs-là? Que je me mette brocanteur? Y a même un gars qui voulait me donner ses souliers pour un bidon. Et tenez, si c'était mon genre, j' vous parie que je pourrais même... Il eut un regard de biais vers Man et se tut.

Jim Casy s'était mouillé la tête et les gouttes lui coulaient encore sur le front; son cou musclé était mouillé et sa chemise était mouillée. Il se rapprocha de Tom.

— C'est pas la faute des gens, dit-il. Ça vous plairait, à vous, de vendre votre lit pour pouvoir faire votre plein d'essence?

— J' sais bien que c'est pas de leur faute. Tous ceux à qui j'ai causé, ils ont tous de bonnes raisons pour déménager. Mais où va ce pays, je vous le demande? Voilà ce que je voudrais savoir. Où allons-nous ; on ne peut plus gagner sa vie. On ne peut plus gagner sa vie en cultivant la terre. Je vous le demande, qu'est-ce qui va sortir de tout ça ? J'arrive pas à comprendre. Tous ceux que j'interroge, ils ne comprennent pas non plus. Y a des gars qui donneraient leurs souliers pour pouvoir faire cent milles de plus. J' comprends pas.

Il enleva son chapeau argenté et de la paume de la main il s'essuya le front. Et Tom enleva sa casquette et se la passa sur le front. Il se dirigea vers le tuyau d'eau, mouilla sa casquette de part en part, la tordit et se la remit sur la tête. A travers les barreaux du camion, Man parvint à sortir un gobelet de fer et elle donna de l'eau à Grand-mère et à Grand-père sur le haut du chargement. Debout sur les barreaux, elle tendit le gobelet à Grand-père qui y trempa les lèvres, puis secoua la tête et refusa d'en boire davantage. Les vieilles prunelles se tournèrent vers Man avec une expression de douleur et d'affolement, puis, au bout d'un instant, le regard reprit sa placidité inconsciente.

Al mit le moteur en marche et fit reculer le camion jusqu'à la pompe à essence.

— Faites le plein. Elle peut tenir sept gallons, dit Al, mettez-en six pour pas que ça déborde.

Le gros homme mit le tuyau dans le trou du réservoir.

— C'est comme je vous le dis. J' sais vraiment pas où nous allons. Avec ces allocations de chômage et tout le reste.

Casy dit :

— J'ai parcouru tout le pays. Tout le monde se pose la même question. Où allons-nous ? Il me semble que nous n'allons jamais nulle part. On va, on va. On est toujours en route. Pourquoi les gens ne réfléchissent-ils pas à tout ça ? Tout est en mouvement, aujourd'hui. Les gens se déplacent. Nous savons pourquoi et nous savons comment. Ils se déplacent parce qu'ils ne peuvent pas faire autrement. C'est pour ça que les gens se déplacent toujours. Ils se déplacent parce qu'ils veulent quelque chose de meilleur que ce qu'ils ont. Et c'est le seul moyen de l'avoir. Du moment qu'ils en veulent et qu'ils en ont besoin, ils iront le chercher. C'est à force de recevoir des coups que les gens sentent l'envie de se battre. J'ai parcouru tout le pays et j'ai entendu les gens parler comme vous.

Le gros homme pompait l'essence et sur le cadran l'aiguille marquait le nombre de gallons.

— Oui, mais où ça nous conduira-t-il tout ça ? C'est ce que je voudrais savoir.

Tom intervint brutalement :

— Eh bien vous ne le saurez jamais. Casy essaie de vous l'expliquer et vous vous contentez de répéter toujours la même chose. Vous êtes pas le premier que je vois comme ça. Vous ne vous demandez rien, vous vous contentez de chanter une espèce de rengaine. « Où allons-nous ? » Vous ne voulez pas le savoir. Tout le pays se déplace, s'en va ailleurs. Les gens meurent de tous les côtés. Vous mourrez peut-être bientôt vous-même, mais vous ne saurez rien. Je n'en ai que trop vu, des gens comme vous. Vous ne voulez rien savoir. Vous vous contentez de vous bercer avec votre éternelle rengaine... « Où allons-nous ? »

Il regarda la pompe à essence, vieille et rouillée, et la cabane derrière elle, construite en vieilles planches, avec les trous qu'avaient laissés les premiers clous visibles à travers la peinture, la peinture qui avait été courageuse, qui avait voulu imiter le jaune des grands dépôts des compagnies, en ville. Mais la peinture ne pouvait pas boucher les trous des anciens clous ni les vieilles fentes des planches, et la peinture ne pouvait pas être remplacée. L'imitation était un échec et le propriétaire savait que c'était un échec. Et par la porte ouverte, Tom apercevait dans la bicoque les barils d'huile, deux seulement, et le comptoir de bonbons avec ses vieux bonbons poussiéreux, ses lacets de réglisse devenus bruns avec l'âge, ses cigarettes. Il voyait la chaise cassée et le châssis contre les mouches avec le trou que la rouille y avait percé. Et la cour encombrée qui aurait dû être sablée, et derrière, le champ de maïs qui se desséchait et mourait au soleil. A côté de la maison le petit stock de pneus d'occasion, des pneus rechappés. Et il remarqua pour la première fois le pantalon minable et délacé du gros homme, sa chemise bon marché et son chapeau de carton. Il dit :

— J' voulais pas m'en prendre à vous, mon vieux. C'est la

chaleur. Vous n'avez rien. D'ici peu de temps vous vous mettrez en route vous aussi. Et c'est pas les tracteurs qui vous feront foutre le camp. Ce sera les jolis dépôts d'essence jaunes des villes. Les gens se déplacent, dit-il, avec un peu de honte. Et vous vous déplacerez aussi, mon vieux.

Le gros homme ralentit le mouvement de la pompe et s'arrêta tandis que Tom parlait. Il regarda Tom d'un air inquiet.

— Qu'est-ce que vous en savez ? demanda-t-il désemparé. Comment savez-vous qu'on parlait déjà de ramasser nos affaires et de partir dans l'Ouest ?

Ce fut Casy qui lui répondit :

— C'est le sort de tout le monde. Regardez, moi, par exemple, autrefois je mettais toute mon énergie à lutter contre le démon parce que je croyais que le démon était l'ennemi. Mais il y a quelque chose de pire que le démon qui s'est emparé de ce pays, et ça ne lâchera pas prise avant qu'on y ait coupé le cou. Vous avez jamais vu un de ces gros lézards de par ici[1] quand il s'agrippe à quelque chose ? Une fois agrippé, si vous le coupez en deux, la tête tient bon. Vous lui coupez le cou et la tête tient toujours. Si vous voulez la décrocher, faut prendre un tournevis et lui démonter la tête pour la faire lâcher. Et pendant ce temps-là le poison coule et coule dans le trou qu'ont fait ses dents.

Il s'arrêta et regarda Tom de côté.

Le gros homme regardait devant lui d'un air découragé. Sa main commença à tourner la manette, lentement.

— J' sais pas où nous allons, dit-il à mi-voix.

Près de la prise d'eau, Connie et Rose de Saron, debout l'un près de l'autre, causaient mystérieusement. Connie leva le gobelet et tâta l'eau du doigt avant de remplir le gobelet. Rose de Saron regarda les autos passer sur la route. Connie lui tendit le gobelet.

— Cette eau n'est pas fraîche, mais en tout cas elle est humide, dit-il.

Elle le regarda avec un petit sourire mystérieux. Depuis

1. *Gila monsters :* lézards géants de l'Arizona.

qu'elle était enceinte, tout chez elle prenait des airs de mystère. Des secrets et des petits silences qui semblaient avoir un sens. Elle était contente d'elle-même et elle se plaignait de choses qui n'avaient aucune importance. Et elle demandait à Connie des petits services très sots, et tous deux savaient qu'ils étaient sots. Connie était très content d'elle aussi, et plein d'admiration à l'idée qu'elle était enceinte. Il aimait penser qu'il était à demi dans ses secrets. Quand elle souriait d'un petit air embarrassé, il souriait de même, et ils échangeaient des confidences à mi-voix. Le monde s'était resserré autour d'eux. Ils en occupaient le centre, ou plutôt c'est Rose de Saron qui en était le centre, et Connie décrivait autour d'elle une petite orbite. Tout ce qu'ils se disaient avait un caractère secret.

Elle cessa de regarder la route :

— J'ai pas très soif, fit-elle, minaudière, mais vaudrait peut-être mieux que je boive.

Et il opina de la tête parce qu'il savait ce qu'elle voulait dire. Elle prit le gobelet, se rinça la bouche, cracha, puis but un verre d'eau tiède.

— Un autre ? proposa-t-il.

— La moitié seulement.

Alors il remplit le gobelet à moitié et le lui tendit. Une Lincoln Zéphyr, basse et argentée, passa en trombe. Elle se retourna pour voir où se trouvaient les autres et elle les vit tous groupés autour du camion. Rassurée, elle fit :

— Qu'est-ce que tu dirais de voyager dans une machine comme ça ?

Connie soupira :

— Peut-être... après.

Tous deux savaient ce qu'il avait voulu dire.

— Et s'il y a beaucoup de travail en Californie, nous aurons notre voiture à nous. Mais ça... (il montra la Zéphyr qui disparaissait) ... ces trucs-là, ça coûte autant qu'une maison de bonne taille. J'aimerais mieux avoir la maison.

— J'aimerais avoir la maison et une auto comme ça, dit-elle. Mais naturellement il faudrait la maison d'abord...

Et tous deux savaient ce qu'elle voulait dire. Cette grossesse les bouleversait terriblement.

— Tu te sens bien ? demanda-t-il.

— Fatiguée. Fatiguée de rouler au soleil, c'est tout.

— Il faut bien en passer par là, sans quoi nous n'arriverons jamais en Californie.

— Je sais, dit-elle.

Le chien errait en reniflant. Il passa derrière le camion, trotta vers la flaque sous la prise d'eau et se mit à laper l'eau boueuse. Puis il s'éloigna, le nez à terre, les oreilles pendantes. Tout en reniflant, il se fraya un chemin à travers les herbes poussiéreuses en bordure de la route jusqu'au bord du ciment ; là, il dressa la tête, regarda de l'autre côté puis il traversa. Rose de Saron jeta un cri perçant. Une grosse voiture rapide arrivait. Les pneus grincèrent. Le chien se jeta maladroitement de côté avec un hurlement brusquement interrompu et disparut sous les roues. La grosse voiture ralentit une seconde et des têtes se retournèrent, puis elle reprit de la vitesse et disparut. Et le chien, amas de chairs saignantes, intestins éclatés, agitait faiblement ses pattes sur la route.

Rose de Saron ouvrait des yeux épouvantés.

— Crois-tu que ça m'aura fait mal ? implora-t-elle. Crois-tu que je m'en ressentirai ?

Connie l'enlaça.

— Viens t'asseoir, dit-il. C'est rien.

— Mais j'ai senti que ça me faisait mal. J'ai senti comme si ça me tirait, quand j'ai crié.

— Viens t'asseoir. C'est rien. Ça ne te fera pas de mal.

Il la conduisit de l'autre côté du camion, pour qu'elle ne vît pas le chien moribond, et il la fit asseoir sur le marchepied.

Tom et l'oncle John s'approchèrent du tas de chairs. Un dernier frémissement agitait le corps mutilé. Tim le prit par les pattes et le traîna jusqu'au bord de la route. L'oncle John avait l'air gêné, comme si c'eût été sa faute.

— J'aurais dû l'attacher, dit-il.

Pa regarda un moment le cadavre du chien, puis se détourna :

— Partons, dit-il. J' sais pas comment on l'aurait nourri, de toute façon. Ça vaut mieux, peut-être bien.

Le gros homme apparut derrière le camion :

— Je regrette, messieurs-dames, dit-il. Les chiens ça ne fait pas long feu sur le bord d'une grand-route. J'ai eu trois chiens écrasés dans l'espace d'un an. J'ai renoncé à en avoir.

Et il ajouta :

— Vous inquiétez pas. J' m'en occuperai. J' l'enterrerai dans le champ de maïs.

Man s'approcha de Rose de Saron qui était encore assise, toute tremblante, sur le marchepied.

— Ça va, Rosasharn ? demanda-t-elle. Tu te sens mal fichue ?

— J' viens de voir ça. Ça m'a donné un coup.

— J' t'ai entendue brailler, dit Man. Allons, prends sur toi, maintenant, te laisse pas aller.

— Tu crois que ça aura pu me faire du mal ?

— Non, répondit Man. Si tu te dorlotes et que tu te bichonnes, si tu t'amuses à geindre et à te mettre dans du coton, ça pourrait t'arriver. Lève-toi et aide-moi à installer Grand-mère. Oublie ton bébé une minute. Il se débrouillera bien tout seul.

— Où est Grand-mère ? demanda Rose de Saron.

— J' sais pas. Elle est quelque part par là. Aux cabinets, peut-être.

La jeune femme se dirigea vers les cabinets et un instant après elle en ressortait, soutenant sa grand-mère.

— Elle s'y était endormie, dit Rose de Saron.

Grand-mère sourit :

— C'est bien, là-dedans, fit-elle. C'est des cabinets mécaniques, avec l'eau qui tombe d'en haut. Je me plaisais bien là-dedans, dit-elle avec satisfaction. J'y aurais fait un bon somme si on m'avait pas réveillée.

— C'est pas un endroit convenable pour dormir, dit Rose de Saron en aidant sa grand-mère à monter en voiture.

Grand-mère s'installa d'un air satisfait.

— Si j' dis que c'est bien, c'est pas tant que c'est joli, mais c'est bien pour ce qui est de s'y trouver bien, dit-elle.

— En route, dit Tom. On a de la route à faire.

Pa lança un coup de sifflet aigu :

— Et ces gosses, maintenant, où sont-ils passés ?

Il mit deux doigts dans sa bouche et siffla de nouveau. Au bout d'un instant ils sortirent du champ de maïs, Ruthie en tête et Winfield derrière elle.

— Des œufs, cria Ruthie, des œufs !

Elle avançait rapidement, suivie de Winfield.

— Regardez.

Elle montrait dans le creux de sa main sale une douzaine d'œufs grisâtres. Et comme elle tendait la main, ses yeux tombèrent sur le chien mort au bord de la route.

— Oh ! s'exclama-t-elle.

Ruthie et Winfield se dirigèrent lentement vers le chien. Ils l'examinèrent.

Pa les appela :

— Allons, venez, si vous ne voulez pas qu'on vous laisse ici.

Ils se détournèrent gravement et revinrent vers le camion. Ruthie regarda encore une fois les œufs de reptile gris qu'elle tenait dans sa main et les jeta au loin. Ils escaladèrent le côté du camion.

— Il avait les yeux encore ouverts, dit Ruthie à mi-voix.

Mais Winfield se repaissait du spectacle. Il dit courageusement :

— Y avait des boyaux partout... partout...

Il se tut un instant. « Plein de boyaux partout », dit-il, puis il se retourna rapidement et vomit contre la paroi du camion. Quand il se rassit il avait les yeux pleins de larmes et son nez coulait.

Al ouvrit le capot et vérifia le niveau d'huile. Il tira un bidon d'huile qu'il avait près de lui à l'avant, versa la mauvaise huile noire dans le tuyau et vérifia de nouveau.

Tom s'approcha de lui.

— Tu veux que je la prenne un bout ? demanda-t-il.

— J' suis pas fatigué, dit Al.

— T'as pas dormi la nuit dernière. Moi, j'ai fait un somme ce matin. Grimpe là-haut. J' vais conduire.

— Bon, dit Al à contrecœur. Mais aie l'œil sur le niveau d'huile. Vas-y doucement. Ah et pis, j'ai peur d'un court-jus. Regarde l'aiguille de temps en temps. Si elle revient tout

d'un coup à « Décharge », c'est un court-jus. Et vas-y
doucement, Tom. On a trop de poids.

Tom rit :

— J'aurai l'œil, dit-il. T'en fais pas.

La famille s'entassa de nouveau au sommet du camion.
Man s'installa à l'avant près de Grand-mère et Tom s'assit au
volant et mit le moteur en marche.

— Pour ce qui est d'avoir du jeu, y a du jeu, dit-il et là-
dessus il embraya et le camion s'éloigna sur la route.

Le moteur ronflait régulièrement et devant eux, le soleil
baissait dans le ciel. Grand-mère dormait profondément et
Man elle-même inclina la tête et s'assoupit. Tom tira sa
casquette sur ses yeux pour se protéger du soleil aveuglant.

De Paden à Meeker, trente milles. Meeker à Harrah,
quatorze milles, puis Oklahoma City... la grande ville. Tom
continua tout droit. Man s'éveilla et regarda les rues tandis
qu'ils traversaient la ville. Et tout en haut du chargement, la
famille écarquillait les yeux à la vue des magasins, des
grandes maisons et des édifices commerciaux. Puis les
bâtiments rapetissèrent et les magasins aussi. Les dépotoirs,
les baraques *Hot dogs* [1], les dancings de banlieue...

Ruthie et Winfield absorbaient tout en vrac et se trouvaient gênés par toutes ces choses si grandes et si étranges, et
tous ces gens bien habillés les effrayaient. Ils ne se parlaient
pas. Plus tard ils le feraient... mais pas maintenant. Ils
virent les chevalements de sondage des puits de pétrole, en
bordure de la ville ; les armatures noires, et dans l'air,
l'odeur de pétrole et de gaz. Mais ils ne poussèrent pas
d'exclamations. C'était si grand, si étrange, que ça leur
faisait peur.

Rose de Saron aperçut dans la rue un homme vêtu d'un
complet clair. Il avait des souliers blancs et un canotier. Elle
toucha Connie et lui montra l'homme d'un coup d'œil, et
Connie et Rose de Saron se mirent à rire, doucement
d'abord puis irrésistiblement. Ils se couvrirent la bouche. Et
cela leur faisait tant de bien qu'ils cherchèrent d'autres gens

1. *Hot dogs* : sandwiches aux saucisses.

pour entretenir leur fou rire. Ruth et Winfield virent qu'ils riaient et ça avait l'air si amusant qu'ils essayèrent de pouffer, eux aussi... mais ils n'y parvinrent pas. Le rire refusait de venir. Mais Connie et Rose de Saron en avaient la respiration coupée et plus ils s'efforçaient de maîtriser leur rire, plus ils se convulsaient et devenaient rouges. C'était au point qu'il leur suffisait de se regarder pour que le fou rire recommençât.

Les faubourgs n'en finissaient plus. Tom conduisait lentement et prudemment dans les rues encombrées ; puis ils se retrouvèrent sur la 66... la grande voie de l'Ouest, et le soleil baissait sur le ruban de la route. Le pare-brise étincelait sous la poussière. Tom rabattit devantage sa casquette sur ses yeux, si bas qu'il lui fallait renverser la tête pour voir. Grand-mère dormait toujours et le soleil chauffait ses paupières fermées ; les veines de ses tempes étaient bleues, et sur ses joues, les petites veines brillantes étaient de la couleur du vin et les taches brunes que l'âge avait mises sur sa figure devenaient plus foncées.

Tom dit :

— On suit cette route-là jusqu'au bout.

Il y avait longtemps que Man n'avait rien dit :

— On ferait peut-être mieux de trouver un coin avant le coucher du soleil, fit-elle. Faut que je fasse bouillir un peu de porc et que je fasse du pain. Ça prend du temps.

— Pour sûr, approuva Tom, nous n'allons pas faire ce voyage en une étape. Autant se dégourdir les jambes.

Oklahoma City à Bethany, quatorze milles.

Tom dit :

— J' crois que vaudrait mieux s'arrêter avant que le soleil se couche. Faut qu'Al installe ce truc, en haut. Sans ça, ils mourront de chaleur, au soleil.

Man s'était de nouveau assoupie. Elle releva brusquement la tête.

— J'ai mon dîner à faire, dit-elle. (Puis elle ajouta :) Tom, ton père m'a dit pour ce qui était d'avoir passé les frontières de l'État.

Il mit longtemps à répondre :

— Ah oui ? et Alors, Man ?

— Eh bien, j'ai peur. C'est un peu comme si tu t'étais évadé. On te rattrapera peut-être.

Tom mit sa main devant ses yeux pour s'abriter du soleil couchant.

— T'en fais pas, dit-il. J'ai bien réfléchi. Y a un tas de types qui sont libres sur parole et il en arrive tous les jours des nouveaux. Si je me fais pincer pour quelque chose d'autre dans l'Ouest, alors, comme ils ont ma photo et mes empreintes à Washington, on me renverra là-bas ; mais si je commets pas de délits, ils s'en foutent.

— Enfin, moi, j'ai peur. Des fois on commet des délits sans même savoir que c'est mal. Peut-être bien qu'il y a des délits en Californie que nous ne connaissons pas. Tu feras peut-être quelque chose que tu croiras bien et en Californie il se trouvera que c'est mal.

— Ça serait pareil si j'étais pas sur parole, dit-il. La seule différence c'est que si je me fais pincer, on me sonnera plus fort que les autres. Mais cesse de te tourmenter, dit-il. On a bien assez de choses pour nous tourmenter sans qu'on aille en inventer de nouvelles.

— C'est plus fort que moi, dit-elle. Dès l'instant que tu as passé la frontière de l'État, t'as commis un délit.

— Ben ça vaut encore mieux que de rester à crever de faim à Sallisaw, dit-il. Cherchons plutôt une bonne place pour nous arrêter.

Ils traversèrent Bethany et dans un fossé, à la sortie de la ville, à l'endroit où un cassis traversait la route, il y avait une vieille voiture de tourisme avec une petite tente dressée tout à côté ; et de la fumée sortait d'un tuyau à travers la toile de la tente. Tom dit, en tendant le doigt.

— Y a des gens qui campent là-bas. J' crois pas qu'on trouve mieux, comme coin.

Il ralentit le moteur et stoppa en bordure de la route. Le capot de la vieille voiture était ouvert et un homme entre deux âges était penché au-dessus du moteur. Il était coiffé d'un méchant chapeau de paille et portait une chemise bleue, un gilet noir tout taché, et son pantalon était tout raide et luisant de crasse. Il avait un visage maigre, les lignes de ses joues étaient de longs sillons qui faisaient ressortir fortement ses pommettes et son menton. Il leva les yeux vers le camion des Joad et son regard prit une expression à la fois intriguée et furieuse.

Tom se pencha par la portière :

— Y a-t-il des lois qui empêchent de s'arrêter ici pour la nuit ?

L'homme n'avait vu que le camion. Il dirigea ses regards sur Tom.

— J' sais pas, dit-il. Nous ne sommes arrêtés que parce que nous ne pouvions pas aller plus loin.

— Est-ce qu'il y a de l'eau ici ?

L'homme montra un poste d'essence à environ cinq cents mètres :

— Ils ont de l'eau là-bas. Ils vous laisseront en prendre un seau.

Tom hésitait :

— Alors, vous croyez qu'il y aurait moyen de camper dans ce coin ?

L'homme maigre sembla étonné :

— C'est pas à nous, dit-il. Nous, on ne s'est arrêtés que parce que ce sacré clou a refusé d'aller plus loin.

Tom insista :

— Oui, mais enfin, vous y êtes déjà installés. Vous avez le droit de dire si ça vous plaît d'avoir des voisins ou non.

L'appel à l'hospitalité eut un effet immédiat. Le visage de l'homme s'éclaira.

— Mais comment donc, rangez-vous ici. Trop heureux de vous avoir avec nous. (Et il appela :) Sairy, v'là des gens qui vont s'installer près de nous. Viens leur dire bonjour… Sairy ne va pas fort, ajouta-t-il.

La toile de la tente se souleva et une femme parcheminée en sortit. Elle avait un visage ridé comme une feuille sèche et ses yeux semblaient flamber sur sa figure, des yeux noirs qui paraissaient avoir contemplé un abîme d'horreurs. Elle était petite et tremblante. Elle se maintenait debout en se cramponnant au morceau de toile qui fermait la tente et sa main n'était qu'un squelette couvert de peau ridée.

Quand elle parla sa voix était fort belle, basse, douce et modulée et cependant avec des harmoniques plus claires.

— Souhaite-leur la bienvenue, dit-elle, souhaite-leur la meilleure des bienvenues.

Tom sortit de la route, amena son camion dans le champ, tout à côté de la voiture de tourisme. Et tous dégringolèrent pêle-mêle du camion. Ruthie et Winfield firent tellement vite que les jambes leur manquèrent ; ils se mirent à brailler au fourmillement qui leur perçait les mollets comme des milliers d'aiguilles. Man se mit rapidement à l'ouvrage. Elle défit le grand baquet accroché à l'arrière du camion et s'approcha des enfants qui hurlaient.

— Allons, vous deux, faut aller me chercher de l'eau... là-bas, vous voyez. Demandez gentiment. Dites : « Voulez nous permettre, s'il vous plaît, de prendre un baquet d'eau ? » et dites : « Merci. » Et rapportez-le tous les deux sans en renverser. Et si vous voyez du petit bois, rapportez-en aussi.

Les enfants s'éloignèrent dans la direction de la cabane.

Il régnait un peu de gêne aux abords de la tente, et les relations sociales s'étaient interrompues avant d'avoir commencé. Pa dit :

— Vous venez pas de l'Oklahoma ?

Et Al, qui était près de l'auto en regarda la plaque.

— Kansas, annonça-t-il.

L'homme maigre répondit :

— Galena, dans ce coin-là. Wilson, Ivy Wilson.

— Nous, on est la famille Joad, dit Pa. On vient de près de Sallisaw.

— Enchanté d' faire vot' connaissance, dit Ivy Wilson. Sairy, je te présente les Joad.

— J' savais que vous étiez point de l'Oklahoma. Vous parlez drôlement. Sans offense, naturellement.

— Chacun a son parler, dit Ivy. Les gens d'Arkansas parlent d'une façon, et ceux de l'Oklahoma d'une autre. Et nous avons rencontré une dame du Massachusetts qu'était bien la plus différente de toutes. On pouvait à peine comprendre ce qu'elle disait.

Noah, l'oncle John et le pasteur entreprirent de décharger le camion. Ils aidèrent Grand-père à descendre et l'assirent par terre où il resta affaissé, les yeux fixes.

— T'es malade, Grand-père ? demanda Noah.

— J' crois foutre bien, dit Grand-père faiblement. Malade comme tous les diables.

Sairy Wilson s'approcha lentement et prudemment de lui.

— Vous n'aimeriez pas venir sous notre tente ? demanda-t-elle. Vous pourriez vous étendre sur notre matelas pour vous reposer.

Il leva les yeux vers elle, attiré par la douceur de la voix.

— Venez, dit-elle. Vous vous reposerez. Nous allons vous aider.

Sans que rien le laissât prévoir, Grand-père se mit brusquement à pleurer. Son menton tremblota, ses vieilles lèvres se resserrèrent sur sa bouche et des sanglots rauques le secouèrent.

Man se précipita vers lui et le prit dans ses bras. Elle le mit debout, son large dos tendu sous l'effort, et le soulevant à moitié, elle l'aida à entrer sous la tente.

L'oncle John dit :

— Il doit être salement malade. Il n'avait encore jamais fait ça. J' l'avais jamais vu chialer de ma vie.

Il sauta sur le camion et envoya un matelas.

Man sortit de la tente et s'approcha de Casy :

— Vous êtes habitué aux malades, dit-elle. Grand-père est malade. Vous ne voudriez pas aller le voir ?

Casy se dirigea rapidement vers la tente et entra. Un matelas à deux places était étendu par terre, sous des couvertures bien tirées. Un petit poêle en fer-blanc se dressait sur ses pieds de métal et un maigre feu y brûlait. Un seau d'eau, une caisse en bois pleine de provisions et une caisse en guise de table constituaient tout l'ameublement. La lumière du soleil couchant jetait des reflets roses à travers la toile de la tente. Sairy Wilson était à genoux près du matelas sur lequel Grand-père reposait, couché sur le dos. Les yeux grands ouverts, il regardait en l'air et il avait les joues très rouges. Il respirait avec difficulté.

Casy prit le maigre poignet entre ses doigts.

— Alors, on se sent fatigué, Grand-père ? demanda-t-il.

Les yeux fixes se tournèrent vers la voix mais ne la trouvèrent pas. Les lèvres ébauchèrent une réponse qui ne vint pas. Casy lui prit le pouls, laissa retomber le poignet et posa sa main sur le front de Grand-père. Le corps du vieillard commença à lutter, ses jambes et ses mains s'agitaient sans répit. Il émit un chapelet de sons vagues qui n'étaient pas des mots, et sous les poils blancs de sa barbe hérissée, sa face paraissait très rouge.

Sairy Wilson dit à mi-voix à Casy :

— Vous savez ce que c'est ?

Il leva les yeux vers le visage ridé et les yeux brûlants :

— Et vous ?

— Je crois que oui.

— Et c'est quoi ? demanda Casy.

— J' pourrais me tromper. Ça m' gêne de le dire.

Casy reporta ses yeux sur le visage rouge et convulsé.

— Selon vous... ça pourrait-y être... des fois... une attaque ?

— C'est ce que je disais, fit Sairy. C'est la troisième fois que je vois ça.

Au-dehors on entendait les bruits habituels aux campements, le bois qu'on coupe, et le cliquetis des casseroles. Man regarda par l'ouverture de la tente.

— Grand-mère veut entrer. Faut-y ? demanda-t-elle.

Le pasteur répondit :

— On ne pourra pas la tenir tranquille si on l'en empêche.

— Il va bien, vous croyez ? demanda Man.

Casy secoua lentement la tête. Man jeta un regard rapide sur le visage ravagé qui luttait sous l'afflux du sang. Elle se retira et on entendit sa voix :

— Il va bien, Grand-mère. Il prend un peu de repos, simplement.

Et Grand-mère répondit d'un ton grognon :

— Eh ben, je veux le voir. Il est malin comme un diable. Avec lui on ne sait jamais.

Et elle se glissa sous la tente.

— Alors, qu'est-ce que t'as ? demanda-t-elle à Grand-père.

Et de nouveau il regarda dans la direction de la voix et ses lèvres se tordirent.

— Il boude, dit Grand-mère. J' vous l'ai dit que c'était un vieux diable. Il était tout près à se sauver ce matin pour qu'on ne l'emmène pas. Et puis sa hanche s'est mise à lui faire mal, dit-elle avec dégoût. Il boude, tout simplement. J' l'ai déjà vu quand il ne veut parler à personne.

Casy dit doucement :

— Il ne boude pas, Grand-mère. Il est malade.

— Oh ! (Elle regarda le vieux de nouveau.) Malade à se coucher, vous croyez ?

— Assez malade, Grand-mère.

Elle hésita un moment, incertaine :

— Alors, dit-elle rapidement, pourquoi que vous priez pas ? Vous êtes bien pasteur, pas vrai ?

Gauchement, Casy saisit le poignet de Grand-père dans ses gros doigts et le serra.

— Je vous l'ai déjà dit, Grand-mère. Je ne suis plus pasteur.

— Priez quand même, ordonna-t-elle. Vous savez tout ça par cœur.

— Je ne peux pas, dit Casy. Je ne sais pas quoi demander ni à qui le demander.

Les regards de Grand-mère s'égarèrent et vinrent se fixer sur Sairy.

— Il ne veut pas prier, dit-elle. Est-ce que je vous ai jamais raconté comment Ruthie priait quand elle était toute petite ? Elle disait : « Maintenant je m'apprête à dormir. Je prie le Seigneur qu'Il prenne soin de mon âme, et quand elle est arrivée il n'y avait plus rien dans le buffet et le pauvre chien s'est brossé. Ainsi soit-il. » C'est tel que je vous le dis.

L'ombre de quelqu'un qui passait entre la tente et le soleil se dessina sur la toile.

Grand-père semblait lutter ; tous ses muscles se contractaient. Et brusquement il tressaillit comme s'il avait reçu un coup violent. Il resta paisiblement étendu et sa respiration s'arrêta. Casy regarda le visage du vieillard et vit qu'il devenait violet. Sairy toucha l'épaule de Casy. Elle murmura :

— Sa langue, sa langue, sa langue !

Casy fit signe qu'il avait compris.

— Mettez-vous devant Grand-mère.

Il força les mâchoires et fourrant ses doigts dans la gorge du vieillard, s'empara de la langue. Comme il la dégageait, un râle se fit entendre, et une aspiration semblable à un sanglot. Casy trouva un bâton par terre. Il s'en servit pour appuyer sur la langue et la respiration reprit, hoquetante et coupée de râles.

Grand-mère sautillait çà et là comme une poule.

— Priez, dit-elle. Priez, priez, je vous dis !

Sairy tenta de la retenir.

— Mais priez donc, nom de Dieu ! cria Grand-mère.

Casy leva les yeux vers elle. Le râle augmentait, devenait plus irrégulier.

— Notre Père qui es aux Cieux, que Ton Nom soit sanctifié...

— Gloire à Dieu ! hurla Grand-mère.

— Que Ton Règne arrive, que Ta volonté soit faite sur la terre comme au Ciel.

— Ainsi soit-il.

Un long soupir oppressé sortit de la bouche ouverte, puis une expiration sifflante.

— Donne-nous aujourd'hui... notre pain quotidien... et pardonne-nous...

La respiration s'était arrêtée. Casy regarda les yeux de Grand-père et ils étaient clairs, profonds, pénétrants et il y avait en eux une lueur de sereine sagesse.

— Alleluia ! dit Grand-mère. Continuez.

— Ainsi soit-il, dit Casy.

Grand-mère alors resta tranquille. Et au-dehors de la tente tout bruit avait cessé. Une automobile fila sur la route. Casy était toujours à genoux par terre près du matelas. Au-dehors les gens écoutaient, prêtant une attention silencieuse aux bruits de la mort. Sairy prit Grand-mère par le bras et la fit sortir, et Grand-mère marchait avec dignité, la tête haute. Elle marchait pour la famille et relevait la tête pour la famille. Sairy la conduisit à un matelas qui était étalé par terre et l'y fit asseoir. Et Grand-mère regarda droit devant elle, toute fière, car elle était le point de mire de tous,

maintenant. La tente était silencieuse, et finalement, Casy
écarta la portière à deux mains et sortit.

Pa demanda doucement :

— Qu'est-ce que c'était ?

— Un coup de sang, dit Casy. Une apoplexie foudroyante.

La vie reprit. Le soleil toucha l'horizon et s'y aplatit. Et
sur la route passa une longue série de gros camions de
marchandises peints en rouge. Ils passèrent dans un bruit de
tonnerre, faisant légèrement trembler le sol, et les tuyaux
d'échappement crachaient la fumée de l'huile Diesel. Un
homme conduisait chaque camion, et son remplaçant dormait dans une couchette placée tout en haut sous le toit.
Mais les camions ne s'arrêtaient jamais. Ils grondaient jour
et nuit, et le sol tremblait au passage de leur lourde charge.

La famille devint une unité. Pa s'accroupit par terre et
l'oncle John se plaça près de lui. Pa, maintenant, était le chef
de la famille. Man était debout près de lui. Noah, Tom et Al
s'accroupirent et le pasteur s'assit, puis s'appuya sur un
coude. Connie et Rose de Saron se promenaient un peu plus
loin. Et voici que Ruthie et Winfield qui revenaient en
balançant le seau qu'ils tenaient entre eux deux, sentirent
qu'il y avait quelque chose de changé et ils ralentirent,
posèrent leur seau par terre et allèrent doucement se placer
près de Man.

Grand-mère resta assise fièrement, froidement, jusqu'à ce
que le groupe fût formé, jusqu'à ce qu'on eût cessé de la
regarder ; alors, elle se coucha et se couvrit le visage de son
bras. Le soleil rouge se coucha et laissa un crépitement
lumineux sur la campagne, si bien que les visages brillaient
dans le soir et les yeux reflétaient la lumière du ciel. Le soir
ramassait la lumière où il pouvait.

Pa dit :

— Ça s'est passé sous la tente de Wilson.

L'oncle John opina :

— Ils nous avaient prêté leur tente.

— De bonnes gens, bien honnêtes, dit Pa doucement.
Wilson se tenait près de sa voiture en panne et Sairy était

193

allée s'asseoir sur le matelas, près de Grand-mère, mais Sairy faisait bien attention de ne pas la toucher.

Pa appela :

— Monsieur Wilson !

L'homme s'avança et s'accroupit et Sairy vint se placer près de lui. Pa dit :

— Nous vous sommes bien reconnaissants.

— Trop honorés de vous rendre service, dit Wilson.

— Nous vous sommes obligés, dit Pa.

— On n'est point obligé au moment de la mort, dit Wilson.

Et Sairy lui fit écho :

— Y a point d'obligation.

Al dit :

— Nous allons réparer votre voiture... moi et Tom. Et Al avait l'air fier de pouvoir payer la dette familiale.

— Un coup de main viendrait bien à point.

Wilson admettait le retrait de l'obligation.

Pa dit :

— Il faut voir ce qu'on va faire. Il y a des lois. Il faut déclarer les décès, et quand on fait ça on vous prend quarante dollars pour les croque-morts ou bien on l'enterre comme indigent.

L'oncle John dit :

— Nous n'avons jamais eu d'indigents chez nous.

Tom dit :

— P't' êt' bien qu'on sera forcés d'apprendre. On n'avait jamais été foutus à la porte de chez nous à coups de pied au cul non plus.

— On a toujours été honnêtes, dit Pa. Ça, on n'a rien à nous reprocher. On n'a jamais rien pris qu'on ne pouvait pas payer. On n'a jamais accepté la charité de personne. Quand Tom a eu des ennuis on a toujours pu garder la tête haute. Il n'avait fait que ce que tout homme aurait fait à sa place.

— Alors, qu'est-ce qu'on décide ? demanda l'oncle John.

— Si on fait les choses d'après la loi, on viendra nous l'enlever. Nous n'avons que cent cinquante dollars. Qu'on nous en prenne quarante pour enterrer Grand-père et nous ne pourrons jamais arriver en Californie... ou bien ils l'enterreront comme un indigent.

Les hommes s'agitèrent, nerveux, et ils examinaient le sol qui fonçait devant leurs genoux.

Pa dit doucement :

— Grand-père a enterré son père de ses propres mains ; il l'a fait bien dignement et lui a creusé une jolie tombe avec sa propre bêche. Y a eu un temps qu'un homme avait le droit d'être enterré par son propre fils et qu'un fils avait le droit d'enterrer son propre père.

— Les lois sont plus pareilles maintenant, dit l'oncle John.

— Y a des cas où qu'y a pas moyen de suivre la loi, dit Pa. De la suivre en se comportant de façon convenable, tout au moins. C'est souvent, qu'ça arrive. Quand Floyd Beau-Gosse était en liberté et qu'il était déchaîné sur le pays, la loi disait qu'il fallait le livrer... ben, personne ne l'a fait. Y a des fois qu'il faut tourner la loi. Et je maintiens que j'ai le droit d'enterrer mon propre père. Y a-t-il quelqu'un qu'a un avis à donner ?

Le pasteur se releva tout droit sur son coude :

— Les lois changent, dit-il, mais c' qu'est obligé, ça le reste. On a le droit de faire ce qu'il faut qu'on fasse.

Pa se tourna vers l'oncle John :

— C'est ton droit aussi. T'as quéqu' chose contre ?

— Rien contre, répondit l'oncle John. Seulement c'est comme si on le cachait de nuit. C'était pas dans la nature de Grand-père. Il fonçait tout droit, à coups de fusil, lui.

— On ne peut pas faire comme Grand-père, dit Pa, l'air gêné. Faut qu'on soit en Californie avant d'avoir vu le bout de notre argent.

Tom intervint :

— Des fois, il y a des gars en travaillant qui déterrent un homme et y font un ramdam du tonnerre de Dieu et s'imaginent qu'il a été tué. Le gouvernement s'intéresse plus aux morts qu'aux vivants. Ils remueront ciel et terre pour savoir qui c'est et comment qu'il est mort. Je propose de mettre un mot de billet dans une bouteille et de la poser à côté de Grand-père, en disant qui c'est, et la façon qu'il est mort et pourquoi on l'a enterré ici.

Pa approuva de la tête :

— C'est une bonne idée. Bien tourné, d'une belle écriture. En plus, il s' sentira pas si seul, en sachant qu'il a là son nom à côté de lui et qu'il est pas seulement un pauvre bougre tout seul sous terre. Y en a-t-il d'autres qu'ont quelque chose à dire ?

Pa tourna la tête vers Man :

— Tu lui feras sa toilette ?

— J' lui ferai sa toilette, dit Man. Mais qui s'occupera du dîner ?

Sairy Wilson :

— J' m'occuperai du dîner. Allez à vos affaires. Moi et votre grande fille.

— Nous vous devons un grand merci, dit Man. Noah, va chercher un peu de bon cochon dans les saloirs. Le sel n'aura pas encore bien pénétré, mais ça sera bon tout de même.

— Nous avons un demi-sac de pommes de terre, dit Sairy.

Man dit :

— Donne-moi deux pièces de cinquante *cents*.

Pa fouilla dans sa poche et lui donna les deux pièces d'argent. Elle alla chercher la cuvette, la remplit d'eau et entra sous la tente. Il y faisait presque noir. Sairy entra et alluma une bougie et la fixa debout sur une caisse, puis elle sortit. Man resta un moment les yeux fixés sur le cadavre. Puis, saisie d'un mouvement de pitié, elle déchira un pan de son tablier et le noua autour de la tête pour maintenir la mâchoire. Elle lui allongea les membres et lui croisa les mains sur la poitrine. Elle lui abaissa les paupières et sur chacune d'elles plaça une pièce d'argent. Elle lui boutonna sa chemise et lui lava la figure.

Sairy passa la tête et dit :

— Est-ce que je peux vous aider ?

Man releva lentement la tête :

— Entrez, dit-elle. J' voudrais vous parler.

— Elle est bien brave, vot' grande fille, dit Sairy. Elle s'y entend à peler les pommes de terre. Qu'est-ce que je peux faire ?

— J'aurais voulu laver Grand-père complètement, dit Man, mais il n'a pas d'autres affaires à se mettre. Et maintenant, v'là votre couverture tout abîmée. Ça ne s'en va jamais, l'odeur de la mort, d'une couverture. Pas moyen de l'enlever. J'ai vu un chien hurler et trembler devant le matelas où ma mère était morte, et ça, plus de deux ans après. On va l'envelopper dans votre couverture. On vous la remplacera. On a une couverture pour vous.

Sairy dit :

— Ne vous faites pas de tracas. Nous sommes trop contents de vous aider. Y a longtemps que je m'étais pas sentie aussi... aussi... en sécurité. Les gens ont besoin de ça... de se rendre service.

Man approuva :

— C'est vrai, dit-elle.

Elle regarda longuement la vieille figure mal rasée avec sa mâchoire attachée et ses yeux d'argent qui brillaient à la lueur de la bougie.

— Il n'aura pas l'air naturel. Enveloppons-le.

— La vieille dame a bien supporté le coup.

— Oh ! elle est si vieille, dit Man, elle s'est peut-être seulement pas rendu compte de ce qui s'est passé. Il lui faudra peut-être bien quelque temps avant qu'elle comprenne. Et puis, nous autres, on se fait un point d'honneur à ne pas se laisser aller. Mon papa disait toujours : « C'est à la portée de tout le monde de flancher, mais faut être un homme pour tenir le coup. Nous tâchons toujours de ne pas nous laisser abattre. »

Elle plia soigneusement la couverture sur les jambes de Grand-père et autour de ses épaules. Elle ramena le coin de la couverture sur la tête comme un capuchon et le tira de façon à couvrir le visage. Sairy lui passa une demi-douzaine d'épingles doubles et elle épingla la couverture soigneusement, bien serrée, comme un long ballot. Enfin elle se redressa :

— L'enterrement ne sera pas mal, dit-elle. Nous avons

un pasteur pour le mettre en terre et puis il aura toute sa famille avec lui.

Brusquement elle chancela un peu et Sairy alla vers elle pour la soutenir :

— C'est le sommeil… dit Man d'une voix piteuse. Non, ce n'est rien. Nous avons eu tant à faire avant notre départ, vous comprenez.

— Venez un peu à l'air, dit Sairy.

— Oui, je n'ai plus rien à faire ici.

Sairy souffla la bougie et elles sortirent ensemble.

Une flambée brillait gaiement au fond de la petite ravine, et Tom, avec des bâtons et des fils de fer, avait fait des supports d'où pendaient deux marmites qui bouillaient furieusement, et de la bonne vapeur sortait par-dessous les couvercles. Rose de Saron, agenouillée par terre à quelque distance du feu trop intense, tenait une longue cuiller à la main. Voyant Man sortir de la tente, elle se leva et vint à sa rencontre.

— Man, dit-elle, faut que je te demande…

— T'as encore peur ? demanda Man. Voyons, tu ne peux tout de même pas passer neuf mois sans ennuis.

— Mais est-ce que ça… fera du tort au bébé ?

Man répondit :

— Y avait un proverbe autrefois qui disait : « Enfant né dans le malheur sera enfant du bonheur. » Ce n'est pas vrai, Mme Wilson ?

— J' l'ai entendu dire comme ça, dit Sairy. Et il y en avait un autre aussi : « Enfant né dans le plaisir devra s'attendre à souffrir. »

— Je me sens tout agitée en dedans, dit Rose de Saron.

— Ce n'est pas pour nous amuser que nous nous agitons tous, dit Man. Occupe-toi de tes marmites.

Au bord du cercle lumineux que jetait la flambée, les hommes s'étaient rassemblés. Ils n'avaient comme outils qu'une bêche et une pioche. Pa traça une ligne par terre, huit pieds de long et trois pieds de large. Ils travaillèrent à tour de rôle. Pa brisa la terre avec la pioche et l'oncle John l'enleva à la pelle. Al piocha et Tom bêcha. Noah piocha et Connie bêcha. Et le trou s'agrandissait, car l'ouvrage ne ralentissait jamais. Les pelletées de terre sortaient du trou en jets rapides. Quand Tom se trouva enfoncé jusqu'aux épaules dans la fosse rectangulaire, il dit :

— Quelle profondeur, Pa ?

— Faut que ça soit bien profond. Encore deux ou trois pieds. Sors-toi de là, maintenant, Tom, et va écrire le mot de billet qu'on a dit.

Tom se hissa hors du trou et Noah prit sa place. Tom alla trouver sa mère qui s'occupait du feu.

— Est-ce qu'on a du papier et de l'encre, Man ?

Man remua lentement la tête :

— N... non. Ça, on n'en a pas emporté.

Elle regarda Sairy. Et la petite femme se dirigea rapidement vers la tente. Elle en rapporta une Bible et un bout de crayon.

— Tenez, dit-elle. Y a une page blanche au commencement. Écrivez dessus et déchirez-la.

Elle tendit livre et crayon à Tom :

Tom s'assit à la lueur du foyer. Il cligna les yeux sous l'effort de concentration et finalement il écrivit soigneusement, lentement, en grosses lettres bien claires :

« Cet homme-si, c'est William James Joad, mort d'un cou de sand, vieux, très vieux. C'est les siain qui l'on enterré parce qu'ils n'avait pas d'argent pour l'enterment. Personne l'a tué. Juste un cou de sand et il est mort. »

Il s'arrêta.

— Man, écoute ça.

Et il le lui lut lentement.

— Oui, c'est très bien, dit-elle. Tu pourrais pas y mettre queq' chose de l'Écriture pour que ça fasse religieux ? Ouvre le livre et choisis queq'chose de l'Écriture.

— Faudra que ça soit court, dit Tom, parce qu'il ne me reste plus beaucoup de place sur la page.

Sairy dit :

— Pourquoi pas : « Dieu ait pitié de son âme » ?

— Non, dit Tom, ça fait trop comme s'il avait été pendu. J' vas copier quelque chose.

Il tourna les pages et lut. Il remuait les lèvres et disait les mots à mi-voix.

— V'là quelque chose qu'est bien et court, dit-il. « Et Loth leur parla ainsi : Oh ! non, Seigneur. »

— Ça ne veut rien dire, déclara Man. Du moment que tu veux mettre quelque chose autant que ça ait du sens.

Sairy dit :

— Cherchez plus loin dans les psaumes. On trouve toujours quelque chose d'approprié dans les psaumes.

Tom tourna les pages et regarda les versets :

— Ah ! pour le coup en v'là un, dit-il, un beau, avec plein de religion : « Heureux ceux à qui leurs iniquités sont pardonnées et dont les péchés sont remis. »

— Oui, c'est très bien, dit Man. Écris-le.

Tom l'écrivit avec soin. Man rinça et essuya un pot de confitures et Tom vissa le couvercle à fond.

— C'est peut-être le pasteur qui aurait dû l'écrire, dit-il.

Man dit :

— Non, le pasteur n'est pas un parent à nous.

Elle lui prit le pot des mains et entra dans la tente obscure. Elle enleva une des épingles qui retenaient la couverture et glissa le pot de confitures sous les mains maigres et froides, puis elle épingla de nouveau la couverture. Elle retourna ensuite près du feu.

Les hommes revinrent de la fosse, la figure luisante de sueur.

— C'est fait, dit Pa.

Il pénétra sous la tente avec John, Noah et Al et ils en ressortirent chargés du long ballot épinglé. Ils le portèrent jusqu'au bord de la fosse. Pa sauta dans le trou, prit le corps dans ses bras et le déposa délicatement dans le fond. L'oncle tendit la main pour aider Pa à sortir de la tombe. Pa demanda :

— Et Grand-mère ?

— Je vais voir, dit Man.

Elle s'approcha du matelas et resta un moment à considérer la vieille femme. Puis elle retourna à la tombe.

— Elle dort, dit-elle. Elle m'en voudra peut-être, mais j' veux pas la réveiller. Elle est fatiguée.

Pa dit :

— Où qu'est donc le pasteur ? Il nous faudrait une prière.

Tom dit :

— J' l'ai vu qui se promenait sur la route. Il n'aime plus prier.

— Il n'aime pas prier ?

— Non, dit Tom. Il n'est plus pasteur. Il trouve que c'est pas bien de tromper les gens en se comportant comme un pasteur quand on n'en est pas un. Et j' suppose qu'il s'est défilé pour qu'on ne lui demande rien.

Casy s'était lentement rapproché et avait entendu les paroles de Tom.

— Je me suis pas défilé, dit-il. J' veux bien vous aider, mais j' veux pas vous tromper.

Pa dit :

— Vous ne voudriez pas dire quelques mots ? Dans notre famille personne n'a jamais été enterré sans qu'on dise quelques mots sur sa tombe.

— Je les dirai, dit le pasteur.

En dépit de la résistance de Rose de Saron, Connie la conduisit sur le bord de la tombe.

— Il le faut, dit Connie, ça ne serait pas convenable si tu n'y étais pas. Ça ne sera pas long.

La lumière du foyer tombait sur le groupe, faisait ressortir leurs visages et leurs yeux, se perdait dans les vêtements sombres. Tout le monde était tête nue, maintenant. La lumière dansait, sautait de l'un à l'autre.

Casy dit :

— Ça sera court.

Il baissa la tête et les autres l'imitèrent. Casy dit solennellement :

— Le vieillard qu'est là a vécu sa vie et puis il est mort. Je ne sais pas s'il était bon ou non, mais ça ne fait rien. Il vivait, il n'y a que ça qui compte. Et maintenant il est mort, et ça ne compte pas. Une fois j'ai entendu un gars réciter un poème qui disait : « Tout ce qui vit est saint. » V'là qu' je me mets à réfléchir et bientôt j'ai compris que ça voulait dire bien plus que n'en disaient les mots. Je ne prierais pas pour un vieux qu'est mort. Il a eu ce qui lui faut. Il a un ouvrage à faire, mais c'est tout préparé pour lui et il y a pas deux façons de le faire. Mais nous, on a aussi un ouvrage à faire et il y a mille manières de le faire, et nous ne savons pas laquelle employer. Et si je devais prier, ce serait pour ceux qui ne savent pas de quel côté se tourner. Grand-père, c'est tout tracé pour lui. Et maintenant recouvrez-le, et laissez-le à son ouvrage.

Il releva la tête.

Pa dit :

— Amen, et les autres murmurèrent, A... men.

Puis Pa prit la bêche, la remplit à moitié de terre et la fit tomber délicatement dans le trou noir. Il passa la bêche à l'oncle John et John lança une pelletée. Puis la bêche passa de main en main jusqu'à ce que tous les hommes eussent joué leur rôle. Quand tous eurent rempli leur devoir en accord avec leurs droits, Pa attaqua le tas de terre meuble et se hâta de combler le trou. Les femmes retournèrent au feu pour surveiller le dîner. Ruthie et Winfield regardaient, absorbés.

Ruthie dit gravement :

— Grand-père est là-dessous.

Et Winfield la regarda avec des yeux horrifiés. Puis il se sauva vers le feu, s'assit par terre et se mit à sangloter.

Pa combla le trou à moitié puis s'arrêta essoufflé tandis que John finissait la besogne. Et John achevait de donner forme au monticule quand Tom l'arrêta.

— Écoute, dit-il, si nous laissons une tombe on l'ouvrira en un rien de temps. Faut la cacher. Aplanis-la et nous y mettrons de l'herbe sèche. Faut faire ça, absolument.

Pa dit :

— J'y avais pas pensé. Ce n'est pas bien de laisser une tombe sans la surélever.

— J'y peux rien, dit Tom. On le déterrera sans hésiter et on se fera pincer pour avoir pas suivi la loi. Tu sais ce qui m'attend si je ne suis pas la loi.

— Oui, dit Pa. J'oubliais ça.

Il prit la bêche des mains de John et aplanit la tombe.

— Elle s'enfoncera, sitôt venu l'hiver, dit-il.

— On n'y peut rien, dit Tom. On sera loin d'ici quand ça sera l'hiver. Piétine-la bien et on va jeter des trucs dessus.

Quand le porc et les pommes de terre furent cuits, les deux familles s'assirent par terre et se mirent à manger, et ils étaient silencieux, les yeux fixés sur le feu. Wilson, détachant un morceau de viande avec ses dents, soupira d'aise :

— Du bon cochon, dit-il.

— Ben, dit Pa, on en avait deux et on s'est dit que valait autant les manger. On n'aurait rien pu en tirer. Quand on se sera un peu habitués à rouler et que Man pourra faire du pain, ma foi, ça sera bien plaisant de voir du pays avec deux saloirs de cochon dans le camion. Y a combien de temps que vous êtes en route, vous autres ?

Wilson se cura les dents du bout de la langue et avala.

— Nous n'avons pas eu de chance, dit-il. V'là trois semaines que nous sommes partis.

— C'est pas Dieu possible ! Et nous qu'avons dans l'idée d'être en Californie dans dix jours et même moins.

Al intervint :

— J' sais pas trop, Pa. Avec ce chargement qu'on a là, on pourrait bien ne jamais y arriver. Surtout s'il y a des montagnes à passer.

Autour du feu tout le monde se taisait. Les têtes étaient baissées et les cheveux et les fronts brillaient à la lueur du foyer. Au-dessus du petit dôme que formait cette lueur, les étoiles d'été luisaient faiblement et la chaleur du jour commençait à tomber. Sur son matelas, à l'écart du feu, Grand-mère se mit à pousser des gémissements plaintifs de petit chien. Toutes les têtes se tournèrent vers elle.

Man dit :

— Rosasharn, sois gentille, va t'étendre près de Grand-mère. Elle a besoin d'avoir quelqu'un près d'elle. Elle se rend compte, maintenant.

Rose de Saron se mit debout et alla s'étendre sur le matelas, à côté de la vieille femme, et le murmure de leurs voix douces parvint jusqu'au feu. Rose de Saron et Grand-mère se parlaient à voix basse.

Noah dit :

— C'est drôle... d'avoir perdu Grand-père, ça me fait pas sentir autrement que d'habitude. J' suis pas plus triste que j'étais.

— C'est la même chose, dit Casy. Grand-père et votre vieille maison, c'était tout un.

Al dit :

— C'est une sacrée guigne, tout de même. Lui qui nous racontait ce qu'il allait faire, comment qu'il presserait des raisins sur sa tête pour que le jus lui coule dans la barbe, et tout des trucs comme ça.

Casy dit :

— C'était pour blaguer. Je crois qu'il le savait. Et Grand-père n'est pas mort ce soir. Il est mort à la minute que vous l'avez enlevé de chez lui.

— Vous êtes sûr ? s'écria Pa.

— Non, j' veux pas dire ça. Oh ! il respirait, ça oui, continua Casy, mais il était mort. Lui et la ferme, c'était tout un, et il le savait.

L'oncle John demanda :

— Vous saviez qu'il allait mourir ?

— Oui, répondit Casy, je le savais.

John le regarda et une expression horrifiée se répandit sur son visage.

— Et vous n'avez rien dit à personne ?

— A quoi bon ? demanda Casy.

— Ben... on aurait pu faire quelque chose.

— Quoi ?

— J' sais pas, mais...

— Non, dit Casy, vous n'auriez rien pu faire. Votre route était tracée et Grand-père n'y avait point de place. Il n'a pas souffert. Pas après la première heure ce matin. Il reste avec sa terre. Il n'a pas pu la quitter.

L'oncle John soupira profondément.

Wilson dit :

— Nous, on a dû laisser mon frère Will.

Les têtes se tournèrent vers lui.

— Lui et moi on avait nos quarante arpents, à côté l'un de l'autre. Il est plus vieux que moi. On ne savait pas conduire, ni l'un ni l'autre. Toujours est-il qu'on s'est bel et bien décidés et qu'on a vendu tout ce qu'on possédait. Will a acheté une voiture et on lui a donné un gamin pour lui apprendre à s'en servir. Alors, la veille du jour qu'on devait partir, Will et tante Minnie ont été faire un tour pour s'entraîner. Arrivé à un tournant, v'là Will qui se met à crier : « Ooh là ! » Il recule un coup et il passe à travers une barrière. Et il crie : « Hue, charogne ! » Il met le pied sur l'accélérateur et il pique en plein dans une ravine. Et voilà. Il n'avait plus rien à vendre et il n'avait plus d'auto. Mais c'était sa faute, plaise à Dieu. Il était tellement en rogne qu'il a refusé de partir avec nous. Il est resté là-bas, à jurer et à sacrer tant que ça pouvait.

— Qu'est-ce qu'il va faire ?

— J' sais pas. Il en savait rien lui-même, vu qu'il était dans une telle rage. Et nous on ne pouvait pas attendre. Pourtant on n'avait que quatre-vingt-huit dollars pour vivre. On ne pouvait pas rester là assis à se les partager, mais on les a bouffés de toute façon. On n'avait pas fait cent milles qu'une dent d'engrenage pète à l'arrière, et ça nous a coûté trente dollars pour la réparer, après ça il nous a fallu un pneu ; après ç'a été une bougie qu'était bousillée et puis Sairy qu'est tombée malade. Fallu nous arrêter dix jours. Et maintenant v'là ce chameau de tacot qu'est encore démoli, et l'argent baisse. J' me demande si nous arriverons jamais en Californie. Si seulement j' savais comment ça se répare, mais j' connais rien aux autos.

Al demanda, d'un air entendu.

— Qu'est-ce qu'elle a ?

— Ben, elle a qu'elle refuse d'avancer. Elle part, elle lâche quelques pets, et puis elle s'arrête. Une minute après elle repart et avant même de démarrer, elle recommence à pétarader puis c'est fini.

— Elle marche une minute et puis elle s'arrête ?

— Tout juste. Et j'ai beau y donner de l'essence à gogo, elle ne veut rien savoir pour repartir. Et ça va de pire en pire, maintenant j' peux même plus la faire bouger du tout.

Al se sentait très fier et très grand garçon maintenant :

— Ça doit être le tuyau d'essence qu'est bouché. Je vous le déboucherai.

Et Pa était tout fier lui aussi :

— Il s'y connaît en autos, dit Pa.

— Dame, sûr que je refuserai pas un coup de main. Pour

sûr que non. On se sent comme... comme un petit gosse qui ne sait rien faire de ses dix doigts. Quand nous serons arrivés en Californie, j'ai l'intention de m'acheter quelque chose de bien comme voiture. Comme ça elle n'aura peut-être pas de pannes.

Pa dit :

— Quand nous y serons. C'est d'y arriver qu'est difficile.

— Oui, mais ça vaut le coup, dit Wilson. J'ai vu des prospectus où ça dit qu'ils ont besoin de main-d'œuvre, et qu'y paient des gros salaires. Pensez un peu comment ça sera, d'être là, à l'ombre des arbres à récolter des fruits en y plantant les dents de temps en temps. Parce que, nom de Dieu, ils s'en foutent qu'on en mange, vu qu'il y en a tant. Et avec ces gros salaires, peut-être bien qu'on peut s'acheter un lopin de terre et travailler à part pour augmenter le profit. Eh, nom de Dieu, au bout de deux ou trois ans, j' parie qu'on a assez pour avoir un petit coin à soi.

Pa dit :

— Nous les avons vus ces prospectus. J'en ai un là.

Il tira son porte-monnaie de sa poche et en sortit un prospectus orange qu'il déplia. On pouvait y lire en lettres noires :

On embauche pour la cueillette des pois en Californie. Gros salaires en toutes saisons. On demande 800 journaliers.

Wilson examina le papier avec curiosité.

— Tiens, mais c'est celui que j'ai vu. Juste le même. C'est-y que des fois... ils les auraient déjà, les huit cents ?

Pa dit :

— Ça, ce n'est qu'une petite partie de la Californie. ·Voyons, c'est le second État des États-Unis, du point de vue de la taille. Une supposition qu'ils auraient déjà leurs huit cents, il ne manque pas de place ailleurs. Du reste moi, j'aimerais mieux ramasser des fruits. Comme vous dites, ramasser des fruits à l'ombre de ces arbres... Hum, même à mes gosses, ça leur plaira de faire ça.

Al se leva brusquement et se dirigea vers l'automobile des Wilson. Il l'examina un moment et revint s'asseoir.

— Vous ne pouvez pas la réparer ce soir, dit Wilson.

— Je sais. J' m'y mettrai demain matin.

Tom avait observé soigneusement son jeune frère.

— Moi aussi, j'avais quéqu' chose comme ça dans l'idée, fit-il.

— Qu'est-ce que vous racontez, vous deux ? demanda Noah.

Tom et Al se taisaient. Chacun attendait que l'autre parlât.

— Vas-y, toi, dit enfin Al.

— Ben voilà, ça ne vaut peut-être rien et c'est peut-être pas ce que pensait Al. En tout cas, voilà. Nous on est trop chargés, mais pas M. et Mme Wilson. Si quéq-z'uns d'entre nous pouvaient aller avec eux, et qu'on prenne un peu de leurs bagages les plus légers dans notre camion, de cette façon on ne casserait pas nos ressorts et on pourrait grimper les côtes. Et Al et moi, on s'y connaît en autos, et on pourrait s'occuper de faire rouler celle-ci. On resterait ensemble sur la route et ça rendrait service à tout le monde.

Wilson se leva d'un bond :

— Mais certainement. Comment donc ! Tout l'honneur est pour nous. J' pense bien que nous acceptons. Tu as entendu ça, Sairy ?

— C'est très gentil, dit Sairy. Mais, ça ne vous gênerait pas, bien sûr ?

— Eh par Dieu non, dit Pa. Ça ne nous gênerait pas le moins du monde. Vous nous rendriez service.

Wilson se rassit, mal à l'aise.

— Ben, j' sais pas trop...

— Qu'est-ce qui vous prend ? Vous ne voulez pas ?

— C'est que, vous comprenez... Y me reste plus guère que trente dollars et j' voudrais pas être un embarras.

Man dit :

— Vous ne serez pas un embarras. On s'aidera l'un l'autre et on arrivera tous en Californie. Sairy Wilson m'a aidée à ensevelir Grand-père.

Là-dessus elle se tut. La parenté était établie.

Al s'écria :

— On peut facilement tenir six dans cette voiture. Par

exemple, moi au volant, avec Rosasharn, Connie et Grand-mère. Et puis on prendra les grosses choses légères et on les empilera sur le camion. Et puis de temps en temps on changera.

Il parlait très fort, car il se sentait soulagé d'un gros poids.

Ils souriaient timidement et regardaient par terre. Pa, du bout des doigts, remuait la poussière. Il dit :

— Man, ce qui la tente, c'est une maison blanche avec des oranges tout autour. Y a une grande image comme ça sur un calendrier qu'elle a vu.

Sairy dit :

— Si je retombe malade, faudra que vous continuiez pour arriver là-bas. Nous ne voulons pas être un embarras.

Man regarda attentivement Sairy et pour la première fois elle sembla remarquer les yeux torturés et le visage hanté, crispé par la douleur. Et Man dit :

— On veillera à ce que vous arriviez aussi. Vous l'avez dit vous-même, faut pas laisser passer les occasions de rendre service.

Sairy contempla ses mains ridées à la lumière du foyer :

— Il faut qu'on dorme cette nuit.

Elle se leva.

— Grand-père... c'est comme s'il était mort depuis un an, dit Man.

Les deux familles se préparèrent, nonchalamment, à dormir. Tous bâillaient à se décrocher les mâchoires. Man manipula un peu les assiettes en fer-blanc et en détacha la graisse avec une toile de sac. Le feu s'éteignit et les étoiles descendirent. Il ne passait plus que quelques voitures de tourisme sur la route, mais les camions de transport grondaient de temps en temps et faisaient légèrement trembler la terre. Dans le fossé on pouvait à peine voir les autos à la lueur des étoiles. Un chien attaché hurlait au dépôt d'essence, plus bas sur la route. Les deux familles dormaient paisiblement, et les mulots, prenant de l'audace, se mirent à trottiner entre les matelas. Seule Sairy Wilson restait éveillée. Elle regardait le ciel, et bravement luttait de tout son corps contre la douleur.

CHAPITRE XIV

Les terres de l'Ouest, inquiètes aux premiers indices de changement. Les États de l'Ouest, inquiets comme des chevaux à l'approche de l'orage. Les grands propriétaires, inquiets, parce que pressentant le changement et incapables d'en deviner la nature. Les grands propriétaires s'en prenant aux choses immédiates, au gouvernement qui étend son emprise sur tout, à l'unité croissante des groupements ouvriers, aux taxes nouvelles, aux plans ; ne sachant pas que ces choses sont des effets, non des causes. Des effets, non des causes : des effets, non des causes. Les causes sont profondes et simples... Les causes sont la faim, une faim au ventre multipliée par un million ; la faim dans une seule âme, faim de joie et d'une certaine sécurité, multipliée par un million ; muscles et cerveau souffrant du désir de grandir, de travailler, de créer, multipliés par un million. La dernière fonction de l'homme, claire et bien définie... muscles souffrant du désir de travailler, cerveau souffrant du désir de créer au-delà des nécessités individuelles... voilà ce qu'est l'homme. Construire un mur, construire une maison, une digue... et dans le mur, la maison et la digue, mettre quelque chose de l'homme lui-même et apporter poúr l'homme quelque chose du mur, de la maison, de la digue ; rapporter des muscles de fer du soulèvement des fardeaux, rapporter des lignes, des formes claires du travail de conception. Car l'homme, différent en cela des autres créatures organiques ou inorganiques sur la terre, croît par-delà son travail, gravit les marches de ses conceptions, domine ses propres accomplissements. Voici ce qu'on peut dire de l'homme... ! Quand les théories changent et s'écroulent, quand les écoles, les philosophies, quand les impasses sombres de la pensée nationale, religieuse, économique, croissent et se décomposent, l'homme va de l'avant, à tâtons, en trébuchant, douloureusement, parfois en se trompant. S'étant avancé, il peut arriver qu'il recule, mais d'un demi-pas seulement, jamais d'un pas complet. Cela vous pouvez le dire et le savoir, le savoir. Cela vous pouvez le savoir quand les bombes tombent des avions noirs sur les places des marchés, quand les prisonniers sont égorgés comme des cochons, quand les corps écrasés se vident dégoûtamment dans la poussière. Ainsi vous pouvez le savoir. Si les pas n'étaient pas faits, si le désir d'aller de l'avant à tâtons n'existait pas, les bombes ne tomberaient pas, les gorges ne seraient pas tranchées. Craignez le temps où les bombes en tomberont plus et où les avions existeront encore... car chaque bombe est la preuve que l'esprit n'est pas mort. Et craignez le temps où les grèves s'arrêteront cependant que les grands propriétaires vivront... car chaque petite grève réprimée est la preuve qu'un pas est en train de se faire. Et ceci encore vous pouvez le savoir... craignez le temps où l'Humanité refusera de souffrir, de mourir pour une idée, car cette seule qualité est le fondement de l'homme même, et cette qualité seule est l'homme, distinct dans tout l'univers.

Les États de l'Ouest inquiets à l'approche du changement. Le Texas et l'Oklahoma, le Kansas, le New-Mexico, l'Arizona, la Californie. Une famille unique a quitté le pays. Pa a emprunté de l'argent à la banque, et maintenant la banque veut la terre. La Société Immobilière — c'est la banque, quand elle possède des terres — veut des tracteurs sur la terre, et non des familles. Est-ce que c'est mauvais, un tracteur ? Est-ce que le pouvoir qui creuse les longs sillons se trompe ? Si ce tracteur était à nous il serait très bon ; pas à moi, à nous. Si notre tracteur creusait ses longs sillons sur notre terre ce serait bon. Pas ma terre, notre terre. Nous pourrions alors aimer ce tracteur comme nous avons aimé cette terre qui était nôtre. Mais ce tracteur fait deux choses : il retourne notre terre et nous en chasse. Il n'y a pas grande différence entre ce tracteur et un tank. Les gens sont chassés, intimidés, blessés par les deux. C'est une chose à laquelle il nous faut penser.

Un homme, une famille chassés de leur terre ; cette vieille auto rouillée qui brimbale sur la route dans la direction de l'Ouest. J'ai perdu ma terre. Il a suffi d'un seul tracteur pour me prendre ma terre. Je suis seul et je suis désorienté. Et une nuit une famille campe dans un fossé et une autre famille s'amène et les tentes se dressent. Les deux hommes s'accroupissent sur leurs talons et les femmes et les enfants écoutent. Tel est le nœud. Vous qui n'aimez pas les changements et craignez les révolutions, séparez ces deux hommes accroupis ; faites-les se haïr, se craindre, se soupçonner. Voilà le germe de ce que vous craignez. Voilà le zygote. Car le « J'ai perdu ma terre » a changé ; une cellule s'est partagée en deux et de ce partage naît la chose que vous haïssez : « Nous avons perdu notre terre. » C'est là qu'est le danger, car deux hommes ne sont pas si solitaires, si désemparés qu'un seul. Et de ce premier « nous » naît une chose encore plus redoutable : « J'ai encore un peu à manger » plus « Je n'ai rien ». Si ce problème se résout par « Nous avons assez à manger » la chose est en route, le mouvement a une direction. Une multiplication maintenant, et cette terre, ce tracteur sont à nous. Les deux hommes accroupis dans le fossé, le petit feu, le lard qui mijote dans une marmite unique, les femmes muettes, au regard fixe ; derrière, les enfants qui écoutent de toute leur âme les mots que leurs cerveaux ne peuvent pas comprendre. La nuit tombe. Le bébé a froid. Tenez, prenez cette couverture. Elle est en laine. C'était la couverture de ma mère... prenez-la pour votre bébé. Voilà ce qu'il faut bombarder. C'est le commencement... du « Je » au « Nous ».

Si vous qui possédez les choses dont les autres manquent, si vous pouviez comprendre cela, vous pourriez peut-être échapper à votre destin. Si vous pouviez séparer les causes des effets, si vous pouviez savoir que Paine, Marx, Jefferson, Lénine furent des effets, non des causes, vous pourriez survivre. Mais cela, vous ne pouvez pas le savoir. Car le fait de posséder vous congèle pour toujours en « Je » et vous sépare toujours du « Nous ».

Les États de l'Ouest sont inquiets à l'approche du changement. Le besoin est ce qui stimule la conception, la conception est ce qui pousse à l'action. Un demi-million d'hommes qui se déplacent dans le pays ; un autre million qui s'impatiente, prêt à se mettre en mouvement ; dix millions qui ressentent les premiers symptômes de nervosité.

Et les tracteurs creusent leurs multiples sillons sur les terres désertées.

CHAPITRE XV

Petits bistrots de fortune le long de la 66 — *Chez Al et Suzy — Chez Carl, sur le pouce — Restaurant Joe et Minnie — Au casse-croûte*. Bicoques en planches bâties de bric et de broc. Deux pompes à essence devant la façade, une porte en toile métallique, un long bar avec tabourets et barre pour les pieds. Près de la porte trois appareils à sous, montrant sous la vitre la fortune en pièces de cinq *cents* qu'une main experte peut rafler. Et à côté, le phonographe automatique avec des disques empilés comme des crêpes, prêts à glisser sur le plateau et à jouer un air de danse : *Ti-pi-ti-pi-tin, Thanks for the Memory*. Bing Crosby, Benny Goodman. A un des bouts du comptoir une vitrine couverte ; pastilles pour la toux, comprimés de sulfate de caféine appelés *Dorpas, Antisomme ;* bonbons, cigarettes, lames de rasoir, aspirine, *Bromo-Seltzer, Alka-Seltzer*. Les murs décorés d'affiches, baigneuses blondes en maillots blancs avec de gros seins, des hanches minces et des visages de cire, tenant à la main une bouteille de Coca-Cola... avec le sourire... voilà ce qu'on gagne à prendre du Coca-Cola. Long bar avec salières, poivrières, pots à moutarde et serviettes en papier. Barils de bière derrière le comptoir et dans le fond, les percolateurs reluisants et fumants, avec des tubes de verre pour marquer le niveau du café. Et des tartes dans leurs cages en fil de fer et des oranges en pyramides de quatre. Et des petits tas de gâteaux secs, de flocons de maïs échafaudés en dessins variés.

Cartons-réclames rehaussés de mica brillant : « Tartes à la mode de chez nous », « Le Crédit crée des ennemis, soyons amis », « Les Dames sont autorisées à fumer, mais attention aux mégots », « Venez manger ici et gardez votre femme comme objet d'agrément », « *Isywybad*[1] ? »

A l'un des bouts du comptoir, les plaques chauffantes, des terrines de ragoût, pommes de terre, bœuf bouilli, rôti de bœuf, rôtis de porc gris attendant d'être coupés en tranches.

Derrière le comptoir, Minnie, Susy ou Mae, entre deux âges, cheveux bouclés, rouge et poudre sur une face en sueur. Prenant les commandes d'une voix douce et les transmettant au cuisinier avec un cri de paon. Essuyant le comptoir à grands coups de torchon circulaires, astiquant les grands percolateurs brillants. Le cuisinier s'appelle Joe ou Carl ou Al. Il a chaud sous son veston blanc et son tablier ; gouttes de sueur perlant sur son front blanc, sous son bonnet blanc de cuisinier ; lunatique, peu parleur, il lève les yeux une seconde chaque fois qu'entre un client. Il torche le gril, flanque le steak haché sur la plaque. Il répète à mi-voix les commandes de Mae, racle son gril, le torche avec un morceau de serpillière. Lunatique et silencieux.

Mae établit le contact, souriante, irritée, prête à éclater ; souriante tandis que son regard se perd dans un passé lointain... sauf pour les camionneurs. C'est sur eux que repose la boîte. Où les camions s'arrêtent c'est là que viennent les clients. Pas moyen de rouler les conducteurs de camions, ils s'y connaissent. Ils amènent la clientèle. Ils s'y connaissent. Donnez-leur du café pas frais et ils ne remettent plus les pieds dans la boîte. Si on les traite bien, ils reviennent. Mae sourit de toutes ses dents quand elle voit entrer des camionneurs. Elle se redresse un peu, arrange ses cheveux par-derrière afin que ses seins se tendent en suivant le mouvement de ses bras levés, fait un bout de causette et parle de grandes choses, de bon temps, de bonnes blagues. Al ne parle jamais. Il n'établit pas le contact. Parfois il sourit un peu à une plaisanterie, mais il ne rit jamais. Parfois il lève

---

1. *If stell you, will you buy a drink ?* Si je te le demande, tu paies un verre ?

les yeux quand la voix de Mae s'anime, puis il racle son gril avec une spatule, enlève la graisse sur les bords de la plaque et la fait tomber dans une petite auge de fer. Il aplatit un steak haché grésillant d'un coup de spatule. Il met les petits pains fendus à rôtir sur la plaque. Il recueille les oignons épars sur l'assiette et les pose sur la viande, les y fait pénétrer avec sa spatule. Il pose une moitié du petit pain sur la viande, enduit l'autre de beurre fondu et assaisonne le tout de pickles hachés. Tenant le pain sur la viande, il glisse la spatule sous le mince petit tas de viande et d'une secousse le retourne, pose la moitié beurrée sur le dessus et fait glisser le tout sur une petite assiette. Un fragment de fenouil confit, deux olives noires à côté du sandwich. Al fait glisser l'assiette le long du comptoir comme un palet. Et il gratte le gril avec sa spatule et regarde d'un œil maussade la marmite à ragoût.

Voitures qui filent sur la 66. Plaques matricules. Mass., Tenn., R. I., N. Y., Vt, Ohio. En route vers l'Ouest. Belles voitures filant à cent dix.

Tiens voilà une Cord qui passe. Ça ressemble à un cercueil sur roues.

Oui, mais bon Dieu, ça fait de la route.

Tu vois cette La Salle ? V'là ce qu'il me faut. J' suis pas un cochon. J' suis pour les La Salle.

Tant qu'à faire, pourquoi pas une Cadillac ? C'est juste un peu plus gros, un peu plus rapide.

Moi, j'aimerais mieux une Zéphyr. Ça ne fait pas milliardaire, mais ça a du chic et ça marche. Une Zéphyr, voilà mon affaire.

Ben, vous allez peut-être vous foutre de moi… mais j' choisirais une Buick-Puick. Ça me suffit.

Eh ! nom de Dieu, ça coûte autant que les Zéphyr, et c'est moins nerveux.

Je m'en fous. J' veux rien de ce qui sort de chez Henry Ford. J' peux pas le sentir. Jamais pu. J'ai un frère qu'a travaillé chez lui. Vous devriez l'entendre.

En tout cas, une Zéphyr, c'est nerveux.

Les grosses voitures sur la route. Belles dames languides, épuisées de chaleur, petits noyaux autour desquels gravitent un millier d'accessoires : crèmes, pommades, onguents, matières colorantes dans des fioles — noires, roses, rouges, blanches, vertes, argentées — pour changer la couleur des cheveux, yeux, lèvres, ongles, cils, sourcils, paupières. Huiles, graines et pilules pour faire fonctionner l'intestin. Un sac de bouteilles, seringues, pilules, poudres fluides, vaselines pour rendre leurs rapports sexuels inoffensifs, inodores et improductifs. Et cela sans compter les toilettes. Ce qu'elles peuvent être emmerdantes !

Rides de fatigue, autour des yeux, rides de mécontentement autour de la bouche, seins pesant lourdement dans de petits hamacs, ventre et cuisses pressés par des gaines de caoutchouc. Et les bouches qui s'entrouvrent, oppressées, les yeux butés, haine du soleil, du vent, de la terre, ressentiment contre la nourriture, la fatigue, haine du temps qui rarement les fait paraître plus belles et toujours les fait paraître plus vieilles.

A leurs côtés, de petits hommes bedonnants en complets clairs et panamas : hommes propres, roses, aux yeux intrigués et inquiets, aux yeux perpétuellement tourmentés. Inquiets parce que les formules ne marchent pas ; avides de sécurité, et conscients en même temps du fait que cette sécurité disparaît de cette terre. Sur le revers de leurs vestons, insignes de loges, de clubs, endroits où ils peuvent aller et où, grâce au nombre d'autres petits hommes inquiets, ils peuvent se rassurer, se convaincre que les affaires sont une noble occupation et non la curieuse exploitation rituelle qu'ils savent bien qu'elles sont ; pour se convaincre que les hommes d'affaires sont intelligents malgré les témoignages de leur stupidité ; qu'ils sont compatissants et charitables au mépris des principes des affaires bien comprises ; que leurs vies sont pleines et riches et non la répétition éternelle du petit train-train qu'ils connaissent bien ; et que le jour viendra où ils n'auront plus peur.

Et ces deux-là, qui vont en Californie pour s'asseoir dans le hall de l'Hôtel Beverly-Wilshire et regarder passer les gens qu'ils envient, pour regarder des montagnes — des montagnes, dites-vous bien, et de grands arbres — lui avec ses yeux inquiets, et elle pensant que le soleil lui desséchera la peau. Partis pour voir l'océan Pacifique, et je vous parie cent mille dollars contre rien du tout qu'il dira : « Ce n'est pas aussi grand que je croyais. » Et elle enviera les jeunes corps bien en chair étendus sur la plage. Allant en Californie dans le seul but de s'en retourner chez eux ensuite. Pour dire : « Une telle était assise à la table à côté de nous au Trocadéro. Elle est complètement fanée, mais il est indéniable qu'elle sait s'habiller. » Et lui : « J'ai causé avec des hommes d'affaires sérieux, là-bas. Ils ne voient pas d'espoir de s'en tirer tant que nous aurons ce gars-là à la Maison-Blanche. » Et « Je le tiens d'un homme qui est très au courant... elle a la syphilis, vous savez. Elle était dans ce film de la Warner. Cet homme m'a dit qu'elle avait fait son chemin dans le cinéma en couchant avec tout le monde. Elle a bien cherché ce qu'elle a attrapé. » Mais les yeux inquiets ne sont jamais calmes et la bouche maussade n'est jamais heureuse. La grande voiture roule à soixante milles à l'heure.

Je voudrais boire quelque chose de frais.

Il y a un endroit, là-bas. Tu veux qu'on s'arrête.

Est-ce que tu crois que ce sera propre ?

Aussi propre que tout ce qu'on peut trouver dans ce pays perdu.

Enfin, les sodas en bouteille seront sans doute buvables.

La grande voiture grince et s'arrête. Le gros homme inquiet aide sa femme à descendre.

Mae les regarde et tourne les yeux ailleurs quand ils entrent. Al lève les yeux de dessus son gril, puis les rabaisse. Mae les connaît. Ils boiront un soda de cinq *cents* et râleront sous prétexte qu'il n'est pas assez froid. La femme emploiera six serviettes en papier et les jettera par terre. L'homme avalera de travers et s'en prendra à Mae. La femme reniflera comme si elle sentait une odeur de viande pourrie et ils s'en iront et répéteront jusqu'à la fin de leurs jours que dans l'Ouest les gens sont grincheux. Et Mae, quand elle est seule avec Al, les traite de merdeux.

Les camionneurs. Ça c'est autre chose !

Voilà un grand camion qui arrive. Pourvu qu'il s'arrête, qu'il dissipe l'odeur des merdeux. Quand je travaillais dans cet hôtel à Albuquerque, Al, si t'avais vu comme ils

217

volaient... n'importe quoi. Et plus leur voiture était grande, plus ils volaient... serviettes, argenterie, porte-savon. J' comprends pas ça.

Et Al maussade :

Où crois-tu donc qu'ils les prennent, leurs grandes bagnoles et leurs trucs ; tu te figures qu'ils sont nés avec ? T'auras jamais rien.

Le camionneur, le conducteur et son remplaçant.

Si on s'arrêtait prendre un caoua ; j' connais ce bistrot.

Et l'horaire, où en est-on ?

Oh ! nous avons de l'avance.

Alors arrête. Y a là une rombière qui vaut dix. Et le caoua est bon, en plus.

Le camion s'arrête. Deux hommes en culottes de cheval kaki, bottes, courtes vestes de trappeurs et képis militaires à visière. La porte grillagée bat.

Salut, Mae !

Comment, mais c'est Grand Bill Face de Rat ! Depuis quand avez-vous repris ce parcours ?

Y a huit jours.

L'autre homme met une pièce de cinq *cents* dans le phonographe, regarde le disque se détacher et le plateau monter par en dessous. La voix de Bing Crosby, la voix d'or. *Thanks for the memory, of sunburn at the shore — You might have been a headache, but you never were a bore.* Et le camionneur chante pour que Mae l'entende : *You might have been a haddock but you never was a whore* [1].

Mae éclate de rire.

Qui est votre ami, Bill ? C'est un nouveau sur le parcours, pas vrai ?

L'autre met une pièce dans l'appareil à sous, gagne quatre jetons et les reperd. Il s'approche du comptoir.

Alors, vous désirez ?

Oh ! un caoua. Qu'est-ce qu'il y a comme tartes ?

---

1. *Merci pour un souvenir, de bain de soleil sur la plage. Vous étiez peut-être insupportable, mais jamais ennuyeuse... Vous auriez pu être un hareng saur mais jamais une morue.* (Jeu de mots intraduisible entre *headache* (magrame) et *haddock* (aiglefin) et d'autre part entre *bore* (ennuyeuse) et *whore* (putain).

Crème de banane, crème d'ananas, crème au chocolat... et tarte aux pommes.

Aux pommes. Attendez... qu'est-ce que c'est que cette grosse-là ?

Mae la soulève et la renifle.

Crème de banane.

Coupez-en un morceau... comme pour un malade.

L'homme devant l'appareil à sous dit :

— Mettez-en deux.

Et deux... enlevez c'est pesé. Vous avez de nouvelles histoires depuis la dernière fois, Bill ?

— Ben, en voilà une...

— Attention, hein. Y a des dames !

— Oh ! y a rien de mal dans celle-là : Un mioche arrive en retard à l'école. La maîtresse lui dit : « Pourquoi qu' t'es en retard ? » Et le môme répond : « Il a fallu que je conduise la génisse pour la faire couvrir. » Et la maîtresse dit : « Ton père aurait pas pu faire ça ? — Oh ! si, que dit le gosse, mais pas aussi bien que le taureau. »

Mae se tord. Elle a un rire dur, perçant. Al, qui coupe soigneusement des oignons sur une planche, lève les yeux et sourit, puis baisse les yeux. Les camionneurs, y a que ça ! Vont laisser chacun vingt-cinq *cents* pour Mae. Quinze *cents* pour la tarte et le café et dix pour Mae. Et ils n'essaient même pas de la tomber.

Assis côte à côte sur les tabourets, la cuiller toute droite dans leur tasse de café. Taillant une petite bavette. Et Al, qui astique son gril, qui tend l'oreille mais ne souffle mot. La voix de Bing Crosby s'arrête. Le plateau s'abaisse et le disque reprend sa place dans le tas. La lumière violette s'éteint. La pièce de cinq *cents* qui a mis tout ce mécanisme en marche, qui a fait chanter Crosby et fait jouer un orchestre, cette pièce tombe d'entre les deux points de contact dans la boîte où vont les gains. Cette pièce, contrairement à la majorité des autres pièces, a réellement accompli un travail, a été physiquement responsable d'une réaction.

De la vapeur jaillit de la soupape du percolateur. Le compresseur de la glacière souffle doucement pendant un instant puis s'arrête. Dans le coin, le ventilateur électrique tourne lentement sa tête de droite et de gauche, balayant la salle d'une haleine chaude. Sur la 66 les autos filent à toute allure.

Une voiture du Massachusetts s'est arrêtée ici il y a un moment, dit Mae.

Le grand Bill saisit sa tasse par le haut et maintient la cuiller droite entre ses deux premiers doigts. Il aspire une gorgée d'air avec son café pour le refroidir.

— Vous n'avez qu'à aller sur la 66. Vous verrez des voitures de tous les coins du pays. Toutes en route vers l'Ouest. J'en avais jamais vu autant. Et des chouettes, je vous le promets.

— Nous avons vu un accident ce matin, dit l'autre chauffeur. Une grosse voiture. Une grosse Cadillac, modèle spécial, quelque chose de rupin, basse, couleur crème, modèle spécial. Elle s'est foutue dans un camion. Le radiateur s'est replié comme un accordéon, en plein dans le chauffeur. Elle devait pas faire loin de cent cinquante. Le volant est rentré droit dans le type. Il gigotait comme une grenouille crevée. Chouette bagnole. Du nanan. Maintenant on peut l'avoir pour une poignée de cacahuètes. Tout seul, qu'il était, le type.

Al lève les yeux de son ouvrage :

— Le camion a été abîmé ?

— Oh ! bon Dieu ! c'était pas un camion. Une de ces voitures transformées, pleine de fourneaux, de casseroles, de matelas, de gosses et de poulets. Enfin le genre qu'on voit qui vont dans l'Ouest. Le type nous passe à cent cinquante. Il se met sur deux roues pour nous passer et voit une voiture s'amener ; alors il donne un coup de volant et se fout en plein dans la camionnette. Devait être complètement noir. Bon Dieu, la literie, les poulets et les gosses, tout ça voltigeait en l'air, on n'y voyait plus rien. Y a eu un gosse de tué. J'ai jamais vu une salade pareille. On s'est arrêtés. Le vieux qui conduisait le camion était là debout devant le gosse mort. Pas moyen de lui tirer une parole. Complètement ahuri. Nom de Dieu, la route en est couverte, de ces familles qui s'en vont dans l'Ouest. J'en ai jamais vu autant. Ça empire tous les jours. J' me demande d'où ils peuvent bien venir.

— Moi, je me demande où ils peuvent bien aller, dit Mae. Y en a qui viennent acheter de l'essence ici des fois, mais ils n'achètent presque jamais rien d'autre. Y a des gens qui disent qu'ils volent. Nous, on ne laisse rien traîner. Ils ne nous ont jamais rien volé.

Le grand Bill, tout en mangeant sa tarte, lève les yeux et considère la route à travers l'écran métallique.

— J' vous conseille d'attacher vos affaires. En v'là qui s'amènent, j'ai l'impression.

Une Nash 1926 se mettait pesamment sur le bord de la route. L'arrière était plein, presque jusqu'en haut, de sacs, de batterie de cuisine, et tout à fait au sommet, tout contre le toit, il y avait deux petits garçons. Sur le dessus de la voiture, un matelas et une tente pliée ; piquets de tente attachés le long du marchepied. L'auto roula jusqu'aux pompes à essence. Un homme aux cheveux noirs et au visage en lame de couteau en descendit lentement. Et les deux enfants se laissèrent glisser du haut du chargement et mirent pied à terre.

Mae fit le tour du comptoir et resta sur la porte. L'homme portait un pantalon de laine grise et une chemise bleue que la sueur avait foncée sur le dos et sous les bras. Les petits garçons ne portaient que des bleus et rien d'autre, des bleus dépenaillés et rapiécés. Leurs cheveux blonds se dressaient tout droits et régulièrement sur leurs crânes, car ils avaient été rasés court. Ils avaient la figure striée de poussière. Ils se rendirent directement à la flaque d'eau sale sous le tuyau et enfoncèrent leurs orteils dans la boue.

L'homme demanda :

— Pouvons-nous prendre de l'eau, madame ?

Le visage de Mae prit une expression ennuyée :

— Allez-y, servez-vous. (Et doucement, par-dessus son épaule elle dit :) J' vais surveiller mon tuyau.

Elle regarda attentivement l'homme dévisser son bouchon de radiateur et adapter le tuyau.

Une femme dans la voiture, une femme aux cheveux de lin, dit :

221

— Vois si on ne pourrait pas t'en donner ici.

L'homme ferma le robinet et revissa le bouchon. Les petits garçons lui prirent le tuyau des mains, en soulevèrent l'extrémité et burent avidement. L'homme enleva son chapeau noir tout taché et resta debout, étrangement humble, devant le châssis de la porte.

— Des fois, vous ne pourriez pas nous vendre une miche de pain, madame ?

Mae dit :

— Ce n'est pas une boulangerie ici. Nous avons du pain pour faire des sandwiches.

— Je sais, madame. Son humilité se faisait tenace. Il nous faut du pain et on nous a dit qu'on ne trouverait rien d'ici un bout de temps sur la route.

— Si nous vendons du pain, nous nous trouverons à court. Mae commençait à faiblir.

— Nous avons faim, dit l'homme.

— Pourquoi que vous ne prenez pas des sandwiches ? Nous avons de bons sandwiches, aux saucisses.

— Sûr qu'on aimerait faire ça, madame. Mais on peut pas. On n'a plus que dix *cents* pour nous tous. (Et il ajouta embarrassé :) Nous n'avons que bien peu de chose.

Mae dit :

— Vous ne pouvez pas avoir une miche de pain pour dix *cents*. Nos miches sont à quinze *cents*.

Derrière elle Al grogna :

— Eh bon Dieu, Mae, donne-leur du pain.

— Nous serons à court, avant que le boulanger passe.

— Eh bien, nous serons à court, qu'est-ce que ça fout ? dit Al, et il s'absorba de nouveau d'un air renfrogné dans la salade de pommes de terre qu'il était en train de préparer.

Mae haussa ses épaules dodues et regarda les camionneurs pour les prendre à témoin des difficultés contre lesquelles elle avait à lutter.

Elle tint le châssis métallique ouvert et l'homme entra dans une odeur de sueur. Les enfants se faufilèrent derrière lui et allèrent immédiatement à la vitrine des bonbons qui

222

leur fit ouvrir de grands yeux, des yeux où ne se lisait ni l'envie, ni l'espoir, ni même le désir, mais une espèce d'émerveillement que de semblables choses pussent exister. Ils étaient de la même taille et se ressemblaient physiquement. L'un d'eux grattait sa cheville poussiéreuse avec les ongles de l'autre pied. L'autre murmura quelque chose à voix basse puis ils raidirent leurs bras de sorte que leurs poings fermés dans les poches de leurs salopettes se dessinaient à travers la fine étoffe bleue.

Mae ouvrit un tiroir et en ira une miche de pain enveloppée de papier glacé.

— Voilà une miche de quinze *cents*.

L'homme repoussa son chapeau sur sa tête. Il répondit avec une inflexible humilité :

— Est-ce que vous ne voudriez pas... est-ce que vous ne pourriez pas trouver moyen de nous en couper pour dix *cents* ?

Al dit hargneusement :

— Mae, donne-leur donc cette miche, nom de Dieu !

L'homme se tourna vers Al :

— Non, nous voulons en acheter pour dix *cents*. Nous avons calculé au plus juste pour arriver en Californie.

Mae, résignée, dit :

— Vous pouvez prendre cette miche pour dix *cents*.

— Ça serait vous voler, madame.

— Allez... c'est Al qui vous dit de la prendre.

Elle poussa le pain dans son papier glacé sur le comptoir. L'homme sortit de sa poche de derrière une grande bourse en cuir, en défit les cordons et l'ouvrit. Elle était lourde d'argent et de billets crasseux.

— Ça peut avoir l'air drôle d'être si près de ses sous, dit-il en manière d'excuse. Nous avons mille milles à faire et nous ne savons pas si nous pourrons les faire.

Il plongea l'index et le pouce dans la bourse, trouva dix *cents* et s'en saisit. Quand il posa la pièce sur le comptoir il avait également un *penny*. Il était sur le point de remettre le sou dans la bourse quand il vit les yeux des enfants rivés sur la vitrine des bonbons. Il s'approcha d'eux lentement. Il montra du doigt de longs sucres d'orge à la menthe, ornés de raies.

— Est-ce que ces bonbons sont à un sou, madame ?

Mae s'approcha et regarda dans la vitrine :

— Lesquels ?

— Ceux-là, les rayés.

Les petits enfants levèrent les yeux vers elle et cessèrent de respirer ; leurs bouches étaient entrouvertes et leurs corps demi-nus étaient rigides.

— Oh... ceux-là. Hmm, non... ceux-là sont deux pour un sou.

— Alors, donnez-m'en deux, madame.

Il déposa le sou en bronze soigneusement sur le comptoir. Les enfants laissèrent échapper doucement la respiration qu'ils retenaient. Mae leur tendit les gros sucres d'orge.

— Prenez, dit l'homme.

Ils avancèrent timidement la main, se saisirent chacun d'un bâton et le tinrent au bout de leurs bras ballants, sans le regarder. Mais ils se regardaient mutuellement, avec un petit sourire au coin des lèvres, un sourire crispé, embarrassé.

— Merci, madame.

L'homme prit le pain et sortit, et les petits garçons le suivirent d'un pas rapide, les sucres d'orge rayés bien serrés contre leurs jambes. Ils bondirent comme des écureuils par-dessus le siège avant, se faufilèrent au haut du chargement et, comme des écureuils, ils disparurent dans leur trou.

L'homme monta et mit en marche, et dans un bruit de tonnerre et un nuage bleu de fumée d'huile, la vieille Nash remonta sur la grand-route et s'éloigna vers l'Ouest.

De l'intérieur du restaurant les camionneurs, Mae et Al les suivirent des yeux.

Le grand Bill se retourna :

— C'était pas des bonbons à deux pour un sou, dit-il.

— Qu'est-ce que ça peut vous faire ? dit sauvagement Mae.

— C'était des sucres d'orge à cinq *cents* pièce, dit Bill.

— Faut nous mettre en route, dit l'autre homme. Nous perdons notre temps.

Ils fouillèrent dans leurs poches. Bill posa une pièce sur le comptoir et l'autre la regarda et fouillant de nouveau posa lui aussi une pièce. Ils firent demi-tour et se dirigèrent vers la porte.

— Au revoir, dit Bill.

Mae appela :

— Hé ! Une minute... et votre monnaie ?

— Allez vous faire foutre, dit Bill, et le châssis métallique claqua en se refermant.

Mae les regarda monter dans le grand camion, le regarda démarrer en première et entendit le grincement du changement de vitesse quand il prit son allure de route.

— Al... dit-elle doucement.

Il leva les yeux du steak haché qu'il aplatissait et mettait entre deux couches de papier glacé.

— Qu'est-ce que tu veux ?

— Regarde.

Elle montra les pièces près des tasses, deux demi-dollars. Al s'approcha et regarda, puis il se remit au travail.

— Des conducteurs de camion, dit Mae avec respect, et après ces merdeux...

Les mouches se heurtaient contre le grillage de la porte et s'éloignaient en bourdonnant. Le compresseur ronfla un instant et se tut. Sur la nationale 66 le mouvement continuait : camions, jolies voitures aérodynamiques, vieux tacots ; et tous passaient avec un chuintement mauvais. Mae prit les assiettes et fit tomber la croûte des tartes dans un baquet. Elle prit son torchon humide et essuya le comptoir à grands coups circulaires. Et ses yeux étaient sur la route où la vie passait à fond de train.

Al s'essuya les mains à son tablier. Il regarda un papier épinglé au mur au-dessus du gril. Trois rangées de signes en colonnes sur le papier. Al compta la plus longue rangée. Il longea le comptoir jusqu'à la caisse enregistreuse, fit sonner la touche *No Sale*[1] et prit une poignée de pièces de cinq *cents*.

1. Pas de vente à enregistrer.

— Qu'est-ce que tu fais ? demanda Mae.

— Le numéro trois est prêt à gagner, dit Al.

Il se rendit au troisième appareil à sous et y mit ses pièces, et au cinquième tournoiement des roues les trois barres apparurent et toute la monnaie dégringola dans la coupe. Al ramassa toute sa grosse poignée de pièces et revint au comptoir. Il les fit tomber dans le tiroir et ferma d'un coup la caisse enregistreuse. Puis il retourna à sa place et effaça la ligne de points.

— Le nombre trois est joué plus que les autres, dit-il. Je ferais peut-être bien de tous les changer de places. Il souleva un couvercle et tourna lentement le ragoût qui fumait.

— J' me demande ce qu'ils feront en Californie, dit Mae.

— Qui ça ?

— Les gens qui étaient ici tout à l'heure.

— Je me le demande, dit Al.

— Tu crois qu'ils trouveront de l'embauche ?

— Comment veux-tu que je le sache ? dit Al.

Elle regarda sur la route dans la direction de l'est.

— V'là un camion, un double. Est-ce qu'ils vont s'arrêter ? J' l'espère.

Et comme le gros camion serrait lourdement vers le bord de la route, Mae saisit son torchon et essuya le comptoir dans toute sa longueur. Et elle donna un petit coup également au percolateur étincelant et releva la manette du gaz en dessous. Al apporta une poignée de navets et se mit à les peler. Le visage de Mae était gai quand la porte s'ouvrit devant les deux chauffeurs en uniforme.

— Salut, frangine !

— J'aime pas être la frangine des hommes, dit Mae. (Ils rirent et Mae rit également.) Qu'est-ce que je vous sers, jeunes gens ?

— Oh ! un caoua. Qu'est-ce que vous avez comme tartes ?

— Crème d'ananas, crème de banane, crème au chocolat et tarte aux pommes.

— Donnez-moi une tarte aux pommes. Non attendez... Qu'est-ce que c'est que cette grosse-là ?

Mae prit la tarte et la renifla.

— Crème d'ananas, dit-elle.
— Bon, coupez-m'en un morceau.
Sur la Nationale 66, les voitures vrombissaient méchamment.

CHAPITRE XVI

Les Joad et les Wilson, en groupe unique, roulaient cahin-
caha en direction de l'Ouest. El Reno et Bridgeport,
Clinton, Elk City, Sayre et Texola. Là est la frontière et
l'Oklahoma s'étendait derrière eux. Et ce jour-là les autos se
traînèrent sans fin à travers cette partie du Texas qu'on
appelle La Queue de la Poêle. Shamrock et Alanreed,
Groom et Yarnell. Quand vint le soir, ils traversaient
Amarillo. Trop longue étape qui les força à camper à la nuit.
Ils étaient fatigués, couverts de poussière et ils avaient
chaud. La chaleur donnait des convulsions à Grand-mère et
elle était très faible quand ils s'arrêtèrent.

Cette nuit-là, Al vola un pieu de clôture et en fit un faîtage
qu'il assujettit aux deux bouts en haut du camion. Ce même
soir ils ne mangèrent que des galettes froides et dures qui
restaient du déjeuner. Ils se laissèrent tomber sur les matelas
et dormirent tout habillés. Les Wilson ne dressèrent même
pas leur tente.

Les Joad et les Wilson fuyaient à travers La Queue de la
Poêle, la contrée grise, vallonnée, ridée et gercée par les
inondations antérieures. Ils fuyaient l'Oklahoma à travers le
Texas. Les tortues terrestres rampaient dans la poussière et
le soleil fouillait la terre et vers le soir, la chaleur quittait le
ciel et la terre envoyait elle-même ses ondes de chaleur.

La fuite des deux familles dura deux jours, mais le
troisième jour, le pays leur parut trop grand et ils adoptèrent
un nouveau mode de vie ; la grand-route devint leur foyer et

le mouvement leur moyen d'expression. Peu à peu ils s'adaptèrent à leur nouvelle vie. Ruthie et Winfield d'abord, puis Al, puis Connie et Rose de Saron, enfin les plus âgés. Le pays ondulait comme une grande houle de fond immobile. Wildorado et Vega, Boise et Glenrio. C'est là que finit le Texas. New-Mexico et les montagnes. Tout au loin, les montagnes se dressaient contre le ciel. Et les roues des voitures tournaient en grinçant, et les moteurs chauffaient et la vapeur giclait par les bouchons des radiateurs. Ils se traînèrent jusqu'à la rivière Fecos et la traversèrent à Santo Rosa. Et ils continuèrent encore pendant vingt milles.

Al Joad conduisait la voiture de tourisme, et sa mère était près de lui avec Rose de Saron à côté d'elle. Devant eux le camion peinait. L'air chaud déferlait en vagues sur la campagne et faisait vibrer les montagnes. Tassé sur son siège, Al conduisait nonchalamment, les mains molles sur la barre transversale du volant ; son chapeau gris, plié en bec et penché sur l'oreille le plus cavalièrement du monde, lui recouvrait un œil ; et tout en conduisant il se détournait de temps en temps et crachait par la portière.

Près de lui, Man avait croisé les mains sur son ventre et s'était repliée sur elle-même comme pour mieux résister à la fatigue. Elle était assise mollement et laissait les mouvements de la voiture lui bercer la tête et le corps. Elle clignait les yeux pour voir les montagnes devant elle. Les pieds crispés contre le plancher et le coude droit passé par la portière, Rose de Saron se raidissait contre les mouvements de l'auto. Son visage plein se contractait à chaque secousse et sa tête s'agitait par saccades parce que les muscles de son cou étaient tendus. Elle s'efforçait de tendre tout son corps comme un vase rigide où son fœtus serait préservé des cahots. Elle tourna la tête vers sa mère.

— Man, dit-elle.

Les yeux de Man reprirent de l'éclat et son attention se porta sur Rose de Saron. D'un coup d'œil elle vit le visage tendu, tiré, bouffi et elle sourit.

— Man, dit la jeune femme, quand on sera arrivés, tout

ce qu'on aura à faire ça sera de cueillir des fruits et de vivre à la campagne, pas vrai ?

Man sourit avec un peu d'ironie :

— Nous n'y sommes pas encore, dit-elle. Nous ne savons pas comment ce sera. On verra.

— Connie et moi, nous ne voulons plus vivre à la campagne, dit la jeune femme. Nous avons déjà fait tous nos plans.

Une ombre obscurcit un moment le visage de Man.

— Vous n'allez pas rester avec nous... avec la famille ? demanda-t-elle.

— C'est que nous avons bien réfléchi, Connie et moi. Man, nous voulons habiter la ville. (Elle continua avec feu :) Connie trouvera une place dans un magasin, ou peut-être dans une usine. Et il étudiera à la maison, la sans-fil peut-être, pour devenir technicien et avoir un magasin à lui peut-être, un peu plus tard. Et on ira au cinéma quand ça nous dira. Et Connie dit qu'il fera venir un docteur quand le bébé viendra ; et il dit que si des fois y a moyen j'irai peut-être dans une maternité. Et on aura une auto, une petite. Et le soir quand il aura fini de travailler, eh ben... ça sera agréable. Et puis il a déchiré une page de *Confidences*, et il va écrire qu'on lui envoie un cours par correspondance, parce que ça ne coûte rien. C'est marqué sur le coupon. Je l'ai vu. Et, pense donc... on vous trouve même une place quand on a suivi le cours... la T. S. F... que c'est... un métier tout c' qu'il y a de bien, où il y a de l'avenir. Et on habitera en ville et on ira au cinéma de temps en temps et puis tu sais, j'aurai un fer électrique et le bébé n'aura que des affaires neuves. Que des affaires neuves, il a dit, Connie... bien blanches et... t'as bien vu dans les catalogues toutes ces jolies petites choses qu'on fait pour les bébés. Bien sûr, tout au début, tant que Connie étudiera à la maison ça ne sera peut-être pas si facile, mais... quand le bébé arrivera, il aura peut-être fini d'étudier, et on aura un chez-nous, un tout petit. Nous ne voulons rien d'extraordinaire, mais nous voulons que ça soit gentil pour le bébé. (Son visage rayonnait d'enthousiasme.) Et j'ai pensé que... ben, on pourrait peut-être s'installer tous en ville, et quand Connie aura son magasin... peut-être que Al pourrait travailler avec lui.

Man n'avait pas cessé d'observer la figure enflammée. Elle avait regardé s'échafauder peu à peu le château en Espagne.

— Nous ne voulons pas que vous vous éloigniez de nous, dit-elle. Ça ne vaut rien quand les familles se dispersent.

Al ricana :

— Moi, travailler pour Connie ? Pourquoi que Connie ne viendrait pas travailler pour moi ? Il se figure être le seul fils de garce à pouvoir étudier la nuit ?

Man sembla se rendre compte brusquement que tout cela n'était qu'un rêve. Elle tourna de nouveau la tête pour regarder devant elle et se laissa aller sur son siège, mais le léger sourire s'attardait autour des yeux.

— Je me demande comment Grand-mère se sent aujourd'hui.

Al, penché sur le volant, devint attentif. Le moteur faisait entendre un léger grincement. Il accéléra et le bruit s'accrut. Il mit du retard à l'allumage et tendit l'oreille, puis il remit les gaz un instant et de nouveau il écouta. Le bruit s'accentua, devint une sorte de martèlement métallique. Al fit marcher son klaxon et gara sa voiture sur le bord de la route. Devant eux le camion s'arrêta puis recula lentement. Trois voitures les dépassèrent en trombe, allant vers l'Ouest, elles cornèrent toutes trois en passant et le dernier chauffeur se pencha et hurla :

— Vous n'êtes pas malades d'arrêter comme ça, nom de Dieu !

Tom recula, serra le bord de la route, descendit et s'approcha. A l'arrière du camion chargé des têtes apparurent. Al retarda l'allumage est écouta le moteur au ralenti. Tom demanda :

— Qu'est-ce qu'il y a, Al ?

Al accéléra son moteur :

— Écoute-moi ça.

Le bruit augmentait. Tom écouta :

— Mets au ralenti, dit-il. (Il ouvrit le capot et y plongea la tête.) Maintenant accélère. (Il écouta un moment puis referma le capot.) Ben, j' crois que t'as raison, Al, dit-il.

— Un coussinet de bielle, hein ?

— M'en a tout l'air, dit Tom.

— C'est pourtant pas l'huile qui manquait, se lamenta Al.

— Oui, mais elle n'arrivait pas. Le moulin est sec comme un coup de trique. Eh bien… y a pas autre chose à faire qu'à l'enlever. Écoute, j' vais avancer et trouver un terrain plat où stopper. Avance lentement, bouzille pas le carter.

Wilson demanda :

— Est-ce que c'est grave ?

— Plutôt, dit Tom, et il retourna à son camion et avança lentement.

Al expliqua :

— J' sais pas ce qu'a pu le faire griller. J' l'ai jamais laissé manquer d'huile.

Al savait que lui seul encourait le blâme. Il était conscient de son échec.

Man dit :

— C'est pas de ta faute. T'as fait tout ce que tu devais. (Puis elle demanda un peu timidement :) C'est vraiment très grave ?

— Dame, c'est pas commode à atteindre, faudra qu'on trouve une autre bielle ou bien qu'on régule le coussinet. (Il poussa un profond soupir.) Sûr que j' suis content que Tom soit là. J'ai jamais arrangé de coussinet. Cré bon Dieu, j'espère que Tom connaît ça.

Un grand panneau-réclame rouge se dressait au bord de la route et projetait une grande ombre allongée. Tom poussa le camion vers le fossé, le traversa et stoppa à l'ombre. Il descendit et attendit l'arrivée de Al.

— Vas-y mollement, hé ! cria-t-il, mène doucement, sans ça tu casseras un ressort par-dessus le marché !

Al rougit de colère. Il ralentit son moteur :

— Sacré bon Dieu, hurla-t-il, ce n'est pas moi qui ai grillé ce coussinet. Qu'est-ce que tu veux dire avec ton « par-dessus le marché » ?

Tom sourit.

— T'emballe pas, dit-il. J' veux rien dire du tout. Vas-y mollement, là, dans ce fossé.

232

Tout en grommelant, Al conduisit avec précaution l'auto dans le fossé et la fit monter de l'autre côté.

— Va pas faire croire aux autres que c'est moi qui ai grillé ce coussinet.

Le moteur cognait dur, maintenant. Al se rangea à l'ombre et coupa les gaz.

Tom ouvrit le capot et l'assujettit.

— J' peux rien faire avant qu'il soit refroidi, dit-il.

La famille descendit des autos et se groupa autour de la torpédo.

Pa demanda :

— C'est sérieux ?

Et il s'accroupit sur ses talons.

Tom se retourna vers Al.

— T'en as déjà arrangé ?

— Non, répondit Al. Jamais. Naturellement j'ai démonté des carters.

Tom dit :

— Ben, faut démonter le carter et retirer la bielle, et puis il s'agira de trouver une pièce de rechange après quoi faudra la rectifier, la régler, l'ajuster. Ça représente une bonne journée de travail. Faudra retourner au dernier endroit où qu'on a passé, pour chercher une pièce, Santa Rosa. Alburquerque est à peu près à soixante-quinze milles plus loin... Oh! bon Dieu, demain c'est dimanche! On n' trouvera rien demain.

La famille restait silencieuse. Ruthie s'approcha et risqua un œil dans le capot ouvert dans l'espoir de voir la pièce cassée.

— Demain c'est dimanche, continua tranquillement Tom. Lundi on s' procurera la pièce et on n'aura probablement pas réparé avant mardi. Nous n'avons pas les outils qui nous faciliteraient la besogne. Ça ne va pas être commode.

L'ombre d'un busard glissa sur la terre et toute la famille leva les yeux vers l'oiseau noir qui planait dans le ciel.

Pa dit :

— C' que j'ai peur, c'est de me trouver à court d'argent et de n' pas pouvoir arriver là-bas. Nous sommes tous là à manger et avec ça faut acheter de l'essence et de l'huile. Si nous nous trouvons à sec j' sais pas ce que nous ferons.

Wilson dit :

— Ça m'a tout l'air d'être de ma faute. Cette sacrée bagnole ne m'a donné que des ennuis. Vous avez tous été très gentils avec nous. Maintenant prenez vos affaires et continuez votre route. Sairy et moi, nous resterons ici. Nous verrons à nous débrouiller. Nous ne voulons pas vous incommoder.

Pa dit lentement :

— Nous ne ferons pas ça. Il y a presque une parenté entre nous. Le Grand-père est mort sous votre tente.

Sairy dit d'une voix lasse :

— Nous ne vous avons causé que des ennuis, que des ennuis.

Tom roula lentement une cigarette, l'examina et l'alluma. Il enleva sa casquette abîmée et s'en essuya le front.

— J'ai une idée, dit-il. Elle ne plaira peut-être à personne, mais voilà ce que c'est. Plus vite on arrivera en Californie, plus tôt on aura de l'argent. Bon... maintenant cette petite voiture-là va deux fois plus vite que le camion. Alors voilà mon idée : vous allez transporter une partie de ces affaires dans le camion, et puis vous partirez tous, sauf moi et le pasteur. Casy et moi, on va rester ici à réparer cette voiture et puis on roulera jour et nuit et on vous rattrapera, ou bien si nous ne nous retrouvons pas sur la route vous serez toujours au travail, en tout cas. Et si vous tombez en panne, mettez-vous tout simplement sur le bord de la route, jusqu'à ce qu'on arrive. Vous n'en serez pas plus mal en point et si vous arrivez là-bas, alors vous aurez du travail et tout deviendra beaucoup plus simple. Casy pourra m'aider avec cette bagnole et nous arriverons comme une fleur.

La famille assemblée réfléchit. L'oncle John s'assit sur ses talons à côté de Pa.

Al dit :

— T'auras pas besoin que je te donne un coup de main pour cette bielle ?

— T'as dit toi-même que t'en avais jamais arrangé.

— C'est vrai, admit Al. Tout ce qu'il faut c'est un dos

234

robuste. Peut-être bien que le pasteur n'a pas envie de rester.

— Oh... n'importe qui... je m'en fous, dit Tom.

Pa gratta la terre sèche avec son index.

— J'ai idée que Tom a raison, dit-il ; ça nous avancerait à rien de rester tous ici. Nous pouvons faire de cinquante à cent milles avant la nuit.

Man s'inquiéta :

— Comment qu'ils nous retrouveront ?

— On restera sur la même route, dit Tom. La 66, sans changer. Jusqu'à un patelin qui s'appelle Bakersfield. J' l'ai vu sur ma carte. C'est là que faut que vous alliez tout droit.

— Oui, mais quand on sera en Californie et qu'on prendra d'autres routes ?...

— T'en fais pas, dit Tom pour la rassurer. On vous retrouvera. La Californie c'est pas toute la terre.

— Ça m'a l'air d'être un pays bien grand sur la carte, dit Man.

Pa sollicita un conseil :

— John, tu vois quelque raison contre ?

— Non, dit John.

— Monsieur Wilson, c'est votre voiture. Avez-vous quelque objection à ce que mon gars la répare et nous l'amène ?

— J'en vois point, dit Wilson. Vous avez déjà tant fait pour nous, à ce qu'il semble. J' vois pas pourquoi que j'aiderais pas votre garçon.

— Si nous ne vous rattrapons pas, vous pourrez vous mettre au travail ; mettre quelques sous de côté, dit Tom. Et une supposition qu'on reste tous ici. Y a point d'eau ici, et nous ne pouvons pas bouger cette voiture. Mais supposons que vous partiez tous et que vous trouviez du travail. Alors, vous aurez de l'argent et une maison pour y vivre, peut-être bien. Ça vous va, Casy ? Vous voulez rester avec moi pour me donner un coup de main ?

— J' veux faire ce qui sera le mieux pour vous tous, dit Casy. Vous m'avez emmené avec vous. J' ferai ce que vous voudrez.

— Ben, faudra vous coucher sur le dos et recevoir de la graisse sur la gueule si vous restez ici, dit Tom.

— Ça me convient.

Pa dit :

— Alors, en ce cas, autant se mettre en route tout de suite. Nous pourrons peut-être faire nos cent milles avant l'étape.

Man se planta devant lui :

— Moi, j' pars pas.

— Qu'est-ce que tu racontes, tu ne pars pas ? Faudra bien que tu partes. Faut que tu t'occupes de la famille.

Pa était étonné de cette révolte.

Man s'approcha de la torpédo et chercha quelque chose sous le siège arrière. Elle en tira un manche de cric qu'elle balança dans sa main.

— Je ne partirai pas, dit-elle.

— Tu partiras, tu m'entends. C'est ce qui a été décidé.

Et maintenant la bouche de Man était contractée. Elle dit à mi-voix :

— Tu ne me feras bouger qu'en me tapant dessus. (Elle agita de nouveau le manche de cric.) Et je te ferai honte, Pa. J' me laisserai pas faire, j' pleurerai pas, j' supplierai pas. J' te sauterai dessus. Et c'est pas tellement sûr que tu pourrais me flanquer une tournée, d'abord. Et en supposant que tu le fasses, je jure devant Dieu que j'attendrai que t'aies le dos tourné et que tu sois assis et j' t'enverrai un seau par la gueule. Je l' jure par le saint nom de Jésus.

Pa, désemparé, regardait le groupe autour de lui.

— Parlez d'une effrontée, dit-il. J' l'ai jamais vue me répondre comme ça.

Ruthie poussa un petit rire aigu.

Le cric s'agitait, menaçant, dans la main de Man.

— Viens-y, dit-elle. T'es décidé. Viens me flanquer une tournée. Essaie un peu. Mais j' partirai pas ; ou si je pars, tu n'auras plus une minute de sommeil, parce que j'attendrai, j'attendrai, et t'auras pas plutôt fermé les yeux que j' te foutrai une bûche par la tête.

— Rétive comme une sacrée pouliche, murmura Pa. Et elle n'est plus jeune, avec ça...

Tout le groupe observait la révolte. Ils observaient Pa, s'attendant à le voir éclater de fureur. Ils observaient ses

236

mains molles, s'attendant à voir les poings se fermer. Et la colère de Pa ne monta pas, et ses mains continuèrent de baller à ses côtés. Et au bout d'un instant le groupe comprit que Man avait gagné. Et Man le savait aussi.

Tom dit :

— Man, qu'est-ce qui t'arrive ? Pourquoi que tu te comportes comme ça ? Qu'est-ce qui te prend tout d'un coup ? Tu te mets contre nous, maintenant ?

Le visage de Man s'adoucit, mais ses yeux étaient toujours farouches.

— T'as arrangé tout ça sans beaucoup réfléchir, dit-elle. Qu'est-ce qui nous reste en ce bas monde ? Rien que nous-mêmes. Rien que la famille. A peine on était partis, et v'là Grand-père qui casse sa pipe. Et maintenant tu voudrais que la famille s'égaille…

Tom s'écria :

— Mais on vous rattraperait, Man. Il ne nous faudrait pas longtemps.

Man agita son cric :

— Et suppose que vous passiez devant notre camp sans nous voir. Suppose qu'on arrive là-bas, comment qu'on saurait où laisser un mot pour vous dire où c' qu'on est ? (Elle dit :) La route que nous avons à faire est dure. Grand-mère est malade. Elle est là-haut, sur le camion, prête à plier bagage, elle aussi. Elle s'en va d'épuisement. La route que nous avons à faire est dure.

L'oncle John dit :

— Mais nous on pourrait gagner un peu d'argent. On pourrait économiser un peu pour le moment où que les autres nous rejoindraient.

Les yeux de toute la famille se reportèrent sur Man. C'était elle la puissance. Elle avait pris les choses en main.

— L'argent qu'on gagnerait ne nous servirait de rien, dit-elle. La famille unie, c'est tout ce qui nous reste. Comme un troupeau de vaches, quand les loups rôdent alentour, restent toutes ensemble. Quand tout mon monde est là, tout ce qui vit, je n'ai pas peur, mais je ne veux pas nous voir séparés. Les Wilson sont avec nous et le pasteur est avec nous. Je n'ai rien à dire s'ils veulent s'en aller, mais si les miens veulent se séparer vous me verrez comme un chat sauvage avec cet instrument dans la main.

Elle parlait d'un ton froid, définitif.

Tom dit pour la calmer :

— Man, nous ne pouvons pas tous camper ici. Y a pas d'eau. Y a même pas d'ombre. Faut de l'ombre pour Grand-mère.

— Très bien, dit Man. Nous allons partir. Nous nous arrêterons au premier endroit où il y aura de l'eau et de l'ombre. Et... le camion reviendra te chercher et te conduira à la ville pour acheter ta pièce et te ramènera. Tu ne vas pas aller te promener comme ça sous ce soleil, et je ne veux pas que tu sois tout seul pour que si on te ramasse il n'y ait personne de la famille pour te porter secours.

Tom serra les lèvres sur ses dents, puis les rouvrit avec un claquement. Il ouvrit les mains, découragé, et les laissa retomber à ses côtés.

— Pa, dit-il, si tu l'attaques d'un côté et moi de l'autre, et si les autres s'empilent dessus et que Grand-mère saute sur le tas du haut du camion, on pourra peut-être venir à bout de Man sans qu'il y en ait plus de deux ou trois d'assommés avec cette barre de fer. Mais si t'as pas envie d'avoir la tête en compote, m'est avis que Man nous a tous faits capots. Nom de Dieu, une personne bien décidée peut donner du fil à retordre à un tas de gens. On te donne gagné, Man. Laisse cette barre de fer avant que t'aies blessé quelqu'un.

Man regarda la barre de fer avec étonnement. Sa main trembla. Elle laissa tomber son arme à terre, et Tom, avec des précautions exagérées, la ramassa et la remit dans l'auto. Il dit :

— Pa, tu t'es bel et bien fait remettre à ta place. Al, emmène-les tous et mets-les à camper quelque part, et puis tu m'amèneras le camion ici. Le pasteur et moi on va démonter le carter. Après quoi, si on a encore le temps, on filera tous les deux à Santa Rosa et on essaiera de se procurer une bielle. On pourra peut-être, vu que c'est samedi soir. Grouillez-vous maintenant, qu'on puisse partir. Attendez que je prenne une clé anglaise et des tenailles dans le camion.

238

Il allongea le bras sous la voiture et tâta le carter graisseux.

— Oh! oui, donnez-moi un bidon, quéq' hose, ce vieux seau, pour recueillir l'huile. Faut pas en perdre.

Al lui passa le seau et Tom le plaça sous la voiture et desserra le bouchon de vidange avec une paire de tenailles. L'huile noire lui coula le long du bras quand il dévissa le chapeau avec ses doigts, puis le flot noir coula sans bruit dans le seau. Le seau était à moitié plein quand Al eut fini d'installer tout le monde sur le camion. Tom, le visage déjà tout englué d'huile, regarda à travers les roues.

— Reviens vite! cria-t-il.

Et il desserrait les écrous du carter tandis que le camion franchissait doucement le fossé et s'éloignait sur la route. Tom donna un tour à chaque écrou, les desserrant ainsi tous également pour ménager les joints.

Le pasteur s'agenouilla près des roues.

— Qu'est-ce que je peux faire?

— Rien pour le moment. Dès que l'huile sera toute vidée et que j'aurai desserré tous les écrous, vous pourrez m'aider à enlever le carter.

Il rampa plus avant sous la voiture, desserrant les écrous avec la clé et les faisant tourner avec ses doigts. Il laissa les écrous à chaque bout presque complètement desserrés, pour empêcher le carter de tomber.

— La terre est encore chaude là-dessous, dit Tom, puis il ajouta : Dites donc, Casy, vous avez été bougrement silencieux tous ces jours. Nom de Dieu, je me rappelle, la première fois que je vous ai rencontré vous faisiez un discours toutes les demi-heures ou à peu près. Et v'là deux jours que vous avez pas dit deux paroles. Qu'est-ce que vous avez... ça ne gaze plus?

Casy était couché à plat ventre et regardait sous la voiture. Son menton hérissé de poils rares reposait sur le dos de sa main. Il avait repoussé son chapeau pour se protéger la nuque.

— J'ai assez parlé quand j'étais pasteur pour que ça me dure jusqu'à la fin de mes jours, dit-il.

— Oui, mais vous avez bien parlé depuis.

— Je m' tracasse les sangs, dit Casy. J' m'en rendais

même pas compte, quand j' prêchais à droite et à gauche, mais je courais la fille pire qu'un chat de gouttière. Si j' dois plus prêcher, faudra que je me marie. Vous savez quoi, Tommy ? Ben je sens les aiguillons de la chair.

— Moi aussi, dit Tom. Tenez, le jour que je suis sorti de Mac-Alester, j'en fumais. J' me suis lancé après une poule, une pute que c'était, comme si ç'avait été un lapin. J' vous dirai pas ce qu'est arrivé. J' pourrais le dire à personne, ce qu'est arrivé.

Casy se mit à rire :

— Je sais ce qui est arrivé. Un jour j'étais allé jeûner dans le désert, et quand je suis revenu il m'est arrivé la même sacrée histoire.

— Sans blague ? dit Tom. En tout cas, j'ai économisé mes sous et la poule a pas eu à se plaindre. Elle croyait que j'étais fou. J'aurais dû la payer, mais j'avais que cinq dollars. Elle m'a dit qu'elle ne voulait pas de mon argent. Tenez, fourrez-vous là-dessous et accrochez-vous quéq' part. J' vais le détacher à petits coups. Après vous enlèverez cet écrou et j'enlèverai celui de l'autre bout et le reste viendra aisément. Attention à ce joint. Vous voyez, ça se démonte tout d'une pièce. Ces vieilles Dodge n'ont que quatre cylindres. J'en ai démonté un une fois. Les coussinets sont gros comme des cantaloups. Maintenant... laissez descendre... tenez bien. Attrapez là au-dessus, et tirez sur ce joint, là où il tient encore... doucement. Là !

Le carter graisseux reposait par terre entre eux deux, et un peu d'huile restait encore dans le fond. Tom fouilla dans un des godets d'avant et en retira des fragments de métal blanc.

— Le voilà, dit-il.

Il retourna le métal dans ses doigts.

— Le vilebrequin est dégagé. Allez chercher la manivelle derrière, et tournez jusqu'à ce que je vous le dise.

Casy se leva et ayant pris la manivelle, l'ajusta.

— Vous êtes prêt ?

— Allez... attention, mollement... un peu plus... un peu plus encore... Parfait.

Casy s'agenouilla et regarda de nouveau sous la voiture. Tom secoua la bielle contre le vilebrequin.

— La voilà.

— Qu'est-ce qui a fait ça, d'après vous ? demanda Casy.

— Eh, bon Dieu, j'en sais rien. Voilà trente ans que cette bagnole fait de la route. Le compteur dit soixante mille milles. Ça veut dire cent soixante mille, et Dieu sait combien de fois on a truqué le compteur. Ça a chauffé... quelqu'un aura laissé l'huile descendre trop bas... Elle a grillé.

Il enleva les goupilles et mit sa clé sur un écrou de coussinet. Il força et la clé glissa. Une longue coupure apparut sur le dos de sa main. Tom y jeta un coup d'œil... le sang coulant régulièrement de la blessure rencontra l'huile et goutta dans le carter.

— Pas de veine, dit Casy. Voulez-vous que je vous remplace pendant que vous vous banderez la main ?

— Ah foutre non ! J' n'ai jamais réparé une voiture dans ma vie sans me couper. Maintenant que c'est fait, je n'ai plus à me biler. (Il rajusta la clé.) Si seulement j'avais une clé courbe, dit-il.

Et il frappa la clé avec la paume de sa main pour donner du jeu aux écrous. Il les enleva et les mit dans le carter avec les autres écrous et les goupilles. Il desserra les écrous du coussinet et sortit le piston. Il plaça piston et bielle dans le carter.

— C'est fait, nom de Dieu !

Il se dégagea du dessous de l'auto en rampant et emporta le carter avec lui. Il s'essuya la main avec un morceau de toile à sac et inspecta la coupure.

— Elle saigne comme tous les diables, cette saloperie, dit-il. Enfin, j' sais comment arrêter ça.

Il urina par terre, prit une poignée de la boue qui en résulta et en fit un emplâtre dont il recouvrit la blessure. Le sang coula encore pendant un instant puis s'arrêta.

— Y a rien de meilleur au monde pour arrêter le sang, dit-il.

— Les toiles d'araignée, c'est bon aussi, dit Casy.

— Je sais, mais il n'y a pas de toiles d'araignée, tandis que de la pisse on peut toujours en avoir.

Tom s'assit sur le marchepied et examina le coussinet grillé.

— Maintenant si on pouvait seulement trouver une Dodge 25 et une bielle d'occasion avec quelques cales, on pourrait peut-être la réparer. Al doit avoir été bougrement loin.

L'ombre du panneau-réclame mesurait maintenant soixante pieds. L'après-midi s'allongeait. Casy s'assit sur le marchepied et regarda vers l'ouest.

— Nous ne tarderons pas à être dans les montagnes, dit-il. (Et il resta un moment silencieux. Puis :) Tom ! dit-il.

— Oui ?

— Tom, j'ai surveillé les voitures sur la route, celles qu'on dépassait et celles qui nous dépassaient. J'ai bien fait attention.

— Fait attention à quoi ?

— Tom, il y a des centaines de familles comme nous qui vont dans l'Ouest. J'ai surveillé. Il n'y en a pas une seule qui aille vers l'Est... Des centaines. Vous avez remarqué ?

— Oui, j'ai remarqué.

— Ben... c'est... c'est comme quand on se sauve devant des soldats. C'est comme si tout le pays déménageait.

— Oui, dit Tom. Tout le pays déménage. Nous déménageons nous aussi.

— Alors... supposez que tous ces gens, que tout le monde... supposez qu'on ne trouve pas de travail là-bas ?

— Cré nom de Dieu ! s'écria Tom. Comment voulez-vous que je le sache ? Je me contente de mettre un pied devant l'autre. C'est ce que j'ai fait à Mac pendant quatre ans, sortir de ma cellule, rentrer dans ma cellule, entrer au réfectoire, sortir du réfectoire. Bon Dieu, j' pensais que ça serait plus pareil une fois libéré. Là-bas, j' pouvais penser à rien, parce qu'autrement on devient braque, et maintenant j' peux penser à rien. (Il se tourna vers Casy.) V'là un coussinet qu'a grillé. On ne savait pas qu'il allait nous faire ce coup-là, ce qui fait qu'on n' s'est pas tourmentés. Maintenant qu'il est foutu, on va le réparer. Eh bien, nom de Dieu, c'est pour tout comme ça. J' vais pas m'en faire à l'avance. J' peux pas. Vous voyez ce petit morceau de métal blanc ? Vous le voyez bien ? Eh bien c'est la seule chose au monde que j'aie en tête. J' me demande ce que Al peut bien foutre.

Casy dit :

— Oui, mais écoutez, Tom. Oh ! et puis qu'est-ce que ça fait ? Tout ça c'est trop difficile à expliquer.

Tom souleva l'emplâtre de boue et le jeta par terre. Les lèvres de la coupure étaient striées de boue. Il regarda le pasteur.

— Vous avez envie de faire un discours, dit Tom, eh bien allez-y. Moi les discours, j'aime ça. Le directeur nous faisait des discours de temps en temps. Ça ne faisait de mal à personne, et lui ça lui donnait une importance de tous les diables. Qu'est-ce que vous avez à dégoiser ?

Casy gratta le dessus de ses longs doigts noueux.

— Y a des choses qui s' passent et y a des gens qui font des choses. Les gens qui mettent un pied devant l'autre comme vous dites, ils ne pensent pas où ils vont, comme vous dites... mais ça n'empêche pas qu'ils les mettent tous dans la même direction. Et si vous écoutez, vous entendrez comme quelque chose qui remue, comme quelque chose qui rampe, comme un froissement et aussi... une espèce d'inquiétude. Y a des trucs qui se passent dont les gens n'ont même pas idée... pas encore. Ça va bien amener quelque chose, tous ces gens qui s'en vont vers l'Ouest... loin de leurs fermes abandonnées. Il va arriver quelque chose qui changera tout ce pays.

Tom dit :

— Moi j' continue à poser mes arpions l'un devant l'autre.

— Oui, mais quand une barrière se présente à vous, faut bien la passer, cette barrière.

— J' passe les barrières quand j'ai des barrières à passer, dit Tom.

Casy poussa un soupir.

— C'est ce qu'il y a de mieux à faire, dit-il. Faut bien que je l'admette. Mais il y a des barrières de différentes sortes. Y a des gens comme moi qui passent par-dessus des barrières qui n' sont pas encore là, et qui n' peuvent pas s'en empêcher.

— C'est pas Al qui arrive, là-bas ? demanda Tom.

— M'en a tout l'air.

Tom se leva et enveloppa la bielle et les deux morceaux du coussinet dans un bout de serpillière.

— J' veux être sûr qu'on me donnera bien la même, dit-il.

Le camion se rangea sur le bord de la route et Al se pencha par la portière.

Tom dit :

— Il t'a fallu un sacré temps. A quelle distance que t'as été ?

Al soupira :

— T'as sorti la bielle ?

— Oui. (Tom leva la toile à sac.) Le métal est en morceaux.

— C'est pas de ma faute, en tout cas, dit Al.

— Non. Où que t'as laissé la famille ?

— C'en a été une affaire, dit Al. Grand-mère a commencé à gueuler, ça a déclenché Rosasharn qui s'est mise à gueuler aussi. Elle s'est foutu la tête sous un matelas pour mieux gueuler. Mais Grand-mère, elle se contentait d'ouvrir le bec et de brailler comme un chien à la lune. J'ai dans l'idée que Grand-mère a perdu la tête. Comme un petit bébé. Elle ne parle à personne et elle semble ne reconnaître personne. Elle parle comme si elle parlait à Grand-père.

— Où que tu les as laissés ? insista Tom.

— Ben on est arrivé à un camp où qu'il y avait de l'ombre et de l'eau dans des tuyaux. Ça coûte un demi-dollar par jour pour y rester. Mais tout le monde était si fatigué, si fourbu et si misérable qu'on s'y est installé. Man dit qu'il fallait bien à cause de Grand-mère qui est si fatiguée, si vannée. On a dressé la tente des Wilson et nous on a pris la bâche pour faire une tente. J' crois que Grand-mère est cinglée.

Tom regarda vers le soleil couchant.

— Casy, dit-il, faut que quelqu'un reste près de cette voiture sans quoi on volera tout ce qu'il y a dedans. Ça vous va ?

— Mais oui, je resterai.

Al prit sur la banquette un sac de papier.

— J'ai là du pain et de la viande. C'est Man qui a préparé ça. Et pis j'ai une cruche d'eau.

— Elle n'oublie personne, dit Casy.

Tom monta à côté d'Al.

— Écoutez, fit-il. Nous allons revenir aussitôt que nous le pourrons. Mais nous ne savons pas combien de temps ça va nous prendre.

— Je vous attendrai.

— Bon. Vous faites pas de discours à vous-même. En avant, Al !

Le camion se mit en marche dans l'après-midi finissant.

— C'est un brave type, dit Tom. Il passe son temps à ruminer un tas de trucs.

— Ben, bon Dieu… quand on a été pasteur, probable qu'on ne peut pas s'en empêcher. Ça fait râler Pa d'être obligé de payer cinquante *cents* juste pour camper sous un arbre. Il n' peut pas encaisser ça. Il s'est foutu à jurer. Il dit qu'on va bientôt se mettre à vendre l'air en bidons, probable. Mais Man dit qu'il faut qu'ils soient à l'ombre et qu'ils aient de l'eau pour Grand-mère.

Le camion roulait sur la grand-route et maintenant qu'il était déchargé, tout brimbalait et s'entrechoquait. Les bois de lits, la carrosserie coupée. Al le poussa jusqu'à soixante à l'heure et le moteur cliqueta bruyamment, tandis qu'une fumée bleuâtre d'huile brûlée filtrait à travers les fentes du plancher.

— Le pousse pas trop, dit Tom. Tu vas tout griller, jusqu'aux chapeaux de roue. Qu'est-ce qu'elle a, la Grand-mère ?

— J'en sais rien. Tu te rappelles ces deux derniers jours, elle était comme ça dans la lune, elle ne parlait à personne. Ben, maintenant elle gueule et elle cause, ça j' t'en réponds, seulement elle cause à Grand-père. Elle l'engueule. Ça vous fout presque la trouille. C'est comme si on le voyait là, assis, à lui ricaner à la figure comme il faisait, tu sais, à se tripoter et à ricaner. C'est comme si elle le voyait assis devant elle. Alors elle l'engueule. Dis donc, Pa m'a donné vingt dollars pour toi. Il n' sait pas de combien que t'auras besoin. As-tu jamais vu Man se rebiffer comme elle a fait aujourd'hui ?

245

— Pas que je me rappelle. Pour sûr que j'ai bien choisi mon moment pour me faire mettre en liberté. J' me figurais que j'allais pouvoir me la couler douce, me lever tard et bien bouffer en rentrant à la maison. J'avais l'intention de danser, de courir les filles... et j'ai pas eu le temps de faire rien de tout ça.

Al dit :

— J'oubliais, Man m'a chargé de te dire un tas de choses. Elle a dit de te dire de ne pas boire, de ne pas discuter et de ne te battre avec personne. Parce qu'elle dit qu'elle a peur qu'on te renvoie là-bas.

— Elle a bien assez de choses à se préoccuper sans que je lui en donne en surplus, dit Tom.

— On pourrait bien boire un ou deux demis, pas vrai ? J' crève d'envie de boire de la bière.

— J' sais pas, dit Tom. Pa en chierait une portée de lézards s'il savait qu'on s'est payé de la bière.

— Écoute, Tom. J'ai six dollars. On pourrait se payer deux ou trois litres et se marrer un coup. Personne ne sait que j'ai ces six dollars. Bon Dieu, on pourrait se marrer un bon coup.

— Garde ta galette, dit Tom. Quand on sera arrivés en Californie on s'en servira pour rigoler un peu. Peut-être que quand on travaillera... (Il se tourna sur son siège.) J' croyais pas que t'étais un gars à te lancer en l'air. J' croyais que t'étais contre.

— Eh bon Dieu, j' connais personne ici. Si j' dois encore bourlinguer longtemps faudra que je me décide à me marier. Quand nous serons arrivés en Californie, qu'est-ce que j' me paierai comme bon temps.

— Je l'espère, dit Tom.

— Tu n'es plus sûr de rien, on dirait ?

— Non j' suis plus sûr de rien.

— Quand t'as tué ce type... est-ce que... est-ce que t'en as rêvé après ? Est-ce que ça t'a préoccupé ?

— Non.

— Comment, tu n'y pensais jamais ?

— Oh ! si. Ça m'embêtait de l'avoir tué.

— Tu te faisais pas de reproches ?

— Non. J'ai fait mon temps, et j'ai fait mon temps à moi.

— Est-ce que c'était... très dur... là-bas ?

Tom dit nerveusement :

— Écoute, Al. J'ai fait mon temps, c'est une affaire finie. J' peux pas y revenir sans arrêt. Voilà la rivière là-bas, et voilà la ville. Essayons de nous procurer une bielle et au diable le reste.

— Man a un faible pour toi, dit Al. Quand t'as été parti elle se désolait. Pour elle toute seule. Comme si elle avait pleuré dans le fond de sa gorge. Seulement on comprenait bien ce qu'elle pensait.

Tom rabattit sa casquette sur ses yeux :

— Écoute, Al. Si on parlait d'autre chose.

— J' te disais seulement ce que faisait Man.

— Je sais... je sais... Mais je préfère pas. J' préfère mettre simplement un pied devant l'autre.

Al retomba dans un silence offensé.

— C'était pour te dire... fit-il au bout d'un instant.

Tom le regarda et Al s'obstina à fixer ses regards droit devant lui. Le camion allégé allait en brimbalant à grand bruit. Les longues lèvres de Tom se retroussèrent sur ses dents et il se mit à rire doucement :

— Je sais, Al. Peut-être bien que la taule m'a rendu un peu piqué. Un jour peut-être je te raconterai. J' sais bien, ça t' démange de savoir. C'est intéressant, dans un sens. Mais j'ai comme une idée que le mieux, ça serait de l'oublier pendant quelque temps. Plus tard ça ne sera peut-être plus pareil. En ce moment quand je me mets à y penser ça me fait quelque chose dans les boyaux, une sale impression. Écoute, Al, j' vais te dire une chose : la taule c'est une espèce de moyen de rendre un gars dingo petit à petit. Tu comprends ? Et ils deviennent dingos, les gars, on les voit, on les entend et bientôt on ne sait plus si on est dingo ou non. Quand ils se mettent à hurler, la nuit, on se demande des fois si c'est pas soi-même qu'on braille... et des fois c'est vrai.

Al dit :

— Oh ! je n'en parlerai plus, Tom.

— Trente jours, ça va, dit Tom. Et cent quatre-vingts jours ça va. Mais au-delà d'une année... j' sais pas. Il y a quelque chose là-dedans qu'est comme rien d'autre au monde. Quelque chose de maboul, quelque chose de maboul dans cette idée d'enfermer les gens. Oh et puis va te faire foutre. J' veux plus parler de tout ça. Regarde le soleil qui brille sur ces fenêtres.

Le camion arriva dans la région des postes d'essence et là, à main droite, il y avait un cimetière d'autos... un demi-hectare ceint de fils de fer barbelés avec un hangar en tôle ondulée devant et des pneus d'occasion mis en pile près des portes, avec le prix marqué. Derrière le hangar il y avait une hutte bâtie de débris, débris de planches, débris de fer-blanc. Des pare-brise fixés dans les murs servaient de fenêtres. Dans le champ herbeux gisaient les voitures abandonnées, autos aux radiateurs tordus, défoncés, autos détériorées couchées sur le flanc avec leurs essieux sans roues. Moteurs rouillés par terre et parois de camions, roues et essieux ; sur le tout une atmosphère de décomposition, de moisissure et de rouille ; fer tordu, moteurs à demi consumés, masse d'épaves.

Al amena le camion sur le sol graisseux jusque devant le baraquement. Tom descendit et regarda par l'ouverture sombre de la porte.

— J' vois personne, dit-il, et il appela : Y a-t-il quel-qu'un ?... Bon Dieu, j'espère qu'ils ont une Dodge 25.

Une porte battit derrière la baraque. Un homme fantôme apparut dans la pénombre. Peau mince, sale, huileuse, tendue sur des muscles tendineux. Il lui manquait un œil et un frissonnement de muscles faisait vibrer l'orbite à nu quand le bon œil remuait. Son pantalon et sa chemise portaient une couche épaisse et brillante de graisse. Ses mains étaient craquelées, coupées, crevassées. Sa lourde lippe pendait, maussade.

Tom demanda :

— C'est vous le patron ?

L'œil unique brilla.

— J' travaille pour le patron, dit-il d'une voix sombre. Quéq' c'est qu' vous voulez ?

— Vous avez pas une vieille Dodge 25 ? Nous cherchons une bielle de transmission.

— J' sais pas. Si l' patron était ici, il pourrait vous le dire... mais il n'est pas ici. Il est rentré chez lui.

— Est-ce que nous pouvons chercher ?

L'homme se moucha dans ses doigts et s'essuya la main à son pantalon :

— Vous êtes du pays ?

— Nous venons de l'Est et nous allons dans l'Ouest.

— Eh ben, cherchez. Brûlez tout le sacré bazar si ça vous fait plaisir, moi j' m'en fous.

— Vous n'avez pas l'air de l'aimer beaucoup, votre patron.

L'homme s'approcha en traînant des pieds, l'œil allumé :

— Je le déteste, dit-il doucement. Je le déteste, l'enfant de putain. Il est rentré chez lui. Chez lui dans sa maison. (Les mots tombaient de ses lèvres, péniblement :) Il a une façon de s'en prendre à quelqu'un, de vous démolir... Ah ! l'enfant de salaud ! Il a une fille de dix-neuf ans, jolie. Il m' dit : « T'aimerais pas te marier avec elle ? » Il m' dit ça bien en face. Et ce soir, il m' dit : « Y a un bal, t'aimerais pas y aller ? » A moi, il me dit ça, à moi ! (Des larmes se formèrent dans ses yeux et coulèrent au coin de son orbite rouge.) Un jour, nom de Dieu... un jour j' cacherai une clé à tube dans ma poche. Quand il me dit des choses comme ça il regarde toujours mon œil. Et j' lui arracherai, j' lui arracherai la tête de dessus les épaules avec cette clé, morceau par morceau. (Il haletait de fureur :) Petit morceau par petit morceau, je la lui détacherai des épaules.

Le soleil disparut derrière les montagnes. Al regardait les autos au rancart.

— Là-bas, regarde, Tom ! Là-bas celle-là, qu'a l'air d'une 25 ou 26.

Tom se tourna vers le borgne :

— Ça vous dérange pas qu'on regarde ?

— Eh non, bon Dieu. Prenez tout ce que vous voudrez.

A travers la masse de vieilles voitures, ils se dirigèrent vers une conduite intérieure rouillée qui reposait sur ses pneus dégonflés.

— Sûr que c'est une 25, s'écria Al. Est-ce qu'on peut enlever le carter ?

Tom s'agenouilla et regarda sous la voiture.

— Il a déjà été enlevé. On a pris une bielle. Y en a une qu'a l'air foutue. (Il se faufila sous la voiture.) Va chercher un cric et tourne, Al. (Il fit jouer la bielle contre le vilebrequin.) Elle est plutôt encrassée. (Al faisait tourner le cric lentement.) Vas-y mollo, cria Tom.

Il prit un morceau de bois par terre et gratta la couche de graisse qui recouvrait le coussinet et les écrous du coussinet.

— Elle n'a pas trop de jeu ? demanda Al.

— Un peu, mais pas trop.

— Et l'usure ?

— On pourra la resserrer. Elle a toutes ses cales. Oui, elle fera l'affaire. Tourne-la doucement. Fais-la redescendre, doucement... là ! Cours chercher des outils dans le camion.

Le borgne dit :

— J' vas vous donner une boîte d'outils.

De son pas traînant, il s'éloigna parmi les autos rouillées et revint au bout d'un instant avec des outils dans une boîte en fer-blanc. Tom prit une clé à tube et la tendit à Al.

— Démonte-la. Ne perds pas de cale et ne laisse pas tomber les écrous, et aie l'œil sur les goupilles. Presse-toi, la lumière baisse.

Al rampa sous la voiture.

— Faudrait qu'on ait une clé à tube à nous. On n'arrive à rien avec une clé anglaise.

— Gueule, si t'as besoin d'un coup de main, dit Tom.

Le borgne restait debout, inutile, à côté d'eux.

— J' vous aiderai si vous voulez. Vous savez pas ce qu'il a fait c't' enfant de putain ? Il s'amène en pantalon blanc et il me dit : « Viens, allons faire une balade dans mon yacht. » Nom de Dieu, j' lui foutrai un gnon un de ces jours ! (Sa respiration était oppressée.) J'ai pas été avec une femme depuis que j'ai perdu mon œil. Et il vient me dire des choses comme ça.

Et de grosses larmes creusaient des sillons dans la crasse qui lui entourait le nez.

Tom dit, agacé :

— Pourquoi que tu ne fous pas le camp ? Y a pas de gardiens pour te retenir ici.

— Oui, c'est facile à dire. C'est pas si facile de trouver de l'ouvrage... surtout pour un borgne.

Tom se tourna vers lui :

— Maintenant, écoute, mon vieux. Tu gardes c't' œil comme ça tout grand ouvert. T'es sale que t'empestes. T'as que ce que tu cherches. Ça te plaît d'être comme ça. C'est à toi qu'il faut t'en prendre. Naturellement tu n' trouveras pas de femme avec ton œil au vent. Mets quelque chose dessus et lave-toi la figure. Tu ne taperas jamais sur la gueule à personne avec ta clé à tube.

— C'est comme je vous le dis, un borgne n'a pas la vie commode, dit l'homme. Il n' peut pas voir les choses comme les autres. Il n' peut pas voir à quelle distance se trouvent les choses. Tout ce qu'il voit, ça a l'air plat.

— Tu dis des conneries, dit Tom. J'ai connu une putain unijambisse. Tu crois peut-être qu'elle faisait des passes à la sauvette pour vingt-cinq *cents* ? Rien du tout, oui ! Elle se faisait payer un demi-dollar extra. Elle dit : « Combien de fois que t'as couché avec des unijambisses ? Jamais ! Ça va, qu'elle dit. Alors j' t'apporte quéqu' chose qui sort de l'ordinaire et ça t' coûtera un demi-dollar de plus. » Et, nom de Dieu, on les lui donnait, et les gars s'estimaient de sacrés veinards. Elle dit qu'elle porte bonheur. Et j'ai connu un bossu... quéq' part où que j'étais. Il gagnait sa vie en laissant les gens lui frotter sa bosse pour se porter bonheur. Et à toi, bon Dieu, il ne te manque qu'un œil.

L'homme bredouilla :

— Quand on voit les gens s'écarter de vous, ça vous court sur la peau.

— Mets un bandeau, cré nom. Tu l'exhibes à tout le monde comme une vache son trou du cul. Et t'es content de te plaindre. Tu n'as rien de mal. Achète-toi un pantalon blanc. Tu te saoules la gueule et après tu chiales tout seul dans ton lit, j' parie. T'as besoin qu'on t'aide, Al ?

— Non, dit Al. J'ai desserré le coussinet. J'essaie seulement de faire descendre un peu le piston.

— T'amoche pas, dit Tom.

Le borgne dit à mi-voix.

— Vous croyez... qu'une fille voudrait de moi ?

— Ben, bien sûr, dit Tom. T'as qu'à dire que ta pine a grossi depuis que t'as perdu ton œil.

— Où c'est-il que vous allez, vous autres ?

— Californie. Toute la famille. On va travailler là-bas.

— Et vous croyez qu'un gars comme moi pourrait trouver du travail ? Avec un bandeau noir sur l'œil ?

— Pourquoi pas. T'es pas estropié.

— Alors... est-ce que vous pourriez m'emmener avec vous ?

— Ah ! foutre non. Nous sommes tellement serrés que nous n' pouvons pas nous remuer. Arrange-toi autrement. Rafistole une de ces bagnoles et puis va-t'en de ton côté.

— J' le ferai peut-être bien, bon Dieu, dit le borgne.

On entendit un bruit de métal.

— Ça y est, dit Al.

— Bon, alors apporte-la qu'on l'examine.

Al lui passa la bielle, le piston et la moitié inférieure du coussinet.

— Dis, Tom, dit Al. J'ai passé à quelque chose. On n'a pas de trucs pour maintenir les segments. Ça va être un boulot pour mettre ces segments en place, surtout par en dessous.

Tom dit :

— Tu sais, y a un type qui m'a dit une fois que le mieux c'était d'entourer les segments d'un fil de laiton.

— Oui, mais comment t'enlèveras le fil après ?

— Tu l'enlèves pas. Il fond et ça n'abîme rien.

— Du fil de cuivre ça vaudrait mieux.

— C'est pas assez fort, dit Tom. (Il se tourna vers le borgne.) Vous avez du fil de laiton bien fin ?

— J' sais pas. J' crois qu'on en a une bobine quelque part. Où c'est-il que vous croyez qu'on peut trouver un de ces bandeaux comme en portent les borgnes ?

— Pas idée, répondit Tom. Regarde un peu si tu peux trouver ce fil.

Sous le hangar en tôle, ils fouillèrent dans des caisses jusqu'à ce qu'ils eussent trouvé la bobine. Tom mit la bielle dans un étau et enroula soigneusement le fil autour des segments de piston, les faisant entrer profondément dans leurs fentes, et là où le fil était tordu il l'aplatissait à coups de marteau. Cela fait il fit tourner le piston et martela le fil tout autour jusqu'à ce qu'il eût dégagé les parois du piston. Il passa son doigt tout du long pour s'assurer que les segments et le fil affleuraient les parois. Sous le hangar, il commençait à faire noir. Le borgne apporta une lampe de poche et en projeta la lumière sur le travail.

— Ça y est, dit Tom. Dis... combien que t'en demandes de cette lampe ?

— Oh ! elle n'est pas bien bonne. Y a une pile neuve de quinze *cents* dedans. Je vous la laisserais pour... oh ! mettons trente-cinq *cents*.

— Ça colle. Et qu'est-ce qu'on te doit pour cette bielle et le piston ?

Le borgne se frotta le front avec la jointure d'un doigt et une raie de crasse s'effrita.

— Ben, j'sais pas. Si l'patron était là il irait regarder dans le bouquin où c'qu'il y a les pièces et il trouverait combien que les neuves coûtent, et pendant que vous travaillez, il aurait calculé ce qu'il pouvait vous demander d'après le besoin que vous en avez et ce que vous avez de pognon en poche, et alors... supposez que ça soit huit dollars dans le bouquin... il vous l'aurait fait cinq dollars. Et si vous aviez rouspété il vous l'aurait laissé pour trois. Vous dites que tout dépend de moi, mais bon Dieu, j'vous jure que c'est un enfant de putain. Il calcule le besoin que vous avez de la chose. J'l'ai vu vendre un engrenage plus cher qu'il n'aurait acheté la voiture entière.

— Oui, mais combien que je vais te donner pour ça ?

— Quelque chose comme un dollar, j'suppose.

— Bon, et je te donne vingt-cinq *cents* pour cette clef à tube. Ça rend l'travail deux fois plus facile. (Il lui tendit la pièce d'argent.) Merci, et planque ton œil de malheur, bon Dieu.

Tom et Al remontèrent dans le camion. Il faisait nuit noire. Al mit en marche et alluma les phares.

— Au revoir, cria Tom. On se reverra peut-être en Californie.

Ils tournèrent sur la grand-route et se mirent en devoir d'aller retrouver Casy.

Le borgne les regarda s'éloigner, puis, traversant le hangar il se rendit derrière, dans sa cahute. Il y faisait très noir. Il se dirigea à tâtons vers le matelas par terre et s'y étendit, les yeux en larmes, et, sur la grand-route, les voitures qui passaient en trombe renforçaient encore les murailles de sa solitude.

Tom dit :

— Si tu m'avais dit qu'on trouverait tout le truc et qu'on reviendrait ce soir, j' t'aurais répondu que t'étais cinglé.

— On arrivera à réparer, dit Al. Seulement faudra que ça soit toi qui le fasses. Moi, j'aurais peur de trop serrer les coussinets et que ça grille encore, ou bien de pas assez serrer et que ça tape.

— J' la mettrai en place, dit Tom. Et si elle grille, eh bien elle grillera. On n'a rien à perdre.

Al regarda dans l'obscurité. Les phares n'affectaient guère les ténèbres ; mais devant eux, les yeux d'un chat en chasse resplendirent, verts dans les pinceaux de lumière.

— Qu'est-ce que tu lui as passé comme engueulade, au type, dit Al. Pour sûr que tu lui as dit où poser ses arpions.

— Eh, nom de Dieu, il l'avait bien cherché. Il était là à faire l'intéressant parce qu'il a plus qu'un œil, comme si tout était de la faute de cet œil. C'est un feignant, un sale enfant de garce. S'il savait que les gens s' laissent pas impressionner il n' tarderait pas à se remonter.

Al dit :

— Tom, si ce coussinet a grillé c'est parce que j'ai fait quelque chose de travers ?

Tom resta un moment silencieux.

— Al, j' vais être forcé de t'engueuler un bon coup. Tu te ronges les foies simplement parce que t'as la trouille qu'on te reproche quelque chose. J' sais ce qui te turlupine. Un jeune gars, tout chaud tout bouillant. Voudrait être un as en toute occasion. Mais, nom de Dieu, Al, ne sois pas toujours là à te hérisser quand personne ne te provoque. Tu feras ton chemin, n'aie crainte.

Al ne lui répondit pas. Il regardait droit devant lui. Le

camion brimbalait sur la route. Un chat bondit sur la chaussée et Al donna un coup de volant dans l'espoir de le toucher, mais les roues le manquèrent et le chat disparut d'un bond dans les herbes.

— Pour un peu j' l'avais, dit Al. Écoute, Tom. T'as entendu Connie raconter qu'il voulait travailler la nuit ? J'ai pensé que moi aussi j' pourrais bien étudier la nuit. Tu sais, la T.S.F., la télévision ou les moteurs Diesel. Ça pourrait me faire un point de départ.

— Possible, dit Tom. Mais d'abord faut t'informer du prix qu'on demande pour les leçons. Et puis être bien sûr que tu les étudieras, ces leçons. J'ai connu des gars qui prenaient des leçons par correspondance à Mac-Alester. J'en ai jamais connu un qui ait terminé. Ça les rasait et ils laissaient tomber.

— Bon Dieu, on a oublié d'acheter de quoi manger.

— Oh ! Man nous avait envoyé grandement de quoi, le pasteur n'a pas dû tout manger. Y aura bien des restes. J' me demande combien que ça va nous prendre pour arriver en Californie.

— J'en sais rien, bon Dieu. Faudra en foutre un coup.

Ils se turent ; l'obscurité les enveloppa et les étoiles se montrèrent, blanches et cristallines.

Casy quitta le siège arrière de la Dodge et s'avança sur le bord de la route quand le camion s'approcha.

— J' vous attendais pas si tôt, dit-il.

Tom ramassa les pièces qui étaient par terre dans le morceau de serpillière.

— On a eu de la veine, dit-il. On a même rapporté une lampe électrique. J' vais réparer tout de suite.

— Vous avez oublié votre dîner, dit Casy.

— J' boufferai quand j'aurai fini. Al, serre-toi un peu plus sur le bord de la route et tiens-moi la lampe.

Il se rendit directement à la Dodge, se coucha sur le dos et se glissa sous le châssis. Al rampa sur le ventre et dirigea le faisceau lumineux de la lampe.

— Pas dans mes yeux. Là, lève un peu.

Tom introduisit le piston dans le cylindre, en tournant et

en poussant. Le fil de laiton accrochait un peu la paroi du cylindre. D'une poussée brusque il lui fit franchir les segments.

— Heureusement que c'est pas serré, sans quoi la compression l'arrêterait. Je crois que ça va marcher.

— J'espère que ce fil ne va pas coincer les segments, dit Al.

— C'est pour ça que j' l'ai aplati avec le marteau. Ça ne sortira pas. A mon avis il fondra et couvrira peut-être les parois d'une couche de laiton.

— Tu n' crois pas que ça pourrait érafler les parois ?

Tom éclata de rire.

— Elles peuvent supporter ça, cré bon Dieu. Elle bouffe déjà de l'huile comme un trou de mulot. Un peu plus ne lui fera pas de mal.

Il fit passer la bielle au-dessus de l'arbre et essaya la partie inférieure.

— Il lui faudrait des cales, dit-il. Casy !

— Oui.

— J' vais mettre ce coussinet en place maintenant. Allez tourner le cric doucement, quand je vous le dirai. (Il serra les écrous.) Allez-y doucement ! (Et à mesure que le coude du vilebrequin tournait il adaptait le coussinet.) Trop de cales, dit Tom. Tenez bon, Casy. (Il sortit les écrous.) Essayez encore, Casy ! (Et il força de nouveau sur la bielle.) Elle est encore un peu lâche. Si j'enlevais un peu plus de cales j' me demande si ça serait trop serré. J' vais essayer. (Il redévissa les écrous et sortit deux autres lamelles.) Maintenant essayez, Casy.

— Ça a l'air d'aller, dit Al.

Tom demanda :

— Est-ce que c'est plus dur à tourner, Casy ?

— Non, j'ai pas l'impression.

— Alors, j' crois que ça colle. Du moins je l'espère, bon Dieu. On n' peut pas limer le métal blanc sans instrument. Avec cette clé à tube c'est bougrement plus facile.

— L' patron du dépôt va bien râler quand il s'apercevra que sa clé n'est plus là, dit Al.

— Qu'il râle, dit Tom. Nous ne l'avons pas volée. (Il

enfonça les goupilles à petits coups et en tordit les extrémités.) J' crois que ça va. Casy, tenez la lampe pendant que Al et moi on soulève le carter.

Casy s'agenouilla et prit la lampe électrique. Il maintint le rayon sur les mains au travail, tandis qu'elles mettaient les joints en place et faisaient coïncider les trous avec les boulons du carter. Les deux hommes peinaient sous le poids du carter. Ils fixèrent les boulons des deux bouts, puis assujettirent les autres, et quand ils furent tous en place, Tom les fit pénétrer petit à petit jusqu'à ce que le carter se trouvât bien d'aplomb, après quoi il serra les écrous à bloc.

— J' crois que ça y est, dit Tom.

Il serra le bouchon d'huile, vérifia soigneusement le carter et, prenant la lampe, inspecta le sol.

— Voilà, laissons-la boire un peu d'huile.

Ils se sortirent de dessous et reversèrent le seau d'huile dans le carter. Tom inspecta les joints pour voir s'ils perdaient.

— Parfait, Al. Mets en marche, dit-il.

Al monta dans la voiture et mit le pied sur le démarreur. Le moteur partit avec un bruit de tonnerre. De la fumée bleue s'échappa du tuyau :

— Ralentis ! hurla Tom. Elle va bouffer de l'huile jusqu'à ce que le fil ait foutu le camp. Ça diminue maintenant. (Et tandis que le moteur tournait, il écoutait soigneusement.) Force un peu et laisse aller. (Il écouta de nouveau.) Bien, Al. Coupe. On l'a eue, j' crois. Et maintenant où est le fricot ?

— T'es un drôle de mécanicien, dis donc, fit Al.

— Et alors ! J'ai travaillé à l'atelier pendant un an. Faudra la ménager pendant deux cents milles. Le temps de la roder.

Ils essuyèrent leurs mains enduites de graisse à des poignées d'herbe avant de les frotter à leurs pantalons. Ils se jetèrent comme des affamés sur le porc bouilli et burent de grands coups à la bouteille.

— Je crevais de faim, dit Al. Qu'est-ce qu'on fait maintenant, on rentre au camp ?

— J' sais pas, dit Tom. Ils voudront peut-être nous faire payer un demi-dollar en plus. Allons parler un peu à la famille... leur dire que tout est arrangé. Et s'ils veulent nous faire payer un supplément... on s'en ira plus loin. La famille doit être pressée de savoir. Bon Dieu, j' suis content que Man nous ait arrêtés cet après-midi. Regarde avec la lumière, Al, pour voir si on a rien oublié. Prends cette clé. Il se pourrait qu'on en ait encore besoin.

Al examina le sol avec la lampe électrique :

— J' vois rien.

— Ça va. Je vais conduire. Toi tu te chargeras du camion, Al.

Tom mit le moteur en marche. Le pasteur monta dans la voiture. Tom allait doucement, restait en première vitesse et Al le suivait dans le camion. Il traversa le petit fossé, lentement, en première. Tom dit :

— Avec ces Dodge on pourrait traîner une maison, en première. Elle est au ralenti, y a pas de doute. Ça vaut mieux pour nous... J' veux roder ce coussinet en douceur.

Sur la grand-route la Dodge avançait lentement. Les phares de douze volts projetaient une courte flaque de lumière jaunâtre sur l'asphalte.

Casy se tourna vers Tom :

— C'est rigolo comme vous pouvez réparer les voitures, vous autres. Vous l'avez pas plus tôt examinée que c'est fait. J' pourrais pas réparer une voiture, même maintenant après vous l'avoir vu faire.

— Faut s'y mettre quand on est gosse, dit Tom. C'est pas tout de savoir. C'est plus que ça. Aujourd'hui les gosses peuvent vous démonter une auto sans même y penser.

Un lapin se trouva pris dans la lumière et s'enfuit droit devant lui avec de grands sauts. Il filait sans effort et ses grandes oreilles battaient à chaque bond. De temps à autre il essayait de se jeter de côté, mais le mur de ténèbres le rejetait au milieu. Des phares brillants apparurent dans le lointain et leur lumière crue les frappa. Le lapin hésita, trébucha, puis se retournant, il se précipita sur les lumières moins vives de la Dodge. Il produisit une légère et molle secousse quand il passa sous les roues. L'autre voiture les croisa à toute allure.

— On l'a écrabouillé, pour sûr, dit Casy.

Tom dit :

— Y a des gens qui aiment leur passer dessus. Moi, ça me donne toujours une petite secousse à l'intérieur. La bagnole a l'air de marcher. Les segments doivent être plus à l'aise maintenant. Ça ne fume pas tant.

— Vous avez fait de la belle ouvrage, dit Casy.

Une petite maison de bois dominait le campement et sous la véranda de la maison, une lanterne à pétrole sifflait et projetait un grand cercle blanc. Près de la maison, il y avait une demi-douzaine de tentes, et des autos étaient garées tout contre. La cuisine du soir était finie, mais les braises des feux luisaient encore au ras du sol, près des campements. Un groupe d'hommes s'était réuni devant le porche où brûlait la lanterne, et les visages paraissaient énergiques et musclés dans la blancheur crue de la lumière, une lumière qui projetait les ombres noires des chapeaux sur les fronts et les yeux et donnait à tous des mentons proéminents. Ils étaient assis sur les marches ; quelques-uns étaient debout sur le sol, les coudes appuyés sur le plancher de la véranda. Le propriétaire, un grand diable sombre et dégingandé, était assis sur une chaise sous la véranda. Il se tenait adossé au mur et pianotait avec ses doigts sur ses genoux. A l'intérieur, une lampe à pétrole brûlait, mais sa faible lueur était éclipsée par le reflet sifflant de la lanterne. Le groupe d'hommes entourait le propriétaire.

Tom amena la Dodge sur le bord de la route et stoppa. Al passa la grille avec son camion.

— Pas besoin d'entrer, dit Tom.

Il descendit et franchit la grille, se dirigeant vers la lueur de la lanterne.

Le propriétaire laissa retomber les pieds de devant de sa chaise par terre et se pencha en avant :

— Vous désirez camper ici ?

— Non, répondit Tom. Notre famille est ici. Salut, Pa.

Pa, assis sur la première marche, dit :

— J' pensais que vous en auriez pour toute la semaine. C'est réparé ?

— On a eu toutes les veines, dit Tom. On a trouvé une

pièce avant la nuit. On pourrait partir demain à la première heure.

— Ça c'est bien agréable, dit Pa. Ta mère s'inquiétait. Ta grand-mère a perdu la boule.

— Oui, c'est ce que m'a dit Al. Elle ne va pas mieux ?

— Oh ! enfin, elle dort, c'est déjà ça.

Le propriétaire dit :

— Si vous voulez entrer et camper ici ça vous coûtera un demi-dollar. Cherchez-vous une place pour vous installer, et de l'eau et du bois. Personne ne viendra vous déranger.

— Pour quoi faire, cré bon Dieu ? dit Tom. Nous pouvons coucher dans le fossé en bordure de la route et ça ne nous coûtera rien.

Le propriétaire tambourina sur ses genoux.

— L'adjoint du shérif fait sa ronde, la nuit. Ça pourrait faire du vilain. Y a une loi dans cet État qui défend de coucher dehors. Y a une loi contre le vagabondage.

— Si j' paie un demi-dollar, j' serai pas un vagabond, hein ?

— C'est exact.

Les yeux de Tom brillèrent de colère :

— L'adjoint du shérif serait pas vot' beau-frère, par hasard ?

Le propriétaire pencha le buste en avant :

— Non. Et le moment n'est pas encore venu où nous, les gens d'ici, on se laissera faire la leçon par des propres à rien de vagabonds.

— Quand il s'agit de prendre nos cinquante *cents* vous ne faites pas tant le difficile. Et depuis quand on est des vagabonds ? On ne vous a rien demandé. Alors comme ça on est tous des vagabonds, hein ? Ben, en tout cas c'est pas nous qui vous demandons de l'argent pour le droit de dormir par terre.

Les hommes sous la véranda étaient raides, immobiles, silencieux. Leurs visages n'avaient plus aucune expression. Et leurs yeux, à l'ombre des chapeaux, se levaient à la dérobée vers le visage du propriétaire.

Pa grogna :

— Ça suffit, Tom.

— Oui, ça suffit.

Les hommes groupés, assis sur les marches, appuyés sur la haute véranda, restaient silencieux. Leurs yeux luisaient sous la lumière crue de la lanterne à essence. Leurs visages étaient durs à la lumière brutale, et ils restaient complètement immobiles. Seuls leurs yeux suivaient ceux qui parlaient et leurs visages restaient calmes, sans expression. Un insecte vint cogner contre la lanterne et retomba, fracassé, dans les ténèbres.

Dans une des tentes un enfant se mit à gémir et une voix douce de femme le calma et se mit à chanter : « Jésus t'aime cette nuit. Dors bien, dors bien. Jésus veille sur toi cette nuit. Dors, oh ! dors, oh ! »

La lanterne grésillait sous la véranda. Le propriétaire se gratta dans le creux de sa chemise ouverte où apparaissait un fouillis de poils blancs. Il observait, prudent, se sachant entouré d'ennemis possibles. Il observait les hommes en cercle, guettant leurs expressions. Mais ils ne bougèrent pas.

Tom resta un long moment silencieux. Ses yeux sombres se levèrent lentement vers le propriétaire.

— J' veux pas faire de pétard, dit-il. C'est dur de s'entendre traiter de vagabond. C'est pas que j'ai peur, dit-il doucement. J' suis prêt à vous prendre, vous et votre adjoint, pas plus tard que tout de suite, à pied, à cheval ou n'importe comment, bon Dieu, avec ces deux poings-là. Mais ça ne m'avancerait à rien.

Les hommes s'agitèrent, changèrent de position, et leurs yeux étincelants se levèrent lentement vers la bouche du propriétaire, et leurs yeux attendirent le moment où les lèvres remueraient. Il était rassuré. Il sentait qu'il avait gagné la partie, mais pas d'une manière assez décisive pour attaquer.

— Vous n'avez pas un demi-dollar ? demanda-t-il.

— Si, j' l'ai. Mais j'en aurai besoin. J' peux pas le lâcher rien que pour dormir.

— J' dis pas, mais faut bien que tout le monde vive.

— Oui, dit Tom, seulement il serait à souhaiter qu'on puisse vivre sans empêcher les autres de le faire.

Les hommes s'agitèrent de nouveau. Et Pa dit :

— Nous partirons au petit jour. Écoutez. Nous avons payé. Ce garçon fait partie de notre famille. Est-ce qu'il ne pourrait pas rester ? Nous avons payé.

— C'est cinquante *cents* par voiture, dit le propriétaire.

— Ben, il n'a pas de voiture. Il l'a laissée sur la route.

— Il est venu en voiture, dit le propriétaire. A ce compte-là tout le monde laisserait sa bagnole sur la route et viendrait s'installer dans mon camp pour rien.

Tom dit :

— On va partir. On vous retrouvera demain matin. On vous attendra. Al peut rester et l'oncle John peut venir avec moi. (Il regarda le propriétaire :) Ça vous va ?

Il prit une décision rapide tout en faisant une concession :

— Si le nombre reste le même que ceux qui ont payé, ça va.

Tom sortit son paquet de tabac, qui n'était plus qu'un petit bout d'étoffe grise et flasque avec un peu de poussière de tabac au fond. Il roula une maigre cigarette et jeta le paquet vide.

— Nous allons bientôt partir, dit-il.

Pa s'adressa à l'ensemble du groupe :

— C'est dur de s'arracher de chez soi et de s'en aller. Des gens comme nous qu'avaient une maison. Nous n' sommes pas des nomades. Jusqu'au jour où les tracteurs sont arrivés pour nous chasser, on était des gens qu'avaient une ferme.

Un jeune homme mince avec des sourcils décolorés par le soleil tourna lentement la tête :

— Métayers ? demanda-t-il.

— Oui, métayers, mais on était propriétaires.

Le jeune homme regarda de nouveau droit devant lui :

— Tout comme nous, dit-il.

— Heureusement pour nous que ça ne va pas durer longtemps, dit Pa. Nous allons dans l'Ouest chercher du travail et nous achèterons un peu de terre avec de l'eau.

Un homme en haillons se leva sur le bord de la véranda. Des lambeaux d'étoffe pendaient de son veston noir. Son pantalon était percé aux genoux. Il avait un visage noir de poussière, où la sueur avait tracé des rides blanches. Il tourna la tête vers Pa.

— Vous devez avoir un joli petit magot.

— Nous n'avons pas d'argent du tout, dit Pa. Mais nous sommes beaucoup à travailler, et nous sommes tous bons à l'ouvrage. On se fera de bons salaires là-bas et on mettra tout ensemble. On s'en tirera.

Tandis que Pa parlait, l'homme en haillons le regardait, puis il se mit à rire, et son rire dégénéra en un ricanement aigu qui ressemblait à un hennissement. Toutes les têtes se tournèrent vers lui. Le rire irrépressible tourna en toux. Quand il parvint enfin à maîtriser sa crise il avait les yeux rouges et larmoyants :

— Vous allez là-bas... Oh ! nom de Dieu ! (Il se remit à rire.) Vous allez là-bas pour gagner de gros salaires... oh ! nom de Dieu ! (Il s'arrêta et dit perfidement :) Vous allez cueillir des oranges peut-être bien ? Cueillir des pêches ?

Pa répondit d'un air digne :

— Nous prendrons ce que nous trouverons. Il ne manque pas de choses dans lesquelles on peut travailler.

L'homme dépenaillé ricana en sourdine.

Tom se retourna furieux :

— Qu'est-ce que vous trouvez de si bougrement drôle ?

L'homme en guenilles se tut et regarda les planches de la véranda d'un air bizarre.

— J' suppose que vous allez tous en Californie ?

— J' vous l'ai dit, dit Pa. C'est pas une trouvaille.

L'homme en guenilles dit lentement :

— Moi... j'en reviens. J'y ai été.

Les têtes se tournèrent vivement vers lui. Les hommes étaient tout raides. Le sifflement de la lanterne baissa jusqu'à n'être plus qu'un soupir, et le propriétaire abaissa les pieds de devant de sa chaise jusque par terre, se leva et remonta la lanterne jusqu'à ce que le sifflement eût repris son intensité normale. Il retourna à sa chaise et ne se pencha pas en arrière. L'homme en guenilles se tourna vers les visages.

— J' m'en retourne crever de faim. Tant qu'à faire, j'aime mieux crever de faim d'un seul coup.

Pa dit :

— Qu'est-ce que vous venez nous chanter ? J'ai un

prospectus qui dit que les salaires sont élevés et y a pas longtemps j'ai lu dans le journal qu'on avait besoin de gens pour ramasser les fruits.

L'homme en guenilles se tourna vers Pa :

— Vous avez quéq' part où aller dans votre pays ?

— Non, dit Pa. On nous a chassés. On a fait passer un tracteur sur notre maison.

— De toute façon, vous ne repartiriez pas ?

— Non, pour sûr.

— Alors, j' vais pas vous décourager, dit l'homme en guenilles.

— J' pense bien que vous n'allez pas me décourager. J'ai un prospectus qui dit qu'on a besoin de main-d'œuvre. Ça n'aurait pas de sens si c'était pas vrai. Ça coûte de l'argent pour imprimer ces prospectus. Ils ne les enverraient pas s'ils n'avaient pas besoin de main-d'œuvre.

— J' veux pas vous décourager.

Pa dit, en colère :

— Maintenant que vous avez commencé à déconner, vous n'allez pas la boucler. Mon prospectus dit qu'on a besoin de main-d'œuvre. Vous, vous dites que c'est pas vrai. Qui c'est qui ment ?

L'homme en guenilles abaissa ses regards dans les yeux furieux de Pa. Il avait l'air d'avoir des regrets :

— Le prospectus dit vrai, dit-il. On a besoin de main-d'œuvre.

— Alors, pourquoi foutre vous êtes-vous mis à rigoler ?

— Parce que vous n' savez pas le genre de main-d'œuvre dont ils ont besoin.

— Qu'est-ce que vous racontez ?

L'homme en guenilles prit une résolution :

— Voilà, dit-il, de combien d'hommes est-ce que votre prospectus vous dit qu'on a besoin ?

— Huit cents, et c'est dans un tout petit coin.

— Un prospectus orange ?

— Mais... oui.

— Avec le nom du type... qui dit ça et ça, embaucheur ?

Pa chercha dans sa poche et en tira le prospectus plié :

— C'est vrai. Comment que vous le savez ?

— Regardez, dit l'homme. Ça n'a pas de sens. Voilà un gars qui a besoin de huit cents hommes. Alors il imprime cinq mille trucs comme ça qui seront peut-être lus par vingt mille personnes. Et à cause de ce prospectus y aura peut-être bien deux ou trois mille personnes qui se mettront en route. Des gens que les embêtements ont rendus fous.

— Mais ça n'a pas de sens, s'écria Pa.

— Attendez d'avoir vu le type qui fabrique des prospectus. Vous le verrez, ou bien vous verrez un gars qui travaille pour lui. Vous camperez dans un fossé, vous et cinquante autres familles. Et il viendra regarder dans votre tente pour voir si vous avez encore quelque chose à manger. Et si vous n'avez plus rien, il vous dira : « Vous voulez de l'ouvrage ? » et vous direz : « Ben certainement. Sûr que je vous serai bien obligé si vous me mettez à même de faire quelque chose. » Et il dira : « J' pourrais vous employer. » Et vous direz : « Alors quand c'est-il que je commence ? » Et il vous dira où c'est que faut que vous alliez, et à quelle heure, et puis il s'en ira. Il a peut-être besoin de deux cents hommes et il parle à cinq cents, et eux le disent à d'autres et quand vous vous présentez, vous en trouvez mille qui sont là à attendre. Et le gars vous dit : « J' donne vingt *cents* de l'heure. » Alors y en a la moitié qui s'en vont, disons. Mais il en reste encore cinq cents qui crèvent tellement de faim qu'ils resteraient à travailler pour un quignon de pain. Ce gars-là, vous comprenez, il a un contrat qui l'autorise à faire cueillir les pêches ou… cueillir le coton. Vous comprenez maintenant ? Plus il se présente de gars et plus ils ont faim, moins il est obligé de les payer. Et s'il peut il embauchera un type avec des gosses parce que… Oh ! et puis nom de Dieu j'avais dit que je dirais rien pour vous inquiéter.

Le cercle des visages le regardait froidement. Les yeux éprouvaient ses paroles. L'homme en guenilles commença à se sentir embarrassé.

— J' disais que j' voulais pas vous inquiéter et me v'là en train de le faire. Maintenant que vous êtes en route, faut continuer. Vous n' pouvez pas reculer.

Le silence pesa sur la véranda. Et la lumière sifflait et un

265

halo de papillons de nuit tourbillonnait autour de la lanterne. L'homme déguenillé continua, l'air agité :

— J' vas vous dire ce qu'il faudra faire quand vous verrez le gars qui dit qu'il a de l'ouvrage. J' vas vous dire. Demandez-lui ce qu'il a l'intention de payer. Demandez-lui d'écrire ce qu'il a l'intention de payer. Demandez-lui ça. Vous vous ferez empiler si vous le faites pas. C'est comme je vous le dis.

Le propriétaire se pencha en avant sur sa chaise pour mieux voir le petit homme dépenaillé et sale. Il gratta dans les touffes de poils gris de sa poitrine et dit froidement :

— Vous seriez pas des fois un de ces gars qui viennent par ici chercher du grabuge ? Vous êtes sûr que vous êtes pas un agitateur ?

Et l'homme en guenilles s'écria :

— Je jure par Dieu que non !

— Il n'en manque pas, dit le propriétaire, qui se baladent partout pour créer du désordre. Ils excitent les gens. Se mêlent de c' qui ne les regarde pas. Il n'en manque pas de ceux-là. Un de ces jours faudra tous les pendre, ces agitateurs, ça va pas tarder. On les foutra dehors. Si un homme veut travailler, parfait. S'il n' veut pas, il n'a qu'à aller se faire foutre. Des gens qui veulent tout chambarder, on n'en a pas besoin.

L'homme en guenilles se redressa :

— J' voulais juste vous dire ce qui en était, fit-il. M'a fallu un an pour voir clair. Fallu que je perde deux de mes gosses, que je perde ma femme pour que je finisse par comprendre. Mais j' peux pas vous dire. J'aurais dû le savoir. A moi non plus, personne n'aurait pu me le dire. J' peux pas vous dire comment ils étaient là, ces deux pauvres petits, sous la tente, avec leurs ventres tout gonflés et rien que la peau sur les os, à trembler et à couiner comme des petits chiens, pendant que je courais à droite et à gauche pour tâcher de trouver du travail... pas pour de l'argent, pas pour un salaire ! hurla-t-il. Nom de Dieu, rien que pour une tasse de farine et une cuillerée de saindoux. Et puis le coroner s'amène et il m' dit : « Ces enfants sont morts d'un arrêt du cœur », qu'il dit. Et il écrit ça sur son papier. Ils tremblaient que je vous dis, et leurs ventres étaient gonflés comme des vessies de cochon !

Le cercle se taisait ; les hommes écoutaient, bouche bée, attentifs, respirant à peine.

L'homme en guenilles parcourut des yeux le groupe, puis il fit demi-tour et s'éloigna rapidement dans l'obscurité. Les ténèbres l'engloutirent, mais on entendait encore son pas, longtemps après qu'il eut disparu, son pas traînant sur la grand-route ; une auto passa et à la lueur des phares, ils purent voir l'homme en guenilles s'éloigner tête basse, les deux mains dans les poches de son veston noir.

Les hommes se sentaient mal à l'aise. L'un d'eux dit :

— Ah ! il se fait tard. Temps d'aller se coucher.

Le propriétaire dit :

— Un feignant, probab'. Y en a tellement de ces bougres-là sur la route, ces temps-ci.

Puis il se tut. Et de nouveau il renversa sa chaise contre le mur et se tripota la gorge.

Tom dit :

— J' vas aller voir Man une minute et puis on fera un petit bout de route.

Les Joad s'éloignèrent.

— Tu crois qu'il disait la vérité, ce type ? dit Pa.

Le pasteur répondit :

— Sûr, qu'il dit la vérité. La vérité en ce qui le concerne. Il n'inventait rien.

— Ben et nous, alors ? demanda Tom. C'est la vérité aussi pour nous ?

— J' sais pas, dit Casy.

— J' sais pas, dit Pa.

Ils se dirigèrent vers la tente, la bâche tendue sur une corde. A l'intérieur il faisait noir et tout était tranquille. Quand ils approchèrent une masse grise remua près de la porte et en se levant prit forme humaine. Man vint à leur rencontre.

— Tout le monde dort, dit-elle. Grand-mère a fini par s'endormir aussi. (Puis elle reconnut Tom.) Comment que t'es arrivé ici ? demanda-t-elle anxieusement. T'as pas eu d'ennuis ?

— On a réparé, dit Tom. Nous sommes prêts à partir quand on voudra.

— Dieu soit loué, dit Man. J' tiens plus en place, tellement j'ai envie de partir. J' veux aller là où tout est vert, et riche. Vivement qu'on y soit.

Pa se racla la gorge :

— Y a un gars qui vient de nous dire...

Tom lui prit le bras et le secoua :

— C'est rigolo ce qu'il disait, dit Tom. Il disait qu'il y avait des tas de gens sur la route.

Man les regarda dans les ténèbres. Sous la tente, Ruthie toussa puis reprit ses ronflements.

— J' les ai lavés, dit Man. La première fois qu'on a eu assez d'eau pour les laver comme il faut. J'ai laissé les seaux dehors pour que vous puissiez vous laver aussi, les hommes. Pas moyen de rester propre en voyage.

— Tout le monde est là-dessous ? demanda Pa.

— Tout le monde, sauf Connie et Rosasharn. Ils sont allés dormir en plein air. Ils disent qu'il fait trop chaud pour dormir sous une tente.

Pa fit remarquer d'un air mécontent :

— Cette Rosasharn devient bien craintive et chichiteuse.

— C'est son premier, dit Man. Connie et elle y attachent beaucoup d'importance. T'étais bien pareil.

— Nous partons, dit Tom. On va avancer un peu sur la route. Ouvrez l'œil au cas qu'on vous verrait pas. On se mettra sur la droite.

— Al reste ?

— Oui. L'oncle John viendra avec nous. Bonne nuit, Man.

Ils traversèrent le camp endormi. Devant une des tentes, un feu bas brûlait irrégulièrement et une femme surveillait une marmite où elle avait déjà mis le petit déjeuner à cuire. Une savoureuse odeur de haricots montait de la marmite.

— J'en mangerais bien une assiettée, dit Tom poliment comme il passait.

La femme sourit :

— Ils n' sont pas encore cuits sinon ça serait avec plaisir, dit-elle. Revenez quand il fera jour.

— Merci, madame, dit Tom. Il passa devant la véranda avec Casy et l'oncle John. Le propriétaire était toujours sur sa chaise, et la lanterne sifflait et luisait. Il tourna la tête au passage des trois hommes.

— Y a plus d'essence, dans vot' lanterne, dit Tom.

— L'est temps de fermer, de toute façon.

— Alors, ça ne court plus sur la route, à c't' heure-ci, les demi-dollars ?

Les pieds de la chaise frappèrent le plancher.

— Finissez de me charrier. J' vous connais. Vous êtes encore un de ces damnés agitateurs.

— Et comment, dit Tom. J' suis bolchevisse.

— Y en a bougrement trop, de gars de vot' espèce sur la route.

Tom riait tandis qu'ils franchissaient la grille et montaient dans la Dodge. Il ramassa une motte de terre et la lança contre la lanterne. Ils l'entendirent cogner contre la maison et ils virent le propriétaire bondir sur ses pieds et scruter les ténèbres. Tom mit en marche et reprit la route. Et il écouta soigneusement tourner le moteur dans la crainte de l'entendre cogner. La chaussée luisait vaguement à la faible lueur des phares.

CHAPITRE XVII

Les voitures des émigrants surgissaient en rampant des chemins de traverse, regagnaient l'autostrade et reprenaient la grande voie des migrations, la route de l'Ouest. A l'aube, elles détalaient, pareilles à des punaises ; dès la tombée du jour, surprises par l'obscurité, elles se rassemblaient et venaient grouiller autour d'un abri ou d'un point d'eau. Et parce qu'ils se sentaient perdus et désemparés, parce qu'ils venaient tous d'un coin où régnaient la désolation et les soucis, où ils avaient subi l'humiliation de la défaite, et parce qu'ils s'en allaient tous vers un pays nouveau et mystérieux, instinctivement, les émigrants se groupaient, se parlaient, partageaient leur vie, leur nourriture et tout ce qu'ils attendaient de la terre nouvelle... Quand par exemple une famille campait près d'une source, il arrivait qu'une autre famille vînt s'y installer, à cause de la source ou par besoin de compagnie, puis une troisième, parce que les deux premières avaient étrenné le coin et l'avaient jugé favorable. Et à la tombée du jour, c'étaient peut-être vingt familles et vingt voitures qui finissaient par se trouver rassemblées là.

Vers le soir, il se passait une chose étrange : les vingt familles ne formaient plus qu'une seule famille, les enfants devenaient les enfants de tous. Ainsi partagée, la perte du foyer se faisait moins sensible et le paradis de l'Ouest devenait un grand rêve commun. Et il advenait que la maladie d'un enfant remplît de désespoir vingt familles, cent personnes ; qu'une naissance, là sous une tente, tînt cent personnes figées toute une nuit dans une crainte respectueuse et qu'au matin la délivrance mît la joie au cœur de cent personnes. On voyait une famille, la veille encore tout apeurée et désemparée, défaire ses paquets à la recherche d'un cadeau pour le nouveau-né. Le soir, assis autour des feux, les vingt n'étaient plus qu'une seule tribu. Tous se soudaient peu à peu en groupes, pour le campement, pour la veillée, pour la nuit. Quelqu'un tirait d'une couverture une guitare, l'accordait et les chansons que tous connaissaient, montaient dans la nuit. Les hommes chantaient les paroles et les femmes fredonnaient l'air en sourdine.

Chaque soir un monde se créait, un monde complet, meublé d'amitiés affirmées, d'inimitiés subitement établies ; un monde complet avec ses vantards, ses lâches, avec ses hommes calmes, ses hommes modestes et bons. Chaque soir s'établissaient les relations qui font un monde et chaque matin le monde se disloquait à la façon d'un cirque ambulant.

Au début, les familles montraient de la timidité dans l'élaboration et la démolition des mondes, mais peu à peu la technique de construction des mondes leur devenait familière, devenait leur mode de vie. C'est alors que surgissaient des chefs, que s'élaboraient des lois, que s'instituaient des codes. Et à mesure que les mondes se déplaçaient vers l'Ouest, ils étaient plus complets, mieux meublés, car leurs constructeurs avaient plus d'expérience.

Les familles apprenaient ce qu'elles devaient respecter : la vie privée dans les tentes, le droit d'enterrer le passé tout au fond de son cœur ; le droit de parler, d'écouter, le droit de refuser ou d'accepter l'aide, de l'offrir ou non, le droit qu'avait le fils de courtiser et la fille de se laisser courtiser ; le droit à la nourriture pour ceux qui avaient faim ; le droit qu'avaient les femmes enceintes et les malades de se prévaloir de leur état pour passer par-dessus tous les autres droits.

Et les familles apprenaient, sans que personne leur en eût parlé, ce qui était monstrueux et qu'il fallait absolument abolir ; le droit de s'immiscer dans l'intimité d'autrui, le droit de faire du tapage pendant que le camp dormait, le

271

droit de séduire ou de violenter, le droit d'adultère, le vol et le meurtre. Ces droits étaient impitoyablement réprimés, car sans cela les petits mondes n'auraient pas pu subsister, même une seule nuit.

Et à mesure que les mondes se mouvaient vers l'Ouest, les règles devenaient lois, sans que personne l'eût appris aux familles. C'est enfreindre la loi que de se soulager près du camp, de souiller l'eau potable, de manger des choses riches et appétissantes près de quelqu'un qui a faim, sauf si on lui en réserve une part.

Et avec les lois, les châtiments — et il n'y en avait que deux — une bagarre prompte et meurtrière ou l'exclusion, et des deux l'exclusion était le plus dur. Car quiconque violait les lois emportait avec lui son nom et son visage et n'avait plus de place dans aucun monde, quel que fût l'endroit où il avait été créé.

A l'intérieur des mondes, les conventions sociales adoptaient des formes fixes, rigides. Un homme devait rendre son salut à qui l'avait salué ; il pouvait s'attendre à trouver une femme consentante, s'il restait auprès d'elle, s'il l'aidait à élever ses enfants, s'il les protégeait. Mais un homme ne pouvait pas passer la nuit avec une femme et la nuit suivante avec une autre, car cela eût mis les mondes en péril.

A mesure que les familles se déplaçaient vers l'Ouest, la technique de construction des mondes s'améliorait et les gens se sentaient plus en sécurité dans les limites du leur ; et les conventions étaient telles qu'une famille respectant les lois se savait en sécurité à l'abri de ces lois.

Des gouvernements se formaient dans les mondes, des gouvernements nantis de chefs, de doyens. Un sage constatait que sa sagesse était utile dans tous les camps ; un imbécile ne pouvait placer sa bêtise dans aucun camp. Et au cours de ces nuits, naquit une espèce de système d'assurances qui prit vite de l'ampleur. Un homme ayant à manger nourrissait un affamé et s'assurait ainsi contre la faim. Et quand un bébé mourait, une pile de pièces d'argent s'amoncelait au bas du pan de toile formant entrée de tente, car un bébé mort doit avoir un bel enterrement puisqu'il n'a rien eu d'autre de sa vie : on peut mettre un vieillard à la fosse commune, mais pas un bébé.

Il faut, à un monde qui se crée, un certain décor naturel : de l'eau, la berge d'une rivière, un cours d'eau, une source, ou simplement une prise d'eau non prohibée. Et il faut aussi une étendue de terrain plat suffisante pour permettre l'érection des tentes, quelques buissons, ou un boqueteau pour le bois à brûler. S'il existe une fosse à ordures dans les parages, tant mieux, car on peut s'y approvisionner en ustensiles divers : ronds de poêle, bouts d'ailes recourbés pour abriter un feu, boîtes à conserves vides pouvant servir à la fois de casseroles et de gamelles.

Et les mondes se créaient le soir. Les gens arrivant de la grand-route les bâtissaient eux-mêmes avec leurs tentes, leurs cœurs et leurs cerveaux.

Chaque matin, les tentes étaient démontées, la toile pliée, les mâts et les piquets ficelés sur le marchepied, les lits amarrés sur les camions, la vaisselle emballée. Et à mesure que les familles se déplaçaient vers l'Ouest, la construction de la maison chaque soir et sa démolition chaque matin, s'effectuaient suivant une technique de plus en plus précise, si bien que la toile de tente finissait par avoir sa place dans un coin donné et que les ustensiles de cuisine étaient automatiquement comptés avant d'être placés dans leur caisse. Et peu à peu, chaque membre de la famille s'accoutumait à la place qui lui revenait et remplissait des fonctions déterminées ; de ce fait, chacun, jeune ou vieux, retrouvait son coin à lui dans la voiture et, par les soirées chaudes, épuisantes, lorsqu'on s'arrêtait sur l'emplacement du camp, chacun allait à sa tâche sans attendre d'ordres. Les enfants ramassaient du bois et allaient chercher de l'eau ; les hommes plantaient les tentes et descendaient les lits, les femmes préparaient le dîner et veillaient à ce que tout le monde eût à manger à sa suffisance avant de prendre elles-mêmes part au repas. Et personne ne commandait. La besogne rituelle s'accomplissait sans qu'un seul ordre fût donné. Les familles avaient été des communautés ayant pour frontières, la nuit une maison, le jour leurs champs ; les frontières, maintenant avaient changé. Durant les longues, les interminables journées sous le soleil torride, tout le monde se taisait dans les voitures qui, lentement, se traînaient en direction de l'Ouest, mais le soir, on s'intégrait au premier groupe rencontré. C'est ainsi qu'ils changeaient leur mode d'existence, comme seul de tout l'univers, l'homme a la faculté de le faire. De fermiers, ils étaient devenus des émigrants. Et leurs pensées, leurs projets, leurs longs silences contemplatifs qui avaient eu autrefois pour objet leurs champs, visaient maintenant la grand-route, la distance à parcourir, l'Ouest. Tel homme, dont le cerveau jadis ne concevait qu'en hectares, se voyait à présent confiné pendant des milliers de milles, sur un étroit ruban de ciment. Et ses pensées, ses inquiétudes, n'allaient plus aux chutes de pluie, au vent, à la poussière ou à la croissance de la récolte. Les yeux surveillaient les pneus, les oreilles écoutaient le cliquetis des moteurs, les cerveaux étaient occupés d'huile, d'essence, supputaient anxieusement l'usure du caoutchouc entre le matelas d'air et la route. Un seul désir l'obsédait : l'eau de l'étape du soir, l'eau et les choses à mijoter sur le feu. Car la santé, seule, importait, la santé pour aller de l'avant, la force d'aller de l'avant, et le cœur d'aller de l'avant. Toutes les volontés étaient tendues, braquées devant eux, et leurs craintes, autrefois concentrées sur la sécheresse ou l'inondation, s'attardaient maintenant sur tout ce qui était susceptible d'entraver leur lente progression vers l'Ouest.

Les campements devinrent fixes, chaque emplacement à une courte journée du suivant.

Et sur la route, la panique s'empara de certaines familles qui, dès lors, roulèrent nuit et jour, s'arrêtant pour dormir dans les autos et repartant au petit jour vers l'Ouest, fuyant la route, fuyant le mouvement. Et celles-là étaient si avides de tranquillité, si intense était leur désir de s'établir quelque part, qu'elles braquaient leurs visages vers l'Ouest et fonçaient de l'avant, poussant sur les routes leurs moteurs cliquetants.

Mais la plupart des familles changeaient et s'adaptaient rapidement à la nouvelle existence. Et quand le soleil déclinait :

Temps de chercher un coin pour s'arrêter.

Puis :

Il y a des tentes un peu plus loin.

La voiture sortait de la route et stoppait, et comme d'autres étaient arrivées les premières, certaines politesses s'imposaient. Alors, l'homme, le chef du groupe ambulant, se penchait par la portière :

On peut s'arrêter pour passer la nuit ?

Ben sûr, ça nous fera plaisir de vous avoir. D'où que vous êtes ?

Du fin fond de l'Arkansas.

Y a des gens de l'Arkansas, là-bas, dans la quatrième tente.

Ah oui ?

Et la question primordiale :

Comment est l'eau ?

Ben, elle est pas fameuse au goût, mais pour en avoir, y en a.

Merci bien.

Ne me remerciez pas, j'y suis pour rien.

Mais les politesses étaient de mise. L'auto, cahin-caha, poussait jusqu'à la dernière tente et s'arrêtait.

Alors les occupants éreintés commençaient à descendre, se dégourdissaient les jambes, détendaient leurs corps ankylosés. Puis la nouvelle tente s'érigeait ; les petits allaient chercher de l'eau et les garçons plus âgés coupaient du petit bois ou charriaient des branches mortes. Les feux s'allumaient et le dîner était mis à bouillir, ou à frire. Des arrivants de la première heure s'approchaient, on faisait connaissance, on échangeait des noms d'États et on se découvrait des amis communs, parfois même de lointaines parentés.

L'Oklahoma, hein ? Quel comté ?

Cherokee.

Pas possible ! J'ai de la famille, là-bas. Connaissez les Allen ?

Y a des Allen dans tout le Cherokee. Connaissez-vous les Willis ?

Je comprends.

C'est ainsi que se formait une nouvelle communauté. Le crépuscule tombait, mais avant qu'il fît nuit, la nouvelle famille faisait partie du camp. Les autres familles s'étaient passé le mot. C'étaient des gens de connaissance, de braves gens.

Je connais les Allen depuis toujours. Simon Allen, le vieux Simon, avait eu des ennuis avec sa première femme. Moitié Cherokee, qu'elle était. Et belle, belle comme… comme une pouliche noire.

C'est ça, et Simon le jeune, lui, a épousé une Rudolph, je crois ? C'est bien ce que je pensais. Ils sont allés s'installer à Enid et ils ont bien mené leur barque… Pour ça oui. Le seul des Allen qu'ait jamais réussi. Il a un garage.

Après avoir apporté l'eau et cassé le bois, les enfants s'approchaient timidement, prudemment, parmi les tentes. Et ils avaient recours à des mimiques compliquées pour faire connaissance. Un garçon s'arrêtait devant un autre garçon, fixait son regard sur un caillou, le ramassait, l'étudiait avec attention, crachait dessus, puis le polissait soigneusement et continuait à l'examiner jusqu'à ce qu'il eût forcé l'autre à demander :

Qu'est-ce que t'as là ?

Alors, d'un air détaché :

Rien. Juste un caillou.

Ben, pourquoi que tu le regardes comme ça, si c'est qu'un caillou ?

J'avais cru voir de l'or dedans.

Comment que tu le saurais ? De l'or, c'est pas doré, c'est noir, dans un caillou.

Sûr, tout le monde sait ça.

De l'or… Paah ? de l'ordure, oui !

Pas vrai. Mon père, il en a trouvé des tas de fois, de l'or, et il m'a dit comment que ça se reconnaissait.

Tu voudrais bien trouver une bonne grosse vieille pépite, hein ?

Oh ! dis donc ! Tu parles d'un sacré nom de Dieu de morceau de nougat qu'on me donnerait… On m' laisse pas jurer, mais j' le fais quand même.

Moi aussi. Allons à la source.

Et les jeunes filles échangeaient des confidences, faisaient timidement étalage de leurs succès, se racontaient leurs amourettes. Les femmes s'affairaient autour du feu, se hâtant de distribuer la nourriture aux estomacs vides, du porc si l'argent abondait, du porc, des pommes de terre et des oignons. Des petites galettes cuites à l'ancienne mode ou du pain de maïs, généreusement trempé dans le jus de viande. Des bas morceaux, des plates-côtes et un bidon de thé bouillant, noir et amer. Des beignets à la graisse de mouton, quand l'argent se faisait rare ; de la pâte frite, dorée et croustillante sur laquelle on versait des restants de sauce.

Les familles très riches ou très dépensières mangeaient des haricots en conserve, des pêches en conserve, du pain et des gâteaux de boulanger, mais elles mangeaient à part dans leurs tentes, car c'eût été gênant de manger toutes ces bonnes choses en public.

Dehors, les enfants occupés à manger leur pâte frite sentaient l'odeur des haricots mis à réchauffer et devenaient tout tristes.

Après le dîner, lorsque la vaisselle avait été lavée et essuyée, les hommes s'accroupissaient et conversaient dans l'obscurité.

Ils parlaient de la terre qu'ils avaient quittée.

Je ne sais pas comment tout ça finira. Ce pays est bien mal en point.

Oh ! ça reviendra bien. Seulement, nous ne serons plus là.

« Peut-être, se disaient-ils, peut-être que nous avons péché sans le savoir. »

Un type m'a dit, un type qu'est dans l'Administration, il m'a dit comme ça : « Vous l'avez laissée se raviner. » Type de l'Administration. « Si vous prenez la bordure en travers quand vous labourez, au lieu de la tourner, vous n'aurez plus de ravines. » Jamais eu l'occasion d'essayer. Et leur nouveau tracteur, il ne se donne point tant de mal. Il ne fait pas le tour de la pièce de terre. Tout droit qu'il va, un sillon de quatre milles de long, ou s'il tourne autour de quéq' chose, ça doit être autour de Dieu le père, pour le moins.

Et ils parlaient de leur maison à voix basse :

J'avais un petit fournil sous le moulin. C'est là que je

mettais mon lait à crémer, et des pastèques. J'allais là-dessous en plein midi, quand il faisait une chaleur à crever dehors, et il y faisait frais, mais frais que c'était à ne pas croire. Je vous ouvrais une pastèque avec mon couteau, qu'était fraîche, mais fraîche à vous faire mal à la bouche. De l'eau qui coulait de la citerne...

Ils parlaient de leurs malheurs :

J'avais un frère Charley qu'il s'appelait ; des cheveux blonds comme du maïs, et un homme fait, notez bien. Jouait de l'accordéon comme pas un, en plus. Un jour qu'il était à la herse, il va en avant pour démêler son cordeau, et v'là un serpent à sonnette qui se met à faire marcher sa crécelle. Les chevaux foutent le camp et la herse passe sur Charley ; les pointes se sont enfoncées dans son ventre et ses boyaux et lui ont emporté toute la figure. Qué malheur, tout de même !

Ils parlaient de l'avenir :

Me demande comment que c'est, là-bas ?

Ben, sur les images, ça a l'air joli, en tout cas. J'en ai vu où qu'il fait bon et chaud, et puis il y avait des noyers, et des fraises ; et juste derrière, tenez, pas plus loin que d'un poil de cul de mule à un autre, il y avait une grande montagne toute couverte de neige. Même que c'était bien plaisant à voir.

Si on peut trouver du travail, ça ira. On n'aura pas froid l'hiver. Les gosses ne vont pas geler en allant à l'école. J' vas veiller à ce que nos gosses ne manquent plus l'école. J' sais lire comme il faut, mais ça ne me dit pas autant qu'à ceux qu'ont de l'instruction.

Et il arrivait qu'un homme surgît de sa tente, une guitare à la main. Il s'asseyait sur une caisse et commençait à jouer, et tout le camp, attiré par la musique, se rassemblait peu à peu autour de lui. Il y a beaucoup d'hommes qui savent toucher de la guitare, mais quand par hasard on a affaire à un as, alors, là, c'est un vrai régal. Le bourdonnement rythmique des basses, tandis que la mélodie sautille sur les cordes... Des doigts lourds, durs, qui martèlent le clavier...

L'homme jouait, et les gens se rapprochaient insensiblement jusqu'à ce que le cercle se fût refermé, et soudé : alors il chantait *Dix cents pour le coton et quarante cents pour la viande*[1]. Et le cercle l'accompagnait en sourdine. Et il chantait encore : *Pourquoi vous coupez-vous les cheveux, fillettes*[2] ? Et le cercle chantait avec lui. Puis venait la complainte : *Adieu, mon vieux Texas*[3], cette chanson hallucinante qui datait d'avant l'arrivée des Espagnols, avec cette différence que les paroles étaient indiennes à l'époque.

Et maintenant, l'assistance s'était fondue en un seul bloc, une seule âme ; les yeux des gens étaient tournés vers l'intérieur, leurs pensées jouaient parmi les temps révolus et leur mélancolie ressemblait au repos, au sommeil. Il chantait le *Mac-Alester Blues*. Après quoi, pour se racheter auprès des anciens, il y allait de *Jésus me rappelle à lui*[4]. Les enfants, saoulés de musique, rentraient dormir sous les tentes, et les chants venaient peupler leurs rêves.

Et au bout d'un moment, l'homme à la guitare se levait et bâillait :

Bonne nuit, tout le monde, disait-il.

Alors, ils répondaient dans un murmure :

Bonne nuit.

Et chacun regrettait de ne pas savoir jouer de la guitare, car c'est une chose bien gracieuse. Ensuite les gens s'en allaient se coucher, et le silence tombait sur le camp.

Et les chouettes voletaient çà et là, les coyotes aboyaient dans le lointain et les putois venaient rôder jusque dans le camp, à la recherche des restes de nourriture ; ils se promenaient nonchalamment, en putois arrogants que rien n'effrayait.

La nuit passait, et dès les premières lueurs de l'aube, les femmes sortaient des tentes, préparaient les feux et mettaient à bouillir l'eau pour le café. Puis les hommes sortaient à leur tour et s'entretenaient à voix basse dans la pénombre du petit jour.

Une fois qu'on a traversé le Colorado, y a le désert, à ce qu'il paraît. Attention au désert. Tâchez de ne pas rester en

---

1. *Ten cents cotton and forty cents meat.*
2. *Why do you cut your hair, girls ?*
3. *I'm leaving ole Texas.*
4. *Jesus calls me to His side.*

rade. Prenez de l'eau en quantité, des fois que vous auriez une panne.

J' vas passer de nuit.

Moi aussi, j'ai pas envie de me faire rôtir le poil, nom de Dieu !

Les familles mangeaient rapidement et la vaisselle était vite faite. Les tentes étaient démontées. La fièvre du départ s'emparait de tous. Et lorsque le soleil se montrait, l'emplacement du camp était vide. Seuls quelques détritus jonchaient le sol.

Mais tout au long de la grand-route, les voitures des émigrants se traînaient lentement, pareilles à des hannetons, et l'étroit ruban de ciment se perdait au loin devant eux.

CHAPITRE XVIII

Les Joad poursuivaient lentement leur route vers l'Ouest, escaladant les montagnes, laissant derrière eux les pics et les pyramides de la chaîne du Nouveau-Mexique. Ils pénétrèrent dans la région des hauts Plateaux de l'Arizona, et, par une brèche du col, ils virent au-dessous d'eux le désert multicolore. Un garde-frontière leur barra la route :

— Où allez-vous ?

— En Californie, répondit Tom.

— Combien de temps comptez-vous rester en Arizona ?

— Pas plus qu'il ne nous en faudra pour traverser.

— Vous avez des plantes ?

— Pas de plantes.

— Je devrais fouiller vos affaires.

— Puisque j' vous dis qu'on n'a pas de plantes.

Le garde colla une petite étiquette sur le pare-brise.

— C'est bon. Allez-y vite.

— On n'a pas l'intention de traîner, vous pouvez être tranquille.

Ils gravirent lentement les pentes, les pentes couvertes d'arbres rabougris et torturés. Holbrook, Joseph City, Winslow. Puis vinrent les grands arbres et les autos commencèrent à cracher de la vapeur et à peiner dans l'interminable montée. Et ce fut enfin Flagstaff, la descente sur les hauts Plateaux, avec la route qui se dérobe au loin. L'eau se raréfia, il fallait maintenant l'acheter cinq *cents*, dix *cents*, quinze *cents* le bidon. Le soleil pompait le sol rocailleux, et devant eux se dressait un enchevêtrement de pics et de crêtes déchiquetés : le mur occidental de l'Arizona. Et maintenant, ils fuyaient le soleil et la sécheresse. Ils roulèrent toute la soirée et atteignirent les montagnes de nuit et la faible lueur de leurs phares dansa sur la masse livide des murs de pierre qui bordaient la route. Ils franchirent le sommet dans l'obscurité et vers la fin de la nuit ils s'engagèrent lentement vers la descente, à travers Oatman, amoncellement de fragments de rocs, et quand vint le jour ils aperçurent au bas de la descente, le Colorado. A Topak, ils firent halte à l'entrée du pont et un garde décolla l'étiquette du pare-brise. Ils traversèrent le pont et pénétrèrent dans le désert de rocs. Malgré la fatigue, malgré le soleil matinal qui commençait à chauffer dur, ils stoppèrent.

Pa s'écria :

— On y est. On est en Californie !

Ils contemplèrent d'un œil morne les débris de rocs qui miroitaient au soleil, puis, au-delà du fleuve, les terribles remparts de l'Arizona.

— Y a encore le désert, fit Tom. On va d'abord pousser jusqu'à l'eau et se reposer.

La route courait parallèlement au fleuve, et la matinée était déjà fort avancée lorsque les moteurs surchauffés atteignirent Needles[1], où le courant se hâte parmi les roseaux.

Les Joad et les Wilson gagnèrent la rive et, de leurs voitures, ils regardèrent couler l'eau riante et limpide, avec les algues vertes qui se balançaient lentement dans le courant. Il y avait un petit campement près du fleuve, onze tentes dressées au bord de l'eau, sur l'herbe grasse. Alors Tom se pencha par la portière du camion.

— Ça ne vous fait rien qu'on s'arrête un moment ici ?

Une grosse femme, occupée à laver du linge dans un seau, releva la tête :

— C'est pas à nous. Arrêtez-vous si ça vous fait plaisir. Il y a un flic qui va venir vous passer l'inspection.

1. Les Aiguilles.

Et elle se remit à sa lessive, en plein soleil.

Les deux voitures s'arrêtèrent dans un espace libre, sur l'herbe drue. On descendit les tentes ; les Wilson montèrent la leur et les Joad tendirent leur bâche sur sa corde.

Winfield et Ruthie descendirent lentement vers les roseaux, à travers les fourrés et les saules.

— La Californie ! s'exclama Ruthie avec un enthousiasme contenu. C'est la Californie, ici, et on est en plein dedans !

Winfield cassa un roseau, en écrasa le bout et se mit à mâcher la moelle blanche. Ils s'avancèrent dans le fleuve puis s'immobilisèrent, dans l'eau jusqu'aux mollets.

— Y a encore le désert, fit Ruthie.

— Comment que c'est, le désert ?

— J' sais pas. J'ai vu une fois des images où ça disait que c'était le désert. Y avait des os partout.

— Des os d'hommes ?

— Devait y en avoir, mais c'était plutôt des os de vaches.

— On va en voir, selon toi ?

— Peut-être, j' suis pas sûre. On va le traverser de nuit, c'est Tom qui l'a dit. Tom a dit qu'on se ferait rôtir le poil si on y allait en plein jour.

— Fait bon et frais, dit Winfield, en enfonçant ses orteils dans le sable du fond.

Ils entendirent Man appeler : « Ruthie ! Winfield ! Venez tout de suite. » Ils s'en retournèrent lentement parmi les roseaux et les fourrés.

Les autres tentes étaient silencieuses. Un moment, quand les voitures s'étaient amenées, quelques têtes s'étaient montrées et avaient disparu aussitôt. Maintenant que les tentes des deux familles étaient dressées, les hommes se rassemblaient.

— J' m'en vas descendre jusqu'à la rivière prendre un bain, déclara Tom. Aussi vrai que j' suis là, j' vais me baigner avant d'aller me coucher. Comment va Grand-mère depuis qu'on l'a mise sous la tente ?

— J'en sais rien, répondit Pa. Y avait pas moyen de la réveiller.

— Elle s'a réveillée, dit Noah. C'te nuit, on aurait dit

qu'elle était en train de claquer, là-haut sur le camion. Elle n'a plus sa tête à elle.

Tom dit :

— Elle n'en peut plus, bon Dieu ! Si elle ne se repose pas bientôt, elle ne fera pas long feu. Elle est à bout, c'est pas aut' chose. Y a des amateurs pour le baîn ? J' vas me laver et j' vas dormir à l'ombre toute la journée.

Il s'éloigna, et les autres hommes le suivirent. Ils restèrent longtemps assis, les pieds ancrés dans le sable, la tête seule émergeant.

— Bon Dieu, c' que ça fait du bien, fit Al.

Il prit une poignée de sable dans le fond et se racla le corps. Allongés dans l'eau, ils contemplaient au loin les « Aiguilles » et les monts blancs et rocheux de l'Arizona.

— On les a passés, dit Pa, encore tout émerveillé.

L'oncle John plongea la tête sous l'eau :

— Oui, nous y voilà. C'est ça, la Californie. Eh bien, si vous voulez mon avis, ça n'a pas l'air bien brillant.

— Y a encore le désert, fit Tom. Et c'est une belle vacherie à ce qu'il paraît.

— On s'y attaque cette nuit ?

— Qu'est-ce que t'en penses, Pa ? demanda Tom.

— Ben, j' sais pas trop. Un peu de repos ne nous ferait pas de mal, surtout à Grand-mère. Sinon, il est certain que plus tôt on sera de l'autre côté, mieux ça vaudra. J'aimerais bien avoir une place et être tranquille. Me reste plus guère qu'une quarantaine de dollars ; vivement qu'on soit tous au travail et que l'argent commence à rentrer un peu.

Chacun d'eux, assis dans l'eau, éprouvait la force du courant. Le pasteur laissait flotter ses mains et ses bras à la surface. Les corps étaient blancs jusqu'à la limite du cou et des poignets, puis d'un brun cuit sur les visages et les mains avec des triangles de brun dans l'échancrure de la chemise. Ils se frottaient avec de pleines poignées de sable.

Et Noah, paresseusement, fit :

— Je resterais bien ici. J' passerais bien le restant de mes jours ici. Manger à sa faim et n'avoir jamais d'ennuis. Rester allongé dans l'eau toute mon existence, à flemmarder comme une truie dans la gadoue.

Tom, contemplant par-delà le fleuve les pics déchiquetés et les aiguilles qui se dressaient à l'horizon, dit :

— Jamais vu des montagnes comme ça. Faut avoir tué père et mère pour vivre dans un pays pareil. C'est pas un pays, c'est un squelette de pays. Me demande si on arrivera jamais dans un coin où il y aura aut' chose que des cailloux et des rocs. J'ai vu des images en couleurs d'un pays tout plat et tout vert, avec des petites maisons comme Man en avait causé, toutes blanches. C'est une petite maison blanche qu'elle veut, Man ; je commence à croire que ça n'existe pas, un pays comme ça. Des images que j'ai vues.

— Attends qu'on soit en Californie, dit Pa. Là, tu verras du beau pays.

— Mais bon sang de malheur, Pa, on y est, en Californie !

Deux hommes vêtus de pantalons de treillis et de chemises bleues trempées de sueur, s'avançaient à travers les bouquets de saules, regardant du côté des hommes nus. Ils les hélèrent :

— Fait bon nager ?

— J' sais pas, répondit Tom. On n'a pas essayé. Mais on est rudement bien assis, là, je vous l' promets.

— On peut venir s'asseoir à côté de vous ?

— Elle n'est pas à nous, c'te rivière. On veut bien vous en prêter un petit bout.

Les nouveaux arrivants ôtèrent leur pantalon, dépouillèrent leur chemise et pénétrèrent dans le courant. La poussière leur collait aux jambes, jusqu'aux genoux, et leurs pieds étaient blancs et moites. Ils s'installèrent avec délices dans l'eau et se mirent à se laver paresseusement le dos et les reins. Cuits par le soleil, tous les deux, le père et le fils grognaient de bien-être dans l'eau.

Pa demanda poliment :

— Vous allez dans l'Ouest ?

— Non. On en vient. On s'en retourne chez nous. Pas moyen de gagner sa vie par là.

— D'où que vous êtes ? s'enquit Tom.

— Du Texas. La Queue de la Poêle, du côté de Pampa.

— Vous gagnez votre vie, là-bas ? demanda Pa.

— Non, mais tant qu'à faire, on aime mieux crever de

faim avec des gens qu'on connaît qu'avec une bande de gars qui ne peuvent pas vous sentir.

Pa dit :

— C'est bizarre, vous êtes le deuxième que j'entends causer de cette façon-là. Comment que ça se fait qu'ils ne peuvent pas vous sentir ?

— Sais pas, répondit l'homme.

Il prit de l'eau dans ses mains et se frotta la figure, en soufflant et en renâclant. L'eau sale coulait de ses cheveux et sillonnait son cou de traînées brunâtres.

— J'aimerais bien en entendre plus long sur c't' histoire, fit Pa.

— Moi aussi, ajouta Tom. Pourquoi c'est-il qu'ils vous en veulent, ces gens de l'Ouest ?

L'homme eut un bref regard vers Tom :

— Vous êtes en route vers l'Ouest ?

— Tout juste.

— Vous n'êtes jamais allés en Californie ?

— Jamais.

— Alors, vous fiez pas à ce que je dis. Allez-y voir vous-mêmes.

— Ouais, fit Tom, n'empêche qu'on aime savoir ce qui vous attend.

— Eh ben ! si vous tenez vraiment à le savoir, je peux vous dire que vous avez affaire à quéqu'un qui s'est informé et qu'a réfléchi à la question. Pour un beau pays, c'est un beau pays ; seulement, il a été volé... y a longtemps de ça. Vous traversez le désert et vous arrivez par là, du côté de Bakersfield. Eh bien, vous n'avez jamais rien vu d'aussi beau de vot' vie... rien que des vergers et de la vigne... le plus joli pays qu'il est possible de voir. Et partout où que vous passerez, c'est rien que de la bonne terre bien plate, avec de l'eau à moins de trente pieds en dessous, et tout ça est en friche. Mais vous pouvez vous fouiller pour en avoir, de cette terre. C'est à une Société de pâturages et d'élevage. Et s'ils ne veulent pas qu'on la travaille, elle ne sera pas travaillée. Si vous avez le malheur d'entrer là-dedans et d'y mettre un peu de maïs, vous allez en prison.

— De la bonne terre, vous dites, et personne ne la cultive ?

— C'est comme je vous le dis. De la bonne terre, et personne n'y touche. Il y a déjà de quoi vous retourner les sangs. Mais attendez, c'est pas tout. Les gens vont vous regarder d'un drôle d'œil. L'air de vous dire : « T'as une tête qui ne me revient pas, s'pèce d'enfant de cochon. » Puis il y aura des shérifs et des shérifs adjoints qui vont vous mener la vie dure. S'il vous trouvent à camper sur le bord de la route, ils vous feront circuler. Vous verrez à la tête des gens combien ils peuvent vous détester. Eh bien, moi j' vais vous dire : s'ils vous détestent, c'est parce qu'ils ont peur. Ils savent bien qu'un homme qu'a faim, faut qu'il trouve à manger quand bien même il devrait le voler. Ils savent bien que toute cette terre en friche, quelqu'un viendra la prendre. Sacré bon Dieu ! On ne vous a pas encore traité d' « Okie » ?

— « Okie » ? fit Tom. Qu'est-ce que c'est que ça ?

— Ben, dans le temps, c'était un surnom qu'on donnait à ceux de l'Oklahoma. Maintenant, ça revient à vous traiter d'enfant de putain. Être un Okie, c'est être ce qu'il y a de plus bas sur terre. En soi, ça ne veut rien dire. Mais ce que je vous dirai ou rien, c'est pareil. Faut y aller voir vous-mêmes. Paraît qu'il y a quéqu' chose comme trois cent mille des nôtres, là-bas, et qu'ils vivent comme des bêtes, à cause que toute la Californie, c'est à des propriétaires. Il ne reste plus rien. Et les propriétaires se cramponnent tant qu'ils peuvent, et ils feraient plutôt massacrer tout le monde que de lâcher leur terre. Ils ont peur, et c'est ça qui les rend mauvais. Faut aller voir ça. Faut entendre ce qui se dit. Le plus beau pays qui se puisse voir, sacré nom de nom ! Mais ces gens-là, ils ont tellement la frousse qu'ils ne sont même pas polis entre eux.

Tom regarda dans l'eau et enfouit ses talons dans le sable :

— Et quelqu'un qu'aurait du travail et qui se mettrait un peu d'argent de côté, il ne pourrait pas trouver un coin de terre ?

L'homme mûr se mit à rire et regarda son fils, et le fils eut

287

un sourire silencieux qui était presque un sourire de triomphe. Alors l'homme dit :

— Jamais vous n'aurez de travail à demeure. Faudra que vous alliez tous les jours chercher de quoi gagner vot' croûte. Et tout le temps avec des gens qui vous regarderont d'un sale œil. Cueillez du coton et vous serez sûr que la balance est faussée. Y en a qui le sont et y en a qui ne le sont pas. Mais, à votre idée, elles le seront toutes, et vous ne saurez pas lesquelles. De toute façon, vous ne pourrez rien y faire.

Pa demanda lentement :

— C'est donc... c'est donc pas bien du tout, là-bas ?

— Bien, c'est pas le mot. C'est beau, c'est certain. C'est beau à regarder, mais pas le droit d'y toucher. Vous voyez un verger avec plein d'oranges toutes jaunes, et un garde avec un fusil qu'a le droit de vous tuer si vous avez le malheur d'en toucher une. Y a un type, un propriétaire de journal, là-bas près de la côte, qu'a bien un million d'arpents à lui...

Casy releva vivement la tête :

— Un million d'arpents ? Qu'est-ce qu'il peut bien faire avec un million d'arpents ?

— J' sais pas. Il les a, c'est tout ce que je sais. Quéq' têtes de bétail qu'il engraisse. L'a mis des gardes partout, pour empêcher les gens d'entrer. Se balade dans une automobile blindée. J'ai vu des photos de lui. Un type gras et mou, avec des petits yeux mauvais et une bouche pareille à un trou du cul. Il a peur de mourir. Il a un million d'arpents et il a peur de mourir.

Casy demanda :

— Mais qu'est-ce qu'il peut bien foutre avec un million d'arpents ? A quoi ça peut bien servir, un million d'arpents ?

L'homme sortit de l'eau ses mains pâlies et toutes ridées, les étendit dans un geste d'impuissance, serra les lèvres et pencha la tête de côté :

— J' sais pas, répondit-il. Doit être fou. Pas possible autrement ; j'ai vu une photo de lui, il a l'air fou. Fou et méchant.

— Vous dites qu'il a peur de mourir ? demanda Casy.

— C'est ce qu'on m'a raconté.

— L'a peur que Dieu vienne le prendre ?

— J' sais pas. L'a peur, tout simplement.

— Qu'est-ce qu'il a beoin de s'en faire ? dit Pa. M'a pas l'air de rigoler beaucoup.

— Grand-père n'avait pas peur, intervint Tom. C'est quand il était le plus près d'y passer qu'il rigolait le plus. Comme la fois qu'il était avec un autre type et qu'ils sont tombés en pleine nuit sur une bande d'Indiens Navajos. Qu'est-ce qu'ils se sont payé comme bon temps, ce soir-là, et pourtant vous n'auriez pas donné deux liards de leur peau.

— Eh oui, c'est comme ça, fit Casy. Prenez un gars qui rigole, eh bien il s'en fout, et à côté de ça un type qu'est méchant, solitaire, vieux et déçu... il a peur de mourir.

Pa demanda :

— Pourquoi qu'il serait déçu, avec un million d'arpents ?

Le pasteur sourit, l'air songeur. D'une claque il éclaboussa au loin une mouche d'eau :

— S'il a besoin d'un million d'arpents pour se sentir riche, à mon idée, c'est qu'il doit se sentir bougrement pauvre en dedans de lui, et s'il est si pauvre en dedans, c'est pas avec un million d'arpents qu'il se sentira plus riche, et c'est p'têt' pour ça qu'il est déçu, c'est parce qu'il a beau faire, il n'arrive pas à se sentir plus riche... j'entends riche comme Mme Wilson, quand elle a donné sa tente pour Grand-père qu'était en train de mourir. C'est pas que je veux faire un prêche, mais j'ai encore jamais vu de type qu'ait passé son temps à ramasser et à entasser, et qu'ait pas été déçu au bout du compte. (Il sourit :) C'est vrai que ça ressemble un peu à un prêche, hein ?

Le soleil tapait dur. Pa dit :

— On ferait bien de s'enfoncer le plus possible dans l'eau, sinon on va se faire rôtir le cuir.

Là-dessus, il s'allongea en arrière et l'onde paresseuse lui caressa les oreilles.

— Et si quelqu'un était prêt à en mettre un bon coup, il n'arriverait pas à s'en sortir quand même ? demanda-t-il.

L'homme se mit sur son séant et le regarda.

— J' vas vous dire, mon vieux, je peux me tromper.

Mettons que vous alliez là-bas et que vous trouviez un travail régulier, j'aurais l'air de vous avoir raconté des blagues. D'un aut' côté, mettons que vous ne trouviez rien du tout, à ce moment-là, vous m'en voudriez de ne pas vous avoir prévenu. Tout ce que je peux vous dire, c'est que ceux que j'ai vus là-bas, ils ont l'air bien minables, pour la plupart.

Il se recoucha dans l'eau.

— On ne peut pas savoir, ajouta-t-il.

Pa tourna la tête et regarda l'oncle John.

— T'as jamais été bien causant, dit Pa. Mais je veux bien êt' pendu si t'as ouvert plus de deux fois la bouche depuis qu'on est parti de la maison. Qu'est-ce que tu dis de tout ça, toi ?

L'oncle John se renfrogna.

— J'en dis rien du tout. On est partis pour y aller, pas vrai ? Toutes vos parlotes n'y changeront rien. Quand on y sera, on y sera. Quand on aura de l'ouvrage, on travaillera et quand on n'en aura pas on se tournera les pouces. Tout ce qu'on pourra dire ou rien, c'est du pareil au même.

Tom s'allongea en arrière et remplit sa bouche d'eau ; puis il cracha en l'air et se mit à rire :

— L'oncle John il ne cause pas beaucoup, mais quand il cause c'est pour dire quéq' chose. On repart ce soir, Pa ?

— On ferait aussi bien. Autant en finir tout de suite.

— Dans ce cas, j' m'en vas dans les broussailles faire un somme.

Tom se leva et regagna la rive sablonneuse. Il passa ses vêtements sur son corps mouillé et fit la grimace, car le tissu lui brûlait la peau. Accroupis dans l'eau, l'homme et son fils regardèrent les Joad s'éloigner. Et le garçon fit :

— J' voudrais les voir dans six mois, misère de misère !

L'homme s'essuya le coin des yeux.

— J'aurais mieux fait de me taire, fit-il. On a toujours envie de montrer qu'on est plus malin que les autres et de leur faire la leçon.

— Oh ! bon Dieu, quoi Pa ! Ils l'ont bien cherché.

— Oui, d'accord, mais comme dit la chanson : « Pisqu'ils y vont de toute façon... » Ce que je leur ai dit n' changera rien, à part qu'ils se feront du mauvais sang plus tôt, et c'est pas utile.

Tom se coula parmi les fourrés et les saules et se glissa à quatre pattes dans un creux d'ombre. Et Noah l'y suivit.

— J' vas dormir ici, déclara Tom.

— Tom !

— Quoi ?

— Tom, j' vas pas plus loin.

Tom se redressa brusquement.

— Comment ça ?

— Tom, j' veux pas m'en aller de cette eau. Tel que tu me vois, j' m'en vas descendre tout le long de la rivière.

— T'es cinglé, fit Tom.

— J' vas me procurer une ligne ou quéq' chose. J' prendrai du poisson. On ne risque pas de crever de faim au bord d'une belle rivière comme ça.

Tom dit :

— Et la famille ? Et Man ?

— J' peux pas m'en aller de cette eau.

Les yeux très écartés de Noah étaient mi-clos.

— Tu sais ce qui en est, Tom. Tu sais comme ils sont tous gentils avec moi. Mais au fond, je ne compte pas beaucoup pour eux.

— Tu es fou.

— Non, j' suis pas fou. Je me connais. Je sais qu'ils me plaignent. Mais... Enfin, j' vas pas plus loin, voilà. Tu le diras à Man, hein, Tom ?

— Écoute une minute... commença Tom.

— Non, c'est pas la peine. J'ai été dans cette eau-là. Et j' veux pas la quitter, y a rien à faire. Maintenant, j' m'en vas, Tom. Je descends la rivière. J' me débrouillerai avec du poisson ou des trucs, mais j' peux pas m'en aller de cette eau. J' peux pas.

Il sortit en rampant du fourré.

— Tu préviendras Man, Tom.

Il s'éloigna.

Tom le suivit jusqu'à la berge.

— Écoute donc, tête de cochon...

— C'est pas la peine, dit Noah. Ça me rend tout triste mais c'est plus fort que moi. Faut que je m'en aille.

Il se détourna précipitamment et descendit le fleuve, en suivant la berge. Tom voulait le poursuivre, mais il se ravisa. Il vit Noah disparaître dans les broussailles, puis reparaître un peu plus loin sur la rive. Il le suivit des yeux et vit sa silhouette décroître peu à peu et se perdre enfin derrière un bouquet de saules. Alors Tom ôta sa casquette et se gratta la tête, puis il retourna à son creux d'ombre, dans le bouquet de saules, se recoucha et s'endormit.

Grand-mère était allongée sur son matelas, sous l'abri de la bâche déployée, et Man était assise près d'elle. Il faisait une chaleur étouffante et les mouches bourdonnaient à l'ombre de la toile. Grand-mère était couchée, toute nue sous un bout de rideau rose. Elle tournait et retournait sans cesse sa vieille tête, marmonnant des mots sans suite et respirait avec difficulté. Assise par terre près d'elle, et armée d'un bout de carton en guise d'éventail, Man chassait les mouches et faisait circuler un courant d'air chaud contre la vieille tête rigide. Rose de Saron était assise de l'autre côté du matelas et regardait sa mère.

— Will ! Will ! clama Grand-mère d'une voix impérieuse, viens ici, Will !

Ses yeux s'ouvrirent et regardèrent furieusement autour d'elle.

— J' lui avais dit de venir tout de suite, fit-elle. Je l'attraperai le brigand. J' lui passerai un de ces savons...

Elle ferma les yeux et se mit à rouler la tête de côté et d'autre en bredouillant d'une voix pâteuse. Man l'éventait avec le bout de carton.

Rose de Saron regarda la vieille d'un air désemparé et dit à mi-voix :

— Elle est terriblement malade.

Man leva les yeux sur sa fille. La patience se lisait dans son regard, mais les rides de l'angoisse et de la fatigue sillonnaient son front. Sans relâche elle éventait Grand-mère, et son morceau de carton tenait les mouches à distance.

— Quand on est jeune, Rosasharn, tout ce qui arrive est

une chose à part. Pour soi tout seul. Je sais, je m'en souviens, Rosasharn.

Sa bouche prononçait avec amour le nom de sa fille.

— Tu vas avoir un enfant, Rosasharn, et ça aussi c'est une chose à toi toute seule, qui fera que tu te sentiras encore plus loin des autres. Tu auras mal et tu seras toute seule avec ton mal et tu vois, Rosasharn, cette tente-là est toute seule au monde.

Elle fouetta l'air un moment avec son bout de carton pour éloigner un bourdon ; le gros insecte brillant tourna deux fois autour de la tente et fonça dans la lumière aveuglante du dehors. Man poursuivit :

— Vient un moment où on change, et où on voit les choses autrement. Alors, chaque mort n'est plus qu'une partie de la mort générale, chaque enfant qu'on porte en soi, une partie de l'ensemble de toutes les naissances, et la naissance et la mort deux parties d'une même chose. Et à ce moment-là, on ne se sent plus toute seule. A ce moment-là, un mal est moins dur à supporter parce que ce n'est plus un mal à part, Rosasharn. Je voudrais bien arriver à te le faire comprendre, mais c'est impossible.

Et il y avait dans sa voix tant de douceur, tant d'amour, que les larmes affluèrent aux yeux de Rosasharn et voilèrent son regard.

— Tiens, évente Grand-mère, dit Man en tendant le morceau de carton à sa fille. Ça te fera du bien. Je voudrais arriver à te faire comprendre...

Grand-mère, les sourcils contractés sur ses yeux fermés, piaillait :

— Will ! tu es dégoûtant ! Y aura jamais moyen de te décrasser !

Ses petites pattes ridées et crispées montèrent à sa figure et grattèrent ses joues. Une fourmi rouge courut sur le rideau et entreprit l'ascension des plis de peau fanée du cou de la vieille femme. Man, d'un geste rapide, l'attrapa et l'écrasa entre le pouce et l'index, après quoi elle s'essuya les doigts à sa robe.

Rose de Saron agitait l'éventail de carton. Elle leva les yeux vers Man.

— Est-ce qu'elle... ?

Et les mots se figèrent dans sa gorge.

— Will, veux-tu essuyer tes pieds, espèce de sale cochon ! glapit Grand-mère.

Man dit :

— J' sais pas. Peut-être que si on pouvait l'emmener où qu'il fasse moins chaud, mais j' sais pas. Ne te fais pas de souci, Rosasharn. Reste calme, c'est l'essentiel.

Une grosse femme vêtue d'une robe noire déchirée passa la tête dans la tente. Elle avait les yeux chassieux et flous, et des petites poches de chair flasque pendaient de chaque côté de sa mâchoire. Sa bouche était molle et lippue : la lèvre supérieure pendait comme un rideau sur ses dents, et la lèvre inférieure, recourbée sous l'effet de son propre poids, découvrait les gencives.

— Jour, m'dame, fit-elle. Gloire à Dieu et malheur aux mécréants.

Man tourna la tête.

— Bonjour, fit-elle.

La femme se coula sous la tente et se pencha sur Grand-mère.

— A ce qui paraît que vous avez ici une âme qui s'apprête à retourner à Jésus. Gloire à Dieu !

Les traits de Man se contractèrent et ses yeux devinrent méfiants.

— Elle est fatiguée, c'est tout, dit Man. A force de rouler par cette chaleur, elle n'en peut plus. La fatigue, c'est pas aut' chose. Qu'elle se repose un peu et ça ira.

La femme se baissa pour examiner de plus près le visage de Grand-mère, et on eût dit qu'elle la reniflait. Ensuite, elle se tourna vers Man et hocha rapidement la tête en tremblotant des lèvres et en ballottant des bajoues.

— Une chère âme qui va bientôt retourner à Jésus, fit-elle.

— C'est pas vrai ! s'écria Man.

La femme hocha la tête, lentement cette fois, et posa une main bouffie sur le front de Grand-mère. Man fit un mouvement pour arracher cette main, mais réussit à le réprimer à temps.

— Si, ma sœur, c'est la vérité, dit la femme. Nous sommes six en état de grâce, dans notre tente. J' m'en vais aller les chercher et on va tenir un meeting, dire des prières ét implorer le Seigneur. Toutes des Jéhovites. Six, moi y comprise ; j' m'en vais les chercher.

Man fronça les sourcils.

— Non... non, fit-elle. Non, Grand-mère est fatiguée... Elle ne pourrait pas supporter un meeting.

— Elle ne supporterait pas qu'on loue le Seigneur ? s'exclama la femme. Elle ne supporterait pas la douce haleine de Notre-Seigneur Jésus ? Qu'est-ce que vous me chantez là, ma sœur ?

— Non, pas ici, dit Man. Elle est trop fatiguée.

La femme regarda Man d'un air de reproche.

— Vous n'êtes donc pas croyante, madame ?

— Nous avons toujours vécu dans la grâce, dit Man. Mais Grand-mère est fatiguée, nous avons roulé toute la nuit. Ne vous dérangez pas.

— Y a pas de dérangement, et quand bien même y en aurait qu'on tiendrait à le faire pour une âme qui a soif de l'Agneau divin.

Man se redressa sur les genoux.

— Nous vous remercions, dit-elle sur un ton glacial. Mais on ne tiendra pas meeting sous notre tente.

La femme la considéra longuement.

— Eh bien, il ne sera pas dit que nous laisserons partir une sœur sans consolations. Nous tiendrons le meeting sous notre propre tente, madame, et nous vous pardonnerons votre dureté de cœur.

Man se rassit et se tourna vers Grand-mère, et son visage était encore dur et contracté.

— Elle est fatiguée, dit-elle, simplement fatiguée.

Grand-mère balançait la tête de côté et d'autre et marmonnait à voix basse.

La grosse femme sortit avec raideur de la tente. Man ne quittait pas des yeux le vieux visage ravagé.

Rose de Saron continuait d'agiter l'air chaud avec son éventail de carton. Elle fit :

— Man !

— Quoi donc ?

— Pourquoi qu' tu les as pas laissés tenir leur meeting ?

— J' sais pas, répondit Man. C'est des bonnes gens, ces Jéhovites. Des braillards et des sauteurs. J' sais pas ce qui m'a pris, comme ça tout d'un coup. J'ai eu l'impression que je ne pourrais pas le supporter... Que ça me démolirait.

Un murmure de voix s'éleva à quelque distance. Le meeting commençait. D'abord des exhortations sur un ton de litanie. Les mots n'arrivaient pas clairement mais le ton était net. La voix s'élevait et retombait, puis reprenait plus haut. Un répons tomba dans le silence, et l'exhortation monta avec un accent de triomphe et un grondement de puissance. La voix s'enfla puis se tut, et cette fois le répons parvint dans un grondement. Et maintenant les exhortations se faisaient plus brèves, plus sèches, devenaient des ordres, tandis qu'une note plaintive se mêlait aux répons. Le rythme s'accéléra. Jusque-là, les voix masculines et féminines étaient restées dans le même ton, mais voici qu'au milieu d'un répons une voix de femme montait en une clameur sauvage, comme un cri de bête, auquel se joignaient aussitôt les aboiements d'une autre voix féminine, plus grave celle-là, tandis qu'une voix d'homme escaladait la gamme en un hurlement de loup. Les exhortations cessèrent. On n'entendit plus que les cris de bête fauve et un martèlement sourd. Man frissonna. Rose de Saron haletait. Le concert de hurlements dura si longtemps qu'il semblait que les poumons dussent éclater.

Man dit :

— Ça me porte sur les nerfs. Je ne sais pas ce qui m'arrive.

Soudain, les clameurs aiguës devinrent complètement démentes, se muèrent en des ricanements d'hyène, et le martèlement s'amplifia. Des voix se fêlèrent, se brisèrent, et le chœur tout entier retomba et se transforma en un concert de grognements, de sanglots, de claques et de battements sourds ; puis les sanglots devinrent des petits cris plaintifs, semblables à des gémissements de chiots devant leur pâtée.

Rose de Saron pleurait d'énervement. Grand-mère écarta le rideau à coups de pied, découvrant des jambes pareilles à des bâtons gris et noueux. Et Grand-mère se mit à pousser de petits cris inarticulés, joignant ses gémissements à ceux des Jéhovites. Man remit le rideau en place. Alors Grand-mère soupira profondément ; sa respiration peu à peu redevint aisée et régulière et ses paupières fermées cessèrent de clignoter. Elle dormait calmement et ronflait, la bouche ouverte.

Les gémissements provenant de l'autre tente s'apaisaient graduellement. Finalement, ils se turent tout à fait.

Rose de Saron regarda Man, les yeux brouillés de larmes.

— Ça lui a fait du bien, dit-elle. Elle s'est endormie.

Man gardait la tête baissée, car elle était honteuse.

— Peut-être que je leur ai fait du tort, à ces braves gens. Grand-mère dort.

— Pourquoi ne demandes-tu pas au pasteur si t'as commis un péché ? demanda la jeune femme.

— C'est ce que je vais faire... mais c'est un drôle d'homme. C'est peut-être à cause de lui que j'ai empêché ces gens de venir dans notre tente. Ce Casy, il en arrive à penser que du moment que les gens font quéqu' chose, c'est ce qu'ils devaient faire.

Man regarda ses mains, puis elle fit :

— Rosasharn, il nous faut dormir, si nous devons partir ce soir, faut dormir.

Elle s'allongea par terre, contre le matelas.

Rose de Saron s'inquiéta :

— Mais qui va éventer Grand-mère ?

— Elle dort pour l'instant. Couche-toi et repose-toi.

— J' me demande où Connie peut bien êt' fourré, se lamenta la jeune femme. Ça fait une éternité que je ne l'ai plus vu.

— Chut ! fit Man. Dors.

— Man, Connie va étudier la nuit, pour devenir quelqu'un.

— Ouais. Tu me l'as déjà dit. Dors !

La jeune femme s'allongea contre le matelas de Grand-mère.

— Connie a encore une nouvelle idée. Il pense tout le temps. Quand il saura tout ce qu'il y a à savoir pour ce qui est de l'électricité, il aura sa boutique à lui, et alors devine ce qu'on aura ?

— Quoi ?

— De la glace... autant qu'on en voudra. Une glacière, qu'on aura. On s'arrangera pour qu'elle soit tout le temps pleine. Les choses ne se gâtent pas quand on a de la glace.

— Connie est toujours en train d'inventer quéq' chose, dit Man avec un petit rire. Maintenant, dors.

Rose de Saron ferma les yeux. Man s'allongea sur le dos et croisa les bras sous sa tête. Elle écoutait respirer Grand-mère et sa fille. Elle avança la main pour chasser une mouche de son front. Le camp était silencieux dans la chaleur écrasante, mais l'herbe chaude grouillait de bruits — chants de grillons, bourdonnements de mouches — qui étaient proches du silence. Man poussa un long soupir, après quoi elle bâilla et ferma les yeux. Dans un demi-sommeil elle entendit des pas approcher, mais ce fut une voix d'homme qui la réveilla en sursaut.

— Qui est là-dedans ?

Man se redressa d'une secousse. Un homme au visage hâlé se baissa et passa la tête à l'intérieur. Il portait des bottes, un pantalon kaki, et une chemise kaki garnie d'épaulettes. Un revolver était passé dans l'étui de son baudrier de cuir et une grosse étoile d'argent était épinglée à hauteur de son sein gauche. Il avait repoussé en arrière son calot militaire. Il donnait de grandes claques sur la bâche qui résonnait comme un tambour.

— Qui est là-dedans ? répéta-t-il.

Man demanda :

— Qu'est-ce que vous voulez ?

— Je viens de vous le dire. Je veux savoir qui est là-dedans.

— Mais on est que toutes les trois... Grand-mère, moi et ma fille.

— Où sont vos hommes ?

— Mais, euh... ils sont allés se décrasser un peu. Nous avons roulé toute la nuit.

— D'où venez-vous ?

— De tout près de Sallisaw, dans l'Oklahoma.

— Eh ben, vous ne pouvez pas rester ici.

— On a dans l'idée de repartir ce soir et de traverser le désert.

— C'est ce que vous avez de mieux à faire. Si je vous retrouve ici demain à la même heure, je vous embarque. Nous ne voulons pas en voir de votre espèce s'installer ici.

De fureur, le visage de Man s'assombrit. Elle se mit lentement debout, se courba et prit la poêle de fer dans la caisse aux ustensiles de cuisine.

— Vous avez beau avoir un insigne en fer-blanc et un revolver, là d'où je viens, vous auriez juste le droit de vous taire.

Armée de sa poêle, elle s'avança vers lui. Il fit jouer le revolver dans son étui.

— C'est bien ça ! fit Man. Faire peur aux femmes. Encore heureux que les hommes ne soient pas là. Ils vous auraient écharpé. Dans mon pays les gens comme vous apprennent à tenir leur langue.

L'homme recula.

— Oui, ben vous n'êtes pas dans vot' pays, ici. Vous êtes en Californie et nous ne voulons pas voir de damnés Okies s'installer ici.

Man s'immobilisa, intriguée.

— Okies ? dit-elle à mi-voix. Des Okies ?

— Parfaitement des Okies. Et si vous êtes encore là quand je reviens demain, je vous colle au violon !

Il fit demi-tour et s'en alla cogner sur la tente voisine.

— Qui est là-dedans ? fit-il.

Man rentra lentement sous la bâche. Elle replaça la poêle dans la caisse. Puis lentement, elle s'assit. Rose de Saron l'observait à la dérobée. Et quand elle vit sa mère s'efforcer de maîtriser les tiraillements de son visage, elle ferma les yeux et fit semblant de dormir.

Le soleil était déjà bas sur l'horizon, mais la chaleur ne semblait pas vouloir diminuer. Tom se réveilla sous le saule, baigné de sueur, la bouche pâteuse et la tête engourdie. Il se mit debout tant bien que mal et se dirigea vers la rivière. Là, il dépouilla ses vêtements et pénétra dans le courant. Dès que son corps fut entré en contact avec l'eau, sa soif disparut. Il se coucha sur le dos dans l'eau profonde et se laissa flotter. Il se maintenait en équilibre en enfonçant ses coudes dans le sable et contemplait le bout de ses orteils qui se montrait à la surface.

Un petit garçon pâle et maigre s'amena en rampant comme un animal parmi les roseaux. Il se déshabilla et se coula dans l'eau en gigotant comme un rat musqué ; il nageait à la façon d'un rat musqué, le nez et les yeux émergeant seuls au-dessus du courant. Et soudain il aperçut la tête de Tom et vit que Tom l'observait. Il interrompit son jeu et s'assit dans l'eau.

Tom fit :

— Bonjour.

— Jour.

— Tu jouais au rat musqué, hein ?

— Ouais.

Il s'écartait insensiblement, obliquant vers la berge, d'abord d'un air détaché, puis tout à coup il bondit, ramassa ses vêtements à la volée et détala comme un zèbre à travers les fourrés.

Tom eut un rire silencieux. Et soudain, une voix stridente cria son nom :

— Tom, hé, Tom !

Il s'assit dans l'eau et siffla entre ses dents — un coup de sifflet strident, perçant, avec un trille au bout. Les roseaux s'écartèrent, livrant passage à Ruthie.

— Man te demande, fit-elle. Elle a dit que tu viennes tout de suite.

— C'est bon.

Il se leva et regagna la rive, et Ruthie, très intéressée, regardait son corps nu avec stupéfaction. Voyant où se portait son regard, Tom lui dit :

— Veux-tu te sauver !

Et Ruthie s'enfuit à toutes jambes. Tom l'entendit appeler Winfield d'une voix surexcitée, tout en courant. Il passa ses vêtements brûlants sur son corps encore humide et à travers les fourrés, il s'en alla sans se presser en direction de la tente.

Man avait fait un feu avec des branches sèches de saule et

avait mis une casserole d'eau à chauffer. En le voyant elle parut soulagée.

— Qu'est-ce qu'il y a, Man ? demanda-t-il.

— J'étais pas rassurée, répondit-elle. Il est venu un policeman. Il a dit qu'on ne pouvait pas rester ici. J'avais peur qu'il aille te trouver, je craignais qu'il aille te parler et que tu lui tapes dessus.

— Pourquoi que j'irais taper sur un policeman ?

Man sourit...

— Ben... il était tellement mal poli... j'ai bien failli lui casser la figure moi-même.

En riant, Tom l'empoigna par le bras et la secoua rudement, mais sans brutalité. Il s'assit par terre, riant toujours.

— Bon Dieu, Man... toi que j'ai connue si douce, qu'est-ce qui t'est donc arrivé ?

Sa figure devint grave.

— Je ne sais pas, Tom.

— D'abord tu nous menaces avec un manche de cric et maintenant tu veux démolir un flic.

Il eut un petit rire silencieux, et d'un geste tendre caressa les pieds nus de sa mère.

— Une vraie tigresse, fit-il.

— Tom ?

— Oui ?

Elle resta longtemps hésitante.

— Tom, le policeman en question... il nous a appelés... des Okies. Il a dit : « Je ne peux pas voir de damnés Okies de votre espèce s'installer ici. »

Tom l'observait attentivement, une main tendrement posée sur son pied nu.

— Un type nous a parlé de ça, dit-il. De cette façon qu'ils ont de nous appeler par ici.

Il réfléchit un instant.

— Man, on ne peut pas dire que je sois un mauvais bougre, à ton idée ? J' veux dire un type bon à mettre derrière des barreaux ?...

— Non, répondit-elle. T'as passé en jugement mais... non. Pourquoi tu me demandes ça ?

— Ben, j' vais te dire. Moi je t'y aurais collé un marron à ce flic.

Man sourit, amusée.

— C'était plutôt à moi de te demander ça, parce que j'ai failli l'assommer avec la poêle.

— Man, pourquoi il a dit qu'on ne pouvait pas s'arrêter ici ?

— Il a tout simplement dit qu'il ne voulait pas voir de damnés Okies s'installer ici. L'a dit qu'il nous embarquerait, s'il nous trouvait encore là demain.

— Mais on n'a pas l'habitude de se laisser manœuvrer par les flics.

— C'est ce que je lui ai dit, fit Man. Il a répondu qu'on n'était pas chez nous. On est en Californie, et ils font ce qui leur plaît.

Tom dit, l'air un peu gêné :

— Man, j'ai quéq' chose à te dire, Noah... il est parti le long de la rivière... Il n'a pas voulu aller plus loin.

Man mit un moment à comprendre.

— Pourquoi ? demanda-t-elle, angoissée.

— Je ne sais pas. Il a dit qu'il ne pouvait pas s'en empêcher. Qu'il fallait qu'il reste. M'a dit de te le dire.

— Comment qu'il fera pour se nourrir ? demanda-t-elle.

— J' sais pas. L'a dit qu'il prendrait du poisson.

Man resta longtemps silencieuse.

— La famille s'en va à la débandade, dit-elle enfin. J' sais plus quoi. On dirait qu' je ne suis même plus capable de mettre deux idées ensemble. Plus capable de penser. Il se passe trop de choses.

Tom dit, sans trop y croire :

— Il s'en sortira, va, Man. C'est un drôle de corps.

Man tourna vers la rivière un regard vide d'expression.

— J'ai l'impression de n'être plus seulement capable de penser.

Tom porta les yeux vers l'alignement des tentes et vit Ruthie et Winfield debout devant l'entrée d'une tente, en conversation animée avec quelqu'un à l'intérieur. Ruthie tortillait le bas de sa robe tandis que Winfield creusait un trou dans le sol du bout de son orteil.

302

— Eh, Ruthie! cria Tom.

Elle leva les yeux et, l'apercevant, accourut au petit trot, suivie de Winfield. Quand elle l'eut rejoint, Tom lui dit :

— Va chercher les nôtres. Ils sont tous en train de dormir là-bas dans les fourrés. Cours. Et toi, Winfield, va prévenir les Wildon qu'on va démarrer aussitôt qu'on le pourra.

Les enfants virevoltèrent et partirent au grand galop.

Tom dit :

— Man, comment va Grand-mère en ce moment ?

— Ben, elle s'a reposée. Elle a dormi un peu aujourd'hui. Elle va peut-être aller mieux. Elle dort encore.

— C'est parfait. Qu'est-ce qu'il nous reste dans le saloir ?...

— Plus guère. Le quart d'un cochon.

— Alors, va falloir remplir l'autre saloir d'eau. Faut qu'on emmène de l'eau.

Ils entendaient la voix perçante de Ruthie appeler les hommes, plus bas dans les roseaux.

Man fourra des baguettes de saule dans le feu et, dans un crépitement sec, de longues flammes montèrent à l'assaut de la marmite noire. Elle fit :

— J' prie le Seigneur qu'on ait bientôt un peu de repos. J' prie le Seigneur Jésus qu'on ait bientôt un coin agréable où s'allonger.

Le soleil piquait vers la ligne dentelée des monts, à l'ouest. Sur le feu, l'eau bouillonnait furieusement dans la marmite. Man alla prendre un plein tablier de pommes de terre sous un coin de la bâche et les mit à bouillir.

— Je prie le Seigneur qu'on puisse bientôt faire un peu de lessive ; jamais nous n'avons été aussi sales. Nous ne lavons même plus les pommes de terre avant de les mettre à bouillir. J' me demande pourquoi. On dirait qu' nous n'avons plus le cœur à rien.

Les hommes arrivèrent en bande, les yeux ensommeillés, le visage rouge et bouffi d'avoir dormi en plein jour.

Pa dit :

— Qui s' passe ?

— On part, répondit Tom. Un flic est venu dire qu'il fallait qu'on s'en aille. Autant en finir tout de suite. En s'y prenant comme ça de bonne heure, on arrivera peut-être à le passer. Pas loin de trois cents milles à faire avant d'y être.

— Je croyais qu'on devait se reposer ? objecta Pa.

— Ben, on se reposera pas. Faut s'en aller, dit Tom. Noah ne vient pas, il est parti le long de la rivière.

— Comment ça, il ne vient pas ? Qu'est-ce qui lui prend ? sacré bon Dieu !

Et là, Pa se reprit :

— C'est de ma faute, dit-il d'un air malheureux. Ce garçon-là, c'est ma faute.

— J'aime mieux ne plus parler de ça, dit-il. Je ne pourrais pas... c'est ma faute.

— En tout cas, il faut partir.

Wilson s'approcha sur ces entrefaites.

— Nous ne pouvons pas partir, les amis, déclara-t-il. Sairy est à bout. Faut qu'elle se repose. Jamais elle n'arrivera vivante de l'aut' côté.

Ils restèrent silencieux. Ensuite, Tom éleva la voix :

— Y a un flic qu'a dit qu'il nous embarquerait si on était encore là demain.

Wilson branla la tête. Il avait les yeux vitreux à force d'inquiétude, et sous la peau foncée une légère pâleur commençait à se manifester.

— Alors, faudra en passer par là. Sairy n'est pas en état de partir ; s'ils nous mettent en prison, ils nous mettront en prison. Faut qu'elle se repose et qu'elle reprenne des forces.

Pa dit :

— P'têt' qu'on ferait mieux d'attendre, de façon à partir tous ensemble.

— Non, dit Wilson. Vous avez été bien serviables pour nous, vous avez été bien bons, mais faut pas que vous restiez là. Faut continuer vot' route et trouver du travail. Nous ne permettrons pas que vous restiez là.

Pa objecta violemment :

— Mais vous n'avez pas un sou ni rien !

Wilson sourit :

— Quand vous nous avez pris en remorque, on n'avait rien non plus. D'abord, c'est une chose qui ne regarde que nous. Ne venez pas me mettre en colère. Faut que vous partiez, sinon je me fâche pour de bon.

Man d'un signe de tête, appela Pa sous la toile de tente et lui murmura quelque chose.

Wilson se tourna vers Casy :

— Sairy demande que vous alliez la voir.

— Tout de suite, dit le pasteur.

Il se dirigea vers la tente des Wilson, écarta les deux pans de l'entrée et pénétra à l'intérieur. Il y faisait chaud et sombre. Le matelas était étendu à même le sol et toutes leurs affaires étaient éparpillées çà et là, car tout venait d'être déchargé le matin même. Sairy gisait sur le matelas, et ses yeux paraissaient encore plus grands et plus lumineux. Il restait debout à la regarder, sa grosse tête penchée sur elle, les tendons saillant de chaque côté de son cou. Il ôta son chapeau et le garda à la main.

Elle dit :

— Mon mari vous a prévenu que nous ne pouvions pas continuer ?

— Oui.

De sa belle voix grave elle poursuivit :

— Je voulais qu'on parte. J' savais bien que je n' vivrais pas jusqu'au bout, mais au moins il aurait été de l'aut' côté. Mais il ne veut pas partir. Il n' sait pas. Il s' figure que ça va aller mieux. Il n' sait pas.

— Il a dit qu'il ne voulait pas partir.

— J' sais bien, fit-elle. Et il est têtu. J' vous ai demandé de venir pour dire une prière.

— J' suis pas pasteur, dit-il à mi-voix. Mes prières n'ont pas de valeur.

Elle s'humecta les lèvres :

— J'étais là quand le vieux bonhomme est mort. Vous en avez dit une pour lui.

— C'était pas une prière.

— C'en était une.

— Pas une vraie prière de pasteur.

— C'était une bonne prière, je voudrais que vous en disiez une pour moi.

— Je ne sais pas quoi dire.

Elle ferma les yeux l'espace d'une minute, puis les rouvrit :

— Alors, dites-vous-en une à vous-même. Pas besoin de mots, ça suffira.

— Je n'ai pas de Dieu, dit-il.

— Vous avez un Dieu. Même si vous ne savez pas comment il est fait, ça ne change rien.

Le pasteur courba la tête. Elle l'observait avec inquiétude. Et quand il releva la tête, elle parut soulagée.

— Voilà qui est bien, fit-elle. C'est ce qu'il me fallait. Quelqu'un d'assez proche pour prier.

Il secoua la tête comme pour se réveiller.

— Je ne comprends pas ce qui se passe avec vous, dit-il.

Alors elle répliqua :

— Si, vous le savez... pas vrai ?

— Oui, je sais, admit-il, je sais, mais je ne comprends pas. Peut-être que si vous vous reposez quelques jours, après vous viendrez.

Elle secoua lentement la tête :

— Je ne suis plus que de la souffrance avec de la peau dessus. Je sais ce que c'est, mais je ne veux pas lui dire. Ça le frapperait trop. D'ailleurs, il ne saurait pas quoi faire. Peut-être que la nuit, pendant qu'il dort... en se réveillant, ça sera moins dur.

— Vous voulez que je ne parte pas, que je reste là ?

— Non, répondit-elle. Non. Quand j'étais petite, je chantais des chansons. Les gens de chez nous disaient que je chantais aussi bien que Jenny Lind. Les voisins venaient exprès pour m'écouter. Et de les avoir là autour de moi pendant que je chantais, eh bien, je me sentais plus proche d'eux que je n'aurais cru possible. C'était une vraie bénédiction. Il n'y en a pas beaucoup à qui ça arrive, de se sentir si pleins de sentiment, si proches les uns des autres... et eux qui étaient là debout, et moi qui chantais. Je me disais que peut-être bien un jour je chanterais au théâtre, mais je ne l'ai jamais fait. Et j'en suis heureuse. Comme ça, rien n'est venu se mettre en travers d'eux et moi. Et c'est... c'est pour ça que je vous demandais de prier. Je voulais sentir encore une fois quelqu'un de tout proche. Chanter et prier, c'est la même chose, c'est exactement la même chose. Si seulement vous aviez pu m'entendre chanter !

Il la regarda dans les yeux :

— Au revoir, dit-il.

Elle hocha lentement la tête et serra les lèvres. Alors le pasteur sortit de la pénombre de la tente dans la lumière aveuglante du soleil. Les hommes chargeaient le camion. L'oncle John était juché tout en haut et les autres lui passaient le matériel. Il rangeait le tout avec soin, s'attachant à obtenir une surface bien plane. Man vida le quart d'un baril de porc salé dans une marmite et Tom alla avec Al nettoyer les deux saloirs dans l'eau du fleuve. Ils les fixèrent sur les marchepieds, puis ils s'armèrent de seaux et eurent tôt fait de les remplir. Après quoi ils les recouvrirent d'une toile tendue pour empêcher l'eau de sauter pendant le trajet. Il ne restait plus à charger que la bâche et le matelas de Grand-mère.

Tom dit :

— Avec un chargement pareil, c'te vieille brouette va chauffer comme une locomotive. Faut prendre le plus possible d'eau.

Man distribua les pommes de terre bouillies, tira le sac à moitié vide de dessous la tente et le déposa près de la marmite.

Tout le monde mangea debout en dansant d'un pied sur l'autre et en faisant sauter les pommes de terre bouillantes d'une main dans l'autre pour les refroidir.

Man alla trouver les Wilson et passa dix minutes sous leur tente, puis elle en sortit sans bruit.

— Il est temps de partir, fit-elle.

Les hommes se coulèrent sous la bâche tendue. Grand-mère dormait toujours, la bouche grande ouverte. Ils soulevèrent le matelas avec précaution et le hissèrent au sommet du camion. Grand-mère rentra ses jambes squelettiques et fronça les sourcils, mais elle ne se réveilla pas.

L'oncle John et Pa tendirent la bâche sur les ridelles, aménageant ainsi une petite tente sur le toit du camion. Dès lors, tout était prêt. Pa tira son porte-monnaie de sa poche, y prit deux billets froissés. Il alla vers Wilson et les lui tendit :

307

— Ça nous fera plaisir que vous preniez ça et... (il désigna du doigt le porc salé et les pommes de terre...) et ça.

Wilson baissa les yeux et secoua la tête avec véhémence.

— Rien à faire, dit-il. Vous n'avez déjà pas de trop.

Man prit les deux billets des mains de Pa. Elle les plia soigneusement, les posa à terre et plaça dessus la marmite contenant le porc.

— Ils resteront là, fit-elle. Si vous ne les prenez pas, quelqu'un d'autre le fera.

Wilson, la tête toujours baissée, fit demi-tour et regagna sa tente ; il y pénétra et les pans de toile retombèrent derrière lui.

La famille attendit quelques instants, puis :

— Il est temps de partir, dit Tom. Doit pas êt' loin de quatre heures, je pense.

La famille grimpa sur le camion. Man tout en haut, près de Grand-mère. Tom, Al et Pa à l'avant et Winfield sur les genoux de Pa. Connie et Rose de Saron se nichèrent tout contre la cabine du chauffeur. Le pasteur, l'oncle John et Ruthie étaient vautrés les uns sur les autres au sommet du chargement.

Pa cria :

— Au revoir, m'sieu, m'dame Wilson.

Nulle réponse ne vint de la tente. Tom mit en marche et le camion s'ébranla lourdement. Et du haut de la voiture qui se traînait comme un gros insecte sur le chemin rocailleux menant à Needles et à l'autostrade, Man regarda en arrière. Wilson, debout devant sa tente, les suivait des yeux. Il tenait son chapeau à la main. Le soleil le frappait en plein visage. Man agita la main en signe d'adieu, mais il ne répondit pas.

Tom resta en deuxième sur la mauvaise route, afin d'épargner les ressorts. A Needles, il entra dans une station-service, vérifia la pression des pneus usagés et celle des pneus de rechange arrimés à l'arrière. Il fit le plein d'essence et acheta deux bidons d'essence de vingt-cinq litres chacun et un bidon de dix litres d'huile. Il remplit le radiateur, obtint une carte de la région et l'étudia.

L'employé du poste d'essence, un jeune homme en

uniforme blanc, parut soulagé lorsque la note eut été réglée.
Il dit :

— Vous avez un certain cran.

Tom leva les yeux de la carte :

— Comment ça ?

— Ben, de traverser avec ce bahut.

— Vous avez déjà traversé ?

— Je comprends. Des tas de fois. Mais jamais dans un
pareil clou.

— Si on avait une panne, on trouverait peut-être quelqu'un pour nous donner un coup de main ?

— Possib'. Mais les gens ne sont pas très chauds pour ce
qui est de s'arrêter la nuit. Ils ont plutôt la frousse, comme
qui dirait. J' voudrais pas êt' dans vot' peau. Ça demande
plus de cran que je n'en ai...

Tom esquissa un sourire :

— Pas besoin de cran pour faire quelque chose quand y a
pas aut' chose à faire. Enfin, merci... On va se mettre en
route.

Là-dessus il monta dans le camion et repartit.

Le jeune homme vêtu de blanc rentra dans la baraque en
tôle où son collègue peinait sur son livre de comptes.

— Merde alors, tu parles d'une équipe de durs.

— Ces Okies ? Ils ont tous des gueules en ciment armé.

— Bon Dieu, on me paierait cher pour me risquer dans
une pareille casserole.

— Tu penses, on n'est pas piqués, nous deux. Ces sacrés
Okies de malheur, ils n'ont pas un sou de jugeote, et pas un
grain de sentiment. C'est pas des êtres humains ces gens-là,
moi j' te le dis. Jamais un être humain ne supporterait une
crasse et une misère pareilles. Ils ne valent pas beaucoup
mieux que des chimpanzés.

— N'empêche que je m'estime heureux de ne pas êt'
forcé de traverser le désert dans leur Hudson Super-Six. Elle
fait autant de boucan qu'une batteuse.

L'autre se remit à ses comptes. Une grosse goutte de
sueur coula le long de son doigt et tomba sur une facture
rose.

— Au fond, ils n'ont pas beaucoup de soucis. Ils sont

309

tellement abrutis qu'ils ne se rendent pas compte que c'est dangereux. Oh! et puis, quoi, bon Dieu, ils sont peut-êt' très contents de leur sort. Ils sont comme ils sont et ils n'en savent pas plus long. A quoi bon se tracasser?

— Je ne me tracasse pas. Je pensais simplement qu'à leur place, j'aimerais pas ça.

— Parce que t'as un moyen de comparaison. Eux, ils ne connaissent pas aut' chose.

Et, d'un revers de main, il essuya la goutte de sueur tombée sur la facture rose.

Le camion s'engagea sur la grand-route et attaqua la longue montée, à travers les roches pourries et crevassées. Le moteur ne tarda pas à chauffer et Tom ralentit l'allure. La route montait sans discontinuer, serpentant à travers une contrée morte, un paysage gris-blanc, calciné, sans trace de vie. Une seule fois, Tom s'arrêta quelques instants pour laisser refroidir le moteur, puis il repartit. Ils franchirent le col alors que le soleil était encore haut sur l'horizon et contemplèrent le désert qui s'étendait à leurs pieds : des montagnes de cendre noire dans le lointain et le soleil jaune qui se reflétait sur le désert gris. Les buissons rabougris de sauge et d'épines projetaient crânement de petites ombres sur le sable caillouteux. Ils allaient droit sur le soleil aveuglant. Tom n'y voyait qu'en se protégeant les yeux avec sa main. Quand ils eurent dépassé la crête, Tom coupa l'allumage pour laisser refroidir le moteur. Ils descendirent silencieusement la grande courbe pour aboutir au sol plat du désert. Sur le siège avant, Tom, Al et Pa, et Winfield sur les genoux de Pa, prenaient en pleine figure la lumière aveuglante du soleil couchant, et leurs yeux étaient rigides et leurs faces tannées luisaient de sueur. La terre calcinée et les monts de cendre noire rompaient l'uniformité du paysage auquel les lueurs rouges du couchant donnaient un aspect effrayant.

Al dit :

— Bon Dieu, quel pays! Ça te dirait de le traverser à pied?

— Y en a qui l'ont fait, dit Tom. Des tas de gens, et s'ils l'ont fait, nous aussi on serait capables de le faire.

— Il a dû en mourir quelques-uns, dit Al.

— Ben, on ne peut pas dire que nous nous en sortons sans dommage.

Al resta un moment silencieux et le désert qui rosissait fila des deux côtés de la voiture.

— Croyez qu'on reverra les Wilson ? demanda Al.

Tom eut un bref coup d'œil vers le niveau d'huile.

— Quéq' chose me dit que personne ne reverra m'dame Wilson avant longtemps. Une idée que j'ai comme ça.

Winfield dit :

— Pa, j' veux descendre.

Tom tourna les yeux vers lui :

— Je crois que tout le monde ferait bien de descendre avant qu'on se lance pour la nuit.

Il ralentit et stoppa. Winfield se dégagea de la portière et pissa sur le bord de la route. Tom se pencha :

— Y a des amateurs ?

— Non, on tiendra, ici, répondit l'oncle John.

— Winfield, grimpe là-haut, dit Pa. A force de t'avoir sur mes genoux, j'ai les jambes mortes.

Obéissant, le gamin boutonna sa salopette, se hissa à l'arrière, escalada, à quatre pattes, le chargement jusqu'au matelas de Grand-mère, puis il se coula vers Ruthie.

La soirée s'avançait et le camion roulait toujours. Le disque du soleil toucha l'horizon dentelé et le désert s'empourpra.

Ruthie dit :

— Z'ont pas voulu te garder, en bas, hein ?

— J'ai pas voulu rester. C'était pas aussi bien qu'ici. J' pouvais pas m'allonger.

— Eh ben, ne viens pas me barber avec tes bavardages, fit Ruthie, pasque j' m'en vais dormir, et quand j' me réveillerai on sera arrivés ! C'est Tom qui l'a dit ! Ça va faire drôle de voir la jolie campagne.

Le soleil disparut, laissant dans le ciel une vaste auréole. Et bientôt il fit très noir sous la bâche, long tunnel éclairé à chaque bout par un triangle de lumière plate.

Connie et Rose de Saron étaient adossés à la cabine, et le

vent chaud qui s'engouffrait sous la tente les frappait à la nuque, faisant ronfler et claquer la toile au-dessus d'eux.

Couverts par le vrombissement de la bâche, ils se parlaient à voix basse, de façon à n'être entendus de personne. Connie tournait la tête, chuchotait quelque chose à l'oreille de Rose et elle faisait de même. Elle dit :

— On ne s'arrêtera donc jamais ? On ne fait que rouler et rouler tout le temps. Je suis tellement fatiguée.

Il lui répondit à l'oreille :

— Demain matin, p'têt'. Tu voudrais pas qu'on soit seuls, maintenant, dis ?

Dans la pénombre, sa main lui caressa la hanche.

— Cesse, dit-elle. Tu vas me rendre folle perdue. Ne fais pas ça.

Et elle tourna la tête pour entendre sa réponse :

— Peut-être... Quand ils seront tous endormis..

— Peut-être, dit-elle. Mais attends qu'ils soient endormis. Tu vas me rendre folle, et p'têt' qu'ils ne s'endormiront pas.

— J' peux pas m'empêcher, fit-il.

— J' sais bien. Moi non plus. Parlons de comment ce sera, une fois qu'on sera là-bas, et recule-toi, sinon tu vas me rendre complètement folle.

Il s'écarta légèrement :

— Eh ben ! j' vas me mettre à étudier la nuit, fit-il.

Elle soupira profondément.

— J' vas m'acheter un de ces catalogues où que c'est marqué, et découper le prospectus tout de suite.

— Combien de temps, à ton idée ? demanda-t-elle.

— Combien de temps, quoi ?

— Avant qu' tu gagnes beaucoup d'argent et qu'on ait de la glace ?

— Difficile à dire, fit-il d'un air important. Difficile à dire comme ça. C' qu'est sûr, c'est que j' devrais en savoir pas mal d'ici la Noël.

— Dès que t'auras étudié comme il faut, on aura de la glace et des tas de choses, dis ?

Il eut un petit rire étouffé :

— C'est c'te sacrée chaleur, fit-il. Qu'éq' t'auras besoin de glace à la Noël ?

Elle se trémoussa.

— C'est vrai. Mais j'aimerais avoir de la glace tout le temps. Arrête, je te dis ! Tu vas me rendre folle !

Le crépuscule se changea en ténèbres et, sur la douceur du ciel, les étoiles du désert apparurent, tranchantes et cristallines, parfois légèrement mouchetées ou rayées ; et le ciel était de velours. Et la chaleur changea de nature. Tant que le soleil était haut, ç'avait été une chaleur ardente, impitoyable, qui martelait le crâne et la nuque, mais maintenant qu'elle venait d'en bas, qu'elle montait de la terre, c'était une chaleur dense et suffocante. Les phares s'allumèrent, éclairant vaguement un petit bout de route à l'avant et une étroite bande de désert de chaque côté. Et parfois une paire d'yeux scintillait au loin, mais aucun animal ne se montrait dans la lumière. Maintenant, il faisait nuit noire sous la tente. Et l'oncle John et le pasteur étaient recroquevillés au milieu du camion, appuyés sur un coude, le regard perdu dans le triangle de clarté à l'autre bout du tunnel. Ils distinguaient les deux bosses que formaient Grand-mère et Man sur le fond plus clair. Ils voyaient Man remuer de temps à autre, son bras noir se découpant sur le fond du ciel.

L'oncle John s'adressa au pasteur :

— Casy, dit-il, vous êtes quelqu'un qu'a de la jugeote. Vous devez savoir quoi faire...

— Quoi faire comment et quand ?

— J' sais pas, répondit l'oncle John.

— Eh ben, voilà qui va me faciliter les choses ! s'exclama Casy.

— Ben quoi, vous avez été pasteur.

— Écoutez, John, tout le monde s'en prend à moi parce que j'ai été pasteur. Un pasteur est un homme, pas aut' chose.

— Ouais, mais, c'est... un homme d'une certaine sorte, sans quoi il n' serait pas pasteur. Y avait une chose que je voulais vous demander... Croyez que ce soit possible que quelqu'un porte malheur aux autres ?

— J' sais pas, répondit Casy. J' sais pas.

— Comprenez... C'est à cause que... j'étais marié avec une bonne fille, tout ce qu'il y a de brave. Et v'là qu'une nuit elle est prise de coliques. Et elle me fait : « Faudrait que t'ailles chercher le médecin. — Oh ! penses-tu, qu' j'y dis, t'as trop mangé, voilà tout. »

L'oncle John posa sa main sur le genou de Casy et chercha son regard dans l'obscurité.

— Elle m'a regardé *d'une façon*. Elle s'a plainte toute la nuit, et elle est morte l'après-midi d'après.

Le pasteur marmonna quelque chose.

— Vous comprenez, reprit John, c'est moi qui l'ai tuée. Et, depuis ce jour-là, je tâche à me racheter, surtout auprès des gosses. Et j'ai essayé de bien me conduire, mais j'y arrive pas, je me saoule et je fais des blagues.

— Tout le monde fait des blagues, dit Casy. Moi le premier.

— Oui, mais vous n'avez pas de péchés sur la conscience, vous.

Casy dit avec douceur :

— Pour sûr que j'en ai. Tout le monde en a. Un péché, c'est quelque chose qu'on n'est pas bien sûr. Tous ces gens qui sont sûrs de tout et qu'ont pas de péchés, eh ben moi, ce genre d'enfants de salauds, si j'étais le Bon Dieu, je les foutrais hors du Paradis à coups de pied au cul ! J' pourrais pas les sentir !

L'oncle John fit :

— Quéq' chose me dit que je porte malheur à ma propre famille. Quéq' chose me dit que je devrais m'en aller et les laisser en paix. Je ne me sens pas dans mon assiette.

— Tout ce que je sais, dit vivement Casy, c'est qu'on doit faire ce qu'on a à faire, c'est pas à moi de vous dire... Je ne peux pas vous le dire. Je ne crois pas à la chance, ni qu'on puisse porter malheur. Y a qu'une chose que je sais avec certitude en ce bas monde, c'est que personne n'a le droit de se mêler de la vie privée de qui que ce soit. Faut que les gens trouvent eux-mêmes. On peut aider quelqu'un, j' dis pas, mais pas lui dire ce qu'il a à faire.

— Alors, vous ne savez pas ? fit l'oncle John d'un ton déçu.

— Je ne sais pas.

— Vous croyez que c'était un péché de laisser mourir ma femme comme ça ?

— Ben, répondit Casy, pour n'importe qui ce serait une erreur, mais si vous trouvez que c'est un péché, alors c'est un péché. On monte ses propres péchés soi-même, pièce par pièce.

— Faut que j'y réfléchisse un coup, fit l'oncle John.

Là-dessus il se roula en boule, encerclant ses genoux.

Le camion roulait sur la route brûlante et les heures passaient. Ruthie et Winfield s'endormirent. Connie tira une couverture d'un ballot, la jeta sur Rose de Saron et sur lui-même et en retenant leur souffle, tous deux s'étreignirent dans la chaleur moite. Au bout d'un moment, Connie rejeta la couverture et le tourbillon de vent tiède parut rafraîchissant à leurs corps humides.

A l'arrière du camion, Man était allongée sur un matelas à côté de Grand-mère, et ses yeux ne voyaient rien, mais elle sentait le cœur lutter et le corps se débattre, et à son oreille la respiration n'était plus qu'un râle sanglotant. Et Man répétait sans se lasser :

— Calme-toi. Ça ira.

Et à voix rauque :

— Tu sais bien qu'il faut qu'on traverse. Tu le sais.

L'oncle John cria :

— Ça va-t-il ?

Elle fut un instant à répondre :

— Ça va, j'ai dû m'endormir.

Et bientôt, Grand-mère se tint tranquille et Man resta étendue près d'elle, rigide.

Les heures de la nuit s'écoulèrent et les ténèbres enveloppèrent le camion. Parfois des voitures les dépassaient, filant au loin vers l'Ouest ; et parfois de lourds camions surgissaient de l'Ouest, en route vers l'Est. Et une cascade d'étoiles scintillantes plongeaient lentement sur l'horizon, à l'Ouest. Il était près de minuit quand ils approchèrent de Daggett, où se trouve le bureau de contrôle. La route était inondée de lumière, et une enseigne lumineuse annonçait : GARDEZ VOTRE DROITE ET STOPPEZ. Les policiers se tournaient les pouces dans le bureau, mais lorsque Tom s'arrêta, ils sortirent et vinrent se planter sous le long hangar. L'un d'eux nota le numéro de la voiture et souleva le capot.

— Qu'est-ce qui se passe ? demanda Tom.

— Contrôle agricole. Faut qu'on visite votre chargement. Vous avez des légumes ou de la semence ?

— Non, répondit Tom.

— Faut tout de même qu'on voie ça. Déchargez votre camion.

Avec effort, Man descendit. Elle avait le visage bouffi et son regard était dur et résolu.

— Écoutez, nous avons une malade avec nous. Nous devons l'emmener chez un médecin. Nous ne pouvons pas attendre.

On eût dit qu'elle s'efforçait de réprimer une crise de nerfs.

— Vous ne pouvez pas nous faire attendre dans un cas pareil.

— Non ? N'empêche qu'on va visiter votre chargement.

— Je vous jure que nous n'avons rien ! s'écria Man. Je le jure. Et Grand-mère est terriblement malade.

D'un effort prodigieux Man se hissa sur l'arrière du camion.

— Regardez, dit-elle.

Le policier projeta le faisceau de sa lampe sur la vieille tête ravagée.

— Ma parole, mais c'est vrai ! fit-il. Vous jurez que vous n'avez pas de graines, ni de fruits, ni de légumes, ni de maïs, ni d'oranges ?

— Non, non. Je le jure !

— Alors, partez. Vous trouverez un docteur à Barstow. Ce n'est qu'à huit milles d'ici. Allez-y.

Tom remonta et démarra.

Le policier se tourna vers son collègue :

— Je ne pouvais pas les retenir.

— C'était p' têt' de la blague ! fit l'autre.

316

— Oh! malheur, non! Si t'avais vu la tête de cette vieille, c'était pas de la blague, je te le garantis.

Tom accéléra jusqu'à Barstow et, dans la petite ville il s'arrêta, descendit et contourna le camion. Man se pencha vers lui.

— Ça va! fit-elle. Je ne voulais pas m'arrêter là-bas, par peur qu'on ne puisse pas traverser.

— Oui, mais Grand-mère, comment elle va?

— Ça va... ça va... continue. Faut qu'on traverse.

Tom branla la tête et retourna à l'avant.

— Al, dit-il, je vais faire le plein et après tu prendras le volant.

Il s'arrêta devant un garage, fit le plein d'essence et d'huile et mit de l'eau dans le radiateur. Ensuite, Al se coula sous le volant; Tom s'installa à l'autre bout et Pa au milieu. Ils s'éloignèrent dans la nuit, laissant derrière eux les collines de Barstow.

Tom dit:

— Je ne sais pas ce qui arrive à Man. Elle est plus chatouilleuse qu'une chienne qu'a une puce dans l'oreille. Ç'aurait pas pris longtemps pour visiter nos affaires. Et elle dit que Grand-mère est malade; et maintenant, elle dit qu'elle n'a rien. J' sais pas ce qu'elle a. Elle est pas dans son assiette. C'est-il que le voyage lui aurait détraqué la cervelle, à ton idée?

Pa répondit:

— Man est presque comme quand elle était toute jeunette. Une vraie luronne, dans ce temps-là. Elle n'avait peur de rien. Je pensais que d'avoir eu tous ces gosses et le travail et tout, ç'avait dû la calmer, mais faut croire que non. Sacré nom de Dieu! Quand elle a attrapé c'te manivelle, là-bas, j'aurais pas voulu risquer de la lui enlever des mains, je te le promets!

— J' sais pas ce qu'elle a, dit Tom. C'est peut-être simplement qu'elle est à bout.

Al dit:

— Je serai drôlement soulagé quand on sera de l'aut' côté. J'ai cette foutue bagnole sur la conscience.

— Te tracasse pas, dit Tom. T'as eu le nez fin quand tu

l'as choisie. On n'a pas eu d'emmerdements avec, pour ainsi dire.

Durant toute la nuit, ils foncèrent dans les ténèbres étouffantes et les lapins de garenne venaient se dandiner devant les phares pour s'enfuir aussitôt à grands bonds désordonnés. Et l'aurore se leva derrière eux alors qu'ils arrivaient en vue des lumières de Mojave. Et l'aube révéla de hautes montagnes à l'ouest. Ils firent le plein d'huile et d'eau à Mojave et, dans la clarté du petit jour, ils s'attaquèrent aux montagnes.

Tom dit :

— Ça y est, bon Dieu ! Le désert est passé ! Pa, Al, réveillez-vous, nom d'un chien ! Le désert est passé !

— Je m'en fous, j' suis trop crevé ! dit Al.

— Tu veux que je conduise ?

— Non, attends encore un peu.

Ils traversèrent Tehachapi aux lueurs dorées de l'aube et le soleil se leva derrière eux, et alors... brusquement, ils découvrirent à leurs pieds l'immense vallée. Al freina violemment et s'arrêta en plein milieu de la route.

— Nom de Dieu ! Regardez ! s'écria-t-il.

Les vignobles, les vergers, la grande vallée plate, verte et resplendissante, les longues files d'arbres fruitiers et les fermes. Et Pa dit :

— Dieu Tout-Puissant !

Les villes dans le lointain, les petits villages nichés au creux des vergers et le soleil matinal qui dorait la vallée. Une voiture klaxonna derrière eux. Al se rangea au bord de la route.

— Je veux voir ça.

Les champs de céréales, dorés à la lumière du matin, les rangées de saules et les rangées d'eucalyptus.

Pa soupira :

— J'aurais jamais cru que ça pouvait exister, un pays aussi beau.

Les pêchers, les bosquets de noyers et les plaques vert foncé des orangeraies. Et les toits rouges parmi les arbres, et des granges, des granges opulentes.

Al descendit se dégourdir les jambes. Il cria :

— Man, viens voir. On y est.

Ruthie et Winfield dégringolèrent du camion, après quoi ils restèrent plantés là, silencieux, embarrassés et stupéfaits à l'aspect de la grande vallée. Une légère brume voilait le paysage et le relief du terrain allait s'adoucissant avec l'éloignement. Un petit moulin à vent brillait au soleil, et avec ses pales tournantes on eût dit un minuscule héliographe dans le lointain. Ruthie et Winfield le regardèrent et Ruthie chuchota :

— C'est la Californie.

Les lèvres de Winfield moulèrent silencieusement les syllabes :

— Y a des fruits ! dit-il tout haut.

Casy, l'oncle John, Connie et Rose de Saron descendirent. Et ils s'immobilisèrent, silencieux. Rose de Saron avait commencé à remettre de l'ordre dans ses cheveux quand elle aperçut la vallée. Sa main retomba lentement à son côté.

Tom dit :

— Où est Man ? Je veux que Man voie ça. Regarde, Man, viens là, Man.

Man descendit péniblement du camion. Quand Tom la vit :

— Grand Dieu ! Man, t'es malade ?

Son visage était d'un gris terne et comme pétrifié ; ses yeux semblaient s'être enfoncés profondément au creux des orbites et la fatigue avait rougi ses paupières gonflées. Ses pieds touchèrent le sol et elle dut se retenir à la paroi du camion.

Sa voix n'était plus qu'un grognement rauque.

— Tu dis qu'on a passé ?

Tom montra du doigt la grande vallée :

— Regarde.

Elle tourna la tête et sa bouche s'ouvrit légèrement. Ses doigts montèrent à sa gorge et y pincèrent un petit morceau de peau qu'ils tendirent délicatement.

— Dieu soit loué ! fit-elle. La famille est là.

Ses genoux se dérobèrent et elle dut s'asseoir sur le marchepied.

— T'es malade, Man ?

— Non, fatiguée, c'est tout.

— T'as donc pas dormi ?

— Non.

— Grand-mère allait mal ?

Man baissa les yeux et regarda ses mains qui gisaient dans son giron comme deux amants épuisés.

— Je voudrais pouvoir ne pas vous le dire maintenant. J'aurais tant voulu que tout soit... agréable !

Pas dit :

— Alors, Grand-mère va mal ?

Man leva les yeux et contempla la vallée.

— Grand-mère est morte !

Ils la regardèrent tous et Pa demanda :

— Quand ?

— Avant qu'ils nous arrêtent, hier soir !

— C'est donc ça que tu ne voulais pas qu'ils regardent ?

— J'avais peur qu'on ne puisse pas traverser, fit-elle. J'ai dit à Grand-mère qu'on ne pouvait rien pour elle. Fallait que la famille traverse. Je lui ai dit... je lui ai dit pendant qu'elle était là en train de mourir. On ne pouvait pas s'arrêter en plein désert. Il y avait les petits... et puis le bébé de Rosasharn. Alors je lui ai dit.

Elle se couvrit le visage de ses mains et resta ainsi un moment.

— On pourra l'enterrer dans un joli coin de verdure, fit-elle à mi-voix. Un joli coin avec des arbres autour. Il faut qu'elle repose en Californie.

Effarée devant une telle force, la famille considéra Man avec une stupéfaction mêlée de terreur.

Tom s'exclama :

— Seigneur ! Et toi qui étais là, couchée toute la nuit à côté d'elle !

— Fallait que la famille traverse, dit Man d'une voix plaintive.

Tom s'approcha d'elle et voulut poser sa main sur son épaule.

— Ne me touche pas, fit-elle. Ça ira, si tu ne me touches pas. Ça me finirait.

Pa dit :

— Maintenant il faut partir. Il faut descendre.

Man leva les yeux sur lui :

— Est-ce... est-ce que je peux m'asseoir devant ? Je ne veux plus retourner là-haut... Je suis rompue. Crevée de fatigue.

Ils remontèrent sur le chargement en prenant soin d'éviter la longue forme raide allongée sous une couverture ; jusqu'à la tête qui était recouverte et bordée.

Et chacun reprit sa place en évitant de regarder de ce côté, en évitant de regarder cette bosse qui devait être le nez, et la pente abrupte qui devait être la chute du menton. Ils s'efforçaient de ne pas regarder, mais ne pouvaient pas s'en empêcher. Ruthie et Winfield, tassés dans un coin, aussi loin que possible du cadavre, regardaient de tous leurs yeux la forme enveloppée.

Et Ruthie chuchota :

— C'est Grand-mère, et elle est morte.

Winfield approuva gravement du chef :

— Elle respire plus du tout. Elle est rudement morte.

Et Rose de Saron dit à mi-voix à Connie :

— Elle était en train de mourir quand on...

— Comment voulais-tu qu'on sache ? dit-il pour la tranquilliser.

Al grimpa en haut du camion pour laisser Man s'asseoir sur le siège avant. Et Al affectait un air dégagé, car il avait de la peine. Il se laissa tomber auprès de Casy et de l'oncle John.

— Oh ! elle était vieille. Son heure était venue, dit Al. Tout le monde finit par mourir.

Casy et l'oncle John tournèrent vers lui un regard dépourvu d'expression, comme s'ils avaient eu affaire à un bizarre buisson parlant.

— Ben, quoi, c'est pas vrai ? demanda-t-il.

Et les yeux se détournèrent, laissant Al morose et tout déconfit.

Casy n'en revenait pas :

— Toute la nuit, et toute seule, fit-il. Et il ajouta : John, tu as là une femme qui a tant d'amour en elle qu'elle me fait peur. Je me sens si petit et si mauvais à côté d'elle.

John demanda :

— Est-ce que c'était un péché ? Est-ce qu'il y a là-dedans quéq' chose qu'on pourrait appeler un péché ?

Casy le regarda d'un air abasourdi :

— Un péché ? Non, je ne vois là rien qui ressemble à un péché, fit-il.

— J'ai jamais rien fait dans ma vie qui n'était pas un peu un péché, par certains côtés, dit John en considérant la longue forme enveloppée.

Tom, Man et Pa s'installèrent à l'avant. Tom laissa rouler la voiture dans la pente et démarra sur la compression. Et le lourd camion s'ébranla, et devant eux s'étendait la vallée verte et dorée, Man branla doucement la tête.

— Ce que c'est beau ! dit-elle. Qué dommage qu'ils n'aient pas vu ça.

— Tu peux le dire, fit Pa.

Tom tapota doucement le volant de sa main ouverte :

— Ils étaient trop vieux, dit-il. Ils n'auraient rien vu de ce qu'il y a là. Grand-père aurait vu un pays sauvage avec des Indiens partout, comme quand il était jeune. Et Grand-mère aurait commencé à se rappeler, et elle aurait vu la maison où elle habitait étant toute petite. Ils étaient trop vieux.

Pa dit :

— Voilà Tommy qui parle comme un homme, comme un pasteur, bientôt.

Et Man sourit tristement :

— Il peut. C'est un homme. Tommy a poussé... à tous points de vue, tellement même que des fois je ne peux pas le suivre.

Ils dévalèrent la montagne, avec des huit et des virages à n'en plus finir. Parfois la vallée se dérobait à leurs yeux, puis ils la retrouvaient.

Et la chaude haleine de la vallée monta jusqu'à eux, pleine d'odeurs fortes et vertes, de sauge, de résine et de thym. Le long de la route les grillons chantaient. Un serpent à sonnette traversa ; Tom l'écrasa et le laissa en train de se tortiller dans la poussière.

Tom dit :

— J'ai idée qu'il va falloir aller trouver le coroner, où

qu'il se trouve. Faut qu'on l'enterre convenablement. Combien qu'il peut rester d'argent à peu près, Pa ?

— Dans les quarante dollars, répondit Pa.

Tom se mit à rire :

— Vingt dieux ! Pour repartir à zéro, on repart à zéro ! On ne peut pas dire qu'on apporte quéq' chose avec nous.

Il rit encore un instant, puis son visage redevint subitement sérieux. Il abaissa la visière de sa casquette sur ses yeux. Et le camion descendit la montagne et pénétra dans la grande vallée.

CHAPITRE XIX

Jadis, la Californie appartenait au Mexique et ses terres aux Mexicains ; mais une horde d'Américains dépenaillés et avides submergea le pays. Et leur soif de terre était telle qu'ils s'en emparèrent. Ils volèrent la terre des Sutter et la terre des Guerrero et firent main basse sur les concessions. Après quoi ces hommes affamés, déchaînés, les morcelèrent et se les disputèrent en grognant et en montrant les dents, et cette terre qu'ils avaient volée, ils la gardèrent le fusil à la main. Ils construisirent des maisons et des étables, ils travaillèrent le sol et firent pousser leurs récoltes. Et ces choses devinrent leur propriété, car possession valait titre.

Une vie facile sur une terre d'abondance avait affaibli les Mexicains. Ils n'étaient pas en état de résister, n'étant mus par rien de comparable au désir effréné de posséder de la terre qui animait les Américains.

Le temps aidant, les « squatters [1] » se métamorphosèrent en propriétaires ; et leurs enfants grandirent sur ce sol et eurent des enfants à leur tour.

A ce moment, ils cessèrent d'être tourmentés par cette faim sauvage, dévorante, qui les avait poussés en avant, faim de terre, d'eau, de sol fertile sous un plafond de ciel bleu, faim de pousses vertes et de racines gonflées de sève. Toutes ces choses, ils les avaient, ils en étaient si riches qu'ils

---

1. Littéralement : les accroupis. Désigne à la fois les chômeurs et les petits paysans.

finissaient par ne plus les voir. Ils n'étaient plus tenaillés par le désir forcené d'un bel arpent de terre meuble, d'une charrue au soc luisant pour le labourer, de graines à jeter au vent et d'un petit moulin qui ferait tourner ses ailettes dans le ciel. Ils ne se levaient plus pour écouter dans l'obscurité le premier gazouillis des oiseaux encore ensommeillés ou la première caresse de la brise matinale en attendant qu'il fît jour pour aller travailler à leurs champs bien-aimés. En perdant leur faim, ils avaient perdu le sentiment de ces choses, et maintenant les récoltes se chiffraient en dollars, la terre était devenue un capital producteur d'intérêts et les moissons étaient vendues et achetées avant que la graine ne fût semée. Alors une mauvaise récolte, une période de sécheresse, une inondation, n'étaient plus autant de petites morts hachant le cours de l'existence, mais de simples pertes d'argent. Et tout l'amour qu'ils portaient en eux se desséchait au contact de l'argent ; toute leur ardeur, toute leur violence se désagrégeaient et se perdaient en de sordides questions d'intérêts jusqu'au moment où, de fermiers qu'ils avaient été, ils devinrent de minables marchands de produits de la terre, des petits commerçants acculés à l'obligation de vendre leur marchandise avant de l'avoir fabriquée. Et les fermiers qui n'étaient pas bons commerçants perdirent leur terre au profit de ceux qui l'étaient.

Nul homme, quelles que fussent ses capacités, quel que fût son amour de la terre et des choses qui poussent, ne pouvait subsister s'il n'était en même temps bon commerçant. Et petit à petit, les fermes tombèrent aux mains des hommes d'affaires ; elles s'agrandirent mais diminuèrent en nombre.

L'agriculture devenait une industrie et les propriétaires terriens suivirent inconsciemment l'exemple de la Rome antique. Ils importèrent des esclaves — quoiqu'on ne les nommât pas ainsi : Chinois, Japonais, Mexicains, Philippins. Ils ne mangent que du riz et des haricots, disaient les hommes d'affaires. Ils n'ont pas de besoins. Ils ne sauraient que faire de salaires élevés. Tenez, il n'y a qu'à voir comment ils vivent. Il n'y a qu'à voir ce qu'ils mangent. Et s'ils font mine de rouspéter on les rembarque, ce n'est pas plus compliqué que ça.

Et les fermes devinrent de plus en plus vastes et les propriétaires de moins en moins nombreux. Seule, une minable poignée de fermiers restait attachée à la terre. Et les serfs importés étaient maltraités, menacés et si mal nourris que certains d'entre eux s'en retournaient dans leur pays tandis que d'autres se révoltaient et étaient abattus ou chassés de la contrée. Et toujours les fermes prenaient de l'expansion tandis que les fermiers diminuaient en nombre.

Et les cultures changèrent. Des arbres fruitiers remplacèrent les champs de céréales et dans les vallées le sol se couvrit de légumes ; des légumes pour nourrir le monde entier : laitues, choux-fleurs, artichauts, pommes de terre — toutes plantes qu'on ne peut récolter que plié en deux. Un homme se tient droit en maniant la faux, la charrue, la fourche ; mais il lui faut marcher à quatre pattes comme un scarabée entre les rangées de salades, il lui faut courber le dos et traîner son long sac entre les rangées de cotonniers, et dans un carré de choux-fleurs il doit se traîner à genoux comme un pénitent.

Et il advint que les propriétaires cessèrent complètement de travailler à leurs fermes. Ils cultivaient sur le papier, ils avaient oublié la terre, son odeur, sa substance et se rappelaient seulement qu'elle leur appartenait, se rappelaient uniquement ce qu'elle rapportait et ce qu'elle leur coûtait. Et certaines fermes prirent des dimensions telles qu'un homme ne pouvait plus suffire à les diriger, qu'il fallait toute une armée de comptables pour calculer les profits, les pertes et les intérêts, des chimistes pour analyser le sol, le fertiliser, et des surveillants pour tirer le maximum de rendement des corps courbés entre les rangées de plantes jusqu'à la limite de leur résistance. Dès lors, le fermier devenait en réalité un commerçant ; il tenait boutique. Il payait ses hommes, leur vendait des provisions et de cette façon leur reprenait l'argent qu'il leur avait donné. Au bout de peu de temps, il ne les payait plus du tout, ce qui lui épargnait des frais de comptabilité. Les fermes de cette espèce vendaient des victuailles à crédit. Un ouvrier, par exemple, travaillait et prenait à crédit de quoi se nourrir. Or, une fois son travail terminé, il lui arrivait de se trouver endetté vis-à-vis de la Compagnie. Et non seulement les propriétaires ne travaillaient pas à leurs fermes, mais un grand nombre d'entre eux ne les avaient même jamais vues.

Sur ces entrefaites arriva la masse des expatriés, attirée par le mirage de l'Ouest ; du Kansas, de l'Oklahoma, du Texas, du Nouveau-Mexique, du Nevada et de l'Arkansas, par familles, par tribus entières ils s'amenèrent, chassés par la poussière, chassés par les tracteurs. Des charretées, des caravanes de sans-logis affamés ; vingt mille, cinquante mille, cent mille, deux cent mille. Ils déferlaient par-dessus les montagnes, ventres creux, toujours en mouvement — pareils à des fourmis perpétuellement affairées, en quête de travail — de quelque chose à faire — de quelque chose à soulever, à pousser, à hisser, à traîner, à piocher, à couper — n'importe quoi, n'importe quel fardeau à porter en échange d'un peu de nourriture. Les gosses ont faim. Nous n'avons pas de toit. Pareils à des fourmis perpétuellement affairées, en quête de travail, de nourriture et surtout de terre.

On n'est pas des étrangers. Américains depuis sept générations, descendants d'Irlandais, d'Écossais, d'Anglais, d'Allemands. Un de nos aïeux s'est battu pendant la Révolution — et une quantité des nôtres a fait la Guerre de Sécession — des deux côtés. Des Américains.

Ils avaient faim et ils devenaient enragés. Là où ils avaient espéré trouver un foyer, ils ne trouvaient que de la haine. Des Okies. Les propriétaires les détestaient parce qu'ils se savaient amollis par trop de bien-être, tandis que les Okies étaient forts, parce qu'ils étaient eux-mêmes gras et bien nourris, tandis que les Okies étaient affamés ; et peut-être leurs grands-pères leur avaient-ils raconté comme il est aisé de s'emparer de la terre d'un homme indolent quand on est soi-même affamé, décidé à tout et armé. Les propriétaires les détestaient. Et dans les villes et les villages, les commerçants les détestaient parce qu'ils n'avaient pas d'argent à dépenser. Pour s'attirer l'aversion d'un boutiquier, il n'est pas de plus sûr moyen ; leur estime et leur admiration étant orientées exactement dans le sens opposé. Les citadins, les petits banquiers, détestaient les Okies parce qu'il n'y avait rien à gagner sur leur dos. Ils ne possédaient rien. Et la population ouvrière détestait les Okies parce qu'un homme qui a faim a besoin de travailler et s'il doit travailler, s'il a absolument besoin de travailler, alors l'employeur lui paie automatiquement un salaire moindre ; et par la suite, personne ne peut obtenir plus.

Et les expropriés, devenus émigrants, déferlaient en Californie — deux cent cinquante, trois cent mille. Là-bas, au pays, l'invasion grandissante des tracteurs jetait à la rue de nouveaux métayers ; et toujours de nouvelles vagues venaient s'ajouter aux précédentes, des vagues d'expropriés, de sans-logis, endurcis, décidés et dangereux.

Alors que les Californiens avaient envie d'une foule de choses — richesses accumulées, succès mondains, plaisirs, luxe et sécurité bancaire — les émigrants, nouveaux barbares, ne désiraient que deux choses : de la terre et de la nourriture ; et pour eux les deux choses n'en faisaient qu'une. Et si les souhaits des Californiens étaient confus et nébuleux, ceux des Okies étaient concrets, immédiatement réalisables. L'objet de leurs convoitises s'étalait tout au long de la route, là, sous leurs yeux, à portée de la main : des champs fertiles avec de l'eau pas loin ; de la belle terre grasse qu'on émiette entre ses doigts pour l'expertiser, l'herbe odorante et les brins d'avoine que l'on mâchonne jusqu'à ce que l'on sente dans sa gorge cette saveur pénétrante, légèrement sucrée.

Plus d'un, devant un champ en friche, se voyait déjà au labeur, le dos courbé, sachant que le travail de ses deux bras ferait surgir à la lumière, choux-fleurs, navets, carottes et maïs doré.

Et un homme affamé, sans gîte, roulant sans trêve par les routes avec sa femme à ses côtés et ses enfants amaigris à l'arrière, voyant à l'abandon ces champs susceptibles de produire non pas des bénéfices mais de la nourriture, cet homme avait le sentiment qu'un terrain en friche est un péché, qu'un sol non cultivé est un crime commis contre des enfants affamés. Et en parcourant les routes cet homme était perpétuellement tenté devant cette richesse non exploitée ; il était harcelé par le désir de s'en emparer et d'en tirer de la santé pour ses enfants et un peu de confort pour sa femme. L'objet de son désir était constamment sous ses yeux. La vue de ces champs, de ces fossés d'irrigation de la Compagnie où l'eau coulait en abondance, l'obsédait et le rendait enragé.

Arrivé dans le Sud, il voyait les oranges dorées accrochées aux branches, les petites oranges dorées suspendues au feuillage vert foncé ; il voyait aussi les gardes armés de fusils surveillant les orangeraies, les gardes chargés d'empêcher un homme de cueillir une orange pour un enfant affamé, de ces oranges destinées à être jetées au premier signe d'une baisse des cours.

Il conduisait son vieux tacot dans une ville. Il battait toute la contrée pour trouver du travail.

Où va-t-on coucher cette nuit ?

Eh ben, il y a Hooverville, au bord de la rivière. Il y a déjà toute une flopée d'Okies, là-bas.

Alors il poussait jusqu'à Hooverville, dans sa guimbarde. Et par la suite, il ne demandait jamais plus, car il y avait un Hooverville aux confins de chaque agglomération.

La ville des zoniers s'étalait au bord de l'eau ; amas confus de tentes, de huttes de réseaux, de masures en carton, dans l'ensemble un informe tas de débris. L'homme conduisait sa famille dans le camp et devenait un citoyen d'Hooverville — elles s'appelaient toutes Hooverville. L'homme montait sa tente aussi près de l'eau que cela lui était possible ; ou s'il n'avait pas de tente, il allait chercher des bouts de carton au dépotoir municipal et se construisait une maison de carton ondulé. Et à la première pluie, la maison fondait et partait à la dérive. Il se fixait à Hooverville et battait le pays pour chercher du travail, et le peu d'argent qu'il possédait s'en allait en essence. Le soir, les hommes s'attroupaient et conversaient. Assis sur leurs talons, ils parlaient des terres qu'ils avaient vues.

Il y a trente mille arpents, là-bas, du côté de l'Ouest. Qui sont là à rien donner, nom de Dieu ; c' que j' pourrais faire avec ça, avec seulement cinq arpents de cette terre-là ! Mais bon sang, j'aurais de tout à manger.

Vous avez remarqué une chose ? Ils n'ont pas de légumes ni de volaille, ni de cochons dans leurs fermes. Ils ne cultivent qu'une seule chose — du coton par exemple, ou des pêches, ou des laitues. Ailleurs, ça sera uniquement des poules. Ils achètent c' qu'ils pourraient faire pousser au coin de leur porte.

Bon Dieu, qu'est-ce que j' ferais pas si j'avais un ou deux cochons !

Ouais, ben tu ne les as pas et t'es pas près de les avoir.

Qu'est-ce qu'on va faire ? On ne peut pas élever les gosses comme ça.

Une vague rumeur se propageait dans les camps. Paraît qu'il y a du travail à Shafter. Et dans la nuit, les voitures rechargées à la hâte encombraient les autostrades — une course au travail semblable à une ruée vers l'or. A Shafter, les gens se pressaient, s'entassaient, dix fois trop nombreux. Une course au travail. Ils partaient de nuit, comme des voleurs, affolés à l'idée d'une possibilité d'embauche. Et tout au long du chemin la tentation les guettait : les champs qui auraient pu les nourrir.

Ça, c'est à quelqu'un. C'est pas à nous.

Ben, peut-êt' bien qu'on pourrait en avoir un petit coin. Un tout petit coin — j' dis pas non. Tiens là-bas — ce petit carré. Y a que des chardons pour le moment. Cré bon Dieu, j' pourrais y faire venir assez de pommes de terre pour nourrir toute la famille, dans ce petit carré-là !

Il est pas à nous. Il est dit qu'il doit y pousser des chardons. Faut laisser les chardons.

De temps à autre, un homme tentait le coup, se glissait furtivement dans le carré entrevu et en nettoyait un petit coin, s'efforçant de voler à la terre un peu de sa richesse. Jardins secrets cachés dans les broussailles. Un paquet de semence de carottes, quelques navets, des pelures de pommes de terre. On venait le soir en cachette bêcher la terre volée.

Laissons des herbes et des chardons tout autour — comme ça personne ne verra c' que nous faisons. Laissons-en au milieu ; les plus grands.

Séances secrètes de jardinage nocturne ; l'eau que l'on transporte dans une boîte à conserves rouillée.

Et puis un beau jour, un shérif adjoint :

Eh ben dites donc, ne vous gênez pas !

J' fais rien de mal.

Je vous avais à l'œil. Cette terre ne vous appartient pas. Vous êtes en contravention.

La terre n'est pas labourée, ça n' peut faire de mal à personne.

Tous les mêmes, ces sacrés Okies ! Si on vous laissait faire, un de ces quatre matins vous iriez vous figurer que la terre est à vous. C'est à ce moment-là que ça vous ferait mal au cœur. Seriez capab' de croire qu'elle est à vous. Vaut mieux déguerpir tout de suite. Allez ouste.

Et les petites pousses vertes des carottes et des navets étaient piétinées et saccagées. Alors les chardons reprenaient leurs droits. Mais le flic avait raison. Une récolte — mais c'est déjà un titre de propriété. De la terre bêchée, des carottes mangées — un homme serait fichu de se battre pour conserver une terre qui l'a nourri. Il faut l'expulser tout de suite ! Il va se figurer qu'elle lui appartient. Il serait même capable de risquer sa peau pour un petit coin de terre perdu dans les chardons.

T'as vu la gueule qu'y faisait quand on lui a démoli son carré de navets ? Une vraie tête d'assassin, moi je te l' dis. Ces gars-là faut les dresser, sans ça ils prendraient tout le pays. Tout le pays, ils prendraient.

Des gens qui n' sont pas d'ici. Des étrangers, tout ça.

Ils parlent la même langue que nous, d'accord, mais ils ne sont quand même pas pareils à nous. T'as qu'à voir comment ils vivent. Tu nous vois viv' comme ça, nous autres ? Ah foutre non, alors !

Le soir, les discussions entre accroupis. Et soudain un excité :

Pourquoi qu'on s' met pas une vingtaine et qu'on n' prend pas un morceau de terre ? On a des fusils. On s'y installe et on leur dit : Maintenant essayez de nous fout' dehors. Pourquoi on ne fait pas ça ?

Ils nous abattraient comme des chiens.

Eh ben ? Qu'est-ce que vous aimez mieux, vous autres ? Être mort ou continuer comme ça ? Être sous six pieds de terre ou sous un toit fait avec des vieux bouts de sacs ? Qu'est-ce que vous aimez mieux pour vos gosses ? Qu'ils meurent tout de suite ou qu'ils meurent dans deux ans de... comment on appelle ça, de sous-nutrition ? Savez c' qu'on a eu à manger pour toute la semaine ? De la purée d'orties et des beignets au pain ! Savez où qu'on a eu la farine pour les beignets ? En balayant le plancher d'un wagon de marchandises.

Et les conversations bourdonnaient dans les camps et les adjoints, gras, sanguins, fessus, leur revolver brimbalant sur leurs grosses cuisses, trimbalaient leur morgue à travers les groupes : Faut les mater ! Leur montrer qu'on est là. Rien de tel pour les faire tenir tranquilles. Si on ne les avait pas à l'œil, ils seraient capables de tout, ces cochons-là ! Moi, j' te dis, ils sont aussi dangereux que ces salauds de nègres, dans le Sud ! Pour peu qu'on les laisse s'organiser, rien ne les arrêtera plus.

NOTA : A Lawrenceville, un shérif adjoint procédait à l'expulsion d'un « squatter ». L'homme résista, obligeant le policier à user de violence. Le fils du paysan, âgé de onze ans, abattit le shérif adjoint à coups de fusil.

Des serpents j' te dis ! Faut pas se fier à eux ; s'ils font mine de discuter y a qu'à tirer. Si un gosse est capable de tuer un représentant de la loi, qu'est-ce que les hommes ne feront pas ? C' qu'il faut, c'est êt' plus vache qu'eux. La manière forte, y a que ça. Leur foutre la frousse.

Et s'ils ne se laissaient pas intimider ? S'ils résistaient et rendaient les coups ? Ces hommes ont eu un fusil dans les mains depuis leur plus jeune âge. Chez eux, le fusil est une sorte de prolongement de leur personne. Et s'ils ne se laissaient pas intimider ? Et si un beau jour toute une armée des leurs fondait sur le pays, comme les Lombards sur l'Italie, les Allemands sur la Gaule et les Turcs sur Byzance ? Ceux-là aussi avaient faim de terres, ceux-là aussi n'étaient que des hordes mal armées, et pourtant les Légions ne les ont pas arrêtés. Comment faire peur à un homme quand son ventre crie famine, quand la faim tord les entrailles de ses petits ? Rien ne peut plus lui faire peur — il a connu la pire des peurs.

A Hooverville, les hommes discutent :

Les terres qu'il avait, Grand-père les avait prises aux Indiens. Ah ! non, là j' suis pas d'accord. C'est pas bien, c'est du vol ; je ne suis pas un voleur, moi.

Non ? N'empêche que t'as volé une bouteille de lait devant une porte, avant-hier soir. Et t'as volé aussi du fil de cuivre que t'as changé pour un morceau de viande.

Ouais, mais les gosses avaient faim.

N'empêche que c'est du vol.

Savez comment ça s'est passé pour le ranch aux Fairfield ? J' m'en vas vous le dire. En ce temps-là, tout le pays était propriété de l'État et chacun pouvait avoir une concession. Le vieux Fairfield, il a été jusqu'à San Francisco ; là il a fait le tour des bars et il a racolé tout ce qu'il a pu trouver comme poivrots et comme clochards. Trois cents, il en a ramené. Et ces gars-là ont demandé des concessions. Fairfield leur fournissait la nourriture et le whisky, et une fois qu'ils ont eu les papiers, le vieux les leur a repris. Il disait que la terre lui avait coûté une pinte de gnôle l'arpent. Vous trouvez que c'est du vol, ça ?

Ben, c'était pas régulier, mais ça ne l'a pas mené en prison.

Non, ça ne l'a pas mené en prison. Et le type qui avait mis une barque dans sa carriole et qu'a arrangé son rapport pour faire croire que tout était sous l'eau, vu qu'il avait pris un bateau pour aller sur les terres. Ça ne l'a pas mené en prison non plus. Et ceux qu'ont acheté les sénateurs, les membres du Congrès et tout le tremblement ; ils n'ont pas été en prison non plus.

A travers tout l'État, dans tout les Hooverville, les langues vont leur train. Alors les rafles commencent — les shérifs adjoints armés fondent sur les camps de squatters.

Déguerpissez — ordre du ministère de la Santé publique. Votre camp est insalubre.

Où qu'on ira ?

Pas notre affaire. Nous avons ordre de vous expulser. Dans une demi-heure, nous mettrons le feu au camp.

Il y a des cas de typhoïde là-bas dans les tentes. Vous voulez que ça se propage ?

Nous avons l'ordre de vous expulser. Allez ouste ! Dans une demi-heure nous brûlerons le camp.

Une demi-heure plus tard les maisons de carton et les huttes d'herbes s'en vont en fumée, et voilà les gens repartis sur les grand-routes à la recherche d'un autre Hooverville.

Et dans le Kansas, l'Arkansas, l'Oklahoma, le Texas et le Nouveau-Mexique, l'invasion toujours grandissante des tracteurs chasse de chez eux de nouveaux citoyens.

Trois cent mille en Californie et d'autres qui arrivent. Et toutes les routes de Californie bondées de forcenés qui courent de tous côtés comme des fourmis, cherchant du travail ; tirer, pousser, soulever, porter, n'importe quoi. Pour soulever la charge d'un seul homme, cinq paires de bras se présentent ; pour une portion de nourriture, cinq bouches s'ouvrent.

Et les grands propriétaires terriens auxquels un soulèvement fera perdre leurs terres — les grands propriétaires qui ont accès aux leçons de l'histoire, qui ont des yeux pour lire, pour reconnaître cette grande vérité : lorsque la propriété est accumulée dans un trop petit nombre de mains, elle est enlevée... et cette autre, qui lui fait pendant : lorsqu'une majorité a faim et froid, elle prendra par la force ce dont elle a besoin... et cette autre encore, cette petite vérité criante, qui résonne à travers toute l'histoire : la répression n'a pour effet que d'affirmer la volonté de lutte de ceux contre qui elle s'exerce et de cimenter leur solidarité... — les grands propriétaires terriens se bouchaient les oreilles pour ne pas entendre ces trois avertissements de l'histoire. La terre s'accumulait dans un nombre de mains de plus en plus restreint ; l'immense foule des expropriés allait grandissant et tous les efforts des propriétaires tendaient à accentuer la répression. Afin de protéger les grandes propriétés foncières on gaspillait de l'argent pour acheter des armes, on chargeait des indicateurs de repérer les moindres velléités de révolte, de façon que toute tentative de soulèvement pût être étouffée dans l'œuf. On ne se souciait pas de l'évolution économique, on refusait de s'intéresser aux projets de réforme. On ne songeait qu'au moyen d'abattre la révolte, tout en laissant se perpétuer les causes de mécontentement.

Les tracteurs qui causent le chômage, les tapis roulants qui transportent les charges, les machines qui produisent, tout cela prenait de plus en plus d'extension ; le nombre des familles qui peuplaient la grand-route augmentait sans cesse, et toutes convoitaient ardemment ne fût-ce qu'une miette de ces grandes propriétés, de cette terre qui s'étalait à portée de la main de chaque côté de la route. Les grands propriétaires se liguaient, créaient des Associations de Protection Mutuelle et se réunissaient pour discuter des moyens d'intimidation à employer, des moyens de tuer, d'armes à feu, de grenades à gaz. Et toujours planait sur leurs têtes cette menace effrayante — trois cent mille — si jamais ils se rangent sous l'autorité d'un chef — c'est la fin. Trois cent mille malheureux affamés. Si jamais ils prennent conscience de leur force, le pays leur appartiendra et ni les fusils, ni les grenades à gaz ne les arrêteront. Et les grands propriétaires qui, à travers les rouages compliqués de leurs Compagnies Foncières étaient peu à peu devenus des sortes de puissances inhumaines, couraient à leur perte, employaient tous les moyens qui à la longue devaient amener leur perte. Chaque brutalité, chaque rafle dans un Hooverville, chaque shérif adjoint promenant sa suffisance et sa morgue dans un de ces camps de misère, retardait un peu l'échéance, mais la rendait plus inévitable.

Les hommes s'asseyaient sur leurs talons ; hommes aux visages anguleux, amaigris par la faim et durcis par la lutte contre la faim, hommes aux regards sombres et aux mâchoires serrées.

Vous avez appris ce qui s'est passé avec le gosse de la quatrième tente, là-bas ?

Non, j' viens juste d'arriver.

Eh ben, il pleurait en dormant et il n'arrêtait pas de gigoter. Alors ces gens-là ont cru qu'il avait des vers. Ils lui ont donné une purge et il en est mort. Il avait la langue toute noire. A ce qu'il paraît que c'était la pellagre ; ça vient de ne pas avoir c' qu'il faut à manger.

Pauvre petit gosse.

Ouais, mais ces gens n'ont pas les moyens de le faire enterrer. Faut qu'il aille au cimetière des pauvres.

Eh bon sang, attendez donc.

Et les mains fouillaient les poches et en tiraient des petites pièces. Devant l'entrée de la tente un petit tas d'argent s'élevait. Et la famille le trouvait là.

Les nôtres sont de braves gens ; les nôtres ont bon cœur. Prions Dieu qu'un jour les braves gens ne soient plus tous pauvres. Prions Dieu qu'un jour les gosses aient de quoi manger.

Et les Associations de Propriétaires savaient qu'un jour les prières cesseraient.

Et que ce serait la fin.

CHAPITRE XX

Juchés en haut du chargement, Connie, Rose de Saron, les deux enfants et le pasteur, étaient moulus et engourdis. Ils étaient restés assis en pleine chaleur devant le bureau du coroner à attendre Pa et l'oncle John. A un moment donné on avait apporté une sorte de grand panier et on avait descendu le long ballot du camion. Alors ils étaient restés assis en plein soleil, tandis que l'enquête suivait son cours, le temps de déterminer la cause de la mort et de signer le certificat de décès.

Al et Tom déambulaient dans la rue, s'arrêtant devant les étalages et dévisageant tous ces inconnus qu'ils croisaient sur le trottoir.

Et finalement Pa, Man et l'oncle John étaient ressortis, silencieux, accablés. L'oncle John était remonté au sommet du chargement, tandis que Pa et Man reprenaient leur place à l'avant. Tom et Al s'amenèrent à leur tour et Tom s'assit au volant. Il resta là, sans mot dire, attendant une décision quelconque. Pa regardait au loin, l'air absent, son chapeau noir baissé sur ses yeux. Man se frottait les coins de la bouche, le regard perdu, vide à force de fatigue.

Pa soupira profondément :

— Y avait rien d'autre à faire, dit-il.

— Je sais, dit Man. Et pourtant, elle aurait tant aimé avoir un bel enterrement. Elle en parlait toujours.

Tom les regarda de biais :

— Le terrain du comté ? interrogea-t-il.

— Ouais.

Pa secoua vivement la tête, comme pour chasser un cauchemar :

— On n'avait pas assez. On n'aurait pas pu.

Il se tourna vers Man :

— Faut pas prendre ça trop à cœur. On a tout essayé, mais on a eu beau faire, c'était pas possible. On n'avait pas de quoi, alors que veux-tu ? L'embaumement, le cercueil, le pasteur, et puis une concession au cimetière, ça nous aurait demandé au moins dix fois ce que nous avons. On a fait tout ce qu'on a pu.

— J' sais bien, dit Man. Mais elle y tenait tant à son bel enterrement que je n'arrive pas à me l'ôter de l'idée. Maintenant, faudra bien.

Elle eut un profond soupir et se frotta machinalement le coin de la bouche.

— Il était bien brave, cet homme qu'était là. Terriblement autoritaire, mais bien brave.

— Oui, dit Pa. Il n'y a pas été par quatre chemins, ça faut l' dire.

Man repoussa en arrière une mèche de cheveux. Sa mâchoire se contracta.

— Il est temps de repartir, fit-elle. Il nous faut trouver un coin où nous installer. Et du travail. C'est pas le moment de laisser les gosses avoir faim. Grand-mère ne l'aurait pas permis. Elle mangeait toujours de bon appétit aux enterrements.

— Où est-ce qu'on va ? demanda Tom.

Pa souleva son chapeau et se gratta la tête.

— Camper, répondit-il. Pas question de dépenser ce qui nous reste tant que nous n'aurons pas de travail. Conduis-nous dans la campagne.

Tom démarra, et à travers les rues de la ville, ils se dirigèrent vers la campagne. Et près du pont, ils aperçurent un amas de tentes et de bicoques. Tom dit :

— On peut s'arrêter là. Voir ce qui se passe et où il y a du travail.

Il descendit un petit chemin en pente raide et se rangea au bord du camp.

Le camp était aménagé sans ordre. Tentes, baraques, autos étaient disséminées au hasard. La première demeure avait un aspect invraisemblable. Trois plaques de tôle rouillée en constituaient la façade sud, un carré de tapis moisi tendu entre deux planches la façade est, un bout de papier goudron et un lambeau de toile déchiquetée la façade nord, et six vieux sacs la façade ouest. Au-dessus de cette armature carrée, sur des branches de saule non élaguées, on avait empilé, de l'herbe, non pas du chaume, mais des mottes de gazon en forme de pyramide. L'entrée, côté sacs, était encombrée d'ustensiles divers. Un bidon de pétrole de cinq gallons servait de poêle. Il était posé sur le flanc et était muni à une extrémité d'un bout de tuyau rouillé. Une vieille lessiveuse traînait à côté, en équilibre instable, et toute une série de caisses gisaient çà et là, caisses pour s'asseoir, caisses pour manger. Une antique Ford conduite intérieure série T et une remorque à deux roues étaient garées près de la bicoque ; l'ensemble avait un air minable et désolé.

Un peu plus loin se dressait une petite tente grise, délavée par les intempéries, mais montée avec beaucoup de soin. Les caisses étaient bien alignées devant la tente ; un bout de tuyau de poêle émergeait de l'entrée et sur le devant, la poussière avait été balayée et arrosée. Un plein baquet de lessive humide était posé sur une caisse. Le campement avait une allure soignée et rude. Un roadster Ford série A et une petite remorque improvisée pour le transport de la literie stationnaient contre la tente.

Ensuite venait une immense tente complètement en lambeaux, bâillant de partout, aux déchirures réparées tant bien que mal avec du fil de fer. Les pans de l'entrée étaient relevés et du dehors, on apercevait à l'intérieur quatre matelas étendus par terre. Sur une corde à linge tendue contre la tente, des robes de coton rose et plusieurs salopettes étaient mises à sécher. Il y avait en tout quarante tentes ou baraques et à proximité de chacune, un quelconque véhicule automobile. Tout au bout du camp, quelques enfants immobiles regardaient avec de grands yeux l'arrivée du nouveau camion. Ils s'approchèrent, gamins en salopette, nu-pieds, les cheveux gris de poussière.

Tom stoppa et se tourna vers son père :

— Pas très joli, fit-il. Tu veux qu'on aille voir ailleurs ?

— On ne peut pas aller ailleurs tant qu'on ne sait pas ce qui nous attend, répondit Pa. Faut d'abord se renseigner pour ce qui est du travail.

Tom ouvrit la portière et descendit. La famille se laissa dégringoler à bas du chargement, mit pied à terre et considéra le camp avec curiosité. Ruthie et Winfield, mus par l'habitude, descendirent le seau et se dirigèrent vers les roseaux où ils savaient trouver de l'eau ; la file des enfants s'ouvrit pour les laisser passer et se referma derrière eux.

Les pans de l'entrée de la première hutte s'écartèrent et une femme apparut. Elle avait des cheveux gris arrangés en une seule tresse et portait une volumineuse robe d'indienne à fleurs, très crasseuse. Son visage ratatiné reflétait l'abrutissement, avec des poches de chair grises et bouffies sous les yeux et une bouche veule et molle.

Pa demanda :

— Est-ce qu'on peut se ranger n'importe où et camper ?

La tête disparut à l'intérieur de la tente. Rien ne bougea pendant un moment, puis un homme barbu, en manches de chemise, sortit à son tour. La femme le suivit des yeux mais ne s'aventura pas au-dehors.

L'homme barbu fit :

— Jour m'sieu-dames.

Et ses yeux sombres allèrent de l'un à l'autre et s'arrêtèrent finalement sur le camion chargé de matériel.

Pa dit :

— J' demandais juste à vot' femme s'il y avait moyen de nous installer quéq' part.

L'homme barbu le regarda avec une gravité solennelle, comme si Pa avait dit une chose particulièrement intelligente qui demandait réflexion.

— Vous installer quéq' part ici ? fit-il.

— C'est ça. Y a-t-il quelqu'un à qui ça appartient et à qui faut demander la permission de camper ?

L'homme barbu ferma un œil à demi et considéra attentivement Pa.

— Vous voulez camper ici ?

Pa sentit la moutarde lui monter au nez. La femme aux cheveux gris vint lorgner par l'ouverture rapiécée de la tente.

— Vous ne m'avez pas entendu ? fit Pa.

— Eh ben si vous voulez camper ici, pourquoi que vous ne le faites pas ? C'est pas moi qui vous empêcherai.

Tom se mit à rire.

— Il a saisi, fit-il.

Pa se maîtrisa :

— Je voulais simplement savoir si ça appartient à quelqu'un. S'il faut payer.

Le barbu avança le menton.

— A qui ça appartient ? jeta-t-il.

Pa se détourna :

— Qu'il aille au diable, fit-il.

La tête de la femme disparut de nouveau à l'intérieur de la tente.

L'homme barbu s'avança, l'air menaçant :

— A qui que ça appartient ? vociféra-t-il. Qui c'est qui va nous foutre à la porte d'ici ? Venez un peu me le dire, *à moi* !

Tom se plaça devant Pa.

— Vous feriez bien d'aller dormir un bon coup, dit-il.

L'homme ouvrit la bouche d'un air hébété et fourra un doigt sale contre sa gencive inférieure. Il resta un moment à considérer Tom d'un air profond et méditatif, après quoi il fit demi-tour et disparut dans la cabane à la suite de la femme aux cheveux gris.

Tom se tourna vers Pa :

— Qu'est-ce que c'est que ce coco-là ? fit-il.

Pa haussa les épaules. Il regardait quelque chose. Devant une tente, un peu plus loin, stationnait une vieille Buick dont la culasse était démontée. Un jeune homme était occupé à roder les soupapes et, tout en tordant et tordant sans arrêt son corps sur l'outil, il regardait du coin de l'œil le camion des Joad. Ils le voyaient rire à part lui. Quand le barbu eut disparu, le jeune homme abandonna son travail et s'avança nonchalamment vers Pa et Tom.

— Ça va ? dit-il.

Et ses yeux bleus pétillaient de malice.

— Je vous ai vu faire connaissance avec le maire.

— Qu'est-ce qu'il a qui le démange ?

Le jeune homme eut un petit rire :

— Il est simplement un peu dingo, comme vous et moi. Peut-être un peu plus dingue que moi, mais j' sais même pas.

Pa dit :

— Je lui demandais seulement s'il y avait moyen de camper ici.

Le jeune homme essuya ses mains huileuses à son pantalon.

— Nature. Pourquoi pas ? Vous venez juste de traverser ? Vous n'avez encore jamais été à Hooverville ?

— Hooverville ? Où c'est ?

— Vous y êtes.

— Ah ! fit Tom. On n'est là que d' ce matin.

Winfield et Ruthie rappliquèrent, portant à eux deux un plein seau d'eau.

— Montons le campement, dit Man. Je suis vannée. On va peut-êt' pouvoir tous se reposer.

Pa et l'oncle John grimpèrent en haut du camion pour décharger la bâche et les lits.

Tom s'avança vers le jeune homme et le raccompagna jusqu'à la voiture qu'il était en train de réparer. Le vilebrequin à main reposait sur le bloc-moteur découvert et une petite boîte jaune de pâte émeri était perchée en haut de l'exhausteur. Tom demanda :

— Qu'est-ce qui lui a pris à ce sacré vieux barbu ?

Le jeune homme s'empara du vilebrequin et se remit au travail, tordant son corps à droite et à gauche, à droite, à gauche, meulant la soupape contre le siège de soupape.

— Le maire ? Dieu sait... fit-il. Vous venez d'arriver. Peut-êt' que c'est vous qui pourrez nous le dire. Y en a qui disent une chose, d'autres une autre. Mais installez-vous seulement dans un coin un petit bout de temps, et vous verrez comment vous vous ferez virer par les shérifs et les shérifs adjoints.

Il prit une soupape et enduisit le siège de pâte émeri.

— Mais pour quoi foutre ?

— Eh bien ! j'en sais rien. Y en a qui disent qu'ils ont peur qu'on vote, qu'ils nous pourchassent d'un coin à l'autre pour nous empêcher de voter. Et y en a d'autres qui disent que c'est pour qu'on ne puisse pas toucher le chômage. Et pis d'autres que c'est pour nous empêcher de nous organiser. J' sais pas pourquoi. Tout ce que je sais, c'est qu'on les a tout le temps aux fesses. Attends seulement, et tu verras.

— Nous ne sommes pas des clochards, s'entêta Tom. Nous cherchons du travail. N'importe quel genre de travail.

Le jeune homme s'arrêta de roder sa soupape. Il considéra Tom avec stupéfaction.

— Chercher du travail ? fit-il... Alors, comme ça, tu cherches du travail ? Et qu'est-ce que tu t'imagines que nous cherchons, nous aut', tous autant que nous sommes ? Des diamants, p'têt' ? Et si je me suis crevé le cul comme un malheureux depuis que j' suis là, c'est à chercher quoi, selon toi ?

Il se remit à son rodage.

Tom laissa son regard errer sur les tentes crasseuses, le misérable bric-à-brac, les antiques tacots, les paillasses bosselées étalées au soleil et les bidons noircis posés au-dessus des trous tapissés de cendres qui servaient de foyers. Il demanda calmement :

— Y a donc pas de travail ?

— J' sais pas. Doit bien y en avoir. Pour l'instant, y a pas de moissons par ici. La vendange, c'est pour plus tard, et le coton pour plus tard. Mais on va pousser plus loin dès que j'aurai fini de roder mes soupapes. Avec ma femme et mes gosses. Paraît qu'on trouve de l'embauche là-haut, dans le Nord. On va pousser jusque là-haut, du côté de Salinas.

Tom vit l'oncle John, aidé de Pa et du pasteur, en train de hisser la bâche sur des piquets de tente, tandis que Man, à genoux à l'intérieur, époussetait les matelas. Un groupe d'enfants s'était rassemblé sans bruit autour des nouveaux arrivants et les regardait s'installer, enfants silencieux aux pieds nus et aux visages sales. Tom dit :

— Chez nous, au pays, l'était venu des types avec des prospectus-réclame... de ces papiers jaunes. Ça disait qu'on avait besoin de main-d'œuvre pour les récoltes.

Le jeune homme se mit à rire :

— Paraîtrait qu'on est quéq' chose comme trois cent mille, ici, et je donnerais ma tête à couper que tous ces gens-là ont vu ces foutus prospectus.

— Peut-être, mais s'ils n'avaient pas besoin de monde, pourquoi qu'ils ont pris la peine de faire imprimer ces machins-là ?

— Fais un peu marcher tes méninges... qu'est-ce que t'attends ?

— Oui, mais je voudrais savoir.

— Écoute, fit le jeune homme. Mettons que t'aies du travail juste pour un type, et qu'il y en ait qu'un qui se présente. T'es forcé de lui payer ce qu'il demande. Mais suppose qu'il s'en présente un cent.

Il posa son outil. Son regard durcit et sa voix se fit incisive :

— Mettons qu'il s'en présente un cent pour ce travail. Mettons que tous ces gars-là, ils aient des gosses, et que ces gosses aient faim. Mettons qu'une pièce de dix *cents* suffise à leur payer une boîte de bouillie de maïs, à ces gosses. Mettons qu'un nickel [1] suffise à leur payer ne serait-ce qu'un truc quelconque, à ces gosses. Et ils sont là un cent. Propose-leur seulement un nickel, et je te promets qu'ils vont s'entre-tuer pour l'avoir, ce nickel. Tu sais combien on payait, à la dernière place que j'ai faite ? Quinze *cents* de l'heure. Dix heures pour un dollar et demi et encore t'as pas le droit de loger sur place. Faut consommer de l'essence pour y aller.

Il haletait de fureur et la haine brillait dans ses yeux.

— C'est pour ça qu'ils ont fait imprimer les prospectus. Avec ce qu'ils économisent en payant les gens quinze *cents* de l'heure pour travailler aux champs, ils ont de quoi en faire imprimer un foutu paquet, tu peux êt' tranquille.

— Ça tient pas debout, dit Tom.

Le jeune homme eut un rire sarcastique :

1. Nickel : cinq *cents*.

— Reste seulement ici un petit bout de temps, et si t'as la belle vie, fais-moi signe, que je vienne voir ça de près.

— Mais il y a du travail, insista Tom. Nom de Dieu de bon Dieu, avec tout ce qui pousse, c'est pas possible : des vergers, de la vigne, des légumes... Je l'ai vu. Faut bien qu'ils embauchent du monde. Je l'ai vu, de mes propres yeux.

Dans la tente dressée à côté de la voiture, un bébé se mit à pleurer. Le jeune homme rentra dans la tente et, de l'intérieur, sa voix arrivait assourdie par l'épaisseur de la toile.

Tom s'empara du vilebrequin, l'adapta à la fente de la soupape et commença à roder, tout son corps suivant le va-et-vient de sa main. Les cris du bébé cessèrent. Le jeune homme ressortit et observa le travail de Tom.

— Tu sais y faire, dit-il. C'est une bonne chose, bon sang ça te servira.

— Et pour ce que je te disais, t'à l'heure, reprit Tom, j'ai vu tout ce qui pousse par ici.

Le jeune homme s'accroupit sur ses talons.

— J' vais te dire, fit-il calmement. Il y a c'te saloperie de verger où j'ai travaillé. Il faut neuf hommes d'un bout de l'année à l'autre.

Il s'interrompit pour donner plus de poids à ce qui allait suivre :

— Mais quand les pêches sont mûres, il faut trois mille hommes quinze jours durant. Il les leur faut, sans ça toutes leurs pêches pourrissent. Alors, qu'est-ce qu'ils font ? Ils t'expédient des prospectus en veux-tu en voilà. Il leur en faut trois mille et il s'en amène six mille. Ils les embauchent au tarif qui leur plaît. Et si tu trouves que c'est pas suffisant, y en a mille derrière toi qui attendent la place, bon Dieu ! Alors tu cueilles, tu cueilles, et en un rien de temps c'est fini. Presque tout le pays, c'est que des pêches. Elles mûrissent toutes en même temps. Quand t'en as cueilli une, elles sont toutes cueillies. Y a plus rien d'autre à foutre dans le pays. Et après ça, les patrons ne veulent plus te voir, tu penses. Trois mille que vous êtes ! Le travail est fini. Tu pourrais voler, te soûler, faire les quatre cents coups. Et d'ailleurs, tu ne fais pas bien dans le paysage, à force de vivre sous une vieille tente. La campagne est jolie, mais toi t'as une sale allure. Ils ne veulent plus te voir dans les parages. Alors ils te foutent à la porte, ils t'expédient. Et voilà.

Tom, jetant un regard du côté de la tente des Joad, vit sa mère, alourdie par la fatigue, pesamment courbée sur ses casseroles que léchaient les flammes d'un petit feu de détritus et de brindilles.

Le cercle des enfants se resserra, et les grands yeux calmes des petits suivirent avidement tous les gestes de Man. Un vieux, très vieux bonhomme tout cassé, se coula comme un furet hors d'une tente et s'approcha furtivement, humant l'air autour de lui. Il croisa les mains derrière son dos et se joignit au groupe des enfants pour observer Man. Ruthie et Winfield montaient la garde près d'elle, regardant les intrus d'un air belliqueux.

Tom dit avec colère :

— Faut que ces pêches soient cueillies tout de suite, pas vrai ? Juste quand elles sont à point ?

— Naturellement.

— Alors, admettons que tous ces gens s'entendent ensemble et disent : « Qu'elles pourrissent ! » Les prix ne tarderaient pas à monter, bon Dieu, quoi !

Le jeune homme leva les yeux de son travail et considéra Tom d'un air goguenard :

— Tiens ! tiens ! T'as trouvé ça tout seul, hein ?

— J' suis fatigué, dit Tom. Tenu le volant toute la nuit. J'ai pas envie de discuter. J' suis crevé. J' suis tellement crevé que j' me foutrais en rogne pour un rien. Ne fais pas le malin avec moi. Je te l' demande.

Le jeune homme sourit :

— C'était pas dans mes intentions. T'es pas d'ici. Y en a qu'ont eu cette idée-là. Et les types à qui appartiennent les pêches, ils les ont vus venir. Tu comprends, si les gars s'entendent, c'est qu'il y a un chef — c'est forcé — le type qui tient le crachoir. Eh ben, ils ne lui laissent même pas le temps d'ouvrir le bec ; ils te l'attrapent et te le fourrent en taule. Et si un autre se présente, ils lui en font autant.

Tom dit :

— En tout cas, le gars a toujours de quoi bouffer, en taule.

— Lui, mais pas ses gosses. Ça te plairait d'être enfermé pendant que tes gosses crèvent de faim ?

— Je comprends, fit Tom. Je comprends.

— Et attends, c'est pas tout. Tu as entendu parler de la liste noire ?

— Qu'est-ce que c'est que ça ?

— Eh ben, essaie seulement de l'ouvrir à propos de se réunir ou un truc dans ce genre, et tu verras. On te prend la photo et on l'envoie partout. Après ça, tu ne peux plus trouver de travail nulle part. Et si t'as des gosses...

Tom ôta sa casquette et la tortilla entre ses mains.

— Alors, faut prendre ce qu'on veut bien vous donner, hein ? ou crever de faim, et, si on rouspète, on crève de faim ?

Le jeune homme balaya l'espace d'un geste de la main, embrassant les tentes en loques et les voitures rouillées.

Tom abaissa de nouveau les yeux vers sa mère qui était assise en train de gratter des pommes de terre. Et les enfants s'étaient encore rapprochés. Il dit :

— Je ne marche pas. Nom de Dieu de bon Dieu, on n'est pas des moutons, moi et les miens. J' m'en vas foutre ma main sur la gueule à quelqu'un.

— Un flic, par exemple ?

— N'importe qui, je m'en fous.

— T'es cinglé, dit le jeune homme. Tu te feras ramasser tout de suite. T'es pas connu. T'as pas de bien. On te trouvera dans un fossé, le nez et la bouche pleins de sang caillé. Et t'auras juste une petite note dans le journal. Tu sais c' que ça dira ? « Mort d'un vagabond. » C'est tout. T'en verras des tas de petites notes comme ça : « Mort d'un vagabond. »

Tom dit :

— Oui, ben y aura quelqu'un d'autre qu'on trouvera mort à côté du vagabond en question.

— T'es cinglé, dit le jeune homme. Ça n'avancera à rien.

— Et toi, alors, qu'est-ce que tu fais contre cet état de choses ?

Il considéra le visage strié de graisse et d'huile. Les yeux du jeune homme se voilèrent.

— Rien. D'où vous venez ?

— Nous aut' ? De tout près de Sallisaw, dans l'Oklahoma.

— Vous arrivez ?

— Juste aujourd'hui.

— Vous allez rester longtemps ici ?

— J' sais pas. On restera où qu'on trouvera du travail. Pourquoi ?

— Rien.

Et de nouveau les yeux se voilèrent.

— J' vais aller dormir un coup, dit Tom. Demain, on va chercher du travail.

— Tu peux toujours essayer.

Tom se détourna et s'en alla vers la tente des Joad.

Le jeune homme se saisit de la boîte de pâte émeri et y plongea le doigt :

— Hé ! J' voulais te dire...

Il agita un doigt auquel adhérait une boule de pâte :

— J' voulais juste te dire : Ne va pas chercher d'histoires. Tu te rappelles la gueule d'abruti du type de tout à l'heure ?

— Le type de la tente, là, plus haut ?

— Ouais, l'air idiot, complètement braque.

— Et alors ?

— Ben, quand les flics s'amèneront, et ils sont là tout le temps, tâche de lui ressembler. Prends l'air crétin. Tu ne sais rien, tu ne comprends rien. C'est comme ça que les flics aiment qu'on soit. Ne t'avise pas de taper sur un flic. Autant te suicider. Fais l'abruti.

— Me laisser chahuter par ces nom de Dieu de flics, et ne rien faire ?

— C'est ça... mais écoute. Je viendrai te chercher ce soir. J'ai peut-êt' tort, c'est plein de mouchards dans tous les coins ici ; je risque gros, et j'ai un gosse, en plus. Mais je viendrai te chercher. Et si tu vois un flic, eh ben quoi... t'es pas aut' chose qu'un foutu Okie, t'as compris ?

348

— Je veux bien, du moment qu'on fait quéq' chose, dit Tom.

— T'en fais pas. On fait quéq' chose, seulement on ne va pas le crier sur les toits. Un gosse, ça ne met pas longtemps à crever de faim. Deux ou trois jours... un gosse.

Il se remit à son ouvrage, étala la pâte sur un siège de soupape et dans un rapide mouvement de va-et-vient, sa main actionna le vilebrequin. Et son visage était morne et indifférent.

Tom regagna lentement son camp.

— Faire l'abruti, marmonnait-il. Faire l'abruti.

Pa et l'oncle John s'amenèrent, les bras chargés de bois mort. Ils le jetèrent à côté du feu et s'accroupirent.

— Plus grand-chose à glaner par ici, déclara Pa. L'a fallu aller plus loin pour trouver du bois.

Il leva les yeux sur le cercle des enfants.

— Miséricorde divine ! s'exclama-t-il. D'où c'est-il qu' vous sortez, vous tous ?

D'un même mouvement, les enfants baissèrent la tête et contemplèrent leurs orteils d'un air confus.

— J'ai idée qu'ils ont senti l'odeur de cuisine, dit Man. Winfield, cesse de tourner autour de mes jupes.

Elle l'écarta de son chemin.

— ... Tâcher de faire un peu de fricassée, dit-elle. Nous n'avons pas mangé un plat cuisiné depuis que nous avons quitté la maison. Pa, va jusqu'au magasin me chercher un peu de viande. Prends des plates-côtes.

Pa se redressa et partit dare-dare.

Al avait soulevé le capot et contemplait le moteur luisant de graisse. Lorsqu'il vit Tom s'avancer, il leva les yeux :

— T'as l'air gai comme une porte de prison, dit Al.

— Je suis heureux comme une grenouille sous une averse de printemps, fit Tom.

— Regarde-moi ce moteur, dit Al en le montrant du doigt. C'est quéq' chose, hein ?

Tom plongea son regard sous le capot :

— M'a l'air pas mal.

— Pas mal ? Formidable, tu veux dire ! Pas une goutte d'huile qu'a fui, ni rien.

Il dévissa une bougie et plongea son doigt dans l'orifice :

— Un peu calaminé, mais c'est sec.

Tom dit :

— T'as eu l'œil quand tu l'as choisi. C'est ça que tu voulais que je te dise ?

— Ben, j' peux t'avouer que j'étais pas fier, tout au long de la route ; j'avais la frousse qu'il ne nous lâche, et ç'aurait été de ma faute.

— Non, t'as eu l'œil. Tu ferais bien de lui donner un coup de fion, parce que demain on va chercher du travail.

— Oh ! il gazera, dit Al. Ne t'inquiète pas.

Il prit son couteau de poche et gratta le culot de la bougie.

Tom contourna la tente et trouva Casy assis par terre, contemplant son pied nu d'un air profondément absorbé. Tom s'assit lourdement près de lui :

— Croyez qu'ils tiendront le coup ?

— Quoi ? demanda Casy.

— Vos doigts de pied.

— Oh ! j'étais juste assis là à réfléchir.

— Vous vous installez toujours confortablement pour réfléchir, à ce que je vois, dit Tom.

Casy agita le gros orteil, puis le second, et sourit doucement :

— Déjà assez dur de se concentrer sans qu'on soit encore obligé de se démancher les jointures pour y arriver.

— Ça fait des jours que vous n'avez pas soufflé mot, dit Tom. Vous passez vot' temps à réfléchir.

— Ouais, je passe tout mon temps à réfléchir.

Tom ôta sa casquette, à présent crasseuse et minable, à la visière pointue comme un bec d'oiseau. Il retourna la bande de cuir intérieure et changea le ruban de papier.

— J'ai tellement sué qu'il n'en reste plus, dit-il.

Il regarda frétiller les orteils de Casy.

— Pourriez pas vous arrêter de réfléchir et m'écouter une minute ?

Casy tourna une tête emmanchée sur un cou long comme une tige :

— J'écoute tout le temps. C'est pour ça que je réfléchis. J'écoute les gens parler et bientôt je sais tout ce qui se passe en eux. Comme ça, tout le temps... je les entends et je les sens. Ils battent des ailes comme un oiseau perdu dans un grenier. Et ils vont se les casser contre un carreau sale en essayant de sortir.

Tom le regarda en écarquillant les yeux, puis il détourna la tête et considéra une tente grise, dressée à une dizaine de mètres de là. Un pantalon de coutil, des chemises et une robe séchaient sur les cordes de la tente. Il dit à mi-voix :

— C'était à peu près ce que j'allais vous dire. Et vous avez déjà remarqué.

— Oui, j'ai remarqué, convint Casy. Nous sommes toute une armée qu'est lâchée sans bride ni harnais.

Il baissa la tête et se passa lentement la main dans les cheveux.

— J'ai remarqué depuis le début, ajouta-t-il. Partout où on s'est arrêté, j'ai remarqué des gens qu'avaient faim d'un peu de lard, et quand ils réussissaient à en avoir ça ne leur tenait pas au ventre. Et quand ils avaient faim à n'en plus pouvoir, eh ben, ils me demandaient de leur dire une prière et des fois je le faisais.

Il croisa les mains autour de ses genoux et ramena ses jambes contre lui.

— Autrefois, je croyais que ça suffisait à faire passer la faim, dit-il. J'arrachais un bout de prière de ma tête et tous les soucis venaient se coller après comme sur du papier à mouches, et la prière s'en allait au vent, emportant tous les soucis avec. Mais maintenant, ça ne marche plus.

Tom dit :

— Une prière n'a jamais procuré de lard. Faut un cochon pour avoir du lard.

— Ouais, admit Casy. Et le Tout-Puissant n'a encore jamais augmenté les salaires. Tous ces gens qui sont là ne demandent qu'à vivre convenablement et à élever leurs gosses convenablement. Et quand ils seront vieux, ils veulent pouvoir s'asseoir sur le pas de leur porte et regarder le soleil se coucher. Et quand ils sont jeunes, ils ont envie de danser, de chanter, et de coucher ensemble. Ils veulent manger, se soûler, et travailler. Eh oui ! c'est ça, ils ont simplement besoin de se servir de leurs muscles, de se

351

démener, de gigoter, de se fatiguer, quoi. Cré bon Dieu !...
Qu'est-ce que je radote là ?

— J' sais pas, fit Tom. C'était pas désagréable à entendre.
Quand c'est que vous croyez pouvoir cesser de réfléchir un
petit bout de temps et commencer à travailler ? Faut qu'on
s'y mette. On est presque à sec. Pa vient de payer cinq
dollars pour faire planter sur la tombe de Grand-mère un
bout de latte avec un coup de peinture dessus. Il ne nous
reste plus grand-chose.

Un maigre roquet à poil roux contourna la tente en
reniflant. Il était inquiet et sur le qui-vive. Il s'approchait
sans avoir décelé la présence des deux hommes ; soudain, en
levant la tête il les aperçut ; il fit un bond de côté et détala,
les oreilles couchées, sa queue osseuse craintivement rétrac-
tée. Casy le suivit des yeux et le vit qui filait derrière une
tente pour se dérober à la vue des deux hommes. Casy
soupira :

— Je n'amène rien de bon à personne, dit-il. Pas plus moi
qu'un autre. J'avais dans l'idée de m'en aller tout seul. Je
mange vos provisions et je prends de la place. Et j' vous ai
rien apporté. P'têt' que j' pourrais trouver un travail fixe et
vous rendre un peu de ce que j' vous dois.

Tom ouvrit la bouche, avança la mâchoire inférieure et se
tapota les dents avec une tige d'herbe sèche. Il regardait
d'un air absent par-delà les huttes de roseaux, de tôle et de
carton :

— Qu'est-ce que je donnerais pour avoir un paquet de
Durham, fit-il. Ça fait un temps fou que j'ai pas fumé. A
Mac-Alester, j'avais du tabac. C'est tout juste si je ne
regrette pas de ne plus y être.

Il recommença à se tapoter les dents et, brusquement, se
tourna vers le pasteur :

— Déjà été en prison ?

— Non, répondit Casy. Jamais.

— Ne partez pas encore, dit Tom. Pas tout de suite.

— Plus vite je ferai à chercher du travail, plus vite j'en
trouverai.

Tom le regarda entre ses paupières mi-closes et remit sa
casquette :

— Écoutez, fit-il, ici c'est pas le pays où coulent le lait et le miel comme les pasteurs vous le racontent. Il se passe du vilain ici. Les gens ont peur de nous, peur de tout ce monde qu'ils voient s'amener dans l'Ouest. Alors ils s'arrangent pour que les flics nous foutent la frousse, de façon à nous faire repartir.

— Oui, dit Casy. Je sais. Pourquoi que vous m'avez demandé si j'avais été en prison ?

Tom répondit lentement :

— En prison... on finit par... avoir du flair pour certaines choses. On ne laisse pas souvent les types se parler entre eux, pouvez être sûr... à deux, des fois, mais jamais en groupe. Alors on finit par flairer les choses. Quand ça s'apprête à barder... quand par exemple un type va piquer sa crise et tomber sur un gardien à coups de manche de pelle... eh ben ! on le sent avant que ça arrive. Et quand une évasion s'prépare, ou qu'une émeute va éclater, personne n'a besoin de vous prévenir. On le sait.

— Ah oui ?

— Restez dans les parages, dit Tom. Restez dans les parages jusqu'à demain, en tout cas. Il va se passer quéq' chose. Je parlais à un petit gars, là-haut. Et le gars, il était plus matois et plus finaud qu'un coyote, seulement il l'était un peu trop. Le genre coyote qui se mêle de ce qui le regarde, bien innocent et bien aimable, qui prend la vie du bon côté et s'amuse sans penser à mal... Eh ben ! y a un poulailler pas loin.

Casy l'observa avec attention, voulut formuler une question, puis se ravisa et serra les lèvres. Il fit lentement remuer ses orteils, relâcha l'étreinte de ses genoux et allongea la jambe pour voir son pied.

— Ouais, fit-il. Je ne pars pas tout de suite.

Tom dit :

— Et demain on prendra le camion et on ira chercher du travail.

— Oui, dit Casy, en contemplant avec gravité ses orteils qui frétillaient.

Tom s'accouda en arrière et ferma les yeux. A l'intérieur

de la tente, il entendit le murmure de la voix de Rose de Saron et celle de Connie qui lui répondait.

La bâche projetait une ombre épaisse. Le cône de lumière à chaque bout en était plus vif et plus cru. Rose de Saron était allongée sur un matelas, Connie accroupi à côté d'elle.

— J' devrais aller aider Man, dit Rose de Saron. J'ai essayé, mais chaque fois que j'ai remué, j'ai vomi.

Connie avait un regard morose.

— Si j'avais su que ça serait comme ça, j' serais pas venu. Je serais resté chez nous et j'aurais étudié les tracteurs, la nuit, et j' m'aurais fait mes trois dollars par jour. On peut vivre rudement bien avec trois dollars par jour, et aller au cinéma tous les soirs, encore.

Rose de Saron paraissait inquiète.

— Tu vas étudier la nuit pour ce qui est de la T.S.F. ? s'enquit-elle.

Il fut long à répondre.

— Tu ne veux plus ? insista-t-elle.

— Si, bien sûr. Dès que j'aurai repris pied ; le temps de me faire un peu d'argent.

Elle se dressa sur ses coudes :

— Tu ne vas pas abandonner !

— Non, non... bien sûr que non. Mais... j' me doutais pas qu'on allait êt' forcés de mener une vie pareille.

Le regard de la jeune femme durcit :

— Tu dois le faire, dit-elle calmement.

— Oui, bien sûr, je sais. Dès que j'aurai repris pied. Le temps de me faire un peu d'argent. J'aurais mieux fait de rester à la maison à étudier pour êt' dans les tracteurs. Trois dollars par jour ils se font, sans compter les suppléments.

Le doute s'éveilla dans les yeux de Rose de Saron. Quand il la regarda, il vit qu'elle le jaugeait.

— Mais j' vais étudier, fit-il. Sitôt que j'aurai repris pied.

Elle dit avec véhémence :

— Faut qu'on ait une maison pour quand l'enfant viendra. Je ne veux pas le mettre au monde dans une tente.

— D'accord, dit-il. Sitôt que j'aurai repris pied.

Il sortit de la tente et vit Man penchée au-dessus du feu. Rose de Saron se rallongea sur le dos et resta les yeux grands ouverts à contempler le toit de la tente. Puis elle enfonça son pouce dans sa bouche pour étouffer ses sanglots et se mit à pleurer silencieusement.

Man s'agenouilla près du feu d'herbes sèches, cassant de petites brindilles pour nourrir la flamme sous la marmite. Le feu s'avivait, retombait, s'avivait et retombait. Les enfants — ils étaient quinze — l'observaient en silence. Et quand l'odeur de fricassée leur passait sous le nez, ils plissaient légèrement les narines.

Leurs cheveux roussis par la poussière luisaient au soleil. Ils se sentaient confus de se trouver là, mais ne faisaient pas mine de s'en aller. Man parlait à voix basse à une petite fille, qui se retenait au milieu du cercle avide.

Elle était plus âgée que les autres. Elle se tenait sur une jambe et de son pied nu se caressait le mollet. Les bras noués derrière le dos, elle regardait Man de ses petits yeux gris et réfléchis.

— J' peux vous casser un peu de bois, si vous voulez, M'dame, proposa-t-elle.

Man leva les yeux de son travail.

— T'as envie de te faire inviter à manger, hein ?

— Oui, m'dame, répondit-elle sans se démonter.

Man glissa les brindilles sous la marmite et les flammes crépitèrent.

— T'as donc pas déjeuné, c' matin ?

— Non, m'dame. Y a pas de travail par ici. Pa essaie de vendre des trucs pour acheter de l'essence, qu'on puisse continuer not' route.

Man leva les yeux.

— Et eux, ils n'ont pas déjeuné non plus ?

Un remous agita le cercle des enfants. Mal à l'aise, ils se détournèrent de la marmite bouillante. Un petit garçon voulut crâner :

— Moi, j'ai déjeuné, moi et pis mon frère, et ces deux-là aussi ; je les ai vus. On a bien mangé. On s'en va dans le Sud ce soir.

Man sourit :

— Alors, tu n'as pas faim. Je n'en ai pas assez pour tout le monde là-dedans.

La lèvre du petit garçon esquissa une moue.

— On a bien mangé, dit-il.

Et sur ce, il fit demi-tour, détala et plongea sous une tente. Man le suivit des yeux et resta si longtemps figée après qu'il eut disparu, que la petite lui fit observer :

— Le feu baisse, m'dame. J' peux remettre du bois, si vous voulez.

Ruthie et Winfield se tenaient à l'intérieur du cercle et se montraient froids et distants comme il convenait. Ils jouaient l'indifférence, mais l'instinct de propriété avait le dessus. Ruthie tourna vers la petite fille un regard furibond. Elle s'accroupit et se mit à casser du bois pour sa mère.

Man souleva le couvercle de la marmite et touilla la fricassée avec un bout de bois.

— Ça m'arrange bien qu'il y en ait parmi vous qu'aient mangé. Le petit de tout à l'heure n'a pas faim, lui, en tout cas.

La petite ricana :

— Peuh ! lui, avec ses grands airs, il se vantait. Quand il n'a rien eu à souper... Savez ce qu'il a fait ? Hier soir, l'est sorti et l'a dit qu'ils avaient mangé du poulet. Ben, moi, j'avais regardé pendant qu'ils étaient à table, et ils avaient juste des beignets de gruau, comme tout le monde.

— Tiens ! Tiens !

Et Man jeta un coup d'œil du côté de la tente où était entré le petit garçon. Puis elle se retourna vers la petite :

— Il y a longtemps que t'es en Californie ?

— Oh ! six mois, à peu près. On a habité dans un camp du Gouvernement, et puis après on a été dans le Nord, et quand on est revenus, y avait plus de place. C'était bien là-bas, vous parlez alors !

— Où donc ? demanda Man.

Elle prit les brindilles des mains de Ruthie et les fourra dans le feu. Ruthie lança un regard chargé de haine à l'autre fille.

— Là-bas, du côté de Weedpatch. Y a des beaux cabinets et puis des baignoires, et des bassines pour faire la lessive avec de l'eau, là, juste à côté ; de l'eau bonne à boire ; et le soir les gens font de la musique et le samedi y a bal. Oh !

vous ne pouvez pas savoir comme c'est beau. Y a un coin exprès ousque les enfants peuvent jouer, et des cabinets avec du papier. Vous tirez une espèce de cordon de sonnette et l'eau vient juste dans la cuvette, et puis y a pas de flics pour venir tout le temps regarder sous votre tente, et l'homme qui s'occupe du camp, il n' prend pas de grands airs. J' voudrais bien qu'on puisse retourner vivre là-bas.

Man dit :

— J'en ai jamais entendu parler ; j'aimerais bien avoir une bassine pour faire la lessive, ça je ne te le cache pas.

La petite reprit avec feu :

— Figurez-vous, bon Dieu Seigneur, qu'il y a de l'eau chaude dans les tuyaux, on se met sous la douche et ça vient chaud. Jamais vous n'avez rien vu de pareil.

— Et tu dis que c'est plein, maintenant ? fit Man.

— Ouais, la dernière fois qu'on a demandé, c'était plein.

— Ça doit coûter cher, dit Man.

— Ben, assez, mais si on n'a pas d'argent on peut travailler pour payer ce que ça coûte — deux ou trois heures par semaine — faire du nettoyage, vider des boîtes à ordures, enfin des choses dans ce genre-là. Et le soir, y a de la musique, et tout le monde cause tous ensemble, et puis y a de l'eau chaude dans les tuyaux. Vous ne pouvez pas savoir comme c'est joli.

Man dit :

— Pour sûr que j'aimerais bien y aller.

Ruthie fut incapable d'en supporter plus long.

— Grand-mère est morte tout en haut d'un camion ! lança-t-elle avec véhémence.

La petite la regarda d'un air intrigué.

— C'est vérité vraie, ajouta Ruthie. Même que le cor'ner est venu la prend' !

Elle serra les lèvres et se mit à casser des brindilles.

L'intrépidité de l'attaque avait ébranlé Winfield.

— Tout en haut du camion, renchérit-il. Le cor'ner l'a collée dans un grand panier.

— Tenez-vous tranquilles, tous les deux, dit Man. Sinon, je vais vous expédier, vous allez voir.

Et elle se remit à son feu.

357

Un peu plus loin, Al s'était approché du jeune homme qui rodait ses soupapes.

— Tu vas avoir bientôt fini ? dit-il.

— M'en reste encore deux.

— Y a de la fille, dans le camp ?

— J' suis marié, répondit l'autre. J'ai pas le temps de m'occuper des filles.

— Moi, je trouve toujours le temps, dit Al. J'ai même jamais le temps de faire aut' chose.

— Attends seulement d'avoir un peu faim, tu verras comme tu changeras.

Al se mit à rire :

— Possible. Mais pour c' qui est des filles, j'ai pas encore changé.

— Le type à qui j'ai parlé tout à l'heure, il est avec toi, non ?

— Ouais ! c'est mon frère, Tom. S'agit pas de rigoler avec lui. Il a tué quelqu'un.

— Sans blague ? Pourquoi ?

— Bagarre. Le type lui avait filé un coup de couteau. Tom l'a assommé à coups de pelle.

— Sans blague ? Et la police, qu'est-ce qu'elle a fait ?

— Elle l'a relâché, vu que c'était une bataille.

— Il n'a pas l'air d'un bagarreur.

— C'est pas le genre bagarreur. Mais il ne se laisse pas marcher sur les pieds, dit fièrement Al. Il est calme... Mais faut pas s'y fier !

— Oh ! je lui ai causé. Il ne m'a pas l'air bien méchant.

— C'est pas qu'il le soit. Doux comme un agneau jusqu'à ce qu'on l'excite, mais, alors, là, attention !

Le jeune homme rodait la dernière soupape.

— Tu veux que je t'aide à remettre les soupapes et la culasse ?

— J' demande pas mieux, si t'as rien d'autre à faire.

— J' devrais aller dormir, dit Al. Mais, bon Dieu, j' peux pas voir un moteur ouvert sans que les doigts me démangent. Faut que je m'en mêle, y a pas.

— Eh ben, un coup de main ne sera pas de refus, dit le jeune homme. Je m'appelle Floyd Knowles.

— Et moi Al Joad.

— Bien content de faire ta connaissance.

— Moi aussi, dit Al. Tu remets le même joint ?

— Faut bien, répondit Floyd.

Al prit son couteau de poche et gratta le bloc-moteur.

— Cré vingt dieux ! fit-il. Y a rien qui me plaisse autant à voir que la carcasse d'un moteur.

— Et les filles ?

— Ouais, les filles aussi ! Qu'est-ce que j' donnerais pour pouvoir démonter une Rolls-Royce et la remonter après. Une fois, j'ai regardé sous le capot d'une 16 cylindres Cadillac. Oh ! tonnerre, t'as jamais rien vu d'aussi beau ! A Sallisaw... je vois c'te 16 cylindres garée devant un restaurant, alors je soulève le capot. Et v'là qu'un type sort et il me fait : « Qu'est-ce que vous foutez là ? » J' lui réponds : « Je regardais, c'est tout. Ce qu'elle peut ê' chouette ! » Et il ne bouge pas. Je parie bien qu'il n'avait jamais seulement soulevé son capot. Il restait planté là sans bouger. Un type rupin avec un chapeau de paille, une chemise rayée et des lunettes. On restait là à se regarder sans rien dire. Et v'là tout d'un coup qu'il me fait : « Ça vous plairait de la conduire ? »

— Merde alors ! s'exclama Floyd.

— C'est pas de blague... « Ça vous plairait de la conduire ? » Oh ! dis donc, tu te rends compte... j'étais en salopette... tout dégoûtant. « J' la salirai, j' lui dis... » Il fait : « Allez-y, faites le tour du pâté de maisons. » Eh ben ! mon vieux, je me suis mis au volant et j'ai fait huit fois le tour du pâté de maisons, et alors, oh ! mes enfants !

— C'était agréable ? demanda Floyd.

— Oh ! bon Dieu ! fit Al. Pour pouvoir la démonter, tiens, j'aurais donné... n'importe quoi !

Floyd ralentit le mouvement de son bras. Il décolla la dernière soupape du siège de soupape et l'examina soigneusement :

— Tu ferais bien de t'habituer à un tacot, dit-il, parce que les 16 cylindres, c'est pas pour toi.

Il déposa le vilebrequin sur le marchepied et s'arma d'un burin pour gratter la calamine du bloc moteur. Deux femmes corpulentes, nu-tête et nu-pieds, passèrent, portant un seau plein de lait. Elles marchaient en se déhanchant sous la charge et toutes deux gardèrent les yeux rivés au sol en passant. Le soleil commençait à décliner.

— Rien ne t'emballe, toi ?

Floyd mania le burin avec plus d'ardeur.

— Ça fait six mois que je suis là, dit-il. Six mois que je me décarcasse à travers ce pays de malheur à chercher de l'ouvrage et à courir à droite et à gauche pour tâcher de dégotter assez de viande et de patates pour la femme et les gosses. J'ai cavalé comme un lièvre, et j'y arrive quand même pas. J'ai beau faire, y a jamais assez à manger. Je commence à en avoir plein les bottes, voilà ce que c'est. Je commence à être fatigué au point que de dormir ça ne me repose même plus. Et le pire, c'est que je ne sais pas quoi faire.

— Y a donc pas moyen de trouver un travail régulier ? demanda Al.

— Non, y a pas de travail régulier.

Avec son burin, il chassa la calamine du bloc de cylindre, après quoi il essuya la surface terne du métal à l'aide d'un chiffon huileux.

Une vieille torpédo rouillée fit son entrée dans le camp. Quatre hommes l'occupaient, des hommes aux visages durs et hâlés. L'auto traversa le champ à petite allure. Floyd les héla :

— Trouvé quéq' chose ?

L'auto stoppa. Le conducteur répondit :

— Nous avons fait une trotte du diable. Y a pas de quoi occuper les deux mains d'un homme dans toute la région. On va êt' forcés de s'en aller.

— Où ça ? cria Al.

— Dieu sait. Ici, y a pu rien à trouver.

Il passa la vitesse et démarra lentement.

Al les suivit des yeux :

— Ça ne marcherait pas mieux si un homme se présentait tout seul ? Comme ça, s'il y avait de l'ouvrage pour un, il pourrait l'avoir.

Floyd posa le burin et sourit d'un air désabusé.

— T'as encore des choses à apprendre, dit-il. Faut de l'essence pour courir à travers le pays. L'essence coûte quinze *cents* le bidon. Ces quatre-là ne peuvent pas prendre quatre autos. Alors ils mettent chacun dix *cents* et ils s'achètent de l'essence. Faut savoir.

— Al !

Al abaissa les yeux sur Winfield qui s'était planté à côté de lui, l'air important.

— Al, Man a fait de la fricassée. Elle a dit : « A la soupe ! »

Al s'essuya les mains à son pantalon.

— On n'a encore rien mangé aujourd'hui, dit-il à Floyd. J' viendrai te donner un coup de main aussitôt que j'aurai fini.

— Faut pas te forcer...

— Non, ça me plaît.

Il suivit Winfield jusqu'au campement des Joad.

Il y avait foule à présent. Les petits étrangers s'étaient encore rapprochés de la marmite, à tel point que Man les heurtait du coude à chaque fois qu'elle faisait un mouvement. Tom et l'oncle John se tenaient près d'elle.

Man dit d'un ton découragé :

— Je ne sais pas quoi faire. J'ai la famille à nourrir. Qu'est-ce que je m'en vais faire de tous ces gosses !

Les enfants restaient figés devant elle et la regardaient. Leurs visages étaient fermés, rigides, et leurs yeux allaient automatiquement de la marmite à l'assiette de fer-blanc que Man tenait à la main. Leurs yeux suivaient la cuiller de la marmite à l'assiette et quand elle passa l'assiette fumante à l'oncle John, tous les regards montèrent à sa suite. L'oncle John planta sa cuiller dans la fricassée, et le barrage d'yeux monta avec la cuiller. Un morceau de pomme de terre pénétra dans la bouche de l'oncle John et le barrage d'yeux se fixa sur son visage, pour voir comment il réagirait. Est-ce que ce serait bon ? Est-ce que ça lui plairait ?

Alors, l'oncle John parut les remarquer pour la première fois. Il mâchait avec lenteur.

— Tiens, prends ça, dit-il à Tom. Je n'ai pas faim.

— Tu n'as rien mangé aujourd'hui, fit Tom.

— J' sais bien, mais j'ai mal à l'estomac. J'ai pas faim.

Tom dit calmement :

— Prends ton assiette et va manger sous la tente.

— J'ai pas faim, s'entêta l'oncle John. Je les verrai tout aussi bien sous la tente.

Tom se tourna vers les gosses.

— Sauvez-vous, dit-il. Allez, ouste !

Le barrage d'yeux se détacha de la fricassée et se posa, étonné, sur le visage de Tom.

— Voulez-vous vous sauver ! Pas la peine d'attendre. Il n'y en a pas assez pour qu'on vous en donne.

Avec la louche, Man versait de la fricassée dans les assiettes de fer-blanc, très peu de fricassée ; puis elle posait les assiettes à terre.

— Je ne veux pas les renvoyer, dit-elle. Je ne sais pas quoi faire. Prenez vos assiettes et allez sous la tente. Je leur donnerai c' qui reste. Tenez, portez une assiette à Rosasharn.

Elle leva la tête et adressa un sourire aux enfants.

— Écoutez, les gosses, fit-elle, vous allez tous aller chercher un petit bout de planche et j'y mettrai ce qui reste. Mais je ne veux pas de bagarres.

Le groupe se dispersa sans un mot, avec une rapidité foudroyante. Les enfants coururent à la recherche de bouts de planche, foncèrent chacun sous sa tente et s'en revinrent avec des cuillers. Man avait à peine fini de servir les siens qu'ils étaient de retour, muets et farouches. Man branla la tête :

— Je ne sais pas quoi faire, je ne peux pas voler les miens. Faut que je donne à manger à la famille. Ruthie, Winfield, Al, cria-t-elle dans son désarroi, venez prendre vos assiettes. Dépêchez-vous. Allez sous la tente, vite !

Elle regarda les enfants et dit, en manière d'excuse :

— Il n'y en a pas suffisamment. Voilà, je vais poser c' te marmite là et vous pourrez tous y goûter un petit peu, mais ça ne vous fera pas grand bien !

Sa voix s'altéra :

— J' peux pas faire autrement. C'est là, prenez-le.

Elle souleva la marmite et la posa sur le sol.

— Attendez. C'est trop chaud, dit-elle.

Et là-dessus, elle s'engouffra rapidement sous la tente, pour ne pas voir. La famille était assise par terre, chacun aux prises avec son assiette ; et elle entendit au-dehors les enfants piocher dans la marmite avec leurs bouts de bois, leurs cuillers et leurs morceaux de ferraille rouillée. La marmite fut engloutie sous un tas confus et grouillant. Les enfants ne parlaient pas, ne se battaient pas, mais ils étaient animés d'une ardeur silencieuse et farouche. Man leur tourna le dos pour ne pas voir.

— Ça ne peut pas durer, dit-elle. Faut nous arranger pour manger seuls.

Il y eut un bruit de raclage de métal, puis le monceau d'enfants se désagrégea, et ils se dispersèrent, laissant à terre la marmite nettoyée. Man regarda les assiettes vides.

— Pas un de vous qu'en ait eu assez, à beaucoup près.

Pa se leva et sortit de la tente sans répondre. Le pasteur sourit à part lui et s'allongea par terre, les mains croisées sous sa tête. Al se mit debout :

— Faut que j'aille aider un type à remonter sa bagnole.

Man rassembla les assiettes et les emporta dehors pour les laver.

— Ruthie ! appela-t-elle. Winfield ! Allez me chercher de l'eau tout de suite !

Elle leur tendit le seau et les deux enfants se trottèrent vers la rivière.

Une grosse femme robuste s'approcha. Sa robe était poussiéreuse et souillée de taches d'huile. Elle relevait fièrement la tête. Elle se planta à quelques pas de Man et la toisa d'un air de défi. A la fin, elle s'approcha.

— Bonjour, dit-elle d'une voix glaciale.

— Bonjour, répondit Man.

Elle se redressa et dit en avançant une caisse :

— Asseyez-vous.

La femme vint tout près.

— Non, je ne m'assoirai pas.

Man la regarda d'un air intrigué.

— Y a-t-il quéq' chose que je peux faire pour vous ?

La femme posa les mains sur ses hanches.

— Ce que vous pouvez faire, c'est vous occuper de vos enfants et laisser les miens tranquilles.

Man ouvrit de grands yeux :

— Je n'ai rien fait... commença-t-elle.

La femme fronça les sourcils.

— Mon petit sentait la fricassée quand il est rentré chez nous. C'est vous qui lui en avez donné. Il me l'a dit. J' vous conseille pas d' prendre des grands airs et de vous vanter d'avoir de la fricassée. Je vous le conseille pas. J'ai déjà assez de souci comme ça. Le v'là-t-il pas qui rentre et qui me fait : « Pourquoi on n'a pas de fricassée, nous autres ? »

Sa voix tremblait de fureur.

Man s'approcha.

— Asseyez-vous, fit-elle. Asseyez-vous, on a tout le temps de causer.

— Non, j' veux pas m'asseoir. Je tâche à nourrir les miens et vous vous amenez avec vot' fricassée...

— Asseyez-vous, dit Man. C'est probablement la dernière fricassée que nous aurons l'occasion de manger, tant que nous n'aurons pas trouvé de travail. Imaginez que vous soyez en train de faire une fricassée et qu'une tripotée d'enfants s'amène et reste là à faire des yeux ronds. Qu'est-ce que vous feriez, vous ? On n'en avait pas à not' suffisance, mais on ne peut pas s'empêcher de leur en donner quand ils vous regardent de cette façon-là.

La femme laissa retomber les bras. Durant un court instant, elle resta à considérer Man d'un air perplexe, puis elle fit demi-tour et s'éloigna rapidement. Un peu plus loin, elle entra dans une tente dont elle referma les pans derrière elle. Man la suivit des yeux, et quand elle eut disparu, elle se remit à genoux près de la pile d'assiettes.

Al accourait.

— Tom ! cria-t-il. Man, Tom est sous la tente ?

Tom montra la tête.

— Qu'est-ce que tu veux ?

— Viens avec moi, fit Al, tout agité.

Ils partirent ensemble.

— Qu'est-ce que t'as ? questionna Tom.

— Tu verras. Attends seulement.

Il conduisit Tom à la voiture démontée.

— Voilà Floyd Knowles, dit-il.

— Je sais, je lui ai parlé. Ça va ?

— Je la remets en état, dit Floyd.

Tom passa le doigt sur le bloc des cylindres.

— Qu'est-ce que t'as encore qui te trotte par la tête, Al ? fit-il.

— Floyd vient de me raconter. Dis-lui, Floyd !

— J' devrais peut-être pas, commença Floyd, mais, tant pis, j' vais te le dire. Y a un type qui vient de passer qu'a dit qu'il y avait du travail dans le Nord.

— Dans le Nord ?

— Ouais. La vallée de Santa-Clara, ça s'appelle ; aux cent mille diables là-haut dans le Nord.

— Ah oui ? Quel genre de travail ?

— Cueillir des prunes, des pêches, et travailler dans une fabrique de conserves. Paraît que ça va bientôt commencer.

— A combien d'ici ? s'enquit Tom.

— Oh ! Dieu sait... Deux cents milles, peut-être.

— C'est bougrement loin, dit Tom. Qu'est-ce qui nous dit qu'il y aura vraiment du travail une fois qu'on y sera ?

— Ça, on n'en sait rien, dit Floyd. Mais ici, y a rien, et le type qui m'a renseigné venait de recevoir une lettre de son frère, et il y allait, lui. Il a dit de le dire à personne, on serait trop. Faudrait partir la nuit. Faudrait se dépêcher et tâcher de dégotter un travail durable.

Tom le regarda attentivement.

— Pourquoi faut-il se débiner en douce ?

— Ben, si tout le monde y va, y aura de travail pour personne.

— C'est bougrement loin, bon Dieu ! fit Tom.

Floyd parut quelque peu froissé.

— Moi, je vous ai donné le tuyau, c'est tout. Personne ne vous oblige à le suivre. Ton frère qu'est là m'a donné un coup de main, alors moi, j' vous repasse le tuyau.

— T'es sûr qu'il n'y a pas de travail par ici ?

— Écoute... ça fait trois semaines que je cavale comme un enragé et j'ai pas trouvé le moindre ouvrage, pas ça... Si vous tenez à en faire autant et à brûler de l'essence, allez-y.

C'est pas moi qui vous supplierai de venir. Plus on sera et moins j'aurai de chances.

Tom dit :

— J' trouve rien à redire. C'est seulement que c'est au diable. Et qu'on avait dans l'idée de trouver du travail ici et p'têt' bien de louer une maison pour y vivre.

Floyd s'arma de patience :

— Je sais que vous venez d'arriver. Vous avez des choses à apprendre. Si vous voulez seulement m'écouter, ça vous épargnera beaucoup. Si vous ne voulez pas m'écouter, alors vous ferez votre apprentissage à la dure. Vous ne vous installerez pas ici parce qu'il n'y a pas de travail pour vous permett' de vous installer. Et vous n'en aurez pas envie, en plus, parce que vous aurez le ventre creux plus souvent qu'à vot' tour. Et voilà. Maintenant, t'es au courant.

— J'aurais pourtant voulu chercher un peu dans les parages, dit Tom d'un ton mal assuré.

Une conduite intérieure traversa le camp et stoppa devant la tente voisine. Un homme en salopette et en chemise bleue en descendit. Floyd le héla :

— Trouvé quéq' chose ?

— Y a pas le moindre foutu travail dans ce foutu pays ; en tout cas pas avant la récolte du coton.

Sur ce, il pénétra sous la tente rapiécée.

— Tu vois ? dit Floyd.

— Ouais, je vois. Mais ces deux cents milles, nom de Dieu !

— D'accord, mais vous n'êtes pas près de vous installer en permanence nulle part. Mets-toi bien ça dans la tête.

— On devrait y aller, dit Al.

Tom demanda :

— Quand est-ce qu'il y aura du travail par ici ?

— Ben, dans un mois le coton commencera. Si vous avez de quoi, vous pouvez attendre le coton.

— Man ne va pas vouloir bouger, dit Tom. Elle est à bout.

Floyd haussa les épaules :

— J'essaie pas de vous pousser à venir dans le Nord.

Arrangez-vous. Je n'ai fait que vous répéter ce qu'on m'a dit.

Il prit sur le marchepied le joint de culasse huileux, l'ajusta sur le bloc et le fit adhérer en appuyant fortement.

— Et maintenant, dit Al, si tu veux me donner un coup de main pour remettre la culasse...

Tom les regarda poser délicatement la lourde culasse sur les boulons et l'abaisser bien à plat sur le bloc.

— Va falloir qu'on en parle, dit-il.

— Je ne veux que personne d'autre que vot' famille le sache, dit Floyd. Vot' famille et c'est tout. Et j' vous l'aurais pas dit si c'était pas que ton frère m'a donné un coup de main.

Tom dit :

— En tout cas, je te remercie bien de m'avoir mis au courant. Va falloir qu'on voie ça. On ira peut-être.

Al dit :

— Bon Dieu ! moi, j' crois que j'irai avec ou sans les autres. Je vais me faire vieux, ici.

— Et abandonner la famille ? interrogea Tom.

— Naturellement. Je reviendrai avec du fric plein les poches. Pourquoi pas ?

— Man ne va pas aimer ça du tout, dit Tom. Et Pa n'aimera pas ça non plus.

Floyd fixa les boulons et les vissa aussi loin qu'il le put avec ses doigts.

— Ma femme et moi, on est arrivés avec not' famille, dit-il. Chez nous, l'idée ne nous serait jamais venue de nous séparer. Pas une minute. Mais, bon Dieu, quoi ! on est tous restés dans le Nord un bout de temps, alors, j' suis redescendu jusqu'ici et eux, pendant ce temps-là, ils ont déménagé... et Dieu sait où ils sont, maintenant. J'arrête pas de les chercher et de demander après eux depuis.

Il adapta sa clé anglaise aux têtes d'écrous et les serra régulièrement, un tour par écrou, vissant et revissant chaque jeu de boulons.

Tom s'accroupit à côté de la voiture et, les yeux mi-clos, laissa errer son regard le long de la file des tentes. Un peu de chaume piétiné se montrait entre les tentes.

— Non, moi j' te le dis, fit-il, ça ne plaira pas à Man quand elle saura que tu veux t'en aller.

— Pourtant, à mon idée, un type seul a plus de chances de travailler.

— Possib', mais Man n'aimera pas ça du tout.

Deux autos chargées d'hommes découragés rentrèrent au camp. Floyd leva les yeux mais ne leur posa pas de question. Leurs visages gris de poussière étaient moroses et rébarbatifs. Le soleil descendait et sa lumière jaune tombait sur Hooverville et sur sa frange de roseaux et de saules. Les enfants commencèrent à sortir des tentes et à vagabonder à travers le camp. Et les femmes sortirent des tentes et construisirent leurs petits feux. Les hommes se rassemblèrent par petits groupes accroupis et commencèrent à bavarder.

Une deux places Chevrolet d'un modèle récent vint de la grand-route en direction du camp. Elle s'arrêta au milieu des tentes. Tom dit :

— Qui c'est ? Ils ne sont pas d'ici.

Floyd répondit :

— J' sais pas... des flics, peut-être.

La portière s'ouvrit ; un homme descendit et se planta contre l'auto. Son compagnon resta à l'intérieur. Tous les hommes accroupis s'étaient tus et regardaient les nouveaux venus. Et les femmes, occupées à leurs feux, observaient à la dérobée l'auto étincelante. Les gosses, suivant un circuit compliqué qui comportait de savants détours, se rapprochaient insensiblement.

Floyd posa sa clé anglaise. Tom se leva. Al s'essuya les mains à son pantalon. Tous trois s'avancèrent nonchalamment vers la Chevrolet. L'homme qui était descendu de l'auto était vêtu d'un pantalon kaki et d'une chemise de flanelle. Il portait un feutre à bord plat. Une liasse de papiers sortait de la poche de sa chemise, maintenue par une barrière de stylos et de crayons jaunes, et un carnet aux agrafes de métal dépassait de sa poche revolver. Il s'avança vers un des groupes d'hommes accroupis ; ils levèrent sur lui des yeux méfiants et silencieux. Ils l'observaient sans faire un geste ; on voyait le blanc des yeux sous l'iris, car ils ne levaient pas la tête pour le regarder. Tom, Al et Floyd se rapprochaient sans se presser.

L'homme dit :

— Vous voulez du travail, vous autres ?

Malgré cela, ils continuèrent de l'observer silencieusement, l'air méfiant. Venus des quatre coins du camp, d'autres hommes, peu à peu, se rassemblaient autour de lui.

Finalement, un des hommes accroupis parla :

— Pour sûr qu'on veut du travail. Où c' qu'il y en a ?

— Dans le comté de Tulare. La saison des fruits va s'ouvrir. Besoin de beaucoup de monde pour la cueillette.

Floyd éleva la voix :

— C'est vous qui embauchez ?

— C't-à-dire que j'ai affermé la récolte.

Les hommes s'étaient maintenant rassemblés en un groupe compact. L'un d'eux, vêtu d'une salopette, ôta son chapeau noir et se passa la main dans les cheveux.

— Combien vous payez ? demanda-t-il.

— Ben, j' peux pas encore dire au juste. Dans les trente *cents,* probab'.

— Pourquoi vous ne pouvez pas le dire ? Vous avez le contrat, non ?

— D'accord, répondit l'homme en kaki. Mais c'est serré, question prix. Il s' peut qu' ça soit un peu plus, il s' peut qu' ça soit un peu moins.

Floyd se détacha du groupe et s'avança. Il dit calmement :

— Moi, j'y vais. Vous êtes entrepreneur et vous avez une patente. Montrez-nous-la, signez-nous un papier comme quoi vous nous embauchez pour travailler — où et quand, et combien vous nous donnez, et nous irons tous.

L'entrepreneur tourna la tête, les sourcils froncés :

— Dites donc, vous allez m'apprendre mon métier ?

Floyd répondit :

— Nous travaillons pour vous, ça nous regarde autant que vous.

— Oui, eh ben je n'ai besoin de personne pour m'apprendre ce que j'ai à faire. J' vous ai dit que j'avais besoin d'hommes.

— Vous n'avez pas dit *combien* d'hommes, répondit

Floyd avec humeur, et vous n'avez pas dit combien on serait payés.

— Mais, nom de Dieu, j'en sais encore rien !

— Si vous n'en savez rien, vous n'avez pas le droit d'embaucher de la main-d'œuvre.

— J'ai le droit de mener mon affaire comme bon me semble. Si vous préférez rester assis sur le cul à vous tourner les pouces, libre à vous. Moi, j'embauche des hommes pour le comté de Tulare. Il me faut beaucoup de monde.

Floyd se tourna vers le groupe d'hommes. Ils s'étaient levés et restaient silencieux, leurs regards allant de l'un à l'autre des interlocuteurs. Floyd dit :

— Ça fait deux fois que je me laisse prendre à ce truc-là. Possib' qu'il ait besoin de mille hommes. Il en fera venir cinq mille là-bas et il paiera quinze *cents* de l'heure. Et les pauvres cons que vous êtes, vous serez obligés de les prendre parce que vous aurez faim. S'y veut embaucher des hommes, qu'il embauche, mais qu'il le mette par écrit, en disant combien il paie. Demandez à voir sa patente. Il n'a pas le droit d'embaucher de la main-d'œuvre sans patente.

L'entrepreneur se retourna vers la Chevrolet et appela :

— Joe !

Son compagnon regarda au-dehors, puis il ouvrit brusquement la portière et descendit. Il portait une culotte de cheval et des bottes lacées. Un lourd étui de cuir était passé à sa ceinture-cartouchière. L'insigne de shérif ornait sa chemise brune. D'un pas lourd il s'approcha. Ses traits s'étaient figés en un sourire mi-figue, mi-raisin.

— Qu'est-ce qu'il y a ?

L'étui allait et venait, coulissant sur le ceinturon.

— Déjà vu c'type-là, Joe ?

Le shérif adjoint demanda :

— Lequel ?

— Celui-ci.

L'entrepreneur désigna Floyd.

— Qu'est-ce qu'il a fait ?

L'adjoint eut un sourire à l'adresse de Floyd.

— Il cause comme un rouge.

— H'mmm.

L'adjoint se déplaça pour mieux voir le profil de Floyd. Le rouge monta lentement au visage de ce dernier.

— Vous voyez ! s'écria Floyd. Si ce gars-là était de bonne foi, est-ce qu'il amènerait un flic ?

— Vous l'avez déjà vu ? insista l'entrepreneur.

— H'mm... Il m' semble bien me le rappeler. La semaine dernière, quand y a eu ce vol dans le parc d'autos d'occasion. M' semble avoir vu c' gars-là vadrouiller dans les parages. Ouais ! j' veux bien êt' pendu si c'est pas lui.

Subitement, le sourire disparut de son visage.

— Montez dans la voiture, et plus vite que ça ! dit-il en débouclant l'étui de son revolver.

— Vous n'avez pas de preuves contre lui, intervint Tom.

Le shérif adjoint fit brusquement volte-face.

— Vous, encore un mot et je vous boucle avec lui. Ils étaient deux à vadrouiller autour de ce parc d'autos.

— J'étais même pas dans le pays, la semaine passée, objecta Tom.

— Vous êtes peut-être recherché ailleurs. Fermez-la en attendant.

De nouveau, l'entrepreneur s'adressa au groupe d'hommes :

— N'écoutez pas ces salauds de rouges, les amis. Ils ne cherchent qu'à faire du chambard et à vous attirer des histoires ; j' vous le répète, j'ai du travail pour vous tous dans le comté de Tulare.

Les hommes ne bronchèrent pas.

Le shérif adjoint se tourna vers eux :

— Il serait peut-être préférable pour vous d'y aller, dit-il.

Le sourire ambigu réapparut sur son visage.

— L'Office sanitaire nous a chargés de déblayer ce camp. Et si ça venait à se savoir que vous avez des extrémistes ici... eh ben... ! ça pourrait faire du vilain. J' vous conseille de monter tous à Tulare. Y a rien à foutre ici. Moi, j' vous dis ça en ami. Il va s'amener toute une bande de gars... qui sont capables de vous vider à coups de manche de pioche, si vous n'êtes pas partis.

L'entrepreneur revint à la charge :

— Je vous ai dit que j'avais besoin d'hommes. Si vous ne voulez pas travailler, c'est votre affaire.

L'adjoint sourit :

— S'ils ne veulent pas travailler, y a pas de place pour eux ici. On aura vite fait de les expédier.

Floyd se tenait debout à côté de lui, le corps raidi, les pouces passés dans sa ceinture. Tom lui lança un coup d'œil furtif, puis il baissa les yeux et regarda par terre.

— C'est tout, conclut l'entrepreneur. On a besoin de main-d'œuvre dans le comté de Tulare. Du travail pour tout le monde.

Tom leva lentement les yeux et regarda les mains de Floyd, et il vit que les tendons saillaient sous la peau, à hauteur des poignets. Ses mains à lui montèrent le long de son corps et ses pouces s'accrochèrent à sa ceinture.

— Ouais, **voilà**, c'est tout. J' veux plus en voir un seul d'entre vous **dans** les parages, demain matin.

L'entrepreneur monta dans la Chevrolet.

— Et vous, dit l'adjoint à Floyd, montez avec nous.

La grosse main empoigna le bras gauche de Floyd. D'un seul mouvement, Floyd pivota et frappa. Son poing s'écrasa sur le large mufle, et dans le même élan, il avait filé, s'esquivant le long de la rangée de tentes. Le shérif adjoint chancela et Tom lui fit un croc-en-jambe. L'adjoint s'écroula pesamment et roula sur lui-même, sa main cherchant son revolver. Floyd courait en zigzag, apparaissant et disparaissant au hasard des tentes. Du sol, l'adjoint tira. Une femme plantée devant l'entrée d'une tente poussa un hurlement, puis elle regarda une main qui n'avait plus d'articulations. Les doigts pendaient au bout des fils de chair, et les tissus déchirés étaient blancs, exsangues. Floyd réapparut au loin, fonçant vers les fourrés. L'adjoint, assis sur le sol, leva de nouveau son revolver quand soudain, se détachant du groupe, le révérend Casy fit un pas en avant. D'un coup de pied, il atteignit l'adjoint à la nuque, puis il recula, tandis que le gros homme s'affaissait, évanoui.

Le moteur de la Chevrolet rugit et l'auto bondit, barattant la poussière. Elle monta sur la grand-route et disparut dans un éclair. Devant sa tente, la femme contemplait toujours sa main déchiquetée. Des gouttes de sang commencèrent à suinter de la plaie. Et un rire hystérique se forma dans sa gorge, un rire sanglotant qui devenait plus bruyant et plus aigu à chaque aspiration.

L'adjoint gisait sur le côté, la bouche ouverte dans la poussière.

Tom ramassa l'automatique, retira le chargeur et le jeta dans les broussailles ; ensuite il éjecta la cartouche qui restait dans le magasin.

— Un type comme ça n'a pas le droit de porter un revolver, dit-il, et il laissa tomber l'arme à terre.

Un rassemblement s'était formé autour de la femme à la main broyée. Son rire de démente enfla et se mua en hurlements.

Casy s'approcha tout près de Tom.

— Faut te sauver, dit-il. Va-t'en te cacher dans les fourrés et attends. Il ne m'a pas vu lui donner le coup de pied, mais il t'a vu lui faire le croc-en-jambe.

— J' veux pas me sauver, dit Tom.

Casy lui chuchota à l'oreille :

— Ils vont prendre tes empreintes digitales. T'as manqué à ta parole. Ils te renverront en prison.

Tom aspira lentement, calmement :

— Dieu de Dieu ! j'y pensais plus.

— Fais vite, dit Casy. Avant qu'il se réveille.

— J' voudrais bien prendre son revolver, dit Tom.

— Non. Laisse-le. Si tout se passe bien, je sifflerai quatre coups pour que tu reviennes.

Tom s'éloigna nonchalamment, mais dès qu'il fut sorti du groupe, il pressa le pas et disparut dans les fourrés de roseaux et de saules qui bordaient la rive.

Al s'avança vers la forme immobile de l'adjoint.

— Nom de Dieu ! fit-il avec admiration, qu'est-ce que vous lui avez mis !

Les hommes continuaient à contempler l'homme évanoui. Et soudain, au loin, très loin, dans un ululement déchirant, une sirène monta du grave à l'aigu, s'éteignit et hurla de nouveau, plus près cette fois. Les hommes brusquement s'agitèrent, inquiets. Ils restèrent un court moment indécis, dansant d'un pied sur l'autre, puis ils s'éloignèrent chacun vers sa tente. Al et le pasteur restèrent seuls.

Casy se tourna vers Al.

— File, dit-il. Allez, vite, cours à la tente. Tu n'es au courant de rien.

— Ah oui ? Et vous ?

Casy lui sourit.

— Faut bien un responsable. Moi, je n'ai pas de gosses. Ils ne pourront que me mettre en prison, et de toute façon, j' fais rien d'autre que de rester assis sur mes deux fesses.

Al dit :

— C'est quand même pas une raison pour...

— Sauve-toi, j' te dis, fit sèchement Casy. Tu n'as rien à voir dans cette histoire.

Al se rebiffa :

— Je ne reçois d'ordres de personne.

Casy s'adoucit :

— Si tu te laisses embringuer là-dedans, c'est toute ta famille que tu mets dans le pétrin. Ce n'est pas pour toi que j' me fais du mauvais sang. Mais ta mère et ton père, c'est eux qui vont avoir des ennuis. Et ils sont capables de renvoyer Tom à Mac-Alester.

Al réfléchit un instant :

— C'est bon, dit-il. N'empêche que c'est de la folie ce que vous faites là.

— Bien sûr, fit Casy. Et après ?

La sirène hurlait sans discontinuer, toujours plus près. Casy s'agenouilla auprès du shérif adjoint et le retourna. L'homme grogna et ses paupières frémirent. Il s'efforçait de voir. Casy essuya la poussière de ses lèvres. A présent, les familles s'étaient retirées sous les tentes, les fermant derrière elles. Le soleil couchant empourprait l'air et cuivrait les tentes.

Un crissement de pneus retentit sur la grand-route et une voiture découverte pénétra dans le camp à toute allure. Quatre hommes armés de carabines en dégringolèrent, tous à la fois. Casy se redressa et s'avança vers eux.

— Qu'est-ce qui se passe ici, tonnerre de Dieu ?

Casy répondit :

— J'ai descendu un de vos hommes, là.

Un des hommes armés s'approcha de l'adjoint. Il avait repris connaissance et faisait un faible effort pour se relever.

— Et alors, qu'est-ce qui est arrivé ?

— Ben, répondit Casy, il a fait le méchant et moi je lui ai foutu un coup, alors il a commencé à tirer — l'a blessé une femme là-bas, plus haut. Alors, je lui en ai refoutu un aut' coup.

— Oui, mais qu'est-ce que vous aviez fait pour l'exciter ?

— Je lui avais répliqué, répondit Casy.

— Montez dans l'auto.

— J' veux bien, dit Casy.

Et il monta et prit place à l'arrière. Deux des hommes aidèrent l'adjoint à se remettre sur ses pieds. Il se tâta délicatement la nuque. Casy dit :

— Il y a une femme, là-bas plus loin, qu'est en train d' perdre tout son sang à cause qu'il ne sait pas se servir d'un revolver.

— On verra ça plus tard ; Mike, c'est ce gars-là qui vous a frappé ?

L'homme encore étourdi essayait de concentrer son regard sur Casy.

— Pas l'air d'êt' lui.

— C'est pourtant moi, dit Casy. Vous êtes mal tombé, mon vieux.

Mike branla lentement la tête.

— Non, ça n'a pas l'air d'êt' vous. Oh ! bon Dieu ! j'ai envie de dégueuler.

Casy dit :

— Je vous accompagne sans faire d'histoires. Vous feriez bien d'aller vous occuper de cette femme.

— Où est-elle ?

— Cette tente, là-bas.

Le chef du groupe gagna la tente, le fusil à la main. Il cria quelque chose à travers la toile, puis il entra. Peu après, il revint trouver les autres et dit, non sans quelque fierté :

— Nom de Dieu ! qu'est-ce que ça peut faire comme dégâts, un 45 ! Ils lui ont mis un tourniquet pour arrêter l'hémorragie. On va lui envoyer un médecin.

Deux adjoints prirent place aux côtés de Casy. Le chef klaxonna. Rien ne bougeait dans le camp. Les tentes étaient hermétiquement closes et les gens se terraient chez eux. Le moteur ronronna, la voiture fit demi-tour et sortit du camp. Casy, assis entre ses deux gardes, levait fièrement la tête et les muscles de son cou saillaient sous la peau. Un léger sourire se dessinait sur ses lèvres et son visage arborait une curieuse expression de triomphe.

Quand l'auto eut disparu, les gens sortirent des tentes. Le soleil s'était couché et le camp baignait dans une douce lueur bleuâtre. A l'est, les montagnes étaient encore dorées par le soleil. Les femmes s'en retournèrent à leurs feux éteints. Les hommes se rassemblèrent, s'accroupirent en rond et s'entre-tinrent à mi-voix.

Al se coucha hors de la tente des Joad et s'achemina vers les fourrés pour siffler Tom. Man sortit à son tour et prépara un petit feu de branchages.

— Pa, dit-elle, nous n'allons pas avoir grand-chose. Nous avons mangé tellement tard...

Pa et l'oncle John restèrent à regarder Man peler les pommes de terre et les couper en lamelles pour les jeter ensuite toutes crues dans la poêle où pétillait la graisse. Pa dit :

— Enfin, bougre de nom de nom, j' me demande ce qui a bien pu pousser le pasteur à faire ça ?

Ruthie et Winfield s'approchèrent en rampant et se tinrent aux aguets pour entendre la conversation.

L'oncle John grattait profondément la terre avec un long clou rouillé.

— Il s'y connaissait en fait de péchés ; j' lui en avais parlé et il m'avait expliqué, mais j' sais pas s'il avait raison. Il disait qu'un homme a péché quand il croit avoir péché.

Les yeux de l'oncle John étaient tristes et las.

— J'ai toujours été un homme renfermé, dit-il, j'ai fait des choses que j'ai jamais racontées à personne.

Man se détourna du feu :

— Garde-toi bien de les raconter, John, dit-elle. Raconte-les au bon Dieu. Ne va pas encore encombrer les autres du fardeau de tes propres péchés. C'est pas convenable.

— Ça me ronge, dit John.

— Peu importe, ne les raconte pas. Va à la rivière, colle ta tête dedans et chuchote-les à l'eau qui coule.

Pa hocha lentement la tête :

— Elle a raison, fit-il. Ça vous soulage de parler, mais ça revient à étaler tout ce qu'on fait de pas propre.

L'oncle John leva les yeux vers les montagnes dorées et les montagnes se reflétèrent dans ses yeux.

— J' voudrais bien les renfoncer au fond de moi, dit-il. Mais j' peux pas. Ils me rongent les boyaux.

Derrière lui, Rose de Saron sortit de la tente, l'air égaré.

— Où est Connie ? demanda-t-elle d'un ton irrité. Ça fait longtemps que j'ai pas vu Connie. Où est-ce qu'il est allé ?

— J' l'ai pas vu, répondit Man. Si j' le vois, j' lui dirai qu' tu l'as demandé.

— Je m' sens pas bien, dit Rose de Saron. Connie n'aurait pas dû me laisser seule.

Man leva les yeux sur le visage gonflé de sa fille.

— T'as encore pleuré, dit-elle.

De nouveau, les yeux de Rose se remplirent de larmes.

— Secoue-toi, reprit Man d'un ton ferme. Tu n'es pas seule ici. Secoue-toi. Viens donc éplucher des pommes de terre. Cesse de t'apitoyer sur toi-même.

La jeune femme esquissa le geste de rentrer sous la tente. Elle essayait d'éviter le regard sévère de sa mère, mais les yeux de Man la contraignirent à obéir et elle revint lentement près du feu.

— Il n'aurait pas dû me laisser seule, reprit-elle. Mais ses larmes étaient taries.

— Il faut que tu travailles, dit Man. C'est mauvais pour toi de rester assise sous la tente à te lamenter sur ton sort. Je n'ai pas eu le temps de m'occuper sérieusement de toi, mais ça va changer. Prends-moi ce couteau et attrape ces pommes de terre.

La jeune femme s'agenouilla et obéit. Elle dit d'un ton farouche :

— Attends seulement qu'il revienne. Il va voir ce qu'il va entendre.

Man sourit légèrement.

377

— Il serait capable de te rosser. Tu le mériterais, du reste, tu n'arrêtes pas de pleurnicher et de te dorloter. S'il pouvait te faire rentrer un peu de bon sens dans la tête, je le bénirais.

Une lueur de rancune brilla dans les yeux de Rose, mais elle se contint.

Du bout de son large pouce, l'oncle John enfonça le long clou rouillé dans la terre.

— Faut que je le dise, fit-il.

— Alors, dis-le, sacré nom de Dieu ! s'écria Pa. Qui as-tu tué ?

L'oncle John planta son pouce dans le gousset de son pantalon de coutil bleu et en retira une coupure sale et pliée. Il la déplia et l'exhiba :

— Cinq dollars, dit-il.

— Tu les as volés ? demanda Pa.

— Non, je les avais, je les gardais.

— C'était à toi, non ?

— Oui, mais j'avais pas le droit de les garder.

— J' vois pas grand péché là-dedans, dit Man. Ils sont à toi.

— C'est pas seulement de les avoir gardés, répliqua lentement l'oncle John. Je les avais gardés pour me saouler. J' savais que le moment viendrait où qu'il faudrait que je me saoule, quand ça me tourmentait tellement en dedans de moi que j' pourrais pas faire autrement que de me saouler. Je pensais que le moment n'était pas encore venu, et puis... et puis v'là que le pasteur s'en va s'accuser pour sauver Tom.

Pa hocha la tête et se pencha de côté pour mieux entendre. Ruthie, appuyée sur ses coudes, se rapprocha en rampant sur le ventre comme un petit chien. Winfield l'imita. De la pointe de son couteau, Rose de Saron extirpa un œil récalcitrant d'une pomme de terre. La lumière du soir devenait plus dense et plus bleue.

Man dit d'une voix nette et calme :

— Je n' vois pas pourquoi tu dois te saouler parce qu'il a sauvé Tom.

John répondit tristement :

— J' saurais pas dire. Je me sens tout retourné. Il a fait ça

comme rien du tout... s'est simplement avancé et il a dit :
« C'est moi qui l'ai descendu. » Et ils l'ont emmené. Alors,
je vais me saouler.

Pa hochait toujours la tête :

— Je ne comprends pas pourquoi t'avais besoin de le
dire, fit-il. Moi à ta place, j'aurais tout bonnement été me
saouler, du moment que c'était à ce point-là.

— C'était le moment ou jamais de faire quéq' chose qui
aurait racheté le péché que j'ai sur la conscience, dit
tristement l'oncle John. Et j'ai manqué mon coup. J'ai pas
sauté sur l'occasion et... et je l'ai ratée. Coute donc ! fit-il
soudain. C'est toi qu'as l'argent. Donne-moi deux dollars.

A regret, Pa mit la main à la poche et en tira la bourse de
cuir.

— Tu ne vas pas me dire que tu as besoin de sept dollars
pour prendre une cuite. Tu ne vas pas boire du champagne
gazeux, quand même ?

L'oncle John lui tendit le billet :

— Prends ça et donne-moi deux dollars, j'ai de quoi me
saouler comme il faut avec deux dollars. J' veux pas encore
avoir le péché de gaspillage sur la conscience. Je dépenserai
ce que j'ai sur moi, comme je l'ai toujours fait.

Pa prit la coupure crasseuse et donna deux dollars
d'argent à l'oncle John.

— Tiens, fit-il. Du moment qu'il faut que tu le fasses,
faut que tu le fasses. Personne n'a le droit de te dire le
contraire.

L'oncle John prit les pièces d'argent.

— Tu ne vas pas m'en vouloir ? Tu sais qu'il faut que je le
fasse.

— Eh ! bon sang oui, fit Pa. Y a que toi qui sais ce que tu
dois faire.

— J'arriverai pas à passer la nuit autrement, dit-il.

Puis, se tournant vers Man :

— Tu ne m'en voudras pas ?

Man ne releva pas la tête.

— Non, répondit-elle à mi-voix. Non, va.

Il se mit debout et s'éloigna, l'air accablé, dans la
pénombre du soir tombant. Il gagna l'autostrade, traversa la

chaussée de ciment et suivit le trottoir jusqu'à l'épicerie. Arrivé devant la porte grillagée, il enleva son chapeau, le laissa tomber dans la poussière et s'acharna dessus à coups de talon, dans une crise de mortification. Après quoi, il abandonna sur le sol son chapeau noir, piétiné et crasseux. Il entra dans la boutique et s'avança vers les rayons où les bouteilles de whisky s'étageaient derrière un grillage en fil de fer.

Pa, Man et les enfants suivirent l'oncle John des yeux. Rose de Saron, boudeuse, ne leva pas les yeux des pommes de terre.

— Pauvre John, dit Man. Je m' demandais si ça aurait aidé à quelque chose de... non... sûrement pas. J'ai jamais vu un homme travaillé comme ça.

Ruthie se tourna sur le côté dans la poussière. Elle mit sa tête tout près de la tête de Winfield et attira son oreille contre sa bouche. Elle chuchota :

— J' vais me saouler.

Winfield eut un reniflement dégoûté et pinça fortement les lèvres. Les deux enfants s'éloignèrent à quatre pattes, retenant leur souffle, le visage cramoisi à force de réprimer leur envie de pouffer. Ils contournèrent la tente en rampant, puis ils se relevèrent d'un bond et s'enfuirent avec des cris perçants. Ils coururent jusqu'aux fourrés et là, dissimulés dans les roseaux, ils se convulsèrent. Ruthie louchait et se désarticulait ; elle marchait en titubant, se prenant les pieds dans les jambes, trébuchant, la langue pendante.

— J' suis saoule, fit-elle.

— Regarde, s'écria Winfield. Regarde-moi, c'est moi que j' suis l'oncle John.

Battant l'air et soufflant comme un phoque, il se mit à tournoyer jusqu'à ce que le vertige le prît.

— Non, intervint Ruthie. C'est comme ça qu'il faut faire. C'est *moi* l'oncle John. J' suis saoule perdue.

Al et Tom traversaient en silence les fourrés ; ils tombèrent sur les enfants qui tournoyaient et gigotaient comme des fous. L'ombre du soir s'était épaissie. Tom fit halte et scruta l'obscurité.

— C'est pas Ruthie et Winfield ? Qu'est-ce qu'ils fabriquent là ?

Ils se rapprochèrent.

— Vous n'êtes pas malades ? fit Tom.

Les enfants se figèrent, gênés.

— On... on jouait, dit Ruthie.

— Vous avez des jeux idiots, dit Al.

— Pas plus idiots qu'un tas d'aut' choses, répondit effrontément Ruthie.

Al continua sa route. Il dit à Tom :

— Ruthie est en train de s'attirer un coup de pied au cul. Ça fait pas mal de temps qu'elle le cherche. Elle va êt' bientôt mûre pour le recevoir.

Derrière son dos, le visage de Ruthie se tordit ; elle lui fit toutes les grimaces qu'elle était capable d'inventer, mais Al ne se retourna pas pour la regarder. Elle se tourna vers Winfield pour recommencer le jeu, mais le charme était rompu. Tous deux s'en rendaient compte.

— Allons à la rivière mettre not' tête sous l'eau, proposa Winfield.

A travers les roseaux, ils s'en allèrent vers la berge, et ils étaient furieux contre Al.

Al et Tom poursuivirent silencieusement leur chemin dans l'obscurité.

— Casy n'aurait pas dû faire ça, dit Tom. Bien sûr, j'aurais dû m'en douter. A force de l'entend' dire qu'il avait jamais rien fait pour nous. C'est un drôle de type. Tout le temps en train de penser.

— Ça vient d'avoir été pasteur, dit Al. Ils ont la cervelle farcie d'un tas de trucs.

— Où qu'il allait, Connie, selon toi ?

— Poser culotte, je suppose.

— M'avait l'air d'aller bougrement loin.

Ils s'avancèrent parmi les tentes, frôlant les parois de toile. A hauteur de la tente des Floyd quelqu'un les appela d'une voix étouffée. Ils s'accroupirent près de l'entrée. Floyd souleva légèrement le pan de toile.

— Vous avez décidé de partir ?

— J' sais pas encore, répondit Tom. Tu crois que c'est ce qu'on a de mieux à faire ?

— T'as entendu ce que le flic a dit. Ils te foutront le feu au cul si tu ne t'en vas pas. Si tu t'imagines que ce gars-là va se laisser assaisonner sans rien dire, t'es cinglé. Il va s'amener ce soir avec ses petits copains pour nous enfumer.

— Dans ce cas-là, j'ai idée qu'on ferait bien de mettre les voiles, dit Tom. Où que tu vas ?

— Mais, dans le Nord, comme je t'ai dit.

— Écoute, fit Al. Y a un type qui m'a parlé d'un camp du Gouvernement, près d'ici, où que c'est ?

— Oh ! ça doit êt' plein.

— Mais où que c'est ?

— Tu prends la 99 en direction du Sud, pendant douze à quinze mille, et après tu tournes et tu prends la route de Weedpatch. C'est tout près de là. Mais je crois que c'est plein.

— Un type disait que c'était épatant, fit Al.

— Sûr, que c'est épatant. On vous traite comme des êtres humains et pas comme des chiens. Et y a pas de flics, là-bas. Mais c'est plein.

Tom dit :

— C' que j' comprends pas, c'est pourquoi ce flic était si vache. On aurait dit qu'il cherchait du vilain ; qu'il voulait à tout prix taper sur la gueule à quelqu'un pour causer du chambard.

— J' sais pas comment c'est, par ici, dit Floyd, mais dans le Nord, j'en connaissais un, de ces gars-là ; l'était assez brave. Il me disait que chez eux les adjoints assermentés étaient obligés d'arrêter les gens. Le shérif touche soixante-quinze *cents* par jour et par prisonnier et la nourriture en coûte vingt-cinq. Ce gars-là me disait qu'il y avait huit jours qu'il n'avait embarqué personne et que le shérif lui avait dit que s'il ne se grouillait pas d'en ramener, faudrait qu'il rende son insigne. Ce type d'aujourd'hui m'avait tout l'air de chercher à poisser quelqu'un par n'importe quel moyen.

— Faut qu'on décampe, dit Tom. A la revoyure, Floyd.

— Salut. On se reverra probablement. Je l'espère.

— Au revoir, dit Al.

Dans la pénombre grise ils regagnèrent la tente des Joad.

La poêle pleine de pommes de terre grésillait et crachotait dans les flammes. Man remuait les épaisses tranches à l'aide d'une cuiller. Pa était assis près du feu, ses bras encerclant ses genoux. Rose de Saron était assise sous la tente.

— C'est Tom, s'écria Man. Dieu soit loué !

— Faut s'en aller d'ici, dit Tom.

— Qu'est-ce qu'il y a encore ?

— Ben, Floyd dit qu'ils vont venir brûler le camp ce soir.

— Pourquoi foutre ? demanda Pa. On n'a rien fait.

— Rien du tout, à part esquinter un flic, dit Tom.

— Mais c'est pas nous.

— D'après ce que disait le flic, ils vont nous vider.

Rose de Saron demanda anxieusement :

— Z' avez vu Connie ?

— Ouais, répondit Al. Au diable vert, là-bas du côté de la rivière. Il descendait vers le Sud.

— Est-ce que... Est-ce qu'il s'en allait pour de bon ?

— J' sais pas.

Man prit sa fille à partie.

— Rosasharn, tu parles et tu agis de façon bizarre. Qu'est-ce que Connie t'a dit, au juste ?

Rose de Saron répondit d'un ton maussade :

— L'a dit qu'il aurait bien dû rester chez lui étudier pour êt' dans les tracteurs.

Le silence se fit. Rose de Saron regardait le feu et ses yeux scintillaient à la lueur des flammes. Les pommes de terre grésillaient rageusement dans la poêle. La jeune femme renifla et s'essuya le nez du dos de la main.

Pa dit :

— Connie ne valait rien. Ça fait longtemps que je le sentais. Rien dans le ventre, que du vent.

Rose de Saron se leva et rentra sous la tente. Là, elle s'allongea sur le matelas, roula sur le ventre et enfouit sa tête dans ses bras.

— Ça n'avancerait à rien de courir après, je suppose ? dit Al.

— Non, répondit Pa. Un pas grand-chose, on n'en veut pas chez nous.

Man jeta un regard à l'intérieur de la tente où Rose de Saron gisait sur le matelas. Puis elle fit :

— Chut. Ne dis pas des choses pareilles.

— Mais c'est vrai qu' c'est qu'un pas grand-chose, maintint Pa. Tout le temps en train de dire qu'il allait faire çi, qu'il allait faire ça. Et il ne faisait rien. J' voulais rien dire tant qu'il était là mais maintenant qu'il nous a lâchés...

— Chut ! fit Man à mi-voix.

— Mais pourquoi, tonnerre de Dieu ? Qu'est-ce que tu me veux avec tes ch... ch... chut... ? C'est pas vrai qu'il nous a lâchés ?

Man retourna les pommes de terre avec sa cuiller, et la graisse bouillonnante crépita. Elle glissa des brindilles dans le feu et des langues de flammes éclairèrent la tente.

Man dit :

— Rosasharn va avoir un petit et ce petit sera moitié Connie. C'est pas bon pour un gosse qui pousse de s'entendre dire que son père était un pas grand-chose.

— Ça vaut encore mieux que de lui mentir, dit Pa.

— C'est là que tu te trompes, coupa Man. Y a qu'à faire comme s'il était mort. Tu ne dirais pas de mal de Connie s'il était mort.

Tom intervint :

— Hé, minute ! Rien ne nous dit que Connie soit parti pour de bon. Et puis on n'a pas de temps à perdre à discuter. Faut manger et se mettre en route.

— Nous mettre en route ? Mais nous venons d'arriver.

Les yeux de Man sondèrent la nuit éclairée par les flammes dansantes.

Tom expliqua patiemment :

— Ils vont brûler le camp ce soir, Man. Et tu sais très bien que je ne suis pas homme à rester les bras ballants à regarder brûler nos affaires, et Pa non plus, et l'oncle John non plus. On foncerait dans le tas et j' peux pas risquer d'être pris pour qu'on me remette à l'ombre. Il s'en est fallu d'un poil aujourd'hui... si le pasteur ne s'en était pas mêlé.

Man tournait et retournait les pommes de terre dans la graisse bouillante. Et brusquement, elle prit une décision :

— Allons, vite ! s'écria-t-elle. Avalons ça et mettons-nous en route.

Elle disposa les assiettes de fer-blanc.

Pa dit :

— Et l'oncle John ?

— Où est-ce qu'il est, l'oncle John ? demanda Tom.

Pa et Man restèrent un moment silencieux, puis Pa répondit :

— Il a été se soûler.

— Merde ! fit Tom. Il peut se vanter d'avoir choisi le bon moment ! De quel côté il a été ?

— Je ne sais pas, répondit Pa.

Tom se leva :

— Écoutez, fit-il. Finissez de manger et chargez les affaires. J' m'en vais chercher après l'oncle John. Il a dû aller tout droit à la boutique de l'aut' côté de la grand-route.

Tom partit à grandes enjambées. Les petits feux de cuisine brûlaient devant les tentes et les huttes, et la lumière des flammes éclairait des visages d'hommes et de femmes déguenillés, d'enfants accroupis. Quelques-unes des tentes étaient éclairées de l'intérieur et la lueur des lampes à pétrole plaquait sur la toile les ombres gigantesques des occupants.

Tom suivit le chemin poudreux et, traversant la chaussée en ciment, gagna la petite épicerie. Se plantant devant le grillage de la porte d'entrée, il regarda dans la boutique. Le patron, un petit homme grisonnant à moustache de barbet et aux yeux larmoyants, penché sur son comptoir, lisait un journal. Ses manches retroussées découvraient des bras grêles ; il portait un long tablier blanc. Autour de lui s'amoncelaient des murailles, des montagnes, des pyramides de boîtes de conserve. Quand Tom entra, il leva la tête et ferma les paupières à demi comme s'il l'eût mis en joue.

— Bonsoir, dit-il. Perdu quéq' chose ?

— Perdu mon oncle, répondit Tom. Ou c'est lui qui s'a perdu ou quéq' chose dans ce goût-là.

Une lueur d'inquiétude nuancée d'étonnement passa sur le visage du petit homme grisonnant. Il posa délicatement un doigt sur le bout de son nez et commença à se gratter pour arrêter une démangeaison.

— M'avez l'air d'êt' toujours en train d' perdre quelqu'un vous aut', dit-il. Plus de dix fois par jour, j'en vois un s'amener qui me fait : « Si vous voyez un nommé Untel, qu'est comme ci ou comme ça, voulez-vous lui dire qu'on est partis, dans le Nord ? » Ou a peu près... Enfin, ça n'arrête pas, j' vous dis.

Tom se mit à rire :

— Eh ben écoutez, si vous voyez un petit morveux du nom de Connie, qu'a un peu quéq' chose d'un coyote, dites-lui d'aller au diable. Et dites-lui qu'on est partis dans le Sud. Mais c'est pas lui que je cherchais. N'avez pas vu un type d'une soixantaine d'années, pantalon noir, des cheveux un peu gris, qui serait venu ici acheter du whisky ?

Les yeux du petit homme s'éclairèrent :

— Sûr qu'il est venu. Même que j'ai jamais rien vu de pareil. Il s'est planté devant la boutique, il a jeté son chapeau par terre et il l'a piétiné. Tenez, je l'ai là, son chapeau.

Il tira le chapeau informe et poussiéreux de dessous le comptoir.

Tom le lui prit des mains :

— C'est lui, y a pas à se tromper.

— Eh ben, vous me croirez si vous voulez, mais il s'est fait servir deux demi-litres de whisky et après ça, sans dire un mot, le v'là qui débouche une bouteille et qui se met à la boire au goulot. « Hé ! vous n'avez pas le droit de boire ici, j' lui dis. Faut aller dehors. » Eh ben, vous me croirez si vous voulez, mais il a juste passé la porte, et je parie bien qu'il s'y est pas repris plus de quat' fois pour la vider, c'te bouteille. Après ça, il l'a jetée et il s'est appuyé contre le mur. Les yeux un peu flous. Il me fait : « Merci bien, m'sieur » et le v'là parti. Jamais j'ai vu boire comme ça.

— Il est parti ? Par où ? Faut que je le ramène.

— Ben, justement, ça tombe bien, j' peux vous le dire. Jamais j'avais vu quelqu'un boire comme lui, alors j' l'ai regardé s'en aller. Il est parti du côté du Nord et v'là qu'une auto s'amène et le prend dans ses phares. Alors, il a descendu dans le fossé. Ses jambes commençaient à flancher un petit peu. Il avait déjà débouché l'aut' bouteille. Il ne doit pas êt' loin. Pas à l'allure qu'il allait !

— Merci, dit Tom. Faut que j'aille le chercher.

— Vous prenez son chapeau ?

— Oui ! Oui ! Il en aura besoin. Et merci.

— Qu'est-ce qu'il avait ? demanda le petit homme grisonnant. Il n'avait pas l'air d'avoir de plaisir à boire.

— Oh ! il est un peu lunatique. Alors... bonsoir. Et si vous voyez ce foutriquet de Connie, dites-lui que nous sommes partis dans le Sud.

— J'ai tellement de commissions à faire à des tas de gens que j' connais pas, que je finis par les oublier toutes.

— Ne vous fatiguez pas trop les méninges, dit Tom.

Il sortit par la porte grillagée, emportant le chapeau noir poussiéreux de l'oncle John. Il traversa la route en ciment et longea la chaussée de l'autre côté. Au-dessous de lui, dans le champ en contrebas, s'étalait Hooverville ; les petits feux clignotaient et les lanternes luisaient à travers les tentes. Les accords graves d'une guitare résonnèrent quelque part dans le camp ; quelqu'un s'exerçait, pinçant des notes au hasard, sans rythme.

Tom s'arrêta et tendit l'oreille, puis il s'avança lentement le long de la route, s'arrêtant de temps à autre pour écouter. Il avait fait un quart de mille lorsqu'il entendit enfin le bruit qu'il guettait. Quelque part, au bas du talus, une voix épaisse, éraillée, chantant faux. Tom pencha la tête pour mieux entendre.

Et la voix monocorde chantait : « *J'ai offert mon cœur à Jésus, et Jésus m'a appelé à lui. J'ai offert mon âme à Jésus et Jésus est en moi.* » Le chant dégénéra en murmure, puis s'éteignit. Tom dégringola le talus, allant vers la chanson. Puis il s'arrêta et, de nouveau, écouta. Et la voix s'éleva, cette fois toute proche, la même voix monotone, lente et discordante : « *Oh ! la nuit que Maggie est morte. Elle m'a fait venir près d'elle. Et elle a voulu qu' j'emporte. Son pantalon de flanelle. Son vieux pantalon roux. Tout déformé aux genoux...* »

Tom s'avança prudemment. Il aperçut la forme noire assise par terre et s'installa à côté d'elle. L'oncle John renversa la bouteille d'alcool et l'alcool sortit du goulot en glougloutant.

Tom dit à voix basse :

— Hé, minute ! Tu m'en laisses pas ?

L'oncle John tourna la tête :

— Qui que t'es ?

— Comment, tu m'as déjà oublié ? T'as bu quatre lampées contre moi une.

— Non, Tom. N'essaie pas de me monter le coup ; j' suis tout seul ici. T'étais pas avec moi.

— Eh ben en tout cas, j' suis là, maintenant, je te garantis ! Tu ne veux pas m'en donner un petit coup ?

L'oncle John inclina de nouveau la bouteille et le whisky glouglouta. Puis il la secoua. Elle était vide.

— Y en a plus, fit-il. Dire que j'avais tellement envie de mourir. Mais une envie... terrib' de mourir. Mourir un petit peu. Faut ça. Comme quand on dort. Mourir un petit peu. Tellement fatigué... Mais fatigué... Peut-êt'... que j' me réveillerai plus.

Et il susurra :

— Je porterai une couronne — une couronne en or...

Tom dit :

— Écoute-moi un peu, oncle John. On s'en va. On déménage. Viens, tu pourras dormir tant que tu voudras en haut du camion.

John secoua la tête :

— Non. Va-t'en. J' pars pas. J' vais me reposer ici. Pas de sens de retourner. J'apporte rien à personne. J' suis tout juste bon à traîner mes péchés comme un caleçon merdeux sous le nez des gens. Non. J' pars pas.

— Viens. Nous ne pouvons pas partir sans toi.

— Vas-y, j' te dis. J' suis bon à rien, à rien, juste à traîner mes péchés et à emmerder tout le monde.

— T'as pas plus de péchés qu'un autre.

John mit sa tête tout contre celle de Tom et cligna de l'œil avec gravité. Tom ne distinguait qu'imparfaitement son visage dans la pénombre.

— Personne ne connaît mes péchés, personne d'aut' que Jésus. Lui les connaît.

Tom se mit à genoux. Il posa la main sur le front de

l'oncle John. La peau était sèche et brûlante. John écarta son bras d'un geste lourd et maladroit.

— Viens, supplia Tom. Allons viens, oncle John.

— J' veux pas. Trop fatigué. J' vas me reposer là. Là où que j' suis.

Tom était tout près de lui. Il plaça son poing tout contre la mâchoire de l'oncle John. Par deux fois son avant-bras esquissa un petit cercle, pour bien prendre la distance, puis, frappant de tout le poids de son épaule, il plaça délicatement un magnifique crochet à la pointe du menton. La mâchoire de John se referma avec un claquement sec et il s'affala en arrière, pour tenter aussitôt de se relever. Mais Tom était toujours penché sur lui et lorsque John eut réussi à s'appuyer sur un coude, il cogna de nouveau. L'oncle John s'étala et ne bougea plus.

Tom se releva et, se courbant, il souleva le corps lâche et ballottant et le hissa sur ses épaules. Sous la molle charge, il chancela. Les mains ballantes de John lui battaient dans le dos tandis que suant et soufflant, il grimpait le talus de l'autostrade. Une auto qui passait les éclaira, lui et le corps inerte juché sur ses épaules. La voiture fit mine de ralentir, puis reprit sa course dans un rugissement de moteur.

Tom haletait lorsqu'il descendit le petit chemin en pente raide menant de Hooverville au camion des Joad. John commençait à se ranimer ; il se débattait faiblement. Tom le déposa doucement à terre.

Pendant son absence le campement avait été démonté. Al chargeait les ballots sur le camion. Il ne restait plus qu'à arrimer le tout sous la bâche.

Al dit :

— Il a pas perdu de temps.

Tom s'excusa :

— J'ai été forcé de le sonner pour le faire venir. Pauvre vieux.

— Tu ne lui as pas fait mal ? demanda Man.

— J' crois pas. Le v'là qui se réveille.

L'oncle John vomissait faiblement, à petits coups.

Man dit :

— Je t'ai mis une assiette de pommes de terre de côté, Tom.

Tom eut un petit rire :

— Ça m' fait pas beaucoup envie, en c' moment, tu sais.

Pa cria :

— Ça y est. Al, passe-moi la bâche.

Le camion était chargé et prêt à partir. L'oncle John s'était endormi. Tom et Al le hissèrent sur le chargement tandis qu'à l'arrière, avec force borborygmes, Winfield faisait semblant de vomir et que Ruthie plaquait sa main contre sa bouche pour s'empêcher de glousser.

— Prêts ? fit Pa.

Tom demanda :

— Où est Rosasharn ?

— Là-bas, répondit Man. Viens, Rosasharn, on part.

La jeune femme restait immobile, le menton affaissé sur sa poitrine. Tom alla la trouver.

— Viens, dit-il.

— J' veux pas aller, fit-elle.

— Il faut que tu viennes.

— Je veux Connie. J' pars pas tant qu'il sera pas revenu.

Trois voitures sortirent du camp et gravirent la rampe conduisant à la grand-route, trois vieilles voitures chargées de matériel et de gens. Elles se traînèrent en brimbalant jusque sur la chaussée et s'éloignèrent, leurs phares trouant l'obscurité.

Tom dit :

— Connie nous trouvera. J'ai laissé une commission pour lui à l'épicerie. Il nous retrouvera.

Man vint se planter à côté de lui :

— Viens, Rosasharn. Allons, viens, ma chérie, dit-elle avec douceur.

— J' veux attendre.

— Nous ne pouvons pas attendre.

Man se baissa, prit le bras de la jeune femme et l'aida à se relever.

— Il nous retrouvera, dit Tom. Ne t'inquiète pas. Il nous retrouvera.

Ils se placèrent à ses côtés et l'escortèrent.

— P' têt' qu'il a été chercher les livres pour étudier, dit Rose de Saron. Il voulait p'têt' nous faire une surprise ?

— Ça se pourrait bien, dit Man.

Ils la conduisirent au camion et l'aidèrent à monter sur le chargement. Elle se coula sous la bâche et disparut dans le creux noir.

C'est alors que l'homme barbu de la hutte au toit d'herbe s'approcha timidement du camion. Il attendait vaguement, errant çà et là, les mains derrière le dos.

— Vous n'allez pas des fois laisser des affaires encore bonnes à servir ? demanda-t-il enfin.

Pa répondit :

— J' vois rien. Nous n'avons rien de trop.

Tom demanda :

— Vous ne partez donc pas ?

Le barbu le considéra un long moment sans répondre.

—̣ Non, fit-il enfin.

— Mais ils vont fout' le feu partout.

Les yeux hésitants se fixèrent au sol.

— J' sais bien. Ils l'ont déjà fait.

— Alors, qu'est-ce que vous attendez pour foutre le camp, bon Dieu ?

Les yeux égarés se posèrent un instant sur lui, puis de nouveau s'abaissèrent et la lueur rougeâtre du feu mourant s'y refléta.

— Je ne sais pas. Ça prend tellement de temps pour emballer les affaires.

— Il ne vous restera plus rien s'ils viennent brûler le camp.

— J' sais bien. Vous n'allez pas des fois laisser des affaires encore bonnes à servir ?

— Rien. Complètement ratiboisés, répondit Pa.

Le barbu s'éloigna indécis.

— Qu'est-ce qu'il a ? demanda Pa.

— Abruti par les flics, répondit Tom. Un type m'en parlait... complètement groggy. A force de prendre des coups de matraque sur la tête.

Une deuxième petite caravane sortit du camp, monta sur la grand-route et s'éloigna.

— Viens, Pa. Faut nous en aller. Tiens, monte devant avec Al et moi. Man s'installera en haut. Non... Man, tu te mettras devant, au milieu, Al... (Tom fouilla sous la banquette avant et en tira une énorme clé anglaise.) Al, grimpe derrière. Et prends ça. Si quelqu'un essaie de monter sur le chargement t'as qu'à lui en filer un coup.

Al s'arma de la clé anglaise, escalada la ridelle et s'installa en tailleur, la clé anglaise à la main. Tom tira de dessous la banquette la lourde manivelle du cric et la déposa sur le plancher de la cabine, sous la pédale de frein.

— C'est bon, fit-il. Mets-toi au milieu, Man.

— J'ai rien à tenir, dit Pa.

— T'auras qu'à te baisser et prendre la manivelle, dit Tom. J'espère que tu n'auras pas à t'en servir, bon Dieu !

Il appuya sur le démarreur ; le volant d'entraînement commença à tourner avec des claquements métalliques, le moteur s'enclencha, s'arrêta et démarra pour de bon. Tom alluma les phares et gravit la pente en première. Le maigre pinceau de lumière tâtait craintivement la route. Tom vira sur la chaussée et prit la direction du Sud.

— Il vient un moment que la colère vous prend et qu'on n'en peut plus — c'est plus fort que vous.

Man intervint :

— Tom... tu m'avais dit... tu m'avais promis que tu ne serais jamais comme ça. Tu me l'avais promis.

— J' sais bien, Man, j'essaie. Mais ces espèces d'adjoints... vous avez déjà vu un shérif adjoint qu'ait pas un cul de jument ? Et ils sont là à frétiller leur gros cul et à manipuler leur revolver. Man, dit-il, si encore c'était vraiment pour faire respecter la loi, on le supporterait. Mais ils ne représentent *pas* la loi. Ils tâchent à nous démolir le moral. Ils voudraient nous voir ramper et faire le chien couchant. Ils voudraient nous réduire. Sacré bon Dieu ! mais voyons, Man, il arrive un moment où la seule façon pour un homme de garder sa dignité c'est de casser la gueule à un flic. C'est not' dignité qu'ils veulent nous enlever.

Man dit :

— T'as promis, Tom. C'est ce que Pretty Boy Floyd avait fait. J' connaissais sa mère. Et ils l'ont démoli.

— J'essaie, Man. J' te jure que j'essaie. Tu ne veux tout de même pas me voir me traîner le ventre par terre comme un chien battu, non ?

— Je prie, Tom. Il faut que tu les évites. La famille se disperse. Il faut que tu évites les histoires.

— J'essaierai, Man. Mais quand un de ces gros culs commence à me casser les pieds, ça devient un drôle de boulot d'essayer. Si encore c'était légal, j' dis pas. Mais brûler le camp, c'est pas légal.

La voiture poursuivait sa route cahin-caha. En avant, une petite guirlande de lanternes rouges barrait la chaussée.

— Une déviation, je suppose, dit Tom.

Il ralentit, puis stoppa. Au même instant, une foule d'hommes entoura la voiture. Ils étaient armés de manches de pioche et de fusils et portaient des casques de tranchée et des bérets de l'American Legion. L'un d'eux se pencha par la portière, précédé de forts relents de whisky.

— Hé, dites donc, où que vous allez comme ça ?

Sa face rougeaude vint se coller sous le nez de Tom.

Tom se raidit. Sa main coula vers le plancher, à la recherche de la manivelle du cric. Man lui saisit le bras et le serra fortement. Tom dit :

— Mais euh…, et sa voix se fit humble. Nous ne sommes pas du pays, dit-il, on nous a dit qu'il y a du travail dans un patelin qui s'appelle Tulare.

— Oui, eh ben vous vous trompez de chemin. Nous ne voulons pas voir de foutus Okies chez nous, vous m'entendez, sacré bon Dieu ?

Les épaules et les bras de Tom prirent une rigidité soudaine. Un frisson le parcourut. Man se pendit à son bras. Le devant du camion était entouré d'hommes armés. Quelques-uns, pour se donner une allure militaire, portaient des tuniques et des baudriers.

Tom demanda d'une voix plaintive :

— De quel côté que c'est, m'sieur ?

— Faites demi-tour et prenez la direction du Nord. Et ne revenez pas avant la cueillette du coton, compris ?

Tom frémit des pieds à la tête.

— Bien, m'sieur, dit-il.

Il mit en marche arrière et fit demi-tour, reprenant le chemin qu'ils venaient de parcourir. Man lui lâcha le bras et lui donna de petites tapes sur l'épaule. Et Tom s'efforçait à grand-peine de réprimer les sanglots qui lui montaient à la gorge.

— Ne te frappe pas, dit Man. Ne te frappe pas.

Tom se moucha par la portière et s'essuya les yeux du revers de sa manche.

— Les enfants de cochons...

— T'as bien fait, dit Man et sa voix était pleine de tendresse. T'as été tout ce qu'il y a de bien.

Tom s'engagea dans un chemin de traverse, fit une centaine de mètres puis coupa le moteur et les phares. Il descendit, la manivelle de cric à la main.

— Où vas-tu ? interrogea Man.

— Simplement jeter un coup d'œil. Nous n'allons pas dans le Nord.

Les lanternes rouges se déplaçaient le long de la chaussée. Tom les vit dépasser le croisement et s'éloigner sur la route. Quelques instants après des appels et des hurlements retentirent et une intense lueur éclaira Hooverville. La flamme monta, grandit et crépita au loin. Tom se remit au volant. Il fit demi-tour et gravit la petite pente tous phares éteints. Arrivés sur l'autostrade, il reprit la route du Sud et ralluma ses phares.

Man demanda timidement :

— Où on va, Tom ?

— Dans le Sud, répondit-il. On ne pouvait tout de même pas se laisser chahuter par ces salauds-là. C'était pas possible. On va essayer de traverser sans passer dans le pays.

— Ouais, mais où qu'on va ? (Pa élevait la voix pour la première fois.) C'est ça que je voudrais savoir.

— Tâcher de trouver le camp du Gouvernement, répondit Tom. Un type m'a dit qu'on ne laissait pas entrer les flics, là-bas, Man... faut que je les évite. Sinon, j'ai peur de finir par en tuer un.

— Calme-toi, Tom, dit Man d'un ton d'apaisement. Calme-toi, Tom. Tu t'es retenu une fois. Tu peux recommencer.

— Ouais, et après un bout de temps, il ne me restera plus un sou de dignité.

— Du calme, fit-elle. Il faut avoir de la patience. Voyons, Tom... nous et les nôtres, nous vivrons encore quand tous ceux-là seront morts depuis longtemps. Comprends donc, Tom. Nous sommes ceux qui vivrons éternellement. On ne peut pas nous détruire. Nous sommes le peuple et le peuple vivra toujours.

— Ouais, mais on prend sur la gueule tout le temps.

— Je sais. (Man eut un petit rire.) C'est peut-être ça qui nous rend si coriaces. Les richards, ils viennent et ils passent et leurs enfants sont des bons à rien, et leur race s'éteint. Mais des nôtres, il en arrive tout le temps. Ne te tracasse pas, Tom. Des temps meilleurs viendront.

— Comment le sais-tu ?

— J' sais pas comment.

Ils pénétrèrent dans la ville et Tom s'engagea dans une rue écartée de façon à éviter le centre. A la lumière des réverbères il regarda sa mère. Son visage était serein et ses yeux avaient une expression étrange, semblable à l'expression d'éternité qu'ont les yeux des statues. Tom leva la main droite et lui toucha l'épaule. Geste instinctif, nécessaire. Puis il retira sa main.

— J' t'ai jamais entendue causer autant, fit-il.

— J'ai jamais eu autant de raisons de le faire, dit-elle.

En suivant les rues écartées il contourna la ville, puis la traversa en sens inverse. A un carrefour, un panneau portait l'indication : 99. Tom prit la 99 en direction du Sud.

— En tout cas, ils ne nous ont pas expédiés dans le Nord, dit-il. Nous allons encore où ça nous plaît d'aller, à quatre pattes peut-être, mais enfin, nous y allons.

La lueur falote des phares sondait devant eux la route large et noire.

CHAPITRE XXI

Les errants, les émigrants, étaient devenus des nomades. Des familles qui avaient jusque-là vécu sur un lopin de terre, dont toute l'existence s'était déroulée sur leurs quarante arpents, qui s'étaient nourries — bien ou chichement — du produit de leurs quarante arpents, avaient maintenant tout l'Ouest comme champ de pérégrinations. Et elles erraient à l'aventure, à la recherche de travail ; des flots d'émigrants déferlaient sur les autostrades et des théories de gens stationnaient dans les fossés bordant les routes. Et derrière ceux-là, il en arrivait toujours d'autres. Les autostrades grouillaient de véhicules de toutes sortes. Ces régions du Centre-Ouest et du Sud-Ouest avaient été habitées jusque-là par une population agrarienne que l'industrialisation n'avait pas touchée ; des paysans simples, qui n'avaient pas subi le joug du machinisme et qui ignoraient combien une machine peut être un instrument puissant et dangereux entre les mains d'un seul homme. Ils n'avaient pas connu les paradoxes de l'industrialisation à outrance et avaient gardé un jugement assez sain pour discerner toute l'absurdité de la vie industrielle.

Et brusquement, les machines les chassèrent de chez eux et les envoyèrent peupler les grandes routes. Et avec la vie nomade, les autostrades, les campements improvisés, la peur de la faim et la faim elle-même, une métamorphose s'opéra en eux. Les enfants qui n'avaient rien à manger, le mouvement ininterrompu, tout cela les changea. Ils étaient devenus des nomades. L'hostilité qu'ils rencontraient partout les changea, les souda, les unit — cette hostilité qui poussait les habitants des petites villes et des villages à se grouper et à s'armer comme s'il s'agissait de repousser une invasion — sections d'hommes munis de manches de pioches, calicots et boutiquiers munis de fusils de chasse — de défendre le monde contre leurs propres concitoyens.

Le flot perpétuellement renouvelé des émigrants fit régner la panique dans l'Ouest. Les propriétaires tremblaient pour leurs biens. Des hommes qui n'avaient jamais connu la faim la voyaient dans les yeux des autres. Des hommes qui n'avaient jamais eu grand-chose à désirer voyaient le désir brûler dans les regards de la misère. Et pour se défendre, les citoyens s'unissaient aux habitants de la riche contrée environnante et ils avaient soin de mettre le bon droit de leur côté en se répétant qu'ils étaient bons et que les envahisseurs étaient mauvais, comme tout homme doit le faire avant de se battre. Ils disaient : ces damnés Okies sont crasseux et ignorants. Ce sont des dégénérés, des obsédés sexuels. Ces sacrés bon Dieu d'Okies sont des voleurs. Tout leur est bon. Ils n'ont pas le sens de la propriété.

Et cette dernière assertion était vraie, car comment un homme qui ne possède rien pourrait-il comprendre les angoisses des propriétaires ? Et les défenseurs disaient : ils apportent des maladies avec eux, ils sont répugnants. Nous ne voulons pas d'eux dans nos écoles. Ce sont des étrangers. Vous accepteriez que votre sœur fréquente un de ces êtres-là ?

Les indigènes se montaient la tête et s'excitaient mutuellement jusqu'à n'être plus que haine et cruauté implacables. Alors ils formaient des sections, des escouades et les armaient de matraques, de grenades à gaz, de fusils. Le pays nous appartient. Il faut leur serrer la vis à ces maudits Okies. Et les hommes auxquels on avait donné des armes n'étaient pas des propriétaires, mais ils finissaient par se figurer que le pays leur appartenait. Les petits employés qui faisaient du maniement d'armes la nuit n'avaient rien à eux, les petits boutiquiers ne possédaient qu'un plein tiroir de dettes, mais une dette c'est encore quelque chose à soi, et une bonne place c'est quelque chose à quoi on tient. L'employé se disait : je gagne quinze dollars par semaine. Si jamais un de ces sacrés Okies accepte de travailler pour douze dollars, je serai frais ; et le petit boutiquier se disait : jamais je ne pourrais lutter contre un homme qui ne serait pas endetté.

Les émigrants déferlaient sur les grand-routes et la faim était dans leurs yeux et la détresse était dans leurs yeux. Ils n'avaient pas d'arguments à faire valoir, pas de méthode ; ils n'avaient pour eux que leur nombre et leurs besoins. Quand il y avait de l'ouvrage pour un, ils se présentaient à dix — dix hommes se battaient à coups de salaires réduits.

Si ce gars-là travaille pour trente *cents*, moi je marche à vingt-cinq.

Il accepte vingt-cinq ? Je le fais pour vingt.

Attendez... c'est que j'ai faim, moi. Je travaille pour quinze *cents*. Je travaille pour la nourriture. Si vous voyiez les gosses, dans quel état ils sont — ils ont des espèces de clous qui leur poussent ; à peine s'ils peuvent remuer. Leur ai donné des fruits tombés et maintenant ils ont le ventre enflé. Prenez-moi, je travaillerai pour un morceau de viande.

Bonne affaire. Les salaires baissaient et les cours se maintenaient. Les grands propriétaires se frottaient les mains et envoyaient de nouveaux paquets de prospectus pour faire venir encore plus de monde. Les salaires baissaient sans faire tomber les prix.

D'ici peu, nous serons revenus au temps des serfs.

Là-dessus, les grands propriétaires et les Sociétés foncières eurent une idée de génie : un grand propriétaire achetait une fabrique de conserves, et dès que les pêches et les poires étaient mûres, il faisait baisser les cours au-dessous du prix de revient. Et en qualité de fabricant, il se vendait à lui-même les fruits au cours le plus bas et prenait son bénéfice sur la vente des fruits en conserve. Mais les petits fermiers qui n'avaient pas de fabriques de conserves perdaient leurs fermes au profit des grands propriétaires, des Banques et des Sociétés propriétaires de fabriques. Les petites fermes se raréfiaient de plus en plus. Les petits fermiers allaient habiter la ville, le temps d'épuiser leur crédit et de devenir une charge pour leurs amis ou leurs parents ; et finalement ils échouaient eux aussi sur la grand-route, où ils venaient grossir le nombre des assoiffés de travail, des forcenés prêts à tuer pour du travail.

Et les Sociétés et les Banques travaillaient inconsciemment à leur propre perte. Les vergers regorgeaient de fruits et les routes étaient pleines d'affamés. Les granges regorgeaient de produits et les enfants des pauvres devenaient rachitiques et leur peau se couvrait de pustules. Les grandes Compagnies ne savaient pas que le fil est mince qui sépare la faim de la colère. Au lieu d'augmenter les salaires, elles employaient l'argent à faire l'acquisition de grenades à gaz, de revolvers, à embaucher des surveillants et des marchands, à faire établir des listes noires, à entraîner leurs troupes improvisées. Sur les grand-routes, les gens erraient comme des fourmis à la recherche de travail, de pain. Et la colère fermentait.

CHAPITRE XXII

Il était tard quand Tom Joad s'engagea dans un chemin de traverse à la recherche du camp de Weedpatch. Quelques lumières brillaient çà et là dans la campagne. Derrière eux, une tache lumineuse au ciel indiquait seule la direction de Bakersfield. Le camion poursuivait sa route cahin-caha, effarouchant les chats dans leur chasse nocturne. A un carrefour, se dressait un petit groupe de bâtiments de bois peints en blanc.

Man dormait sur la banquette et Pa gardait le silence depuis longtemps déjà.

Tom dit :

— J' sais pas où c'est. Peut-êt' qu'il faudra attendre le petit jour pour demander à quelqu'un.

Au croisement d'une avenue, il obéit au signal lumineux et stoppa. Une autre voiture vint s'arrêter à côté du camion. Tom se pencha par la portière.

— Siou plaît... Vous savez où qu'est le grand camp ?

— Tout droit.

Tom traversa l'avenue et fit quelques centaines de mètres de l'autre côté, puis il s'arrêta. La route était bordée par une haute clôture en fil de fer au milieu de laquelle s'ouvrait une large grille. A quelque distance, se dressait une petite maison dont la fenêtre était éclairée. Tom s'engagea dans l'entrée. Le camion tout entier se souleva et retomba avec fracas.

— Nom de Dieu ! fit Tom. J'avais pas même vu ce dos-d'âne.

Un veilleur de nuit se leva de la véranda et s'approcha de la voiture. Il s'accouda à la portière.

— Vous l'avez pris trop vite, dit-il. La prochaine fois, vous irez plus doucement.

— Mais qu'est-ce que c'est, bon Dieu ?

Le veilleur de nuit se mit à rire.

— Eh ben ! y a toujours un tas de gosses qui jouent ici. On a beau dire aux gars de faire attention, des fois ils oublient. Mais qu'ils rentrent un bon coup là-dedans et ils n'oublieront pas de sitôt.

— Ah bon ! j'espère que j'ai rien cassé. Dites donc, vous n'auriez pas de place pour nous ?

— Y a un campement de libre. Combien vous êtes ?

Tom compta sur ses doigts.

— Il y a moi, Pa et Man, Al et Rosasharn, l'oncle John, et puis Ruthie et Winfield. Les deux derniers, c'est des gosses.

— Eh bien ! j' crois qu'on va pouvoir vous loger. Vous avez du matériel de campement ?

— Une grande bâche et des lits.

Le veilleur de nuit grimpa sur le marchepied.

— Suivez cette allée jusqu'au bout et tournez à droite. Vous serez au pavillon sanitaire numéro quatre.

— Qu'est-ce que c'est que ça ?

— Cabinets, douches et lavabos.

Man demanda :

— Y a des lavabos... avec l'eau courante ?

— Je comprends.

— Oh ! Dieu soit loué, fit Man.

Tom longea l'allée sombre entre deux rangées de tentes. Le pavillon sanitaire était faiblement éclairé.

— Arrêtez-vous là, dit le veilleur de nuit. Vous y serez bien. Les gens qui l'avaient viennent juste de partir.

Tom arrêta la voiture.

— Là ?

— Oui. Et maintenant, laissez les autres décharger pendant que je vous inscris. Qu'on aille se coucher. Le

Comité du camp passera vous voir demain matin et vous mettra au courant.

Les yeux de Tom se rapetissèrent.

— Des flics ? interrogea-t-il.

— Pas de danger, répondit l'homme en riant. Nous avons nos flics à nous. Ici, la police est élue par les gens eux-mêmes. Venez.

Al sauta à bas du camion et s'approcha.

— On reste ici ?

— Ouais, répondit Tom. Pa et toi, vous allez décharger pendant que je vais au bureau.

— Tâchez de ne pas faire trop de bruit. Y a un tas de gens qui dorment.

Tom le suivit dans l'obscurité, monta les marches et pénétra dans une petite pièce garnie d'un vieux bureau et d'une chaise. Le veilleur de nuit s'installa au bureau et prit un formulaire.

— Noms et prénoms ?

— Tom Joad.

— Votre père, qu'était là ?

— Oui.

— Son nom ?

— Tom Joad aussi.

L'interrogatoire continua.

— Venant d'où ?

— De l'État de Californie.

— Depuis quand ? Travaillé à quoi ?

Le veilleur de nuit leva les yeux.

— C'est pas pour êt' curieux. Mais il faut que nous ayons ces renseignements.

— J' comprends, dit Tom.

— Autre chose... Vous avez de l'argent ?

— Petit peu.

— Vous n'êtes pas indigents ?

— Nous reste un petit quéq' chose. Pourquoi ?

— Ben, nous faisons payer un dollar par semaine le droit de camper, mais vous pouvez payer votre loyer en travaillant, en transportant les poubelles, en nettoyant le camp, enfin des choses de ce genre.

— On travaillera, décida Tom.

— Vous verrez le Comité du camp demain. Ils vous diront comment ça se pratique ici et vous mettront au courant du règlement.

— Hé ! mais dites-moi donc…, fit Tom, qu'est-ce que c'est que cette histoire ? Et d'abord, qu'est-ce que c'est que ce Comité ?

Le veilleur de nuit s'installa confortablement sur sa chaise.

— Ça marche pas mal. Il y a cinq pavillons sanitaires. Chaque pavillon élit son délégué au Comité central. Et c'est le Comité qui fait la loi. Quand le Comité décide quelque chose, il faut s'incliner.

— Et s'ils devenaient vaches ?

— Eh ben, vous pouvez les renverser aussi facilement que vous les avez élus. Ils ont fait du bon travail. J'vais vous dire ce qu'ils ont fait. Vous connaissez les prédicateurs de la Sainte-Roulotte, qui sont toujours après les gens avec leurs prêchi-prêcha et leurs quêtes ? Eh bien ! ils voulaient prêcher ici, dans le camp. Et les vieux étaient pour eux. Alors, c'est le Comité central qui a pris l'affaire en main. Ils se sont réunis et voilà ce qu'ils ont décidé. Ils ont dit : « Tous les prédicateurs ont le droit de prêcher dans le camp. Personne n'a le droit de faire la quête dans le camp. » Et pour les vieux, c'était un peu triste, parce que depuis ce jour-là, on n'a plus revu un seul prédicateur.

Tom se mit à rire et demanda :

— Alors, comme ça, les gars qui dirigent le camp, c'est simplement des gars qui campent ici ?

— Bien sûr. Et ça marche. Le Comité central assure l'ordre et fait les règlements. Et puis il y a le Comité des dames. Elles viendront voir vot' mère. Elles s'occupent des gosses et de la question sanitaire. Si vot' mère ne travaille pas, elle s'occupera des gosses de celles qu'ont du travail. Elles s'occupent de couture et il y a une infirmière qui vient faire la classe. Un tas de trucs de ce genre-là.

— Et il y a vraiment pas de flics ?

— Ça, je vous le garantis. Les flics n'ont pas le droit d'entrer ici sans un mandat d'arrestation.

— Mais enfin... mettons qu'un type aille faire du chambard ou qu'il ait un peu bu et qu'il ait envie de se bagarrer... Qu'est-ce qui arrive ?

Le veilleur de nuit enfonça son crayon dans le sous-main.

— Eh ben, la première fois, le Comité central le rappelle à l'ordre. La deuxième fois, il reçoit un avertissement sérieux. Et la troisième fois, on le fout dehors.

— C'est pas Dieu possible ! J' peux pas l' croire ! Ce soir y a cette bande de shérifs adjoints et les aut' types avec leurs bérets qu'ont brûlé le camp du bord de la rivière.

— Ils ne mettent pas le nez ici, dit le veilleur de nuit. Certains soirs, les gars prennent la garde le long de la clôture, surtout les soirs où il y a bal.

— Des bals ? C'est pas Dieu possible !

— On a le plus beau bal du pays, tous les samedis soir.

— Eh bien merde, alors ! Comment ça se fait qu'il y en a pas plus, des camps comme celui-ci ?

Le visage du gardien de nuit se rembrunit.

— Ça, faudra le découvrir vous-même. Allez dormir.

— Bonne nuit, dit Tom. C'est Man qui va êt' contente. Il y a tellement longtemps qu'elle mène cette vie de chien...

— Bonne nuit, fit le veilleur de nuit. Tâchez de dormir. On se lève tôt chez nous.

Tom descendit la rue entre les rangées de tentes. Ses yeux s'habituaient à la clarté des étoiles. Il vit que les tentes étaient bien alignées et que nul détritus ne traînait alentour. L'allée centrale avait été balayée et arrosée. Les tentes étaient pleines de ronflements. Tout le camp bourdonnait et ronflait avec ensemble. Tom marchait lentement. Arrivé à proximité du pavillon sanitaire numéro quatre, il le considéra avec curiosité. C'était un bâtiment de bois brut, bas sur pattes et grossièrement construit. Sous un hangar ouvert aux deux extrémités, les rangées de lavabos. Il aperçut non loin de là le camion des Joad. La bâche avait été tendue et le campement était silencieux. Une silhouette se détacha de l'ombre du camion et vint à sa rencontre.

Man dit à voix basse :

— C'est toi, Tom ?

— Oui.

— Chut ! tout le monde dort. Ils étaient rompus.

— Toi aussi tu devrais être en train de dormir, dit Tom.

— Je voulais te voir. Ça ira, tu crois ?

— C'est épatant, répondit Tom. Je ne veux rien te dire. Tu le sauras demain matin. Ça te plaira.

Elle chuchota :

— Paraît qu'il y a de l'eau chaude ?

— Ouais. Et maintenant, va te coucher. Ça fait une éternité que tu n'as pas dormi.

Elle implora :

— Qu'est-ce que c'est qu' tu ne veux pas me dire ?

— Rien à faire, va dormir.

Subitement, elle se fit câline et redevint comme une toute jeune fille.

— Comment veux-tu que je dorme, si je dois penser à c' que tu ne veux pas me dire ?

— Rien à faire. Demain, à la première heure, tu mettras ton autre robe et alors... tu verras.

— J' pourrai pas dormir avec ce secret suspendu sur ma tête.

— Il le faudra bien. (Tom riait, tout joyeux.) J' peux pas t'en dire plus.

— Bonne nuit, dit-elle à voix basse.

Puis elle se courba et se glissa sous la masse noire de la tente.

Tom enjamba la planche arrière du camion. Il se coucha sur le plancher, la tête reposant sur ses mains entrelacées, ses avant-bras pressés contre ses oreilles. La nuit devenait plus fraîche. Tom boutonna sa veste et se recoucha. Là-haut les étoiles brillaient d'un éclat vif et pur.

Il faisait encore nuit lorsqu'il s'éveilla. Un léger bruit métallique l'avait tiré de son sommeil. Tom tendit l'oreille et de nouveau il entendit la résonance du fer contre le fer. Il remua ses membres engourdis et frissonna dans la fraîcheur matinale. Le camp était encore endormi. Tom se leva et regarda par-dessus le rebord du camion. A l'est, les montagnes baignaient dans une lumière bleu-noir, et pendant qu'il regardait, la faible clarté du petit jour se leva derrière elles, auréolant les crêtes d'un rouge délavé, plus froide, plus grise, et plus sombre à mesure qu'elle montait vers l'ouest, pour finalement se confondre avec la nuit totale. En bas, dans la vallée, la terre avait la couleur gris lavande de l'aube.

Le cliquetis de métal retentit de nouveau. Tom porta son regard vers la longue file de tentes d'un gris à peine plus clair que le sol. Près d'une tente, il vit une lueur orangée filtrer à travers les fentes d'un vieux poêle de fonte. Une fumée grise s'échappait d'un bout de tuyau. Tom sauta à bas du camion et se dirigea lentement vers le poêle. Il vit s'affairer une jeune femme autour du feu, vit qu'elle portait un bébé dans le creux de son bras et qu'elle lui donnait le sein, la tête du bébé enfouie sous le corsage. Et la jeune femme s'occupait, attisant le feu, écartant les ronds rouillés pour activer le tirage, ouvrant la porte du four ; et durant tout ce temps, le bébé tétait et la mère le faisait adroitement passer d'un bras sur l'autre. Le bébé ne gênait en rien son travail, non plus que la grâce légère et vive de ses mouvements. Des langues de flammes orangées jaillissaient des fentes du poêle et projetaient sur la tente des reflets dansants.

Tom s'approcha. Il sentit l'odeur de lard grillé et de pain cuit. A l'est, la lumière grandissait rapidement. Tom s'avança tout près du poêle et se réchauffa les mains. La jeune femme le regarda et eut un signe d'approbation qui fit tressauter ses deux nattes.

— Bonjour, fit-elle en retournant le lard dans la poêle.

Le pan de la tente s'écarta et un jeune homme en sortit, suivi d'un plus vieux. Ils étaient vêtus de vestes et de pantalons de treillis bleus, encore raidis par l'apprêt, avec des boutons de cuivre reluisants. C'étaient des hommes au visage anguleux, qui se ressemblaient beaucoup. Le plus jeune avait un brin de barbe brune et le plus vieux un brin de barbe grise. Leur tête et leur visage étaient mouillés, de l'eau perlait de leurs cheveux et de leur barbe et leurs joues étaient luisantes d'eau. Ensemble, ils s'arrêtèrent en regardant tranquillement vers l'ouest illuminé ; ils bâillèrent ensemble et regardèrent la lumière sur les crêtes. Ensuite, ils se retournèrent et aperçurent Tom.

— Jour, dit le plus vieux.

Son visage n'était ni amical ni hostile.

— Jour, dit Tom.

— Jour, dit le jeune.

L'eau séchait rapidement sur leurs figures. Ils s'avancèrent vers le poêle et se réchauffèrent les mains.

La jeune femme continua son ouvrage. A un moment donné, elle posa le bébé par terre et lia ses cheveux avec une ficelle, et les deux tresses pendaient dans son dos et flottaient quand elle remuait. Elle disposa sur une grande caisse d'emballage des gobelets et des assiettes en fer-blanc, des cuillers et des fourchettes. Puis elle ôta le lard frit de la graisse où il baignait et le déposa sur un grand plat d'étain, et le lard grésilla en se recroquevillant. Elle ouvrit la porte rouillée du four et en sortit un plat carré de gros biscuits gonflés.

Quand l'odeur de ce pain brûlant se répandit, les deux hommes aspirèrent profondément. Le jeune homme dit à mi-voix :

— Nom de Dieu !

Le plus vieux se tourna vers Tom.

— Z'avez déjeuné ?

— Ben... non, j'ai pas déjeuné. Mais ma famille est là, plus loin. Ils ne sont pas encore levés. Du sommeil en retard.

— Eh bien, asseyez-vous avec nous, alors. Nous avons de quoi, Dieu merci !

— Vous êtes bien aimable, dit Tom. Ça sent tellement bon, que j' me sens pas le courage de refuser.

— C'est vrai que ça sent bon, hein ? fit le jeune homme. Z'avez déjà senti quéq' chose d'aussi bon ?

Ils s'approchèrent de la caisse et s'accroupirent tout autour.

— Vous travaillez par ici ? demanda le jeune homme.

— On en a l'intention, répondit Tom. On n'est arrivés que d'hier au soir. Pas encore eu le temps de chercher.

— Nous, nous venons de travailler douze jours, dit le jeune homme.

Tout en s'affairant autour du feu, la jeune femme dit :

— Même qu'ils se sont acheté des affaires neuves.

Les deux hommes regardèrent leurs treillis neufs et sourirent, un peu confus. La jeune femme apporta le plat de lard, les gros biscuits bruns, un bol de jus de lard et un pot de café, puis elle s'accroupit à son tour près de la caisse. Le bébé tétait toujours, la tête sous le corsage.

Chacun emplit son assiette, versa du jus de lard sur ses biscuits et sucra son café.

Le vieux se remplit la bouche, mâcha, remâcha et avala goulûment.

— Dieu tout-puissant, que c'est bon! dit-il.

Puis il remplit de nouveau sa bouche.

Le jeune homme dit :

— Ça fait douze jours qu'on mange bien. Douze jours que nous n'avons pas manqué un repas, ni les uns ni les autres. On travaille, on touche notre paie et on mange à not' faim.

Il redevint silencieux et remplit de nouveau son assiette avec une ardeur presque frénétique. Ils buvaient le café bouillant, jetaient le marc par terre et remplissaient leurs tasses.

Il y avait maintenant de la couleur dans la lumière, une lueur rougeâtre. Le père et le fils s'arrêtèrent de manger. Ils faisaient face à l'est et leurs figures étaient éclairées par l'aurore. L'image de la montagne et la lumière au-dessus d'elle se reflétaient dans leurs yeux. Puis les deux hommes jetèrent sur le sol le marc de leur tasse et se levèrent d'un même mouvement.

— Il est temps de partir, dit le vieux.

Le jeune se tourna vers Tom :

— Écoutez donc, fit-il, si vous voulez faire le chemin avec nous, p'têt' qu'on pourra vous faire embaucher.

— Ben! c'est rudement gentil à vous. Et je vous remercie bien pour ce qui est du déjeuner.

— Tout le plaisir était pour nous, dit le vieux. On tâchera de vous faire embaucher, si vous voulez.

— Et comment que j' veux, bon Dieu! dit Tom. Attendez-moi juste une seconde. Que j' prévienne la famille.

Il courut à la tente des Joad et se pencha pour regarder à l'intérieur. Dans l'obscurité, sous la bâche, il vit par terre les contours noirs de dormeurs. Mais quelque chose remua légèrement parmi les couvertures. Ruthie sortit en se tortillant comme un serpent, les cheveux dans les yeux, sa robe toute chiffonnée. Elle s'avança prudemment à quatre pattes et se redressa. Son regard était clair et reposé après la nuit de sommeil et nulle malice ne se lisait dans ses yeux gris. Tom s'écarta de la tente et lui fit signe de le suivre. Lorsqu'il se retourna, elle leva les yeux vers lui.

— Dieu de Dieu, c' que tu pousses, dit-il.

Elle se détourna, subitement gênée.

— Écoute-moi, dit Tom. Surtout ne réveille personne, mais quand ils se lèveront, dis-leur que j'ai p' têt' une chance de trouver du travail et que j'ai été voir. Dis à Man que j'ai mangé avec des voisins. T'as bien compris ?

Ruthie fit un signe d'assentiment et se détourna, et ses yeux étaient des yeux de petite fille.

— Surtout, ne les réveille pas, recommanda Tom.

Il se hâta d'aller retrouver ses nouveaux amis. A pas de loup, Ruthie s'approcha du pavillon sanitaire et passa la tête par la porte entrouverte.

Quand Tom les rejoignit, les deux hommes l'attendaient. La jeune femme avait tiré un matelas dehors et y avait couché le bébé tandis qu'elle faisait la vaisselle.

Tom dit :

— J' voulais dire à la famille où que j'étais parti. Ils n'étaient pas réveillés.

Les trois hommes s'acheminèrent le long de l'allée centrale, entre les rangées de tentes.

Le camp commençait à s'animer. Les femmes allumaient les feux, découpaient de la viande, pétrissaient la pâte pour le pain de la journée. Et les hommes s'affairaient autour des tentes et des automobiles. Le ciel devenait rose. Devant le bureau, un vieillard maigre ratissait soigneusement le sol. Il tirait un râteau de façon à faire des sillons droits et profonds.

— Bien matinal, Grand-père, lui dit le jeune homme en passant.

— Ouais, ouais. Faut que je gagne mon loyer.

— Tu parles ! dit le jeune homme. Il s'est saoulé laut'

samedi soir. Chanté toute la nuit dans sa tente. Le Comité l'a mis de corvée.

Ils suivaient maintenant la route goudronnée bordée de noyers. Le soleil se montra au-dessus des montagnes.

Tom dit :

— Ça fait drôle. J'ai mangé votre déjeuner et j' vous ai pas dit mon nom et vous ne m'avez pas dit le vôtre non plus. Je m'appelle Tom Joad.

Le vieux le regarda et sourit légèrement.

— Vous n'êtes pas en Californie depuis longtemps ?

— Depuis trois jours.

— Je m'en doutais. Bizarre, on perd l'habitude de dire son nom. C'est qu'on est une sacrée quantité. Plus rien que des gars, quoi. Enfin... Je m'appelle Timothy Wallace, et voilà mon fils Wilkie.

— Bien content de faire votre connaissance, dit Tom. Y a longtemps que vous êtes là ?

— Dix mois, répondit Wilkie. On s'est amenés juste après les inondations de l'année dernière. Bon Dieu ! Vous pouvez pas savoir par quoi on a passé. On en a vu de dures. Qu'est-ce qu'on a pris ! Bien failli crever de faim, sacré bon Dieu !

Leurs semelles claquaient sur l'asphalte. Un camion chargé d'hommes passa, chacun d'eux perdu dans une rêverie intérieure ; tous se cramponnaient aux parois du camion et fronçaient les sourcils, l'air songeur.

— L'équipe de la Compagnie du Gaz, dit Timothy. Ils ont le bon filon.

— J'aurais pu prendre not' camion, proposa Tom.

— Non.

Timothy se baissa et ramassa une noix verte. Il la tâta du bout de son pouce, puis la lança sur un oiseau noir perché sur une clôture en fil de fer. L'oiseau s'envola, laissa filer la noix sous lui, puis revint se poser sur la clôture et lissa tranquillement ses plumes noires et luisantes.

Tom demanda :

— Vous n'avez donc pas d'auto ?

Les deux Wallace restaient silencieux et Tom, regardant leurs visages, y lut de la gêne.

Wilkie dit :

— Là où qu'on travaille, c'est qu'à un mille d'ici.

Timothy répondit aigrement :

— Non, on n'a pas d'auto. On l'a vendue. On n'avait plus de quoi manger, on manquait de tout. Pas moyen de trouver de travail. Toutes les semaines, il passait des types qu'achetaient les autos. Ils passent, comme ça, et si vous avez faim, eh ben... ils vous achètent votre voiture. Et si y a assez longtemps que vous n'avez rien bouffé, elle ne leur coûte pas cher. Et nous... y avait longtemps qu'on n'avait rien bouffé. Nous l'ont payée dix dollars.

Il cracha sur la route.

— J'ai été à Bakersfield la semaine passée, dit calmement Wilkie. Je l'ai vue... plantée là en plein milieu d'un parc d'autos d'occasion... en plein milieu, et c'était marqué soixante-quinze dollars sur la pancarte.

— Nous n'avons pas pu faire autrement, dit Timothy. Ou bien on les laissait nous voler notre auto ou bien c'était nous qu'on leur volait quéqu' chose. On n'a pas encore eu à voler, mais, nom de Dieu, s'en est pas fallu de beaucoup.

— Avant de s'en aller de chez nous, dit Tom, on nous avait dit qu'il y avait beaucoup de travail, par ici. J'avais vu des prospectus qui demandaient de la main-d'œuvre.

— Ouais, dit Timothy. Nous aussi, on les a vus. Et du travail, y en a pas beaucoup. Avec ça que les salaires diminuent tout le temps. J'en ai marre de me casser la tête pour tâcher de trouver de quoi manger, bon sang !

— Mais vous avez du travail, en ce moment, remarqua Tom.

— Oui, mais ça ne durera pas longtemps. On travaille pour un brave type. Il a une petite ferme. Travaille avec nous. Seulement voilà... ça ne durera pas longtemps.

— Et pourquoi qu' vous me faites embaucher, bon Dieu ? demanda Tom. Ça durera encore moins longtemps. J' vois pas pourquoi vous vous coupez la gorge pour moi.

Timothy dodelina de la tête :

— J' sais pas. Par bêtise, peut-êt' bien. On avait dans l'idée de s'acheter chacun un chapeau. Y aura probablement pas moyen. Tenez, c'est là un peu plus loin à droite. C'est bien payé, en plus. On touche trente *cents* de l'heure. Brave type, agréable à travailler avec.

Quittant la chaussée, ils prirent un chemin de gravier qui traversait un petit verger ; et derrière les arbres ils arrivèrent devant une petite ferme blanche abritée par de grands arbres. Derrière le bâtiment de la grange, il y avait un carré de vigne et un champ de coton. Au moment où les trois hommes passaient devant la ferme, une porte grillagée claqua et un homme trapu, au visage tanné, descendit les marches de la cuisine. Il portait un casque de carton-pâte et retroussa ses manches en traversant la cour. Ses sourcils épais et brûlés par le soleil étaient froncés et ses joues hâlées étaient rouge sang de bœuf.

— Bonjour, m'sieu Thomas, dit Timothy.

— Bonjour, répondit l'homme d'une voix irritée.

Timothy dit :

— Voilà Tom Joad. On s'était demandé si des fois vous ne pourriez pas l'embaucher avec nous.

Thomas regarda Timothy et fronça les sourcils. Puis il se mit à rire, mais ses sourcils étaient toujours froncés.

— Pour sûr que j' vais l'embaucher. J'embauche tout le monde, j'en embauche cent, s'il le faut.

— On avait pensé... commença Timothy pour s'excuser.

Thomas l'interrompit :

— Oui, moi aussi j'ai pensé.

Il se retourna brusquement et leur fit face.

— J'ai des choses à vous dire. Je vous ai toujours payé trente *cents* de l'heure... pas vrai ?

— Ben... oui, m'sieu Thomas... mais.

— Et vous m'en avez donné pour mes trente *cents*.

Il joignit ses mains puissantes et les serra violemment.

— On tâche d'en mettre un bon coup, hasarda Timothy.

— Oui, eh ben, à partir de maintenant vous aurez vingt-cinq *cents* de l'heure, bon Dieu... c'est à prendre ou à laisser.

Le rouge de son visage se fonça sous la colère.

Timothy dit :

— On a toujours eu le cœur à l'ouvrage. Vous l'avez dit vous-même.

412

— Je le sais. Mais c'est à croire que c'est plus moi qui embauche mes propres ouvriers.

Il avala sa salive :

— Écoutez... fit-il. Vous savez que j'ai soixante arpents de terre. Avez-vous déjà entendu parler de l'Association des Fermiers ?

— Je comprends.

— Eh bien ! j'en fais partie. Y avait réunion, hier soir. Et maintenant, savez-vous qui est à la tête de l'Association des Fermiers ? J' vais vous le dire : la Banque de l'Ouest. C'est elle qui est propriétaire de presque toute la vallée, et elle a des créances sur tout ce qui ne lui appartient pas. Alors, hier soir, le délégué de la banque, il m' dit comme ça : « Vous payez trente *cents* de l'heure. Vous feriez bien de ne plus payer que vingt-cinq *cents*. — J'ai de bons ouvriers », que j' lui réponds. Alors, il m' fait : « A partir de maintenant, les salaires sont de vingt-cinq *cents*. Si vous payez trente *cents*, vous provoquez du désordre. Et à propos, il me fait, est-ce que vous aurez besoin du prêt habituel pour la moisson de l'année prochaine ? »

Thomas s'interrompit. Il était haletant.

— Vous comprenez ? Le tarif, c'est vingt-cinq *cent*, que ça vous plaise ou non.

— Nous avons travaillé dur, dit Timothy, désemparé.

— Vous n'avez pas encore compris ? Madame la Grosse Banque embauche trois mille ouvriers et moi j'en embauche trois. J'ai des échéances à payer. Maintenant, si vous voyez un autre moyen de nous en sortir, je demande pas mieux, bon Dieu ! Je suis coincé.

Timothy branla la tête :

— Je ne sais pas quoi vous dire.

— Attendez-moi une seconde.

Thomas courut vers la maison. La porte claqua derrière lui. L'instant d'après il était de retour, un journal à la main :

— Vous avez vu ça ? Attendez, je vais vous le lire : « Indignés par les menées d'agitateurs rouges, des citadins incendient un camp de saisonniers. *La nuit dernière, un groupe de jeunes gens, exaspérés par les menées des semeurs de désordre, brûlèrent les tentes d'un camp de saisonniers de la région et intimèrent l'ordre aux agitateurs extrémistes d'avoir à quitter le comté. »*

— Mais je… commença Tom ; puis il ferma la bouche et se tut.

Thomas plia soigneusement le journal et le mit dans sa poche. Il avait réussi à se dominer. Il dit calmement :

— C'est l'Association qui a envoyé ces hommes. Maintenant, vous le savez. Et si jamais ils apprennent que je vous l'ai dit, je n'aurai plus de ferme l'année prochaine.

— Je ne sais vraiment quoi dire, fit Timothy. Si y avait des agitateurs, j' comprends qu' ça les ait mis en colère.

Thomas dit :

— Il y a longtemps que je vois ce qui se passe, mine de rien. C'est toujours avant une baisse de salaire qu'on parle d'agitateurs rouges. Toujours. Qu'est-ce que vous voulez, ils me tiennent. Je suis coincé. Nom de Dieu ! Alors, qu'est-ce que vous décidez ! Vingt-cinq *cents ?*

Timothy regarda le sol :

— Je travaille, dit-il.

— Moi aussi, fit Wilkie.

Tom dit :

— … l'impression d'êt' tombé pile. Moi aussi, je travaille. J'ai besoin de travailler.

Thomas tira de sa poche de derrière un grand mouchoir à carreaux et s'essuya la bouche et le menton :

— Je ne sais pas combien de temps ça pourra durer, cet état de choses. Je ne vois pas comment vous pouvez nourrir toute une famille avec ce que vous gagnez en ce moment.

— Tant qu'on a du travail, on y arrive, dit Wilkie. C'est quand on n'a pas de travail…

Thomas consulta sa montre :

— Eh ben, allez-y ! Il est temps de vous remettre à creuser. Oh ! tant pis, bon Dieu ! fit-il. J' vais tout vous dire. Vous habitez un camp du gouvernement, tous les trois ?

Timothy se hérissa :

— Oui, m'sieu.

— Et vous dansez, le samedi soir ?

Wilkie sourit :

— Ça oui.

— Eh ben, ouvrez l'œil samedi prochain.

Brusquement Timothy se redressa. Il s'approcha de Thomas :

— Qu'est-ce que vous voulez dire ? Je fais partie du Comité central. Je dois savoir.

Thomas hésita :

— Surtout, que personne ne sache que je vous l'ai dit.

— De quoi s'agit-il ? demanda Timothy d'un ton péremptoire.

— Eh ben, les camps du Gouvernement, ça ne plaît pas beaucoup à l'Association. Les shérifs adjoints n'ont pas le droit d'y entrer. Les gens y assurent l'ordre eux-mêmes, à ce qu'on m'a dit, et on ne peut pas arrêter quelqu'un sans un mandat d'arrestation. Mais supposez qu'il y ait vraiment une bonne bagarre avec... disons... des coups de revolver... A ce moment-là, on ne pourrait pas empêcher une équipe de shérifs adjoints d'intervenir et d'expulser tout le monde.

Timothy s'était métamorphosé. Ses épaules s'étaient redressées et ses yeux étaient durs et froids :

— Comment ça ?

— N'allez surtout pas raconter ce que je vous ai dit, fit Thomas, mal à l'aise. Il va y avoir une bagarre dans le camp, samedi soir. Et les shérifs adjoints seront là, prêts à intervenir.

Tom s'indigna :

— Mais enfin, pourquoi, bon Dieu ! Ces gens-là ne font de mal à personne.

— J' vais vous le dire, pourquoi, répondit Thomas. Ces gens qui sont au camp, eh bien, ils commencent à s'habituer à être traités comme des êtres humains. Quand ils retourneront dans les autres camps, ils ne se laisseront plus faire.

De nouveau, il s'épongea la figure :

— Et maintenant allons travailler. Vingt dieux, pourvu que je n'aille pas y perdre ma ferme, à débloquer comme je le fais. Mais qu'est-ce que vous voulez, vous me plaisez, et c'est comme ça.

Timothy fit un pas en avant et tendit une main osseuse et robuste, et Thomas la serra :

— Personne ne saura jamais qui nous a prévenus. On vous remercie. Il n'y aura pas de bagarre.

— Au travail, dit Thomas. Et c'est vingt-cinq *cents* de l'heure.

— On les accepte, dit Wilkie, venant de vous.

Thomas s'éloigna en direction de la maison.

— Je reviens dans un petit moment, dit-il. Commencez sans moi.

La porte grillagée claqua sur lui.

Les trois hommes passèrent devant la petite grange peinte à la chaux et suivirent le bord d'un champ. Ils arrivèrent devant une longue tranchée très étroite au bord de laquelle gisaient les tronçons d'une conduite en ciment.

— Not' chantier, dit Wilkie.

Son père ouvrit la porte du fournil et leur passa deux pioches et une pelle. Et il dit à Tom :

— Voilà vot' bien-aimée.

Tom souleva la pioche :

— Tonnerre de nom de Dieu ! C' que ça semble bon d'avoir ça en main !

— Attendez qu'il soit onze heures, insinua Wilkie. A ce moment-là, vous me direz si ça semble toujours aussi bon.

Ils gagnèrent l'extrémité de la tranchée. Tom ôta sa veste et la jeta sur le remblai. Il releva sa casquette et descendit dans le fossé. Puis il cracha dans ses mains. La pioche s'éleva et retomba dans un éclair d'acier. Tom grogna légèrement. La pioche s'élevait et retombait et Tom grognait chaque fois que l'outil s'enfonçait dans le sol et désagrégeait la terre.

— Dis donc, Pa, fit Wilkie. Tu parles d'un terrassier qu'on a dégotté là. Il doit êt' marié avec sa petite pioche, c'est pas possible autrement.

Tom dit :

— J'y ai mis du temps (han !). Des années, qu' ça m'a demandé (han !). Mais je l'ai bien en main (han !).

Le sol s'effritait devant lui. Le soleil brillait à travers les arbres fruitiers et mettait de l'or sur le vert des feuilles de vigne. Six pieds de long. Tom s'écarta et s'épongea le front. Wilkie le relaya. La pelle s'élevait et retombait et la terre

416

volait et venait grossir le tas qui s'élevait au bord de la tranchée et s'allongeait de plus en plus.

— J'ai entendu parler de vot' Comité central, dit Tom. Alors, comme ça, vous en êtes ?

— Parfaitement, répondit Wilkie. Et c'est une drôle de responsabilité. Tous ces gens, pensez donc. Nous faisons not' possible. Et tous les gens du camp font leur possible. Si seulement tous ces gros fermiers cessaient de nous empoisonner l'existence, ça serait pain bénit.

Tom redescendit dans la tranchée et Wilkie lui laissa la place. Tom dit :

— Et pour ce qui est d' la bagarre (han !) au bal, qu'il nous a parlé tout à l'heure (han !), qu'est-ce qu'ils cherchent donc ?

Timothy relaya Wilkie et la pelle de Timothy nivela le fond du fossé et l'aplanit de façon à faciliter la pose du tuyau.

— M'ont tout l'air d'être décidés à nous vider, répondit Timothy. A mon idée, ils ont la trouille qu'on s'organise. Et p'têt bien qu'ils ont raison. Not' camp, c'est ni plus ni moins qu'une organisation. Les gens se gouvernent eux-mêmes. Ils sont contents. Nous avons le meilleur orchestre à cordes de toute la région. Et un petit compte en magasin pour ceux qu'ont pas de quoi. Cinq dollars ; ils ont le droit de s'acheter jusqu'à cinq dollars de provisions. Le camp les garantit. Jamais nous n'avons eu d'histoires avec la police. J'ai idée que c'est ça qui doit fout' la frousse aux gros fermiers. Ils se disent que si on est de taille à se gouverner nous-mêmes, peut-êt' qu'on serait de taille à fait aut' chose.

Tom sauta hors de la tranchée et essuya la sueur qui coulait dans ses yeux :

— Vous avez vu ce qu'il y avait dans le journal à propos de ces agitateurs, là-haut, à Bakersfield ?

— Oui, répondit Wilkie. Ils disent tout le temps ça.

— Eh bien ! j'y étais. Y avait pas d'agitateurs. Des rouges comme ils les appellent. Et d'abord, qu'est-ce que c'est que ces rouges, bon Dieu ?

Timothy aplanit un petit monticule dans le fond de la

417

tranchée. Les poils hérissés de sa barbe blanche luisaient au soleil :

— Y a un tas de gens qui aimeraient bien savoir ce que c'est que ces rouges. (Il se mit à rire.) Un gars de chez nous l'a découvert, ce que c'était. (A petits coups de pelle, il aplanit soigneusement le tas de terre.) Un nommé Hines, l'a quéq' chose comme trente mille arpents de pêches et de la vigne, une usine de conserves et un pressoir. Toujours est-il qu'il n'arrêtait pas de parler de ces salauds de rouges. « Ces salauds de rouges, ils mènent le pays à sa perte » qu'il disait ; et aussi : « Faut les foutre dehors, ces cochons de rouges. » Et il y avait un jeune gars qui venait juste d'arriver dans l'Ouest, et qu'était là à l'écouter et un beau jour il fait : « M'sieu Hines, y a pas longtemps que j' suis là ; j' suis pas bien au courant, qu'est-ce que c'est au juste que ces salauds de rouges ? » Alors Hines lui dit comme ça : « Un rouge, c'est n'importe quel enfant de garce qui demande trente *cents* de l'heure quand on en paie vingt-cinq ! » Alors, voilà le petit gars qui réfléchit un bout, qui se gratte la tête et qui dit : « Mais nom d'un chien, m'sieu Hines, j' suis pas un enfant de garce, mais si c'est ça un rouge, eh ben moi, je veux avoir trente *cents* de l'heure. Tout le monde le veut. Eh bon Dieu alors on est tous des rouges, m'sieu Hines. »

Timothy poussait sa pelle sur le sol de la tranchée, et la terre dure luisait là où l'acier l'avait entamée.

Tom s'esclaffa :

— Moi aussi, dans ce cas-là.

Sa pioche décrivit un arc en l'air et s'abattit, fendant la terre. La sueur ruisselait sur son front, le long de son nez et scintillait sur sa nuque.

— Bon Dieu ! fit-il, une pioche est un fameux outil (han !) quand on ne se bagarre pas avec (han !). Suffit de s'entendre (han !) et de travailler la main dans la main (han !).

L'un derrière l'autre, les trois hommes travaillaient sans relâche, et la tranchée s'allongeait pouce par pouce sous le soleil qui chauffait de plus en plus, à mesure que la matinée s'avançait.

Après que Tom l'eut quittée, Ruthie resta un moment à

regarder dans le pavillon sanitaire. N'ayant pas là Winfield à épater, le courage lui manquait. Elle posa son pied nu sur le sol en ciment, puis le retira. Non loin de là, une femme sortit d'une tente de l'allée centrale et prépara un petit feu dans un poêle de campagne. Ruthie fit quelques pas dans cette direction, mais elle ne pouvait pas s'arracher au pavillon. A quatre pattes, elle regagna la tente des Joad et jeta un coup d'œil à l'intérieur. D'un côté, l'oncle John était allongé par terre, la bouche ouverte, la gorge pleine de ronflements et de gargouillis. Al était étendu dans le coin opposé, le bras replié sur les yeux. Man et Pa s'étaient fourrés sous une couverture, la tête à l'abri de la lumière. Rose de Saron et Winfield étaient couchés tout près de l'entrée, puis venait la place vide de Ruthie, derrière Winfield. Elle s'accroupit et ses yeux se fixèrent sur la tignasse ébouriffée de Winfield, et, sous son regard, le petit garçon s'éveilla. Il ouvrit de grands yeux et la regarda d'un air tragique. Ruthie mit un doigt sur ses lèvres et de l'autre main lui fit signe de la suivre. Winfield lorgna du côté de Rose de Saron qui dormait près de lui, la bouche entrou-verte, ses grosses joues roses toutes proches du visage du petit. Doucement, Winfield souleva la couverture et, brû-lant de curiosité, il se coula au-dehors et rejoignit Ruthie.

— Y a combien de temps que t'es levée ? chuchota-t-il.

Avec des précautions exagérées, Ruthie l'entraîna à l'écart, et lorsqu'ils furent hors de portée, elle répondit :

— Je m'ai pas couchée du tout. J' suis restée levée toute la nuit.

— Pas vrai, dit Winfield. T'es qu'une sale menteuse.

— Bon, fit-elle. Si je suis une menteuse, alors j' te raconterai rien de c' qui est arrivé. J' te dirai pas comment que le bonhomme a été tué avec un grand couteau pointu et puis l'ours qu'est venu et qu'a emporté un petit enfant.

— Y a jamais eu d'ours, dit Winfield, d'une voix mal assurée. Il se peigna sommairement en passant les doigts dans ses cheveux et tira sur l'entrejambe de son pantalon pour rajuster sa salopette.

— Bon... bon... y a pas eu d'ours, riposta Ruthie d'un air

sarcastique. Et il y a pas non plus de ces machins blancs en truc comme on fait les assiettes, qu'il y a dans les catalogues.

Winfield la considéra avec gravité. Il désigna du doigt le pavillon sanitaire :

— Là n'dans ? demanda-t-il.

— J' suis une sale menteuse, dit Ruthie. C'est pas la peine que j' te raconte des choses.

— Allons voir, proposa Winfield.

— J'y ai déjà été, dit Ruthie. Je m'ai déjà assise dessus. Même que j'ai pissé dedans.

— C'est pas vrai que t'y as été, dit Winfield.

Ils se dirigèrent vers le pavillon ; maintenant Ruthie n'avait plus peur. Crânement, elle prit les devants et le mena à l'intérieur. Les W.-C. s'alignaient contre le mur d'une grande salle, chaque cabinet formant compartiment séparé muni d'une porte. La porcelaine était d'une blancheur étincelante. Une rangée de lavabos garnissait le mur opposé et quatre cabines de douches étaient aménagées dans le fond.

— Là, tu vois, fit Ruthie. Ça c'est les cabinets. J'en ai vu dans le catalogue.

Les deux enfants se rapprochèrent d'un des compartiments. Dans un accès de folle témérité, Ruthie releva sa jupe et s'assit.

— Pisque j' te dis que j'étais venue.

Comme pour confirmer ses dires, un léger glouglou se fit entendre dans l'appareil.

Winfield avait l'air gêné. Machinalement, sa main poussa le bouton de la chasse d'eau. L'eau jaillit dans un fracas de tonnerre. Ruthie fit un bond de carpe et s'enfuit. Les deux enfants s'arrêtèrent au milieu de la salle et se retournèrent. L'eau continuait à siffler dans la cuvette.

— C'est toi, dit Ruthie. C'est toi qui l'as démoli, je t'ai vu.

— C'est pas moi, j' te jure, c'est pas moi.

— Je t'ai vu, dit Ruthie. Suffit qu'on te montre quelque chose de joli pour que t'ailles l'abîmer.

Le menton de Winfield s'affaissa. Il leva sur Ruthie des yeux remplis de larmes. Sa mâchoire tremblait. Ruthie fut instantanément prise de remords.

— N'aie pas peur, dit-elle, j' cafarderai pas. On dira qu'il était déjà démoli. On dira qu'on est même pas venus ici.

Elle l'emmena hors du pavillon.

Le soleil commençait à poindre au-dessus des montagnes et rayonnait sur les toits de tôle ondulée des cinq pavillons sanitaires, sur les tentes grises et sur le sol ratissé des allées séparant les rangées de tentes. Le camp s'éveillait. Les feux brûlaient dans les foyers de campagne, les foyers faits de vieux bidons à essence et de feuilles de tôle. L'air sentait la fumée. Les pans de toile des entrées de tentes étaient écartés et les gens circulaient dans les allées. Plantée devant la tente des Joad, Man inspectait les environs. Elle aperçut les enfants et s'avança vers eux.

— Je me faisais du mauvais sang, dit-elle. Je ne savais pas où vous étiez.

— On regardait seulement, dit Ruthie.

— Mais où est Tom ? Vous l'avez vu ?

Ruthie se gonfla :

— Oui, Man. Tom s'est levé et il m'a dit c' qu'il fallait que j' te dise.

Elle prit son temps pour bien faire apprécier l'importance de son personnage.

— Et alors... quoi ? s'impatienta Man.

— Il a dit de te dire...

Elle fit une nouvelle pause, histoire d'en imposer à Winfield.

Man leva le bras, le dos de sa main tourné vers Ruthie.

— Quoi ?

— Il a du travail, lâcha précipitamment Ruthie. Il est parti travailler.

Elle regarda craintivement la main de sa mère. La main retomba puis se tendit vers Ruthie. D'un geste instinctif Man étreignit violemment les épaules de sa fille. Ensuite elle la relâcha.

Ruthie regardait le bout de ses pieds d'un air confus. Elle changea de conversation :

— Y a des cabinets là-bas, dit-elle. Des cabinets tout blancs.

— T' y as été voir ? demanda Man.

— Moi et Winfield on y a été, répondit-elle.

Puis traîtreusement :

— Winfield en a cassé un.

Winfield devint écarlate ; il lança un regard haineux à Ruthie :

— Elle a pissé dedans, dit-il méchamment.

Man s'inquiéta :

— Qu'est-ce que vous avez encore été fabriquer ? Vous allez me montrer ça.

Elle les fit entrer de force.

— Alors, qu'est-ce que vous avez fait ?

Ruthie montra du doigt la chose :

— Ça faisait pshh... pshh..., comme ça. Maintenant c'est arrêté.

— Montrez voir c' que vous avez fait.

A regret, Winfield s'approcha de l'appareil.

— J' l'ai pas poussé fort, dit-il. J' tenais juste le machin comme ça, et pis...

L'eau rugit de nouveau. Il s'écarta d'un bond.

Man rejeta la tête en arrière et partit d'un gros rire, tandis que Ruthie et Winfield la considéraient d'un air vexé.

— C'est comme ça que ça marche, dit Man. J'en ai déjà vu. Quand on a fini, on pousse le bouton.

Incapable de supporter la honte de leur ignorance, les deux enfants prirent la porte et allèrent se planter devant une nombreuse famille en train de déjeuner au bord de la grande allée. Man les suivit des yeux. Puis elle jeta un regard circulaire. Elle inspecta les douches. Devant les lavabos, elle passa un doigt sur la porcelaine blanche. Timidement, elle ouvrit le robinet et tint son doigt sous le jet, puis le retira précipitamment quand l'eau arriva bouillante. Elle resta un moment à considérer la cuvette puis elle ferma la vidange et fit couler d'abord l'eau chaude puis l'eau froide. Ensuite elle se lava les mains et le visage dans l'eau tiède. Elle se passait de l'eau dans les cheveux quand tout à coup elle entendit un bruit de pas derrière elle. Man se retourna vivement. Un homme âgé la regardait d'un air outré.

L'homme dit d'un ton bourru :

— Qu'est-ce que vous faites là ?

Man avala sa salive et sentit l'eau dégoutter de son menton dans le creux de sa robe :

— J' savais pas, dit-elle humblement. J' croyais qu'on avait le droit de s'en servir.

L'homme âgé fronça les sourcils :

— C'est pour les hommes, dit-il sévèrement.

Il fit quelques pas vers la porte et lui montra un écriteau portant le mot : « Hommes ».

— Là, dit-il, c'est marqué. Vous ne l'aviez pas vu ?

— Non, dit Man, consternée. J' l'avais pas vu. Y a pas quéq' part où j' puisse aller ?

L'homme s'adoucit.

— Vous venez d'arriver ? interrogea-t-il avec bonté.

— Au milieu de la nuit, répondit Man.

— Alors, le Comité vous a pas causé ?

— Quel Comité ?

— Ben… le Comité des dames.

— Non, il ne m'a pas causé.

— Le Comité ne va pas tarder à s'amener. Il vous mettra au courant, dit-il avec fierté. Nous prenons soin des nouveaux arrivés. Et maintenant, si vous cherchez les toilettes des dames, c'est de l'autre côté du bâtiment. Là-bas vous êtes chez vous.

— Un Comité de dames, vous dites ? demanda Man, pas très rassurée. Elles vont venir dans ma tente ?

Il fit un signe affirmatif.

— J'ai idée qu'elles ne vont pas tarder.

— Merci, dit Man.

Elle sortit précipitamment et regagna la tente au petit trot.

— Pa ! cria-t-elle. John, levez-vous ! et toi Al. Levez-vous et dépêchez-vous de vous laver.

Des yeux s'ouvraient, gonflés de sommeil, et la regardaient d'un air hébété.

— Levez-vous ! tout le monde. Et dépêchez-vous de vous débarbouiller et de vous peigner.

L'oncle John était pâle et paraissait malade. Il avait un bleu au coin de la mâchoire.

Pa demanda :

— Qu'est-ce qui se passe ?

— Le Comité, s'écria Man. Y a un Comité de dames qui vient nous rend' visite. Allons, dépêchez-vous de vous lever et de faire votre toilette. Pendant qu'on était tous à ronfler comme des bienheureux, Tom a trouvé du travail, lui. Allons, debout, vite !

Encore à moitié endormis, ils sortirent de la tente. L'oncle John vacillait légèrement et son visage était crispé par la souffrance.

— Allez vous laver dans la maison qui est là-bas, ordonna Man. Faut qu'on ait déjeuné et qu'on soit prêts avant que le Comité arrive.

Elle alla prendre un peu de bois au petit tas de fagots qui constituait la réserve du campement. Puis elle alluma le feu et disposa le trépied.

— De la bouillie de maïs avec un peu de jus de lard. C'est vite fait. Faut se presser.

Elle continuait son monologue devant Ruthie et Winfield ; les deux enfants la regardaient, intrigués.

La fumée des feux de cuisine montait de partout et le bourdonnement des conversations emplissait le camp.

Rose de Saron, dépeignée, chiffonnée, ahurie de sommeil, sortit à quatre pattes de la tente. Man était occupée à doser les poignées de farine de maïs dans la casserole. Elle se détourna et, voyant la robe crasseuse et chiffonnée de sa fille et ses cheveux tout emmêlés, elle lui dit d'un ton énergique :

— Tu vas me faire le plaisir d'aller te nettoyer. Cours te laver, là-bas. T'as une robe propre. Je te l'ai lavée. Et coiffe-toi. Allons, récure un peu tes yeux.

Man était très agitée.

Rose de Saron dit d'un ton morne :

— J' me sens pas bien. J' voudrais bien que Connie vienne. J'ai de goût à rien quand Connie n'est pas là.

Man se planta carrément devant elle. La farine jaune collait à ses mains et à ses poignets.

— Rosasharn, dit-elle sévèrement, tu vas me faire le plaisir de te secouer. J'en ai assez de tes giries. Y a un Comité de dames qui va s'amener ; j' tiens à c'que la famille fasse bonne impression.

— Mais j' me sens pas bien.

Man s'avança sur elle en écartant ses mains saupoudrées de jaune.

— Allons, fit-elle. Y a des moments où ce qu'on ressent, il faut le garder pour soi.

— Je sens que j'vais rendre, gémit Rose de Saron.

— Eh ben, rends! Bien sûr que tu vas rendre. Ça arrive à tout le monde. Soulage-toi et après tu te nettoieras... Et lave-toi les jambes et puis mets tes souliers.

Elle se détourna et se remit à son ouvrage.

— Et arrange tes cheveux, ajouta-t-elle.

Le saindoux grésillait dans la poêle et lorsque Man y versa la bouillie de maïs, la graisse pétilla furieusement. Dans une casserole à part, elle fit un mélange de graisse et de farine, y ajouta de l'eau et du sel, et touilla la sauce Le café commença à bouillir dans le bidon de tôle, répandant une fumée odorante.

Pa revenait du pavillon sans se presser. Man l'inspecta d'un œil critique. Pa dit :

— Tom a trouvé du travail, tu disais ?

— Parfaitement. Il est sorti avant qu'on soit réveillés. Et maintenant cherche dans cette caisse et prends un bleu propre et une chemise. Et t'sais, Pa, j'ai terriblement à faire. Vois donc un peu à nettoyer les oreilles de Ruthie et de Winfield. Y a de l'eau chaude. Tu veux faire ça ? Fouille bien au fond, et lave-leur le cou aussi. Que ça brille.

— J't'ai jamais vue si excitée, dit Pa.

Man s'écria :

— Il est grand temps que la famille reprenne une figure un peu convenable. Pendant le voyage, y avait pas moyen. Mais maintenant, c'est possible. Jette ta salopette sale sous la tente, je te la laverai.

Pa pénétra sous la tente et en ressortit au bout de quelques instants vêtu d'une salopette bleu pâle et d'une chemise propre. Et il conduisit au pavillon sanitaire les deux enfants médusés et contrits.

Man lui cria :

— Récure-leur bien les oreilles.

L'oncle John apparut à la porte, côté hommes, jeta un coup d'œil au-dehors, puis il rentra dans la pièce, s'assit sur le siège des cabinets et resta un long moment prostré, tenant à deux mains son crâne douloureux.

Man avait terminé la cuisson d'une pleine casserole de bouillie de maïs et en apprêtait une autre. Elle était occupée à mélanger les cuillerées de farine à la graisse qui pétillait dans la poêle lorsqu'une ombre se dessina sur le sol à côté d'elle. Jetant un regard par-dessus son épaule, elle vit derrière elle un petit homme entièrement vêtu de blanc... Un homme au visage hâlé et ridé et aux yeux pétillants de gaieté. Sec comme un hareng saur. Ses vêtements blancs, très propres, s'effrangeaient aux coutures. Il adressa un sourire à Man.

— Bonjour ! fit-il.

Man regarda son costume blanc, et la méfiance durcit son visage.

— Jour..., répondit-elle.

— Vous êtes madame Joad ?

— Oui.

— Eh ben moi, je m'appelle Jim Rawley. Je suis le directeur du camp. Je venais en passant voir si tout allait bien. Vous avez tout ce qu'il vous faut ?

Man le considéra d'un air soupçonneux.

— Oui, répondit-elle.

— Je dormais quand vous êtes arrivés hier soir, reprit Rawley. Encore heureux que vous ayez trouvé de la place.

Le ton était cordial.

Man dit avec simplicité :

— C'est bien, ici. Surtout les lavabos.

— Attendez que les femmes se mettent à leur lessive. Ça ne va pas tarder. Vous n'avez jamais entendu un raffut pareil. On se croirait à un meeting. Savez-vous ce qu'elles ont fait hier, madame Joad ? Elles ont organisé un chœur. Elles vous chantaient des cantiques tout en frottant leur linge. Ça valait le coup d'entendre ça, j' vous assure.

La méfiance s'effaçait du visage de Man.

— Ça doit êt' joli. C'est vous le patron ?

— Non, répondit-il. Les gens font tout, ici, alors je n'ai plus de travail. Ils entretiennent le camp. Ils assurent l'ordre, enfin ils font tout eux-mêmes ! Jamais vu des gens pareils. Ils fabriquent des vêtements dans la salle de réunions. Et des jouets. Jamais vu des gens pareils.

Man jeta un coup d'œil sur sa robe sale :

— Nous n'avons pas encore eu le temps de nous faire propres, dit-elle. Sur la route, c'est pas possible.

— J'en sais quelque chose, fit-il. (Il renifla.) Dites-moi... c'est votre café qui sent si bon ?

Man sourit.

— C'est vrai qu'il sent bon, n'est-ce pas ? Dehors, ça sent toujours bon.

Elle ajouta fièrement :

— Ça nous ferait bien de l'honneur si vous vouliez déjeuner avec nous.

Il s'approcha du feu et s'accroupit et Man sentit fondre ses dernières velléités de résistance.

— Ça nous ferait bien plaisir, dit-elle. Nous n'avons pas grand-chose à vous offrir, mais c'est de bon cœur.

Le petit homme leva la tête et lui sourit.

— J'ai déjà déjeuné. Mais une tasse de vot' café ne serait pas de refus. Il sent tellement bon.

— Mais bien sûr, voyons.

— Prenez tout votre temps.

Man remplit une tasse en fer-blanc au bidon de tôle. Elle dit :

— Nous n'avons pas encore de sucre. Nous en aurons peut-être aujourd'hui. Si vous prenez du sucre, il ne vous semblera pas bon.

— Jamais de sucre pour moi, dit-il. Ça gâche le goût du bon café.

— Moi, j'en mets un petit peu, dit Man. Subitement, elle le regarda avec attention, pour savoir comment il s'était imposé si vite. Elle cherchait sur sa figure un motif quelconque, mais n'y trouva que de la gentillesse. Ensuite, elle regarda les bords effilochés de son veston blanc, et cela contribua à la rassurer.

Il sirotait son café :

— J'ai idée que ces dames vont venir vous rendre visite, ce matin.

— Nous ne sommes pas propres, dit Man. Elles ne

427

devraient pas venir avant que nous ayons eu le temps de nous nettoyer un peu.

— Oh ! elles savent ce que c'est, dit le directeur. Elles ont passé par là aussi, quand elles sont arrivées. Ne vous tracassez donc pas. Les Comités, dans not' camp, ils ont ça de bon : ils savent vraiment de quoi il retourne.

Il termina son café et se leva :

— Il est temps que je m'en aille. Si vous avez besoin de quéq' chose, n'hésitez pas à vous adresser au bureau. J' suis tout le temps là. Délicieux, votre café ! Merci bien.

Il replaça la tasse dans la caisse parmi les autres, fit au revoir de la main et s'éloigna entre les rangées de tentes. Man l'entendit parler aux gens en passant. Elle baissa la tête et lutta contre une brusque envie de pleurer.

Pa revint, ramenant les enfants. Ils avaient les yeux pleins de larmes — le nettoyage des oreilles avait été douloureux — et le visage luisant de propreté. Ils paraissaient matés. Un frottage énergique avait pelé le nez de Winfield.

— Les voilà, dit Pa. Avec la crasse et deux couches de peau de moins. J'ai presque dû les corriger pour les faire tenir tranquilles.

Man les toisa d'un œil expert.

— Ils sont beaux comme tout, fit-elle. Maintenant, servez-vous. Il y a de la bouillie de maïs et de la sauce. Il faut se dépêcher de débarrasser et de mettre un peu d'ordre.

Pa se servit et servit les enfants.

— Me demande où Tom a trouvé du travail ?

— J' sais pas.

— En tout cas, s'il a pu en trouver j'en trouverai aussi.

Al accourut, très agité.

— Parler d'un coin ! dit-il.

Il se servit et versa le café.

— Y a un type, là-bas… Vous savez c' qu'il fait ?… Il se construit une roulotte. Là, à côté, juste derrière les tentes. Avec des lits et un poêle et tout. Et il habite dedans. Ça c'est de la vraie vie, bon Dieu ! Partout où on s'arrête… on est chez soi.

— J'aimerais mieux une petite maison, dit Man. Dès qu'on aura les moyens, j' veux avoir une petite maison.

Pa dit :

— Al, quand on aura mangé, on prendra le camion, toi, moi, et l'oncle John, et on ira chercher du travail.

— Entendu, dit Al. J'aimerais bien travailler dans un garage si y avait le choix. C'est ce qui me plaît le plus. J' me dégotterais une petite Ford... un de ces bons vieux tacots. J'y passerais un coup de peinture jaune, et hop... j'irais faire de ces virées ! Vu passer une jolie fille tout à l'heure sur la route. Même que j'y ai fait de l'œil. Jolie comme un cœur, elle était.

Pa prit un air sévère :

— Tu ferais bien de trouver du travail avant de penser à trousser les pupons.

L'oncle John sortit des cabinets et s'approcha d'un pas traînant. Man fronça les sourcils quand elle l'aperçut.

— Tu n'es pas lavé..., commença-t-elle, mais le voyant triste et mal en point, elle lui dit : Va te reposer sous la tente. Tu n'es pas bien.

Il secoua la tête :

— Non, dit-il, j'ai péché, et je dois expier.

Il s'accroupit, complètement effondré, et se versa une tasse de café.

Man vida la poêle et dit d'un air détaché :

— Le directeur du camp est venu. Il est resté prendre une tasse de café.

Pa leva lentement les yeux.

— Ah oui ? Qu'est-ce qu'il voulait, de si bonne heure ?

— Simplement passer le temps, répondit Man d'un ton dégagé. Il s'est assis tout bonnement, et il a bu une tasse de café. Il a dit qu'il en buvait pas souvent du bon et qu'il avait senti le nôtre.

— Qu'est-ce qu'il voulait ? insista Pa.

— Rien du tout, il est venu voir si ça allait.

— J' n'en crois rien, dit Pa. Il venait fouiner et se mêler de ce qui ne le regardait pas, probablement.

— Jamais de la vie ! s'écria Man, indignée. J' suis aussi capable qu'une autre de repérer un fouineur quand j'en vois un.

Pa secoua sa tasse et fit tomber le marc de café par terre.

— Et faudra voir à ne plus faire de saletés, dit Man. C'est propre ici.

— Tâche seulement que ça ne devienne pas trop propre pour qu'on puisse y vivre, riposta Pa. Dépêche-toi, Al. Nous allons chercher du travail.

Al s'essuya la bouche d'un revers de main.

— J' suis prêt, dit-il.

Pa se tourna vers l'oncle John :

— Tu viens avec ?

— Oui, je viens.

— Ça n'a pas l'air d'aller fort ?

— Ça ne va pas fort, mais je viens.

Al monta dans le camion.

— Faut que je fasse de l'essence, dit-il.

Il mit le contact. Pa et l'oncle John s'installèrent à côté de lui et le camion démarra et s'éloigna le long de l'allée.

Man les regarda partir. Ensuite, elle s'empara d'un seau et se dirigea vers les lavoirs, dans la partie découverte du pavillon sanitaire. Elle remplit le seau d'eau chaude et le rapporta au campement. Elle était occupée à laver la vaisselle dans le seau lorsque Rose de Saron revint.

— Je t'ai mis ton déjeuner de côté, dit Man.

Et elle examina attentivement sa fille. Ses cheveux encore humides étaient peignés et sa peau avait une belle teinte rose et fraîche. Elle avait mis la robe en tissu imprimé bleu, à petites fleurs blanches, et portait aux pieds des souliers de mariage à hauts talons. Sous le regard de sa mère, elle rougit.

— T'as pris un bain ? demanda Man.

Rose de Saron répondit d'une voix rauque :

— J'étais là-dedans et il y a une dame qu'est venue et qui l'a fait. T' sais comment on s'y prend ? On rentre dans une espèce de guérite et puis on tourne des poignées et tout d'un coup, l'eau vous coule dessus de partout, de l'eau chaude ou de l'eau froide, à volonté, alors je l'ai fait.

— J'y vais aussi, s'écria Man. Sitôt que j'aurai fini ici. Tu me feras voir.

— Je vais le faire tous les jours, dit la jeune femme. Et la dame… elle m'a vue et elle a remarqué pour ce qui est du bébé, alors... t' sais ce qu'elle m'a dit ? Elle a dit que toutes les semaines il y a une infirmière qui vient. Alors faudra que je la voie et elle me dira ce que je dois faire pour que le bébé soit bien portant. Toutes les femmes le font, à ce qu'elle m'a dit. Moi aussi je vais le faire. (Les mots affluaient à ses lèvres.) Et puis... t' sais quoi ?... La semaine dernière, y a un bébé qu'est venu au monde, alors il y a eu une grande fête et tout le monde a donné des cadeaux, des affaires, une layette pour le bébé, et y avait même une voiture d'enfant, de celles en osier. Pas neuve mais on l'avait repeinte en rose... tout comme neuve. Et puis on a baptisé l'enfant, et puis il y avait un gâteau. Oh ! Sainte Vierge !

Elle se tut, à bout de souffle.

— Dieu soit loué, dit Man. Nous avons enfin retrouvé les nôtres. Je vais prendre un bain.

— Oh ! ce que c'est beau, Man.

Man essuya les assiettes de fer-blanc et les empila. Elle dit :

— Nous sommes des Joad. Nous n'avons jamais eu à baisser la tête devant personne. Le Grand-père de Grand-père, il s'est battu pendant la Révolution. On était des fermiers jusqu'à ce qu'il y ait eu cette dette. Et puis après, ces gens sont venus... Ils nous ont changés. Chaque fois qu'ils venaient, c'était comme si on m'avait fouettée... moi et toute la famille. Et puis ce type de la police, à Needles. Ça m'a fait quelque chose ; tout d'un coup, je me suis sentie toute mortifiée... j'avais honte. Maintenant, je n'ai plus honte. Ces gens sont de chez nous... Ils sont des nôtres. Et c't' homme qu'est venu, le directeur. Il s'est assis et puis il a pris une tasse de café et il fallait l'entendre. Madame Joad par-ci, madame Joad par-là... Avez-vous besoin de quéq' chose, madame Joad ?

Elle s'interrompit et soupira :

— Je t'assure, je me sens redevenir un être humain.

Elle posa la dernière assiette sur la pile, puis se glissa sous la tente et chercha dans la caisse à vêtements ses souliers et une robe propre. Et elle trouva un petit paquet de papier qui contenait ses boucles d'oreilles. En passant devant Rose de Saron elle dit :

— Si ces dames viennent, dis-leur que je suis là tout de suite.

Elle s'éclipsa derrière le pavillon sanitaire.

Rose de Saron s'assit lourdement sur une caisse et considéra ses souliers de mariée. Des escarpins de cuir verni ornés d'un nœud d'étoffe noire. Elle en frotta le bout avec son doigt, puis s'essuya le doigt à l'intérieur de son jupon. Le mouvement qu'elle fit en se baissant comprima son ventre déjà gros. Elle se redressa et ses doigts explorèrent son corps, cependant qu'un léger sourire éclairait son visage.

Une femme corpulente apparut dans l'allée, portant au lavoir une caisse à pommes pleine de linge sale. Sa figure était tannée par le soleil et ses yeux noirs brillaient avec intensité. Par-dessus sa robe d'indienne, elle avait passé un énorme tablier taillé dans un sac et ses pieds étaient chaussés de brodequins d'homme. Elle vit Rose de Saron se tâter le corps et remarqua le léger sourire de la jeune femme.

— Tiens, tiens ! s'exclama-t-elle en riant de plaisir. Qu'est-ce que ça sera, selon toi ?

Rose de Saron rougit et baissa les yeux, puis elle risqua un œil vers la femme. Celle-ci l'examinait avec intérêt.

— Je ne sais pas, murmura-t-elle.

La femme plaqua la caisse à pommes sur le sol.

— Alors, comme ça, t'as attrapé une tumeur vivante ? dit-elle en caquetant comme une vieille poule. Qu'est-ce que tu aimerais le mieux ? interrogea-t-elle.

— Sais pas... un garçon, je crois. Oh ! oui, un garçon.

— Vous venez juste d'arriver, hein ?

— Hier au soir, tard.

— Vous allez rester ?

— J' sais pas, j'ai idée qu' oui, si nous trouvons du travail.

Une ombre passa sur le visage de la femme, et les petits yeux noirs brillèrent farouchement.

— *Si* vous trouvez du travail. Nous disons tous la même chose.

— Mon frère a déjà trouvé une place ce matin.

— Ah oui ? Eh ben ! peut-êt' que vous avez la chance pour vous. Prends garde à la chance. Quand on a du

432

bonheur, faut jamais s'y fier. (Elle se rapprocha.) Y a qu'un
seul bonheur. On ne peut pas en avoir d'aut'. Tâche d'êt'
sage ! vociféra-t-elle soudain. Tâche de te conduire comme il
faut. Si tu t'adonnes au péché, gare à ton enfant. (Elle
s'accroupit en face de Rose de Saron.) Il se passe des choses
scandaleuses dans le camp, dit-elle sombrement. Tous les
samedis soir on y danse, et pas seulement des quadrilles. En
plus, y en a qui dansent l'un contre l'autre... et ça se serre, et
ça s'enlace, et ça se tortille ! Je les ai vus.

Rose de Saron dit avec circonspection :

— J'aime bien danser. Le quadrille, je veux dire. Et elle
ajouta, dans un élan vertueux : J'ai jamais dansé de l'aut'
façon.

La femme à la peau hâlée dodelina de la tête d'un air
sinistre :

— Eh ben, y en a qui le font ! Mais c'est des choses que le
Seigneur ne laisse pas passer, tu peux êt' tranquille. Ne va
surtout pas t'imaginer le contraire.

— Non, m'dame, dit la jeune femme dans un souffle.

La femme posa une main brune et ridée sur le genou de
Rose de Saron, et la jeune femme tressaillit à ce contact.

— Il faut que je te prévienne. Des vraies brebis du
Seigneur, y en a plus beaucoup. Tous les samedis soir,
quand leur orchestre à cordes se met à jouer, au lieu de jouer
des cantiques comme il devrait, les v'là partis à tourner et à
tourner que c'en est une perdition. A bras-le-corps, ils se
tiennent. Je les ai vus. Personnellement, je m'approche pas,
note bien, et je laisse pas les miens s'approcher non plus.
J' veux voir ça ni de près ni de loin. Ils s'attrapent et ils se
serrent, j' te dis. (Elle fit une pause oratoire, puis elle reprit,
dans un murmure rauque :) Ils font pire : ils donnent du
théâtre !

Elle s'écarta légèrement et inclina la tête pour voir
comment Rose de Saron prendrait une telle révélation.

— Avec des acteurs ? demanda la jeune femme, saisie
d'une crainte respectueuse.

— Jamais de la vie ! vociféra la femme. Pas des acteurs,
pas ces créatures déjà damnées. Non. Des gens comme
nous. De chez nous. Et y avait des petits enfants ; eux ne

433

pouvaient pas savoir, bien sûr. Et ils se faisaient passer pour ce qu'ils n'étaient pas. J'ai pas voulu approcher. Mais j' les entendais raconter tout ce qu'ils faisaient. Oh! le démon était à son affaire dans le camp, ce soir-là.

Rose de Saron écoutait, bouche bée, les yeux écarquillés.

— Une fois à l'école, on a donné la *Nativité*, le jour de Noël.

— Ça, j' dis pas qu' c'est bien ni qu' c'est mal. Y a des gens pieux qui ne trouvent rien à redire aux pièces sur le Christ avec des enfants. Moi, j'irais pas jusque-là, ça non. Mais là, c'était pas une pièce sur l'enfant Jésus. C'était que péché, malfaisance, dévergondage et compagnie. Ils se pavanaient et fanfaronnaient et parlaient comme s'ils étaient des gens qu'ils ne sont pas. Et j' te danse, et j' te serre, et j' te tortille...

Rose de Saron soupira.

— Et pas seulement quelques-uns, en plus, poursuivit la femme à peau brune. A l'heure qu'il est, on peut presque les compter sur les dix doigts, les vrais agneaux du divin berger. Et ne va pas t'imaginer que Dieu se laisse rouler par ces mécréants. Non, ma fille. Il inscrit tout sur Son ardoise, un péché après l'autre, et après Il tire Son trait et fait l'addition. Dieu, Il a l'œil, et moi j'ai l'œil. Il en a déjà dépisté deux et les a enfumés dans leurs terriers.

— Non? fit Rose de Saron d'une voix oppressée.

La voix de la femme à la peau brune s'amplifiait peu à peu :

— Je l'ai vu de mes yeux. Y en avait une qu'attendait un bébé, comme toi. Elle a joué du théâtre, et elle a dansé des danses dévergondées. Et alors... (la voix se fit glaciale et sinistre) elle a maigri, et elle a maigri tellement qu'il n'y en avait bientôt plus, et elle a accouché d'un enfant mort.

— Mon Dieu Seigneur! fit la jeune femme en pâlissant.

— Mort et tout en sang. Naturellement, personne lui adressait plus la parole. Été obligée de partir. On n'enseigne pas le péché aux autres sans finir par l'attraper soi-même. Tu peux me croire. Et y en avait une autre qu'a fait la même chose. Et elle a maigri et maigri, et puis tu sais quoi? Une nuit elle est partie. Et deux jours après elle était de retour.

Prétendu qu'elle était allée voir des gens. Mais... elle n'avait plus de bébé. Tu sais c' que je pense? Eh bien je pense que c'est le directeur du camp qui l'a emmenée et l'a aidée à se débarrasser de son enfant. Il ne croit pas au péché. Me l'a dit lui-même. Il dit que le péché c'est d'avoir faim, c'est d'avoir froid. Il m'a dit... de sa propre bouche, note bien... que Dieu n'est pour rien dans tout ça. Que ces filles-là ont maigri parce qu'elles n'avaient pas assez à manger. Mais je lui ai rivé son clou.

Elle se leva et recula d'un pas. Ses yeux flamboyaient. Elle braqua un doigt rigide vers le visage de Rose de Saron.

— J' lui ai dit : « Arrière! » que j' lui ai dit. Je l' savais que le démon menait le sabbat, dans le camp. J' lui ai dit : « Et maintenant, je sais qui est le démon. Arrière, Satan! » je lui ai dit. Et, par Dieu, il a reculé! Tout tremblant il était, et plat comme une couleuvre. Il me fait : « J' vous en prie! qu'il me fait, j' vous en prie, ne rendez pas les gens malheureux. — Malheureux? j' lui dis. Et leurs âmes, qu'est-ce que vous en faites de leurs âmes? Et ces petits enfants morts et ces pauvres pécheresses perdues par vot' théâtre? » Il n'a pas su quoi répondre. Il m'a simplement regardée avec une espèce de grimace minable et il est parti. Il a vu tout de suite qu'il avait affaire à une vraie servante du Seigneur. J' lui ai dit : « J'aide Notre-Seigneur Jésus à surveiller le camp. Et Dieu vous réglera vot' compte à vous et aux autres pécheurs. » (Elle reprit sa caisse de linge sale.) Gare à toi, je t'ai prévenue. Attention à c' pauvre petit enfant que t'as dans le ventre et tâche de te garder du péché.

Sur ces mots, elle s'en alla majestueusement et la vertu lui embrasait les prunelles.

Rose de Saron la suivit du regard, puis elle se prit la tête à deux mains et commença à gémir. Une voix douce s'éleva près d'elle. Elle leva les yeux, confuse. C'était le petit homme en blanc, le directeur du camp.

— Ne te fais pas de mauvais sang, dit-il. Ne te fais pas de mauvais sang.

Les larmes affluèrent aux yeux de Rose de Saron.

— Mais je l'ai fait! s'écria-t-elle. J'ai dansé comme il faut pas. J' lui ai pas dit. Une fois à Sallisaw. Connie et moi.

— Ne te fais pas de mauvais sang, dit-il.

— Elle dit que je perdrai l'enfant.

— Je sais bien ; je la tiens à l'œil, un tant soit peu. C'est une brave femme, mais elle rend les gens malheureux.

Rose de Saron eut un reniflement larmoyant.

— Elle connaissait deux filles, ici, dans le camp, qu'ont perdu leur bébé.

Le directeur s'accroupit devant elle.

— Écoute ! fit-il. Je vais te dire quelque chose. Moi aussi je les connaissais. Leurs péchés, c'était la fatigue et la faim. Elles travaillaient trop. Et en plus de ça le voyage en camion, avec les cahots. Elles étaient malades. C'était pas de leur faute.

— Mais elle a dit...

— Ne t'inquiète donc pas. C'est une femme qui ne se plaît qu'à faire des histoires.

— Mais elle a dit que vous étiez le diable.

— J' sais bien. C'est parce que je l'empêche de rendre les gens malheureux. (Il lui donna de petites tapes sur l'épaule.) Ne te fais surtout pas de mauvais sang. Elle ne sait pas.

Et là-dessus il s'esquiva rapidement.

Rose de Saron le regarda s'éloigner ; ses maigres épaules tressautaient. Elle avait encore les yeux fixés sur la frêle silhouette quand Man revint, toute propre et toute rose, ses cheveux encore humides peignés et roulés sur la nuque. Elle portait sa robe imprimée et les vieilles chaussures crevassées et ses petites boucles d'oreilles.

— Je l'ai fait, dit-elle. Je me suis mise là-dessous et j'ai fait dégringoler l'eau sur moi. Et y avait là une femme qui disait qu'on pouvait le faire tous les jours si on en avait envie. Au fait... est-ce que le Comité des dames est venu ?

— Un-unh ! répondit la jeune femme en secouant négativement la tête.

— Et tu restes là assise à ne rien faire, au lieu de mettre un peu d'ordre. (Tout en parlant, Man rassemblait la vaisselle de fer-blanc.) Faut se préparer, dit-elle. Allons, remue-toi ! Prends-moi ce sac et nettoie un peu par terre. (Elle rassembla le matériel, remit les casseroles dans leur caisse sous la tente.) Retape un peu ces lits, ordonna-t-elle.

Je t'assure, rien ne m'a jamais semblé aussi bon que cette eau-là.

Rose de Saron exécutait sans enthousiasme les ordres de sa mère.

— Tu crois que Connie va revenir aujourd'hui ?

— Peut-être... Peut-être pas. On n'en sait rien.

— Tu es bien sûre qu'il sait où nous retrouver ?

— Mais oui.

— Man... tu ne crois pas... qu'il aurait pu être tué quand ils ont brûlé le camp ?

— Pas lui, répondit Man d'un ton assuré. Il est vif, quand il veut... Il détale comme un lièvre et il est plus matois qu'un renard.

— J' voudrais bien qu'il revienne.

— Il reviendra quand il reviendra.

— Man...

— Je voudrais bien que tu te mettes au travail.

— Ben, j' voulais te demander... tu crois que de danser et de jouer du théâtre, c'est des péchés, et que ça pourrait me faire perdre mon enfant ?

Man interrompit son ouvrage et se redressa, poings aux hanches.

— Qu'est-ce que c'est encore que cette histoire ? T'as pas joué de théâtre ?

— Ben, y en a ici qui l'ont fait, et une fille, justement, elle a perdu son enfant — elle a accouché d'un enfant mort — mort et tout en sang, comme si c'était un châtiment de Dieu.

Man la regarda fixement.

— Qui te l'a dit ?

— Une dame qu'est passée. Et puis, il y a le petit bonhomme habillé en blanc qu'est venu et qu'a dit que c'était pas ça la cause.

Man fronça les sourcils.

— Rosasharn, dit-elle, cesse un peu de tout ramener à toi-même. Tout ce que tu cherches, c'est des excuses pour pleurer. Je ne sais pas ce que tu as. Personne n'a jamais fait de pareils chichis dans not' famille. On a toujours accepté ce qui nous arrivait sans faire d'histoires. J' parie que c'est

Connie qui t'a mis toutes ces bêtises en tête. Il avait la folie des grandeurs, celui-là. (Et elle ajouta sévèrement :) Rosasharn, dis-toi bien que tu n'es pas seule sur terre, tu n'es qu'une personne parmi toutes les autres. Tiens-toi à ta place. J'en connais qu'ont grossi leurs péchés à plaisir, au point de se figurer qu'ils n'étaient qu'une montagne d'abominations aux yeux du Seigneur.

— Mais voyons, Man...

— Non. Ferme ton bec et mets-toi à l'ouvrage. Tu n'es ni assez importante ni assez mauvaise pour que le Seigneur se tourmente à cause de toi. Et si tu n'arrêtes pas de te torturer la cervelle, tu vas prendre ma main sur la figure.

Elle balaya les cendres et les fit tomber dans le trou du foyer. Ce faisant, elle vit le Comité qui s'en venait sur la route.

— Allons, dépêche ! dit-elle. Voilà ces dames qui s'amènent. Mets un peu d'ordre, qu'on fasse bonne figure.

Elle ne regarda plus, mais elle avait conscience de l'approche du Comité.

On ne pouvait douter que ce fût le Comité. Trois dames endimanchées et débarbouillées : une femme maigre aux cheveux filasse portant des lunettes à monture d'acier ; une petite boulotte aux cheveux crépus et grisonnants et à la bouche de poupée, et une gigantesque matrone à la croupe éléphantesque, aux seins mafflus, musclée comme un cheval de labour, forte et sûre d'elle. Et le Comité s'avançait avec dignité.

Man s'arrangea pour avoir le dos tourné à leur arrivée. Elles s'arrêtèrent, pivotèrent et se plantèrent devant elle, sur un rang. Et la géante dit d'une voix de stentor :

— Bonjour, m'dame Joad. Z'êtes bien m'dame Joad, s' pas ?

Man fit brusquement volte-face, jouant la surprise :

— Mais oui... oui. Comment qu' vous savez mon nom ?

— C'est nous le Comité, répondit la grosse femme. Le Comité des dames du pavillon sanitaire numéro 4. Votre nom est inscrit au bureau.

Man se troubla.

— Nous ne sommes pas encore très présentables. Ça me

438

ferait bien de l'honneur si vous vouliez vous asseoir pendant que je fais un peu de café, mesdames.

Le petite boulotte dit :

— Présentez-nous, Jessie. Dites nos noms à m'dame Joad. Jessie est not' présidente, expliqua-t-elle.

Jessie dit, cérémonieusement :

— M'dame Joad, voilà Annie Littlefield et Ella Summers ; et moi, je m'appelle Jessie Bullitt.

— J' suis bien heureuse de faire vot' connaissance, dit Man. Vous ne vous asseyez pas ? Y a encore rien pour s'asseoir, ajouta-t-elle. Mais je vais faire un peu de café.

— Oh ! non, protesta Annie, très mondaine. Ne vous dérangez pas. Nous sommes simplement venues voir si vous aviez besoin de quelque chose et vous dire que vous êtes ici chez vous.

Jessie Bullitt dit sévèrement :

— Annie, c'est moi la présidente, si ça ne vous fait rien.

— Bon, bon ! Mais la semaine prochaine, c'est mon tour.

— Eh bien, attendez la semaine prochaine, dans ce cas. Nous changeons toutes les semaines, expliqua-t-elle.

— C'est bien vrai que vous ne voulez pas prendre une tasse de café ? demanda Man, légèrement déconcertée.

— Non, merci.

Jessie assuma la présidence.

— Nous allons d'abord vous mettre au courant pour ce qui est du pavillon sanitaire et après, si vous voulez, nous vous inscrirons à notre club où on vous donnera un emploi. Turellement, vous n'êtes pas forcée d'en faire partie.

— Est-ce que... ça coûte cher ?

— Ça ne coûte rien d'autre que du travail, intervint Annie. Et une fois que vous serez un peu connue, vous serez peut-êt' élue dans not' Comité. Jessie, que voilà, fait partie du Comité central du camp. C'est quelqu'un de haut placé dans le Comité.

Jessie sourit avec fierté.

— Élue à l'unanimité, précisa-t-elle.

— Eh bien, m'dame Joad, si vous voulez, on va vous expliquer comment le camp fonctionne.

Man dit :

— Voilà ma fille, Rosasharn.

— Bonjour, dirent-elles en chœur.

— Feriez bien de venir aussi.

La volumineuse Jessie prit la parole ; son attitude était digne et bienveillante et son discours avait été préparé.

— N'allez pas croire que nous voulons nous immiscer dans vos affaires, mâme Joad. Vous comprenez, dans not' camp, y a un tas d'installations qui servent à tout le monde. Et puis il y a des règlements, que nous faisons nous-mêmes. A présent, nous allons voir le pavillon sanitaire. Tout le monde s'en sert et tout le monde doit veiller à ce qu'il reste propre.

Elles s'acheminèrent vers la courette où s'alignaient les lavoirs — vingt en tout. Huit places étaient occupées ; les femmes courbées sur leur besogne frottaient le linge et empilaient les vêtements déjà rincés sur les carreaux de ciment.

— Vous pouvez vous servir des lavoirs quand vous voudrez, dit Jessie. A condition de laisser tout bien propre.

Les femmes occupées à laver levèrent la tête et examinèrent le groupe avec curiosité. Jessie dit d'une voix forte :

— V'là mâme... Joad et sa fille Rosasharn qui vont rester chez nous.

En chœur, elles saluèrent Man, et Man fit une petite révérence et dit :

— Enchantée de faire vot' connaissance.

Jessie ouvrit la marche et conduisit le Comité à la salle des douches et des W.-C.

— J' suis déjà venue ici, dit Man. J'ai même pris un bain.

— C'est fait pour ça, dit Jessie. Et le règlement est tout pareil : faut les laisser aussi propres qu'on les a trouvés. Chaque semaine, y a un nouveau Comité qui est chargé du nettoyage, une fois par jour. Vous en ferez peut-êt' partie. Chacun doit apporter son savon.

— Faut que je trouve du savon, dit Man. Nous n'en avons plus une miette.

La voix de Jessie se nuança de respect.

— Et ces choses-là, vous vous en êtes déjà servi ? demanda-t-elle en désignant les cabinets.

— Oui, m'dame. Pas plus tard que ce matin.

Jessie soupira :

— C'est bien.

Ella Summers éleva la voix :

— Figurez-vous que la semaine passée...

Jessie l'interrompit sévèrement :

— Mâme Summers... C'est à moi de raconter la chose...

Ella céda :

— Oh ! bon, bon...

Jessie reprit :

— La semaine passée, c'est vous qu'était présidente ; vous avez dit tout c' que vous aviez à dire. Cette semaine-ci, vous serez bien bonne de vous abstenir.

— Bon, mais racontez c' que cette femme a fait, dit Ella.

— Eh bien, commença Jessie, ce n'est pas dans les habitudes du Comité d'aller faire des cancans et des ragots, mais je ne nommerai personne. La semaine passée, y a une dame qui s'amène là-dedans avant que le Comité ait eu le temps de la mettre au courant. Toujours est-il qu'elle avait mis le pantalon de son homme à tremper dans la cuvette et qu'elle fait : « C'est trop bas, et c'est pas assez grand. De quoi y attraper un tour de reins, qu'elle fait. Ils auraient bien pu l'installer plus haut. »

Le Comité sourit d'un petit air condescendant.

Ella intervint :

— Ça ne tient presque rien, qu'elle disait.

Mais Jessie la foudroya du regard et Ella, décontenancée, se tut.

Jessie reprit :

— C'est avec le papier à cabinet que nous avons des ennuis. D'après le règlement, il est défendu d'en emporter. On se cotise tous pour en acheter.

Elle hésita une seconde, puis elle avoua :

— Le numéro 4 en consomme plus que n'importe quel autre. Y a quelqu'un qu'en vole. On en a parlé à la réunion du Comité central. Le pavillon sanitaire numéro 4, section dames, consomme trop de papier à cabinet. En pleine réunion, c'est venu sur le tapis.

Man était tout oreilles.

— On le vole... mais pour quoi faire?

— Ben, répondit Jessie, c'est pas d'aujourd'hui qu'on a des ennuis avec ça. Une fois, il y a eu trois petites filles qui découpaient des bonshommes en papier dedans. Ce coup-là, on les a attrapées. Mais cette fois-ci, pas moyen de savoir qui c'est. A peine on en met un rouleau qu'il disparaît. En pleine réunion, c'est venu sur le tapis. Même qu'une dame a proposé d'attacher un petit grelot qui sonnerait à chaque tour du rouleau. De façon à pouvoir compter combien chacun en prend.

Elle branla la tête :

— Je ne sais vraiment plus quoi, dit-elle. Ça m'a tracassée toute la semaine. Quelqu'un vole le papier à cabinet du pavillon sanitaire numéro 4.

De la porte entrouverte, une petite voix craintive appela :

— Mâme Bullitt!

Le comité se retourna :

— Mâme Bullitt, j'ai entendu c' que vous venez de dire.

Une femme en sueur, toute rougissante, se tenait dans l'embrasure de la porte :

— J'ai pas osé me lever à la réunion, mâme Bullitt. C'est plus fort que moi, j'ai pas pu. Ils auraient rigolé, ou j' sais pas quoi, pour sûr.

— De quoi donc que vous parlez? fit Jessie.

— Ben... on est tous... enfin, peut-être... que c'est nous. Mais on ne vole pas, mâme Bullitt.

Jessie s'avança sur elle; son aveu lui avait coûté un gros effort et la sueur perlait abondamment au front de la coupable.

— C'est pas de not' faute, mâme Bullitt.

— Dites ce que vous avez à dire, fit Jessie. Notre pavillon a reçu un affront à cause de c' papier à cabinet.

— Toute la semaine, mâme Bullitt. On pouvait pas s'empêcher. C'est que j'en ai cinq filles, vous savez.

— Qu'est-ce qu'elles en ont fait? demanda Jessie d'un ton qui ne laissait présager rien de bon.

— S'en sont servies, pas aut' chose. Vrai de vrai, a s'en sont servies.

— Qu'est-ce qu'elles ont donc? demanda impétueusement Jessie.

— La diarrhée, balbutia la coupable. Toutes les cinq. L'argent manquait, alors elles mangeaient des raisins pas mûrs. Elles ont attrapé une diarrhée épouvantable. Obligées d'aller toutes les cinq minutes.

Elle prit leur défense :

— Mais pour le voler, ça elles le volaient pas.

Jessie soupira :

— Fallait le dire, fit-elle. C'est des choses qu'il faut dire. Et maintenant, le pavillon numéro 4 a reçu un affront parce que vous n'avez rien dit. Tout le monde peut attraper la diarrhée.

La voix plaintive gémit :

— J'ai beau faire, j' peux pas les empêcher de manger ces raisins verts. Alors ça ne fait qu'empirer.

Ella Summers glapit :

— Le Secours! Faut s'inscrire au Secours!

— Ella Summers, fit Jessie, je vous le dis pour la dernière fois. C'est pas vous la présidente. (Elle se retourna vers la petite bonne femme au visage effaré et cramoisi :) Vous n'avez donc pas d'argent, même Joyce?

Elle baissa la tête, confuse.

— Non, mais il se peut qu'on trouve bientôt du travail.

— Y a pas de quoi avoir honte, en voilà des façons! dit Jessie. Trottez-vous jusqu'à l'épicerie de Weedpatch et commandez ce qu'il vous faut. Le camp a un crédit de vingt dollars dans la boutique. Prenez-en pour cinq dollars. Et vous les rembourserez au Comité central quand vous aurez trouvé du travail. Vous le saviez pourtant bien, même Joyce, ajouta-t-elle avec sévérité. Comment ça se fait que vous avez laissé vos filles avoir faim?

— Nous n'avons jamais demandé l'aumône à personne, répondit Mme Joyce.

— Vous savez très bien qu'il ne s'agit pas d'aumône, gronda Jessie. Ç'a été dit et redit. Il n'est pas question d'aumône ni de charité dans notre camp. Nous ne voulons pas de ça. Et maintenant trottez-vous jusqu'à l'épicerie et faites vos provisions. Et après vous m'apporterez la facture.

— Et si on ne pouvait pas vous rembourser? objecta timidement Mme Joyce. Ça fait longtemps qu'on n'a pas eu de travail.

— Vous rembourserez si vous le pouvez. Si vous ne pouvez pas, ce n'est pas notre affaire et ce n'est pas la vôtre non plus. Il y en a un qui est parti comme ça, eh bien il a renvoyé l'argent deux mois plus tard. Vous n'avez pas le droit de laisser vos filles avec le ventre creux dans notre camp.

— Non, m'dame, fit Mme Joyce d'un ton soumis.

— Prenez-leur du fromage, à ces gosses, ordonna Jessie. Ça leur fera passer la diarrhée.

— Bien, m'dame.

Là-dessus, Mme Joyce se coula vers la porte et sortit.

Jessie, courroucée, se tourna vers le Comité :

— De quel droit est-ce qu'elle fait la difficile? C'est pas admissible, surtout avec les nôtres.

Annie Little dit :

— Il n'y a pas longtemps qu'elle est là. Elle n'est peut-être pas encore bien au courant. Et peut-être qu'il lui est arrivé d'avoir affaire à un Bureau de Bienfaisance. Et n'essayez pas de m'empêcher de parler, Jessie, j'ai le droit de dire mon mot. (Elle se tourna à demi vers Man :) Quand on a dû accepter l'aumône une fois dans sa vie, ça laisse une brûlure qui ne s'en va jamais. Ici, il ne s'agit pas d'aumône ni de bienfaisance, mais quand on a été forcé d'en passer par là, on ne l'oublie pas de sitôt. Je parie bien que c'est jamais arrivé à Jessie.

— Non jamais, dit Jessie.

— Eh bien, ça m'est arrivé à moi, dit Annie. L'hiver passé on crevait de faim. Pa, moi et les petits. Et il pleuvait, fallait voir... Un type nous a dit d'aller à l'Armée du Salut. (Ses yeux prirent une expression farouche.) On avait faim... il a fallu se mettre à plat ventre pour avoir à manger. Ils nous ont enlevé toute notre dignité. Ils nous... je les hais! Vous comprenez... peut-êt' que mâme Joyce a dû passer par là. Et peut-êt' qu'elle ne savait pas qu'il ne s'agissait pas de bienfaisance, ici. Madame Joad, nous ne permettons à personne de se faire de la réclame de cette façon. Nous ne

444

permettons à personne de donner quoi que ce soit à quelqu'un d'autre. Si quelqu'un a envie de donner, il n'a qu'à donner au camp et le camp le distribuera. Nous ne voulons pas d'aumône ! (Sa voix devint âpre et rauque :) Je les hais ! dit-elle. Rien n'avait jamais pu abattre mon homme... et cette Armée du Salut l'a démoli.

Jessie hocha la tête :

— Je comprends, dit-elle à mi-voix. Je comprends. Maintenant il nous faut conduire mâme Joad.

— C'est bien aimable à vous, dit Man.

— Allons à la lingerie, Annie. Il y a deux machines à coudre. On y raccommode les couvertures et on y fait des robes. Ça vous plairait peut-être de travailler là-bas.

Quand le Comité se fut présenté devant Man, Ruthie et Winfield s'éclipsèrent discrètement et se trouvèrent bientôt hors d'atteinte.

— Pourquoi on ne va pas avec elles pour entendre c' qu'elles disent ? demanda Winfield.

Ruthie l'empoigna par le bras.

— Non, répondit-elle. C'est à cause de ces enfants de putain qu'on nous a lavés. Je vais pas avec eux.

— Tu m'as dénoncé pour les cabinets, dit Winfield. Ben moi je dirai comment qu' t'as appelé les dames.

La crainte apparut dans les yeux de Ruthie.

— Ne fais pas ça. Je ne t'ai pas dénoncé. J' savais que tu ne l'avais pas vraiment cassé.

— C'est des menteries ! s'indigna Winfield.

— Viens faire un tour, proposa Ruthie.

Ils déambulèrent le long de l'allée, jetant de temps à autre un coup d'œil furtif à l'intérieur d'une tente, l'air godiche et gêné. A l'extrémité du pavillon, un jeu de croquet avait été aménagé sur un petit espace plat. Une demi-douzaine d'enfants jouaient avec application. Assise sur un banc devant une tente, une femme âgée surveillait la partie. Ruthie et Winfield s'élancèrent.

— Laissez-nous jouer, s'écria Ruthie. Laissez-nous rentrer dans le jeu.

Les enfants levèrent la tête. Une fillette aux cheveux tressés dit :

— Dans l'aut' partie, vous pourrez jouer.

— J' veux jouer tout de suite, déclara Ruthie.

— Eh ben, tu ne peux pas. Tu attendras la partie d'après.

Ruthie s'avança sur le terrain, menaçante.

— J' vas jouer.

La petite à la natte agrippa fermement son maillet. Ruthie se jeta sur elle, la gifla, la bouscula et lui arracha le maillet des mains.

— J' te l'avais dit que je jouerais, fit-elle, triomphante.

La femme âgée se leva et Ruthie se cramponna à son maillet.

— Laissez-la jouer, dit la femme. Comme vous avez fait pour Ralph, la semaine passée.

Les enfants lâchèrent leurs maillets et s'écartèrent en silence. Ils s'attroupèrent en dehors du terrain et restèrent à contempler Ruthie et Winfield d'un air totalement inexpressif. Ruthie les regarda s'éloigner. Ensuite elle cogna sur la boule et se mit à courir après.

— Viens Winfield! cria-t-elle. Prends un bâton.

Elle leva les yeux et resta stupéfaite. Winfield s'était joint au groupe des spectateurs et la regardait, lui aussi, d'un œil morne. D'un air de défi, Ruthie leva son maillet et frappa de nouveau la boule, soulevant un nuage de poussière. Elle faisait semblant de s'amuser comme une folle. Et les enfants la regardaient sans bouger. Ruthie leur tourna le dos, plaça deux boules devant elle, les frappa toutes deux, puis elle se retourna vers le groupe qui l'observait. Et subitement elle avança vers eux, le maillet à la main.

— Venez jouer, commanda-t-elle.

Ils reculèrent silencieusement à son approche. Elle resta un moment à les regarder fixement, après quoi elle lança violemment le maillet à terre et s'enfuit en pleurant. Les enfants revinrent sur le terrain.

La petite à la natte dit à Winfield :

— Tu pourras jouer à l'aut' partie.

La femme qui les observait les admonesta :

— Si elle revient et si elle veut être convenable, laissez-la jouer. T'as pas été gentille non plus, Amy.

Le jeu reprit, tandis que sous la tente des Joad, Ruthie sanglotait éperdument.

Le camion suivait les belles routes bordées de vergers où les pêches commençaient à se colorer, de vignobles où les raisins pendaient en lourdes grappes vert pâle, de noyers dont les branches se rejoignaient presque au-dessus de leurs têtes. Al ralentissait devant chaque grille d'entrée, et devant chaque grille d'entrée, une pancarte annonçait : « Pas d'embauche. Entrée interdite. »

Al dit :

— Pa, c'est forcé qu'il y ait du travail quand tous ces fruits seront à point. Drôle de pays... ils vous répondent qu'il n'y a pas de travail avant même qu'on leur en ait demandé. Il continuait d'avancer, à petite allure.

Pa dit :

— Peut-êt' qu'on pourrait quand même entrer leur demander s'ils savent où il y a du travail. On peut toujours voir.

Un homme en salopette et chemise bleue suivait le bord de la route. Al stoppa à sa hauteur.

— Eh m'sieur ! fit-il, savez pas où qu'on pourrait trouver de l'embauche ?

L'homme s'arrêta et grimaça un sourire, montrant une bouche édentée.

— Non, répondit-il. Et vous ? Moi, je cours depuis huit jours et j' suis pas plus avancé que quand j' suis parti.

— Vous restez au camp du Gouvernement ? demanda Al.

— Ouais !

— Alors montez. Mettez-vous derrière, on va chercher ensemble. L'homme escalada la paroi et se laissa tomber sur le plancher du camion.

Pa dit :

— J'ai pas l'impression que nous trouverons du travail. Mais faut tout de même chercher. L'ennui c'est qu'on ne sait pas de quel côté aller.

— On aurait dû demander au gars du camp, dit Al. Comment qu' tu te sens, oncle John ?

— Je suis moulu, répondit l'oncle John. J'ai mal partout. Mais c'est bien fait pour moi. Je devrais foutre le camp,

447

comme ça au moins je n'amènerais plus de misères à ma famille.

Pa mit sa main sur le genou de John.

— Écoute donc, fit-il. Ne t'avise surtout pas de partir. Nous n'arrêtons pas de perdre du monde en route. Grand-père et Grand-mère morts, Noah et Connie... filés, et le pasteur... en prison.

— J'ai comme une idée que nous le reverrons, ce pasteur, fit John.

Al promena ses doigts sur le pommeau du levier des vitesses.

— T'es trop mal en point pour avoir des idées, fit-il. Oh ! et puis y en a marre ! Retournons discuter le coup, voir où c' qu'il y a du travail. Pour ce qu'on fait là, autant chasser le putois au fond de la rivière. (Il arrêta le camion, se pencha par la portière et cria :) Eh, dites, on retourne au camp tâcher de voir où il y a du travail. C'est idiot de brûler de l'essence pour rien.

L'homme se pencha par-dessus le flanc du camion :

— D'accord, dit-il, j'ai les arpions usés jusqu'aux chevilles. Et j'ai même pas récolté une bouchée de pain.

Al vira au milieu de la route et prit le chemin du retour. Pa dit :

— Man ne va pas être contente, surtout que Tom a trouvé si facilement du travail.

— Il n'a peut-êt' rien trouvé du tout, dit Al. Il a peut-êt' simplement été chercher comme nous. J' voudrais bien trouver une place dans un garage. Je m'y mettrais vite. Et ça me plairait.

Pa grogna, et ils reprirent silencieusement le chemin du camp.

Après le départ du Comité, Man s'assit sur une caisse devant la tente des Joad et regarda Rose de Saron d'un air désemparé :

— Eh bien... fit-elle, eh bien... je me sens toute requinquée. Ça fait des années que ça ne m'est pas arrivé. Ce qu'elles étaient gentilles, ces dames !

— Je vais travailler à la crèche, dit Rose de Saron. Elles

me l'ont dit. On me montrera tout ce qu'il faut faire pour les bébés. Comme ça je saurai.

Man n'en revenait pas. Elle hocha la tête et dit :

— Ce que ça serait bien si les hommes trouvaient de l'embauche. Imagine... eux, à travailler ; et l'argent qui commencerait à rentrer un peu. (Son regard se perdit au loin.) Ils auraient leur travail, et nous le nôtre..., avec tous ces braves gens d'ici. La première chose que je ferais, dès qu'on aurait un peu d'avance, ce serait de m'acheter un petit poêle. Un joli petit poêle, ça coûte pas cher. Peut-être bien des sommiers d'occasion. Et on se servirait de cette tente-ci juste pour manger dessous. Et samedi soir nous irons au bal. Il paraît qu'on peut inviter du monde si on veut. Dommage qu'on n'ait pas de connaissances. Peut-êt' que les hommes connaîtront quelqu'un à inviter.

Rose de Saron regardait dans l'allée :

— Cette dame qui disait que je perdrais mon enfant... commença-t-elle.

— Tu ne vas pas recommencer ! gronda Man.

Rose de Saron poursuivit à mi-voix :

— Je viens de la voir. J' crois qu'elle vient ici. Oui ! la voilà, Man, ne la laisse pas...

Man se retourna et considéra l'arrivante.

— Jour, dit la femme, j' m'appelle madame Sandry... Lisbeth Sandry. J'ai parlé à vot' fille ce matin.

— Bonjour, dit Man.

— Etes-vous heureuse dans le Seigneur ?

— Pas trop malheureuse, répondit Man.

— Avez-vous été délivrée du péché ?

— J'ai été délivrée. Man attendait, le visage fermé.

— Eh bien, j'en suis bien contente, dit Lisbeth. C'est que les pécheurs sont rudement forts, par ici. Vous êtes tombée dans un mauvais lieu. Que du dévergondage partout. Des gens malfaisants et des manigances telles qu'une vraie brebis du Seigneur a de la peine à les supporter. Y a que des pécheurs partout...

Man serra les lèvres et son visage se colora légèrement.

— M'ont l'air d'être des gens bien comme il faut, dans ce camp, dit-elle d'une voix brève.

Madame Sandry écarquilla les yeux :

— Bien comme il faut ! s'exclama-t-elle. Vous trouvez. C'est des gens comme il faut qui dansent et qui se tiennent à bras-le-corps ? Moi je vous le dis, votre âme éternelle est perdue d'avance dans ce camp de perdition. J'ai été au Service à Weedpatch hier soir. Savez ce qu'a dit le pasteur ? Il a dit : « Les pauvres veulent être comme les riches. Ils dansent et ils s'enlacent au lieu d'être à se prosterner et à se lamenter dans le repentir. » Voilà ce qu'il a dit : « Tous ceux qu'est par ici, c'est des misérables pécheurs », qu'il a dit. Eh bien ! je vous assure que ça faisait du bien d'entendre ça. Surtout en sachant qu'on n'avait rien à craindre. On n'avait pas dansé, nous.

Man était écarlate. Elle se redressa lentement et se planta devant Mme Sandry :

— Filez, dit-elle, allez ouste ! Sinon je vais commettre un péché en vous disant où que vous pouvez aller. Filez, je vous dis. Allez vous lamenter et vous cogner la tête ailleurs.

La bouche de Mme Sandry s'ouvrit toute grande. Elle recula. Et, soudain, elle devint agressive :

— J' vous croyais chrétiens.

— Nous le sommes, dit Man.

— Non, vous ne l'êtes pas. Vous êtes des créatures du péché, et vous irez griller en enfer, tous autant que vous êtes. Et j'en parlerai au Service, en plus. Je vois d'ici votre âme noire en train de brûler. Et je vois cette petite âme innocente qui est là dans le ventre de vot' fille en train de brûler aussi.

Une plainte rauque s'échappa des lèvres de Rose de Saron. Man se baissa et ramassa un bâton.

— Filez, dit-elle d'un ton résolu. Et que je ne vous revoie plus. Je vous connais, vous et ceux de votre espèce. Vous n'êtes contents qu'une fois que vous avez fait souffrir les autres.

La femme fit quelques pas à reculons, regardant Man d'un air horrifié, et subitement elle rejeta la tête en arrière et se mit à hurler. Ses yeux se révulsèrent et ses épaules s'affaissèrent ; ses bras pendaient mollement à ses côtés, et un filet de salive épaisse et gluante coulait du coin de sa bouche. Elle hurlait sans arrêt... Des hurlements de bête, profonds et prolongés. Des hommes et des femmes accoururent des autres tentes et devant ce spectacle, ils se pétrifièrent, effrayés et silencieux. Lentement, la femme s'effondra sur les genoux, et les hurlements se muèrent peu à peu en gémissements convulsifs entrecoupés de borborygmes. Elle tomba sur le côté, les bras et les jambes agités de soubresauts. Les yeux étaient blancs sous les paupières ouvertes.

Un homme dit à mi-voix :

— Elle est possédée. L'esprit est en elle.

Man restait immobile, les yeux baissés sur la forme qui se tordait sur le sol.

La frêle silhouette du directeur apparut sur la scène. Il avait l'air de passer par là comme par hasard. La foule s'écarta pour le laisser passer. Il considéra la femme.

— Triste, dit-il. Y en a-t-il quelques-uns parmi vous qui veulent la reconduire à sa tente ?

Silencieux, les gens s'avancèrent en traînant les pieds. Deux hommes se courbèrent et soulevèrent la femme, l'un sous les aisselles, l'autre par les pieds. Ils l'emportèrent, et la foule s'ébranla lentement à leur suite. Rose de Saron rentra sous la bâche, se coucha et se cacha la tête sous une couverture.

Le directeur se tourna vers Man et ses yeux se portèrent sur le bâton qu'elle tenait à la main. Il eut un sourire plein de lassitude.

— Vous lui en avez flanqué un coup ? demanda-t-il.

Man suivait machinalement des yeux le groupe qui s'éloignait. Elle secoua lentement la tête :

— Non... mais s'en est fallu de peu. Deux fois aujourd'hui qu'elle est venue relancer ma fille.

Le directeur dit :

— Essayez de ne pas lui taper dessus. Elle ne va pas bien. C'est simplement qu'elle a quéq' chose de détraqué. (A voix basse il ajouta :) Je voudrais bien qu'elle parte, et toute sa famille avec. A elle toute seule, elle cause plus de tracas dans le camp que tout le reste des autres.

Man se maîtrisa.

— Si elle revient, il se pourrait que je lui flanque une

451

tournée, j' peux jurer de rien. Ce qui est sûr, c'est que j' la laisserai plus tourmenter ma fille.

— N'y pensez plus, madame Joad, dit-il. Vous ne la reverrez plus. Elle s'en prend toujours aux nouveaux. Elle ne reviendra plus. Elle vous prend pour une pécheresse.

— J'en suis une, dit Man.

— Bien sûr. Nous sommes tous des pécheurs, mais pas comme elle le comprend. Elle n'a pas toute sa tête à elle, madame Joad.

Man le regarda avec gratitude et cria :

— T'entends, Rosasharn ? Elle n'a pas toute sa tête. Elle est braque !

Mais sa fille ne leva pas la tête.

Man dit :

— J' vous préviens, m'sieur. Si elle revient, je ne réponds pas de moi, je lui taperai dessus.

— Je vous comprends, dit-il avec un sourire forcé. Mais je vous demande seulement d'essayer de ne pas le faire. Pas aut' chose... Essayez simplement.

Il s'éloigna lentement en direction de la tente où Mme Sandry avait été transportée.

Man se glissa sous la bâche et s'assit à côté de Rose de Saron.

— Relève la tête, dit-elle.

La jeune femme ne bougea pas. Avec douceur, Man ôta la couverture qui recouvrait la tête de sa fille.

— Elle est un peu dérangée, c'te femme, dit-elle. Ne va surtout pas croire ces bêtises qu'elle raconte.

Rose de Saron chuchota d'un air terrifié :

— Quand elle a parlé de brûler, je... je m' suis sentie brûler.

— C'est pas vrai, dit Man.

— Je suis à bout, murmura la jeune femme. J' suis fatiguée de tout ce qui arrive. Je voudrais dormir. Je voudrais dormir.

— Eh bien, dors ! On est très bien, ici. Tu peux dormir.

— Mais elle pourrait revenir.

— Pas de danger, dit Man. Je vais m'asseoir tout à côté et je ne la laisserai pas remettre les pieds ici. Maintenant, repose-toi, parce que tu vas bientôt avoir de l'ouvrage à la crèche.

Man se remit debout avec effort et alla s'asseoir à l'entrée de la tente. Elle s'installa sur une caisse, les coudes sur les genoux et le menton dans le creux de la main. Elle voyait l'agitation du camp, entendait les bruits, les cris des enfants, des coups de marteau sur un anneau de fer, mais son regard restait fixe, perdu au loin.

Pa, qui s'en revenait à pied dans l'allée, la trouva là et s'accroupit auprès d'elle. Man tourna lentement la tête vers lui.

— Trouvé du travail ? interrogea-t-elle.

— Non, répondit-il tout penaud, nous avons cherché.

— Où sont Al et John, et le camion ?

— Al est en train de réparer quéq' chose. L'a dû emprunter des outils. Le type a dit qu'il voulait bien, mais qu'il fallait réparer sur place.

— On est bien ici, dit Man d'une voix chargée de tristesse. On pourrait y vivre heureux un petit bout de temps.

— Ouais ! à condition de trouver du travail.

Il eut conscience de sa tristesse et la considéra attentivement.

— Qu'est-ce que t'as donc à marmonner ? Puisque c'est si bien, ici, de quoi que tu te plains ?

Elle le considéra une seconde puis ferma lentement les yeux :

— Bizarre, hein ? Durant qu'on était à se trimbaler et à cahoter sur la route, quand on nous chassait d'un coin à l'autre, j'ai jamais réfléchi à rien. Et puis voilà que ces gens d'ici ont été si gentils avec moi, si prévenants... alors la première chose que je fais, tu ne sais pas quoi ? Je repasse dans ma tête tous les malheurs qu'on a eus — cette nuit que Grand-père est mort et qu'on l'a enterré. Je ne pensais pas à aut' chose qu'à aller de l'avant, et puis on était tellement secoués et bousculés... qu'on le sentait moins. Mais maintenant que me voilà arrivée ici, au lieu de se passer, ça revient plus fort. Et Grand-mère... et Noah, qu'est parti comme ça. Parti tout simplement le long de la rivière. Toutes ces

453

choses-là, ça passait dans le tas, mais maintenant, tout me revient d'un coup. Grand-mère une indigente... enterrée comme une indigente. C'est maintenant que ça fait mal. Terriblement mal. Et Noah parti tout seul le long de la rivière. Il ne sait pas ce qu'il va y trouver. Il ne sait rien de rien. Et nous non plus. Nous ne saurons jamais s'il est vivant ou s'il est mort. Jamais. Et Connie qui a filé en douce. Je ne leur avais pas laissé de place dans ma tête, mais maintenant, ils rappliquent tous en même temps. Et pourtant, je devrais être heureuse, vu que c'est si agréable, ici.

Pa regardait sa bouche pendant qu'elle parlait. Elle avait fermé les yeux.

— Je me souviens exactement comment qu'elles étaient, ces montagnes ; pointues comme des vieilles dents, tout contre la rivière où que Noah est allé. Et les éteules sur la terre où Grand-père est enterré, je les vois comme si j'y étais. Et notre billot, là-bas, chez nous, je le revois avec le bout de plume qu'était coincé dedans, tout fendu et taillardé et tout noir de sang de poulet.

La voix de Pa prit l'intonation de celle de Man :

— J'ai vu les canards sauvages, aujourd'hui, dit-il. Ils piquaient droit au sud, très haut. M'avaient l'air d'êt' bien frileux pour des canards. Et j'ai vu les merles posés sur les fils et les pigeons sur les clôtures.

Man ouvrit les yeux et regarda. Il poursuivit :

— J'ai vu un petit tourbillon de vent ; on aurait dit un bonhomme qui tournait comme une toupie, à travers champs. Et les canards qui filaient en flèche, droit dans le Sud.

Man sourit :

— Tu te souviens ? fit-elle. Tu te souviens de ce qu'on disait toujours, à la maison ? « L'hiver s'annonce tôt », qu'on disait, en voyant passer les canards. Toujours, on disait ça, et l'hiver venait quand il était bel et bien prêt à venir. N'empêche qu'on disait toujours : « L'hiver s'annonce tôt. » J' me demande ce qu'on voulait dire par là.

— J'ai vu les merles sur les fils, dit Pa. Serrés les uns contre les autres. Et les pigeons. Rien de plus tranquille qu'un pigeon sur une clôture. Une clôture en fil de fer — à deux, des fois — l'un contre l'autre. Et ce petit tourbillon de la taille d'un homme qui s'en allait en dansant à travers champs — j'ai toujours aimé à les regarder, moi, ces petits bonshommes... de la taille d'un homme, ils sont.

— Je voudrais bien ne plus penser à la maison, ni comment que c'était là-bas, dit Man. C'est plus not' maison. Je voudrais bien pouvoir l'oublier, et Noah aussi.

— Il n'a jamais eu toute sa tête... enfin j' veux dire... oh ! c'était de ma faute, quoi.

— Je t'ai dit de ne jamais dire ça. Il n'aurait p'têt' même pas vécu, autrement.

— N'empêche que j'aurais dû mieux savoir.

— Cesse, dit Man. Noah était bizarre. Peut-êt' qu'il s'y plaira bien, au bord de la rivière. Ça vaut peut-êt' mieux ainsi. Nous n'allons pas nous faire du mauvais sang. On est bien ici, et peut-être que vous trouverez du travail tout de suite.

Pa désigna le ciel.

— Regarde... encore des canards. Toute une tapée. Dis donc Man... L'hiver s'annonce tôt.

Elle eut un petit rire.

— Il y a des choses qu'on fait, on ne sait pas pourquoi.

— Voilà John, dit Pa. Viens t'asseoir, John.

L'oncle John se joignit à eux. Il s'accroupit en face de Man.

— On n'a récolté que du vent, dit-il. Couru pour rien. Dis donc, Al veut te parler. Dit qu'il lui faut un pneu. On voit la toile, sur le vieux, qu'il dit.

Pa se redressa :

— Pourvu qu'il puisse l'avoir pour pas cher. Il ne nous reste plus grand-chose. Où est-il ?

— Là-bas, plus loin, au prochain tournant à droite. Il dit qu'on va éclater et gâcher une chambre à air si on n'achète pas un pneu neuf.

Pa s'éloigna d'un pas traînant, et ses yeux suivaient l'immense V que formaient les canards sauvages dans le ciel.

L'oncle John ramassa un caillou par terre, le laissa retomber et le ramassa de nouveau. Il dit, sans regarder Man :

— Y a point de travail.

— Vous n'avez pas été chercher partout, dit Man.

— Non, mais il y a des écriteaux partout.

— En tout cas, Tom doit en avoir trouvé. Il n'est pas revenu.

L'oncle John insinua :

— Il est peut-êt' parti — comme Connie, ou comme Noah.

Man le scruta du regard, puis son visage se radoucit :

— Il y a des choses qu'on sent, dit-elle. Des choses qui ne trompent pas. Tom a du travail, et il rentrera ce soir. Et c'est vrai. (Elle sourit avec satisfaction :) Quel brave garçon, hein ? Quel bon petit gars, quand même !

Les autos et les camions commencèrent à rentrer au camp et les hommes, peu après, s'attroupèrent du côté du pavillon sanitaire. Et chaque homme tenait à la main une salopette et une chemise propres.

Man se ressaisit :

— John, va chercher Pa. Et va à l'épicerie, j'ai besoin de haricots, de sucre, d'un morceau de viande à faire à la poêle, et puis des carottes. Ah ! oui, tu diras aussi à Pa... de rapporter quéqu' chose de bon... n'importe quoi... mais quéq' chose de bon... pour ce soir. Ce soir, je veux que ça soit bon.

CHAPITRE XXIII

Dans leur chasse au travail, leur lutte acharnée pour l'existence, les émigrants étaient toujours à l'affût de distraction, d'un peu de gaieté. Et leur soif d'amusements était telle qu'ils en fabriquaient eux-mêmes. Parfois la joie naissait des conversations ; les plaisanteries les aidaient à oublier. Et dans les camps au bord des routes, le long des talus des rivières, sous les sycomores, la nouvelle se colportait de bouche en bouche que des talents de conteurs s'étaient révélés. Alors les gens se rassemblaient autour des feux dansants pour écouter ceux à qui le don avait été dévolu. Et la participation de l'auditoire donnait aux histoires un ton épique.

Quand j'étais dans l'armée, je me suis battu contre Géronimo le Peau-Rouge...

Les gens écoutaient et leurs yeux reflétaient la lueur mourante des brasiers.

Ils étaient ficelles, ces Indiens — rusés comme des serpents et encore plus silencieux, quand ils ne voulaient pas qu'on les entende. Capables de se faufiler dans des feuilles sèches sans en faire craquer une. Essayez donc d'en faire autant, pour voir.

Et l'auditoire attentif imaginait le froissement des feuilles sèches écrasées sous les pieds.

Voilà qu'arrive le changement de saison, et le ciel qui se couvre. C'était pas le bon moment. Dans l'armée, ils ne font que des bourdes, vous le savez comme moi. On leur donnerait le travail tout mâché qu'ils ne seraient même pas capables de le finir. Fallait trois régiments pour abattre cent hommes courageux — toujours.

Les gens écoutaient et les visages étaient immobiles à force d'attention. Les conteurs ménageaient leurs effets, trouvaient leur rythme, scandaient les paroles, employaient des grands mots, car ils racontaient de grandes actions et les auditeurs, emportés par la magie de ces mots, se sentaient devenir grands eux aussi.

Y avait un brave debout sur une crête, à contre-jour. Il le savait, qu'il faisait une belle cible. Il se dressait tout là-haut, les bras écartés. Tout nu sous le soleil. Il était peut-êt' fou. Je n'en sais rien. Tout droit, les bras écartés ; on aurait dit une croix. A quatre cents yards. Alors nos hommes — eh ben, ils mettent la hausse, ils mouillent leur doigt pour savoir d'où venait le vent et puis c'est tout. Restent allongés sans bouger ; ils ne pouvaient pas tirer. Et p'têt' qu'il le savait, cet Indien. P'têt' qu'il le savait qu'on ne pouvait pas tirer. On restait tous allongés, les fusils à l'armé, et pas un n'épaulait. On le regardait. Un bandeau sur le front, avec juste une plume. Comme je vous vois — nu comme le soleil. Longtemps on est restés à le regarder, et lui ne bougeait pas. Et v'là que le capitaine se fout en colère : « Tirez, espèce de nom de Dieu de loufoques, mais tirez donc ! » il gueule. Personne n'a bougé. « Je vous donne jusqu'à cinq et après j' prends vos noms », fait le capitaine. Eh ben moi j' vous le dis, on a levé nos fusils, le plus doucement possible, et tous autant qu'on était, on attendait que le voisin tire le premier. Ça me crevait le cœur. Et j'ai visé au ventre, parce que les Indiens, y a qu'une balle dans le ventre qui peut les stopper, et puis… enfin voilà. Il est tombé raide, tout simplement. Et puis il a roulé sur la pente. Alors on est montés. L'était pas gros — et pourtant il faisait tellement impressionnant — là-haut. Tout déchiqueté, et si petit. Déjà vu un faisan ? Quand il se tient tout raide, c' qu'il peut êt' beau à voir avec ses plumes pleines de dessins de toutes les couleurs, jusqu'à ses yeux qui sont peints si joliment ? Et pan ! On le ramasse — tout tordu et tout plein de sang, et on se rend compte qu'on a détruit quéqu' chose qui valait mieux que soi ; et de le

manger ça n'arrange rien, parce qu'on a détruit quéqu'
chose au fond de soi et ces choses-là ne s'arrangent jamais.

Et les gens hochaient la tête en signe d'approbation et
peut-être qu'à ce moment les braises s'avivaient légèrement
et révélaient des regards méditatifs.

A contre-jour, les bras en croix, et il avait l'air grand —
grand comme Dieu !

Et il arrivait qu'un homme, partagé entre sa faim et son
envie de distractions, décidait de consacrer ses vingt *cents* à
une séance de cinéma à Tulare ou à Marysville, ou à Cerès
ou à Mountain-View. Et il rentrait au campement installé en
bordure d'un fossé, riche de sensations et de souvenirs. Et il
racontait comment c'était.

Y avait donc ce richard qui se faisait passer pour pauvre et
alors y avait la petite qu'était riche à millions et qui se faisait
passer pour pauvre elle aussi — et v'là qu'ils se rencontrent
chez un marchand de frites.

Comment ça s' fait ?

J' sais pas comment ça s' fait — c'est comme ça.

Pourquoi qu'y faisaient semblant d'êt' pauvres ?

Ben, ils étaient fatigués d'êt' riches.

Quelle connerie !

T'as envie de savoir la suite ou non ?

Vas-y, vas-y. Bien sûr que j' veux savoir la suite, mais si
j'étais riche, moi si j'étais riche, je me paierais une cargaison
de côtelettes de porc ; je m'en ferais une ceinture, un collier,
et j' te boufferais ça, et quand y en aurait plus je
recommencerais. Vas-y je t'écoute.

Alors comme ça, ils se figurent qu'ils sont pauvres, l'un
l'autre. Et ils se font arrêter et on les emmène en prison et ils
ne s'arrangent pas pour en sortir parce que chacun se dit
comme ça que l'autre pourrait se figurer qu'il est riche. Et le
gardien de prison, il est vache avec eux parce qu'il les croit
pauvres. Si tu voyais la tête qu'il fait quand il apprend la
vérité. C'est tout juste s'il n'a pas une attaque.

Pourquoi qu'ils ont été en prison ?

Ben, ils se font prendre dans une rafle à une réunion de
Rouges, mais eux ne sont pas des Rouges. Ils se trouvaient là

par hasard. Et ils ne veulent pas qu'on les épouse pour leur argent, tu comprends?

Alors ces enfants de cochons commencent par se mentir l'un à l'autre, c'est ça?

Ben, dans le film ils faisaient ça pour bien faire. C'était censé êt' des gens sympathiques, tu comprends?

J'ai vu une fois une pièce de cinéma qu'était moi, vu en plus grand, si tu veux. Moi et ma vie, et plus que ma vie, c' qui fait que tout était plus grand.

Oh! moi j'ai déjà assez de misère comme ça. J'aime bien l'oublier de temps en temps et voir aut' chose.

D'accord, à condition que ce soit croyable.

Bref, ils se sont mariés et à ce moment-là ils ont découvert la chose, et tous ceux qui avaient été vaches avec eux aussi. Y en avait un qu'avait fait le fier, et qu'a bien failli tourner de l'œil quand le gars s'est amené avec son tuyau de poêle sur la tête. Bien failli tourner de l'œil. Et après ça, y avait des actualités où qu'on montrait les Allemands en train de faire le pas de l'oie — on aurait dit qu'y s' foutaient des coups de pied au cul les uns aux autres — c'était plutôt drôle.

Et puis aussi, quand un homme avait un petit peu d'argent, il pouvait toujours se soûler. Les angles s'arrondissent — la chaleur, le bien-être. Finie la solitude, car l'homme peut à loisir peupler son cerveau d'amis, comme il peut déloger ses ennemis et les anéantir. Assis dans le fossé, il sent la terre s'adoucir sous lui. Échecs, désespoir, tout cela se tasse; l'avenir cesse d'être menaçant. La faim ne rôde plus alentour, le monde devient agréable et compréhensif, un homme peut atteindre le but qu'il s'est choisi. Les étoiles se rapprochent, si près qu'on peut presque les toucher, et le ciel est merveilleusement doux. La mort devient une amie, sœur du sommeil. Et les souvenirs du temps jadis remontent à la mémoire — une jeune fille qui avait de si jolis pieds, qu'était venue danser à la maison un jour — un cheval — il y a tellement longtemps. Un cheval et une selle. Une selle en cuir travaillé. Quand était-ce donc? Je ferais bien de trouver une fille, pour bavarder un peu. C'est agréable. Pourrais peut-êt' coucher avec en plus. Mais il fait bon ici. Et les étoiles qui sont toutes basses, tellement proches... comme la tristesse et le plaisir, tout ça se touche, c'est la même chose, à vrai dire. J' voudrais êt' tout le temps soûl. Qu'est-ce qui a dit que c'était mal ? Qu'il ose venir me le dire ! Les pasteurs — mais ils se soûlent à leur manière. Ces femmes efflanquées, stériles, aigries, mais elles ne peuvent pas savoir, elles sont bien trop misérables. Les redresseurs de torts, les chasseurs de péché — mais ils ne connaissent pas assez la vie pour avoir le droit d'en parler. Non, là, tout près des étoiles, si bonnes, si douces, je m'incorpore à la grande fraternité des mondes. Là, tout est sacré — tout, même moi.

Un harmonica est un instrument facile à transporter. Suffit de le sortir de sa poche de derrière et de le tapoter dans le creux de la main pour en chasser la poussière, les brins de saleté et les miettes de tabac. Et le voilà prêt. On peut tout tirer d'un harmonica : le son mince, filé, de la clarinette, ou des accords compliqués, ou une mélodie avec des accords rythmés. On peut mouler la musique dans le creux de ses mains, le faire gémir et pleurer comme une cornemuse, en tirer le son plein et grave de l'orgue, ou encore les notes aigrelettes des chalumeaux de montagnards. Toujours sur soi, toujours dans la poche. Et tout en jouant on apprend de nouveaux trucs, une nouvelle façon de placer les mains qui crée de nouvelles sonorités, ou une manière de pincer les notes entre les lèvres, sans l'aide de personne. On s'exerce, à tâtons — parfois seul à midi, à l'ombre, parfois devant l'entrée de la tente, le soir après souper, pendant que les femmes font la vaisselle. Inconsciemment, on bat doucement la mesure du pied. Les paupières se soulèvent et retombent en cadence. Et si on le perd, si on le casse, eh bien ma foi ce n'est pas une grande perte. On peut en racheter un pour un quart de dollar.

Une guitare a plus de valeur. Ça s'apprend, c'est tout un art. Faut avoir des callosités aux doigts de la main gauche. Et le bout du pouce de la main droite, faut qu'il soit dur comme de la corne. Les doigts de la main gauche écartés comme des pattes d'araignée pour que les bourrelets de corne appuient comme il faut sur les touches.

C'est la guitare de mon père que j'ai là. J'étais pas plus haut qu'une pomme la première fois qui m'a donné le do. Et quand j'ai su en jouer aussi bien que lui, il n'y a quasiment plus touché. S'asseyait sur le pas de la porte pour m'écouter jouer, et il battait la mesure du pied. Quand il m'entendait chercher un « break [1] » il fronçait les sourcils et je le voyais se crisper jusqu'à ce que je l'aie trouvé, après quoi il se détendait, se renfonçait dans son coin et me faisait un petit signe de tête : « C'est ça », qu'y disait, « vas-y ». C'est une bonne caisse. Tu vois comme elle est usée dans le bas ? C'est les millions de chansons qu'on a jouées dessus qui ont creusé et façonné le bois : un de ces jours elle va crever comme une coquille d'œuf. Mais faut pas essayer de la renforcer ni d'y tripoter, sans ça elle perd de sa résonance. J' vas en jouer ce soir ; y a un type qui joue de l'harmonica dans la tente à côté. A deux, ça peut êt' joli.

Les violons, on n'en voit pas beaucoup. Dur à apprendre. Pas de professeurs. La place des doigts n'est pas marquée.

Écoute seulement un de ces vieux bonshommes pour voir comment il s'y prend. Jamais il ne te montrera le truc des doublés. Il te dira que c'est un secret. Mais moi j'ai repéré le coup. Tiens, voilà comme il faisait.

Ça chante comme le vent, le violon ; c'est preste, nerveux, aigu.

Celui-ci n'est pas très fameux. Je l'ai payé deux dollars. Un type me disait qu'y a des violons qu'ont dans les quatre cents ans, et il paraît qu'en vieillissant ils prennent du moelleux, comme le whisky. Il me disait qu'ils vont chercher dans les cinquante, soixante mille dollars. J' sais pas trop. Ça m'a l'air d'une blague. Sacré vieux crincrin, on en a râpé à nous deux, hein ?

Vous voulez danser ? Je vas frotter l'archet comme il faut avec du collodion. Cré bon sang ! Vous allez l'entend' crier. A des lieues d'ici.

Et dans la soirée les voilà tous trois, harmonica, violon et

---

1. *Break :* quelques mesures improvisées qui se placent généralement à la fin d'une phrase musicale.

guitare, en train d'enlever une scottish, les pieds battant la mesure. Les cordes basses de la guitare résonnent comme des battements de cœur, parmi les accords secs de l'harmonica et les gémissements scandés du violon. Et il faut que les gens se rapprochent, il n'y a rien à faire. *La Danse des Poules* maintenant ; les pieds commencent à marquer la cadence et voilà qu'un jeune gaillard tout sec fait trois petits pas rapides en avant, les bras ballant mollement. Le carré se forme et la danse commence — le sourd martèlement des pieds sur le sol nu.

Allez-y, tapez du talon ! Balancez vos dames, et hop là ! Les chignons se défont, les danseurs halètent. Penchez-vous de côté maintenant.

Regardez-moi ce garçon du Texas, avec ses longues jambes souples ; il tape quat' fois du talon à chaque pas qu'y fait, le sacré bougre. Encore jamais vu un pareil. Regardez-moi comme il fait voltiger sa cavalière, la petite Indienne qu'a des joues toutes rouges et les pieds si joliment cambrés. Regardez-la souffler, regardez comme sa poitrine se soulève. Figurez qu'elle est fatiguée ? Figurez qu'elle est à bout de souffle ? Jamais de la vie. Le gars du Texas a les cheveux qui lui tombent dans les yeux, la bouche grande ouverte, l'air n'arrive plus mais il tape quand même quat' fois du talon à chaque pas, ce bougre-là, et il tiendra jusqu'au bout avec la petite Indienne.

Le violon grince et la guitare grogne. L'homme à l'harmonica est cramoisi. Le jeune gars du Texas et la petite Cherokee sont hors d'haleine, mais s'escriment comme des enragés. Les vieilles gens tapent des mains, sourient légèrement et battent la mesure du pied.

Chez nous, au pays — dans la salle de classe, c'était. La grosse lune ronde naviguait dans le ciel, voguais vers l'Ouest. Je me souviens qu'on était sortis, lui et moi — on avait fait un bout de chemin ensemble. On ne se parlait pas, tellement on avait la gorge serrée. On ne se disait pas un mot. Et v'là qu'on aperçoit une meule de foin. On n'a fait ni une ni deux, on est allés tout droit et on s'est couchés là. C'est de voir ce jeune gars du Texas se faufiler dehors avec la petite qui m'a rappelé ça ; ils s'imaginent que personne ne

les a vus sortir. Ah misère ! j' voudrais bien aller faire un
tour avec ce gars du Texas. La lune va bientôt se lever.
Tiens, tiens, voilà le père de la petite qui s'est levé pour
s'interposer — non ; il s'est ravisé. Il n'est pas fou. Autant
vouloir empêcher l'automne de venir après l'été, autant
vouloir empêcher la sève de grimper dans les arbres. Et la
lune ne va pas tarder à se lever.

Encore — jouez aut' chose — jouez-nous *En me promenant
dans les rues de Laredo*.

Le feu est tombé. Ce serait dommage de le ranimer. C'te
bonne vieille lune ne va pas tarder à se montrer.

Au bord d'un fossé d'irrigation, un prédicateur tonnait et
se démenait et les gens pleuraient. Le prédicateur marchait
de long en large, comme un tigre en cage, les fustigeant de sa
voix mordante et les faisant ramper et se tordre par terre
en gémissant. Il calculait son pouvoir sur eux, les jaugeait, se jouait d'eux, et lorsqu'il les voyait tous prosternés
dans la poussière, il se penchait et de ses bras puissants il les soulevait l'un après l'autre et les jetait à l'eau en
criant :

Prends-les, Jésus !

Et quand ils étaient tous dedans, tous dans l'eau jusqu'à la
ceinture, regardant le maître avec des yeux apeurés, il
s'agenouillait sur le talus du fossé et priait pour eux, priait
que tous les hommes et toutes les femmes se roulent par
terre en gémissant. Et les hommes et les femmes, leurs
vêtements trempés leur collant à la peau, le regardaient
faire, après quoi ils regagnaient leurs tentes, au camp, l'eau
giclant de leurs souliers avec des gargouillis, et ils parlaient entre eux à voix basse, pénétrés de crainte supers-
titieuse.

Nous avons été sauvés, disaient-ils. Nous avons été lavés
de nos fautes. Nous sommes blancs comme neige. Jamais
plus nous ne commettrons de péchés.

Et les enfants, effrayés et mouillés, chuchotaient entre
eux :

Nous sommes sauvés. Nous ne commettrons plus jamais
de péchés.

J' voudrais bien savoir c' que c'était que tous ces péchés, pour pouvoir les essayer au moins une fois.

Les émigrants cherchaient humblement à se distraire sur les routes.

CHAPITRE XXIV

Le samedi matin, il y avait grande presse aux lavoirs. Les femmes lavaient des robes — calicot rose ou cotonnade à fleurs — puis elles les pendaient au soleil, étirant le tissu pour l'assouplir. Dès le début de l'après-midi, une animation inaccoutumée se manifesta dans tout le camp ; les gens s'agitaient fiévreusement. Gagnés par la contagion, les enfants se montraient plus turbulents qu'à l'ordinaire. Vers le milieu de l'après-midi on procéda au bain collectif des gosses. A mesure que chaque enfant était attrapé, dompté et lavé, le vacarme peu à peu s'apaisait sur le terrain de jeux. Avant cinq heures, tous avaient été astiqués et brossés et s'étaient entendu menacer des pires châtiments s'ils se salissaient de nouveau, si bien qu'ils erraient lamentablement, guindés dans leurs vêtements propres, mal à l'aise d'avoir à faire attention.

Sur la vaste estrade du bal en plein air, un Comité s'affairait. Tout ce qu'on avait pu dénicher comme fil électrique avait été réquisitionné. A la recherche du moindre bout de fil, les hommes avaient fouillé le dépotoir municipal et vidé toutes les boîtes à outils de leur contenu de chatterton. Et maintenant, le fil, épissé et ligaturé, était tendu au-dessus de la piste de danse, avec des goulots de bouteilles en guise d'isolants. Ce soir-là, le bal devait être illuminé pour la première fois. Vers six heures, les hommes rentrèrent du travail — ou après avoir cherché du travail — et une nouvelle vague déferla vers les douches. A sept heures, tout le monde avait dîné, les hommes avaient mis leurs plus beaux vêtements — salopettes fraîchement lavées, chemises bleues propres, parfois même costumes noirs toujours seyants. Les filles étaient prêtes avec leurs robes imprimées propres et tirées, avec leurs nattes dans le dos et des rubans dans les cheveux. Les mères inquiètes surveillaient leur famille et faisaient la vaisselle du soir. Sur l'estrade, l'orchestre à cordes répétait, entouré d'une double haie d'enfants. Les gens étaient agités et fébriles.

Les cinq membres du Comité central se réunirent sous la tente d'Ezra Huston, le président. Huston, un grand maigre au visage tanné, aux petits yeux vifs et bridés, s'adressait au Comité, dont chaque membre représentait un pavillon sanitaire.

— Une sacrée veine qu'on ait été prévenus qu'ils allaient essayer de chambarder not' bal, dit-il.

Le délégué du pavillon 3, un petit gros, prit la parole :

— M'est avis qu'on devrait leur foutre une trempe soignée, pour leur apprendre.

— Non, dit Huston. C'est justement ce qu'ils cherchent. Faut surtout pas. S'ils réussissent à créer la bagarre, alors ils pourront faire intervenir les flics en disant qu'on n'est pas capable de maintenir l'ordre. Ils ont déjà fait le coup... ailleurs.

Il se tourna vers le délégué du pavillon 2, un jeune homme brun à l'air mélancolique :

— T'as rassemblé les gars qui doivent monter la garde autour de la clôture pour veiller à c' que personne ne se faufile dans le camp ?

Le jeune homme mélancolique fit un signe affirmatif.

— Ouais ! Douze. Je leur ai dit de ne pas les frapper. Simplement de les pousser dehors.

Huston dit :

— Tu veux aller chercher Willie Eaton ? Il est président du Comité des Fêtes, je crois ?

— Ouais.

— Bon, eh ben tu lui diras que j'ai à lui parler.

Le jeune homme sortit et revint quelques instants après, accompagné d'un homme sec et musclé. Willie Eaton était

467

originaire du Texas. Il avait la mâchoire allongée et frêle, et des cheveux blond cendré. D'allure dégingandée, avec ses longs bras et ses longues jambes, il avait des yeux gris et clairs, brûlés par le soleil du « Couloir[1] ». Il se tint planté sous la tente, le visage éclairé d'un large sourire, tordant nerveusement ses poignets dans ses mains.

Huston dit :

— T'as été prévenu, pour ce soir ?

Willie s'épanouit :

— Oui.

— T'as préparé quelque chose ?

— Oui.

— Raconte-nous ça.

Willie Eaton sourit avec satisfaction :

— Eh ben, voilà ! On est cinq, au Comité des Fêtes, d'habitude. J'en ai pris vingt de plus — tous des costauds. Tout en dansant, ils vont ouvrir l'œil et les oreilles. Si peu que ça commence à discuter ou à se chamailler, ils se ramassent autour. Nous avons mis la chose au point. Ça ne se remarquera même pas. Ils feront comme s'ils sortaient et ils sortiront les types en même temps.

— Dis-leur de ne pas les brutaliser.

Willie gloussa joyeusement :

— Je leur ai dit, fit-il.

— Oui, mais dis-leur de façon qu'ils comprennent.

— Oh ! ils comprennent. J'en ai cinq à la grille, chargés d'inspecter tous les gens qui rentrent. Tâcher de les repérer avant qu'ils aient le temps de commencer le grabuge.

Huston se leva. Ses yeux gris étaient graves :

— Attention, je te préviens, Willie. Il ne faut pas qu'il arrive du mal à ces types. Il va y avoir des shérifs adjoints devant la grille. Si vous leur flanquez une tournée, les adjoints vont vous coffrer.

— Le coup est prévu, dit Willie. On les emmènera par-derrière, à travers champs. J'ai des hommes qui sont

1. Texas Panhandle : partie du Texas en forme de queue de poêle.

justement chargés de veiller à c' qu'ils retournent d'où ils viennent.

— Bon, ben, ça m' paraît en ordre, dit soucieusement Huston, mais tâche qu'il n'arrive rien, Willie. C'est toi le responsable. Surtout, n'allez pas esquinter ces gars-là. Ne vous servez pas de bâtons ni de couteaux, ni de rien de ce genre.

— Non, fit Willie. Nous ne les marquerons pas.

Mais Huston se méfiait.

— Je voudrais bien pouvoir compter sur toi, Willie. Si vous êtes forcés de cogner, arrangez-vous pour qu'il n'y ait pas de sang.

— Bien, m'sieur, fit Willie.

— T'es sûr des gars que tu as choisis ?

— Oui, m'sieur.

— C'est bon. Et si ça a l'air de mal tourner, vous me trouverez par là, à droite de l'estrade.

Willie salua pour la blague et sortit.

— Ah ! j' sais pas, fit Huston. Pourvu que les gars de Willie n'aillent pas en démolir deux ou trois. Mais bon Dieu, qu'est-ce qu'ils ont donc, ces sacrés adjoints, à vouloir chambarder not' camp. Pourquoi ne peuvent-ils pas nous laisser tranquilles ?

Le mélancolique jeune homme du pavillon 2 dit :

— Je restais au camp de la Société d'Agriculture et d'Élevage. C'était pourri de flics. Je vous jure qu'il y en avait bien un pour dix personnes. Et un robinet pour deux cents personnes.

Le petit homme replet dit :

— A qui le dis-tu, Jérémie ! Dieu de Dieu, j'y étais dans ce camp. Tout un lot de baraques, ils sont là, par rangées de trente-cinq, sur quinze de profondeur. Et dix latrines pour tout le bastringue. Cré bon Dieu, ça puait à plus d'une lieue à la ronde. C'est un des adjoints qui m'a donné le fin mot de l'histoire. Il était là, assis, et il me dit comme ça : « Ces saloperies du camp du Gouvernement, il me dit, quand on commence à donner de l'eau chaude aux gens, après, il leur faut de l'eau chaude. Qu'on leur donne des cabinets à chasse d'eau, ils ne pourront plus s'en passer. Qu'on donne des

469

trucs de ce genre-là à ces sacrés Okies, après ça il leur en faudra. C'est plein de rouges, dans ces camps du Gouvernement, il me dit. Ils tiennent des réunions extrémistes. Tout ce qu'ils cherchent, c'est à se faire inscrire au Secours », il me dit.

Huston demanda :

— Et personne ne lui a cassé la gueule ?

— Non, y avait un petit homme qui lui a fait : « Comment ça, au Secours ?

« — Je dis bien au Secours, que répond l'autre. Le Secours, c'est ce que nous autres contribuables on verse et ce que les sacrés Okies que vous êtes, vous touchez.

« — Nous payons la taxe d'État, l'impôt sur l'essence, sur le tabac, que fait le petit bonhomme.

« Et il lui dit :

« — Les fermiers touchent une prime du Gouvernement de quatre *cents* par livre de coton, C'est pas un secours, ça ?

« Et il dit :

« — Les Compagnies de Navigation et de Chemins de fer touchent des subventions, c'est pas des secours ?

« — Ça, c'est des choses qu'il faut faire, répond l'adjoint.

« — Bon, dit le petit bonhomme, mais qui c'est qui les cueillerait, vos sacrés fruits, si on n'était pas là, nous autres, hein ? »

Le petit homme replet jeta un regard circulaire sur son auditoire.

— Qu'est-ce que l'adjoint a répondu ? demanda Huston.

— Eh bien, il s'est foutu en colère et il a dit : « Vous êtes tout le temps à vouloir tout chambarder, damnés rouges que vous êtes ! Vous allez me suivre », il dit. Alors, il a embarqué le petit bonhomme et ils lui ont collé soixante jours de prison pour vagabondage.

— Ils ne pouvaient pas, du moment qu'il avait du travail, s'étonna Timothy Wallace.

Le petit homme replet se mit à rire :

— T'as encore des illusions, fit-il. Tu sais bien qu'il suffit qu'un flic t'ait dans le nez pour que tu sois un vagabond. Et c'est pourquoi ils ne peuvent pas sentir notre camp. Les flics n'ont pas le droit d'y mettre les pieds. Ici, on est aux États-Unis, pas en Californie.

Huston soupira :

— Je voudrais bien pouvoir y rester. Mais va bientôt falloir déménager. Je m'y plais, ici. Les gens s'entendent bien, mais enfin, tonnerre de Dieu, pourquoi ne peuvent-ils pas nous laisser vivre en paix au lieu d'être tout le temps à nous faire des misères et à nous mettre en prison ? Je jure devant Dieu qu'ils finiront par nous forcer à leur répondre à coups de trique s'ils n'arrêtent pas de nous tracasser.

Puis il maîtrisa sa voix :

— Nous devons garder la paix à tout prix, dit-il comme pour lui-même. Le Comité ne peut pas se permettre de prendre le mors aux dents.

Le petit homme replet du pavillon 3 dit :

— Celui qui se figure que c'est tout rose dans not' Comité, il n'a qu'à venir essayer. Y avait une bagarre dans mon pavillon, ce matin, entre femmes. Elles ont commencé à se traiter de tous les noms, et après ça elles se sont jeté des détritus à la tête. Le Comité des Dames a été débordé, et elles sont venues me trouver. Elles voulaient que je porte l'affaire ici, devant notre Comité à nous. Je leur ai répondu que les histoires entre femmes, c'était à elles de s'en occuper. Le Comité central n'a pas de temps à perdre avec des batailles à coups de trognons de choux.

Huston approuva :

— Vous avez rudement bien fait.

Et maintenant le crépuscule tombait, et à mesure que l'obscurité devenait plus dense, les exercices du petit orchestre à cordes semblaient plus sonores. Les ampoules s'allumèrent et deux hommes vérifièrent les raccords sur toute la longueur du fil. Les enfants formaient un groupe compact devant les musiciens. Un jeune guitariste chanta le *Down Home Blues* [1] pinçant délicatement une corde par-ci, par-là pour accompagner sa chanson, et au deuxième refrain, trois harmonicas et un violon se mirent de la partie.

1. *Loin du pays.*

Les gens surgirent en foule des tentes, déferlèrent vers l'estrade et attendirent patiemment, et les visages tendus luisaient à la lumière des ampoules électriques.

Le camp était délimité par une haute clôture en fil de fer, et tout au long de cette clôture, de vingt en vingt mètres, une sentinelle assise dans l'herbe montait la garde.

A présent, les voitures des invités arrivaient, petits fermiers des environs avec leur famille, émigrants venus des autres camps. Et en passant la grille, chacun d'eux donnait le nom de l'habitant du camp qui l'avait invité.

L'orchestre à cordes attaqua un air connu, franchement cette fois, car il ne s'agissait plus de répétition.

Les Adorateurs de Jésus, assis devant leurs tentes, se tenaient aux aguets, le visage dur et méprisant. Ils ne parlaient pas ; ils guettaient le péché, et leur mine montrait à quel point ils condamnaient toutes ces turpitudes.

Chez les Joad, Ruthie et Winfield avaient expédié leur maigre souper et se hâtaient d'aller écouter la musique. Man les appela, leur souleva le menton, scruta leurs narines, leur tira les oreilles pour regarder dedans, et les renvoya au pavillon sanitaire se laver les mains une fois de plus. Ils s'esquivèrent derrière le bâtiment se gardant bien d'y entrer, et filèrent vers l'estrade pour se perdre dans la foule des enfants qui se pressaient autour des musiciens.

Al termina son repas et passa une demi-heure à se raser avec le rasoir de Tom. Al portait un complet de laine très cintré et une chemise rayée. Il prit une douche, se lava soigneusement et peigna ses cheveux en arrière. Et, profitant d'un court instant où la salle des lavabos était vide, il sourit complaisamment dans la glace et se démancha le cou pour essayer de se voir de profil pendant qu'il souriait. Il passa ses brassards rouges et mit son veston cintré. Puis il frotta ses souliers jaunes avec un morceau de papier hygiénique. Un retardataire s'amena pour prendre une douche. Al se hâta de sortir et se dirigea vers l'estrade, l'air conquérant, le regard à l'affût des filles. Près de l'estrade, il aperçut une jolie blonde assise devant une tente. Il obliqua de ce côté et déboutonna son veston pour bien montrer sa chemise.

— Vous dansez ce soir ? demanda-t-il.

La jeune fille détourna les yeux sans répondre.

— Oh ! y a pas moyen de vous dire un mot, quoi ? Vous ne voulez pas qu'on fasse une danse tous les deux ?

Il ajouta négligemment :

— Je sais valser.

La jeune fille leva des yeux effarouchés et dit :

— En voilà une affaire... tout le monde sait valser.

— Pas comme moi, dit Al.

La musique enfla et il battit la mesure du pied.

— Allez, venez, dit-il.

Une très grosse femme passa la tête hors de la tente et le regarda de travers :

— Veux-tu te trotter, maugréa-t-elle. Ma fille a été demandée ; elle doit se marier et son promis va venir la chercher.

Al eut un clin d'œil effronté à l'adresse de la petite et s'éloigna en sautillant en mesure, esquissant une valse des bras, des jambes et des pieds. Et la jeune fille le suivit des yeux avec intérêt.

Pa posa son assiette et se leva :

— Tu viens, John ? dit-il.

Et, pour l'édification de Man, il ajouta :

— Nous allons voir des gens pour tâcher de trouver du travail.

Et John l'accompagna vers la maison du directeur.

Tom racla la sauce de son assiette de ragoût à l'aide d'un morceau de pain de boulanger, puis il avala le morceau de pain et tendit son assiette à sa mère. Man la plongea dans le seau d'eau chaude, la lava et la donna à essuyer à Rose de Saron.

— Tu ne vas pas danser ? demanda-t-elle.

— Que si, répondit Tom. On m'a mis dans un Comité. Nous sommes chargés de recevoir des types.

— Déjà d'un Comité ? Selon moi, c'est parce que t'as trouvé du travail.

Rose de Saron se retourna pour ranger l'assiette. Tom là désigna du doigt.

— Oh ! dis donc, ce qu'elle grossit.

Rose de Saron rougit et prit une autre assiette des mains de Man.

— Je comprends, dit Man.

— Et elle embellit, reprit Tom.

La jeune femme devint cramoisie et baissa la tête.

— Finis, dit-elle à mi-voix.

— Bien sûr, dit Man, une fille qui attend un bébé embellit toujours.

Tom se mit à rire.

— Si elle continue à enfler de cette façon-là, il va bientôt lui falloir une brouette pour le porter.

— Finis, veux-tu ? dit Rose de Saron.

Là-dessus, elle se réfugia sous la tente, à l'abri des regards.

Man eut un petit rire :

— Tu n' devrais pas la tourmenter.

— Elle aime bien ça, dit Tom.

— Je le sais bien, mais, en même temps, ça la tracasse. Et puis elle se ronge les sangs à cause de Connie.

— Eh ben elle ferait aussi bien de l'oublier, celui-là. Il est probablement en train d'étudier pour devenir président des États-Unis, à l'heure qu'il est.

— Ne la taquine pas, dit Man. Elle n'a pas la vie facile.

Willie Eaton s'approcha ; il grimaça un sourire et dit :

— T'appelles pas Tom Joad ?

— Si.

— Je suis le président du Comité des Fêtes. Nous allons avoir besoin de toi. Quelqu'un m'a parlé de toi.

— D'accord, j'en suis, déclara Tom. Présente Man.

— Ça va-t-il ? fit Willie.

— Salut bien, dit Man.

Willie dit :

— Je vais te poster à la grille pour commencer, et ensuite dans le bal. Faudrait tâcher de repérer les zèbres quand ils vont s'amener. Je vous mets à deux. Et après, vous n'aurez qu'à danser et à ouvrir l'œil.

— Ouais ! Ça, je peux le faire, dit Tom.

— Il ne va pas y avoir d'histoires ? s'inquiéta Man.

— Non, m'dame, répondit Willie. Y aura pas d'histoires.

— Tu peux être tranquille que non, confirma Tom. Alors, entendu, je viens. A tout à l'heure, au bal, Man.

Les deux jeunes gens s'éloignèrent en direction de la grille d'entrée.

Man empila la vaisselle sur une caisse.

— Sors de là, cria-t-elle.

Et, ne recevant pas de réponse, elle ajouta :

— Rosasharn, veux-tu sortir ?

La jeune femme sortit de la tente et se remit à sa vaisselle.

— Tom voulait seulement te faire bisquer.

— J' sais bien. Ça ne me gênait pas, seulement j'aime pas quand les gens me regardent.

— Tu ne peux pas empêcher ça. Les gens te regarderont. Ce qu'il y a, c'est que ça fait plaisir aux gens de voir une fille enceinte. Ça les rend tout contents, ça les amuse, on dirait. Tu ne vas pas au bal ?

— J'allais y aller... mais j' sais pas. Je voudrais bien que Connie soit là.

Sa voix monta :

— Man, j' voudrais qu'il soit là, je n'en peux plus.

Man la regarda attentivement :

— Je sais ce que c'est, fit-elle. Seulement, écoute-moi, Rosasharn... ne fais pas honte à ta famille.

— C'était pas dans mes intentions, Man.

— Eh bien, tâche de ne pas nous faire honte. Nous avons assez de souci, sans qu'il faille encore qu'on ait honte.

La lèvre de la jeune femme frémit.

— Je... je ne vais pas au bal, j' pourrais pas... Man... donne-moi du courage !

Elle s'assit et se cacha la tête dans ses bras.

Man s'essuya les mains au torchon de cuisine, s'accroupit devant sa fille et posa ses deux mains sur les cheveux de Rose de Saron.

— Tu es une bonne fille, dit-elle. Tu as toujours été une bonne fille. Je prendrai soin de toi, ne te fais pas de souci.

Elle mit plus de sentiment dans sa voix :

— Tu sais ce qu'on va faire, toutes les deux ? On va y aller à ce bal ; on va s'asseoir et regarder danser. Et si quelqu'un vient t'inviter... eh ben, j' dirai qu' tu te sens pas assez forte. J' dirai qu' tu te sens pas bien. Comme ça tu pourras entendre la musique et tout...

Rose de Saron redressa la tête.

— Tu ne me laisseras pas danser.

— Non, j' te laisserai pas.

— Et tu ne laisseras personne me toucher ?

— Non.

La jeune femme soupira. Elle dit avec désespoir :

— Je n' sais pas ce que j' vais faire. Man, je t'assure, je n' sais pas.

Man lui tapota le genou.

— Écoute, fit-elle. Regarde-moi. Je vais te dire. Dans un petit bout de temps, ça ira mieux. Dans un petit bout de temps. Tu peux me croire. Et maintenant, viens. Nous allons nous laver, et après nous mettrons not' belle robe et nous irons nous asseoir au bal.

Elle entraîna Rose de Saron au pavillon sanitaire.

Pa et l'oncle John se tenaient accroupis au milieu d'un groupe d'hommes, contre la véranda du bureau.

— Nous avons failli trouver de l'embauche, déclara Pa. S'en est fallu de deux minutes. Ils venaient d'embaucher deux gars. Eh ben, j' vas vous dire, il s'est passé une drôle de chose. Il y a là un contremaître, et il fait : « Nous venons d'engager deux hommes à vingt-cinq *cents*. Mais nous pouvons encore prendre du monde. Beaucoup de monde. Retournez donc à votre camp et prévenez-les qu'à vingt-cinq *cents* on embauche... tous ceux qui voudront venir. »

Une certaine nervosité se manifesta dans le groupe. Un homme aux larges épaules, dont le visage était entièrement dans l'ombre de son chapeau noir, claqua sa main sur son genou :

— Je le sais bien, nom de Dieu ! s'écria-t-il. Et ils en trouveront, des hommes qu'ont faim. On ne peut pas nourrir sa famille avec vingt-cinq *cents* de l'heure, mais quand on a faim on accepte n'importe quoi. Ils nous possèdent à tous les coups. Ils distribuent l'ouvrage aux enchères, c'est pas compliqué. Ils vont bientôt nous faire payer pour travailler, sacré nom de Dieu !

— On aurait bien accepté, dit Pa ; chez nous, on n'a pas

eu de travail. Je vous jure que j'étais prêt à marcher, mais à voir ces gars-là, l'allure qu'ils avaient, ça nous a refroidis.

— Il y a de quoi devenir fou quand on y pense ! reprit Chapeau Noir. Je travaillais pour un type, eh bien il ne peut même pas faire sa cueillette. Ça lui coûte plus à faire cueillir sa récolte qu'il n'en pourra tirer une fois cueillie, alors il ne sait pas quoi faire.

— A mon idée...

Pa s'interrompit.

Tout le cercle des auditeurs était suspendu à ses lèvres.

— Enfin, je me disais comme ça... admettons qu'un gars ait simplement un arpent de terre à lui. Eh bien, ma femme elle pourrait faire pousser quelques bricoles et élever un ou deux cochons, et des poulets. Et nous, les hommes, on pourrait travailler et puis rentrer chez soi après. Les gosses iraient à l'école, peut-êt' bien. Jamais vu des écoles comme ils en ont par ici.

— Nos enfants n'y sont pas heureux, dans ces écoles, dit Chapeau Noir.

— Pourquoi pas ? Je ne les trouve pas mal du tout.

— Ben, un gosse qu'a rien à se mett' sur le dos, qu'est tout en loques, et qu'a pas de souliers... et à côté de ça les autres qu'ont des chaussettes, des beaux pantalons et qui le traitent d'Okie. Mon fils, à moi, il y est allé à l'école. Il se battait tous les jours... s'en tirait à son avantage, en plus. Un sacré luron. Il était bien forcé de se battre. Il rentrait chez nous avec ses habits tout déchirés et le nez en sang. Et sa mère lui flanquait une tournée par-dessus le marché. Mais j'y ai mis bon ordre. Pas de raison que tout le monde lui tape dessus, à c' pauvre petit gars. Cré nom ! Qu'est-ce qu'il leur a foutu comme tatouilles aux aut' moutards, à part ça... ces petits salauds avec leurs beaux pantalons. J' sais pas. J' sais vraiment pas...

— Ben et moi, qu'est-ce que j' m'en vais foutre ? demanda Pa. Nous n'avons plus d'argent. Un de mes garçons a bien trouvé de l'embauche, pour quéq' jours, mais c'est pas ça qui va donner à manger à toute la famille. Je vais aller là-bas prendre leurs vingt-cinq *cents*. J' peux pas faire autrement.

Chapeau Noir leva la tête, montrant à la lumière un menton broussailleux et un cou noueux sur lequel les poils de sa barbe s'étalaient comme de la fourrure.

— C'est ça, fit-il, d'un ton amer. Allez-y. Et moi j' suis un homme à vingt-cinq *cents*. Vous allez me prendre ma place pour vingt *cents*. Après ça j'aurai le ventre creux et je la reprendrai pour quinze. Allez-y. Faites-le.

— Mais qu'est-ce que vous voulez que je foute, bon Dieu ? dit Pa. Je ne peux tout de même pas crever de faim pour vous permettre de toucher vingt-cinq *cents*.

Chapeau Noir laissa retomber la tête et son menton rentra dans l'ombre.

— J' sais pas, dit-il. J' sais vraiment pas. C'est déjà assez dur de travailler douze heures par jour pour ne pas manger à sa faim, mais par-dessus le marché faut encore tirer des plans sans arrêt. Mon gosse n'a pas assez à manger. Je ne peux pas réfléchir tout le temps, nom de Dieu ! Ça finit par vous rendre fou.

Mal à l'aise, les hommes se dandinaient d'un pied sur l'autre, silencieusement.

A l'entrée, Tom inspectait les arrivants. Un projecteur éclairait le visage des invités. Willie Eaton dit :

— Aie l'œil, je t'envoie Jules Vitela. Il a du sang indien. Demi-Cherokee, brave garçon, ouvrez l'œil et tâchez de repérer les types.

— Okay, dit Tom.

Il vit entrer les fermiers avec leurs familles, les filles aux longues tresses, les garçons astiqués pour le bal. Jules s'amena et se planta à son côté.

— Je suis là, dit-il.

Tom considéra le nez en bec d'aigle, les pommettes hautes sous la peau brune et le menton légèrement fuyant.

— Paraît qu' t'es un métis d'Indien. Tu m'as tout l'air d'en être un vrai.

— Non, dit Jules. Moitié seulement. J' voudrais bien êt' un Indien pur sang. Au moins j'aurais ma terre dans la réserve. Y en a qui l'ont belle, là-bas.

— Regarde-moi ces gens, dit Tom.

Les invités affluaient à la grille, petits fermiers accompagnés de leurs familles, émigrants venus des camps avoisinants. Enfants se démenant pour essayer de se libérer, parents les retenant paisiblement.

— C'est drôle ce que ça fait, ces bals, dit Jules. Les nôtres n'ont rien à eux, mais le seul fait de pouvoir inviter leurs amis et connaissances à venir danser, ça les remonte dans leur propre estime et ça les rend tout fiers. Et les gens les respectent justement à cause de ces bals. Y a un gars qu'a une petite propriété, là où je travaillais. Il est venu une fois danser ici. C'est moi qui l'avais invité, et il est venu. Il a dit que c'était le seul bal convenable de la région, le seul où qu'un homme puisse emmener ses filles et sa femme. Eh ! regarde !

Trois jeunes gens franchissaient la grille — trois jeunes ouvriers en cotte bleue. Ils marchaient côte à côte. Le garde à l'entrée les interrogea ; ils répondirent et passèrent.

— Repère-les bien, dit Jules.

Il alla trouver le garde.

— Qui c'est qu'a invité ces trois-là ? demanda-t-il.

— Un nommé Jackson, pavillon 4.

Jules revint et dit à Tom :

— J'ai idée que c'est eux.

— Comment le sais-tu ?

— J' saurais pas dire. Une idée comme ça. Ils n'ont pas l'air sûrs d'eux. Suis-les et dis à Willie de les examiner et de se renseigner auprès de Jackson du pavillon 4. Faut que Jackson les voie si ça va. Je reste là.

Tom suivit les trois jeunes gens. Ils s'avancèrent vers l'estrade et se postèrent tranquillement au premier rang de la foule. Tom aperçut Willie près de l'orchestre et lui fit signe.

— Qu'est-ce que tu veux ? demanda tranquillement Willie.

— Ces trois-là... tu vois... là ?

— Ouais.

— Ils disent que c'est un nommé Jackson du pavillon 4 qui les a invités.

Willie allongea le cou, finit par repérer Huston et l'appela. Huston vint les retrouver.

— Ces trois gars-là, dit Willie, faudrait aller chercher Jackson du pavillon 4, voir s'il les a invités.

Huston fit demi-tour et s'éloigna, et quelques instants après il revint accompagné d'un gars du Kansas, maigre et osseux.

— Voilà Jackson, dit Huston.

— Dites donc, Jackson, vous voyez ces trois jeunes gens...

— Ouais.

— C'est vous qui les avez invités ?

— Non.

— Vous les avez déjà vus ?

Jackson les observa attentivement.

— Pour sûr, j'ai travaillé chez Gregorio avec eux.

— Alors, ils connaissent vot' nom ?

— Pour sûr, je travaillais juste à côté d'eux.

— C'est bon, dit Huston. Surtout, ne vous approchez pas d'eux. Nous ne les jetterons pas dehors s'ils se conduisent comme il faut. Merci, m'sieur Jackson.

— Bravo ! dit-il à Tom, j' crois bien que c'est eux.

— C'est Jules qui les a repérés, dit Tom.

— Ce sacré Jules ! dit Willie, rien d'étonnant, c'est son sang indien qui les a flairés. Bon ! eh ben, je vais les montrer aux copains.

Un garçon d'une quinzaine d'années traversa la foule en courant et s'arrêta essoufflé devant Huston.

— M'sieu Huston, fit-il, j'ai fait c' que vous m'avez dit. Y a une auto avec six hommes dedans qu'est arrêtée là-bas sous le grand eucalyptus, et y en a une autre avec quatre hommes qu'est dans le chemin de traverse : je leur ai demandé du feu. Ils ont des revolvers, je les ai vus.

Les yeux de Huston prirent une expression dure et cruelle.

— Willie, fit-il, tu es sûr d'avoir tout bien mis au point ?

Willie sourit joyeusement :

— Pouvez êt' tranquille, m'sieu Huston. Y aura pas de bagarre.

— Bon, mais n'y allez pas trop fort. Attention. Et s'il y a

moyen, sans que ça fasse d'histoires, gentiment, j'aimerais leur dire un mot, entre quat' z' yeux. Je serai dans ma tente.

— Je vais voir ce qu'on peut faire, dit Willie.

Le bal n'avait pas encore réellement commencé. Willie monta sur l'estrade.

— En place pour le quadrille, cria-t-il.

La musique s'interrompit. Garçons et filles se précipitèrent de tous côtés et s'entremêlèrent, jusqu'à ce qu'ils eussent formé sur la vaste piste huit carrés, piaffant d'impatience. Les jeunes filles tendaient les mains devant elles en agitant les doigts et les garçons, incapables de se contenir, battaient sans arrêt la mesure du pied. Tout autour de la piste, les vieux faisaient tapisserie, souriant légèrement, empêchant les enfants de s'aventurer parmi les danseurs. Et de loin, les Adorateurs de Jésus observaient toute cette corruption avec un air d'hostilité glaciale.

Man et Rose de Saron, assises sur un banc, regardaient. Et chaque fois qu'un garçon venait s'offrir à Rose comme partenaire, Man disait :

— Non, elle n'est pas bien.

Et Rose de Saron rougissait et ses yeux brillaient.

L'aboyeur s'avança au centre de l'estrade et leva les bras.

— Prêts ? En avant la musique !

L'orchestre attaqua un quadrille échevelé : *La Danse des poules*.

La musique montait, vive et claire — le zin-zin aigrelet du violon, les notes nasillardes et pointues des harmonicas, les basses des guitares ponctuant la cadence, avec leur voix d'outre-tombe. L'aboyeur annonça les figures, les carrés s'ébranlèrent.

— En avant, en arrière, en rond, balancez vos dames.

L'aboyeur déchaîné tapait du pied, se démenait, arpentait l'estrade en mesure, esquissait les figures en les annonçant.

— Balancez vos dames et hop là ! Donnez-vous les mains et en avant !

La musique s'élevait, retombait, et les souliers agiles faisaient résonner le plancher de l'estrade, comme une peau de tambour.

— Un tour à droite, et un tour à gauche ! Séparez-vous,

allons — séparez-vous — dos à dos ! leur criait l'aboyeur de sa voix vibrante et monocorde.

C'est là que les coiffures des jeunes filles commençaient à perdre leur belle ordonnance. C'est là que la sueur perlait au front des garçons. C'est là que les experts exhibaient leurs savants entrechats. Et les vieux, assis autour de la piste, se laissaient prendre par le rythme, battaient doucement des mains, tapaient des pieds, se souriaient gentiment quand leurs regards se croisaient et dodelinaient de la tête en signe d'approbation.

Man se pencha à l'oreille de Rose de Saron :

— Tu ne le croirais peut-êt' pas, mais ton père était un des meilleurs danseurs que j'aie jamais connus, étant jeune. (Et Man sourit. Ça me rappelle l'ancien temps), dit-elle.

Et les visages des assistants arboraient des sourires de l'ancien temps.

— Du côté de Musgokee, il y a vingt ans de ça, j'ai connu un aveugle qui jouait du violon...

— J'ai vu une fois un gars faire un saut et taper quat' fois des talons avant de retomber...

— Là-haut, dans le Dakota, y a des Suédois... Savez ce qu'ils font, des fois ? Ils sèment du poivre sur le plancher. Ça monte sous les jupons des filles et ça les rend joliment fringantes... Elles frétillent comme des pouliches en chaleur. C'est les Suédois qui font ça, des fois.

Devant leurs tentes, les Adorateurs de Jésus surveillaient leurs enfants aux mines contrites et sournoises :

— Voyez s'étaler le péché, disaient-ils. Ces gens-là s'en vont tout droit en enfer, à cheval sur un tisonnier. C'est une honte que les brebis du Seigneur soient forcées de voir ça.

Et leurs enfants, troublés, se taisaient.

— Encore un tour et après, une petite pause ! clama l'aboyeur. Et tâchez que ça barde, parce qu'on va bientôt s'arrêter.

Les filles avaient chaud. Elles dansaient la bouche ouverte, le visage grave et solennel. Et les garçons, rejetant d'une secousse leurs longs cheveux en arrière, se pavanaient, marchaient sur les pointes et claquaient des talons. Les carrés poussaient de l'avant, reculaient, se croisaient en tous sens, tournoyaient, et la musique faisait rage.

Et soudain, tout s'arrêta. Les danseurs s'immobilisèrent, pantelants. Alors les enfants, se dégageant des mains qui les retenaient, envahirent la piste, se pourchassèrent furieusement, galopant, glissant, se volant mutuellement leurs casquettes et se tirant les cheveux. Les danseurs s'assirent en s'éventant de la main. Les musiciens se mirent debout, étirèrent leurs membres ankylosés et se rassirent. Et les joueurs de guitare continuaient à taquiner légèrement les cordes de leurs instruments.

La voix de Willie retentit de nouveau :

— Changez de partenaires ! En place pour un aut' quadrille, ceux qu'en sont capables !

Les danseurs se remirent debout et de nouveaux amateurs foncèrent, en quête d'une partenaire. Tom se tenait à proximité des trois jeunes gens. Il les vit se frayer un passage à travers la piste et s'avancer vers un des carrés en formation. Il fit un signe de la main à Willie, et Willie dit quelque chose au violoniste. Le violoniste fit grincer son archet sur les cordes. Vingt garçons s'avancèrent en louvoyant vers le centre de la piste. Les trois autres avaient atteint le carré. Et l'un d'entre eux dit :

— Je prends celle-là.

Un petit blond leva des yeux sidérés :

— Mais c'est ma cavalière !

— Dis donc, espèce d'enfant de salaud...

Au loin, dans les ténèbres, un coup de sifflet strident retentit. Mais déjà les trois jeunes gens étaient emmurés. Chacun d'eux se voyait maîtrisé par des poignes solides. Et, lentement, la muraille vivante sortit de la piste.

Willie brailla :

— Envoyez !

La musique éclata ; l'aboyeur, de sa voix de récitant, annonça les figures, et les pieds martelèrent le plancher.

Une voiture découverte stoppa devant la grille. Le conducteur cria :

— Ouvrez ! Paraît qu'il y a une émeute, chez vous ?

Le gardien resta à son poste :

— Y a pas d'émeute chez nous. Écoutez donc c'te musique. Qui êtes-vous ?

— Police.

— Vous avez un mandat de perquisition ?

— Du moment qu'il y a émeute, nous n'avons pas besoin de mandat.

— Eh ben, y a pas d'émeute ici, dit le gardien de l'entrée.

Les occupants de l'auto écoutèrent, mais n'entendirent que la musique et la voix de l'aboyeur. Alors, la voiture démarra lentement et alla se garer non loin de là dans un chemin de traverse.

Au centre du bloc mouvant, les trois jeunes gens étaient incapables d'esquisser un geste ou d'émettre un son. Une main s'était plaquée sur leur bouche pendant que d'autres leur enserraient les poignets. Quand ils furent dans l'obscurité, le groupe s'ouvrit.

Tom dit :

— Pour du beau travail, c'est du beau travail.

Il maintenait par-derrière les poignets de sa victime.

Willie sortit de la piste en courant et vint les retrouver.

— Bravo ! dit-il. Six hommes suffiront maintenant. Huston veut voir ces zigotos-là.

Huston en personne surgit de l'obscurité.

— C'est ceux-là ?

— Tout juste, dit Jules. Ils se sont amenés comme une fleur et ils ont cherché à commencer la bagarre, mais ils n'ont pas seulement eu le temps de lever le petit doigt.

— Voyons un peu de quoi ils ont l'air.

D'une secousse, les prisonniers furent alignés devant lui. Ils courbaient la tête. Du jet de sa lampe électrique, Huston éclaira tour à tour chacun des visages renfrognés.

— Qu'est-ce qui vous a donc pris ? demanda-t-il.

Il n'y eut pas de réponse.

— Mais nom de Dieu ! Qu'est-ce qui vous a commandé de faire ça ?

— On n'a rien fait, merde ! On voulait juste danser.

— Pas vrai, dit Jules, vous alliez coller un marron au petit gars.

— M'sieu Huston, intervint Tom, juste au moment que ces frères-là ont foncé, on a entendu un coup de sifflet.

— Oui, je sais ! Les flics sont venus se présenter à la grille.

Il se retourna.

— Nous n'allons pas vous faire de mal. Et maintenant, dites-moi qui vous a chargés de bousiller notre soirée ?

Il attendait une réponse.

— Vous êtes des nôtres, reprit Huston d'une voix désolée, des gars de chez nous. Comment ça se fait que êtes venus ? Nous sommes au courant, ajouta-t-il.

— Faut bien manger, bon Dieu !

— Et alors, qui vous a envoyés ? Qui c'est qui vous a payés pour venir ?

— On n'a pas été payés.

— Et vous ne le serez pas non plus. Pas de bagarre, pas de paie. C'est pas vrai, ce que je dis là ?

Un des captifs éleva la voix :

— Faites ce que vous voudrez. Nous ne dirons rien.

Huston baissa un moment la tête, puis il dit à mi-voix :

— C'est bon, ne dites rien. Mais écoutez bien. Ce que vous faites là, c'est poignarder les vôtres dans le dos. Nous cherchons à viv' tranquilles, à nous amuser un peu tout en maintenant l'ordre. Ne venez pas nous démolir. Réfléchissez un peu. Vous vous faites du mal à vous-mêmes. C'est bon, les enfants, faites-les passer par-dessus la clôture, par-derrière. Et ne leur faites pas de mal. Ils n' savent pas c' qu'ils font.

La troupe s'ébranla lentement et gagna l'autre bout du camp. Huston les suivit des yeux.

Jules dit :

— On leur fout un bon petit coup de pied au cul ?

— Non, pas de ça ! s'écria Willie. J'ai promis qu'on le ferait pas.

— Oh ! rien qu'un petit, supplia Jules, juste pour les faire passer la clôture.

— Rien à faire, maintint Willie.

« Écoutez vous autres, dit-il, vous vous en tirez à bon compte pour cette fois. Mais faites passer le mot. Si jamais y

485

en a qu'ont le malheur de vouloir recommencer, on te leur flanquera une de ces tournées qu'ils n'y reviendront pas de sitôt. On leur broiera les os, nom de Dieu. Prévenez vos petits copains. Huston a dit qu' vous étiez des gens de chez nous. Possib'. Mais ça me fait mal au cœur rien que d'y penser. »

Ils arrivaient à la clôture. Deux des sentinelles postées là se levèrent et s'approchèrent :

— En voilà qui sont pressés d'aller se coucher, leur dit Willie.

Les trois hommes escaladèrent l'obstacle et disparurent dans la nuit.

Toute l'équipe regagna précipitamment le bal. Et sur l'air du *Vieux Dan Tucker*, l'orchestre gémit et grinça de plus belle.

Près du bureau, les hommes accroupis discutaient toujours, et les accords stridents de l'orchestre parvenaient jusqu'à eux.

Pa dit :

— Il va se produire du nouveau. Je ne sais pas quoi au juste. Peut-êt' que nous ne serons pas là pour le voir. Mais ça va changer. Il y a une espèce de malaise dans l'air. Les gens ne savent plus où ils en sont, tellement ils sont inquiets.

Chapeau Noir leva de nouveau la tête, et la lumière mit en relief les piquants de sa barbe. Il ramassa quelques petits cailloux par terre et les lança comme des billes avec son pouce :

— J' sais pas, mais ça va changer, comme vous le dites. Quelqu'un me disait ce qu'est arrivé à Akron, dans l'Ohio. Des sociétés de caoutchouc. Elles ont fait venir des gens de la montagne, à cause qu'ils ne font pas payer cher. Et v'là-t-y pas que ces gars de la montagne, ils se mettent à s'inscrire à un Syndicat. A ce moment-là, vous parlez d'un chambard ! V'là tous ces boutiquiers, tous ces légionnaires et toute cette clique qui se mettent à faire l'exercice et à gueuler : « Au rouge ! » Et ils ne voulaient plus voir de Syndicat à Akron, et ils allaient balayer tout ça. Les pasteurs ont commencé à faire des prêches là-dessus, les journaux beuglaient tout ce qu'ils savaient, et la Compagnie distribuait des manches de pioche et achetait des grenades à gaz. A croire que ces sacrés montagnards, c'étaient des vrais démons !

Il s'interrompit et trouva encore quelques cailloux à lancer.

— Tout ça se passait en mars dernier, et v'là qu'un beau dimanche, cinq mille de ces gaillards de la montagne montent un concours de tir, aux portes de la ville. Cinq mille qu'ils étaient. Et ils ont simplement défilé à travers la ville avec leurs fusils. Et une fois qu'ils ont eu fini leur concours de tir, ils l'ont retraversée en revenant. Et c'est tout ce qu'ils ont fait. Eh ben, vous me croirez si vous voulez, mais il n'y a pas eu la moindre histoire depuis. Tous ces Comités de citoyens et de je ne sais quoi ont tous rendu les manches de pioche, les boutiquiers s'en sont retournés à leurs boutiques, et personne n'a été matraqué, ni enduit de goudron et de plumes, et personne n'a été tué.

Il y eut un long silence, puis Chapeau Noir reprit :

— Ils commencent à devenir salement vaches, par ici. Ils ont brûlé ce camp l'aut' jour, et matraqué tout le monde. Je me disais... nous avons tous des fusils, je me disais qu'on ferait peut-êt' pas mal de monter un concours de tir tous les dimanches.

Les hommes levèrent les yeux vers lui, puis les baissèrent. Mal à l'aise, ils se dandinaient d'un pied sur l'autre, leurs semelles raclant le sol.

CHAPITRE XXV

Le printemps est merveilleux en Californie. Les vallées sont des mers odorantes d'arbres en fleurs, aux eaux blanches et roses. Et bientôt les premières vrilles font leur apparition sur les vignes et déferlent en cascades sur les vieux ceps tordus. Les riches collines verdoient, rondes et veloutées comme des seins, et sur les terrains plats réservés aux cultures potagères, s'alignent à l'infini les pâles laitues, les minuscules choux-fleurs et les plants d'artichauts d'un gris vert irréel.

Et subitement les feuilles se montrent sur les branches ; les pétales tombent des arbres et couvrent la terre d'un tapis rose et blanc. Le cœur du bourgeon enfle, prend forme et couleur : cerises, pommes, pêches, poires, et les figues dont la fleur s'enferme dans la gousse du fruit. Toute la Californie éclate d'une splendeur prolifique ; les fruits s'alourdissent, les branches ploient peu à peu sous la charge et doivent être soutenues par des béquilles.

Toute cette richesse et cette fécondité sont dues à des hommes de savoir, des hommes compétents qui se livrent à des expériences sur les graines et les plantes, qui sans cesse perfectionnent les méthodes de culture et de protection des arbres dont les racines seront armées pour résister aux millions d'ennemis qui grouillent sous terre : taupes, insectes, rouille, moisissure. Ces hommes travaillent sans relâche à améliorer les semences, les racines. De leur côté, les chimistes aspergent les arbres pour les protéger des insectes, sulfatent la vigne, sectionnent les plants malades, combattent la pourriture et le mildiou...

... Et ces docteurs en médecine préventive qui sont postés aux frontières pour empêcher l'entrée de plantes infectées, l'invasion des mouches, des hannetons japonais, qui mettent les plants malades en quarantaine, qui manipulent les racines, qui les brûlent pour éviter la contagion... Des savants, ceux-ci. Et d'autres encore, qui greffent les arbustes, les ceps ; ce sont les plus adroits de tous, car ils font un travail aussi précis, aussi délicat que celui du chirurgien, et il faut des mains et un cœur de chirurgien, pour entailler l'écorce, placer la greffe, ligaturer la plaie et la préserver du contact de l'air. Des as, ceux-là.

Tout le long des rangées d'arbres, extirpateurs et herses arrachent les pousses d'herbe, retournent la terre pour la rendre plus fertile et retenir l'eau de pluie près de la surface, creusent des petits sillons pour l'irrigation et détruisent les racines des mauvaises herbes qui boivent l'eau destinée aux arbres.

Entre-temps, les fruits grossissent et les fleurs s'épanouissent en longues grappes sur les ceps. Et sous l'effet de la chaleur grandissante, les feuilles tournent au vert foncé. Les prunes s'allongent, semblables à de petits œufs de grive, et les branches alourdies s'affaissent sur leurs supports. Les petites poires dures prennent forme et les pêches commencent à se velouter. Les fleurs de la vigne perdent leurs pétales et les petites perles dures deviennent des billes vertes, et les billes s'alourdissent. Les travailleurs des champs, les propriétaires des petits vergers surveillent et calculent. L'année sera bonne. Et les hommes sont fiers, car si la récolte est abondante, c'est grâce à leur savoir... Leur savoir a transformé le monde. Le blé court et maigre est devenu lourd et productif. Les petites pommes amères sont devenues grosses et sucrées, et ces vieux ceps qui croissaient parmi les arbres et dont le raisin minuscule ne nourrissait que les oiseaux, ont donné naissance à des centaines de variétés de raisin : rouge, noir, vert, rose pâle, pourpre, jaune, chacune dotée d'une saveur particulière. Les hommes qui travaillent dans les fermes témoins ont créé de nouvelles espèces de fruits. Des nectarines, quarante variétés de prunes, des noix à coque mince. Et sans relâche ils poursuivent leurs travaux, sélectionnent, greffent, alternent les cultures, arrachant à la terre son rendement maximum.

Les cerises mûrissent les premières. Un *cent* et demi la livre. Merde, on ne peut pas les cueillir à ce tarif-là. Cerises noires et cerises rouges, à la chair juteuse et sucrée ; les oiseaux mangent la moitié de chaque cerise et les guêpes viennent bourdonner dans les trous faits par les oiseaux. Et les noyaux auxquels adhèrent encore des lambeaux de défroque noire, tombent à terre et se dessèchent.

Puis, c'est le tour des prunes rouges de s'adoucir et de prendre de la saveur.

Bon sang ; on ne peut pas les faire cueillir, sécher et soufrer.

Pas moyen de payer des salaires, aussi bas soient-ils.

Alors les prunes rouges tapissent le sol. Tout d'abord la peau se ratatine un petit peu ; des myriades de mouches se précipitent à la curée et une odeur douceâtre de pourriture emplit la vallée. La chair noircit et c'est toute la récolte qui se racornit. Les poires jaunissent, leur chair devient moelleuse.

Cinq dollars la tonne. Cinq dollars pour quarante caisses de vingt-cinq kilos ; arbres émondés, soignés, vergers entretenus — cueillir le fruit, l'emballer, charger les camions, livrer à la fabrique — quarante caisses pour cinq dollars. Nous n'y arrivons pas.

Et les grosses poires jaunes se détachent et s'écrasent par terre. Les guêpes creusent la chair molle et l'air sent la fermentation et la pourriture.

Et finalement, les raisins.

Nous ne pouvons pas faire de bon vin. Les gens n'ont pas les moyens d'acheter du bon vin.

Alors on arrache les grappes, les bonnes, les mauvaises, le raisin piqué ; tout est bon pour le pressoir. Et on presse les tiges, la pourriture et la saleté.

Mais il y a de l'acide formique et du mildiou dans les cuves.

Qu'à cela ne tienne. Un peu de soufre et de tanin et on n'y verra que du feu.

Mais l'odeur de fermentation n'est pas l'odeur riche et généreuse du bon vin. Cela sent la décomposition et la pharmacie.

Oh! tant pis. En tout cas, il y a de l'alcool dedans. Ils pourront toujours se soûler avec.

Les petits fermiers voyaient leurs dettes augmenter, et derrière les dettes, le spectre de la faillite. Ils soignaient les arbres mais ne vendaient pas la récolte; ils émondaient, taillaient, greffaient et ne pouvaient pas faire cueillir les fruits. Des savants s'étaient attelés à la tâche, avaient travaillé à faire rendre aux arbres le maximum, et les fruits pourrissaient sur le sol, et le moût en décomposition dans les cuves empestait l'air.

Goûtez seulement le vin — on n'y perçoit pas la saveur du raisin, mais seulement le tanin, le soufre et l'alcool. L'année prochaine, ce petit verger sera absorbé par une grande Compagnie, car le fermier, étranglé par ses dettes, aura dû abandonner.

Ce vignoble appartiendra à la Banque. Seuls les grands propriétaires peuvent survivre, car ils possèdent en même temps les fabriques de conserves. Et quatre poires épluchées, coupées en deux, cuites et emboîtées, coûtent toujours quinze *cents*. Et les poires en conserve ne se gâtent pas. Elles se garderont des années.

La décomposition envahit toute la Californie, et l'odeur douceâtre est un grand malheur pour le pays. Des hommes capables de réussir des greffes, d'améliorer les produits, sont incapables de trouver un moyen pour que les affamés puissent en manger. Les hommes qui ont donné de nouveaux fruits au monde sont incapables de créer un système grâce auquel ces fruits pourront être mangés. Et cet échec plane comme une catastrophe sur le pays.

Le travail de l'homme et de la nature, le produit des ceps, des arbres, doit être détruit pour que se maintiennent les cours, et c'est là une abomination qui dépasse toutes les autres. Des chargements d'oranges jetés n'importe où. Les gens viennent de loin pour en prendre, mais cela ne se peut pas. Pourquoi achèteraient-ils des oranges à vingt *cents* la douzaine, s'il leur suffit de prendre leur voiture et d'aller en ramasser pour rien ? Alors des hommes armés de lances d'arrosage aspergent de pétrole les tas d'oranges, et ces hommes sont furieux d'avoir à commettre ce crime et leur colère se tourne contre les gens qui sont venus pour ramasser les oranges. Un million d'affamés ont besoin de fruits, et on arrose de pétrole les montagnes dorées.

Et l'odeur de pourriture envahit la contrée.

On brûle du café dans les chaudières. On brûle le maïs pour se chauffer — le maïs fait du bon feu. On jette les pommes de terre à la rivière et on poste des gardes sur les rives pour interdire aux malheureux de les repêcher. On saigne les cochons et on les enterre, et la pourriture s'infiltre dans le sol.

Il y a là un crime si monstrueux qu'il dépasse l'entendement.

Il y a là une souffrance telle qu'elle ne saurait être symbolisée par les larmes. Il y a là une faillite si retentissante qu'elle annihile toutes les réussites antérieures. Un sol fertile, des files interminables d'arbres aux troncs robustes, et des fruits mûrs. Et les enfants atteints de pellagre doivent mourir parce que chaque orange doit rapporter un bénéfice. Et les coroners inscrivent sur les constats de décès : mort due à la sous-nutrition — et tout cela parce que la nourriture pourrit, parce qu'il faut la forcer à pourrir.

Les gens s'en viennent armés d'épuisettes pour pêcher les pommes de terre dans la rivière, et les gardes les repoussent ; ils s'amènent dans leurs vieilles guimbardes pour tâcher de ramasser quelques oranges, mais on les a arrosées de pétrole. Alors ils restent plantés là et regardent flotter les pommes de terre au fil du courant ; ils écoutent les hurlements des porcs qu'on saigne dans un fossé et qu'on recouvre de chaux vive, regardent les montagnes d'oranges peu à peu se transformer en bouillie fétide ; et la consternation se lit dans les regards, et la colère commence à luire dans les yeux de ceux qui ont faim. Dans l'âme des gens, les raisins de la colère se gonflent et mûrissent, annonçant les vendanges prochaines.

CHAPITRE XXVI

Au camp de Weedpatch, un soir que les feux du couchant incendiaient les bords des longs nuages rayés suspendus au-dessus du disque du soleil, la famille Joad s'attardait, après le souper. Man ne se décidait pas à commencer la vaisselle.

— Il faut faire quéq' chose, dit-elle.

Ce disant, elle leur montra Winfield :

— Regardez, il n'a plus de couleurs.

Les membres de la famille baissèrent les yeux, honteux.

— Les galettes frites, dit Man. Un mois qu'on est là, et Tom a travaillé cinq jours en tout et pour tout. Et vous autres, vous n'avez pas arrêté de vous décarcasser pour tâcher de trouver du travail. En pure perte. Et nous n'avons plus d'argent. Vous n'osez pas en parler. Tous les soirs, vous vous contentez de manger et après ça vous vous trottez. Vous ne pouvez pas vous décider à en parler. Eh bien, il le faut. Rosasharn sera bientôt à terme et regardez-moi cette mine qu'elle a. Il faut décider quelque chose. Et je ne veux pas en voir un seul se lever avant que ça soit fait. Il nous reste de la graisse pour un jour et de la farine pour deux, et dix pommes de terre. Restez assis où vous êtes et débrouillez-vous.

Ils gardaient les yeux fixés à terre. Pa curait ses ongles épais avec son couteau de poche. L'oncle John arracha une écharde à la caisse sur laquelle il était assis. Tom se pinça la lèvre inférieure et l'écarta de ses gencives.

Il relâcha sa lèvre et dit à voix basse :

— On a cherché, Man. On n'a pas arrêté de marcher, depuis qu'on ne pouvait plus se permettre de consommer de l'essence. On a fait toutes les grilles, toutes les maisons, même quand on savait qu'on ne trouverait rien. Ça finit par vous peser d'avoir à chercher quéq' chose quand on sait que ça n'existe pas.

Man dit d'un ton farouche :

— Vous n'avez pas le droit de vous décourager. La famille est en train de couler. Vous n'en avez pas le droit.

Pa examina ses ongles nettoyés.

— Faut partir, dit-il. On n'avait pas envie de partir. C'est agréable, ici, les gens sont bien gentils. C'est qu'on a peur de retomber dans un de ces Hooverville...

— Eh bien, si on est obligés, tant pis. L'important, c'est de manger.

Al intervint :

— J'ai de quoi faire le plein d'essence dans le camion. J'ai laissé personne y toucher.

Tom sourit :

— Il a de la jugeote, notre Al, avec son air tout fou.

— Alors, réfléchissez, dit Man, j' veux plus rester là à nous regarder tous crever de faim. De la graisse juste pour un jour. C'est tout ce qui nous reste. Rosasharn va bientôt faire ses couches, et faudra la nourrir. Débrouillez-vous !

— C'est c't' eau chaude et ces cabinets... commença Pa.

— Les cabinets, ça ne se mange pas.

Tom dit :

— Il est passé aujourd'hui un type qui cherchait des hommes pour aller à Marysville cueillir des fruits.

— Eh bien, qu'est-ce qu'on attend pour aller à Marysville ? interrogea Man.

— J' sais pas trop, répondit Tom. Ça ne m'a pas l'air catholique cette histoire. Il avait l'air trop pressé. Il ne voulait pas dire combien il payait. Disait qu'il ne savait pas au juste.

Man décida :

— Nous allons à Marysville. Ça m'est égal combien il paie. Nous y allons.

— C'est trop loin, objecta Tom. Nous n'avons pas de

quoi acheter de l'essence. On n'y arriverait pas. Tu nous dis de réfléchir, Man. J'ai pas arrêté une minute de réfléchir.

L'oncle John dit :

— Quelqu'un m'a raconté que ça allait bientôt êt' le moment pour le coton, là-haut dans le Nord, du côté du Tulare. C'est pas bien loin, d'après lui.

— Eh ben, il faut y aller, et vivement. Ça beau être agréable et gentil et tout ici, j'en ai assez de rester assise à me ronger les sangs.

Man prit son seau et s'en alla chercher de l'eau chaude au pavillon sanitaire.

— Man devient pas commode, dit Tom. Je l'ai vue se monter plus d'une fois, ces temps-ci. Une vraie soupe au lait.

Pa dit, l'air soulagé :

— En tout cas, elle a éclairci la situation. Je passais mes nuits à me torturer la cervelle. Maintenant au moins on peut en parler ouvertement.

Man revint avec son seau d'eau fumante.

— Alors ? interrogea-t-elle. Vous avez trouvé quéq' chose ?

— On étudie la question, répondit Tom. Pourquoi on ne remonterait pas simplement dans le Nord, là où il y a le coton ? Nous avons battu tout le pays. Nous savons qu'il n'y a rien ici. Alors, si on pliait bagage et qu'on aille dans le Nord ? Comme ça, quand viendra la cueillette du coton, on sera sur place. Ça me ferait plaisir de me sentir du coton dans les pattes. Ton réservoir est plein, Al ?

— Presque... Manque trois doigts à peu près.

— Ça devrait nous mener jusque là-haut.

Man lava une assiette au-dessus du seau :

— Alors ? interrogea-t-elle.

Tom dit :

— T'as gagné, Man. J' crois bien qu'on va déménager. Hein, Pa ?

— Ben, on n'a pas le choix, dit Pa.

Man lui jeta un coup d'œil :

— Quand ?

— Ben… c'est pas la peine d'attendre. Autant partir demain matin.

— Il faut partir demain matin. Je vous ai dit ce qui nous restait.

— Écoute, Man, ne va pas te figurer que je ne veux pas partir. Ça fait quinze jours que j'ai pas eu le ventre plein, ou du moins plein de quéq' chose qui vous tienne au corps.

Man plongea l'assiette dans le seau :

— Nous partons demain matin, dit-elle.

Pa renifla :

— Les choses ont changé, à ce qu'il paraît, dit-il d'un ton sarcastique. Dans le temps, c'étaient les hommes qui décidaient. A ce qu'il paraît que maintenant c'est les femmes qui portent la culotte. J'ai idée qu'il serait grand temps que j'aille chercher une trique.

Man mit l'assiette encore ruisselante à sécher sur une caisse. Ce faisant, elle souriait légèrement.

— Va donc chercher ta trique, Pa, dit-elle. Quand on aura de quoi manger et un coin où rester, alors peut-êt' que tu pourras t'en servir et conserver toute ta peau sur tes os. Mais, pour l'instant, tu ne fais pas ton travail, pas plus avec ta cervelle qu'avec tes mains. Si tu le faisais, alors tu pourrais t'en servir et tu verrais les femmes baisser le nez et se mettre au pas. Mais, maintenant, t'aurais beau faire avec ta trique, tu ne me rosserais pas, t'aurais une bataille sur les bras, parce que moi aussi j'en ai une toute prête à ton service, de trique.

Pa grimaça un sourire gêné :

— C'est du propre de causer de cette façon devant les gosses, dit-il.

— Arrange-toi pour qu'ils aient quéq' chose à se mettre dans l'estomac, avant de discuter de ce qui est bon ou pas bon pour eux.

Pa se leva, dégoûté, et s'éloigna, et l'oncle John le suivit. Les mains de Man s'affairaient dans l'eau, mais elle regarda partir les deux hommes et dit fièrement à Tom :

— Ne t'inquiète pas. Il ne se tient pas pour battu. Tel que tu le vois, il est encore capable de me coller une beigne pour un oui ou pour un non.

— Tu faisais exprès de l'asticoter ? dit Tom en riant.

— Naturellement. Tu comprends, un homme, c'est capable de se tourmenter, de se tracasser et de se ronger les sangs jusqu'à ce qu'un beau jour il finisse par se coucher et mourir, quand le cœur lui manque. Mais si on l'entreprend et si on le met en colère, eh ben, il s'en sort. Tu vois, Pa il n'a rien dit, mais en ce moment, il est dans une colère bleue. « Ah ! c'est comme ça, qu'il se dit, eh ben elle va voir. » T'inquiète pas, il est d'aplomb maintenant.

Al se leva.

— Je vais faire un petit tour, dit-il.

— Tu ferais bien de t'assurer que le camion est fin prêt, lui conseilla Tom.

— Il est prêt.

— S'il l'est pas, gare à toi, j' vais mettre Man à tes trousses.

— Il l'est, j' te dis.

Al s'éloigna en bombant le torse le long de la rangée de tentes.

Tom soupira :

— Tout ça commence à me fatiguer, Man. Tu ne pourrais pas me mettre en colère, pour changer ?

— T'es plus intelligent que ça, Tom. Je n'ai pas besoin de te mettre en colère. Si j'ai un soutien, c'est bien toi. Les autres... Je les sens un peu loin de moi, dans un sens. Toi, au moins, tu ne lâcheras pas.

Toute la tâche retombait sur lui.

— Ça m' plaît pas, dit-il. Je veux pouvoir aller vadrouiller, comme Al. Et je veux pouvoir me foutre en colère comme Pa, et me saouler comme l'oncle John.

Man secoua la tête :

— Tu ne peux pas, Tom. Je le sais. Je le savais quand t'étais encore tout gosse. Tu n'es pas fait pour ça. Y en a qui ne sont qu'eux-mêmes et jamais rien d'autre. Prends Al... ben, c'est qu'un jeune gars qui court après les filles. Mais toi, tu n'as jamais été comme ça, Tom.

— J' te prie de croire que si. Je le suis toujours.

— Pas du tout. Tout ce que tu fais, tu ne le fais pas

497

seulement pour toi, ça va chercher plus loin. C'est quand on t'a mis en prison que je l'ai compris. Tu es un élu, Tom.

— Allons, Man... ne dis pas de bêtises. C'est ton imagination qui travaille.

Elle déposa les couteaux et les fourchettes sur la pile d'assiettes.

— Possible. Possible que ce soit de l'imagination. Rosasharn essuie tout ça et range-le.

La jeune femme se mit péniblement debout, son ventre énorme bombant devant elle. Elle s'approcha lourdement de la caisse et y prit un plat propre.

Tom dit :

— Ça la tire tellement qu'elle ne pourra bientôt plus fermer les yeux.

— Veux-tu finir de la tourmenter ? dit Man. Rosasharn est une bonne fille. Trotte-toi et va-t'en faire tes adieux à qui tu veux.

— Okay, fit-il. Je vais voir combien qu'on a de route à faire.

Man dit à la jeune femme :

— C'était pas pour t'ennuyer qu'il blaguait comme ça. Où sont passés Ruthie et Winfield ?

— Ils ont filé derrière Pa. Je les ai vus.

— Oh ! laisse-les.

Rose de Saron se déplaçait lourdement. Sa mère la surveillait du coin de l'œil.

— Tu te sens bien ? T'as la figure un peu tirée.

— J'ai pas eu de lait, comme elles disaient que j'aurais dû.

— Je sais. On n'en avait pas, que veux-tu ?

Rose de Saron dit d'un ton morne :

— Si Connie n'était pas parti, on aurait une petite maison, à l'heure qu'il est, et lui serait à étudier et tout. J'aurais eu le lait qu'il me fallait. Ce qui fait que j'aurais eu un beau bébé. Il ne sera pas beau, mon bébé. L'aurait fallu que j'aie du lait à boire.

Elle prit quelque chose dans la poche de son tablier et le mit dans sa bouche.

— Qu'est-ce que tu mastiques là ?

— Rien.

— Allons, qu'est-ce que tu as dans la bouche?

— Rien qu'un bout de craie. J'en ai trouvé un gros morceau.

— Mais, voyons, c'est comme si tu mangeais de la terre.

— J'en ai eu envie, comme ça.

Man resta silencieuse. Elle écarta les genoux, tendant l'étoffe de son tablier.

— Je sais ce que c'est, dit-elle enfin. J'ai une fois mangé du charbon, étant enceinte. Un gros morceau de charbon. Grand-mère disait que j'aurais pas dû. Ne dis surtout pas de choses idiotes à propos du bébé. Tu n'as même pas le droit de le penser.

— J'ai pas de mari! J'ai pas de lait!

— Si t'étais bien portante, dit Man, je t'aurais flanqué ma main à travers la figure.

Elle se leva et s'en alla sous la tente. Elle revint, se planta devant Rose de Saron et tendit sa main ouverte.

— Regarde!

Les petites boucles en or brillaient dans le creux de sa paume.

— Elles sont à toi.

Les yeux de la jeune femme s'illuminèrent un court instant, puis elle détourna la tête :

— J'ai pas les oreilles percées.

— Eh bien, ça va être vite fait.

Man retourna sous la tente et en ressortit presque aussitôt avec une boîte en carton. Prestement, elle enfila une aiguille, doubla le fil et y fit une série de nœuds. Puis elle enfila une seconde aiguille et opéra de la même manière. Dans une boîte, elle trouva un petit morceau de bouchon.

— Ça va me faire mal! Ça va me faire mal!

Man s'avança vers elle, plaça le bouchon contre le lobe de l'oreille et poussa l'aiguille dans le bouchon, à travers la chair.

La jeune femme eut un mouvement nerveux.

— Ça pique. Ça va me faire mal.

— Pas plus que ça.

— Oh! si, j'en suis sûre.

— Eh bien, alors, commençons par l'autre oreille.

Elle mit en place le bouchon et perça l'autre oreille.

— Ça va me faire mal !

— Chut ! dit Man. C'est fini.

Rose de Saron la regarda avec des yeux ronds. Man coupa le fil pour enlever les aiguilles et passa un nœud de chaque fil à travers les lobes.

— Et maintenant, fit-elle, tous les jours faudra passer un nœud de plus, et d'ici une quinzaine tu pourras les porter. Tiens, elles sont à toi, maintenant. Tu peux les garder.

Rose de Saron toucha délicatement ses oreilles et considéra les minuscules taches de sang sur ses doigts.

— Ça n'a pas fait mal. Seulement piqué un peu.

— Il y a longtemps qu'on aurait dû te les percer, dit Man. Elle regarda la figure de sa fille et eut un sourire de triomphe.

— Et maintenant, dépêche-toi de finir la vaisselle. Ton bébé sera un beau bébé. J'ai bien failli te laisser avoir un bébé sans que tu aies les oreilles percées. Mais, maintenant, tu n'as plus rien à craindre.

— Ça y fait quéq' chose ?

— Je comprends que ça y fait, dit Man. J' comprends.

Al s'avançait d'un pas désinvolte le long de la ruelle, en direction de l'estrade du bal. Devant une petite tente à l'aspect soigné, il siffla doucement, puis continua son chemin. Arrivé au bout du terrain, il s'assit dans l'herbe. Au couchant, les nuages avaient perdu leur liséré rouge et s'obscurcissaient au centre. Al se gratta les mollets et contempla le ciel crépusculaire.

Au bout de peu d'instants, une petite blonde s'approcha, elle était jolie et fine de traits. Elle s'assit auprès de lui dans l'herbe, sans rien dire. Al promena ses doigts autour de sa taille.

— Finis, dit-elle. Tu me chatouilles.

— Nous partons demain, dit Al.

Elle leva sur lui des yeux sidérés :

— Demain ? Où ça ?

— Dans le Nord, répondit-il d'un air insouciant.

— Mais, on va se marier, non ?

— Bien sûr, d'ici quéq' temps.

— T'avais dit bientôt, s'écria-t-elle avec colère.

— Ben, bientôt ou dans quéq' temps, c'est pareil.

— T'as promis.

Il promena ses doigts plus avant.

— Laisse-moi ! cria-t-elle. T'avais dit qu'on se marierait.

— Mais puisque j' te le dis.

— Oui, mais maintenant tu t'en vas.

Al demanda d'un ton brusque :

— Qu'est-ce qui te prend ? T'es enceinte ?

— Non, j' suis pas enceinte.

Al se mit à rire :

— Alors, je me suis donné du mal pour rien, hein ?

Elle se hérissa et se releva d'un bond.

— Laisse-moi tranquille, Al Joad. Je ne veux plus rien avoir à faire avec toi.

— Oh ! allez, quoi... Qu'est-ce qu'il y a ?

— Tu te prends pour... pour un oiseau rare.

— T'emballe pas.

— Tu te figures que je suis forcée de sortir avec toi ? Eh ben, tu te trompes. C'est pas les occasions qui me manquent.

— Oh ! t'emballe pas.

— Non, j' te dis. Laisse-moi tranquille.

Brusquement, Al bondit, l'empoigna par la cheville et la fit trébucher. Il la rattrapa dans sa chute, la maintint contre lui et lui plaqua sa main sur la bouche. Elle essaya de lui mordre la paume, mais il bomba la main, tandis que, de l'autre bras, il la maintenait à terre. L'instant d'après, elle s'était calmée, et bientôt ils s'ébattirent dans l'herbe sèche.

— Je serai bientôt de retour, tu peux être sûre, dit Al. Avec du fric plein les poches. On ira à Hollywood voir des films de cinéma.

Elle était étendue sur le dos. Al se pencha sur elle. Et dans ses yeux il vit scintiller l'étoile du soir et passer un nuage sombre.

— Nous prendrons le train, dit-il.

— Dans combien de temps, à ton idée ? demanda-t-elle.

— Oh ! un mois, peut-êt' bien, répondit-il.

501

Le soir tombait. Accroupis contre la véranda du bureau Pa et l'oncle John délibéraient avec les autres pères de famille. Ils scrutaient la nuit et ils scrutaient l'avenir. Le petit directeur, propret dans ses vêtements blancs effrangés, était accoudé à la balustrade. Il avait les traits las et tirés.

Huston leva les yeux vers lui :

— Feriez bien d'aller dormir un peu, mon vieux.

— Oui, ça me ferait pas de mal. La nuit dernière, il y a eu une naissance au pavillon 3. Je commence à faire une bonne sage-femme.

— C'est utile de s'y connaître, dit Huston. Un homme marié doit savoir ces choses-là.

Pa dit :

— Nous nous en allons demain matin.

— Ah oui ! De quel côté ?

— Ben, on a pensé que le mieux serait de pousser un peu dans le Nord. Tâcher d'arriver juste pour le coton. Nous n'avons pas trouvé de travail ici. Nous n'avons plus de provisions.

— Vous savez s'il y a du travail là-haut ? demanda Huston.

— Non, mais ce qui est sûr, c'est qu'il n'y en a pas ici.

— Il y en aura un peu plus tard, dit Huston. Nous tâcherons de tenir jusque-là.

— Ça nous embête de partir, dit Pa. Les gens ont été si gentils avec nous... et puis l'eau courante et les cabinets et tout. Mais faut bien manger. Nous avons un plein réservoir d'essence. Ça nous mènera toujours un bon bout de chemin. Nous avons pris un bain tous les jours, ici. Jamais été aussi propres. C'est drôle, dans le temps je ne me lavais qu'une fois par semaine et j'avais jamais eu l'impression de sentir. Mais maintenant, si je reste un jour sans prendre ma douche, je me fais l'effet de sentir mauvais. Me demande si ça vient de se laver si souvent ?

— Peut-êt' que vous faisiez pas attention avant, dit le directeur.

— Peut-être. J' voudrais bien qu'on puisse rester.

Le petit directeur se tenait les tempes.

— J' crois bien qu'il va y avoir encore un bébé, cette nuit, dit-il.

— Nous allons en avoir un chez nous, avant qu'il soit longtemps, dit Pa. J' voudrais bien qu'il vienne au monde ici. Pour ça, oui.

Tom, Willie et Jules le métis étaient assis au bord de l'estrade de danse et balançaient les jambes.

— J'ai un sachet de Bull Durham, dit Jules. Tu veux en rouler une ?

— Tu parles, répondit Tom. Ça fait un temps fou que j'ai pas fumé.

Il roula soigneusement la cigarette brune, de façon à perdre le moins de tabac possible.

— Eh ben, nous serons ennuyés de vous voir partir, dit Willie. Vous êtes de bien braves gens.

Tom alluma sa cigarette.

— J'arrête pas de penser à tout ça, bon Dieu. C' que je voudrais qu'on puisse s'installer quéq' part.

Jules reprit son Durham.

— Ça ne peut pas durer, dit-il. J'ai une petite fille. Je me disais qu'une fois qu'on serait ici, je pourrais l'envoyer en classe. Mais, bon Dieu, y a jamais moyen de rester assez longtemps dans le même coin. Faut toujours êt' à pousser de l'avant, toujours à se traîner plus loin.

— J'espère qu'on ne tombera plus dans un de leurs Hooverville, dit Tom. Là, j' peux dire que j'ai eu vraiment la frousse.

— Les shérifs adjoints vous ont emmerdés ?

— Je craignais de finir par en tuer un, dit Tom. J'y ai pas été longtemps, mais j'arrêtais pas de mousser. S'est amené un adjoint qu'a embarqué un copain juste parce qu'il lui avait répliqué. J'étais dans une rage...

— Déjà été dans une grève ? interrogea Willie.

— Non.

— Ben, j'ai beaucoup réfléchi à tout ça. Pourquoi ces adjoints de malheur ne viennent-ils pas ici tout chambarder, comme ils font partout ailleurs ? Tu crois que c'est le petit gars du bureau qui leur fait peur ? Jamais.

— Alors, qu'est-ce que c'est ? demanda Jules.

— Je vais vous le dire. C'est parce qu'on se tient tous. Un adjoint ne peut pas s'en prendre à quelqu'un, ici, parce qu'il s'en prend à tout le camp. Et il ose pas. On n'aurait qu'à gueuler un coup et lui tomberait deux cents types sur le dos tout de suite. Y avait justement un organisateur de Syndicats qu'en parlait en venant sur la route. Il disait qu'on pouvait faire ça n'importe où. Qu'à se tenir les coudes. Ils ne se risqueraient pas à chercher des rognes à deux cents bons-hommes. Ils ne se sentent forts que quand ils n'en ont qu'un devant eux.

— Ouais, dit Jules. Admettons que tu montes un Syndicat comme tu dis. Il te faudra des chefs. Eh bien, ils s'en prendront aux chefs, et où est-ce qu'il sera ton Syndicat ?

— Eh ben, dit Willie, faut tout de même bien finir par goupiller quéq' chose. Je suis là depuis un an et les salaires n'arrêtent pas de baisser. A l'heure qu'il est, un homme ne peut plus nourrir sa famille avec sa paie, et ça ne fait qu'empirer. Rester là à se tourner les pouces et à crever de faim, c'est pas une solution. Je ne sais pas quoi faire. Un type qu'a un attelage de chevaux, il ne rouspète pas, quand il est forcé de les nourrir à rien faire. Mais quand c'est des hommes qui travaillent pour lui, il se fout pas mal de ce qui leur arrive après. Les chevaux sont plus cotés que les hommes. Je ne comprends pas.

— Ça en vient au point que j' veux même plus y penser, dit Jules. Et pourtant j' suis forcé d'y penser. J'ai là ma petite fille ; vous savez comme elle est mignonne. L'aut' semaine on lui a donné un prix, au concours qu'ils ont fait dans le camp, à cause qu'elle est si mignonne. Eh ben, qu'est-ce qui va lui arriver ? Elle n'aura bientôt plus que la peau sur les os. Je ne supporterai pas ça. Elle est tellement mignonne. Un de ces jours, ça sera plus fort que moi, je ferai quéq' chose.

— Quoi ? demanda Willie. Qu'est-ce que tu feras ? Tu voleras et t'iras en prison ? Ou tu tueras quelqu'un et t'iras te balancer au bout d'une corde ?

— J' sais pas, dit Jules. Ça me rend fou d'y penser. Ça me tape sur le ciboulot.

— Y a une chose que je regretterai, c'est les soirées de

504

danse, dit Tom. C'était chouette. J'en avais jamais vu d'aussi bien. Enfin, je vais me coucher. Au revoir. On se reverra bien quéq' part, un de ces jours...

Il leur serra la main.

— Sûrement, dit Jules.

— Alors, salut !

Tom s'éloigna dans l'obscurité.

Dans l'ombre de la tente des Joad, Ruthie et Winfield étaient étendus sur leur matelas, près de leur mère. Ruthie chuchota :

— Man !

— Quoi ! Tu ne dors pas encore ?

— Man, y aura un jeu de croquet, ousqu'on va ?

— Je n'en sais rien. Dors. On part de bonne heure.

— Je voudrais bien rester ici ; au moins on est sûr qu'il y en a un, de croquet.

— Chut ! fit Man.

— Man, Winfield a tapé un gosse, ce soir.

— C'était pas bien.

— Je le sais. Je lui ai dit, mais il l'a tapé en plein sur le nez ; ça pissait le sang, nom d'un chien !

— Veux-tu ne pas parler comme ça. Ce n'est pas beau.

Winfield se retourna sous la couverture.

— Il avait dit qu'on était des Okies, fit-il d'une voix indignée. Il disait que lui n'en était pas un, d'Okie, à cause qu'il venait de l'Oregon. Nous a traités de sales Okies. Je l'ai sonné.

— Chut ! Tu n'aurais pas dû. Les injures ne font pas de mal.

— Oui, ben, il n'a qu'à essayer de recommencer ! dit farouchement Winfield.

— Chut ! Dors.

Ruthie dit :

— Si t'avais vu le sang dégouliner — l'en avait plein sur ses affaires.

Man sortit une main de dessous la couverture et lui allongea une chiquenaude. La petite resta un instant comme pétrifiée, puis elle s'abandonna à ses larmes et à ses reniflements étouffés.

Pa et l'oncle John étaient installés au pavillon sanitaire, sur les sièges de deux cabinets voisins.

— Autant en profiter un bon coup, pour la dernière fois, dit Pa. C' que c'est agréable, tout de même. Tu te rappelles la frousse qu'ont eue les mioches la première fois qu'ils l'ont fait marcher.

— J'étais pas tellement fier non plus, avoua l'oncle John.

Il tira soigneusement sa salopette autour de ses genoux.

— Je deviens mauvais, dit-il. Je sens que le péché recommence à me tracasser.

— Tu ne peux pas commettre de péchés, dit Pa, t'en as pas les moyens. T'es bien assis là où tu es, alors tiens-toi tranquille. Un péché revient au moins à deux dollars, et à nous tous nous ne les avons pas.

— Oui, mais j'ai des pensées de péché.

— Tu peux pécher en pensée, ça ne coûte rien.

— C'est tout aussi mal, dit l'oncle John.

— C'est bougrement plus économique, dit Pa.

— Ne plaisante pas avec le péché.

— Je ne plaisante pas. Vas-y tout ton saoul. Ça te prend toujours quand on est dans le pétrin, l'envie de faire des blagues.

— Je le sais, dit l'oncle John. Toujours été pareil, j'ai jamais raconté le quart de ce que j'ai pu faire.

— Garde-le pour toi.

— C'est ces beaux cabinets, qui me donnent des idées de péché.

— T'as qu'à baisser culotte dans l'herbe. Allons, remonte ton pantalon et viens te coucher.

Pa rajusta les bretelles de sa salopette, puis il déclencha la chasse d'eau et regarda d'un air absorbé l'eau tourbillonner dans la cuvette.

Il faisait encore nuit lorsque Man réveilla le campement. Les veilleuses luisaient faiblement par les portes ouvertes du pavillon. Tout un assortiment de ronflements montait des tentes alignées au bord du chemin.

Man dit :

— Allez, debout. Faut mettre en route. Il va bientôt faire jour.

Elle souleva le verre grinçant de la lanterne et alluma la mèche.

— Allons, dépêchons-nous, tout le monde.

Un lent grouillement anima le sol de la tente. Édredons et couvertures furent rejetés et des yeux ensommeillés clignotèrent à la lumière. Man passa sa robe sur sa blouse et le jupon qu'elle portait au lit.

— Il n'y a pas de café, dit-elle. J'ai quelques galettes. On les mangera en route. Levez-vous, qu'on charge le camion. Allons, vite. Ne faites pas de bruit. Il ne faut pas réveiller les voisins.

Il leur fallut un moment pour se réveiller tout à fait.

— Non, non... ne vous sauvez pas ! enjoignit-elle aux enfants.

La famille fut vite habillée. Les hommes défirent la bâche et chargèrent le camion.

— Tâchez que ça soit bien plat, leur recommanda Man.

Ils empilèrent les matelas au sommet du chargement et assujettirent la bâche sur les ridelles.

— Ça y est, Man, dit Tom, on est prêts.

Man leur tendit une assiette de galettes froides.

— Tenez. Chacun une. C'est tout ce qui nous reste.

Ruthie et Winfield se saisirent de leurs galettes et montèrent en haut du chargement. Ils se mirent sous une couverture et se rendormirent, tenant à la main leur galette froide et dure. Tom se coula au volant et mit le contact. Le démarreur ronfla une seconde, puis s'arrêta.

— Al, nom de Dieu ! s'écria Tom, t'as laissé décharger la batterie.

Al riposta avec véhémence :

— Qu'est-ce que tu voulais que je foute ? J'avais pas d'essence, c'est forcé qu'elle soit à sec.

Subitement, Tom se mit à rire.

— Ben, j'sais pas c'que t'aurais pu foutre, mais c'est de ta faute. Maintenant, tu vas la faire partir à la main.

— Mais c'est pas de ma faute, j'te dis.

Tom descendit et trouva la manivelle sous le siège.

— C'est de la mienne, dit-il.

— Passe-moi cette manivelle.

Al la prit.

— Et mets du retard, que je ne me fasse pas arracher le bras.

— C'est bon. Tords-lui la queue.

Al s'escrima à la manivelle, suant et soufflant. Le moteur se décida, crachota un peu mais rugit lorsque Tom régla l'arrivée des gaz. Il mit de l'avance et réduisit l'accélération.

Man s'assit à côté de lui.

— Nous avons réveillé tout le camp, dit-elle.

— Ils se rendormiront.

Al monta de l'autre côté.

— Pa et l'oncle John sont en haut, déclara-t-il. Ils veulent dormir.

Tom roula jusqu'à l'entrée principale. Le veilleur de nuit sortit du bureau et dirigea le faisceau de sa lampe électrique sur le camion.

— Attendez une minute.

— Qu'est-ce qu'il y a ?

— Vous partez pour de bon ?

— Oui.

— Alors, il faut que je vous raie de la liste.

— Très bien.

— Vous savez où vous allez ?

— Ben, on va voir dans le Nord.

— Bonne chance, dit le veilleur de nuit.

— A vous pareillement. Au revoir.

Le camion passa prudemment de biais le dos-d'âne et rejoignit la route. Tom refit le chemin qu'ils avaient parcouru en venant, dépassant Weedpatch en direction de l'Ouest jusqu'à la 99, et de là reprenant vers le Nord sur la grande route pavée jusqu'à Bakersfield. Il faisait jour lorsqu'ils atteignirent les faubourgs de la ville.

Tom dit :

— Partout, c'est des restaurants. Et il y a partout du café. Regardez-moi celui-là, qu'est ouvert toute la nuit. Je parie qu'ils ont plus de dix bidons de café là-dedans, bien bouillant !

— Oh ! la ferme, dit Al.

Tom lui fit un sourire en coin.

— Alors, je vois que tu t'es dégotté une bonne amie en rien de temps.

— Et après ?

— Il est mal luné, ce matin, Man. Faut pas s'y frotter.

— Un de ces jours, je vais m'en aller tout seul, dit Al, d'un ton irrité. On se débrouille beaucoup plus facilement quand on n'a pas de famille.

Tom dit :

— Dans neuf mois, tu vas en avoir une. Je t'ai vu faire.

— T'es piqué, dit Al. Je trouverai une place dans un garage et je mangerai au restaurant.

— Et dans neuf mois, t'auras une femme et un gosse.

— Ah ! penses-tu !

— T'es un dégourdi, Al. Un de ces jours, tu vas en prendre un bon coup sur le crâne.

— Par qui ?

— On trouve toujours quelqu'un, t'en fais pas, dit Tom.

— Tu crois que parce que tu as...

— Veux-tu te taire, toi ! coupa Man.

— C'est moi qui ai commencé, dit Tom. Je voulais le faire enrager. C'était pas méchant, Al. Je ne savais pas que t'avais le béguin à ce point-là.

— J'ai le béguin de personne.

— Bon ! alors, tu n'as pas le béguin. Ce n'est pas moi qui te contredirai.

Le camion arrivait aux confins de la ville.

— Regardez-moi ces gargotes ambulantes, dit Tom. Des centaines, il y en a.

Man dit :

— Tom ! J'avais un dollar de côté. Si tu as tellement envie de café, prends-le.

— Non, Man. Je blaguais.

— Tu peux le prendre, si tu en as tellement envie.

— Je n'en veux pas.

— Alors, ne nous rase pas avec ton café.

Tom resta un moment silencieux.

— L'impression que je n'arrête pas de mettre les pieds dans le plat, dit-il. Tiens, voilà la route qu'on avait faite l'aut' nuit.

— J'espère qu'il ne nous arrivera plus rien de pareil, dit Man. Quelle sale nuit c'était !

— Je rigolais pas non plus.

Le soleil se leva sur leur droite ; la grande ombre du camion courait à côté d'eux, voltigeant sur les piquets de clôture en bordure de la route. Ils accélérèrent en passant devant Hooverville reconstruit.

— Regardez, dit Tom. Il y a d'aut' gens. Ça n'a pas l'air changé.

Al sortit de son mutisme.

— Un type m'a dit qu'il y en avait là-dedans qu'ont vu leurs affaires brûler plus de vingt fois. Il m'a dit qu'ils vont simplement se cacher dans les fourrés et qu'après ça ils reviennent construire une autre hutte avec des roseaux. Comme des rats. Ils en ont tellement l'habitude qu'ils ne se fâchent même plus, que disait le type. Ils acceptent ça comme ils accepteraient le mauvais temps.

— Il faisait salement mauvais pour moi, ce soir-là, dit Tom.

Ils avançaient sur la large chaussée. Et les premiers rayons du soleil les faisaient frissonner.

— Commence à faire frisquet, le matin, dit Tom. L'hiver s'annonce. Pourvu qu'on se ramasse un peu d'argent avant qu'il arrive. Il ne fera pas gai sous la tente, en hiver.

Man soupira, puis elle redressa la tête.

— Tom, dit-elle, il nous faut un toit pour cet hiver. Il nous le faut absolument. Ruthie se porte bien, mais Winfield n'est pas solide. Il nous faut une maison pour quand les pluies commenceront. Paraît qu'il pleut des hallebardes dans ce pays, quand ça s'y met.

— Nous aurons une maison, Man. Ne te fais pas de souci. T'auras une maison.

— Tout ce que je demande, c'est un toit et un plancher. Pour que les petits n'aient pas à coucher sur la dure.

— On tâchera, Man.

— C'est seulement que, des fois, je m'affole, dit-elle. Je perds tout courage.

— Je ne t'ai encore jamais vue perdre courage.

— La nuit, quelquefois.

Un sifflement bref se produisit à l'avant du camion. Tom se cramponna au volant et plaqua la pédale de frein sur le plancher. Le camion cahota quelque peu, puis s'arrêta. Tom poussa un soupir :

— Eh ben, ça y est !

Il se laissa aller contre le dossier du siège. Al bondit hors de la voiture et courut voir le pneu avant.

— Un clou énorme ! s'écria-t-il.

— Nous avons des rustines ? demanda Tom.

— Non, répondit Al. J'ai tout employé. J'ai bien des pièces et de la dissolution, mais pas de rustines.

Tom se retourna et regarda Man avec un petit sourire navré.

— T'aurais pas dû parler de ce dollar, dit-il. On se serait arrangé d'une façon ou d'une autre pour réparer.

Il descendit à son tour et alla voir le pneu avant.

Al désigna un gros clou qui sortait de l'enveloppe dégonflée.

— Le voilà ! Il n'y avait peut-être qu'un seul clou dans tout le pays, mais il a fallu qu'on tombe dessus.

— C'est grave ? s'inquiéta Man.

— Non, c'est pas grave, mais faut réparer.

La famille dégringola du haut du chargement.

— Crevé ? demanda Pa.

Mais quand il vit le pneu, il se tut.

Tom dérangea Man et prit sous la banquette la boîte à réparations. Il déroula la feuille de caoutchouc, s'empara du tube de dissolution et le pressa délicatement.

— Presque à sec, dit-il. J'espère qu'il y en aura assez. Vas-y, Al. Bloque les roues arrière, qu'on mette le cric.

Tom et Al formaient une équipe idéale. Ils calèrent les roues arrière avec des pierres, placèrent le cric sous l'essieu avant et soulagèrent le pneu crevé du poids du moteur. Ils arrachèrent l'enveloppe de la jante, trouvèrent le trou, trempèrent un chiffon dans le réservoir d'essence et nettoyèrent la chambre tout autour du trou. Ensuite, tandis que son frère tendait la chambre à air sur son genou, Tom déchira le tube de dissolution avec la lame de son couteau puis il étendit une légère couche de colle fluide sur le caoutchouc.

— Maintenant, laisse-le sécher pendant que je taille une pièce.

Il découpa minutieusement un morceau de la feuille bleue et l'arrondit avec soin. Al tenait la chambre fermement tendue pendant que Tom posait délicatement la pièce.

— Là ! Maintenant, mets-la sur le marchepied, que je la travaille.

Il prit un marteau et martela soigneusement la pièce. Puis il tendit la chambre à fond et s'assura que les bords tenaient bien.

— Et voilà ! Elle tiendra. Colle-la dans l'enveloppe, qu'on la regonfle. J'ai idée que tu pourras conserver ton dollar, Man.

Al dit :

— Je voudrais bien qu'on ait un pneu de rechange. Faudra qu'on s'en procure un, Tom. Une roue toute montée, et gonflée. Comme ça, on pourrait réparer de nuit.

— Quand nous aurons de quoi acheter un pneu de rechange, nous nous paierons du café et du lard à la place, dit Tom.

Les autos, encore peu nombreuses à cette heure matinale, passaient en vrombissant, et le soleil commençait à donner. Une petite brise soufflait par bouffées, dans un léger murmure ; une brume gris perle voilait les montagnes des deux côtés de la vallée.

Tom était occupé à gonfler le pneu lorsqu'un roadster venant du Nord stoppa de l'autre côté de la route. Un homme au visage bruni, vêtu d'un complet de ville gris clair, en descendit et traversa la chaussée. Il était nu-tête. Il souriait, montrant des dents dont la blancheur contrastait avec la peau brune. Il portait une grosse alliance d'or au médius de la main gauche, et un petit ballon de football en or pendait à la chaîne de montre qui battait son gilet.

— Bonjour, dit-il d'un ton affable.

Tom s'arrêta de pomper et leva les yeux.

— Jour.

L'homme passa la main dans ses cheveux courts, crépus et légèrement grisonnants.

— Vous cherchez du travail ?

— Pour ça oui, m'sieur. Même qu'on racle les fonds de tiroir.

— Vous savez cueillir des pêches ?

— Nous ne l'avons jamais fait, dit Pa.

Tom se hâta d'intervenir.

— Nous savons tout faire, dit-il. Nous pouvons cueillir tout ce qui se présente.

L'homme tripotait son petit ballon d'or.

— Dans ce cas, vous aurez de l'ouvrage en masse à une quarantaine de milles plus haut.

— Ça ferait bougrement notre affaire, dit Tom. Dites-nous seulement comment y arriver et nous y serons en deux temps trois mouvements.

— Eh bien, vous continuez tout droit jusqu'à Pixley, c'est à trente-cinq ou trente-six milles d'ici, après quoi vous prenez à droite et vous faites environ six milles. N'importe qui vous dira où se trouve la ferme Hooper. Vous trouverez autant de travail que vous en voudrez là-bas.

— On y va.

— Vous connaissez d'autres gens qui cherchent du travail ?

— Je comprends, dit Tom. Là-bas, au camp de Weed-patch, il y en a un tas qui en cherchent.

— Je vais pousser jusque-là. Il nous faut du monde. Attention de ne pas vous tromper ; à Pixley vous tournez à droite et vous continuez vers l'Est jusqu'à la ferme Hooper.

— Entendu, dit Tom. Et merci bien, m'sieur. Ça tombe à pic, vous savez.

— C'est bon. Allez-y le plus vite possible.

Il retraversa la chaussée, monta dans son roadster décapoté et s'éloigna en direction du Sud.

Tom recommença à s'escrimer sur la pompe.

— Vingt chacun, cria-t-il. Un, deux, trois, quatre...

A vingt, Al le relaya, puis ce furent Pa et l'oncle John. Le

513

pneu s'arrondissait et durcissait peu à peu. La pompe passa trois fois de main en main.

— Baisse le cric, qu'on voie, dit Tom.

Al enleva le cric et la voiture retomba sur ses roues.

— Ça suffit amplement, dit-il. Peut-être un peu trop, même.

Ils jetèrent les outils dans la voiture.

— En route ! cria Tom. On va enfin travailler.

Man reprit sa place entre les deux frères. Al s'était mis au volant, cette fois.

— Vas-y doucement, Al. Ne le fais pas chauffer.

Ils poursuivirent leur route à travers les champs ensoleillés. La brume s'était levée et les crêtes se dessinaient nettement sur le ciel, brunâtres et coupées de failles d'un noir pourpre. Les pigeons sauvages s'envolaient des haies au passage du camion. Al accélérait inconsciemment l'allure.

— Doucement, lui recommanda Tom. Il va nous griller entre les pattes si tu le pousses trop. Faut qu'on arrive. Il se pourrait même qu'on commence à travailler aujourd'hui.

Man dit avec volubilité :

— Avec quatre hommes à travailler, on me fera peut-être crédit tout de suite. La première chose qu'il nous faut, c'est du café ; ça fait assez longtemps que t'en as envie ; et puis de la farine, de la levure et de la viande. Pour du rôti, vaut mieux ne pas se presser. On gardera ça pour plus tard. Samedi, par exemple. Et du savon. Il nous faut du savon. Je me demande où c'est que nous resterons...

Elle était lancée :

— Et du lait. Je prendrai du lait, il lui faut du lait à Rosasharn. C'est la dame infirmière qui l'a dit.

Un serpent déroulait ses anneaux sur la chaussée tiède. Al fit un écart, l'écrasa et reprit sa droite.

— Un serpent-ratier, dit Tom. T'aurais pas dû l'écraser.

— J' peux pas les voir, dit gaiement Al. J' peux en voir aucun. Ils me font tourner les boyaux.

Au fur et à mesure que la matinée s'avançait, la circulation devenait plus dense : voyageurs de commerce dans leurs petites deux places laquées, arborant sur les portières la marque de leur firme, camions-citernes à essence rouge et blanc, traînant tout un cliquetis de chaînes derrière eux, immenses camions aux portes carrées des maisons d'alimentation en gros, en tournée de livraison. La région traversée par la grand-route était riche. Vergers aux arbres lourds de fruits, vignobles dont les longues vrilles vertes tapissaient le sol entre chaque rangée, carrés de melons et champs de céréales. Des maisons blanches couvertes de roses grimpantes se dressaient sur les pelouses. Et le soleil chaud dorait tout.

A l'avant du camion Man, Tom et Al débordaient de joie.

— Il y a longtemps que je ne me suis sentie aussi heureuse, dit Man. Si on cueille beaucoup de pêches, on pourrait peut-être avoir une maison, payer un loyer même, pour un couple de mois. Il faut qu'on ait une maison.

— Je vais épargner, dit Al. Je vais épargner et puis j'irai en ville chercher une place dans un garage. J'aurai une chambre et je mangerai au restaurant. Et j'irai au cinéma tous les soirs, nom de Dieu. Ça ne coûte pas cher. Voir des films de cow-boys.

Ses mains se serraient autour du volant.

Le radiateur bouillonnait et crachait de la vapeur.

— Tu l'as rempli ? demanda Tom.

— Ouais. Mais on a le vent dans le dos, je crois. C'est pour ça qu'il chauffe.

— Fait rudement beau, dit Tom. A Mac-Alester, tout en travaillant, je pensais à tout ce que je ferais un jour. Je me voyais démarrer, partir tout droit et ne me laisser arrêter par rien. C' que ça paraît loin. J'ai l'impression qu'il y a des années de ça. Il y avait un gardien… il me menait la vie dure, celui-là. J'étais décidé à lui faire son affaire. Ça doit être pour ça que j' peux pas sentir les flics. J'ai l'impression qu'ils ont tous sa sale gueule. Il devenait tout rouge, je me souviens. Il ressemblait à un porc. On racontait qu'il avait un frère, dans l'Ouest. Les gars qu'étaient mis en liberté provisoire, il les envoyait à son frère, et lui les obligeait à travailler pour rien. S'ils avaient le malheur de rouspéter, on les renvoyait en taule pour avoir manqué à leur parole. C'est ce qu'on racontait là-bas.

— Pense à autre chose, implora Man. Vous allez voir tout

515

ce que je vais vous apporter comme provisions. De la farine, du lard, et un tas de choses.

— Vaut mieux que je m'ôte ça du système, dit Tom. Si j'essaie de le rentrer, ça ne fera qu'empirer. Il y avait un phénomène. Complètement marteau. J' vous ai jamais parlé de lui. Une tête de guignol. Pas méchant pour un sou. Il parlait toujours de s'évader. Les types l'appelaient Guignol.

Tom rit silencieusement, pour lui seul.

— N'y pense pas, supplia Man.

— Vas-y, dit Al. Raconte.

— Ça ne me fait plus rien, Man, assura Tom. Il était toujours à tirer des plans pour s'évader. Il combinait tout au poil, à part ça ; mais il était incapable de tenir sa langue, alors en un rien de temps tout le monde était au courant, y compris le directeur de la prison. On le laissait s'évader, après quoi on le prenait par la main et on le ramenait. Un beau jour, il fait son plan comme d'habitude, avec croquis et tout. Bien entendu, il le montre à droite et à gauche, mais on le laisse faire sans rien dire. Et puis il se planque, et personne ne bouge. Il s'était procuré une corde je ne sais où, alors il passe le mur. Y avait six gardiens qui l'attendaient de l'autre côté avec un grand sac, et v'là mon Guignol qui descend tout tranquillement par la corde et qui atterrit en plein dedans. Les gardiens referment la gueule du sac et le ramènent. Les types ont tellement rigolé qu'ils ont failli en crever. Mais Guignol a mal pris la chose. Ça l'avait complètement démoli, cette histoire. Il pleurait, il pleurait, et il faisait une tête minable. Il a fini par tomber malade, tellement ça lui avait atteint le moral. S'est coupé les poignets avec une épingle et il a saigné à mort, à cause qu'il avait le moral atteint. Y a rien de terrible là-dedans. On voit toutes sortes de cinglés dans une prison.

— Parle d'autre chose, dit Man. Je connaissais la maman de Floyd-Beau-Gosse. C'était pas un mauvais garçon. On l'a poussé à bout, c'est tout.

Le soleil était au zénith ; l'ombre du camion s'effilait et se réfugiait sous les roues.

— Ça doit êt' Pixley, là plus haut, dit Al. J'ai vu un poteau indicateur tout à l'heure.

Ils pénétrèrent dans la petite ville et s'engagèrent dans une route plus étroite, en direction de l'est. Les vergers succédaient aux vergers et formaient comme une nef devant eux.

— J'espère que ça sera facile à trouver, dit Tom.

— L'homme a dit la ferme Hooper, rappela Man. L'a dit qu'il n'y avait qu'à demander à n'importe qui. Pourvu qu'il y ait une boutique tout près. On me fera peut-êt' crédit, avec quatre hommes à l'ouvrage. Je pourrais vous faire quéq' chose de vraiment bon à souper, si on me faisait crédit.

— Et du café, dit Tom. Et p'têt' bien un paquet de Durham. Ça fait une éternité que j'ai pas fumé.

Au loin, un encombrement barrait la route, et une file de motocyclettes blanches bordaient la chaussée.

— Doit y avoir un accident, dit Tom.

Comme ils approchaient, un homme de la police locale, chaussé de bottes et coiffé d'un chapeau à large bord, surgit de derrière la dernière voiture. Il leva le bras et Al stoppa.

Le policier s'appuya nonchalamment contre la portière :

— Où allez-vous ?

Al répondit :

— Quelqu'un nous a dit qu'on trouverait de l'embauche par ici, à cueillir des pêches.

— Alors comme ça vous voulez travailler ?

— J' comprends, bon Dieu.

— Très bien, attendez là une minute.

Il regarda le bord de la route et cria :

— Encore une. Ça en fait six de prêtes. Une fournée.

— Vous pouvez laisser passer.

Tom le héla :

— Hé ! qu'est-ce qui se passe ?

Le policier revint en se dandinant lourdement :

— Un peu de grabuge là plus haut. Ne vous bilez pas. Vous passerez. Suivez simplement la file.

Il y eut une pétarade assourdissante de motos que l'on mettait en marche. La file des voitures démarra, le camion des Joad en queue. Deux motocyclistes précédaient le convoi, deux autres fermaient la marche.

Tom dit, d'une voix où perçait l'inquiétude :

— Je me demande ce qui se passe.

— La route est peut-êt' barrée? suggéra Al.

— Pas besoin de quat' flics pour nous conduire. Ça ne me dit rien de bon.

Devant eux les motos accélérèrent. Le cortège des vieilles autos suivit le mouvement. Al dut pousser à fond pour ne pas se laisser distancer.

— Ces gens-là sont tous des nôtres, dit Tom. Ça ne me plaît pas du tout, cette histoire.

Brusquement, le policier de tête vira et s'engagea dans une large entrée semée de graviers. Les vieilles autos filèrent à sa suite. Les motos grondèrent plus fort. Tom vit toute une rangée d'hommes debout dans le fossé qui bordait la route; il vit leurs bouches ouvertes comme pour hurler, leurs poings levés et leurs visages contractés par la fureur. Une grosse femme accourut vers les voitures, mais une motocyclette rugissante lui barra le passage. Une haute barrière grillagée s'ouvrit. Les six vieilles guimbardes s'engagèrent dans l'entrée et la barrière se referma derrière elles. Les quatre motos firent demi-tour et repartirent à toute allure. Et maintenant que le bruit des moteurs s'éteignait, on entendait les cris des gens dans le fossé. Deux hommes s'étaient plantés de chaque côté de l'allée de gravier. Ils étaient armés de fusils.

L'un d'eux cria :

— Allez, continuez. Qu'est-ce que vous attendez, bon Dieu !

Les six voitures repartirent, prirent un tournant et se trouvèrent subitement devant le camp de l'entreprise agricole.

Il y avait là cinquante petites boîtes carrées, à toit plat, munies d'une porte et d'une fenêtre, le tout formant un large quadrilatère. Une citerne s'érigeait à un bout, et de chaque côté il y avait une petite épicerie. Deux hommes armés de fusils, portant l'étoile de la police épinglée sur leur chemise, montaient la garde à l'extrémité de chaque rangée de boîtes carrées.

Les six autos stoppèrent. Deux comptables allèrent de l'une à l'autre :

— Vous voulez du travail ?

Tom répondit :

— Naturellement. Mais qu'est-ce que c'est que tout ça ?

— Ça ne vous regarde pas. Vous voulez travailler ?

— Bien sûr qu'on veut.

— Votre nom ?

— Joad.

— Combien d'hommes ?

— Quatre.

— Femmes ?

— Deux.

— Enfants ?

— Deux.

— Vous pouvez tous travailler ?

— Ben… je suppose.

— C'est bon. Cherchez le pavillon 63. On paie cinq *cents* la caisse. Pas de fruits tachés. Alors allez-y. Commencez tout de suite.

Les autos repartirent. Un numéro était peint sur la porte de chacune des petites boîtes rouges.

— Soixante, annonça Tom. Voilà le 60. Ça doit être par ici. Là, 61, 62. On y est.

Al se rangea tout contre la porte de la petite maison. La famille descendit du haut du camion et resta là à écarquiller des yeux ahuris. Deux shérifs adjoints s'approchèrent. Ils passèrent de l'un à l'autre, dévisagèrent tout le monde avec attention.

— Votre nom ?

— Joad, répondit Tom d'un ton agacé. Dites donc, qu'est-ce que c'est que ces histoires ?

Un des adjoints exhiba une longue liste.

— Pas eux. T'as déjà vu ces têtes-là ? Regarde le numéro. Non. Ils ne l'ont pas. Doivent pouvoir aller.

— Et maintenant, écoutez, vous tous. Tâchez de vous tenir tranquilles. Faites votre travail, mêlez-vous de ce qui vous regarde et tout ira bien.

Sur ce, ils firent brusquement demi-tour et s'éloignèrent. Arrivés au bout de l'allée poudreuse, ils s'assirent chacun sur une caisse ; de là, ils pouvaient surveiller toute la longueur de l'allée.

Tom les suivit des yeux.

— Eh ben, ils font ce qu'il faut pour qu'on se sente chez soi au moins.

Man ouvrit la porte du pavillon et entra. Le plancher était maculé de graisse. Dans l'unique pièce, il y avait un poêle en tôle rouillée, rien d'autre. Le poêle reposait sur quatre briques, et son tuyau rouillé traversait le plafond. La pièce empestait la sueur et la graisse. Rose de Saron vint se planter à côté de Man.

— On va rester ici ?

Man resta un moment sans répondre.

— Mais bien sûr, dit-elle finalement. Ça ne sera pas tellement terrible, une fois lavé. Faut nettoyer.

— J'aime mieux la tente, dit la jeune femme.

— Il y a un plancher, annonça Man. Ça ne risque pas de laisser passer l'eau quand il pleuvra.

Elle se tourna vers la porte.

— Autant décharger, dit-elle.

En silence, les hommes déchargèrent le camion. Une sorte de peur s'était emparée d'eux. L'immense carré de petites caisses était plongé dans le silence. Une femme passa dans la rue, sans les regarder. Elle marchait tête basse, et le bas de sa robe de calicot crasseuse pendait en haillons.

Ruthie et Winfield avaient senti le manteau de glace tomber sur eux. Au lieu de se précipiter pour inspecter le camp, ils restèrent tout près du camion, tout près de la famille. Ils regardaient d'un air morne du haut en bas de l'allée poussiéreuse. Winfield trouva un fil de fer d'emballage et, à force de le plier, il réussit à le casser. Du plus petit morceau il fit une manivelle qu'il tourna et retourna entre ses doigts, inlassablement.

Tom et Pa transportaient les matelas dans la maison, lorsqu'un commis s'amena. Il portait des culottes kaki, une chemise bleue et une cravate noire. Il avait un pince-nez cerclé d'argent et, derrière les verres épais, ses yeux étaient rouges et larmoyants et les prunelles immobiles faisaient penser à des petits yeux de taureau. Il se pencha en avant pour mieux voir Tom.

— Je viens vous inscrire, déclara-t-il. Combien vous êtes à travailler ?

Tom répondit :

— Quatre hommes. L'ouvrage est dur ?

— Cueillir des pêches, répondit l'employé. A la pièce. C'est payé cinq *cents* la boîte.

— Rien n'empêche les gosses de donner un coup de main, non ?

— Au contraire, du moment qu'ils font attention.

Man se tenait plantée devant la porte.

— Dès que j'aurai fini de m'installer, je viendrai vous aider. Nous n'avons rien à manger, m'sieu. Est-ce qu'on est payé tout de suite ?

— Ben non, pas d'argent tout de suite. Mais on vous fera crédit au magasin pour ce qui doit vous revenir.

— Allons, dépêchons-nous, dit Tom. Je tiens à me remplir la panse de pain et de viande, ce soir. Par où est-ce, m'sieur ?

— J'y vais justement. Suivez-moi.

Tom, Pa, Al et l'oncle John l'accompagnèrent le long de l'allée poudreuse et se trouvèrent bientôt dans le verger, parmi les pêchers. Les feuilles étroites commençaient à se teinter de jaune. Sur les branches, les pêches avaient l'air de petits globes rouges et dorés. Des caisses vides s'amoncelaient entre les arbres. Les cueilleurs s'affairaient de-ci de-là, remplissaient leurs seaux aux branches, plaçant des pêches dans les caisses, et portant les caisses au bureau de contrôle ; dans les bureaux où les piles de caisses pleines attendaient les camions, des employés notaient les chiffres en marge du nom des ouvriers.

— En voilà encore quatre, annonça le guide à un des employés.

— Okay. Déjà cueilli des fruits ?

— Jamais, répondit Tom.

— Alors, faites ça soigneusement. Pas de fruits détériorés, pas de fruits tombés, pas de fruits tachés. Les fruits tachés ne sont pas portés en compte. Voilà des seaux.

Tom s'empara d'un seau de quinze litres et l'examina.

— Plein de trous dans le fond.

— Bien sûr, dit l'employé qui était myope. Comme ça, on ne les vole pas. C'est bon... prenez cette rangée-là. Allons, grouillez-vous.

Les quatre Joad prirent leurs seaux et s'avancèrent dans le verger.

— Ils ne perdent pas de temps, dit Tom.

— Ben merde, alors ! fit Al. J'aimerais mieux travailler dans un garage.

Pa avait docilement suivi les autres. Soudain, il se retourna sur Al.

— Tu vas finir, oui ? dit-il. Tu n'as pas arrêté de marronner, de rouspéter et de faire des histoires. Mets-toi à l'ouvrage. Je suis encore capable de te corriger, t' sais !

Al rougit de colère. Il allait éclater en imprécations, mais Tom s'interposa.

— Allons, viens, Al, dit-il calmement. Du pain et de la viande, n'oublie pas. Il nous en faut pour ce soir.

Ils cueillirent les fruits et les jetèrent dans les seaux. Tom se ruait sur la besogne. Un seau, deux seaux. Il les vida dans une caisse. « Trois seaux, je viens de faire un nickel », annonça-t-il. Il prit la caisse et se hâta de la porter au contrôle.

— En voilà pour un nickel, dit-il au contrôleur.

L'homme regarda dans la boîte, y prit une ou deux pêches et les examina.

— Mettez-la de côté. Celle-là ne vaut rien, dit-il. Je vous l'avais dit de ne pas les abîmer. Vous les avez vidées dans la caisse, hein ? Eh ben, elles sont toutes piquées, maintenant. Pas question de compter celles-là. Posez-les avec précaution, sinon vous travaillerez pour rien.

— Mais, sacré bon Dieu...

— Hé ! doucement. Je vous avais prévenu avant de commencer.

Tom baissa les yeux, l'air renfrogné.

— C'est bon, dit-il. C'est bon.

Il se hâta d'aller trouver les autres.

— Vous pouvez balancer tout ce que vous avez cueilli,

dit-il, les vôtres sont comme les miennes. Ils ne les prennent pas.

— De quoi ? Qu'est-ce que c'est encore ?... commença Al.

— Faut faire attention. Les poser dans le seau, pas les jeter dedans.

Ils recommencèrent et, cette fois, manièrent les fruits plus délicatement. Les caisses se remplirent plus lentement.

— Doit y avoir moyen de goupiller notre affaire autrement, dit Tom. Si Ruthie, Winfield et Rosasharn les arrangeaient dans les caisses, nous on pourrait s'organiser.

Il porta sa deuxième caisse au contrôle.

— Est-ce que celle-là vaut un nickel ?

Le contrôleur inspecta les fruits, plongeant jusqu'au fond de la caisse.

— Ça va, dit-il.

Il porta la caisse au compte des Joad.

— Le tout est d'y aller doucement.

Tom s'en revint précipitamment.

— J'ai un nickel, cria-t-il, j'ai un nickel. J'ai qu'à faire ça vingt fois pour avoir un dollar.

Ils travaillèrent sans discontinuer tout l'après-midi. Ruthie et Winfield s'étaient amenés peu après.

— Vous allez travailler, leur dit Pa. Vous n'aurez qu'à poser les pêches dans la caisse, en faisant bien attention. Regardez, comme ça, une à la fois.

Les enfants s'accroupirent, tirèrent les pêches du seau en surplus, et les seaux pleins vinrent s'aligner devant eux. Tom portait les caisses pleines au contrôle.

— Sept, annonça-t-il. Ça fait huit. Quarante *cents*, on a. Quarante *cents* de viande, ça fait un beau morceau.

L'après-midi s'avançait. Ruthie essaya de s'esquiver.

— J' suis fatiguée, pleurnicha-t-elle. J'ai besoin de me reposer.

— Tu vas rester là où tu es, dit Pa.

L'oncle John cueillait avec lenteur. Tom remplissait deux seaux contre lui un. Toujours à la même cadence, lente, régulière.

Vers le milieu de l'après-midi, Man s'amena en traînant le pas, tout essoufflée.

— Je serais venue plus tôt, mais Rosasharn s'est trouvée mal, dit-elle. Elle a tourné de l'œil, comme ça tout d'un coup.

— Vous avez mangé des pêches, dit-elle aux enfants. Gare aux coliques, tant pis pour vous.

La silhouette courte et trapue de Man se mouvait avec agilité. Elle eut vite fait de lâcher le seau pour son tablier. Quand vint le soir, ils avaient rempli vingt caisses.

Tom posa la vingtième caisse par terre.

— Un dollar, annonça-t-il. Jusqu'à quand on travaille ?

— Jusqu'à la nuit, tant que vous verrez clair.

— Mais on ne pourrait pas prendre des choses à crédit tout de suite ? Il faudrait que Man nous fasse à manger.

— Si. Je vais vous donner un bon de caisse pour un dollar.

Il écrivit quelque chose sur un bout de papier et le tendit à Tom.

Tom le donna à Man.

— Tiens ! Tu peux prendre pour un dollar de marchandises à la boutique.

Man posa un seau et se redressa en étirant ses muscles.

— On le sent dans ses reins, la première fois, hein ?

— Naturellement. On s'y fera vite. Cours nous chercher à manger.

— De quoi avez-vous envie ? demanda-t-elle.

— De viande, répondit Tom. De viande, de pain, et d'un grand pot de café sucré. Un morceau de viande qui soit un peu là, surtout.

Ruthie se mit à brailler :

— Man, on est fatigués.

— Alors, rentrez avec moi.

— Ils étaient déjà fatigués avant de commencer, dit Pa. Ils deviennent plus rétifs que des mulets ces deux-là. Je sens que ça va mal finir si je n'y mets pas un peu d'ordre.

— Dès qu'on sera installés, ils iront à l'école, dit Man.

Elle s'éloigna d'un pas lourd, et Ruthie et Winfield la suivirent timidement.

— On devra travailler tous les jours ? s'inquiéta Winfield.

Man s'arrêta et les attendit. Elle le prit par la main et l'entraîna.

— C'est pas dur, dit-elle. Ça vous fera du bien. Et puis vous nous aidez, au moins. Si on travaille tous, bientôt on aura une belle maison à nous. Faut tous s'y mettre.

— Mais j'étais tellement fatigué.

— Je sais bien. Moi aussi, j'étais fatiguée. Tout le monde est rompu. Il n'y a qu'à penser à aut' chose. Pense quand t'iras à l'école.

— Je ne veux pas aller à l'école. Les aut' gosses, qui vont à l'école, on les a vus, Man. C'est des sales morveux. Ils nous traitent d'Okies. On les a vus. Je veux pas y aller.

Man abaissa un regard plein de commisération sur les cheveux blond paille.

— Ne nous cause pas de soucis en ce moment, implora-t-elle. Dès que ça ira mieux, tu pourras faire la mauvaise tête. Mais pas maintenant. Nous avons déjà assez d'ennuis comme ça.

— J'en ai mangé six, des pêches, annonça Ruthie.

— Eh bien, tu auras la diarrhée. Et les cabinets ne sont pas près de chez nous, je te le garantis.

Le magasin de la Compagnie était une grande baraque en tôle ondulée. Il n'y avait pas de vitrine pour l'étalage. Man ouvrit la porte grillagée et entra. Un tout petit bonhomme se tenait derrière le comptoir. Il était complètement chauve et sa peau avait une teinte bleuâtre. Ses sourcils épais et bruns s'arquaient si haut au-dessus de ses yeux que cela lui donnait un air ahuri et un peu effrayé. Il avait un nez long et mince, en bec d'aigle, et des touffes de poils blonds lui sortaient des narines. Il portait des manchettes de lustrine noire sur sa chemise bleue. Lorsque Man fit son entrée, il était accoudé à son comptoir.

— Soir..., fit-elle.

Il la regarda avec curiosité. Ses sourcils montèrent encore un peu plus haut.

— Salut bien.

— J'ai là un bon d'un dollar.

— Alors, vous pouvez en prendre pour un dollar, dit-il avec un petit rire pointu. Parfaitement. Pour un dollar.

Sa main montra les marchandises.

— N'importe quoi, là-dedans.

Il tira soigneusement ses manchettes de lustrine.

— J'aurais voulu un peu de viande.

— J'en ai de toutes sortes, dit-il. Du hachis, ça vous va du hachis ? Vingt *cents* la livre, le hachis.

— C'est bien cher, non ? M' semble que je l'ai payé quinze, la dernière fois que j'en ai acheté.

— Ben, fit-il en gloussant discrètement, oui, c'est cher, et d'un aut' côté, c'est pas cher. Pour aller en ville chercher un kilo de hachis, vous faudra bien un bidon d'essence. Alors, vous voyez qu'au fond, c'est pas vraiment cher, parce que d'abord vous n'avez pas de bidon d'essence à gaspiller.

Man répliqua froidement :

— Il n'a pas fallu un bidon d'essence pour l'amener jusqu'ici.

Il rit de plus belle.

— Vous prenez la question par le mauvais bout, dit-il. Nous ne sommes pas acheteurs, nous : nous sommes vendeurs. Si nous étions acheteurs, alors là, ce ne serait plus pareil.

Man posa deux doigts sur ses lèvres et fronça les sourcils d'un air absorbé.

— Ça m'a l'air d'êt' tout nerfs et tout graisse.

— J' dis pas qu'elle ne va pas réduire à la cuisson, dit l'épicier. J' dis pas que je la mangerais, personnellement, mais il y a un tas d'autres choses que je ne ferais pas.

Man le considéra un moment d'un air menaçant. Mais elle se domina et dit calmement :

— Vous n'avez pas de viande moins chère ?

— Des os pour la soupe, répondit-il. Dix *cents* la livre.

— Mais c'est rien que de l'os.

— Rien que de l'os, ma bonne dame. Ça fait de la bonne soupe. Rien que de l'os.

— Vous avez du pot-au-feu ?

— Oh ! ça oui. Vingt-cinq *cents* la livre.

— Je devrais peut-être me passer de viande, dit Man.

Mais ils veulent de la viande. Ils ont dit qu'ils voulaient de la viande.

— Tout le monde veut de la viande... Tout le monde a besoin de viande. C'est avantageux, ce hachis. Toute cette graisse, ça fait une bonne sauce. Pas mauvais du tout. Et rien ne se perd, là-dedans. Pas d'os à jeter.

— Et combien... Combien vous vendez le rôti ?

— Oh ! mais là, vous vous lancez dans la fantaisie, ma bonne dame. C'est bon pour les jours de fête, ce genre de choses. Pour la Noël. Trente-cinq *cents* la livre. Tant qu'à faire, je pourrais vous vendre de la dinde à meilleur prix, si j'en avais.

Man soupira :

— Donnez-moi un kilo de hachis.

— Tout de suite, m'dame.

Il prit la viande rosâtre avec une pelle de bois et la mit dans du papier huilé.

— Et avec ça ?

— Eh bien ! du pain.

— Voilà. Un bon pain de ménage, quinze *cents*.

— Mais c'est un pain de douze *cents*.

— Tout à fait d'accord. Allez le chercher en ville et vous l'aurez à douze *cents*. Un bidon d'essence. Qu'est-ce qu'il vous faut encore, des pommes de terre ?

— Oui, des pommes de terre.

— Cinq *cents* la livre.

Man s'avança, menaçante.

— Dites donc, ça va finir, oui ? Je sais combien elles coûtent en ville.

Le petit homme serra fortement les lèvres, puis il lâcha :

— Alors, allez les chercher en ville.

Man regarda ses phalanges.

— Dites un peu... fit-elle à mi-voix. C'est à vous cette boutique ?

— Non. Je suis employé, c'est tout.

— Ça vous prend souvent de vous fiche des gens ? Ça vous sert à quéq' chose ?

Elle considéra ses mains luisantes et ridées. Le petit homme se taisait.

— A qui c'est, ce magasin ?

— La Société des fermes Hooper, m'dame.

— Et c'est eux qui fixent les prix ?

— Oui, m'dame.

Elle leva les yeux et sourit légèrement.

— Tous ceux qui viennent ici disent tous la même chose que moi, ils se mettent tous en colère, hein ?

Il hésita une seconde.

— Oui, m'dame.

— Et c'est pour ça que vous faites le rigolo ?

— Comment ?

— Oui, faire des choses pas propres, ça vous dégoûte. Alors vous faites semblant de badiner, hein ?

Sa voix était pleine de douceur. Le petit employé la regardait, fasciné. Il ne répondit pas.

— Et voilà, dit-elle finalement. Quarante *cents* de viande, quinze *cents* de pain, vingt-cinq *cents* de pommes de terre. Ça fait quatre-vingts. Du café ?

— Vingt *cents* le meilleur marché, m'dame.

— Et le dollar y passe. Nous avons travaillé à sept toute la journée et voilà not' souper.

Elle contempla sa main d'un air absorbé.

— Enveloppez le tout, dit-elle rapidement.

— Entendu, m'dame. Merci bien.

Il mit les pommes de terre dans un sac de papier qu'il referma soigneusement. Il eut un regard furtif vers Man, puis ses yeux se dérobèrent et se fixèrent sur son travail. Elle l'observait avec un léger sourire.

— Comment avez-vous eu cette place ? demanda-t-elle.

— Faut bien manger, commença-t-il. (Puis d'un air agressif :) Un homme a bien le droit de manger quand même !

— Quel genre d'homme ? interrogea Man.

Il déposa les quatre paquets sur le comptoir.

— La viande, annonça-t-il. Les pommes de terre, le pain et le café. Un dollar tout rond.

Elle lui tendit son bon et l'observa tandis qu'il portait la dette à son compte sur son livre de caisse.

— Là ! dit-il. Maintenant nous sommes quittes.

Man prit ses paquets.

— Dites donc, fit-elle, je n'ai pas de sucre pour le café. Tom, mon garçon, il veut son sucre avec. Écoutez ! dit-elle. Ils travaillent tous là-bas. Avancez-moi le sucre et je vous apporterai le bon tout à l'heure.

Le petit homme détourna les yeux — les détourna le plus loin possible de Man.

— Je ne peux pas faire ça, murmura-t-il. C'est le règlement, j' peux pas. Je m'attirerais des ennuis. J' pourrais me faire saquer !

— Mais puisqu'ils sont en train de travailler dans le verger. Il va leur revenir plus de dix *cents*. Donnez-moi pour dix *cents* de sucre. Mon fils, Tom, il voulait du sucre dans son café. M'en a causé, justement.

— J' peux pas, m'dame. C'est interdit par le règlement. Pas de bon, pas de marchandises. Le directeur n'arrête pas de me le répéter. Non, j' peux pas. J' peux pas, j' vous dis. Je m' ferais prendre. Ça ne rate jamais. A tous les coups, j' me fais prendre. J' peux pas.

— Pour dix *cents* ?

— Pour moins que ça, m'dame.

Il la regardait d'un air suppliant. Et, brusquement, l'effroi disparut de sa figure. Il tira dix *cents* de sa poche et fit sonner la pièce dans la caisse enregistreuse.

— Là ! dit-il d'un air soulagé.

Il sortit un petit sac de dessous le comptoir, fit sauter la ficelle qui le fermait, y prit un peu de sucre avec une pelle, pesa le sac et rajouta un peu de sucre.

— Voilà, fit-il. Maintenant, c'est en règle. Apportez votre bon et moi je reprendrai mes dix *cents*.

Man l'observait avec curiosité. D'un geste automatique, il prit le petit paquet de sucre et le déposa sur la pile de provisions qui encombrait le bras de Man.

— Merci bien, dit-elle d'une voix calme.

Elle gagna la porte et là, elle se retourna.

— On en apprend tous les jours, dit-elle, mais il y a une chose que je sais bien, à force. Quand on est dans le besoin, ou qu'on a des ennuis — ou de la misère — c'est aux pauvres

529

gens qu'il faut s'adresser. C'est eux qui vous viendront en aide — eux seuls.

La porte grillagée claqua derrière elle.

Le petit homme s'accouda au comptoir et son regard étonné resta fixé un instant sur la porte. Un gros chat au pelage brun moucheté de jaune sauta sur le comptoir et vint paresseusement se frotter contre son bras. Le petit homme l'attira contre sa joue. Le chat se mit à ronronner voluptueusement, la pointe de sa queue se balançant en cadence.

Tom, Al, Pa et l'oncle John longèrent le verger à la nuit tombante. Leurs pieds étaient lourds au sol du chemin.

— On le croirait pas que ça pourrait vous tirer dans les reins à ce point-là, dit Pa, juste à tendre le bras et à décrocher des pêches.

— D'ici deux ou trois jours, on s'y fera, dit Tom. Dis donc, Pa, quand on aura soupé, j'ai envie de sortir, voir un peu pourquoi il y avait tout ce raffut à l'entrée. Ça me travaille, cette histoire-là. Tu veux venir ?

— Non, répondit Pa. J'ai envie d'êt' tranquille un moment, juste à travailler sans penser à rien. L'impression que ça fait un sacré bout de temps que je n'arrête pas de me casser la tête et de me torturer la cervelle. Non, je vais m'asseoir un moment et après j'irai me coucher.

— Et toi, Al ?

Al détourna les yeux.

— J'ai envie d'aller faire un tour d'abord, voir comment c'est ici.

— Eh ben ! l'oncle John ne viendra sûrement pas. Je crois que je vais y aller tout seul. Je serais curieux de savoir ce qui se passe.

— Faudrait vraiment que la curiosité m'étouffe pour que j'y aille, dit Pa. Avec tous ces flics qui sont là-bas.

— Peut-êt' que la nuit, ils n'y sont plus, dit Tom.

— Eh ben j'irai pas y voir. Et j' te conseille de ne pas dire à Man où tu vas, sinon elle va se tourner les sangs à se tracasser.

Tom se tourna vers son frère.

— Ça ne t'intéresse pas ?

— J'ai juste envie de faire un tour dans le camp, histoire de voir comment c'est, répondit Al.

— Tu vas chercher des filles, hein?

— Et me mêler de ce qui me regarde, dit aigrement Al.

— Eh ben moi, j'y vais tout de même, déclara Tom.

Ils sortirent du verger et enfilèrent la ruelle poussiéreuse qui séparait les rangées de bicoques rouges. La maigre lueur jaune des lampes à pétrole luisait par les portes entrouvertes, et les ombres noires des gens s'agitaient dans la pénombre des intérieurs. Au bout de la ruelle, il y avait encore un gardien. Il était assis, son fusil appuyé contre son genou.

Tom fit halte quand il fut à sa hauteur:

— Dites donc, y a moyen de prendre un bain quelque part, ici?

L'homme le considéra attentivement dans la demi-obscurité. Finalement, il répondit:

— Tu vois cette citerne, là-haut?

— Ouais.

— Eh ben, il y a un tuyau.

— Pas d'eau chaude?

— Non, mais dis donc, tu te prends pour Rockefeller?

— Non, dit Tom. Non, ça on ne peut pas dire. Bonne nuit, m'sieur.

Le garde grommela avec mépris:

— De l'eau chaude, sacré bon Dieu! Pourquoi pas des baignoires, pendant qu'ils y sont.

Indigné, il regarda s'éloigner le groupe des Joad.

Un deuxième gardien surgit de derrière la dernière maison.

— S' qu'y a, Mack?

— C'est encore ces sacrés Okies de malheur. « Pas d'eau chaude? » qu'il me fait.

Le second garde laissa reposer la crosse de son fusil à terre.

— C'est les camps du Gouvernement, fit-il. J' parie que celui-là restait dans un camp du Gouvernement. On n'aura pas la paix tant qu'on ne les aura pas tous brûlés. Il va bientôt leur falloir des draps propres, si ça continue.

Mack demanda:

— Comment ça s'arrange, là-bas, à la grande porte ? T'as des nouvelles ?

— Ben, ça a gueulé toute la journée. La police régionale a maintenu l'ordre. Qu'est-ce qu'ils leur ont mis, à ces salauds-là. A ce qui paraît que c'est une espèce de grand maigre d'enfant de putain qui pousse les autres. Quelqu'un m'a dit qu'ils vont le poisser cette nuit, après quoi tout se tassera.

— Nous n'aurons plus de boulot si ça s'arrange trop facilement.

— Nous en aurons toujours, t'inquiète pas. Ces salauds d'Okies ! faut tout le temps les tenir à l'œil. Si ça devient par trop calme, y aura qu'à les secouer un peu.

— Ça va faire du vilain quand ils vont baisser les salaires, j'ai idée.

— Tu parles ! Non, t'as pas besoin de t'en faire pour ce qui est d'avoir du boulot — pas tant que Hooper leur serrera la vis.

Le feu ronflait chez les Joad. Les petits steaks hachés grésillaient rageusement dans la poêle, et les pommes de terre étaient à bouillir. La cabane était pleine de fumée et la lueur jaune de la lanterne projetait sur les murs des ombres épaisses. Man s'affairait autour du feu, tandis que Rose de Saron, assise sur le lit, soutenait sur ses genoux son ventre alourdi.

— Tu te sens mieux, à présent ? demanda Man.

— C'est l'odeur de cuisine qui me tourne le cœur. Et pourtant j'ai faim.

— Va t'asseoir devant la porte, dit Man. D'ailleurs, j'ai besoin de la caisse pour faire du petit bois.

Les hommes entrèrent.

— Dieu de Dieu ! De la viande ! s'exclama Tom. Et du café ! Je le sens. C' que je peux avoir faim, bon sang ! J'ai mangé un tas de pêches, mais ça n'y fait rien. Où est-ce qu'on peut se laver, Man ?

— Allez à la citerne. Vous vous laverez là-bas. Je viens d'y envoyer Ruthie et Winfield.

Les hommes ressortirent.

— Allons, va, Rosasharn, ordonna Man. Assieds-toi devant la porte ou bien sur le lit, que je casse cette caisse.

La jeune femme dut s'aider de ses mains pour se lever. Elle se traîna péniblement jusqu'au matelas le plus proche et s'assit dessus. Ruthie et Winfield rentrèrent sans bruit, s'efforçant de rester dans l'ombre et de se faire remarquer le moins possible.

Man se tourna vers eux :

— Quéq' chose me dit que vous devez être contents qu'on n'y voie pas bien clair, hein, vous deux ?

Elle attrapa Winfield et tâta ses cheveux.

— En tout cas, tu t'es mouillé. Mais je parie que tu n'es pas plus propre qu'avant.

— Y avait pas de savon, grogna Winfield.

— Non, c'est vrai. Je n'ai pas pu en acheter aujourd'hui. Mais peut-êt' que nous en aurons demain.

Elle retourna auprès du poêle, disposa les assiettes et commença de servir le souper. Deux petits steaks hachés par tête et une grosse pomme de terre. Et trois tranches de pain à chacun. Lorsque toute la viande eut été distribuée, elle versa un peu de graisse dans chaque assiette. Les hommes revinrent, le visage humide, les cheveux mouillés et luisants.

— A nous deux ! s'écria Tom.

Chacun prit son assiette. Ils mangèrent en silence, voracement, puis ils nettoyèrent leur assiette avec un morceau de pain. Les enfants se retirèrent dans un coin de la pièce, posèrent leurs assiettes sur le plancher et s'agenouilèrent devant la nourriture, comme des petits chiens devant leur pâtée.

Tom expédia sa dernière bouchée de pain.

— Il en reste, Man ?

— Non, répondit-elle. C'est tout. Vous avez gagné un dollar, et il y en avait pour un dollar.

— Là-dedans ?

— Ils vous comptent plus cher, ici. Faudra aller en ville quand on le pourra.

— J' suis pas rassasié, dit Tom.

— Eh bien, demain, tu feras une journée complète. Demain soir, nous aurons de quoi.

Al s'essuya la bouche du revers de sa manche.

— J' vais faire un petit tour, dit-il.

— Attends, je sors avec toi.

Tom le suivit dehors. Dans l'obscurité. Tom se rapprocha de son frère :

— Tu ne veux vraiment pas venir avec moi ?

— Non. J' vais faire un tour, je te dis.

— Comme tu voudras, dit Tom.

Il s'écarta et descendit la ruelle. La fumée sortant des maisons croupissait près du sol, et les lanternes projetaient dans la rue leurs reflets de fenêtres et de portes ouvertes. Assis sur leur seuil, les gens regardaient dans la nuit. Tom voyait leurs têtes se retourner sur son passage et sentait qu'ils le suivaient des yeux. Au bout de la ruelle, il prit un sentier à travers champs et sentit le chaume s'écraser sous ses pieds ; les silhouettes noires des cahots de foin étaient visibles à la lumière des étoiles. Le mince croissant de lune était bas sur l'horizon, à l'est, et le long nuage de la voix lactée s'étirait sur le ciel pur. La poussière du sentier étouffait le bruit des pas de Tom et ses souliers faisaient des taches sombres sur le chaume clair. Il mit ses mains dans ses poches et sans se presser, il se dirigea vers l'entrée principale. Le sentier longeait un talus. Tom entendait le léger clapotis de l'eau ruisselant parmi les herbes du fossé d'irrigation. Il escalada le talus, plongea son regard dans l'eau noire et y vit le reflet déformé des étoiles. Il avait maintenant la grand-route devant lui. Il la voyait clairement à la lumière des phares des autos qui passaient en trombe. Tom reprit sa marche. Il voyait la haute barrière se dresser devant lui à la clarté des étoiles.

Une silhouette remua au bord de la route et une voix fit :

— Hé là... qui êtes-vous ?

Tom s'arrêta et se tint immobile.

— Qui est-ce ?

Un homme se dressa et s'approcha. Tom voyait le revolver qu'il tenait à la main. Puis le jet d'une lampe de poche le frappa au visage.

— Où que tu vas comme ça ?

— Me promener un peu. C'est défendu ?

— Tu ferais bien d'aller te promener d'un aut' côté.

Tom demanda :

— J' peux même pas sortir d'ici ?

— Pas ce soir. Tu veux retourner d'où tu viens, ou tu veux que je siffle pour appeler du renfort ? On aura vite fait de t'embarquer, t' sais.

— Oh ! merde, fit Tom, après tout je m'en fous. Si ça doit faire tant d'histoires, je laisse tomber. Ça va, je m'en retourne.

La silhouette sombre parut se détendre. La lampe s'éteignit.

— Tu comprends, c'est dans ton intérêt que je te dis d'aller de l'aut' côté. Sans ça tu risques de te faire harponner par leurs sacrés piquets de grève. Ils sont sonnés, ces gars-là.

— Comment ça, des piquets de grève ?

— Ces damnés rouges.

— Ah ! dit Tom. J' savais pas qu'y en avait.

— Tu les as vus en arrivant, non ?

— C't-à-dire que j'ai vu une bande de types, mais y avait tant de policiers que j'ai pas pu voir de quoi il retournait. J' croyais qu'il y avait un accident.

— Eh ben, tu ferais bien de t'en retourner.

— D'accord.

Il fit volte-face et repartit où il était venu. Il fit une centaine de pas, puis s'arrêta pour écouter. Du fossé d'irrigation lui parvinrent les petits cris plaintifs d'un raton laveur ; au loin, un chien attaché hurlait furieusement. Tom s'assit au bord de la route et tendit l'oreille. Il entendit le rire étouffé, pointu, d'un rôdeur de nuit et le glissement furtif d'une bête qui rampait dans le chaume. Il inspecta l'horizon et ne vit que deux plaques sombres ; aucun obstacle qui eût pu faire ressortir sa silhouette.

Alors, il se releva, traversa lentement le sentier et s'engagea dans le chaume ; il avançait courbé en deux, la tête plus basse que les meulettes de foin. Il se déplaçait avec lenteur, s'arrêtant de temps à autre pour écouter. Finalement, il atteignit la clôture, faite de cinq lignes de barbelé fortement tendues. Il se coucha sur le dos, tout contre la clôture, passa la tête sous le fil intérieur et le souleva des deux mains pendant qu'il se glissait dessous en s'arc-boutant des pieds.

Il allait se relever lorsqu'un groupe d'hommes passa en bordure de la route. Tom attendit qu'ils se fussent éloignés avant de se lever pour les suivre. Il sondait l'obscurité, cherchant des tentes. Quelques autos passèrent. Un ruisseau coupait les champs et la grand-route le traversait sur un petit pont de ciment. Tom se pencha par-dessus le tablier. Tout au fond du ravin, il vit une tente dans laquelle brûlait une lanterne. Il l'observa un moment et vit l'ombre des occupants se profiler sur la toile. Tom escalada une clôture et descendit dans le ravin, se frayant un chemin parmi les broussailles et les saules nains, et, tout au fond, à côté d'un minuscule ruisseau, il découvrit un petit sentier. Un homme était assis sur une caisse, devant une tente.

— Soir, fit Tom.

— Qui va là?

— Ben... c't-à-dire que... enfin, je passais, simplement.

— Vous connaissez quelqu'un ici?

— Non, puisque je vous dis que je ne faisais que passer. Une tête surgit de la tente. Une voix fit:

— Qu'est-ce qu'il y a?

— Casy! s'écria Tom. Casy! Qu'est-ce que vous fabriquez là, bon Dieu!

— Ça par exemple, c'est Tom Joad! Entre, Tommy. Entre donc.

— Tu le connais? demanda l'homme devant la tente.

— Si je le connais? Je crois foutre bien. On se connaît depuis des années. C'est avec lui que je suis venu dans l'Ouest. Entre, Tommy.

Il empoigna Tom par l'épaule et l'attira dans la tente.

Trois hommes étaient assis par terre à l'intérieur, autour d'une lanterne. Ils levèrent des yeux méfiants.

L'un d'eux, un homme au visage sombre et renfrogné, lui tendit la main.

— Ça va-t-il? Alors, comme ça, Casy te connaît! C'est de ce gars-là que tu nous parlais, Casy?

— Mais oui. C'est lui. Ça, par exemple! Où est la famille? Qu'est-ce que tu fais ici?

— Eh ben, voilà répondit Tom. On avait entendu dire qu'y avait du travail dans le coin. Alors, on s'est mis en route. Une fois arrivés, on a été reçus par une bande de flics qui nous ont embarqués pour la ferme, et tout l'après-midi on a cueilli des pêches. J'ai vu un tas de types qui gueulaient. Personne n'a voulu me renseigner, alors j' suis venu par ici tâcher de voir de quoi il retournait. Mais comment que vous avez échoué ici, Casy, bon sang ?

Le pasteur se pencha en avant et la lueur jaune de la lanterne éclaira son front haut et pâle.

— La prison, c'est un drôle d'endroit, fit-il. Tel que tu me vois, j'ai toujours couru après la solitude, j'allais dans le désert, comme Jésus, chercher quelque chose. Bien failli le trouver, d'ailleurs. Mais c'est en prison que je l'ai trouvé pour de bon.

Ses yeux étaient vifs et pleins de gaieté.

— C'te bonne vieille cellule, grande comme une grange, et tout le temps pleine. Des nouveaux qui arrivaient, d'autres qu'étaient libérés. Et bien entendu, je leur causais à tous.

— J' vois ça d'ici, fit Tom. Vous ne pouvez pas vous arrêter de causer. Même sous la potence, je vous vois en train de tailler une bavette avec le bourreau. Jamais vu un type comme Casy pour ce qui est de causer.

Les hommes dans la tente se mirent à rire. Un petit bonhomme tout ratatiné, au visage ridé comme une vieille pomme, se donna une grande claque sur le genou.

— Cause tout le temps, fit-il. Les gens aiment bien à l'écouter, faut dire.

— Il était pasteur, dans le temps, dit Tom. Il vous l'a dit ?

— Pour sûr qu'il l'a dit.

Casy sourit.

— Alors, comme je te disais, reprit-il, j'ai étudié le fond des choses. Quelques-uns des gars qui étaient en cabane, là-bas, étaient des ivrognes, mais la plupart étaient là qu'ils avaient volé ; et presque toujours des choses de première nécessité, qu'ils ne pouvaient pas se procurer autrement. Tu comprends ? demanda-t-il.

— Non, répondit Tom.

— Eh ben, c'étaient des braves types, tu comprends. Ce qui les rendait mauvais, c'est simplement qu'ils avaient besoin de choses. C'est là que j'ai commencé à saisir. C'est la misère qu'est cause de tout. J'ai pas encore tiré toute la question au clair. Toujours est-il qu'un jour on nous donne des fèves qu'étaient suries. Un type a commencé à rouspéter ; ça n'a rien donné. Il braillait comme un possédé. Le mouton s'amène, jette un coup d'œil et passe son chemin. Alors, un aut' type a commencé à gueuler. Après ça, on s'y est tous mis. Tous sur le même ton, un raffut à faire crouler les murs de la cabane. Dieu de Dieu ! Alors là, ça a donné quéq' chose. Ils se sont amenés à fond de train et ils nous ont apporté aut' chose à manger...

— Non, répondit Tom.

Casy appuya son menton dans ses mains.

— C'est peut-être pas à moi de t'expliquer, dit-il. Peut-êt' qu'il faut que ça te vienne tout seul. Qu'est-ce t'as fait de ta casquette ?

— Je suis venu sans.

— Comment va ta sœur ?

— Elle ? Oh ! elle est grosse comme une vache. Je parie qu'elle va avoir des jumeaux. Il faudra bientôt lui mettre des roulettes sous le ventre. Pour l'instant, elle en est à le soutenir à deux mains. Vous ne m'avez toujours pas dit ce que vous faisiez là.

Le petit homme ridé dit :

— La grève. On est en grève.

— Oh ! cinq *cents*, c'est pas le bout du monde, mais ça permet de manger.

— Cinq *cents* ? s'exclama le petit homme ridé. Cinq *cents* ? ils vous paient cinq *cents* ?

— C'est comme je vous le dis. On s'est fait un dollar et demi, à nous tous.

Un lourd silence s'appesantit sur eux. Casy contemplait fixement les ténèbres, par-delà l'ouverture de la tente...

— ... Coute voir, Tom, dit-il. Nous sommes venus ici pour travailler. Ils avaient dit qu'ils nous donneraient cinq *cents*. On était des quantités, tu penses. Une fois arrivés, ils nous annoncent qu'ils ne nous paieront que deux *cents* et demi. Un homme ne peut même pas se nourrir avec ça, et pour peu qu'il ait des gosses... On a répondu qu'on ne marchait pas. Alors ils nous ont foutus à la porte. Et toute la flicaille du monde nous est tombée dessus. Maintenant, ils vous paient cinq *cents*. Quand ils auront brisé notre grève, tu t'imagines qu'ils continueront à payer cinq *cents* ?

— J' sais pas, dit Tom. Ils paient cinq *cents* en ce moment.

— Coute voir, dit Casy. Nous avons voulu camper tous ensemble et ils nous ont pourchassés comme si on était des cochons. Nous ne pourrons plus tenir longtemps. Y en a qu'ont rien mangé depuis dix jours. Tu retournes là-bas ce soir ?

— J'ai l'intention, oui, répondit Tom.

— Eh bien, dis-leur à tous ce qui se passe, Tom. Dis-leur qu'ils nous affament et qu'ils se font du tort à eux-mêmes. Parce que, pas plus tôt que les flics nous auront vidés, les salaires retomberont à deux *cents* et demi, c'est réglé comme du papier à musique.

— Je leur dirai, promit Tom. Je ne sais pas comment je m'y prendrai. Jamais vu autant de revolvers ni de fusils. J' sais même pas si on vous permet seulement d'adresser la parole à quelqu'un, là-dedans. Et les gens ne sont pas liants. Ils passent tête baissée sans seulement vous répondre quand on leur dit bonjour.

— Tâche de leur dire, Tom. Ils ne toucheront plus que deux *cents* et demi, aussitôt que nous ne serons plus là. Tu sais ce que ça représente, deux *cents* et demi : une tonne de pêches cueillies et vendues pour un dollar.

Il baissa la tête.

— Non, on ne peut pas accepter ça. On ne peut pas se nourrir à ce tarif-là, on ne peut pas s'acheter à manger.

— Je tâcherai de prévenir les autres.

— Comment va ta mère ?

— Pas mal. Elle se plaisait bien, au camp du Gouvernement. Des douches et de l'eau chaude...

— Ouais... j'en ai entendu parler.

— C'était bien agréable, là-bas. Seulement, y avait pas moyen de trouver du travail. Fallu s'en aller.

Pour voir. Quelqu'un me disait qu'il n'y avait pas de flics.

— Non, les gens font la police eux-mêmes.

Casy leva vers lui un regard surexcité :

— Et y a pas eu d'ennuis ? Des bagarres, des vols, des saouleries ?

— Non, répondit Tom.

— Mais enfin, quand quelqu'un faisait des blagues — alors ? Qu'est-ce qui se passait ?

— On l'expulsait du camp.

— Mais il n'y en a pas eu beaucoup ?

— Pour ça non ! répondit Tom. Nous avons été là un mois, et y en a eu qu'un seul.

Les yeux de Casy brillèrent d'animation. Il se tourna vers ses compagnons.

— Vous voyez ? s'écria-t-il. Qu'est-ce que je vous disais ? Les flics causent plus de grabuge qu'ils n'en empêchent. Écoute, Tom. Tu vas voir tous ces gens-là. Eh bien, essaie de les amener à se mettre avec nous. Ça peut être fait en quarante-huit heures. Ces pêches sont mûres. Dis-leur.

— Ils refuseront, dit Tom. Ils touchent cinq *cents* et se foutent pas mal du reste.

— Mais dès qu'ils cesseront d'être des briseurs de grève, ils pourront toujours se fouiller pour avoir cinq *cents*.

— J' crois pas qu'ils avaleront ça. Ils touchent leurs cinq *cents*. C'est tout ce qui les intéresse.

— Mais dis-leur quand même.

— Je sais que Pa ne le ferait pas, dit Tom. Je le connais. Il me répondrait que c'est pas ses oignons.

— Oui, concéda Casy, désolé. J' crois bien qu' t'as raison. Tant qu'il n'en aura pas pris un bon coup sur la tête, il ne se rendra pas compte.

— On n'avait plus rien à manger, dit Tom. Ce soir, on a eu de la viande. Guère, mais enfin, on en a eu. Croyez que Pa va lâcher son bout de viande pour faire plaisir aux autres ? Et Rosasharn a besoin de lait. Croyez que Man va risquer que le bébé n'ait pas sa suffisance, à cause qu'une bande de types font du raffut devant une barrière ?

— S'ils pouvaient seulement ouvrir les yeux, dit tristement Casy. S'ils pouvaient comprendre que le seul moyen de défendre leur bifteck... Oh! et puis au diable tout ça! Par moments, j'en ai marre. Terriblement marre. Je connaissais un type. S'était fait coffrer pendant que j'étais en taule. Pour avoir essayé de former un syndicat. Il avait réussi à le mettre sur pied. A ce moment-là, les « vigiles » s'étaient amenés et avaient tout bousillé. Et tu sais quoi? Les gens pour qui il avait fait ça, qu'il avait voulu aider, eh ben, ils l'ont foutu dehors. Voulaient plus rien avoir à faire avec lui. Peur d'êt' vus en sa compagnie. « Fous le camp, qu'ils lui disaient. T'es bon qu'à nous attirer des histoires. » Ça lui avait salement atteint le moral, tu peux être sûr. Mais, malgré tout, il disait : « C'est moins grave quand on sait d'où ça vient. Prends la Révolution française, qu'il disait — tous les gars qui l'avaient déclenchée, on leur a coupé le cou. C'est toujours comme ça, il disait. Aussi naturel que la pluie qui tombe. D'accord, on ne le fait pas pour son plaisir. On le fait parce que quelque chose vous y pousse. Oarce que c'est en vous. Prends Washington, par exemple, il disait. Il s'est battu pour la Révolution et après ça, ces enfants de salauds se sont retournés contre lui. Lincoln pareil. C'est les mêmes qui veulent leur peau. Tout aussi naturel que la pluie qui tombe. »

— Je ne trouve pas ça drôle du tout, fit Tom.

— Ça ne l'est pas. Il me disait, le gars en question : « L'important, c'est de faire son possible. » Et, aussi, il disait : « La seule chose qu'il faut voir, c'est que chaque fois qu'il y a un pas de fait en avant, il se peut que ça recule un brin, mais jamais d'autant. C'est facile à prouver, qu'il disait, et c'est ce qui montre que ça rime à quelque chose. Ça montre qu'il n'y a rien de gaspillé, en fin de compte, malgré que des fois on pourrait croire le contraire. »

— Il cause, dit Tom, et il cause. Prenez mon frère Al, par exemple, il est allé courir la fille. Il se fout du reste. D'ici deux-trois jours, il en aura trouvé une. L'a que ça en tête. Il y pense toute la journée et le fait toute la nuit. Les pas en avant ou les pas en arrière ou les pas de côté, qu'est-ce que vous voulez que ça lui foute, à lui?

— Bien sûr, dit Casy. Bien sûr. Il fait simplement ce qu'il a à faire. Nous en sommes tous là.

L'homme assis dehors écarta largement le pan de toile de l'entrée.

— Sacré nom de Dieu, j'aime pas ça, fit-il.

Casy tourna les yeux vers lui.

— Qu'est-ce qui se passe ?

— J' sais pas. On dirait qu'il y a quéq' chose qui me démange. J' peux pas tenir en place. J' suis plus énervé qu'un chat par une nuit d'orage.

— Mais enfin, qu'est-ce qu'il y a ?

— J' sais pas. J'ai l'impression d'entendre quéq' chose, alors j'écoute, mais y a rien.

— T'as les nerfs à vif, quoi, dit le petit homme au visage ridé.

Il se leva et sortit. La seconde d'après, il passa la tête dans la tente.

— Y a là un gros nuage tout noir qui s'amène, annonça-t-il. De l'orage, sûrement. C'est ça qui le démange... l'électricité !...

Sa tête disparut subitement. Les deux hommes se mirent debout et sortirent :

Casy dit à mi-voix :

— Ils ont tous quéq' chose qui les démange. Les flics ont été crier sur les toits qu'ils allaient nous passer à tabac et nous chasser du pays. Ils me prennent pour un meneur, à cause que je parle tant.

Le visage ridé se montra de nouveau.

— Casy, éteins la lanterne et viens voir. Y a quéq' chose.

Casy tourna la clé. La flamme rapetissa, s'enfonça dans les fentes et s'éteignit avec un léger crépitement. Casy se coula dehors à tâtons et Tom le suivit.

— Qu'est-ce qu'il y a ? demanda Casy dans un murmure.

— J' sais pas. Écoute.

Le coassement des grenouilles formait un fond sonore qui s'intégrait au silence, avec les crissements aigus, stridents, des grillons. Mais à travers cette muraille filtraient d'autres sons — bruits de pas étouffés sur la route, mottes de terre croulant du haut du talus, frôlements légers dans les herbes bordant le ruisseau.

— On ne peut pas vraiment dire qu'on entend quelque chose. Ça trompe. C'est énervant.

Casy les rassura :

— Nous sommes tous énervés. On ne peut pas vraiment dire... T'entends quéq' chose, Tom ?

— Oui, j'entends, répondit Tom. Oui je l'entends. Je crois que c'est des types qui s'amènent de tous les côtés à la fois. On ferait bien de déguerpir.

Le petit homme ridé murmura :

— Sous l'arche du pont, par là. Ça m'embête bien de laisser ma tente.

— Allons-y, fit Casy.

Ils suivirent sans bruit le bord du ruisseau. Devant eux, l'arche noire du pont se creusait comme une caverne. Casy se courba et y pénétra. Tom derrière lui. Leurs pieds glissaient dans l'eau. Ils firent ainsi une dizaine de mètres, leur respiration résonnant contre la voûte de l'arche. Arrivés de l'autre côté, ils se redressèrent.

Un cri s'éleva :

— Les voilà !

Deux faisceaux de lampes électriques furent projetés sur eux, les enveloppèrent, les aveuglèrent.

— Ne bougez pas.

Les voix sortaient des ténèbres.

— C'est lui. C' t' espèce de grand cinglé, là.

Casy fixait la lumière, ébloui. Il respirait avec difficulté.

— Écoutez, les amis, fit-il. Vous ne vous rendez pas compte de ce que vous faites. Vous aidez à affamer des petits enfants.

— Ta gueule, sale rouge !

Un petit homme massif et trapu s'avança dans la lumière. Il tenait à la main un manche de pioche tout neuf.

Casy continua :

— Vous ne vous rendez pas compte de ce que vous faites.

Le petit trapu brandit son manche de pioche et frappa. Casy tenta d'esquiver. Le lourd bâton s'écrasa sur son crâne avec un bruit sourd et Casy s'effondra de côté, dans le noir.

— Nom de Dieu, je crois que tu l'as tué, George !

— Eclairez-le, dit George. Il n'a que ce qu'il mérite, cet enfant de putain.

Le faisceau de lumière s'abaissa, chercha sur le sol et trouva le crâne écrasé de Casy.

Tom abaissa son regard sur le pasteur. La lumière éclairait le bas des jambes du petit trapu et le manche de pioche blanc. Tom bondit silencieusement. D'un seul geste, il arracha le gourdin. La première fois, il eut conscience d'avoir manqué son coup et d'avoir frappé à l'épaule, mais la seconde fois, son bâton s'écrasa sur une tête et, comme la forme massive s'effondrait, trois autres coups s'abattirent sur la tête. Les lueurs dansaient, affolées. Des appels retentirent, puis il y eut un bruit de pas précipités et un grand remue-ménage dans les buissons. Tom se tenait penché sur la forme prostrée. Et, soudain, il reçut un coup sur la tête, un coup en porte à faux. Le choc lui fit l'effet d'une secousse électrique. L'instant d'après, il courait le long du ruisseau, plié en deux. Il entendait derrière lui des flocs de pas dans l'eau. Brusquement, il fit un écart et rampa à travers les broussailles, s'enfonçant au cœur d'un fourré d'arbres à gale. Là, il s'immobilisa. Les pas se rapprochèrent, les lueurs coururent à la surface du ruisseau. Avec force contorsions, Tom se dégagea du buisson, gagna le haut de la berge et déboucha dans un verger. De là, il entendait toujours les appels et les cris des poursuivants qui le cherchaient au fond du ravin. Il se courba en deux et courut à travers la terre labourée ; les mottes glissaient et roulaient sous ses pieds. Il vit devant lui les buissons qui délimitaient le champ, tout au long d'un fossé d'irrigation. Il se coula sous la clôture, se faufila au travers des ronces et des lianes. Il s'arrêta, pantelant, et passa ses doigts sur son visage engourdi. Son nez était écrasé et un filet de sang coulait le long de son menton. Il resta étendu à plat ventre jusqu'à ce qu'il eût entièrement repris conscience. Puis il se traîna lentement sur la berge du ruisseau. Là, il baigna son visage dans l'eau fraîche, arracha un pan de sa chemise bleue, le trempa dans le courant et l'appliqua sur son nez et sur ses joues tuméfiées. L'eau le brûla comme un acide.

Le nuage noir naviguait dans le ciel, plaque sombre sur le fond d'étoiles. La nuit était redevenue silencieuse.

Tom s'avança dans l'eau et sentit le fond céder sous ses pieds. En deux brasses il traversa le fossé ; puis il se hissa péniblement sur l'autre berge. Ses vêtements collaient à sa peau. Il esquissa un mouvement et eut l'impression de patauger ; l'eau giclait de ses souliers avec des gargouillis. Alors il s'assit, les ôta et les vida. Ensuite, il pressa le bas de son pantalon, enleva sa veste et la tordit.

Il distinguait, le long de la grand-route, des torches électriques fouillant les fossés. Il se rechaussa et s'avança prudemment à travers le chaume. Ses souliers ne gargouillaient plus. Se guidant sur son instinct, il traversa le champ et atteignit enfin le sentier. Avec d'infinies précautions, il s'approcha du carré de maisons. A un moment donné, un garde, croyant avoir perçu du bruit, cria :

— Qui va là ?

Tom se jeta à terre, le corps figé dans l'immobilité, et le faisceau lumineux passa au-dessus de lui. Il rampa silencieusement jusqu'à la hutte des Joad. La porte cria sur ses gonds. Et la voix de Man, calme, ferme, entièrement lucide, cria :

— Qu'est-ce que c'est ?

— Moi. Tom.

— Tu ferais bien de dormir. Al n'est pas rentré.

— Il a dû trouver une bonne amie.

— Couche-toi, fit-elle à voix basse. Là-bas, sous la fenêtre.

Il trouva son coin et se déshabilla entièrement. Il se glissa en grelottant sous la couverture. Son visage mutilé sortit de son engourdissement et une douleur cuisante fit battre ses tempes. Il eut l'impression que son crâne allait éclater.

Al ne rentra qu'une heure après. Il s'avança à tâtons et marcha sur les vêtements mouillés de Tom.

— Chut ! fit Tom.

Al chuchota :

— Tu ne dors pas ? T'es tout mouillé ; comment t'as fait ton compte ?

— Chut ! fit Tom. J' te le dirai demain matin.

Pa se retourna sur le dos et remplit la pièce de ronflements, de râles et de hoquets.

— T'es glacé, dit Al.

— Chut ! Dors.

Le petit carré de la fenêtre se détachait en gris sur les ténèbres de la chambre.

Tom ne pouvait pas dormir. Les nerfs de son visage blessé se réveillaient et le lancinaient, ses pommettes étaient douloureuses et son nez cassé enflait et battait avec une violence qui le secouait tout entier. Il contemplait le petit carré de la fenêtre et vit les étoiles glisser dessus et disparaître une à une. De temps à autre, il entendait le pas du gardien.

Les coqs chantèrent enfin, au loin, et la fenêtre s'éclaira peu à peu. Tom tâta du bout de ses doigts son visage gonflé et son geste fit grogner Al dans son sommeil.

Finalement, l'aube vint. Le tas serré des bicoques s'anima ; quelqu'un cassait du bois, remuait des casseroles.

Dans la grisaille sinistre du petit jour, Man se mit soudain sur son séant. Tom distinguait son visage bouffi de sommeil. Elle resta un long moment à regarder par la fenêtre. Puis elle repoussa la couverture et ses mains trouvèrent sa robe. Toujours assise, elle la tendit au-dessus de sa tête et la laissa glisser le long de son buste. Puis elle se leva et la fit retomber sur ses chevilles. Ensuite, elle s'avança nu-pieds jusqu'à la fenêtre et regarda au-dehors, et tandis qu'elle regardait le jour se lever, ses doigts agiles défaisaient ses cheveux, lissaient les mèches et refaisaient les nattes. Puis elle croisa ses mains sur son ventre et resta un moment immobile. Son visage se détachait nettement à la clarté de la fenêtre. Elle se retourna, s'avança prudemment parmi les matelas et trouva la lanterne. Le verre crissa quand elle le souleva ; elle alluma la mèche.

Pa roula sur lui-même et la regarda de ses yeux clignotants.

— Pa, dit-elle, est-ce qu'il reste de l'argent ?

— Hum ? Ouais. Bout de papier où qu'y a marqué soixante *cents*.

546

— Alors, lève-toi et va chercher de la farine et du saindoux. Cours vite.

Pa bâilla :

— Le magasin n'est peut-êt' pas ouvert.

— T'as qu'à le faire ouvrir. Faut bien que vous ayez quéq' chose dans l'estomac avant d'aller travailler.

Pa se colleta avec sa salopette, mit sa vieille veste rousse par-dessus et s'en alla d'un pas traînant, en s'étirant et en bâillant.

Les enfants s'éveillèrent et restèrent aux aguets sous leurs couvertures, comme de petites souris. Une pâle clarté emplissait maintenant la chambre, une clarté incolore d'avant le soleil. Man jeta un coup d'œil sur les matelas. L'oncle John était réveillé. Al dormait profondément. Ses yeux se portèrent sur Tom. Elle le fixa un moment, puis s'avança vivement vers lui. Sa figure était enflée et tuméfiée et le sang formait une croûte noire sur son menton et ses lèvres. Les bords de la plaie qui lui déchirait la joue étaient gonflés et tirés.

Elle chuchota :

— Tom, qu'est-ce qu'il y a ?

— Chut ! fit-il. Pas si haut. J'ai été mêlé à une bagarre.

— Tom !

— C'est pas de ma faute, Man.

Elle s'agenouilla auprès de lui.

— Une sale histoire ?

Il mit longtemps à répondre.

— Ouais, fit-il. Une sale histoire. J' peux pas aller travailler. Il faut que je me cache.

Les enfants s'approchèrent à quatre pattes, dévorés de curiosité.

— Qu'est-ce qui lui est arrivé, Man ?

— Chut ! fit Man. Allez vous laver.

— On n'a pas de savon.

— Eh ben, lavez-vous sans savon.

— Qu'est-ce qu'il a, Tom ?

— Voulez-vous bien vous taire ? Et surtout ne dites rien à personne.

Ils reculèrent et s'accroupirent contre le mur opposé, sachant bien qu'on ne ferait pas attention à eux.

Man demanda :

— C'est grave ?

— J'ai le nez cassé.

— Non... j' veux dire... ton histoire ?

— Ouais. Grave !

Al ouvrit les yeux et regarda Tom.

— Eh ben, merde, alors ! Où que t'as été te fourrer ?

— Qu'est-ce qu'il y a ? demanda l'oncle John.

Pa revint, traînant ses lourds brodequins sur le plancher de la pièce.

— C'était ouvert.

Il déposa un minuscule sac de farine et son paquet de lard par terre, près du poêle.

— Qui s' passe ? demanda-t-il.

Tom se souleva sur un coude, resta quelques secondes dans cette position, puis se recoucha.

— Dieu Seigneur, c' que je me sens faible. J' vais vous le raconter une fois pour toutes. Pour que vous le sachiez tous. Mais les gosses ?

Man regarda les deux enfants qui se faisaient tout petits contre le mur.

— Allez vous débarbouiller.

— Non, décida Tom. Faut qu'ils entendent. Je tiens à ce qu'ils sachent. Sans ça ils seraient capables d'aller jaser.

— Mais qu'est-ce qui se passe, nom d'un chien ? fit Pa.

— Je m'en vais vous le dire. Hier soir, j'ai voulu aller voir pourquoi ça gueulait comme ça à l'entrée. Et j' suis tombé sur Casy.

— Le pasteur ?

— Oui, Pa. Le pasteur ; seulement, c'est lui qui menait la grève. Ils sont venus pour lui faire son affaire.

— Qui qu'est venu ? interrogea Pa.

— J' sais pas. Des types dans le genre de ceux qui nous ont fait faire demi-tour l'aut' nuit, sur la route. Ils avaient des manches de pioche.

Il fit une pause.

— Ils l'ont tué. Ouvert le crâne. J'étais là. J'ai vu rouge et j'ai attrapé le manche de pioche...

Tout en parlant, il revoyait la scène sinistre, la nuit, l'obscurité, les torches électriques.

— J'en ai assommé un.

Man retint sa respiration. Pa se contracta.

— Tu l'as tué ? demanda-t-il à voix basse.

— J' sais pas... j'étais comme fou. J'ai essayé.

Man demanda :

— On t'a vu ?

— J' sais pas. J'ai idée que oui. Ils braquaient leurs lampes de poche sur nous.

Man le regarda un moment dans les yeux.

— Pa, dit-elle, casse du bois, que je fasse le déjeuner. Il faut aller travailler. Ruthie, Winfield... Si quelqu'un vous pose des questions... Tom est malade... vous avez compris ? Si vous dites quéq' chose, on le... on le renverra en prison. Vous avez compris ?

— Oui, Man.

— Surveille-les, John. Qu'ils ne parlent à personne, surtout.

Elle prépara le feu, tandis que Pa cassait les boîtes qui avaient contenu les provisions. Elle pétrit sa pâte et mit l'eau à bouillir pour le café. Le bois mince prenait vite et les flammes ronflèrent dans la cheminée.

Pa eut vite cassé toutes les boîtes. Il s'approcha de Tom.

— Casy... c'était un brave homme. Qu'est-ce qu'il a été se mêler de ces histoires-là ?

Tom répondit d'une voix sourde :

— Ils étaient venus travailler pour cinq *cents* par caisse.

— C'est ce qu'on nous paie.

— Ouais. On était des briseurs de grève sans le savoir. A eux, ils leur donnaient deux *cents* et demi.

— On ne peut pas se nourrir avec ça.

— J' sais bien, dit Tom avec lassitude. C'est pour ça qu'ils ont fait grève. J'ai idée qu'ils la leur ont bousillée, leur grève, cette nuit. Il s' peut qu'on nous mette à deux *cents* et demi aujourd'hui.

— Les salauds !...

— Oui, Pa. T'as compris, maintenant ? Casy... il n'en était pas moins un brave homme. Saloperie ! Le voir là, étendu... la tête écrasée, avec le sang qui suintait de partout... J' peux pas me sortir ça de la tête. Dieu de Dieu !

Il cacha sa tête dans ses mains.

— Alors, qu'est-ce qu'on va faire ? demanda l'oncle John. Maintenant Al était debout.

— Eh ben, moi, je le sais, ce que j' vais faire, bon Dieu ! J' vais me tirer.

— Non, Al, dit Tom. Nous avons besoin de toi, maintenant. C'est à moi de partir. Je suis un danger pour tout le monde, à présent. Dès que je serai sur pied, faut que je m'en aille.

Man s'affairait devant le foyer. Elle tournait la tête à demi pour entendre. Elle mit de la graisse dans la poêle et quand elle crépita, elle y versa des cuillerées de pâte.

Tom reprit :

— Il faut que tu restes, Al. Il faut que tu t'occupes du camion.

— Oui, ben ça me plaît pas.

— Tant pis, Al. C'est ta famille. Tu dois les aider. Moi je ne pourrais que vous attirer des ennuis.

Al grommela d'un air furieux :

— Y a longtemps qu' j'aurais dû laisser tomber et trouver une place dans un garage.

— Plus tard, peut-être.

Le regard de Tom se porta sur le matelas où Rose de Saron était couchée. Elle ouvrait des yeux immenses.

— Ne te fais pas de mauvais sang, lui dit-il. Ne te fais pas de mauvais sang. On va te trouver du lait aujourd'hui.

Elle cligna lentement des paupières, sans répondre.

Pa dit :

— Faut qu'on sache, Tom. Tu crois que tu l'as tué, ce type ?

— J' sais pas. C'était dans le noir. Et puis quelqu'un m'a sonné. J' sais pas. Je l'espère. J'espère que je l'ai tué, le salaud !

— Tom ! s'écria Man. Ne dis pas des choses pareilles.

De la rue vint un bruit de voitures qui avançaient lentement. Pa s'approcha de la fenêtre.

— Il y a toute une tripotée de nouveaux qui s'amènent, annonça-t-il.

— C'est donc qu'ils ont liquidé la grève, dit Tom. J'ai idée que vous allez commencer à deux *cents* et demi.

— Mais on aurait beau travailler en courant, on pourrait quand même pas se nourrir, à ce tarif-là.

— J' sais bien, dit Tom. Mangez des pêches tombées. Ça vous aidera à tenir le coup.

Man remuait la pâte et touillait le café.

— Écoutez, dit-elle. Aujourd'hui, j' vais acheter des flocons de maïs. Et je vous fais de la bouillie de maïs. Et dès que nous aurons de quoi acheter de l'essence, nous filerons. Nous sommes tombés dans un sale coin. Et je ne laisserai pas Tom s'en aller tout seul. Ça jamais !

— C'est de la folie, Man. J' te dis que tant que je suis là, vous êtes tous en danger.

Man serra les mâchoires, l'air résolu :

— Nous ferons ça, et pas aut' chose. Allez, venez manger ce qu'il y a là et après vous irez travailler. Je vous retrouverai aussitôt que j'aurai fini de me débarbouiller. Il faut qu'on se ramasse un peu d'argent.

Ils mangèrent la pâte frite tellement chaude qu'elle leur grésillait dans la bouche. Et ils expédièrent le café, remplirent de nouveau leurs tasses et les vidèrent.

L'oncle John considéra son assiette et secoua la tête :

— M'est avis que ça ne fera même pas un étron, ce truc-là. C'est mon péché qui est cause de tout.

— Oh ! assez ! s'écria Pa. C'est pas le moment de nous raser avec tes péchés. Allez, venez. Faut s'y mettre. Venez aider, les gosses. Man a raison. Il faut se sortir d'ici.

Après leur départ, Man porta une assiette et une tasse à Tom.

— Il faut que tu manges un petit quelque chose.

— J' peux pas, Man. J'ai tellement mal que j' serai pas foutu de mâcher.

— Essaie quand même.

— Non, j' peux pas, Man.

Elle s'assit sur le bord de son matelas.

— Je veux que tu me dises tout, fit-elle. Que je puisse me faire une idée. Et savoir à quoi m'en tenir. Qu'est-ce que faisait Casy? Pourquoi on l'a tué?

— Il était simplement planté là, avec toutes leurs lampes braquées sur lui.

— Qu'est-ce qu'il a dit? Tu te souviens pas de c' qu'il a dit?

— Sûr que j' m'en souviens, fit Tom. Il a dit: « Vous n'avez pas le droit d'affamer le monde. » Alors, y a ce gros type qui l'a traité de salaud de rouge. Et Casy a répondu: « Vous ne vous rendez pas compte de ce que vous faites. » Et alors ce type lui a cassé la tête.

Man baissa les yeux. Elle se tordait nerveusement les mains.

— C'est ça qu'il a dit... Vous ne vous rendez pas compte de ce que vous faites?

— Ouais!

— Dommage que Grand-mère n'ait pas été là pour l'entendre, fit Man.

— Man, je ne me rendais pas compte de ce que je faisais... pas plus que quand je respire. J' savais même pas que j'allais le faire.

— Ne te tourmente pas. Je souhaiterais que tu ne l'aies pas fait. Je souhaiterais que tu ne sois pas allé là-bas. Mais tu as fait ce que tu devais faire. J' peux pas y trouver à redire.

Elle alla au poêle tremper un bout d'étoffe dans l'eau qu'elle avait mise à chauffer pour la vaisselle.

— Tiens, dit-elle. Mets-toi ça sur la figure.

Il appliqua le linge chaud sur son nez et ses joues et fit la grimace.

— Man, je m'en vais ce soir! Je ne veux pas vous imposer ça, à tous.

— Tom! s'écria-t-elle avec colère. J'ai beaucoup à apprendre. Mais je sais une chose, c'est que ton départ n'arrangera rien. Ça va nous démolir le moral.

Et elle poursuivit:

— Il y avait un temps où qu'on avait not' terre. A ce moment-là, il y avait quéq' chose pour nous tenir ensemble:

les vieux mouraient, les jeunes les remplaçaient, et on ne faisait qu'un à nous tous. C'était la famille. Ça paraissait tout clair et tout bête. Mais maintenant, ce n'est plus clair. J'arrive pas à m'y retrouver. Il n'y a plus rien pour nous montrer le chemin. Prends Al... il n'arrête pas de rouspéter et de pleurer pour qu'on le laisse travailler dans un garage. Et l'oncle John, il se laisse traîner, c'est tout. Ça craque de partout, Tom. Il n'y a plus de famille. Et Rosasharn...

Elle se retourna et ses yeux trouvèrent les yeux béants de sa fille.

— Elle va mettre un enfant au monde et il n'y aura plus de famille. Je ne sais plus. J'ai fait mon possible pour qu'elle ne s'en aille pas à la débandade. Winfield, qu'est-ce qu'il fera, s'il n'y a rien pour le tenir? Il va devenir sauvage, comme une bête. Et Ruthie pareil. Puisqu'ils n'auront plus rien à quoi s'accrocher. Ne pars pas, Tom. Reste et aide-nous.

— C'est bon, dit-il d'une voix lente. C'est bon. J' devrais pourtant pas. Je le sens.

Man lava les assiettes de fer-blanc dans la bassine à vaisselle et les essuya.

— Tu n'as pas dormi?

— Non.

— Eh bien, dors. J'ai vu que tes affaires étaient mouillées. Je vais les mettre à sécher près du poêle.

Elle termina son travail.

— Maintenant, je m'en vais cueillir avec les autres. Rosasharn, si quelqu'un venait, Tom est malade, t'as compris? Ne laisse entrer personne. T'as compris?

Rose de Saron fit un signe d'assentiment.

— Nous serons de retour à midi. Dors, Tom. Peut-êt' que nous pourrons nous en aller ce soir.

Elle s'approcha vivement de lui :

— Tu ne vas pas profiter de ce que je suis partie pour filer?

— Non, Man.

— C'est bien sûr? Tu ne partiras pas?

— Non, Man. Tu me retrouveras là.

Elle s'en alla, tirant énergiquement la porte derrière elle.

Tom restait allongé sans bouger... une vague de sommeil le hissa jusqu'aux approches extrêmes de l'inconscience, le remporta doucement et le souleva de nouveau.

— Dis donc... Tom !

— Hein ? Quoi ?

Il se réveilla en sursaut et regarda Rose de Saron. Une rancune farouche s'allumait dans le regard de la jeune femme.

— Qu'est-ce que tu veux ?

— T'as tué quelqu'un.

— Oui. Pas si fort ! Tu tiens à ce que tout le monde le sache ?

— Ça m'est égal ! s'écria-t-elle. Elle me l'avait bien dit, la dame. Elle me l'avait dit que le péché me porterait malheur. Elle m'avait prévenue. Comment que je pourrais avoir un bel enfant, maintenant ? Connie est parti et je mange pas la nourriture qu'il faudrait. Et j'ai pas de lait à boire. (Et elle poursuivit d'une voix démente :) Et maintenant t'as été tuer quelqu'un ! Comment que mon enfant pourrait venir normal ? Je sais ce qu'il fera : un infirme, un infirme ! Et j'ai pas dansé de ces danses !...

Tom se leva :

— Chut ! fit-il. Tu vas ameuter les gens.

— Ça m'est égal. Je vais avoir un infirme ! J'ai pas dansé des danses pas propres.

Il s'approcha d'elle :

— Calme-toi.

— Ne me touche pas. C'est pas le premier que t'aies tué, en plus. (Son visage devenait tout rouge et elle bredouillait confusément.) Je ne veux plus te voir !

Elle se cacha la tête sous la couverture.

Tom entendait ses gémissements et ses sanglots étouffés. Il se mordit la lèvre et contempla le plancher. Puis il alla vers le lit de Pa. La carabine gisait sous le bord du matelas, une Winchester 38 automatique, longue et lourde. Tom la prit et manœuvra le levier pour s'assurer qu'il y avait une cartouche dans le canon. Il mit le cran de sûreté et revint à son matelas. Il posa la carabine sur le plancher, près de lui, la crosse à portée et le canon pointé vers le bas. La voix de Rose de

Saron baissa jusqu'à n'être plus qu'un murmure coupé de gémissements étouffés.

Tom se recoucha et se couvrit, tirant la couverture sur sa joue tuméfiée et se ménageant un petit tunnel pour respirer. Il soupira :

— Nom de Dieu de nom de Dieu !

Dehors, des autos passèrent et un bruit de voix monta jusqu'à lui.

— Combien d'hommes ?

— Oh ! misère... ! Trois.

— Prenez le pavillon 25. Le numéro est sur la porte.

— Bien, m'sieur. Combien que vous payez ?

— Deux *cents* et demi.

— Mais nom de Dieu ! On ne peut même pas gagner son déjeuner, à ce tarif-là !

— C'est ce que nous payons. Si ça ne vous plaît pas, y a deux cents hommes qui arrivent du Sud qui seront bien contents de les prendre.

— Mais bon sang de bon sang, tout de même...

— Activez, activez. C'est à prendre ou à laisser. J'ai pas le temps de discuter.

— Mais...

— Écoutez, c'est pas moi qu'ai fixé le prix. Moi, je vous inscris, c'est tout. Si ça vous plaît, tant mieux. Sinon, faites demi-tour, c'est pas compliqué.

— Deux et demi, vous dites ?

— Oui, deux et demi.

Tom somnolait sur son matelas. Un glissement furtif le réveilla. Sa main tâtonna à la recherche de sa carabine et se referma sur la gâchette. Il écarta les couvertures de son visage et vit Rose de Saron debout près de son matelas.

— Qu'est-ce que tu veux ? demanda Tom.

— Dors, dit-elle. Repose-toi, je surveille la porte. J' laisserai entrer personne, tu peux êt' tranquille.

A la tombée du soir, Man revint à la maison. Elle fit halte sur le seuil, frappa et dit : « C'est moi », pour ne pas inquiéter Tom.

Elle ouvrit la porte et entra, un sac à la main. Tom s'éveilla et s'assit sur son matelas. Sa blessure s'était rétrécie en séchant ; la peau était tendue et luisante. Son œil gauche était presque fermé.

— Il est venu quelqu'un pendant que j'étais pas là ? interrogea Man.

— Non, répondit-il. Personne. Je vois qu'ils ont baissé le tarif.

— D'où le sais-tu ?

— J'ai entendu des gens qui parlaient, dehors.

Rose de Saron leva un regard morne sur Man.

Tom la désigna d'un geste du pouce.

— Elle a fait un boucan du diable, Man. Elle se figure qu'elle est responsable de toutes nos misères. Si je dois la mettre dans cet état-là, vaut mieux que je me trotte.

La jeune femme dit avec amertume :

— Avec des histoires comme ça, comment voulez-vous que mon enfant vienne bien ?

— Chut ! fit Man. Tais-toi, allons. Je sais par quoi tu passes et je sais que c'est pas de ta faute, mais tiens ta langue.

Elle se retourna vers Tom :

— Ne t'occupe pas d'elle, Tom. C'est très pénible, je sais ce que c'est, je m'en rappelle. Tout vous touche, quand on va avoir un bébé, tout est fait exprès contre vous, tout ce que disent les gens c'est des insultes, on prend tout mal. Ne fais pas attention... C'est pas sa faute. C'est son état qui la rend comme ça.

— Je ne veux pas qu'il lui arrive du mal à cause de moi.

— Chut ! Ne dis plus rien.

Elle posa son sac sur le poêle refroidi.

— Nous avons gagné si peu que c'est pas la peine d'en parler, fit-elle. Nous allons partir d'ici, je vous le promets. Tom, vois donc si tu peux ramasser un peu de bois. Non... c'est vrai... tu ne peux pas. Tiens, il ne reste plus que cette caisse. Casse-la. J'ai dit aux autres de ramasser des bouts de bois en revenant. Je vais vous faire de la bouillie avec un peu de sucre dessus.

Tom se leva et démolit la dernière caisse à coups de talon. Man prépara soigneusement son feu d'un seul côté de la grille, de façon à conserver la flamme sous un seul foyer.

Elle remplit une bouilloire d'eau et la mit sur le feu. La bouilloire, en contact direct avec la flamme, crachota et grésilla tout de suite, grésilla et chantonna.

— Comment ça s'est passé, là-bas ? demanda Tom.

Man prit une pleine tasse de flocons de maïs dans le sac :

— J'aime mieux ne pas en parler. Tiens, aujourd'hui, j'étais là à penser que dans le temps on racontait des blagues, y en avait toujours un qu'avait le mot pour rire. Ça me déprime, Tom. Personne ne blague plus. Quand quelqu'un raconte une blague, c'est toujours amer et mordant, jamais drôle. Y en a un aujourd'hui qui disait comme ça : « La crise est finie. J'ai vu passer un lièvre et personne ne le chassait. » Alors un autre a fait : « C'est pas à cause de la crise. C'est qu'on ne peut plus se permettre de les tuer, les lièvres. On les attrape pour les traire et après on les laisse courir. Celui que t'avais vu ne donnait plus de lait, probablement. » Tu vois ce que je veux dire. Ce n'est pas vraiment drôle, comme la fois que l'oncle Tom avait converti un Sioux et l'avait ramené à la maison et que le Sioux avait mangé une pleine cocotte d'haricots à lui tout seul, et s'était déconverti après avoir lampé tout le whisky de l'oncle John. Tom, trempe un linge dans l'eau froide et mets-le sur ta figure.

L'obscurité s'épaississait. Man alluma la lanterne, la pendit à un clou. Elle attisa le feu et versa lentement la farine de maïs dans l'eau bouillante.

— Rosasharn, dit-elle, es-tu capable de tourner la bouillie ?

Des pas précipités retentirent au-dehors. La porte s'ouvrit sous une brusque poussée et claqua contre le mur. Ruthie entra en courant :

— Man ! s'écria-t-elle. Man ! Winfield a une attaque !

— Où ça ? Dis-moi, vite !

Ruthie était haletante.

— L'est devenu tout blanc et il est tombé. L'a mangé tellement de pêches qu'il a eu la colique toute la journée. L'est tombé tout d'un coup. Tout blanc.

— Conduis-moi ! dit Man. Rosasharn, occupe-toi de la bouillie.

Elle sortit avec Ruthie et courut pesamment le long de la

rue derrière la petite fille. Trois hommes s'avançaient à sa rencontre dans l'obscurité ; l'un d'eux, au centre, portait Winfield dans ses bras. Man courut à eux.

— C'est mon garçon, s'écria-t-elle. Donnez-le-moi.

— Je vais vous le porter, m'dame.

— Non, donnez-le-moi.

Elle le chargea sur ses bras et fit demi-tour ; mais soudain elle se ressaisit :

— Je vous remercie bien, dit-elle aux trois hommes.

— A vot' service, m'dame. Il est pas bien solide votre petit. Doit avoir des vers.

Man se hâta de rentrer. Winfield se laissait aller dans ses bras, complètement détendu.

Man le porta dans la maison et le coucha sur le matelas.

— Raconte-moi. Qu'est-ce qui s'est passé ? demanda-t-elle.

Il ouvrit des yeux hébétés, secoua la tête et referma les paupières.

— Je te l'ai dit, Man, fit Ruthie. Il a eu la colique toute la journée. Toutes les deux minutes, il allait. Mangé trop de pêches.

Man posa la main sur son front.

— Il n'a pas de fièvre. Mais il a une sale mine.

Tom s'approcha et les éclaira avec la lanterne.

— Je sais ce que c'est, dit-il. Il a faim. Pas de forces. Faudrait lui prendre une boîte de lait et le forcer à la boire. Fais-lui mettre du lait dans sa bouillie.

— Winfield, dit Man, dis comment tu te sens.

— La tête me tourne, répondit Winfield. Tout tourne.

— Z'avez jamais vu des coliques pareilles, dit Ruthie d'un air important.

Pa, l'oncle John et Al rentrèrent. Ils avaient les bras chargés de bouts de bois et d'herbes sèches. Ils laissèrent tomber leur fardeau près du poêle.

— Qu'est-ce qu'il y a encore ? demanda Pa.

— C'est Winfield. Il a besoin de lait.

— Misère de misère ! Nous avons tous besoin de quèq' chose.

— Combien avons-nous fait, aujourd'hui ? demanda Man.

— Un dollar quarante-deux *cents*.

— Bon ! Eh ben cours chercher une boîte de lait pour Winfield.

— Il avait bien besoin de tomber malade, celui-là !

— Besoin ou pas besoin, il l'est. Allez vite !

Pa sortit en grommelant :

— Tu la touilles, la bouillie ?

— Oui.

Rose de Saron accéléra le mouvement pour le prouver. Al fit la grimace.

— Bon Dieu, Man ! De la bouillie ! C'est tout ce qu'on a à manger après avoir travaillé jusqu'à la nuit ?

— Al, tu sais bien qu'il faut qu'on décampe ; faut garder le plus possible pour l'essence. Tu sais bien, voyons.

— Mais bon Dieu, Man ! on a besoin de viande pour pouvoir travailler.

— Calme-toi et reste tranquille, fit-elle. Faut d'abord s'occuper de l'essentiel et liquider la chose avant tout le reste. Et tu sais ce que c'est, que cette chose ?

Tom demanda :

— C'est de moi qu'il s'agit ?

— On en causera quand on aura mangé, dit Man. Al, nous avons assez d'essence pour faire un bout de chemin, non ?

— Peu près un quart de réservoir, répondit Al.

— J' voudrais bien savoir ce que tu voulais dire, Man, fit Tom.

— Après, prends patience. Veux-tu tourner la bouillie, toi. Attends, que je mette du café à chauffer. Vous pouvez mettre du sucre dans votre bouillie ou bien dans votre café. Y en a pas assez pour les deux.

Pa revint avec une grande boîte de lait.

— Onze *cents*, annonça-t-il d'un air dégoûté.

— Donne !

Man prit la boîte et la perça. Elle fit couler le liquide épais dans une tasse et le tendit à Tom.

— Donne ça à Winfield.

Tom s'agenouilla contre le matelas.

— Tiens, bois.

— J' peux pas. J' rendrais tout. Laisse-moi.

Tom se releva.

— Il ne peut pas l'avaler maintenant, Man. Attends un petit peu.

Man prit la tasse et la posa sur le rebord de la fenêtre.

— Et que personne n'y touche ! recommanda-t-elle. C'est pour Winfield.

— J'ai pas eu de lait, protesta Rose de Saron. On devrait m'en donner.

— J' sais bien, mais pour l'instant tu tiens debout. Le petit est malade, lui. La bouillie est assez épaisse ?

— Oui. C'est à peine si je peux la renverser.

— Bon, alors mangeons. Voilà le sucre. Ça nous fait à peu près une cuillerée pour chacun. Sucrez votre bouillie ou votre café.

Tom dit :

— J'aimerais bien avoir un peu de poivre et de sel dans ma bouillie.

— Sale-la si tu veux, dit Man. Mais le poivre, tu t'en passeras.

Il ne restait plus de caisses. La famille s'installa sur les matelas pour manger la bouillie. Ils puisèrent et repuisèrent dans la casserole, jusqu'à ce qu'elle fût presque entièrement vide.

— Laissez-en pour Winfield, dit Man.

Winfield se mit sur son séant et but son lait ; instantanément il fut pris de fringale. Il prit la casserole entre ses jambes, expédia ce qui restait et gratta la croûte sur les bords. Man vida le reste du lait condensé dans une tasse et la glissa à Rose de Saron pour boire en cachette dans un coin. Elle versa le café chaud dans les tasses et les passa à la ronde.

— Alors, tu vas nous dire quoi ? demanda Tom. J'aimerais bien savoir.

Pa dit, l'air gêné :

— Ça m'embête que Ruthie et Winfield entendent ça. On ne peut pas les faire sortir ?

— Non, décida Man. Il faut qu'ils se conduisent comme

560

des grandes personnes, quand bien même qu'ils n'en soient pas. On ne peut pas faire autrement. Ruthie... Winfield et toi, vous ne devez jamais répéter un mot de ce que vous allez entendre, sinon vous nous ferez avoir des ennuis terribles.

— On ne dira rien, assura Ruthie. On est des grands.

— Alors, taisez-vous et soyez sages.

Les tasses de café étaient posées à terre. La flamme épaisse et courte de la lanterne, semblable à une aile lourde de papillon, projetait des ombres jaunâtres et sinistres sur les murs.

— Maintenant, raconte, dit Tom.

Man dit :

— Raconte, toi, Pa.

L'oncle John engloutit son café. Pa dit :

— Eh ben, ils ont diminué les salaires comme t'avais dit. Et il est venu toute une tapée de nouveaux ouvriers qu'étaient tout prêts à cueillir pour un quignon de pain, tellement ils crevaient de faim, nom d'un chien. T'allais pour attraper une pêche, on te l'enlevait des mains. Toute la récolte va être cueillie en un rien de temps. Ils faisaient la course pour avoir un arbre. J'en ai vu se battre... un type disait que c'était à lui, l'arbre, et un autre voulait cueillir au même. Ils ont été chercher ces gens-là au diable vert... jusqu'à El Centro. Crevaient de faim. J' dis au contrôleur : « Nous ne pouvons pas travailler pour deux *cents* et demi la caisse », et il me répond : « Alors, vous n'avez qu'à partir. Ceux-là ne demandent pas mieux. — Quand ils auront mangé à leur faim, ils refuseront de continuer », je lui dis. Alors il me fait : « Les pêches seront toutes cueillies et rentrées avant qu'ils aient pu manger à leur faim. »

Pa se tut.

— Vacherie de journée, fit l'oncle John. Paraît qu'on en attend encore deux cents, ce soir.

— Bon ! Mais pour ce qui est de l'autre chose ?

Pa ne répondit pas tout de suite :

— Tom, dit-il enfin, j'ai idée que tu l'as eu.

— Je m'en doutais. On n'y voyait goutte. Je l'ai senti.

— On ne parle guère que de ça, à vrai dire, intervint l'oncle John. Ils ont envoyé des escouades de police et de volontaires partout, et il y en a qui parlent même de lyncher le gars... S'ils l'attrapent, bien sûr.

Tom regarda les enfants qui écoutaient, les yeux écarquillés. Ils osaient à peine cligner des paupières de peur de perdre quelque chose d'important pendant cette brève seconde. Tom dit :

— Oui, mais... le gars qu'a fait le coup, il ne l'a fait qu'après qu'ils ont eu tué Casy...

Pa lui coupa la parole :

— C'est pas ce qu'ils disent, maintenant. Ils disent qu'il l'a fait avant.

Tom laissa échapper un profond soupir.

— Ah-h !

— Ils sont en train de monter tout le pays contre les nôtres. D'après ce que j'ai entendu dire. Tous ces cagoulards, ces types des loges et tout le tremblement. Disent qu'ils vont lui régler son compte, au gars.

— Ils le connaissent de vue ? demanda Tom.

— Ben... pas exactement... Mais d'après ce qu'ils disent, paraît qu'il avait reçu un coup. D'après eux... il doit avoir la...

Tom porta doucement la main à sa joue meurtrie.

Man s'écria :

— C'est pas vrai, ce qu'ils racontent.

— T'énerve pas, Man, dit Tom. Ils savent ce qu'ils font. Tout ce que ces salauds de cagoulards disent, c'est toujours la vérité, du moment que c'est contre nous.

Les yeux de Man scrutèrent la pénombre et se posèrent sur le visage de Tom, épiant plus particulièrement ses lèvres.

— Tu as promis, lui rappela-t-elle.

— Man, je... enfin, le gars en question, peut-êt' qu'il ferait mieux de se sauver. Si... le gars avait fait quèq' chose de mal, peut-êt' qu'il se dirait : Tant pis, qu'on me pende et qu'on en finisse. J'ai mal fait, j'ai qu'à payer. Mais il n'a rien fait de mal le gars. Il ne se sent pas plus fautif que s'il avait écrasé un putois.

Ruthie intervint.

— Man, Winfield et moi, on sait de quoi il retourne. Il

n'a pas besoin de dire : « Ce gars-ci, ce gars-là », à cause de nous. On sait bien.

Tom se mit à rire.

— Toujours est-il que ce gars-là ne tient pas du tout à êt' pendu, parce que si c'était à refaire, il recommencerait. Et d'un aut' côté, il ne veut pas attirer d'ennuis à sa famille. Man, il faut que je parte.

Man mit la main devant sa bouche et toussa pour s'éclaircir la gorge.

— C'est impossible, dit-elle. Tu ne trouverais pas à te cacher. T'aurais personne à qui te fier. Tandis que tu peux te fier à nous. Nous pourrons te cacher et nous arranger que tu aies de quoi manger en attendant que ta figure guérisse.

— Mais voyons, Man...

Elle se remit debout.

— Tu resteras avec nous. Nous t'emmenons. Al, recule le camion contre la porte. J'ai tout combiné dans ma tête. On va installer un matelas dans le fond, Tom se dépêchera de s'allonger dessus, et après on arrangera un autre matelas par-dessus pour que ça fasse une espèce de niche, et lui dedans ; ensuite, y aura plus qu'à mettre le reste dedans et tout autour. Il pourra respirer par un bout, comprenez-vous. Ne discutons plus. On fera ça et pas autre chose.

Pa protesta.

— M'est avis que l'homme n'a même plus son mot à dire, dans la maison. Elle a le diable au corps, ma parole. Le jour qu'on sera installés quèq' part, j' m'en vas lui allonger une calotte.

— Ce jour-là, je te le permettrai, dit Man. Vite, Al, dépêche. Il fait assez sombre.

Al s'en fut chercher le camion. Il étudia la question une minute, puis il se mit au volant et braqua l'arrière du camion devant la porte, jusque sur les marches.

Man dit :

— Allons vite ! Jetez le matelas dedans !

Pa et l'oncle John le balancèrent par-dessus le panneau arrière.

— Et maintenant, celui-là.

Ils expédièrent le second.

— A toi, Tom... saute et cache-toi dessous. Vite.

Tom escalada rapidement le panneau et s'aplatit. Il étendit un matelas sur le plancher et tira le second sur lui. Pa le souleva au milieu et le rabattit sur les côtés, de manière à faire une voûte au-dessus de Tom. Il voyait à travers les joints des ridelles. Pa, Al et l'oncle John chargèrent rapidement le camion, empilant les couvertures sur la caverne improvisée, les seaux des deux côtés et le dernier matelas derrière le tout. Toute la vaisselle — casseroles, plats, ustensiles de cuisine — et tous les vêtements furent entassés en désordre, car les caisses avaient été brûlées dans le poêle. Ils finissaient de charger lorsqu'un garde s'approcha, son fusil de chasse sur son bras replié.

— Qu'est-ce que vous fabriquez là ? demanda-t-il.

— On s'en va, répondit Pa.

— Pour quoi faire ?

— Ben... on nous a proposé du travail bien payé.

— Ah oui ? Et où ça ?

— Mais... du côté de Weedpatch.

— Montrez-vous un peu. (Il projeta le jet de sa lampe de poche sous le nez de Pa, de l'oncle John et de Al.) Y avait pas un autre type avec vous ?

Al dit :

— Le trimardeur, vous voulez dire ? Un petit court, tout blanc de visage ?

— Ouais. Ça devait êt' ça. J' me rappelle.

— On l'avait juste ramassé avant d'arriver ici. Il est parti ce matin quand il a su qu'on baissait le tarif.

— Comment il était, vous dites ?

— Un petit. Tout pâlot.

— Il n'avait pas la figure esquintée, ce matin ?

— J'ai pas remarqué, dit Al. La pompe à essence est ouverte ?

— Ouais, jusqu'à huit heures.

— Montez, cria Al. Si on veut arriver à Weedpatch avant qu'il fasse jour, faudra en mettre un coup. Tu viens devant, Man ?

— Non, je me mets derrière, dit-elle. Pa, viens derrière

564

avec moi. Laisse Rosasharn s'asseoir devant avec Al et l'oncle John.

— Donne-moi le bon du contrôle, Pa, dit Al. Je vais tâcher d'avoir de l'essence et de la monnaie, s'il y a moyen.

Le garde resta à les observer jusqu'à ce qu'ils eussent descendu la rue et tourné à gauche en direction du poste d'essence.

— Deux, dit Al.

— Vous n'allez pas loin.

— Non, pas loin. Vous pouvez me rendre la monnaie sur mon bon ?

— Ben… j' suis pas censé le faire.

— Écoutez, mon vieux, dit Al. On nous a offert des bonnes places si nous arrivons ce soir. Sinon, c'est foutu. Un bon mouvement, quoi…

— *Okay*, ça va. Signez-le-moi.

Al descendit et contourna le devant de la Hudson.

— Tout de suite, fit-il.

Il dévissa le bouchon du radiateur et fit le plein d'eau.

— Deux bidons, vous avez dit ?

— Ouais, deux.

— Quel côté vous allez ?

— Dans le Sud. Nous avons trouvé du travail.

— Sans blague ? C'est plutôt rare. J' veux dire le travail régulier.

— C'est par un ami à vous, dit Al. Le travail est là tout prêt qui nous attend. Salut bien.

Le camion vira et passa en cahotant du chemin de terre sur la route. La faible lueur du phare de gauche, mal orienté, tremblotait sur le côté de la route et le phare de droite, par suite d'un mauvais contact, s'éteignait et se rallumait sans arrêt. A chaque secousse, casseroles et pots menaient une sarabande effrénée sur le plancher du camion.

Rose de Saron geignait doucement.

— Ça ne va pas ? demanda l'oncle John.

— Non, ça ne va pas. Je suis tout le temps mal. Je voudrais bien rester quèq' part où qu'on soit bien et qu'on ne bouge pas. J' voudrais qu'on soit rentrés à la maison, qu'on soit jamais venus ici. Connie ne serait pas parti si on était à la maison. Il aurait étudié et il serait arrivé à quèq' chose.

Ni Pa ni l'oncle John ne lui répondirent. Cela les gênait de penser à Connie.

Devant la grande barrière blanche du ranch, un garde s'approcha du flanc du camion.

— Vous partez pour de bon ?

— Ouais, répondit Al. Nous allons dans le Nord. Trouvé du travail.

Le garde fit jouer sa lampe de poche sur le camion et l'éleva sous la bâche. Man et Pa restèrent impassibles sous la lumière aveuglante.

— C'est bon.

Le garde ouvrit la barrière. Le camion prit à gauche et se dirigea vers l'autoroute 101, la grande route Nord-Sud.

— Tu sais où tu vas ? s'inquiéta l'oncle John.

— Non, répondit Al. Je roule, et je vous jure bien que j'en ai marre.

— J'en ai plus pour longtemps à accoucher, bougonna Rose de Saron. Feriez bien de vous arranger pour que j' sois logée convenablement.

L'air de la nuit commençait à pincer. Les feuilles mortes des arbres jonchaient le bord de la route. En haut du camion Man était adossé aux ridelles et Pa était assis en face d'elle.

Man appela :

— Tom, ça va ?

Le son étouffé de sa voix lui parvint :

— J' suis plutôt à l'étroit. On est sortis de la ferme ?

— Sois prudent, recommanda Man. Des fois qu'on serait arrêtés en route.

Tom souleva légèrement un des côtés de son réduit. Dans la pénombre, les casseroles et les pots s'entrechoquaient.

— Ça sera vite rabattu, dit-il. Pis d'abord, l'idée d'êt' coincé là-dessous ne me dit rien. (Il se reposa sur son coude.) Bon sang, commence à faire rudement froid, hein ?

— Y a des nuages là-haut, dit Pa. Quelqu'un m'a dit qu'on aurait un hiver précoce.

— C'est-il que les écureuils sont nichés tout en haut, ou bien que l'herbe est en graines ? demanda Tom. Sacré bon

sang, on peut prédire le temps à n'importe quel signe. J'
parie qu'on trouverait des types qui vous diront le temps
qu'il va faire d'après un vieux caleçon de flanelle.

— J' sais pas, dit Pa. M'a tout l'air d'êt' bientôt l'hiver, à
moi. Faudrait avoir vécu longtemps dans le pays pour
savoir.

— De quel côté on va ? demanda Tom.

— J' sais pas. Al a pris à gauche. M'a tout l'air d'avoir
pris le chemin par où on est venus.

Tom dit :

— J' sais pas ce qui vaut mieux faire. J'ai idée que si on
prend la grande route ça sera pour retomber en plein dans
les flics. Avec la tête que j'ai, je me ferais repérer tout de
suite. On devrait peut-êt' rester dans les petits chemins.

Man dit :

— Cogne contre la paroi. Fais-les arrêter.

Tom tapa du poing contre la cabine ; le camion s'arrêta au
bord du chemin. Al descendit et vint à l'arrière. Ruthie et
Winfield risquèrent un œil sous la couverture.

— Qu'est-ce qu'il y a ? demanda Al.

Man répondit :

— Il serait temps de décider ce qu'on va faire. On devrait
peut-être rester sur les petits chemins. C'est l'idée de Tom.

— C'est à cause de ma figure, confirma Tom. Le premier
venu me reconnaîtrait. Tous les flics sont au courant.

— Alors, de quel côté tu veux aller ? Moi j'avais dans
l'idée de remonter dans le Nord. Jusqu'ici, on allait dans le
Sud.

— Ouais, dit Tom. Mais reste sur les petites routes.

Al demanda :

— Et si on faisait la pause et qu'on dorme un peu ? On
repartirait demain matin.

Man s'interposa vivement :

— Pas encore. Quand on sera plus loin.

— *Okay*.

Al reprit sa place au volant et repartit.

Ruthie et Winfield se recouvrirent. Man cria :

— Winfield va bien ?

— Pour sûr qu'il va bien, répondit Ruthie. Il a dormi.

Man s'adossa de nouveau à la paroi de la cabine.

— Ça fait un drôle d'effet de se sentir traqués, comme qui dirait. J'ai idée que je deviens mauvaise comme une gale.

— Tout le monde devient mauvais, dit Pa. Tout le monde. T'as vu cette bagarre, aujourd'hui. On change. Là-bas au camp du Gouvernement, personne n'était mauvais.

Al prit à droite et s'engagea dans un chemin empierré et les lumières jaunes tremblotèrent sur les cailloux. Les arbres fruitiers avaient disparu, faisant place au coton. Zigzaguant à travers les chemins de campagne, ils parcoururent une vingtaine de milles entre deux haies de cotonniers. Ils longèrent une rive touffue, traversèrent un pont en ciment et suivirent le cours d'eau de l'autre côté. Puis, en haut de la berge, les phares éclairèrent une longue file de wagons de marchandises démunis de roues; et un grand panneau planté au bord de la route annonçait :

ON DEMANDE DES JOURNALIERS
POUR LA CUEILLETTE DU COTON

Al ralentit. Tom regarda entre les fentes des ridelles. Quand ils furent à un quart de mille des wagons, Tom cogna de nouveau contre la cabine. Al se rangea au bord du chemin et redescendit.

— Qu'est-ce que tu veux encore ?

— Arrête le moteur et monte ici, dit Tom.

Al remonta sur le siège, fit avancer le camion dans le fossé et coupa le contact et les phares. Il escalada le panneau arrière.

— Voilà, dit-il.

Tom se traîna parmi les casseroles et s'agenouilla en face de Man.

— Écoutez, dit-il. On cherche du monde pour cueillir le coton. Je viens de voir le panneau. Bon. D'un aut' côté, je me suis demandé comment j' pourrais rester avec vous sans vous attirer de misères. Quand ma figure ira mieux, ça sera peut-êt' possible, mais pas maintenant. Vous avez vu les wagons qu'on vient de dépasser ? Eh ben, c'est là que les ouvriers restent. Il se peut qu'il y ait du travail là-bas. Ça vous dirait de travailler là et de loger dans un de leurs wagons ?

— Oui, mais toi ? demanda Man.

— Vous avez vu la berge de la rivière, qu'est couverte de buissons ? Eh ben, je pourrais me cacher là-dedans ; personne ne me verrait. Et le soir, tu pourrais m'apporter à manger. J'ai vu une espèce de conduite d'eau, un peu plus bas. J' pourrais peut-êt' me cacher par là.

Pa dit :

— Cré bon Dieu, qu'est-ce que je donnerais pour me sentir du coton dans les pattes. Ça, au moins, ça me connaît !

— Ces wagons, c'est peut-êt' pas mal du tout pour y loger, dit Man. On serait bien au sec. Tu crois qu'il y a suffisamment de buissons pour que tu n'aies rien à craindre, Tom ?

— Pour sûr. J'ai bien regardé. Je pourrais m'arranger un petit coin, bien caché. Et dès que mon visage serait guéri, eh ben je sortirais.

— Ça fera de vilaines cicatrices, dit Man.

— Qu' ça peut foutre ! Tout le monde en a, des cicatrices.

— J'en ai une fois cueilli quatre cents livres, dit Pa. Naturellement, c'était du beau coton, bien lourd. Si on s'y met tous, on pourrait se faire un peu d'argent.

— Et bouffer de la viande, dit Al. Qu'est-ce qu'on fait pour l'instant ?

— Retourne là-bas ; on va dormir dans le camion jusqu'à demain matin, dit Pa. On se fera embaucher demain matin. Je vois les gousses malgré qu'il fasse noir.

— Et Tom, qu'est-ce qu'il fait ? demanda Man.

— Ne te bile pas pour moi, Man. Je vais prendre la couverture. Regarde bien en retournant là-bas. Tu verras un gros tuyau. Tu pourras y apporter du pain ou des pommes de terre, ou bien de la bouillie de maïs, et le laisser simplement là. Je viendrai le prendre.

— Enfin !

— C'est ce qu'il y a de mieux à faire, convint Pa.

— C'est même la seule chose à faire, affirma Tom. Dès que ma figure ira un peu mieux, je viendrai vous aider pour le coton.

— Bon, d'accord, dit Man. Mais surtout ne prends pas de risques. Tâche que personne ne te voie, pendant un bout de temps.

Tom retourna à quatre pattes à l'arrière du camion.

— J' vais simplement prendre cette couverte. Tâche de repérer le tuyau, Man.

— Fais attention, implora-t-elle. Fais attention à toi.

— Mais oui, dit Tom. Je ferai attention.

Il escalada le large panneau et descendit la berge.

— Bonne nuit, dit-il.

Man vit sa silhouette se fondre dans la nuit et disparaître dans les fourrés bordant le ruisseau.

— Seigneur Jésus, j'espère que tout ira bien, dit-elle.

Al demanda :

— Vous voulez que je tourne là-bas tout de suite ?

— Oui, répondit Pa.

— Va doucement, dit Man. Je veux être sûre de repérer le tuyau qu'il a dit. Faut que je le voie.

Al fit marche arrière et recula sur le chemin étroit jusqu'à ce qu'il eût braqué ses roues dans la direction opposée. Il refit lentement le chemin jusqu'à la file de wagons. Les phares éclairaient les caillebotis qui menaient aux larges portes sombres. Rien ne bougeait dans la nuit. Al coupa ses phares.

— Monte à l'arrière, avec l'oncle John, dit-il à Rose de Saron. Moi je vais dormir ici sur la banquette.

L'oncle John aida la jeune femme alourdie à grimper par-dessus le panneau arrière. Man rassembla les casseroles et les pots et les empila dans un petit espace. Toute la famille se tassa à l'arrière du camion.

Dans les wagons, un enfant se mit à pleurer ; il avait de longs gémissements entrecoupés de hoquets. Un chien s'amena en trottinant et vint renifler bruyamment le camion des Joad. Le léger clapotis de l'eau courante montait du lit du ruisseau.

CHAPITRE XXVII

Écriteaux sur les routes, distribution de prospectus orange :

ON DEMANDE DES JOURNALIERS
POUR LA CUEILLETTE DU COTON

Là, un peu plus haut, ça dit.

Les arbrisseaux vert foncé deviennent fibreux et les lourds cocons se tassent dans leur gousse. Des flocons blancs font péter la gaine et s'échappent, semblables à des boules de naphtaline.

C'est agréable de sentir les capsules dans ses mains. On les prend délicatement, du bout des doigts.

Ça me connaît, ce travail.

Voilà l'homme en question, celui-là.

J' voudrais cueillir du coton.

Vous avez un sac ?

Ben, non.

Le sac vous coûtera un dollar. On le retiendra sur vos premières cent cinquante livres. Quatre-vingts *cents* les cent livres pour la première sélection. Quatre-vingt-dix *cents* pour la seconde. Tenez, prenez un sac là-bas. Un dollar. Si vous ne l'avez pas, on vous le retiendra sur vos premières cent cinquante livres. C'est régulier, j'ai pas besoin de vous le dire.

Parfaitement c'est régulier. Un bon sac, il fera toute la saison. Et quand il sera usé à force d'être traîné par terre, suffit de le tourner dans l'autre sens et de se servir de l'aut' bout. On coud la gueule et on ouvre le côté usé. Et quand les deux bouts sont usés, eh ben ça fait toujours de la bonne étoffe ! Une bonne paire de caleçons d'été. Ou une chemise de nuit. Et puis... enfin... c'est toujours intéressant un sac comme ça, que diable !

Faut se l'accrocher à la ceinture. Bien l'étirer, et le traîner entre ses jambes. Au début, bien sûr, on ne le sent presque pas. Du bout des doigts on cueille le duvet que l'on fourre entre ses jambes, dans le sac. Les gosses viennent par-derrière ; pas de sac pour les gosses — prenez un sac en serpillière, ou bien mettez-le dans le sac de votre père. Maintenant ça commence à tirer. On se courbe un peu plus, on s'arc-boute, et il vient. Le coton, ça me connaît. Les capsules se détachent toutes seules comme si j'avais des aimants au bout des doigts. Y a qu'à avancer tout en bavardant, ou encore en chantant, jusqu'à ce que le sac soit bien bourré. Les doigts trouvent tout seuls le coton. Les doigts savent. Les yeux voient le travail sans le voir.

Et les bavardages vont bon train entre les rangées de cotonniers.

Y avait une femme chez nous, au pays — son nom ne vous dirait rien — v'là tout d'un coup qu'elle accouche d'un négrillon ; jamais personne n'en avait rien su. Et on ne l'a jamais retrouvé, ce sacré nègre. Après ça, elle n'osait plus se montrer. Mais qu'est-ce que j' voulais dire... ah oui... y en avait pas deux comme elle pour ce qui est de cueillir le coton.

A présent, le sac est lourd ; on le traîne à coups de reins, comme un cheval de labour. Et les gosses aident à remplir le sac du père. Il est beau, ce coton. Moins dru dans les bas-fonds. Moins dru et plus rêche. Jamais vu de coton comme ils en ont en Californie. De belles fibres longues, jamais vu de pareil, bon Dieu. Mais la terre sera vite épuisée. Supposez que quelqu'un veuille acheter de la bonne terre pour cultiver le coton. Ben, faut pas l'acheter, faut la louer. Et une fois qu'elle a rendu tout ce qu'elle pouvait, on déménage ailleurs.

Des files de gens se meuvent à travers champs. Tous des experts. Les doigts fureteurs s'insinuent dans le fouillis des branches et trouvent les capsules. A peine si les hommes regardent ce qu'ils font.

Je parie que j' serais capable de faire ce métier même si j'étais aveugle — je les sens, les capsules. Et c'est cueilli proprement. Là où je suis passé, y a rien à glaner.

Voilà le sac qu'est plein. Faut le faire peser. Le préposé à la bascule dit qu'on met des cailloux dedans pour faire plus de poids. Et lui, alors ? La bascule est faussée. Quéq' fois, il a raison, y a des cailloux dans le sac. D'autres fois c'est lui qui truque la bascule. Il arrive qu'on ait raison tous les deux : cailloux et faux poids. Toujours discuter, toujours lutter. Ça vous tient en éveil. Et lui aussi. Et voilà une histoire pour quelques cailloux. Un seul, peut-être. Un quart ? Toujours discuter.

De retour avec le sac vide. Chacun a son carnet. On inscrit les poids. Faut bien. S'ils voient qu'on tient un carnet, alors ils ne trichent pas. Mais si tu ne tiens pas tes comptes, t'es mal parti.

Ça au moins, c'est du travail. Les gosses qui cavalent comme des jeunes chiens. T'as entendu parler de la machine à cueillir le coton ?

Oui, j'en ai entendu parler.

Tu crois qu'il en viendra vraiment ?

Ben, si elles viennent — paraît que ce sera la fin du travail à la main.

La tombée de la nuit.

Tout le monde est fatigué. La journée a été bonne, faut dire.

On s'est fait trois dollars, moi, ma femme et mes gosses.

Les autos arrivent dans le champ de coton. Les campements des journaliers s'érigent sur place. Les camions rehaussés et les remorques grillagées sont bourrés de duvet blanc. Le coton s'accroche aux barbelés des clôtures et sur la route, le vent chasse des petites boules de coton blanc. Le coton blanc et propre est emmené à l'égreneuse. Les grandes balles informes passent à la presse. Le coton s'accroche aux vêtements et aux moustaches.

Mouche-toi, tu verras que tu as du coton dans les narines.

Allons, encore un coup de collier. Remplis ton sac pendant qu'il fait encore jour. Les doigts experts cherchent les capsules. Les reins se cambrent, tirent le sac. Les gosses sont fatigués quand vient le soir. Ils trébuchent dans la terre labourée. Le soleil descend.

Si seulement ça pouvait durer. Dieu sait que c'est pas gras ce qu'on gagne, mais je voudrais bien que ça dure.

Et sur la grande route, les vieux tacots embouteillent l'entrée de la ferme.

Vous avez un sac ?

Non.

Alors ça vous coûtera un dollar.

Si on n'était que cinquante, ça nous ferait du travail pour un bout de temps, mais on est cinq cents.

Pour l'amour de Dieu, tâche de mettre un peu d'argent de côté. L'hiver sera bientôt là. Il n'y a pas du tout de travail l'hiver, en Californie. Faut remplir le sac avant qu'il fasse nuit. Je viens de voir le gars, là-bas, mettre deux mottes de terre dans son sac.

Eh merde, pourquoi pas ? Puisqu'on est refaits à la bascule, ça compensera.

Tenez, c'est marqué dans mon carnet : trois cent douze livres.

Exact !

Ça, par exemple ! Il n'a pas discuté ! Sa bascule est sûrement faussée. Enfin, ça fait une bonne journée quand même.

Paraît qu'il y en a plus d'un mille qui sont en route pour chercher du travail ici. Demain faudra se battre pour avoir une rangée. Et faudra se grouiller de cueillir.

On demande des journaliers pour la cueillette du coton. Plus il y aura d'hommes, plus vite le coton ira à l'égreneuse.

Et l'on rentre au campement.

Du lard ce soir, sacré tonnerre ! On a de quoi s'acheter du

lard ! Donne la main au petit, il n'en peut plus. Cours devant acheter quatre livres de lard salé. La vieille va nous faire quelques bons petits pains chauds, si elle n'est pas trop fatiguée.

CHAPITRE XXVIII

Les wagons de marchandises, au nombre de douze, étaient alignés bout à bout sur un petit terrain plat bordant le ruisseau. Deux rangées de six, à plat sur le sol. Un chemin de caillebotis menait aux grandes portes coulissantes. C'étaient de bons logements, à l'abri de l'eau et des courants d'air ; ils pouvaient abriter vingt-quatre familles, deux par wagons — une à chaque bout. Pas de fenêtres, mais les larges portes restaient toujours ouvertes. Un rideau de toile avait été tendu au milieu de certains wagons, tandis qu'ailleurs, la porte seule marquait la séparation.

Les Joad s'étaient vu attribuer l'extrémité d'un wagon de queue. Le précédent occupant avait installé un poêle de fortune, un vieux bidon à essence auquel il avait adapté un tuyau de tôle qui passait dans un trou de la paroi. Bien que la grande porte fût toujours ouverte, il faisait sombre aux deux bouts. Man tendit la bâche au milieu du wagon.

— C'est bien, dit-elle. C'est presque mieux que tout ce que nous avons eu jusqu'ici, à part le camp du Gouvernement.

Chaque soir, elle étendait les matelas par terre et chaque matin, elle les roulait dans un coin. Tous les jours ils allaient dans les champs cueillir le coton et tous les soirs ils avaient de la viande à souper. Un samedi, ils allèrent à Tulare en camion et firent l'acquisition d'un petit poêle et de salopettes neuves pour Al, Pa, Winfield et l'oncle John. Man donna sa meilleure robe à Rose de Saron et s'en acheta une autre.

— Elle est tellement grosse, dit Man. Ce serait du gaspillage de lui acheter une robe neuve en ce moment.

Les Joad avaient eu de la chance. Ils étaient arrivés assez tôt pour trouver de la place dans un wagon. Depuis, les tentes des derniers arrivants s'étaient accumulées sur le terrain plat, et ceux qui avaient les wagons étaient maintenant des anciens, des aristocrates, en un sens.

Le courant étroit fuyait parmi les roseaux, surgissant d'un bouquet de saules pour se perdre de nouveau dans les fourrés. De chaque wagon, un sentier battu descendait à la rivière. Les cordes à linge avaient été tendues entre les wagons, et chaque jour elles se couvraient de vêtements et de linge à sécher.

Le soir, ils rentraient des champs, leurs sacs roulés sous le bras. Ils allaient à la boutique qui se dressait au carrefour et retrouvaient là de nombreux journaliers en train de faire leurs provisions.

— Combien, aujourd'hui ?

— Oh ! y a pas à se plaindre. Nous avons fait trois dollars et demi. Si seulement ça pouvait durer. Les mioches commencent à bien cueillir. Man leur a fabriqué un petit sac à chacun. Ils ne seraient pas capables de traîner un sac de grande personne. Ils les vident dans les nôtres. Elle les a faits avec de vieilles chemises. Ça tient bien.

Et Man allait au comptoir de boucherie, l'index sur les lèvres, soufflant sur son doigt d'un air profondément absorbé.

— On pourrait prendre des côtelettes de porc. Combien c'est ?

— Trente *cents* la livre, m'dame.

— Eh bien, mettez-m'en trois livres. Et un beau morceau de pot-au-feu. Ma fille le fera cuire demain. Et une bouteille de lait pour ma fille. Le lait, elle en raffole. Elle va accoucher. La dame infirmière lui a dit de boire le plus de lait possible. Voyons voir, il nous reste des pommes de terre...

Pa s'approcha, une boîte de sirop d'érable à la main.

— On pourrait prendre ça, suggéra-t-il. Si on faisait des crêpes...

Man fronça les sourcils.

— Ma foi... euh... oui. Tenez, mettez ça avec. Attendez... avons-nous assez de saindoux...

Ruthie s'amena, tenant dans ses mains deux grandes boîtes de biscuits secs, et ses yeux avaient une expression morose et quêteuse, qu'un signe d'assentiment ou de refus de la part de Man pouvait transformer en drame ou en excitation joyeuse.

— Man ?

Elle levait les boîtes, les balançant de haut en bas pour les rendre plus tentantes.

— Veux-tu les remettre...

Le drame commença à se former dans les yeux de Ruthie. Pa dit :

— Elles ne coûtent qu'un nickel pièce. Ils ont bien travaillé aujourd'hui, les gosses.

Les yeux de Ruthie s'animèrent...

— Hum...

— C'est bon.

Ruthie pivota et se sauva. A mi-chemin de la porte elle attrapa Winfield et l'entraîna dehors, dans la pénombre du soir.

L'oncle John palpait une paire de gants de toile renforcés de cuir jaune ; il les essaya puis les remit en place. Insensiblement, il se rapprochait du rayon des alcools. Là, il s'absorba dans la contemplation des étiquettes ornant les bouteilles. Man l'aperçut.

— Pa, dit-elle en montrant l'oncle John d'un geste de la main.

Pa obliqua nonchalamment vers lui.

— Tu te sens le gosier à sec, John ?

— Non, pas du tout.

— Attends qu'on ait fini le coton, dit Pa. A ce moment-là tu pourras prendre une sacrée cuite.

— Ça ne me tracasse pas, dit l'oncle John. Je travaille dur et je dors comme une souche. Pas de rêves, ni rien.

— Je te voyais là en train de loucher sur les bouteilles.

— A peine si je les voyais. C'est drôle. J'ai envie d'acheter des trucs. Des trucs que j'ai pas besoin. J'aimerais avoir un de ces rasoirs mécaniques. J'avais idée de m'acheter des gants, comme il y en a là-bas. C'est fou ce qu'ils sont bon marché.

— On ne peut pas cueillir de coton avec des gants, dit Pa.

— Je le sais bien. Et j'ai pas besoin de rasoir mécanique non plus. Mais suffit que les choses sont là exposées pour vous donner envie de les acheter, qu'on en ait besoin ou non.

Man les appela :

— Vous venez ? J'ai tout ce qu'il me faut.

Elle prit un paquet. L'oncle John et Pa prirent les deux autres. Ruthie et Winfield attendaient dehors, les yeux las, les joues gonflées de biscuits.

— Ils n'auront plus faim à souper, je parie, dit Man.

Les gens affluaient vers les tentes et les wagons. Les tentes étaient éclairées. De la fumée montait des tuyaux. Les Joad gravirent leur allée en caillebotis et pénétrèrent dans leur compartiment du wagon. Rose de Saron était assise sur une caisse près du poêle. Elle avait allumé le feu et le petit poêle de fonte commençait à prendre une teinte rouge vineuse.

— T'as pris du lait ? interrogea-t-elle.

— Oui. Je l'ai là.

— Donne. J'en ai pas bu depuis midi.

— Elle prend ça comme un médicament.

— C'est la dame infirmière qui l'a dit.

— Tu as préparé les pommes de terre ?

— Elles sont là — tout épluchées.

— On va les mettre à frire, dit Man. J'ai des côtes de porc. Coupez les pommes de terre en tranches dans la poêle neuve. Avec un peu d'oignon. Allez vous débarbouiller, les hommes, et ramenez-moi un seau d'eau. Où sont passés Ruthie et Winfield ? Il faudrait qu'ils se lavent, eux aussi. Ils ont eu une boîte de biscuits, dit-elle à Rose de Saron. Une pleine boîte à chacun.

Les hommes allèrent se laver à la rivière. Rose de Saron coupa les pommes de terre de la pointe de son couteau et les remua dans la poêle.

Soudain, la bâche fut violemment écartée. Une grosse figure suante se montra entre les deux compartiments.

— Alors, ça a-t-il bien rendu à vous tous, aujourd'hui, mâme Joad ?

Man fit volte-face.

— Tiens, bonsoir, mâme Wainwright. Ça a bien marché. Trois dollars et demi. Trois dollars cinquante-sept *cents*, exactement.

— Nous, on s'est fait quatre dollars.

— Eh bien... fit Man. C'est vrai qu'il y a plus de monde chez vous.

— Ouais. Jonas commence à pousser. Des côtes de porc, à ce que je vois ?

Winfield se coula dans la pièce.

— Man !

— Tais-toi une minute. Oui, mes hommes raffolent des côtes de porc.

— Moi, je fais du lard grillé, dit Mme Wainwright. Vous sentez ?

— Non... Je sens rien avec ces pommes de terre aux oignons.

— Ça y est, il brûle ! s'écria Mme Wainwright en retirant brusquement sa tête.

— Man, dit Winfield.

— Quoi ? T'es malade d'avoir mangé trop de biscuits ?

— Man... Ruthie a raconté.

— Raconté quoi ?

— Sur Tom.

Man ouvrit de grands yeux.

— Elle l'a raconté ?

Puis elle s'agenouilla devant lui.

— Winfield, à qui l'a-t-elle raconté ?

La gêne s'empara de Winfield. Il recula.

— Ben, elle n'en a jus' raconté qu'un petit peu.

— Winfield. Tu vas me dire ce qu'elle a dit.

— Elle... elle ne mangeait pas tous ses biscuits. Elle en mangeait qu'un petit bout à la fois, doucement, comme elle fait toujours, et elle m'a dit : « T'as tout mangé d'un coup, et maintenant tu bisques parce qu'il m'en reste... »

— Winfield ! s'exclama-t-elle impérativement. Raconte tout de suite.

Elle eut un regard inquiet vers le rideau de séparation.

— Rosaharn, va faire la causette avec mâme Wainwright, pour l'empêcher d'écouter.

— Et les pommes de terre?

— Je vais les surveiller. Va vite. Je ne tiens pas à ce qu'elle écoute derrière le rideau.

La jeune femme se traîna pesamment vers l'autre partie du wagon et disparut derrière la bâche.

Man dit :

— Maintenant, raconte.

— Comme je te disais, elle en mangeait qu'un petit bout à la fois, et encore elle les cassait pour les faire durer plus longtemps.

— Dépêche-toi.

— Eh ben, y a des gosses qui sont venus, alors bien sûr, ils lui en ont demandé, mais Ruthie, elle était là à grignoter et à grignoter, et elle voulait pas leur en donner. Alors ils se sont mis en colère, et y a un petit qui lui a arraché sa boîte de biscuits des mains.

— Winfield, raconte vite pour l'autre chose...

— J'y arrive, dit-il. Alors Ruthie s'a fâchée et s'a mise à les poursuivre. Elle s'a battue avec l'un et pis elle s'a battue avec l'autre, et v'là qu'une grande fille s'est amenée et qu'elle a collé un marron à Ruthie. Un bon coup, qu'elle y a mis. Alors Ruthie, elle a pleuré et elle a dit qu'elle allait chercher son grand frère et que son grand frère, il la tuerait, la fille. Et v'là que la fille elle fait : « Qu'il y vienne ! » Elle aussi elle a un, de grand frère.

Winfield était hors d'haleine en racontant son histoire.

— Alors, elles s' sont battues, et la grande fille a collé un bon marron à Ruthie, pis Ruthie a dit que son grand frère allait tuer le grand frère à la grande fille. Alors la grande fille elle a dit que si c'était son frère à elle qui tuerait not' frère. Et alors... et alors, Ruthie, elle a dit que not' frère il avait déjà tué deux types. Et pis... et pis... la grande elle a dit : « Viens-y voir, tiens ! T'es qu'une sale petite menteuse. » Et Ruthie, elle répond : « Ah ! j' suis une menteuse ? Même que not' frère il se cache en ce moment à cause qu'il a tué un type, et il est capab' de tuer le frère à la grande fille aussi. »

Pis après ça, elles s' sont traitées de tous les noms et Ruthie lui a jeté un caillou, pis la grande fille elle l'a poursuivie et moi je suis revenu à la maison.

— Oh! mon Dieu, mon Dieu! dit Man d'une voix lasse. Mon doux Seigneur Jésus couché dans sa crèche! Qu'allons-nous faire maintenant? (Elle se prit le front et se frotta les yeux.) Qu'allons-nous faire, maintenant?

Une odeur de brûlé monta du poêle ronflant. Mue par une réaction automatique, Man se releva et tourna les pommes de terre dans la poêle.

— Rosasharn! cria-t-elle. (La tête de la jeune femme se montra au coin du rideau.) Viens surveiller le souper. Winfield, va-t'en chercher Ruthie et ramène-la ici.

— Tu vas la corriger, Man? demanda Winfield, avec une lueur d'espoir dans les yeux.

— Non. Ça n'avancerait à rien. Ce qui est fait est fait. Mais qu'est-ce qui a bien pu la pousser à le dire? Non. Ça n'avancerait à rien de la fesser. Allons cours, trouve-la et ramène-la tout de suite.

Winfield s'élança vers la porte du wagon au moment où les trois hommes rentraient. Il s'effaça pour les laisser passer.

Man dit à mi-voix :

— Pa, j'ai à te parler. Ruthie a été raconter à d'aut' gosses que Tom était caché.

— Quoi?

— Elle a tout dit. Elle s'est battue et elle leur a dit.

— La sale petite garce!

— Non, elle ne savait pas ce qu'elle faisait. Écoute-moi, Pa. Tu vas rester ici. Moi je vais sortir, tâcher de trouver Tom pour le prévenir. Il faut que je lui dise de faire attention. Ne bouge pas de là, Pa, à cause qu'il arriverait quéq'chose. Je lui porte à manger.

— Bon, dit Pa.

— Ne parle même pas à Ruthie de ce qu'elle a fait. Je lui dirai moi-même.

Au même instant Ruthie rentra, suivie de Winfield. La petite était crottée des pieds à la tête. Elle avait les lèvres barbouillées et son nez saignait légèrement du coup qu'elle avait reçu. Elle était honteuse et effrayée. Winfield la suivait, triomphant. Ruthie regarda autour d'elle d'un air farouche, puis elle alla s'adosser au mur dans un coin du wagon. La honte et le défi luttaient en elle.

— J' lui ai dit ce qu'elle a fait, déclara Winfield.

Man disposait deux côtes de porc et des frites sur une assiette de fer-blanc.

— Tais-toi, Winfield, dit-elle. Inutile de lui faire plus de peine qu'elle n'en a déjà.

Ruthie traversa le wagon en bolide. Se cramponnant à la ceinture de Man, elle enfouit sa tête dans son tablier, le corps secoué de sanglots étranglés. Man voulut lui faire lâcher prise, mais les doigts crasseux s'agrippaient désespérément. Man lui caressait doucement les cheveux et lui donnait de petites tapes sur l'épaule.

— Chut ! fit-elle. Tu ne pouvais pas savoir.

Ruthie leva une pauvre petite figure toute barbouillée de crasse, de larmes et de sang.

— Ils m'ont volé mes bi... biscuits ! dit-elle. Cette espèce de grande salope, elle m'a tapée à coups de ceinture...

Et ses sanglots la reprirent plus fort.

— Chut ! fit Man. Ne dis pas des choses comme ça. Allons, lâche-moi. Il faut que je m'en aille.

— Pourquoi que tu ne la corriges pas, Man ? Si elle avait pas fait tant de chichis avec ses biscuits, ça serait pas arrivé. Vas-y, fiche-lui une raclée.

— Oui, eh bien, mêle-toi de ce qui te regarde, dit Man d'un ton menaçant, sinon c'est toi qui vas la prendre, la raclée, mon bonhomme ! Allons, lâche, Ruthie.

Winfield se retira sur un matelas roulé, considérant la famille d'un air cynique et désabusé. Et il prit soin de se ménager une bonne position stratégique, car Ruthie allait l'attaquer à la première occasion, il le savait. L'air navré, Ruthie alla silencieusement se réfugier dans l'autre coin du wagon.

Man recouvrit l'assiette d'un morceau de papier journal.

— Maintenant, je m'en vais, dit-elle.

— Tu ne manges pas quéq' chose ? demanda l'oncle John.

— Plus tard. En revenant. J'ai pas le cœur à manger maintenant.

Man gagna l'ouverture de la porte et descendit prudemment le caillebotis.

Entre les wagons et le ruisseau, les tentes avaient été dressées toutes proches les unes des autres ; cordons et filins s'entrecroisaient, les piquets de l'une touchant le bord de la toile de l'autre. Les lampes étaient visibles à travers la toile, et toutes les cheminées vomissaient de la fumée. Hommes et femmes conversaient devant l'entrée de leurs tentes. Les femmes galopaient fébrilement. Man s'avançait avec majesté entre les tentes. Çà et là, on la reconnaissait au passage.

— Soir, mâme Joad.

— Soir.

— Vous emportez quéq' chose de bon, mâme Joad ?

— C'est pour une amie. Du pain de maïs qu'elle m'avait prêté.

Elle atteignit enfin la dernière tente de la file. Là, elle s'assit et se retourna. Un halo de lumière planait au-dessus du camp, tandis que s'élevait le ronron harmonieux de multiples voix. De temps à autre, un éclat de voix perçait. L'air était plein de l'odeur de fumée. Quelqu'un jouait de l'harmonica en sourdine, cherchant un accord, reprenant sans arrêt la même phrase.

Man se fraya un chemin parmi les roseaux et les saules nains qui bordaient la rive. Elle s'écarta du sentier et s'immobilisa, l'oreille aux aguets, craignant d'avoir été suivie. Un homme remontait le sentier en direction du camp, rajustant ses bretelles et boutonnant son pantalon en marchant. Man se tint coite et l'homme passa sans la voir. Elle patienta cinq minutes, puis se leva et reprit le sentier raboteux qui suivait la rive. Elle marchait furtivement, si doucement que le murmure de l'eau dominait le bruit étouffé de ses pas sur les feuilles mortes du sentier. Ruisseau et sentier dévièrent à gauche, puis à droite, se rapprochant de la route. A la pâle lueur des étoiles, elle reconnut la berge et le trou rond et noir de la conduite d'eau où elle avait l'habitude de déposer la nourriture de Tom. Elle s'avança prudemment, poussa son paquet dans le trou et en retira l'assiette de fer-blanc qui s'y trouvait, puis elle regagna sans bruit les taillis, pénétra au cœur d'un fourré et s'assit. A travers le fouillis de branchages, elle distinguait le trou noir du tuyau. Elle étreignit ses genoux et attendit, silencieusement. Au bout de quelques instants, la vie reprit dans le fourré. Les mulots couraient sans bruit sur les feuilles. Désinvolte, une moufette descendit le sentier en trottant pesamment, traînant après elle d'imperceptibles effluves. Une légère brise agita doucement les saules, comme pour les mettre à l'épreuve, et une pluie de feuilles d'or s'en vint doucement joncher la terre. Et soudain une rafale inattendue secoua les arbres, provoquant une avalanche de feuilles tourbillonnantes. Man les sentait tomber sur ses cheveux et sur ses épaules. Un épais nuage noir passa dans le ciel, effaçant les étoiles. Les grosses gouttes de pluie s'écrasèrent avec fracas sur les feuilles mortes, tandis que le nuage, poursuivant sa route, découvrait de nouveau les astres. Man frissonna. Le vent avait fui et le calme était revenu dans le fourré, mais le bruissement des feuilles continuait plus bas, au bord de l'eau. Du campement, vint le son aigu, pénétrant, d'un violon en quête d'une mélodie.

Man entendit des pas furtifs au loin sur sa gauche. Elle se figea, les nerfs tendus. Elle libéra ses genoux et releva la tête pour mieux entendre. Le mouvement s'arrêta, mais reprit au bout d'un long moment. Il y eut un crissement rêche d'herbe sur les feuilles séchées.

Man vit une forme sombre se détacher du couvert et se couler vers l'entrée du tuyau. Le trou rond et noir fut un instant dérobé à ses yeux, puis l'ombre réapparut et se remit en mouvement.

— Tom ! appela-t-elle à voix basse.

La silhouette s'immobilisa, se figea si près du sol qu'on eût pu la prendre pour une souche. Elle appela de nouveau :

— Tom ! Tom !

Alors la silhouette remua.

— C'est toi, Man ?

— Par ici.

Elle se redressa et s'avança à sa rencontre.

— T'aurais pas dû venir, dit-il.

585

— Fallait que je te voie, Tom. J'ai à te parler.

— Le sentier est tout près. Il pourrait passer quelqu'un.

— Tu n'as pas une cachette, Tom ?

— Si... mais... enfin, admettons que quelqu'un te voie en train de me parler... Toute la famille serait dans le pétrin.

— Il le faut, Tom.

— Alors viens. Mais ne fais pas de bruit.

Il traversa le ruisseau, poussant négligemment ses longues jambes dans le courant, et Man le suivit. Puis il se glissa à travers les broussailles et suivit la trace des sillons. Les branches noirâtres des cotonniers découpaient sur le sol leur profil heurté ; quelques flocons pendaient çà et là. Tom suivit le bord du champ pendant près d'un quart de mille puis il s'enfonça de nouveau dans la brousse. Il se dirigea vers un haut fourré de ronces et de mûriers sauvages, se courba et écarta un matelas d'herbes.

— Faut que tu te mettes à quatre pattes, dit-il.

Man obéit. Ses mains touchèrent du sable, la masse des ronces ne l'enveloppait plus, et elle sentit sous elle la couverture de Tom. Il remit en place le matelas d'herbes. L'obscurité était complète dans la caverne.

— Où es-tu, Man ?

— Ici. Tiens, ici. Parle bas, Tom.

— N'aie pas peur, Man. Ça fait un bout de temps que je fais le lapin de garenne.

Elle l'entendit déballer l'assiette de fer-blanc.

— Des côtes de porc, dit-elle. Et des frites.

— Dieu Tout-Puissant ! Encore toutes chaudes !

Man ne le voyait pas dans le noir, mais elle l'entendait mastiquer, mordre à même la viande et avaler.

— C'est pas mal comme terrier, dit-il.

Man lui dit, gênée :

— Tom... Ruthie a bavardé... sur toi.

Il faillit s'étrangler.

— Ruthie ? Comment ça se fait ?

— Ben, c'était pas sa faute. Elle s'est battue avec d'aut' gosses et elle s'est vantée que son frère flanquerait une raclée au frère de l'aut' fille. Tu sais comment ça se passe. Et elle a dit que son frère avait tué un homme et se cachait.

Tom rigolait doucement.

— Moi, de mon temps, je les menaçais toujours d'envoyer l'oncle John à leurs trousses, mais il n'a jamais voulu s'en mêler. C'est des histoires de gosses, Man. C'est pas grave.

— Si, c'est grave, dit Man. Tous ces gamins vont aller le raconter à droite et à gauche, ça viendra aux oreilles des gens, les gens en parleront... et on ne sait jamais... ils sont capables d'envoyer des hommes voir si y a pas du vrai là-dedans. Tom, il faut que tu partes.

— C'est ce que j'avais dit dès le début. Je craignais toujours que quelqu'un ne te voie poser des trucs dans le tuyau et ne se mette à l'affût.

— Je sais. Mais je voulais t'avoir près de moi. J'avais peur qu'il t'arrive quelque chose. Je ne t'ai pas encore vu. Je ne peux pas te voir en ce moment. Comment va ta figure ?

— Ça guérit vite.

— Approche-toi, Tom. Laisse-moi te toucher. Viens tout près.

A quatre pattes, il vint près d'elle. La main de Man tâtonna, trouva sa tête dans le noir et ses doigts se glissèrent sur son visage, le long du nez, puis sur sa joue gauche.

— Tu as une profonde cicatrice, Tom. Et ton nez est tout de travers.

— C'est peut-être une bonne chose. Comme ça personne ne me reconnaîtra, peut-êt' bien. Si on n'avait pas pris nos empreintes digitales, je serais plus content.

Il se remit à manger.

— Chut ! dit-elle. Écoute !

— C'est le vent, Man. Rien que le vent.

Une rafale courut dans le creux du ruisseau, soulevant un léger bruissement sur son passage.

Se guidant sur sa voix, elle se rapprocha.

— Laisse-moi te toucher encore, Tom. J'ai l'impression d'être aveugle, il fait tellement sombre. Je veux pouvoir me rappeler, même si c'est que mes doigts qui se rappellent. Il faut que tu partes, Tom.

— Ouais ! Je le savais depuis le début.

— Nous avons gagné pas mal, dit-elle. J'ai pu gratter un

587

peu et en mettre de côté. Donne ta main, Tom, j'ai là sept dollars.

— Je ne veux pas de ton argent, dit-il. Je me débrouillerai.

— Ouvre ta main, Tom. Je ne pourrai pas dormir si tu pars sans argent. Il se peut que t'aies besoin de prendre l'autobus, ou aut' chose. Il faut que tu t'en ailles très loin, à trois ou quatre cents milles d'ici.

— J' le prendrai pas.

— Tom, dit-elle sévèrement. Prends cet argent. Tu entends ? Tu n'as pas le droit de me faire du mal.

— C'est pas loyal c' que tu fais là, Man.

— Je me suis dit que tu pourrais peut-êt' aller dans une grande ville. A Los Angeles, par exemple. Il ne viendrait à l'idée de personne d'aller te chercher là-bas.

— Hum, fit-il. Écoute voir, Man. Ça fait des jours et des nuits que je suis là caché tout seul. Devine un peu à quoi je pensais ? A Casy ! Il causait tout le temps. Ça me tracassait, je me rappelle. Mais là j'ai réfléchi à ce qu'il disait, et je me le suis rappelé... tout. Il disait qu'une fois il était allé dans le désert pour tâcher de trouver son âme, et qu'il avait découvert qu'il n'avait pas d'âme à lui tout seul. Il disait qu'il avait découvert que tout ce qu'il avait, c'était un petit bout d'une grande âme. Disait que le désert et la solitude, ça ne rimait à rien, à cause que ce petit bout d'âme c'était zéro s'il ne faisait pas partie du reste, s'il ne formait pas un tout. Drôle que j'aie souvenance de tout ça. J' me rendais même pas compte que je l'écoutais. Maintenant je sais qu'on ne peut arriver à rien tout seul.

— C'était un brave homme, dit Man.

Tom reprit :

— Une fois il nous a sorti des trucs de l'Écriture Sainte, mais ça ressemblait pas du tout à l'Écriture où il est toujours question du Feu de l'Enfer. Deux fois il l'a répété, je m'en souviens bien. Il disait que c'était tiré du Prédicateur.

— Comment que ça dit, Tom ?

— Ça dit : « Deux valent mieux qu'un, car ils sont mieux payés de leurs peines. Car s'ils tombent, l'un aidera l'autre à se relever. Mais malheur à qui est seul. S'il tombe, il n'a personne pour le relever. » En voilà un bout.

— Continue, dit Man. Continue, Tom.

— Y en a plus qu'un peu. Et encore : « Si deux sont couchés côte à côte, ils se réchauffent, mais comment se réchauffer lorsqu'on est seul ? Et si un l'emporte sur lui, deux le soutiendront, et une corde à trois brins ne se rompt pas aisément. »

— Et c'est dans les Saintes Écritures ?

— C'est ce que disait Casy. Il appelait ça « Le Prédicateur ».

— Chut... Écoute.

— Ce n'est que le vent, Man. Je connais le vent. Alors j'ai réfléchi, Man... que presque tous les sermons c'est toujours sur les pauvres et la pauvreté. Si vous ne possédez rien, eh ben, joignez les mains, ne vous occupez pas du reste ; quand vous serez mort, vous mangerez des ortolans dans de la vaisselle en or. Et voilà que le Prédicateur en question, il dit que deux sont mieux payés de leur peine.

— Tom, fit-elle. Qu'est-ce que t'as dans l'idée de faire ?

Il resta longtemps silencieux :

— J'ai pensé à ce qui se passait là-bas au camp du Gouvernement... Les nôtres s'arrangeaient très bien tout seuls ; quand il y avait une bagarre, ils liquidaient l'affaire eux-mêmes ; et y avait pas de flics qui venaient vous secouer leur revolver sous le nez, et pourtant il y avait beaucoup moins de grabuge qu'avec toute cette police et toutes leurs histoires. Je me suis demandé pourquoi on ne pourrait pas refaire la même chose en grand. Foutre à la porte tous ces flics qui n'ont rien à voir avec nous, qui ne sont pas des nôtres. Travailler tous pour une même chose — cultiver notre propre terre.

— Tom, répéta Man. Qu'est-ce que tu vas faire ?

— Ce qu'a fait Casy, répondit-il.

— Mais ils l'ont tué !

— Ouais, dit Tom. Il n'a pas esquivé assez vite. Il ne faisait rien d'illégal, Man. T' sais, j'ai réfléchi un sacré bout à la question — à me dire que les nôtres vivaient comme des cochons avec toute cette bonne terre qu'était en friche, ou dans les mains d'un type qu'en a p'têt' bien un million d'arpents, pendant que plus de cent mille bons fermiers crèvent de faim. Et je me suis dit que si tous les nôtres s'unissaient tous ensemble et commençaient à gueuler comme les autres à la grille l'aut' jour — et ils n'étaient que quèq' z' uns, note bien, à la ferme Hooper...

Man dit :

— Tom, tu seras pourchassé, traqué et coincé comme le garçon des Floyd.

— Ils me pourchasseront de toute façon. Ils pourchassent tous les nôtres.

— T'as pas dans l'idée de tuer quelqu'un, Tom ?

— Non, j'avais pensé... tant qu'à faire, puisque j' suis hors-la-loi, que j' pourrais peut-être... Bon Dieu, c'est pas encore bien clair dans ma tête, Man. Ne me tourmente pas. Laisse-moi réfléchir.

Ils restèrent silencieusement accroupis dans le trou noir, au creux du buisson de ronces. Man dit enfin :

— Comment que j'aurais de tes nouvelles ? Ils pourraient te tuer que j' en saurais rien. Il pourrait t'arriver du mal. Comment que je le saurais ?

Tom eut un rire gêné :

— Ben, peut-êt' que, comme disait Casy, un homme n'a pas d'âme à soi tout seul, mais seulement un morceau de l'âme unique ; à ce moment-là...

— A ce moment-là, quoi, Tom ?

— A ce moment-là, ça n'a plus d'importance. Je serai toujours là, partout, dans l'ombre. Partout où tu porteras les yeux. Partout où y aura une bagarre pour que les gens puissent avoir à manger, je serai là. Partout où y aura un flic en train de passer un type à tabac, je serai là. Si c'est comme Casy le sentait, eh ben dans les cris des gens qui se mettent en colère parce qu'ils n'ont rien dans le ventre, je serai là, et dans les rires des mioches qu'ont faim et qui savent que la soupe les attend, je serai là. Et quand les nôtres auront sur leurs tables ce qu'ils auront planté et récolté, quand ils habiteront dans les maisons qu'ils auront construites... eh ben, je serais là. Comprends-tu ? Ça y est, bon sang, v'là que je cause comme Casy. Ça vient de tant penser à lui. Des fois, j'ai comme l'impression qu'il est là, que je le vois.

— Je ne peux pas te dire... fit Man. Je ne comprends pas assez bien.

— Moi non plus, fit Tom. C'est simplement des trucs à quoi j'ai réfléchi. C'est que la cervelle travaille dur quand on est là à ne rien faire. Il est temps que tu rentres, Man.

— Alors prends l'argent.

Il resta un instant silencieux.

— C'est bon, dit-il finalement.

— Et dis-moi, Tom... Plus tard... Quand tout se sera tassé, tu nous reviendras. Tu saurais nous retrouver ?

— Tu peux êt' sûre, fit-il. Maintenant va vite. Tiens, donne-moi la main.

Il la guida vers l'entrée. Les doigts de Man agrippaient son poignet. Il écarta les herbes et sortit avec elle.

— Suis le bord du champ jusqu'au sycomore qu'est au bout, et là, tu passeras le ruisseau. Au revoir.

— Au revoir, dit-elle.

Et elle s'éloigna rapidement. Ses yeux étaient humides et la piquaient, mais elle ne pleura pas. Elle s'avançait pesamment à travers les broussailles, insoucieuse du bruit que faisaient ses souliers sur les feuilles sèches. Et tandis qu'elle s'acheminait vers le camp, du ciel sombre la pluie se mit à tomber, en grosses gouttes isolées qui s'écrasaient lourdement sur les feuilles. Man s'arrêta et se tint immobile au cœur du fourré ruisselant. Elle fit demi-tour.... fit trois pas vers la masse sombre du buisson de ronces ; puis elle se retourna brusquement et se remit en marche vers le camp aux wagons. Elle prit directement par la conduite et grimpa sur la route. La pluie avait cessé ; mais le ciel restait couvert. Elle entendit des pas derrière elle et se retourna, pas très rassurée. La faible lueur d'une lampe de poche clignotait sur la route. Man continua son chemin. L'instant d'après, un homme la rattrapa. Poliment, il tint le jet de la lampe par terre, s'abstenant de lui éclairer le visage.

— Soir, fit-il.

— Salut bien, dit Man.

— M'est avis que nous allons avoir un peu de pluie.

— J'espère que non. Ça arrêtera la cueillette du coton. Nous avons trop besoin de travailler.

— Moi aussi, ça m'embêterait. Vous restez dans le camp ?

— Oui, m'sieur.

Ils allaient au pas, maintenant.

— J'ai vingt arpents de coton. Un peu en retard, mais maintenant il est prêt à êt' cueilli. Je venais voir si des fois j' pourrais pas trouver un peu de monde.

— Vous n'aurez pas de mal à en trouver. La saison est bien près d'êt' finie.

— Espérons-le. Ma ferme est un peu plus haut, à un mille.

— On est six chez nous, dit Man. Trois hommes, moi, et deux gosses.

— Je mettrai une pancarte. Deux milles — sur cette route-ci.

— Nous serons là demain matin.

— J'espère qu'il ne pleuvra pas.

— Moi aussi, dit Man. Vingt arpents, c'est vite cueilli.

— Moins ça durera, plus j' serai content. Mon coton est en retard. Venu tard, quoi.

— Qu'est-ce que vous payez, m'sieur ?

— Quatre-vingt-dix *cents*.

— D'accord. J'en ai entendu qui disaient que l'année prochaine, ça serait soixante-quinze, ou même soixante.

— C'est ce qu'on m'a dit, aussi.

— Ça fera du vilain, dit Man.

— C'est sûr. Un petit fermier comme moi n'a pas son mot à dire, vous comprenez. C'est l'Association qui fixe les prix et y a qu'à obéir. Sinon... J' peux dire au revoir à ma ferme. Les petits sont toujours coincés, y a rien à faire.

Ils arrivèrent au camp.

— Comptez sur nous, dit Man. Il n'en reste plus guère à cueillir ici.

A hauteur du dernier wagon, elle s'engagea sur le caillebotis. La faible clarté de la lanterne projetait des ombres sinistres dans le wagon. Pa et l'oncle John étaient accroupis contre la paroi, en compagnie d'un homme d'âge mûr.

— Me voilà, dit Man. Soir, m'sieur Wainwright.

Il leva vers elle un visage aux traits finement burinés. Ses yeux bleus étaient profondément enchâssés sous l'arête des sourcils. Il avait des cheveux d'un blanc bleuté, très soyeux. Son menton et ses mâchoires étaient recouverts d'une légère patine argentée.

— Soir, madame, répondit-il.

— Nous avons du coton à cueillir, demain, annonça Man. Un mille plus au nord, vingt arpents.

— Vaudrait mieux prendre le camion, dit Pa. Ça avancerait le travail.

Wainwright leva des yeux anxieux.

— Croyez qu'il y aura du travail pour nous ?

— Mais bien sûr. J'ai fait un bout de chemin avec le fermier. Il venait exprès pour chercher du monde.

— La saison du coton va êt' bientôt finie. C'est pas grand-chose, ces deuxièmes tournées. Ça va êt' dur de gagner sa vie. C'est jamais que du raccroc. Surtout que nous l'avons nettoyé à fond la première fois.

— Vous pourriez peut-êt' monter dans le camion avec nous, dit Man. On se cotiserait pour l'essence.

— Mais... c'est bien honnête à vous, m'dame.

— Ça nous arrange, nous aussi, dit Man.

Pa dit :

— M'sieur Wainwright... il a quelque chose sur le cœur, c'est pour ça qu'il est venu nous voir. On en causait, justement.

— Qu'est-ce qu'il y a donc ?

Wainwright baissa les yeux et fixa le sol.

— C'est not' petite Aggie, dit-il. C'est une grande fille ; elle va sur ses seize ans, déjà faite pour son âge.

— Et jolie fille, dit Man.

— Laisse-le dire, fit Pa.

— Bref, Aggie et votre garçon Al, ils sortent ensemble tous les soirs. Et notre Aggie est une brave fille, saine et solide, à qui il faudrait un mari, sans ça il pourrait bien lui arriver des malheurs. Nous n'avons jamais eu d'histoires dans not' famille. Mais vu que not' situation n'est pas très brillante en ce moment, alors même Wainwright et moi, on s' fait du tourment. Supposez qu'il lui arrive quèq' chose ?

Man roula un matelas et s'assit dessus.

— Ils sont dehors, en ce moment ? demanda-t-elle.

— Toujours dehors, répondit Wainwright. Ensemb' tous les soirs.

— Hum. Vous savez, Al est un bon garçon. J' dis pas qu'il aime pas à faire le coq, comme ça, mais c'est un garçon sérieux. Je n' pourrais pas en souhaiter de meilleur.

— Oh ! c'est pas que nous avons à nous plaindre de lui, pour ce qui est d'être un brave gars. Il nous plaît bien. Mais c' qui nous donne de la crainte, à même Wainwright et à moi... eh ben, c'est qu'Aggie est une grande fille, une femme faite. Et si on était forcés de nous en aller, ou vous de vous en aller, et qu'il lui arrive un malheur ? Nous n'avons jamais eu à rougir dans not' famille.

Man dit à mi-voix :

— Nous veillerons à ce que vous n'ayez pas à rougir.

Il se releva vivement.

— Merci, m'dame. Aggie est une femme faite. Une bonne fille — aussi sage qu'elle est belle. Ça sera bien honnête à vous m'dame, de veiller à ce qu'il n'y ait pas de honte dans not' famille. C'est pas de la faute d'Aggie. Elle est en âge maintenant.

— Pa va en causer à Al, dit Man. S'il ne veut pas, c'est moi qui lui en causerai.

— Alors bonne nuit, dit Wainwright, et merci bien.

Il disparut derrière la bâche. Ils l'entendirent à l'autre bout du wagon qui rendait compte à voix basse du résultat de sa mission.

Man écouta un instant, puis :

— Dites donc, les hommes, fit-elle. Venez vous asseoir ici.

Pa et l'oncle John se relevèrent péniblement de leur position accroupie. Ils prirent place sur le matelas à côté de Man.

— Où sont les gosses ?

Pa désigna un matelas dans un coin de la pièce.

— Ruthie a sauté sur Willie et l'a mordu. Je les ai renvoyés se coucher, tous les deux. Ils doivent dormir. Rosasharn est allée tenir compagnie à une voisine.

Man poussa un soupir.

— J'ai trouvé Tom, dit-elle à voix basse. Je l'ai... Je l'ai fait partir. Loin d'ici.

Pa hocha lentement la tête. L'oncle John laissa retomber son menton sur sa poitrine.

— Il ne pouvait rien faire d'autre, dit Pa. C'est pas ton avis, John ?

L'oncle John leva les yeux.

— J' sais pas, répondit-il. J' suis plus capable d'avoir des idées. L'impression d'êt' un somnambule.

— Tom est un brave petit gars, dit Man. (Ensuite elle s'excusa :) Je ne voulais pas te vexer en disant que je causerais à Al.

— Je sais, dit tranquillement Pa. Je ne suis plus bon à grand-chose. Je passe tout mon temps à penser au temps jadis. Je passe tout mon temps à penser à notre maison et à me dire que je ne la reverrai plus jamais.

— Le pays est plus joli... la terre est meilleure, par ici, dit Man.

— J' sais bien. Je ne la vois même pas ; j' suis toujours à penser que le peuplier doit êt' en train de perd' ses feuilles... ou bien des fois à me dire que j' devrais bien boucher le trou de la haie, derrière la maison. C'est drôle ! La femme prend le commandement de la famille. La femme dit : « On fera ci, on ira là. » Et ça ne me touche même plus.

— Une femme, ça se fait plus vite aux changements qu'un homme, dit Man pour le consoler. Une femme, toute sa vie est dans ses bras. Chez l'homme, c'est tout dans sa tête. Ne te fais donc pas de tourments. Peut-êt'... enfin peut-êt'... que nous aurons un chez-nous l'année qui vient.

— Pour le moment, nous n'avons rien, dit Pa. Et nous n'aurons plus rien d'ici longtemps... pas de travail, pas de récoltes. Qu'est-ce que nous ferons ? Comment nous débrouillerons-nous pour manger ? Et n'oublie pas aussi que Rosasharn ne va pas tarder à accoucher. Ça en vient au point que je n'ose même plus penser. C'est pour ça que je fouille dans les histoires du temps passé, c'est pour m'empêcher de penser. J'ai idée que not' vie est finie et bien finie.

— Tu te trompes, dit Man avec un sourire. Elle n'est pas finie, Pa. Et ça c'est encore une chose que les femmes savent. Je l'ai remarqué. Chez l'homme, tout marche par sauts — un enfant vient au monde, un homme meurt, ça fait un saut. Il prend une ferme, il perd sa femme, un autre saut. Chez la femme, ça coule comme une rivière, avec des petits remous, des petites cascades, mais la rivière, elle coule sans jamais s'arrêter. C'est comme ça que la femme voit les choses. Nous ne mourrons pas, n'aie crainte, Pa. Les nôtres continueront à vivre — possib' qu'ils changent un petit peu — mais ils continueront sans se laisser arrêter.

— Comment peux-tu le savoir ? demanda l'oncle John. Qu'est-ce qui empêcherait que tout s'arrête tout d'un coup, que tout le monde en ait assez et se couche tout simplement ?

Man réfléchit. Elle frotta le dos luisant de ses mains l'un contre l'autre, et croisa ses doigts.

— Difficile à dire, répondit-elle. Tout ce que nous faisons — à mon idée, c'est toujours dans le sens de la vie. C'est comme ça que je vois les choses. Même la faim, même la maladie ; y en a qui meurent, mais les autres n'en sont que plus résistants. Faut simplement essayer de vivre jusqu'au lendemain, passer seulement la journée.

L'oncle John dit :

— Si seulement elle n'était pas morte, cette fois-là.

— Vis donc dans le présent. Passe la journée d'aujourd'hui. Ne te tourmente pas.

— La récolte sera p' êt' bonne là-bas au pays, l'année prochaine, dit Pa.

— Écoutez ! dit Man.

Des pas feutrés gravirent le caillebotis et, peu après, la tête d'Al se montra au coin du rideau.

— Tiens, fit-il. Je vous croyais tous endormis, à c't' heure-ci.

— Al, dit Man. On causait. Viens t'asseoir.

— Bon... bon. Moi aussi, j'ai à causer, j' vais êt' forcé de partir bientôt, vous savez.

— C'est impossible. Nous avons besoin de toi, ici. Qu'est-ce qui te force à partir ?

— Ben, Aggie Wainwright et moi, on a dans l'idée de nous marier, puis j' vais me dégotter une place dans un garage, et on s' louera une petite maison pendant un bout de temps et puis... (Il les regarda d'un air de défi.) Voilà, c'est comme ça, et personne ne nous empêchera de le faire !

Ils le considéraient avec de grands yeux.

— Al, dit enfin Man, nous sommes contents. Nous sommes bien contents.

— Vraiment ?

— Mais bien sûr, voyons. T'es un homme, maintenant. Il te faut une femme. Mais ne pars pas tout de suite, Al.

— J'ai promis à Aggie, dit-il. Il faut qu'on parte. On ne peut plus supporter ça, pas plus l'un que l'autre.

— Reste jusqu'au printemps, supplia Man. Rien que jusqu'au printemps. Tu ne veux pas rester jusqu'au printemps ? Qui est-ce qui conduirait le camion ?

— Ben...

Mme Wainwright passa la tête au coin du rideau.

— Vous avez appris la nouvelle ? demanda-t-elle.

— Ouais. Juste maintenant.

— Oh mon Dieu, Seigneur ! J' voudrais... j' voudrais qu'on ait un gâteau. J' voudrais qu'on ait... un gâteau ou quéq'chose...

— Je vais mettre du café à chauffer et faire des crêpes, dit Man. Nous avons du sirop d'érable.

— Eh ben ça par exemple ! s'exclama Mme Wainwright. Oh ben... ça alors ! Dites, je vais apporter du sucre. Pour mettre dans les crêpes.

Man cassa quelques brindilles qu'elle mit dans le poêle, et les charbons encore incandescents du déjeuner ne tardèrent pas à les enflammer. Ruthie et Winfield sortirent de leur lit comme des bernard-l'ermite de leurs coquilles. Ils se tinrent un moment sur leurs gardes, épiant leurs parents pour tâcher de savoir si leurs crimes étaient oubliés ou non. Voyant que personne ne faisait attention à eux, ils s'enhardirent. Ruthie alla jusqu'à la porte et en revint à cloche-pied sans toucher le mur.

Man était occupée à verser de la farine dans un bol quand Rose de Saron gravit le caillebotis. Elle s'arrêta une seconde pour reprendre son souffle et s'avança, circonspecte.

— Qu'est-ce qui se passe ? interrogea-t-elle.

— Oh ! mais une grande nouvelle ! s'écria Man. Al et Aggie Wainwright vont se marier, alors on va fêter ça.

Rose de Saron ne fit pas un mouvement. Elle tourna lentement la tête vers Al, qui restait planté là, l'air confus et désemparé.

Mme Wainwright cria, de l'autre bout du wagon :

— J'ai dit à Aggie de mett' sa robe des dimanches. On vient tout de suite.

Rose de Saron se détourna lentement. Elle reprit le chemin de la porte et descendit tant bien que mal l'escalier improvisé. Arrivée sur le sol ferme, elle se traîna vers le sentier qui longeait le cours d'eau. Elle prit le chemin que Man avait emprunté plus tôt par les fourrés. Le vent soufflait maintenant avec régularité, agitant les buissons dans un bruissement continu. Rose de Saron se mit à quatre pattes et s'enfonça profondément dans les broussailles. Les ronces lui déchiraient la peau et s'accrochaient à ses cheveux, mais elle ne s'en souciait pas. Elle ne s'arrêta que lorsque les ronces se furent complètement refermées sur elle. Alors elle se coucha sur le dos et s'abandonna à la masse de l'enfant qu'elle sentait tressaillir en elle.

Dans l'obscurité du wagon, Man remua légèrement, puis elle repoussa la couverture et se leva. La clarté grisâtre des étoiles s'insinuait par la porte ouverte. Man alla regarder au-dehors. Les étoiles pâlissaient à l'est. Le vent caressait la cime des saules et l'eau chuchotait doucement, plus bas dans le ruisseau. La plupart des familles dormaient encore, mais un petit feu était allumé devant une des tentes, et des gens se chauffaient autour. Ils tendaient leurs mains au feu et les frottaient l'une contre l'autre ; ensuite ils se retournaient, les mains derrière le dos. Man les regarda un moment, ses doigts croisés sur son ventre. Le vent capricieux passa en rafale et l'air fraîchit encore.

Man frissonna et se frotta les mains. Elle rentra et chercha son chemin à l'aveuglette, tâtonnant autour de la lanterne à la recherche des allumettes. Le verre grinça. Elle alluma la mèche, regarda un moment la petite flamme bleue vêtir son manteau de lumière jaune, aux lignes finement incurvées. Elle prit la lanterne, la posa devant le poêle et se mit à casser des branches sèches qu'elle introduisit ensuite dans le foyer. Le feu ne tarda pas à ronfler dans la cheminée.

Rose de Saron se retourna lentement dans son lit et se mit sur son séant.

— Je me lève tout de suite, dit-elle.

— Pourquoi qu' t'attends pas qu'il fasse plus chaud? demanda Man.

— Non, je me lève.

Man plongea la cafetière dans le seau et la remplit d'eau. Puis elle la posa sur le feu et mit la poêle enduite de graisse à chauffer pour les galettes de maïs.

— Qu'est-ce qui te prend, tout d'un coup? demanda-t-elle à mi-voix.

— Je vais sortir, dit Rose de Saron.

— Où vas-tu?

— Cueillir du coton.

— Mais tu ne peux pas, dit Man. Tu es bien trop avancée.

— Pas du tout. J' vais avec vous.

Man dosa le café dans l'eau.

— Rosasharn, tu n'es pas restée pour les crêpes, hier soir.

La jeune femme ne répondit pas.

— Qu'est-ce qui te prend de vouloir cueillir du coton?

Toujours pas de réponse.

— C'est à cause de ton frère Al et d'Aggie?

Cette fois, Man examina attentivement sa fille.

— Oh! t'as pas besoin de venir travailler.

— Je viens, j' te dis.

— Bon, bon. Mais ne force pas.

— Lève-toi, Pa! Allons, debout!

Pa bâilla et ses yeux clignotèrent à la lumière.

— J'ai point dormi à ma suffisance, gémit-il. Devait pas êt' loin d'onze heures quand on s'est couchés.

Les habitants du wagon s'arrachèrent peu à peu au

sommeil, se dépêtrèrent de leurs couvertures et enfilèrent leurs vêtements avec force contorsions. Man coupa des tranches de porc salé qu'elle mit à frire dans la seconde poêle.

— Dehors, tout le monde ; allez vous débarbouiller, ordonna-t-elle.

Une clarté subite illumina l'autre bout du wagon. Des craquements de branches cassés vinrent du coin des Wainwright.

— Mâme Joad, appela une voix. Nous nous apprêtons. Nous serons bientôt prêts.

Al grommela :

— Pourquoi qu'on se lève de si bonne heure ?

— Il n'y a que vingt arpents, dit Man. Faut se dépêcher. Reste plus guère de coton. Faut y être avant que tout soit cueilli.

Man les secouait, les pressait de s'habiller, d'ingurgiter leur café.

— Allons, buvez vot' café, dit-elle. Il est temps de partir.

— On ne peut pas cueillir de coton la nuit, Man.

— Non mais on peut êt' sur place quand il fera jour.

— Ça sera peut-être encore mouillé.

— Il n'a pas assez plu. Allons vite buvez vot' café. Al, dès que t'auras fini, tu ferais bien de mettre ton moteur en route.

Elle cria :

— Bientôt prêts, mâme Wainwright ?

— Encore en train de manger. Nous serons prêts dans deux minutes.

Dehors, le camp s'animait. Les feux brûlaient devant les tentes. Les tuyaux de cheminée des wagons crachaient de la fumée.

— Nous sommes prêts, mâme Wainwright, cria Man.

Elle se tourna vers Rose de Saron et dit :

— Tu vas rester là.

La jeune femme serra les mâchoires.

— J' vais avec vous, dit-elle d'un ton décidé. Man, il faut que j'y aille.

— Mais tu n'as pas de sac pour le coton. Tu n'es pas assez solide pour traîner un sac.

— Je cueillerai avec le tien.

— Je préférerais qu' tu ne viennes pas.

— Je viens, j' te dis.

Man soupira.

— Je garderai l'œil sur toi. Si seulement on pouvait se payer un docteur.

Rose de Saron allait et venait dans le wagon, en proie à une agitation fébrile. Elle passa un léger manteau, puis l'ôta.

— Prends une couverture, dit Man. Si tu veux te reposer, ça te tiendra chaud.

Ils entendirent ronfler le moteur du camion derrière le wagon.

— Nous serons les premiers, exulta Man. Alors, allons-y. Prenez vos sacs. Ruthie, n'oublie pas les chemises que je vous ai arrangées pour mettre le coton.

Dans la nuit, les Wainwright et les Joad montèrent dans le camion. L'aube se levait lentement, une aube grise et morne.

— Tourne à gauche, dit Man, s'adressant à Al. Il y aura une pancarte là où on va.

Ils suivirent la route obscure. D'autres véhicules venaient derrière eux et là-bas, au camp, les moteurs démarraient et les familles s'entassaient à l'intérieur des voitures qui toutes s'engageaient sur la grand-route et tournaient à gauche.

A droite de la route, un morceau de carton était fixé sur le poteau d'une boîte aux lettres, et l'on y lisait, dessiné au crayon bleu :

ON DEMANDE DES JOURNALIERS
POUR LA CUEILLETTE DU COTON

Al s'engagea dans l'entrée et conduisit le camion dans la cour de la grange. Et la cour de la grange était déjà pleine d'autos. A une extrémité du bâtiment blanc, un globe électrique éclairait un groupe d'hommes et de femmes, debout près des balances, leurs sacs roulés sous le bras. Quelques-unes des femmes portaient leur sac sur l'épaule, croisé par-devant.

— Nous ne sommes pas tellement en avance, dit Al.

Il rangea le camion contre une clôture. Les deux familles descendirent et allèrent se joindre au groupe qui attendait ; d'autres voitures arrivèrent de la route et vinrent se ranger près des premières, et d'autres familles se joignirent au groupe. A la clarté du globe électrique fixé à l'extrémité de la grange, le fermier inscrivait les arrivants.

— Hawley ? dit-il. H.a.w.l.e.y ? Combien ?

— Quatre. Will.

— Will.

— Benton.

— Benton.

— Amélia.

— Amélia.

— Claire.

— Claire. Suivant ? Carpenter ? Combien ?

— Six.

Il inscrivit les noms dans son livre, en ménageant une marge pour les pesées.

— Vous avez vos sacs ? J'en ai là quelques-uns. Un dollar pièce.

Et les voitures continuaient à affluer dans la cour. Le propriétaire remonta le col de sa canadienne doublée de peau de mouton. Il regarda d'un air soucieux du côté de l'entrée.

— Mes vingt arpents seront vite cueillis, avec tout ce monde, dit-il.

Les enfants grimpèrent dans la grande remorque qui amenait le coton aux balances, passant leurs orteils nus dans les trous du grillage.

— Filez de là ! cria le propriétaire. Allons, descendez de là. Vous allez me démolir le grillage.

Alors les enfants descendirent lentement, muets et confus. Un jour gris se levait.

— Va falloir que je décompte une taxe pour la rosée, dit le propriétaire. Je la changerai quand le soleil sera levé. Alors... quand vous voudrez. Il fait assez clair pour y voir.

Les gens se dirigèrent rapidement vers le champ de coton et prirent chacun leur rangée. Ils attachèrent les sacs à leur ceinture et se frottèrent les mains afin de réchauffer et d'assouplir leurs doigts pour la cueillette. A l'ouest, l'aurore se colorait au-dessus des montagnes, et la longue file prenait possession des rangées à cueillir. Les voitures continuaient à déferler de la grand-route et à se rassembler dans la cour de la ferme. Lorsqu'elle fut pleine, elles se rangèrent des deux côtés de la route. Un petit vent sec balayait les champs.

— Je ne sais pas comment vous l'avez tous su, dit le propriétaire. Vous devez avoir un drôle de service de renseignements.

La longue chaîne s'étirait à travers le champ, et le vent d'ouest qui soufflait avec une violence soutenue agitait les vêtements. Leurs doigts volaient vers les capsules entrou-vertes, volaient vers les longs sacs qui s'alourdissaient derrière eux.

Pa s'adressa à son voisin de la rangée de droite.

— Chez nous, au pays, un vent comme celui-là amènerait probablement de la pluie. M'a l'air de pincer un peu trop pour que ça donne de la pluie. Il y a longtemps que vous êtes par ici ?

Il gardait les yeux baissés sur son ouvrage tout en parlant. Son voisin ne leva pas les yeux non plus.

— Ça fait pas loin d'un an.

— A vot' idée, c'est-il de la pluie ?

— Peux pas dire, et ça n'a rien de vexant, en plus. Les gens qu'ont vécu ici toute leur existence n'en savent rien eux-mêmes. Si on craint la pluie pour une récolte, on peut êt' sûr qu'il pleuvra. C'est ce qu'ils disent par ici.

Pa jeta un rapide coup d'œil sur les montagnes de l'ouest. De gros nuages gris chassés par le vent planaient au-dessus des crêtes.

— M'ont tout l'air de pointes d'orage, dit-il.

Son voisin loucha brièvement vers les nuages.

— Peux pas dire, fit-il.

Et sur toute la longueur de la file, les gens se retournèrent pour regarder les nuages. Puis ils reprirent leur travail, un peu plus courbés, et leurs doigts volèrent vers le coton. Ils menaient une course, une course avec le temps, avec le poids et avec la pluie, avec leurs voisins — plus que tant de coton à cueillir, plus que tant d'argent à gagner. Arrivés à l'autre bout du champ, ils couraient pour s'approprier une nouvelle rangée. Et maintenant, ils avaient le vent dans la figure et voyaient les nuages gris planer très haut dans le ciel à la rencontre du soleil levant. Et toujours de nouvelles voitures venaient se garer au bord de la route, amenant de nouveaux noms à inscrire. Les gens s'agitaient frénétiquement tout au long de leur rangée, pesaient leur coton à chaque extrémité, l'estampillaient, vérifiaient les poids sur leurs propres carnets et couraient prendre possession de nouvelles rangées.

A onze heures, le champ était cueilli et le travail terminé. Les remorques aux parois de treillage furent attelées derrière des camions dont les ridelles avaient été remplacées par un treillis de fil de fer ; gagnant la grande route, elles portèrent leur chargement aux égreneuses. Le coton s'effilochait à travers le treillis, de petits nuages de coton s'accrochaient aux herbes et aux branches et se balançaient au vent tout au long de la route. Tristement, les ramasseurs s'en revinrent par petits groupes, s'attroupèrent dans la cour et firent la queue pour se faire payer.

— Hume, James. Vingt-deux *cents*. Ralph, trente *cents*. Joad Thomas, quatre-vingt-dix *cents*. Winfield, quinze *cents*.

La paie s'étalait en rouleaux — pièces d'argent, de nickel, de bronze. Et chacun consultait son propre carnet lorsque son tour arrivait.

— Wainwright Agnès, trente-quatre *cents*. Tobin, soixante-trois *cents*.

La file s'épuisait lentement. Les familles regagnaient leurs autos en silence. Et elles reprenaient lentement le chemin du retour.

Les Joad et les Wainwright attendaient dans le camion que l'entrée fût dégagée. Et pendant qu'ils patientaient les premières gouttes de pluie commencèrent à tomber. Al étendit la main par la portière pour les sentir sur sa peau. Rose de Saron avait pris place au centre et Man à l'extérieur. Les yeux de la jeune femme étaient redevenus ternes.

— T'aurais pas dû venir, dit Man. Tu n'en as pas cueilli plus de dix à quinze livres.

Rose de Saron baissa les yeux et contempla son ventre proéminent sans répondre. Brusquement, elle frissonna et tendit le cou. Man, qui l'observait attentivement, déroula son sac, en recouvrit les épaules de sa fille et l'attira contre elle.

Finalement, l'entrée se dégagea et la voie redevint libre. Al embraya et monta sur la grand-route. Les grosses gouttes isolées s'abattaient comme des dards et giclaient sur la chaussée, mais en cours de route elles devenaient plus petites et plus drues. La pluie dégringolait avec un tel fracas sur le toit de la cabine, qu'elle dominait le martèlement des pistons du moteur usagé. Sur le plancher du camion, les Wainwright et les Joad tendirent leurs sacs et s'en couvrirent la tête et les épaules.

Appuyée contre le bras de Man, Rose de Saron grelottait sans arrêt. Man s'écria :

— Va plus vite, Al, Rosasharn a pris froid. Faut lui mettre les pieds dans l'eau chaude.

Al accéléra l'allure du vieux moteur poussif et lorsqu'il eut regagné le camp, il serra de près la file des wagons rouges. Man distribuait des ordres avant même que le camion ne fût complètement arrêté.

— Al, ordonna-t-elle, tu vas aller avec John et Pa dans le bosquet de saules chercher tout le bois mort que vous pourrez trouver. Il va falloir la tenir au chaud.

— Je me demande si le plafond fuit.

— Non. Je ne crois pas. On sera bien au sec, mais il nous faut du bois. Faut qu'on soit bien chauffés. Emmenez Ruthie et Winfield avec vous. Ils ramasseront des petites branches. Rosasharn ne va pas bien du tout.

Man sortit et Rosasharn tenta de la suivre, mais ses genoux se dérobèrent et elle s'assit lourdement sur la marche.

La grosse Mme Wainwright l'aperçut.

— Qu'est-ce qui se passe ? Elle est à terme ?

— Non, je ne crois pas, répondit Man. Des frissons, peut-êt' pris froid. Donnez-moi un coup de main, tenez.

Les deux femmes aidèrent Rose de Saron à se lever. Au

bout de quelques pas, ses forces lui revinrent — ses jambes parurent la porter.

— J' vais mieux, Man, dit-elle. Ça m'a pris comme ça, une minute.

Les deux femmes continuèrent de la soutenir.

— Un bain de pieds chaud, dit Man, du ton de quelqu'un qui connaît son affaire.

Ils l'aidèrent à regagner son matelas.

— Occupez-vous de la frictionner, dit Mme Wainwright. Je vais faire du feu.

Elle utilisa les dernières brindilles de bois sec et fit ronfler le poêle. La pluie tombait à torrents, maintenant ; l'eau ruisselait en cascades sur le toit du wagon.

Man leva les yeux vers le plafond :

— Dieu soit loué, nous avons un toit étanche, dit-elle. Sous les tentes, ça coule toujours, même avec la meilleure toile. Mettez seulement un peu d'eau chauffer, mâme Wainwright.

Rose de Saron était allongée, immobile, sur un matelas. Elle se laissa enlever ses chaussures, et frictionner les pieds. Mme Wainwright se pencha sur elle :

— T'as des douleurs ? demanda-t-elle.

— Non. C'est seulement que je m' sens pas bien. Je m' sens toute retournée.

— J'ai du remède et des sels, dit Mme Wainwright. Si ça te dit, ne te gêne pas. Ils sont là pour ça.

La jeune femme était agitée de frissons violents :

— Couvre-moi, Man. J'ai froid.

Man rassembla toutes les couvertures et les empila sur elle. La pluie crépitait sur le toit.

Sur ces entrefaites, l'équipe des ramasseurs de bois entra, les bras lourdement chargés de branchages, trempée de la tête aux pieds.

— Nom d'un chien, ça mouille, dit Pa. On est saucé en un rien de temps.

Man dit :

— Feriez bien d'y retourner. C'est fou ce que ça brûle vite. Il ne va pas tarder à faire nuit.

Ruthie et Winfield rentrèrent tout ruisselants et jetèrent leur butin sur la pile. Ils s'apprêtaient à repartir.

— Restez là vous deux, ordonna Man. Venez vous sécher près du feu.

Le ciel de l'après-midi était d'argent sous la pluie, et l'eau luisait sur les routes. D'heure en heure les plants de coton semblaient moisir et se racornir.

Pa, Al et l'oncle John retournaient infatigablement dans les fourrés et en ramenaient des charges de bois mort. Ils l'empilèrent près de la porte jusqu'à ce que le tas eût presque atteint le plafond ; finalement, ils s'arrêtèrent et s'approchèrent du poêle. Des torrents d'eau dégoulinaient de leurs chapeaux sur leurs épaules. Les ourlets de leurs vestes ruisselaient et l'eau giclait de leurs souliers avec des gargouillis.

— C'est bon. Maintenant, enlevez-moi tout ce que vous avez sur le dos, dit Man. Je vous ai préparé une bonne tasse de café, mes enfants. Et vous avez des affaires sèches à vous mettre. Allons, ne restez pas là.

Le soir tombait rapidement. Dans les wagons, les familles serrées les unes contre les autres écoutaient la pluie tomber sur leurs toits.

CHAPITRE XXIX

Les nuages venus de l'Océan s'avançaient au-dessus des montagnes côtières et des vallées. Un vent furieux s'était levé, qui soufflait haut dans les airs avec une violence muette, bruissait dans les fourrés et mugissait dans les bois. Les nuages arrivaient à la débandade, en petits moutons blancs, en longues bandes plissées, en haillons gris, déchiquetés ; ils s'amoncelaient très bas au-dessus de l'horizon, vers l'ouest. Brusquement, le vent tomba et la masse lourde et compacte s'immobilisa. La pluie se mit à tomber ; ce furent d'abord de petites rafales intermittentes, puis des averses torrentielles auxquelles succéda finalement une pluie fine, pénétrante, tombant à une cadence régulière, et tout fut noyé dans une brume grise où le plein jour devenait crépuscule. Au début, la terre sèche absorba l'humidité et devint noire ; elle but toute cette eau deux jours durant. Et quand elle fut rassasiée, des mares commencèrent à se former et de petits lacs eurent tôt fait de recouvrir les champs en contrebas. Les lacs boueux montaient d'heure en heure et sans cesse la pluie fouettait l'eau luisante. Finalement, des ruisselets se formèrent sur les flancs des montagnes gorgées d'eau, se déversèrent dans les rivières et les transformèrent en torrents. A travers les gorges et les défilés, l'eau bouillonnante déferla en tonnerre dans les vallées.

La pluie tombait sans arrêt. Ruisseaux et petites rivières montaient à l'assaut des berges, attaquaient les saules et les racines, couchant les saules dans le courant, creusant sous les racines des cotonniers, déracinant les arbres. L'eau boueuse et tournoyante franchit les berges et se déversa finalement dans les champs, dans les vergers, dans les plantations où les cotonniers dressaient leurs squelettes noirs. Les champs plats devinrent de grands lacs gris balayés par la pluie. Ensuite l'eau submergea les autoroutes et les voitures n'avancèrent plus qu'au ralenti, s'ouvrant un chemin dans la masse liquide et traînant derrière elles un sillage écumeux d'eau jaunâtre. La terre chuchotait sous les coups de la pluie et les torrents mugissaient sous l'avalanche bouillonnante des ruisseaux gonflés.

Dès la première averse, les émigrants s'étaient pelotonnés sous leurs tentes, se disant : « Ça sera vite passé », ou demandant : « Combien de temps ça peut-il durer ? »

Quand les mares commencèrent à se former, les hommes s'armèrent de pelles, sortirent sous la pluie et construisirent de petites digues autour des tentes. La pluie battante finit par imprégner la toile et par ruisseler le long des parois. Alors l'eau balaya les petites digues et envahit les tentes, baignant les lits et les couvertures. Les gens restaient assis, dans leurs vêtements trempés. Puis ils installèrent des caisses et posèrent des planches sur les caisses. Après quoi ils s'assirent sur les planches et restèrent là, jour et nuit.

Les vieilles guimbardes étaient rangées à côté des tentes ; l'eau s'attaqua aux fils d'allumage et pénétra dans les carburateurs. Les petites tentes grises se dressaient comme des îlots au milieu des lacs. Finalement les gens durent s'en aller. Mais les voitures refusaient de démarrer car les fils étaient court-circuités et quand le moteur consentait à partir, les roues s'enlisaient dans la boue épaisse. Alors les gens partirent à pied, pataugeant dans l'eau, emportant leurs couvertures. Ils avançaient péniblement, éclaboussant l'eau à chaque pas, portant les enfants, portant les vieillards dans leurs bras. Et lorsqu'une grange se dressait sur un terrain surélevé, les gens s'y pressaient, transis, désespérés.

Certains d'entre eux allaient au Bureau de Bienfaisance le

plus proche et s'en revenaient tristement retrouver les leurs.

Y a des règlements... faut être depuis un an dans le pays pour avoir droit à l'assistance. Paraît que le Gouvernement va faire quéq' chose. Ils ne savent pas quand.

Et lentement, une terreur croissante s'insinuait en eux.

Va plus y avoir de travail pendant trois mois.

Massés dans les granges, les gens se pelotonnaient frileusement ; et l'épouvante fondit sur eux, et les visages prirent la teinte terreuse de la peur. Les enfants affamés pleuraient, et il n'y avait pas de nourriture.

Puis vinrent les maladies : la pneumonie, la rougeole qui s'attaque aux yeux et aux mastoïdes.

Et la pluie tombait toujours, monotone et régulière ; elle noyait les grand-routes, car les rigoles étaient insuffisantes pour assumer l'écoulement.

Alors des grappes d'hommes trempés jusqu'aux os, vêtus de loques dégoulinantes, leurs chaussures en bouillie, sortirent des tentes et des granges surpeuplées. Barbotant dans les mares fangeuses, ils gagnèrent les villes et envahirent les boutiques, les bureaux de secours, mendiant un peu de nourriture, essuyant toutes les humiliations pour un morceau de pain, essayant de voler, de mentir. Et bientôt une colère désespérée commença à couver sous les prières et les supplications. Et dans les petites villes la pitié que les gens éprouvaient à l'égard de ces affamés se mua en colère, puis en crainte. Alors les shérifs assermentèrent des armées de nouveaux adjoints et se firent expédier en toute hâte fusils, grenades à gaz et munitions. Et les affamés encombraient les ruelles derrière les boutiques, mendiant du pain, mendiant des légumes gâtés, chapardant quand ils en avaient l'occasion.

Des hommes affolés martelaient du poing les portes des médecins, mais les médecins étaient occupés. Alors des hommes, la mine défaite, faisaient prévenir le coroner par le boutiquier. Les coroners n'étaient pas trop occupés. Leurs voitures faisaient marche arrière dans la boue et emportaient les cadavres.

Et la pluie tombait sans répit, les rivières débordaient, inondant le pays.

Recroquevillés sous des hangars, couchés dans le foin humide, la faim et la peur engendraient la colère. Des jeunes gens sortirent, non pas pour mendier, mais pour voler ; et les hommes sortirent aussi, pour essayer de voler.

Les shérifs engagèrent de nouveaux adjoints et passèrent de nouvelles commandes d'armes ; les gens à l'aise, bien au chaud dans leurs maisons étanches, éprouvèrent d'abord de la pitié, puis du dégoût, et enfin de la haine pour les émigrants.

Sur le foin humide, dans les granges où l'eau filtrait par les fentes des toits, des femmes poitrinaires mettaient des enfants au monde. Des vieillards mouraient recroquevillés dans un coin, et les coroners ne pouvaient plus redresser les cadavres. La nuit, des hommes que la faim et le désespoir rendaient enragés, forçaient froidement les poulaillers et emportaient la volaille piaillante. Quand on leur tirait dessus, ils ne couraient pas ; sans se presser, l'air maussade, ils s'efforçaient de gagner un abri à travers la fange. Lorsqu'ils étaient touchés, ils s'écroulaient dans la boue, épuisés.

La pluie cessa. L'eau stagnait dans les champs, reflétant le ciel gris ; puis elle s'écoula lentement et la terre s'emplit de murmures. Les hommes sortirent des étables, des granges, des hangars. Ils s'accroupirent sur leurs talons et laissèrent errer leurs regards sur le paysage inondé. Et ils restèrent silencieux. Parfois ils parlaient à voix basse.

Pas de travail avant le printemps. Pas de travail.

Et si pas de travail — pas d'argent pas de pain.

Quelqu'un qui a une couple de chevaux et qui leur fait tirer la charrue ou la herse ou le rouleau, il ne lui viendrait pas à l'idée de les chasser et de les envoyer crever de faim parce qu'il n'a plus de travail pour eux.

Mais ça c'est des chevaux ; nous on est des hommes.

Les femmes observaient les hommes, guettaient leurs réactions, se demandant si cette fois ils allaient flancher. Et lorsque les hommes s'attroupaient, la peur s'effaçait de leurs visages pour faire place à la colère. Alors les femmes poussaient un soupir de soulagement, car elles savaient que tout irait bien. Les hommes n'avaient pas flanché ; tant que leur peur pouvait se muer en colère, ils ne flancheraient pas.

De minuscules pousses d'herbe commencèrent à percer et en quelques jours, les collines revêtirent la teinte vert pâle de l'année nouvelle.

CHAPITRE XXX

Le camp était parsemé de flaques d'eau et la pluie fouettait la boue. Le petit ruisseau menaçait de submerger la berge et d'envahir le terrain plat en contrebas sur lequel se dressaient les wagons.

Le second jour de pluie, Al décrocha la bâche qui séparait les deux compartiments du wagon. Il l'emporta et l'étendit sur le capot du camion, puis il rentra et s'assit sur un matelas. Le rideau de séparation était tombé, les Joad et les Wainwright ne formaient plus désormais qu'une seule famille. Les hommes s'assirent en groupe ; le moral était bas. Man, soucieuse d'économiser le gros bois, entretenait un petit feu de brindilles. La pluie se déversait à torrent continu sur le toit presque plat du wagon.

Le troisième jour, les Wainwright commencèrent à manifester de l'inquiétude.

— On ferait peut-êt' mieux de partir, dit Mme Wainwright.

Man s'efforça de les retenir :

— Où que vous irez ? Ici au moins vous êtes au sec.

— J' sais pas, mais quéq' chose me dit qu'on devrait s'en aller d'ici.

Elles continuèrent de discuter et Man observait Al du coin de l'œil.

Ruthie et Winfield essayèrent un moment de jouer, mais retombèrent vite dans une apathie maussade. La pluie tambourinait sans relâche sur le toit.

Le troisième jour, le grondement du ruisseau devenu torrent dominait le roulement de tambour de la pluie.

Du seuil de la porte, Pa et l'oncle John observaient la montée sournoise du courant. Aux extrémités du camp, le cours d'eau se rapprochait de la route mais entre les deux, il formait une large courbe, de sorte que le camp, adossé au talus de la route, était cerné par la rivière menaçante. Pa dit :

— Qu'est-ce que t'en dis, John ? M'est avis que si ça continue de monter on va être inondés.

L'oncle John ouvrit la bouche et gratta sa barbe rêche.

— Ouais, dit-il. Ça se pourrait bien.

Rose de Saron était au lit avec une forte grippe ; elle avait les joues en feu et les yeux brillants de fièvre. Man s'assit près d'elle, une tasse de lait chaud à la main.

— Tiens, dit-elle. Prends ça. Il y a de la graisse de lard dedans, ça te donnera des forces. Allons, bois !

Rose de Saron secoua faiblement la tête :

— J'ai pas faim.

De l'index, Pa traça une courbe en l'air.

— Si on décidait tous de prendre nos pelles et de faire une espèce de barrage, je parie qu'on l'arrêterait. Suffirait de prendre de là — jusque-là.

— Oui, convint l'oncle John. Possible. Question est de savoir si les aut' seraient d'accord. Ils ont p'têt' envie de déménager autre part.

— Mais on est au sec, dans ces wagons, maintint Pa. Nulle part on trouverait un coin aussi sec pour s'abriter. Attends voir.

Il tira une baguette du tas de bois et sortit en courant. Pataugeant dans la boue, il alla planter sa baguette verticalement dans le talus de la rive, juste au niveau de l'eau. L'instant d'après il était de retour dans le wagon.

— Sapristi ! faut pas une minute pour êt' trempé jusqu'aux os, dit-il.

Les deux hommes surveillaient attentivement la petite baguette. Ils virent le courant la cerner et grimper peu à peu le long de la berge. Pa s'accroupit devant la porte.

— Ça monte vite, dit-il. J'ai idée qu'il serait temps d'en

dire un mot aux autres. Voir s'ils voudraient nous aider à faire un barrage. S'ils ne veulent pas, faudra décamper.

Pa tourna son regard vers l'autre bout du long wagon. Al était assis à côté d'Aggie. Pa pénétra dans leur fief.

— L'eau monte, dit-il. Si on construisait un barrage ? Ça pourrait se faire si tout le monde voulait s'y mettre.

Wainwright dit :

— On était en train d'en causer. M'est avis qu'on ferait bien de s'en aller d'ici.

— Vous connaissez le pays, dit Pa. Vous savez qu'on n'a pas beaucoup de chances de trouver un abri.

— Je sais. Mais quand même...

Al dit :

— Pa, s'ils partent, je pars avec eux.

— Tu ne peux pas faire ça, Al, dit Pa d'un air consterné. Le camion... Nous ne savons pas conduire.

— Ça m'est égal. Aggie et moi, on ne veut pas se séparer.

— Une minute, dit Pa. Venez un peu voir ici.

Wainwright et Al se levèrent et s'approchèrent de la porte.

— Voyez ? dit Pa, en montrant du doigt. Un simple talus depuis là jusque là-bas.

Il regarda la baguette. A présent l'eau tourbillonnait autour et montait lentement à l'assaut du talus.

— Ça sera un rude travail et rien ne dit qu'elle n' passera pas quand même, protesta Wainwright.

— Mais de toute façon, nous sommes là à ne rien faire, autant s'occuper. Nous ne trouverons nulle part des maisons où qu'on soit au sec comme dans celle-ci. Allez, venez. On va parler aux autres. Si tout le monde s'y met, ça peut se faire.

Al dit :

— Si Aggie part, moi j' pars aussi.

— Écoute, Al, dit Pa, si tous ces gens ne veulent pas nous aider, nous aussi on sera forcés de partir. Allez, viens, on va leur parler.

Ils rentrèrent la tête, descendirent en courant le caillebotis, gravirent celui qui menait au wagon suivant et s'engouffrèrent dans l'ouverture de la porte.

Devant le poêle, Man entretenait la maigre flamme à l'aide de quelques brindilles. Ruthie vint se fourrer dans ses jupes :

— J'ai faim, pleurnicha-t-elle.

— Tu me racontes des histoires, dit Man. Tu viens de manger de la bonne bouillie.

— J' voudrais bien avoir une boîte de biscuits. On ne peut pas rien faire. On ne s'amuse pas.

— Tu t'amuseras... plus tard, dit Man. Prends patience. Tu verras comme ça sera rigolo, bientôt. On aura une maison et puis un chien... tu verras.

— J' voudrais un chien, dit Ruthie.

— On en aura un, et puis un chat aussi.

— Un tout jaune.

— Ne m'ennuie pas, supplia Man. Ne viens pas m'agacer en ce moment, Ruthie. Rosasharn est malade. Tâche d'êt' sage, pendant un petit bout de temps, tu veux, Ruthie ? Après on s'amusera.

Ruthie se retira en murmurant et se mit à errer, désœuvrée, à travers le wagon.

Du matelas où Rose de Saron était couchée sous une couverture, partit un cri aigu et bref. Man se retourna et vola vers sa fille. Rose de Saron retenait son souffle et ouvrait de grands yeux terrifiés.

— Qu'est-ce qu'il y a ? s'écria Man.

La jeune femme relâcha son souffle et de nouveau le retint. Mue par une soudaine impulsion, Man glissa une main sous la couverture. Puis elle se redressa.

— Mâme Wainwright, appela-t-elle. Hô !... Mâme Wainwright !

La petite femme replète vint de l'autre bout du wagon.

— Besoin de moi ?

— Regardez !

Man lui montra du doigt la figure de Rose de Saron. Ses dents s'incrustaient dans sa lèvre inférieure, son front était noyé de sueur et l'épouvante brillait dans ses yeux.

— J' crois que ça y est ! dit Man. Avant terme.

La jeune femme exhala un long soupir et se décontracta.

Elle desserra les dents et ferma les yeux. Mme Wainwright se pencha sur elle.

— Est-ce que t'as senti que ça t'agrippait partout à la fois. Tout d'un coup ? Allons, ouvre ta bouche et réponds.

Rose de Saron acquiesça faiblement. Mme Wainwright se tourna vers Man.

— Ouais, fit-elle. C'est là. Avant terme, vous dites ?

— C'est peut-êt' la fièvre qui l'a fait venir ?

— En tout cas faudrait qu'elle se lève. Et qu'elle marche ; qu'elle se promène...

— Elle n' peut pas, dit Man. Elle n'a pas de forces.

— Elle devrait le faire quand même.

Mme Wainwright parlait avec la calme assurance qui est le fruit de l'expérience.

— J'en ai aidé plus d'une à accoucher, dit-elle.

— Venez, on va fermer la porte le plus possible, pour éviter les courants d'air.

Les deux femmes firent jouer la lourde porte sur sa glissière, la poussant jusqu'à la fermer presque complètement.

— Je vais aller chercher not' lampe, dit Mme Wainwright.

Son visage était rouge d'animation. Elle appela sa fille :

— Aggie. Viens-t'en prendre soin des petits.

Man fit un signe d'approbation :

— C'est ça, Ruthie ! Winfield et toi, allez avec Aggie. Allons, dépêchez-vous.

— Pour quoi faire ? demandèrent-ils.

— Parce qu'on vous le dit. Rosasharn va avoir un bébé.

— Je voudrais regarder, Man. Laisse-moi, dis...

— Ruthie, veux-tu filer. Allez ouste !

Le ton était sans réplique. Ruthie et Winfield se retirèrent à regret dans l'autre partie du wagon. Man alluma la lanterne. Mme Wainwright apporta sa lampe à pétrole et la posa sur le plancher, et sa large flamme ronde éclaira brillamment tout le wagon.

Debout derrière le tas de bois, Ruthie et Winfield tendaient le cou pour mieux voir.

— Elle va avoir un bébé et on va tout voir, chuchota Ruthie. Surtout ne fais pas de bruit. Man nous empêcherait de regarder. Si elle se tourne par ici, accroupis-toi. Comme ça, on verra.

— Y a pas beaucoup de gosses qu'ont vu ça, dit Winfield.

— Y en a pas un seul qui l'a déjà vu, assura fièrement Ruthie ; juste nous.

Accroupies près du matelas, à la vive lumière de la lampe, Man et Mme Wainwright se concertaient avec animation, élevant légèrement la voix pour dominer le crépitement sourd de la pluie. Mme Wainwright tira un petit tranchet de la poche de son tablier et le glissa sous le matelas.

— Peut-être que ça ne sert à rien, dit-elle pour s'excuser. Chez nous on l'a toujours fait. En tout cas ça ne peut pas faire de mal.

Man hocha la tête.

— Chez nous on se servait d'une pointe de soc de charrue. N'importe quoi de tranchant, pourvu que ça coupe les douleurs de l'accouchement.

— Tu te sens mieux ?

Rose de Saron hocha anxieusement la tête :

— Est-ce... est-ce que ça va venir ?

— Bien sûr, répondit Man. Tu vas avoir un beau bébé. A condition que tu nous aides. Tu crois que tu pourrais te lever et marcher un peu ?

— J' peux essayer.

— Voilà qui est parlé, dit Mme Wainwright. Tu es courageuse, ma petite ; c'est bien, ça. Nous allons te soutenir, ma chérie. Nous allons marcher avec toi.

Elles l'aidèrent à se mettre debout et lui mirent une couverture sur les épaules. Ensuite, Man la prit par un bras et Mme Wainwright par l'autre. Elles l'emmenèrent jusqu'au tas de bois, firent lentement demi-tour, la reconduisirent au matelas et recommencèrent sans se lasser le même va-et-vient ; et la pluie tambourinait rageusement sur le toit.

Ruthie et Winfield regardaient de tous leurs yeux.

— Quand c'est qu'elle va l'avoir ? demanda-t-il.

— Chut ! Tu vas les faire venir ici. Elles ne nous laisseront plus regarder.

Aggie vint se joindre à eux, derrière le tas de bois. Son visage mince et ses cheveux blonds prenaient un relief accru à la clarté de la lampe et l'ombre de sa tête, projetée sur le mur, lui faisait un nez long et pointu.

Ruthie chuchota :

— T'as déjà vu un bébé venir au monde ?

— Bien sûr, répondit Aggie.

— Alors, quand c'est qu'elle va l'avoir ?

— Oh ! pas avant très, très longtemps.

— Mais quand ?

— Peut-êt' pas avant demain matin.

— Oh zut ! fit Ruthie. Ça vaut pas le coup d'attendre, alors. Oh ! Regardez !

Les femmes avaient brusquement interrompu leur va-et-vient. Rose de Saron s'était contractée et gémissait de douleur. Elles l'étendirent sur le matelas et essuyèrent la sueur de son front, tandis qu'elle poussait des grognements sourds et serrait frénétiquement les poings. Et Man lui parlait doucement.

— Ça ira tout seul, tu verras... tout seul. Cramponne-toi, seulement. Là, mords-toi la lèvre un peu. C'est ça... c'est ça.

La douleur disparut. Elles la laissèrent reprendre son souffle, puis l'aidèrent de nouveau à se lever, et toutes trois reprirent leur incessante promenade entre les crises.

Pa montra la tête dans l'étroite ouverture. Son chapeau dégoulinait.

— Pourquoi que vous avez fermé la porte ? fit-il.

A ce moment il vit les femmes qui arpentaient la pièce. Man répondit :

— Elle va accoucher.

— Alors... alors on ne pourrait pas partir, même si on le voulait ?

— Non.

— Alors faut qu'on fasse le barrage ?

— Il le faut.

Pa redescendit vers la rivière, en barbotant dans la boue. Sa branche repère accusait une montée de quatre pouces. Vingt hommes s'étaient groupés sous la pluie. Pa cria :

— Faut s'y mettre. Ma fille est dans les douleurs.

— Un enfant ?

— Ouais. Nous ne pouvons plus partir.

Un homme de haute stature protesta :

— C'est pas notre enfant. Rien ne nous empêche de partir.

— C'est vrai, dit Pa. Personne ne vous empêche de partir. Allez-y. Il n'y a que huit pelles.

Il se hâta vers la partie la plus basse de la rive et poussa son outil dans la boue. La pelletée se détacha avec un bruit de succion. Il l'enfonça de nouveau et lança la boue dans le creux de la dépression. Les autres se répartirent le long de la berge et se mirent en devoir d'élever une longue digue. Ceux qui n'avaient pas de pelles coupaient de fines baguettes de saule et tressaient des claies qu'ils enfonçaient dans l'ouvrage à coups de talon. Une rage de travail, une rage de lutte, s'emparait des hommes à leur insu. Lorsque l'un d'eux lâchait sa pelle, un autre s'en saisissait aussitôt. Ils avaient dépouillé leurs vestes et leurs chapeaux. Chemises et pantalons leur collaient au corps, leurs chaussures n'étaient plus que d'informes mottes de boue. Un cri strident partit du wagon des Joad. Les hommes s'arrêtèrent, tendirent une oreille inquiète, puis se remirent au travail de plus belle. Et le petit mur de boue s'allongea jusqu'à toucher le remblai de la route, aux deux extrémités. A présent, ils étaient fatigués et maniaient leurs pelles plus lentement. Et le ruisseau montait toujours. L'eau arrivait maintenant à hauteur des premières pelletées de terre.

Pa eut un rire de triomphe.

— Si on n'avait pas fait le barrage, ça y serait ! s'écria-t-il.

Déjà le courant entreprenait l'ascension du barrage et commençait à désagréger le clayonnage.

— Plus haut ! cria Pa. Faut le faire plus haut.

Le soir vint et le travail se poursuivait. Et maintenant les hommes ne sentaient plus leur fatigue. Les faces étaient figées, comme mortes. Ils travaillaient par secousses, comme des machines. Quand il fit noir, les femmes allumèrent des lanternes sur le devant des portes et préparèrent du café chaud. L'une après l'autre, les femmes couraient jusqu'au wagon des Joad et se glissaient à l'intérieur par l'étroite ouverture.

Les douleurs étaient plus fréquentes — de vingt en vingt

minutes. Et Rose de Saron n'essayait plus de se dominer. Une violente douleur déclenchait un hurlement violent. Les voisines la regardaient, lui donnaient de petites tapes de consolation et retournaient à leurs wagons.

Man avait fait un grand feu et tous ses ustensiles remplis d'eau étaient à chauffer sur le poêle. Pa venait à tout moment montrer sa tête à la porte.

— Ça va ? demanda-t-il.

— Oui, je crois, répondait Man.

Comme il commençait à faire nuit, quelqu'un apporta une lampe électrique pour faciliter le travail. L'oncle John poussait frénétiquement sa pelle et jetait la terre en haut du talus.

— Vas-y doucement, dit Pa. Tu vas te crever au travail.

— J' peux pas m'empêcher. J' peux pas supporter de l'entendre crier comme ça. Ça me rappelle... ça me rappelle la...

— Je sais, dit Pa. Mais vas-y doucement.

L'oncle John marmonna :

— J' vas me sauver. Sacré nom de Dieu, si j'arrête de travailler, je sens que j' vas me sauver.

Pa se détourna de lui.

— On a vérifié le dernier repère ?

L'homme à la lampe de poche posa le faisceau lumineux sur le bout de bois. La pluie s'abattit en minuscules flèches blanches à travers le cercle de lumière.

— Ça monte.

— Elle va monter moins vite, maintenant, dit Pa. Faudra d'abord qu'elle déborde loin de l'aut' côté.

— Tout de même, elle monte.

Les femmes remplirent les cafetières et de nouveau les déposèrent au seuil des wagons. Et à mesure que la nuit s'avançait, les hommes travaillaient plus lentement, soulevant avec peine leurs pieds alourdis, à la manière des chevaux de trait. La boue s'accumulait sur la digue, les claies venaient s'enfoncer dans la boue. La pluie tombait sans arrêt. Le faisceau de la lampe de poche éclairant les visages révélait des yeux hébétés, fixes, des joues creuses aux muscles saillants.

Les hurlements retentirent encore longtemps dans le wagon ; finalement ils se turent.

Pa dit :

— Man m'appellerait, s'il était venu au monde.

Il se remit à pelleter de la boue d'un air maussade.

Le torrent tourbillonnait contre le talus. Et soudain un craquement violent retentit en amont. A la lueur de la lampe de poche, les hommes virent un grand peuplier culbuter dans l'eau. Ils interrompirent leur travail pour regarder. Les branches de l'arbre s'enfoncèrent dans le torrent et furent entraînées par les remous tandis que l'eau s'attaquait aux dernières racines. L'arbre se dégagea lentement et se laissa doucement porter par le courant. Les hommes exténués regardaient, bouche bée. L'arbre descendait lentement au fil de l'eau. Une branche s'accrocha à une souche, se tendit et résista. Alors, très lentement le pied hérissé de racines vira et vint se ficher dans le mur improvisé. Derrière le tronc, l'eau montait à l'assaut du barrage. L'arbre se déplaça et arracha le clayonnage. L'eau se rua par la fissure. Pa se précipita et poussa de la boue dans le trou. L'eau affluait derrière le tronc. Et alors le talus céda peu à peu, s'effondra et l'eau monta à l'assaut des chevilles, des genoux... Les hommes se dispersèrent, affolés, tandis que le courant s'étalait tranquillement sur le terrain plat, sous les wagons, sous les autos.

L'oncle John avait vu l'eau jaillir par la brèche. Malgré la bouillasse, il avait vu. Il se sentit cloué au sol, irrésistiblement cloué par son propre poids. Il s'affaissa sur les genoux et l'eau rageuse vint tourbillonner autour de sa poitrine.

Pa le vit tomber.

— Hé ! qu'est-ce qui se passe ? (Il le remit sur ses pieds.) T'es malade ? Viens, les wagons sont haut perchés.

L'oncle John rassembla ses forces.

— J' sais pas, dit-il en s'excusant. Mes jambes ont flanché. Tout d'un coup.

Pa l'aida à regagner les wagons.

Quand l'eau avait balayé la digue, Al s'était enfui. Il avait l'impression d'avoir les pieds en plomb. Il avait de l'eau jusqu'aux mollets quand il atteignit le camion. Il arracha la bâche de dessus le capot et sauta dans la cabine. Il appuya sur le démarreur. Le moteur tournait, tournait, mais ne s'enclenchait pas. Il tira à fond la manette du starter. La batterie s'épuisait, le moteur trempé tournait de plus en plus lentement et s'obstinait à ne pas vouloir tousser. Il tournait, tournait, lentement, toujours plus lentement. Al mit toute l'avance. Il tâtonna sous le siège, saisit la manivelle, et sauta hors de la voiture. L'eau recouvrait le marchepied. Il courut à l'avant. Le carter était déjà sous l'eau. Affolé, il ajusta la manivelle et tourna, tourna... et sa main crispée sur la manivelle clapotait à chaque tour dans l'eau montante. Finalement, sa frénésie se calma. Le moteur était noyé, la batterie morte. Sur un petit tertre non loin de là, deux voitures furent mises en marche. Elles avaient leurs phares allumés. Elles barbotèrent dans la boue et s'enlisèrent, et finalement leurs conducteurs arrêtèrent les moteurs et restèrent assis au volant, contemplant d'un œil morne la lumière des phares. Et la pluie s'abattait en minuscules flèches blanches à travers les cônes lumineux. Al contourna lentement l'avant du camion, passa le bras à l'intérieur et coupa le contact.

Quand Pa fut arrivé devant le wagon, il s'aperçut que l'extrémité inférieure du caillebotis flottait dans l'eau. Il l'enfonça dans la boue, sous l'eau, à coups de talon.

— Tu crois que tu pourras monter tout seul, John? demanda-t-il.

— Ça ira. Passe devant.

Pa gravit prudemment le chemin de lattes et dut se ratatiner pour passer dans l'étroite ouverture. Les deux lampes brûlaient en veilleuse. Man était assise sur le matelas, à côté de Rose de Saron et l'éventait à l'aide d'un morceau de carton. Mme Wainwright fourrait du bois sec dans le poêle et la fumée humide s'insinuait par les fentes du couvercle et mettait dans le wagon une odeur âcre d'étoffe brûlée. Man leva les yeux vers Pa lorsqu'elle l'entendit rentrer, et les baissa aussitôt.

— Comment... elle va? demanda Pa.

Man ne leva plus les yeux.

— Ça va, je crois. Elle dort.

L'atmosphère était fétide, lourde de l'odeur d'enfantement. L'oncle John entra en chancelant et se retint à la paroi du wagon. Mme Wainwright lâcha son travail et vint à la rencontre de Pa. Elle le prit par le coude et l'attira dans un coin du wagon. Puis elle prit une lanterne et l'éleva au-dessus d'une caisse à pommes qui se trouvait rangée là. Une petite momie bleue et ridée était couchée sur un journal.

— Il n'a pas même respiré, dit Mme Wainwright à voix basse. Jamais vécu.

L'oncle John se retourna et se traîna péniblement jusqu'au coin le plus sombre du wagon. Maintenant la pluie sifflait doucement sur le toit, si doucement qu'ils entendaient les reniflements épuisés montant du coin obscur où s'était réfugié l'oncle John.

Pa leva les yeux vers Mme Wainwright. Il lui prit la lanterne des mains et la déposa sur le sol. Ruthie et Winfield dormaient sur leur matelas, les bras sur les yeux pour se protéger de la lumière.

Pa s'approcha lentement du matelas de Rose de Saron. Il voulut s'accroupir mais ses jambes étaient trop lasses. Alors, il s'assit. Man agitait continuellement son bout de carton. Elle considéra un instant Pa avec de grands yeux fixes, vides comme ceux d'une somnambule.

Pa dit :

— On a... on a fait... tout ce qu'on a pu.

— Je sais.

— On a travaillé toute la nuit. Et un arbre a défoncé le talus.

— Je sais.

— On l'entend sous le wagon.

— Je sais, je l'ai entendue.

— Elle s'en sortira bien, à ton idée ?

— J' sais pas.

— Mais... Y avait pas quéq' chose... quéq' chose qu'on aurait pu faire ?

Les lèvres de Man étaient blanches et dures.

— Non. Y avait qu'une seule chose à faire — une seule — et nous l'avons faite.

— Nous avons travaillé jusqu'à ne plus pouvoir, dit Pa, et un arbre... La pluie a l'air de vouloir diminuer un peu.

Man leva les yeux au plafond, puis elle laissa retomber la tête. Pa, contraint de parler, continua :

— Je ne sais pas jusqu'où elle va monter. Il se peut qu'elle inonde le wagon.

— Je sais.

— Tu sais tout.

Elle resta silencieuse et le morceau de carton continuait son lent mouvement de va-et-vient.

— Y a-t-il quéq' chose que j'ai oublié de faire, dit-il d'un ton angoissé... ou que j'ai fait de travers ?

Man le regarda d'un air bizarre. Ses lèvres blanches esquissèrent un sourire rêveur, plein de bonté.

— Tu n'as rien à te reprocher. Chut ! Tout s'arrangera. Il y a du changement. Partout.

— Mais peut-être que l'eau... peut-êt' qu'on sera forcés de partir ?

— Quand le moment sera venu de partir... nous partirons. Nous ferons ce que nous avons à faire. Et maintenant, tais-toi. Tu pourrais la réveiller.

Mme Wainwright cassait des branches sèches et les fourrait dans le feu humide et fumant.

Une voix furieuse s'éleva au-dehors.

— Je vais lui dire deux mots à c't enfant de salaud, vous allez voir !

Et, juste devant la porte, la voix d'Al :

— Dites donc, hé, où vous allez comme ça ?

— J' veux voir ce salaud de Joad.

— Vous ne verrez rien du tout. Qu'est-ce qui vous prend ?

— S'il n'avait pas eu cette idée imbécile de faire un barrage, on serait partis. Notre auto est foutue maintenant.

— Et la nôtre se balade sur les routes, peut-être ?

— J' m'en fous, je rentre.

— Essayez seulement, et vous aurez affaire à moi, dit Al, sans s'émouvoir.

Avec effort, Pa se mit debout et gagna la porte.

— Laisse, Al, je viens. Reste tranquille, Al.

Pa descendit en glissant le caillebotis. Man l'entendit qui disait :

— Il y a quelqu'un de malade, chez nous. Venez donc par ici.

La pluie clapotait doucement sur le toit, le vent s'était mis à souffler, par petites rafales qui balayaient les gouttelettes au loin. Mme Wainwright laissa le poêle et alla voir Rose de Saron.

— Il va bientôt faire jour, mâme Joad. Pourquoi que vous n'allez pas vous reposer un peu ? Je resterai avec elle.

— Non, dit Man. J' suis pas fatiguée.

— Mon œil, dit Mme Wainwright. Allez, venez vous coucher un peu.

Man agitait doucement l'air avec son éventail de carton.

— Vous avez été bien bonne pour nous, dit-elle. On vous remercie bien.

La grosse Mme Wainwright sourit :

— Ne parlez donc pas de remerciements. On est tous dans la même barque. Supposez que ce soit nous qu'ayons de la misère, vous nous aideriez pas vrai ?

— Oui, dit Man. Bien sûr.

— Comme tout un chacun.

— Comme tout un chacun. Dans le temps, c'était la famille qui passait avant. Mais plus maintenant. C'est n'importe qui. Plus ça va mal et plus faut se donner de peine.

— On n'aurait pas pu le sauver.

— Non, je sais bien, dit Man.

Ruthie poussa un profond soupir et ôta son bras de sa figure. Elle regarda la lumière en clignotant, puis se tourna vers Man.

— Il est venu ? demanda-t-elle. Il est sorti ?

Mme Wainwright ramassa un sac et l'étendit sur la caisse à pommes.

— Où est le bébé ? demanda impérieusement Ruthie.

Man passa sa langue sur ses lèvres.

— Y a pas de bébé. C'était pas un bébé. On s'est trompés.

— Zut ! s'exclama Ruthie en bâillant. J'aurais bien voulu que ce soit un bébé.

Mme Wainwright s'assit près de Man, lui prit le bout de carton des mains et continua d'éventer Rose de Saron. Man croisa ses mains sur ses genoux, mais ses yeux las ne quittaient pas le visage exténué de sa fille endormie.

— Soyez raisonnable, dit Mme Wainwright. Étendez-vous, au moins. A côté de vot' fille, vous serez bien. Suffirait qu'elle respire un peu fort, ça vous réveillerait tout de suite.

— Bon, alors, je veux bien.

Man s'allongea sur le matelas à côté de sa fille endormie. Et Mme Wainwright s'installa sur le plancher et se prépara à veiller.

Pa, Al et l'oncle John assis dans l'encadrement de la porte du wagon, regardaient l'aube grise se lever. La pluie avait cessé, mais le ciel était de plomb. D'épais nuages noirs s'amoncelaient d'un bout à l'autre de l'horizon. Ils se reflétaient dans l'eau, à la clarté gris acier du petit jour. Les trois hommes voyaient le courant rapide du torrent entraîner dans ses remous des branches noires, des caisses, des planches. Le flot avait complètement envahi le terrain aux wagons. Plus de trace de barrage. Sur le terrain plat, il n'y avait pas de courant. Une frange d'écume jaune marquait les limites de l'inondation. Pa se pencha et plaça une brindille de bois sur le caillebotis, juste au-dessus du niveau de l'eau.

Les hommes virent l'eau monter lentement, soulever le bout de bois et l'emporter. Pa déposa une seconde brindille, un pouce plus haut et recula pour observer la crue.

— Tu crois que l'eau va monter jusque dans le wagon ? demanda Al.

— Peux pas savoir. Y a encore une sacrée quantité d'eau à descendre des montagnes. Peux pas savoir. Il pourrait recommencer à pleuvoir.

Al dit :

— Je pensais à une chose. Si l'eau monte dans le wagon, toutes nos affaires seront perdues.

— Ouais.

— Eh ben... elle ne montera pas plus de trois ou quatre pieds dans le wagon, parce qu'à ce moment-là, elle passera au-dessus de la grand-route et elle devra d'abord s'étaler de l'aut' côté.

— Comment le sais-tu ?

— J'ai calculé en prenant des repères de derrière le camion. Il étendit la main... Peu près à cette hauteur, qu'elle viendra.

— Bon, dit Pa. Et alors ? Nous ne serons plus là.

— Faudra bien qu'on soit là. D'abord y a le camion. Il nous faudra une semaine pour vider toute l'eau qu'il y a dedans, une fois le niveau descendu.

— Et alors... où veux-tu en venir ?

— On pourrait arracher les ridelles du camion et monter des planches sur des espèces de tréteaux pour y empiler nos affaires et nous installer dessus.

— Ouais. Et comment qu'on fera la cuisine — et comment qu'on mangera ?

— Ben, au moins nos affaires seront au sec.

Dehors, le jour se levait et mettait sur les choses une clarté grise, métallique. Le deuxième petit bout de bois fut soulevé et emporté. Pa en plaça un autre un peu plus haut.

— Ça monte, c'est sûr, dit-il. J'ai idée qu'il faudra faire comme t'as dit.

Man s'agitait sans répit dans son sommeil. Ses yeux s'ouvrirent démesurément. Elle poussa un cri angoissé :

— Tom ! Tom ! Oh ! Tom.

Mme Wainwright lui parla doucement et la calma. Les paupières se refermèrent brusquement et Man, sous l'emprise de son rêve, continua à se tortiller sur le matelas. Mme Wainwright se leva et gagna le seuil du wagon.

— Ha ! fit-elle à mi-voix. On ne s'en ira pas de sitôt, je vois. (Elle désigna le coin du wagon où se trouvait la caisse à pommes :) Ça ne peut pas rester là. C'est que du tourment et de la misère. Pourriez pas des fois... l'emmener et l'enterrer quéq' part ?

Les hommes se taisaient. Finalement, Pa dit :

— C'est vrai, c' que vous dites. Ça ne peut amener que du tourment. C'est défendu par la loi de l'enterrer.

— Il y a un tas de choses qui sont défendues par la loi et qu'on est forcés de faire quand même.

— Ouais.

Al dit :

— Faudrait déclouer les ridelles, avant que l'eau ne monte davantage.

Pa se tourna vers l'oncle John :

— Tu veux aller l'enterrer, pendant que je vais déclouer les planches avec Al ?

L'oncle John répondit avec humeur :

— Pourquoi faut-il que ce soit moi ? Pourquoi pas vous autres ? Ça m' plaît pas.

Et se ravisant soudain :

— C'est bon. Je vais y aller. Tout de suite. Allez, donnez-le-moi. (Sa voix s'enflait.) Allez ! Donnez-le-moi !

— Ne les réveillez pas, dit Mme Wainwright.

Elle apporta la caisse à pommes sur le seuil et tendit pudiquement le sac dessus.

— La pelle est debout derrière toi, dit Pa.

D'une main, l'oncle John prit la pelle. Il se glissa dehors et l'eau qui s'écoulait doucement lui monta jusqu'à la ceinture. Il se retourna et cala fermement la caisse sous son autre bras.

— Viens, Al, dit Pa. Allons chercher ces planches.

A la clarté grise de l'aube, l'oncle John évolua lentement dans l'eau et parvint au camion des Joad. Il le contourna et gravit le talus glissant de la grand-route. Arrivé là, il longea un moment la chaussée et lorsqu'il eut dépassé le campement, il s'arrêta à un endroit où le courant tumultueux n'était séparé de la route que par un bosquet de saules. Il posa sa pelle et tenant la caisse à deux mains devant lui, il se coula parmi les broussailles jusqu'au bord de l'eau rapide. Il resta un moment à regarder le flot rouler parmi les remous, laissant son écume jaune s'effilocher aux branches de la rive. Il serrait la caisse contre sa poitrine. Puis il se pencha, posa la caisse sur l'eau et sa main la retint un instant. Il dit d'un ton farouche :

— Va leur dire. Va pourrir au milieu de la rue pour leur montrer. Ça sera ta façon à toi de leur parler. Sais même pas si t'étais un garçon ou une fille. Et j' veux pas le savoir.

Allez, va dormir dans les rues. Comme ça, ils comprendront peut-être.

Il guida doucement la boîte dans le courant et la lâcha. Elle s'enfonça jusqu'à mi-hauteur, se mit de biais, tournoya et se retourna lentement. Le sac partit à la dérive et la caisse, saisie par le courant, fut emportée rapidement et disparut derrière les broussailles. L'oncle John reprit sa pelle et regagna précipitamment les wagons. Il se fraya un chemin en barbotant jusqu'au camion où Pa et Al s'affairaient à déclouer les longues lattes.

Pa lui jeta un rapide coup d'œil.

— C'est fait ?

— Oui.

— Eh ben, écoute, dit Pa. Si tu veux aider Al, moi j'irai au magasin chercher quéq' chose à manger.

— Prends un morceau de lard, dit Al. J'ai besoin de me calmer l'estomac avec un peu de viande.

— Entendu, dit Pa.

Il sauta hors du camion et l'oncle John prit sa place.

Quand ils poussèrent les planches à l'intérieur du wagon, Man se réveilla et se mit sur son séant.

— Qu'est-ce que vous faites ?

— On va installer un truc où on pourra se mettre pour ne pas être mouillés.

— Pour quoi faire ? On est au sec, ici.

Man se leva péniblement et gagna la porte.

— Faut s'en aller d'ici.

— Pas moyen, dit Al. Nous avons toutes nos affaires là. Et le camion. Tout ce que nous possédons.

— Où est Pa ?

— Parti chercher à manger.

Man regarda l'eau à ses pieds. Le flot n'était plus qu'à six pouces du plancher du wagon. Elle retourna au matelas et considéra Rose de Saron. De son côté, la jeune femme la regarda avec de grands yeux.

— Comment te sens-tu ? demanda Man.

— Fatiguée. Je n'en peux plus.

— Tu vas prendre ton petit déjeuner.

— J'ai pas faim.

Mme Wainwright vint se placer aux côtés de Man.

— Elle n'a pas trop mauvaise mine. Elle s'en est bien tirée.

Rose de Saron interrogeait Man du regard, et Man essayait d'éluder la question. Mme Wainwright s'en retourna à son poêle.

— Man.

— Oui ? Qu'est-ce qu'il y a ?

— Est-ce que... est-ce qu'il est bien venu ?

Man se résigna à lui dire la vérité. Elle s'agenouilla contre le matelas.

— Tu en auras d'autres, dit-elle. Nous avons fait tout ce qu'il était possible de faire.

Rose de Saron s'agita et voulut se lever.

— Man !

— Il n'y avait rien à faire. Tu n'y es pour rien.

La jeune femme se recoucha et se couvrit le visage avec ses bras. Ruthie s'approcha furtivement et regarda Rose de Saron avec un étonnement mêlé d'effroi.

— Elle est malade, Man ? Elle va mourir ?

— Mais non, voyons. Ça ira très bien... très bien...

Pa rentra, les bras chargés de paquets.

— Comment elle va ?

— Bien, dit Man. Ça ira très bien.

Ruthie informa Winfield.

— Elle ne va pas mourir. Man l'a dit.

Et Winfield, se curant les dents avec une écharde, comme les grands, déclara :

— Je le savais.

— Comment le savais-tu ?

— J' te le dirai pas, répondit Winfield en crachant un bout de bois.

Man fit un grand feu avec ce qui restait de branchages ; elle fit frire le lard et rallongea le jus. Pa avait apporté du pain de boulanger. Man fronça les sourcils.

— Il nous reste de l'argent ?

— Non, répondit Pa. Mais on avait tellement faim.

— Et t'as pris du pain de boulanger, lui dit Man d'un ton de reproche.

— Ben, on avait une faim terrib'. Travaillé toute la nuit.

Man soupira.

— Qu'est-ce que nous allons faire, maintenant ?

Pendant qu'ils étaient occupés à manger, l'eau montait lentement, méthodiquement. Al engloutit ses aliments puis, avec l'aide de Pa, il construisit une estrade de cinq pieds de large, six pieds de long et quatre pieds de hauteur. L'eau affleura le plancher du wagon, parut hésiter un long moment, puis envahit lentement la pièce. Et dehors, la pluie recommença, comme au début ; de grosses gouttes qui s'éclaboussaient sur l'eau et qui résonnaient sourdement sur le toit.

— Allez vite ! dit Al. Installons les matelas et les couvertures pour qu'ils ne se mouillent pas.

Ils entassaient leurs biens sur l'estrade, tandis que l'eau prenait sournoisement possession du plancher. Pa, Man, Al et l'oncle John, s'emparant chacun d'un coin du matelas de Rose de Saron, le soulevèrent avec la jeune femme dessus et le hissèrent au sommet du tas d'affaires.

La jeune femme protestait.

— J' peux marcher. J' vais très bien.

Et la mince pellicule d'eau rampait toujours sur le plancher. Rose de Saron chuchota quelque chose à l'oreille de Man ; celle-ci passa la main sous la couverture, tâta le sein de sa fille et fit un signe affirmatif.

A l'autre bout du wagon, les Wainwright se construisaient aussi une estrade, à grands coups de marteau. La pluie tomba plus dru, et finalement cessa.

Man regarda sous elle. Il y avait déjà un demi-pouce d'eau dans le wagon.

— Ruthie ! Winfield ! s'écria-t-elle d'une voix angoissée, voulez-vous monter ici tout de suite ! Vous allez attraper un rhume.

Elle ne se détendit que lorsqu'ils furent en sécurité, tous deux assis et fort mal à l'aise à côté de Rose de Saron. Subitement, elle dit :

— Faut s'en aller d'ici.

— Impossible, dit Pa. Comme le dit Al, toutes nos

affaires sont là. On va enlever la porte du wagon, ça fera plus de place pour s'asseoir.

Silencieuse et morose, la famille se serra frileusement sur les deux estrades. Il y avait six pouces d'eau dans le wagon lorsque le flot recouvrit le talus et s'étala dans le champ de coton, de l'autre côté. Tout ce jour-là et toute la nuit, les hommes dormirent côte à côte sur la porte du wagon, dans leurs vêtements trempés. Et Man était couchée près de Rose de Saron. Parfois Man lui chuchotait quelque chose et d'autres fois, elle s'asseyait sans bruit, la figure soucieuse. Sous la couverture, elle cachait précieusement le reste du pain de boulanger.

La pluie tombait maintenant par intermittence — petites averses et périodes de calme. Le matin du second jour, Pa s'en fut patauger à travers le camp et rapporta dix pommes de terre dans ses poches. Man le regarda d'un œil morne entamer à coups de serpe la paroi intérieure du wagon, faire du feu et mettre les pommes de terre à la poêle. Ils mangèrent les pommes de terre bouillantes avec les doigts ; quand ces dernières provisions eurent été englouties, ils restèrent à contempler l'eau grise et ne se décidèrent à s'étendre que tard avant dans la nuit.

Quand vint le jour, ils s'éveillèrent inquiets. Rose de Saron murmura quelque chose à l'oreille de Man.

Man fit un signe affirmatif.

— Oui, dit-elle. Il est temps, maintenant.

Et se tournant vers la porte du wagon sur laquelle les hommes étaient étendus :

— On s'en va, dit-elle d'un ton sans réplique, on va trouver un coin plus haut. Venez ou ne venez pas, moi j'emmène Rosasharn et les petits.

— On ne peut pas ! protesta faiblement Pa.

— Tant pis. Tu pourrais porter Rosasharn jusqu'à la grand-route en tout cas, et revenir après. Il ne pleut plus pour le moment ; nous allons en profiter.

— Bon... On y va, dit Pa.

Al dit :

— Man, j' vais pas avec vous.

— Pourquoi ça ?

— Ben... Aggie... tu comprends, elle et moi, on...

Man sourit :

— Bien sûr, fit-elle. Reste ici, Al. Surveille les affaires.
Quand l'eau baissera... eh ben, nous reviendrons. Viens vite
avant qu'il ne recommence à pleuvoir, dit-elle à Pa. Viens,
Rosasharn ; nous allons au sec.

— Je peux marcher.

— Un petit peu, p't'êt', sur la route. Fais le gros dos, Pa.

Pa se glissa dans l'eau et attendit. Man aida Rose de Saron
à descendre de la plate-forme et la tint jusqu'à la porte. Pa la
prit dans ses bras, la tint aussi haut que ses forces le lui
permettaient, et se fraya un chemin à travers l'eau profonde.
Il contourna le camion et atteignit enfin la grand-route. Là,
il la déposa sur ses pieds et continua de la soutenir. L'oncle
John suivait, portant Ruthie. Man se laissa glisser dans
l'eau ; ses jupes ballonnèrent un moment autour d'elle.

— Winfield, monte sur mes épaules. Al... nous reviendrons dès que l'eau aura baissé. Al... (Elle s'interrompit.)
Si... si Tom venait dis-lui que nous reviendrons. Dis-lui de
faire attention. Winfield ! monte sur mes épaules... Là !
Finis de remuer tes pieds.

Elle s'avança en chancelant, de l'eau jusqu'à la poitrine.
Ils l'aidèrent à gravir le talus de la grand-route et soulagèrent
ses épaules du poids de Winfield.

Arrivés là, ils s'arrêtèrent un moment pour regarder
derrière eux ; les wagons faisaient des taches rouge foncé sur
la flaque lisse et les camions et les autos disparaissaient à
moitié sous l'eau qui s'écoulait lentement. Et tandis qu'ils
étaient plantés là, une petite pluie fine se mit à tomber.

— Faut continuer, dit Man. Rosasharn, tu crois que tu
pourrais marcher ?

— J'ai la tête qui me tourne un peu, répondit-elle.
Comme si on m'avait tapé dessus.

Pa s'impatienta.

— Continuer, c'est très joli... Mais où aller ?

— J' sais pas. Allons, donne la main à Rosasharn.

Man lui prit le bras droit et Pa le bras gauche.

— On va tâcher de trouver un endroit sec. Il le faut. Ça

fait deux jours que vous n'avez rien eu de sec à vous mettre sur le dos, les hommes.

Ils s'avancèrent avec lenteur. Ils entendaient l'eau bruisser dans le torrent qui longeait la route. Ruthie et Winfield marchaient ensemble, faisant gicler l'eau sous leurs pieds. Lentement, ils s'avançaient sur la route. Le ciel s'assombrit et la pluie augmenta. La route était déserte.

— Dépêchons-nous, dit Man. Si c'te pauvre fille se fait saucer... je ne sais pas ce qui lui arrivera.

— T'as pas encore dit où fallait se dépêcher d'aller, lui fit remarquer Pa d'un ton sarcastique.

La route épousait la courbe de la berge. Man fouillait du regard toute l'étendue de terrain envahie par les eaux. Très loin de la route, sur la gauche, une grange noire se dressait sur une petite éminence.

— Regardez! dit Man. Regardez là-bas! Je suis sûre qu'on y est au sec, dans cette grange. Allons là jusqu'à ce qu'il ne pleuve plus.

Pa soupira.

— On va probablement se faire vider par le type à qui elle appartient.

Ruthie vit une tache rouge devant elle, sur le bord de la route. Elle s'élança. C'était un géranium sauvage, complètement racorni, mais qui portait encore une fleur ruisselante de pluie. Elle la cueillit, en détacha délicatement un pétale et se le colla sur le nez. Winfield accourut, dévoré de curiosité.

— Donne-m'en une, implora-t-il.

— Jamais de la vie! C'est à moi. Je l'ai trouvée.

Elle se colla un autre pétale sur le front, un petit cœur d'un rouge éclatant.

— Oh! donne-m'en une, Ruthie! Oh! dis, donne-m'en une.

Il voulut lui arracher la fleur des mains, mais la manqua et Ruthie lui assena sa main ouverte en pleine figure. Winfield resta une seconde médusé, ses lèvres commencèrent à trembler et ses yeux se remplirent de larmes.

Les autres les rattrapèrent.

— Qu'est-ce que t'as fait encore? demanda Man. Qu'est-ce que t'as fait?

— Il a voulu me prendre ma fleur.

Winfield sanglotait :

— J'en... j'en voulais juste une... pour mettre sur mon nez.

— Donne-lui-z'en une, Ruthie.

— Il n'a qu'à s'en chercher. Celle-là est à moi.

— Ruthie ! Veux-tu lui en donner une !

Ruthie sentit la menace dans la voix de Man et changea de tactique.

— Tiens, dit-elle avec une gentillesse affectée. Je vais t'en coller une.

Les autres poursuivirent leur route. Winfield approcha son nez. Elle lécha un pétale et l'appliqua violemment sur son nez.

— Spèce de sale petit salaud ! dit-elle à voix basse.

Winfield tâta le pétale du bout des doigts et le pressa sur son nez. Ils se hâtèrent pour rattraper les autres. Ruthie sentait que son plaisir était gâché.

— Tiens, dit-elle. En voilà encore. Colle-les sur ton front.

Ils entendirent un bruissement rêche à droite de la route.

— Dépêchons-nous ! s'écria Man. Voilà l'averse. Passons sous la clôture, ici. C'est plus court. Allons, vite ! Ce n'est pas le moment de flancher, Rosasharn.

Ils durent presque traîner Rosasharn à travers le fossé, puis ils l'aidèrent à franchir la clôture. A ce moment l'orage éclata. Des tonnes d'eau se déversèrent sur eux. Ils barbotèrent dans la boue et gravirent la petite rampe. La grange noire était à peine visible sous la pluie ; les pieds de Rose de Saron glissaient sans arrêt ; elle se laissait traîner, maintenant.

— Pa ! Tu peux la porter ?

Pa se baissa, la prit dans ses bras.

— De toute façon nous sommes trempés, dit-il. Ruthie, Winfield ! Dépêchez-vous ! Courez devant !

A bout de souffle, ils atteignirent la grange et pénétrèrent en titubant sous l'auvent de la partie qui formait remise. Il n'y avait pas de porte de ce côté. Çà et là, gisaient quelques vieux outils rouillés : un soc de charrue, une herse brisée,

636

une roue en fer. La pluie tambourinait avec violence sur le toit et formait un rideau qui cachait l'entrée. Pa déposa délicatement Rose de Saron sur une caisse graisseuse.

— Dieu Tout-Puissant ! fit-il.

Man dit :

— Il y a peut-être du foin, en dedans. Regarde, il y a une porte !

Elle fit grincer la porte sur ses gonds rouillés. Un peu de lumière filtrait par les fentes du plancher.

— Couche-toi, Rosasharn, dit Man. Couche-toi et repose-toi. Je vais tâcher de trouver un moyen de te sécher.

Winfield dit :

— Man !

Mais sa voix se perdit parmi les grondements de la pluie sur le toit.

— Man !

— Qu'est-ce qu'il y a ? Qu'est-ce que tu veux ?

— Regarde ! Dans le coin.

Man regarda. Elle distingua deux formes dans la pénombre, celle d'un homme couché sur le dos et celle d'un jeune garçon assis près de lui et qui regardait les arrivants avec de grands yeux effarés. Voyant qu'elle l'observait, le jeune garçon se mit lentement debout et vint vers elle. Il dit d'une voix rauque.

— C'est à vous, c'te grange ?

— Non, répondit Man. Nous venons juste nous mettre à l'abri. Notre fille est malade. Vous n'auriez pas une couverture sèche à lui prêter, qu'elle puisse enlever ses affaires trempées ?

Le garçon retourna dans son coin et lui ramena un vieux châle crasseux qu'il tendit à Man.

— Merci bien, dit-elle. Qu'est-ce qu'il a, c't homme-là ?

Le jeune garçon répondit d'une voix rauque et monocorde :

— Il a d'abord tombé malade, et maintenant il meurt de faim.

— Oui ?

— Oui. Il meurt de faim. L'a tombé malade en ramassant le coton. L'a pas mangé pendant six jours.

Man s'avança jusqu'au coin et regarda l'homme. Il devait être âgé d'une cinquantaine d'années, avec un visage barbu et décharné et des yeux fixes, vides. Le jeune garçon se tenait debout à côté d'elle.

— Ton père ? interrogea-t-elle.

— Ouais ! Disait qu'il avait pas faim, ou qu'il venait juste de manger. Me donnait toujours sa portion. Maintenant il est tout faible. Peut à peine bouger.

Le roulement de tonnerre de la pluie sur le toit s'atténua pour faire place à un chuchotement doux et reposant. L'homme au visage maigre remua les lèvres. Man s'age-nouilla près de lui, approchant son oreille. Ses lèvres remuèrent de nouveau.

— Bien sûr ! dit Man. Ne vous faites pas de souci. On s'arrangera. Attendez seulement que j'aide ma fille à se déshabiller. Elle est toute trempée.

Man alla retrouver Rose de Saron.

— Ote-moi tout ça, dit-elle, en tendant le châle devant elle en guise de paravent.

Et lorsqu'elle fut nue, Man l'enveloppa dans le châle.

Le jeune garçon était de nouveau à ses côtés et continuait ses explications :

— Je ne savais pas. Il disait qu'il avait mangé, ou qu'il avait pas faim. Hier soir j'ai cassé un carreau et j'ai volé du pain. Je l'ai forcé à le mâcher. Mais il a tout rendu et ça l'a encore affaibli. Lui faudrait de la soupe ou du lait. Vous avez de l'argent pour acheter du lait, vous aut' ?

— Chut ! fit Man. Ne t'inquiète pas. On va s'arranger.

Soudain l'enfant s'écria :

— Il va mourir, j' vous dis ! Il est en train de mourir de faim.

— Chut ! fit Man.

Ses yeux consultèrent Pa et l'oncle John ; tous deux étaient plantés devant le malade et le regardaient d'un air désemparé. Puis elle se tourna vers Rose de Saron, peloton-née dans son châle. Ses yeux l'effleurèrent, la dépassèrent, puis revinrent se poser sur les yeux de sa fille. Et les deux femmes se regardèrent dans les yeux. La respiration de la jeune femme était courte et saccadée.

— Oui, dit-elle.

Man sourit.

— Je le savais que tu le ferais. Je le savais !

Elle considéra ses mains.

Rose de Saron murmura :

— Vous... vous voulez... sortir, tous ?

La pluie balayait doucement le toit.

Man se pencha ; de la paume de sa main elle ramena en arrière les cheveux emmêlés de sa fille, puis elle l'embrassa sur le front. Ensuite, elle se leva prestement.

— Venez tous, appela-t-elle. Venez dans le fournil.

Ruthie ouvrit la bouche, s'apprêtant à dire quelque chose.

— Chut ! lui dit Man. Tais-toi et file.

Elle les fit passer devant, emmena le jeune garçon et referma la porte grinçante derrière elle.

Dans la grange pleine de chuchotements et de murmures, Rose de Saron resta un instant immobile. Puis elle se remit péniblement debout, serrant le châle autour de ses épaules. Lentement, elle gagna le coin de la grange et se tint plantée devant l'étranger, considérant la face ravagée, les grands yeux angoissés. Et lentement elle s'étendit près de lui. Il secoua faiblement la tête. Rose de Saron écarta un coin du châle, découvrant un sein.

— Si, il le faut, dit-elle.

Elle se pressa contre lui et attira sa tête vers elle.

— Là ! Là.

Sa main glissa derrière la tête et la soutint. Ses doigts caressaient doucement les cheveux de l'homme. Elle leva les yeux, puis les baissa et regarda autour d'elle, dans l'ombre de la grange. Alors ses lèvres se rejoignirent dans un mystérieux sourire.

DU MÊME AUTEUR

Aux Éditions Gallimard

DES SOURIS ET DES HOMMES.

EN UN COMBAT DOUTEUX.

LA GRANDE VALLÉE.

LES RAISINS DE LA COLÈRE.

RUE DE LA SARDINE.

LES PÂTURAGES DU CIEL.

LES NAUFRAGÉS DE L'AUTOCAR.

JOURNAL RUSSE.

AU DIEU INCONNU.

LA COUPE D'OR.

LE PONEY ROUGE.

Aux Éditions Denoël

TORTILLA FLAT.

Chez d'autres éditeurs

À L'EST D'EDEN.

TENDRE JEUDI.

Impression Maury-Eurolivres S.A.
45300 Manchecourt
le 7 juin 1996.
Dépôt légal : juin 1996.
1er dépôt légal dans la collection : avril 1972.
Numéro d'imprimeur : 96/06/53700.
ISBN 2-07-036083-0./Imprimé en France

78137